語言文字叢書

長崎唐話唐音研究論集

林慶勳　著

本書出版蒙文藻外語大學襄助印行

序一

　　1981年，當時我任職於東京大學文學部，一位曾在我們中國語言文學研究室專門研究六朝文學的洪順隆先生，向我推薦他在臺灣的同事林慶勳先生，有意願想到東大來調查蒐集研究資料，並且隨堂聽我的講課。從1982年7月林慶勳到東大報到之後認識他，一直到今天前後三十八年，我們都保持聯絡討論學問。這個異國因緣相當特殊，可以維持長久而不衰，主要是學術切磋的熱誠，啟動了彼此連繫的情誼。

　　我知道林慶勳是臺灣著名音韻學者陳新雄（字伯元）先生門下的中堅學者，當時已有《段玉裁之生平及其學術成就》、〈切韻序新校〉等論文。因此我認為，他千里迢迢來聽我的課，課餘蒐集研究資料，如果有東大研究員身分，對他將方便不少，當時我就接受他的申請，後來也正式擔任他的「世話教官」，從旁協助他的研究及生活。1982年4月他因故無法成行，最後只在暑假期間兩個月來東大，不過時間雖然短暫，他卻在學術研究的視野與思考方法，有了相當大的改變。後來1989年第二次來東大研究待了一年，他聽了我開授的中國語法、中國方言等幾門課，讓我印象深刻的是，他與正式選課的本國學生相同，期末時也輪流上臺做口頭學習報告，認真準備與充分討論的精神，給我們身旁的年輕學者留下了研究勇往直前，勤懇不懈的榜樣。

　　當時他主要攻讀漢語音韻學，對清朝乾、嘉學術研究特別有興趣，記得我曾帶領他去拜訪幾位住在東京的我國學者，以及陪他到東京近郊著名的靜嘉堂文庫看書，他對藏書中段玉裁親筆校寫的《集韻》，幾乎如醉如癡愛不釋手。後來他也開始注意他的母語閩南語的研究，他在東大總合圖書館待了一年，竟然把閩南語研究的資料都搜遍了，回國之後努力鑽研，終於在教學之餘寫出一本《台灣閩南語概論》教科書。該書後來由臺灣教育部找學者翻譯成「Linguistic Aspects of Taiwanese Southern Min」英文本一書，分享有興趣的英語讀者。

　　林慶勳於2008年之後，下定決心研究長崎的「唐話」，一開始他準備以

「域外漢語」的角度入手，後來把觀念拓展成江戶時代長崎面對世界開放所產生的文化這個視角。開始時只對唐通事唐話有興趣，深入之後發現，唐通事制度、明末以來唐人移居、唐船貿易，甚至唐人屋敷（俗稱唐館）、黃檗宗與唐三寺等等問題，都對唐話的研究起著關鍵性的作用。於是他於2012年春天起，申請到長崎大學擔任外國人研究員半年，到長崎各個與唐話研究有關的所在做現地考察，藉以與文獻資料相印證。這是他研究並撰寫一系列與長崎唐話有關論文的契機。

十幾年來，林慶勳寫了不少的有關長崎唐話研究的論文，每篇都廣泛搜集了臺灣和日本學者的先行研究做參考。現在他要把這一系列的論文輯合在一起，做為《長崎唐話唐音研究論集》這本書正式出版。該論集除唐話與唐音研究之外，還加上一篇介紹漂流民筆談，以及聲韻學學會訪問稿當附錄，此外也附上全書引用的參考書目與論文中引用唐話內文的校正等相關資料。當他將論文集修訂完成後，希望我以教導他三十餘年的老師身分，替他寫一篇序文做介紹，或許能讓現在年輕的學者，獲得一些啟發或受益也說不定。

也許有人會認為林慶勳研究「長崎唐話」，跨出了漢語音韻學的研究領域，其實不然，他對音韻學的深厚根底無不反映在這些文章之中。把長崎唐話跟琉球官話的記錄作比較，凸顯出二者各自的特點，好像是這本論文集最精彩之處。有人說：漢語音韻學是一門「分類之學」，每一個母分類可以去衍生它的子分類的探索課題，讓學術研究做無限的延伸，林慶勳似乎把這一個特色充分發揮在他對《唐詩選唐音》的幾篇文章之中。

讀完了全書的稿子，有一種感想：因為這是一本論文集，所以同一內容分散在好幾處，例如「唐人屋敷」這個子題，幾乎每篇都做了介紹，但這也許是這本書的優點，讀者在無意中能通曉「唐人屋敷」是什麼樣的建築，是什麼樣的行政功能。又如「唐三寺」，做為以閩南語為母語的林慶勳先生，想必對創建於1628年的「漳州寺」（又名「泉州寺」），正式名稱叫「福濟寺」，由於不幸在1945年8月9日被原子彈炸毀的遺跡，深深感覺不捨，相較於如今保存完好的「興福寺」（又名「南京寺」或「三江寺」）以及「崇福寺」（又名「福州寺」），心裡也只能以遺憾做嘆息吧！

　　林慶勳從2013年開始，在東京郊外的川越東京國際大學當教授，任教了4年，每到春天、秋天學校放假時刻，正當櫻花或紅葉盛開的季節，我們就約在相當於我們兩人住處扇子之「要」（即扇墜）的池袋餐敘，一邊吃飯一邊談學問附帶聊天，記憶猶新，每次都受到啟發，感覺非常愉快。

　　以上謹以對林慶勳的認識與多年的交誼做敘述，當作本書開端的序文，也是我對他孜孜矻矻於學術研究的肯定與鼓勵。

平山久雄

東京大學名譽教授

2020年蒲月吉日

序二

　　海內外知名的語言學者林慶勳教授，即將出版他的論著《長崎唐話唐音研究論集》，從學術研究者的角度來看，這是我們研究工作者的一件喜事，等於是將多年研究成果，利用正式出版的機會一次展示出來，既像蜜蜂採得百花成蜜的辛勞，更像父母扶養親子成人的喜悅。我在今年五月接到他寄來的論文集書稿，厚厚一疊A4尺寸足足有280多頁，他希望我抽空寫一篇介紹的序文，當時我毫不遲疑即刻答應下來。

　　說起來林教授既是我的老同學也是與我有同門之誼，這話要從1969年我大學畢業去臺灣留學說起，當時我申請到國立臺灣師範大學國文研究所學習，林教授那時就讀陽明山的中國文化學院，許多課程都到師大來上課，恰巧有幾門課我們在同一個班級上課，不過當時我們彼此並不熟悉。我進入師大學習之後，發現我對音韻學很有興趣，於是有機會向研究所裡的陳伯元教授學習，幸運地受到陳教授許多啟發與指導，對我後來的研究打下了深厚基礎。林教授當時也在陳教授門下做論文，後來聽他說，陳教授對學生要求相當嚴格，每一個在門下寫論文的學生都受到逐字逐句反覆討論或修改的震撼訓練，不過日後都成為各自做學問的寶貴經驗。

　　1989年林教授有機會來東京一年，在鼎鼎大名音韻學權威平山久雄教授的研究室學習兼訪查資料，我們才有機會開始聯絡，此後三十多年我們常常在東京、沖繩、臺灣、香港等地研討會上見面討論。回想1972年我回國後，除了大學教學職責之外，把「琉球官話」設定為自己研究的重要課題，我陸續出版了《《白姓官話》全譯》（1994年）、《《學官話》全譯——琉球官話課本研究》（2003年）、《官話問答便語》全譯——琉球官話課本研究》（2005年）等書，我在不同時間贈送給林教授批評指教，他對每一本書都用心閱讀，對各書附錄所載「天理大學附屬圖書館藏寫本」特別感興趣，愛不釋手，反覆閱讀多次，並且寫下許多札記，讓我領教他做學問的認真態度。

　　基於以上所述與林教授的深厚關係，我這位有五十年同學兼同門之誼的老朋友，不揣孤陋，將優先拜讀書稿的心得與意見，很樂意向各位同行、朋友們介紹這本論文集的研究價值與重要性。

　　首先提出的是，這部由十篇論文匯集整理而成的論文集，可以看出林教授新的研究方向。過去我們都是在「音韻學」研究的領域被引進學術研究之門，然後做自己有興趣的分科研究，據我所知林教授早期專門在「等韻學」下功夫，後來轉向「近代音韻」的資料蒐集與研究，曾有一段時間對閩南語相當投入研究，甚至寫了一本《台灣閩南語概論》的教科書。對於他轉向「唐話」與「唐音」探索，絕對不能用「突然」兩個字來形容，其實這個轉折是有蛛絲馬跡可以看出來的。他在多年前開始對琉球冊封使的「寄語」有興趣，做寄語研究必需有音韻學的基礎，才能事半功倍。我曾協助他到沖繩許多地方去踏查，也介紹了幾位有關的研究者讓他有機會請教討論，在他寫出幾篇研究論文與報告之後，開始由寄語轉向琉球官話，甚至長崎唐音與唐話的探討，表面上看起來是緯度朝北發展的地域研究轉移，其實是明代以來朝貢貿易互通有無的自然順序，因此與其說近十年他的研究改變了方向，不如說他是在音韻學的基礎上，踏入一個與東亞大航海時代歷史結合的研究課題更恰當。

　　其次，這本論文集分析討論唐通事書的內容相當細緻。整部書稿的論文雖然各有主題，但取材論述與印證都離不開現存的11部手抄本通事書，有關此項資料在該書稿第一篇〈論長崎唐話的表現特色〉一文已有詳細介紹。我要說的是，他把《瓊浦佳話》、《唐通事心得》、《長短拾話唐話》、《譯家必備》、《鬧裏鬧》、《養兒子》、《官話纂》、《小孩兒》等的唐通事學習唐話的教材，進行了手寫抄本的精讀以及各版本的校對，看到書稿最後的「附錄四　本書唐話分段引文校正」的內容，就可以明白他對引文中出現的古字、異體字、俗體字，以及同音借用或訛誤字，都不輕易放過，這樣做學問的態度，跟我在臺灣師大唸研究所時受到的樸學家研究方法的訓練是一致的。我想林教授大約是利用校正之後的「可信」材料，再將唐話資料所反映的長崎社會、歷史文化、風俗習慣，以及唐通事養成教育及唐通事制度等等問題做深入探討與介紹。

　　出身於長崎的唐話學權威岡嶋冠山（1674-1728），雖然他是道地的日本

人，在江戶時代17世紀的長崎長大，曾擔任過很短時間而且職位卑微的唐通事。由於居住在與唐人混居的環境優勢，他的唐話水準從同輩人所說：「一起一坐，一咲一欬，無不肖唐。嘗在崎陽，與諸唐人相聚譚論，其調戲謾罵，與彼絲髮不左，旁觀者惟辨衣服，知其玉成，其技之妙大率如此。故海內解音者，聞名讋服，望風下拜。」（紀府侍醫高瀨學山撰《唐話纂要・序》）玉成是岡嶋的字，他的唐話幾乎與唐人沒有絲毫差別。難怪他編輯的唐話入門書籍，也就是1718年到1726年分別刊刻的《唐話纂要》、《唐譯便覽》、《唐話便用》、《唐音雅俗語類》四本書，在江戶時代唐話學習占有很重要的地位。

《唐話纂要》是岡嶋第一本也是最重要的唐話教材，在日本也能看到不少的研究成果，多數的論文都是介紹性質，但是林教授這本書稿中，收有一篇〈岡嶋冠山標注匣母字的變化〉，卻極為細緻的分析材料，利用《唐話纂要》全書出現的舌根擦音「匣母」字做全盤考察，得出該書所根據的是當時杭州音，而《唐譯便覽》、《唐話便用》兩書標示的卻是南京音這個結論。另外，林教授也在本書稿的〈《唐詩選唐音》標示輕唇音聲母探討〉、〈《唐詩選唐音》的牙音聲母探討〉兩篇論文中，將《唐話纂要》等四本著作的相關讀音，列作比較的資料作討論，主要在凸顯《唐詩選唐音》這本書標注唐音的可信性。不論作為實驗組或對照組的材料討論，林教授事實上將岡嶋冠山的唐音探討，做得相當的深入。

最後我想談的是，這部書稿不論是唐話的討論或唐音的探索，內容都離不開長崎唐通事的職掌，也就是翻譯、貿易談判、輿情收集、唐人秩序維持，無不與唐船及唐人有關；唐船貿易來航唐人與長崎在住唐人的互動，在地唐人文化保存，來航唐人與唐人屋敷、唐三寺的關係，以及最重要的唐話學習各種現象的討論。個人認為林教授論文內容撰寫的背景，其實是歷史上著名的「朝貢貿易」影響下的區域互動，也就是說在東亞海域之內，明、清時期的中國與朝鮮、日本、琉球之間的各種外交往來，檯面上是冊封、朝貢、祝賀等的正式禮節的進行，私底下根本是各式各樣不折不扣的雙邊貿易。

當明朝實施海禁政策之後，有一段時期琉球就成為提供東南亞香料等物品給中國、朝鮮、日本的轉運站，很自然地琉球處於東北亞與東南亞的貿易網絡

中心，也間接促成琉球的大航海時代的來臨。此外，朝鮮與對馬藩，琉球與薩摩藩，彼此之間除了對口關係之外，也形成了綿密的貿易互動關係。總之長崎雖然在鎖國的狀態之下成為全日本唯一對外港口，但是若加入周邊的國外區域來看，由於朝貢貿易所帶來的各國互動，絕不僅僅止於出使任務的官吏而已，雙邊貿易雖然是朝貢外交順帶的附屬任務，但是它的經濟效益，以及彼此間各國人民的來往、各國文化交流，都帶來了空前的熱烈情況。我想林教授這本書稿撰寫，想必是從這個宏觀的角度著眼，深入去探索各地因應「朝貢貿易」需要，由此而形成的琉球官話、朝鮮官話以及唐話，它們其實有很強烈的實用性，這是很清楚的歷史事實。

林教授是我半世紀的老同學，從1989年他來日本之後，我們才開始有比較多的機會在一起聊天、討論。過去他多在音韻學的領域衝刺，從這本論文集的內容，雖然也可以看到音韻學研究的影子，但是主要在討論江戶時代長崎對中國唐船貿易所形成的各種問題。因此讓我感覺林教授的思想面向與思考方式，跟以前有相當的不同，此外他從熟悉的音韻學研究的領域，朝向一個新學科研究的方向努力做自我挑戰，這是我相當認同與佩服的地方。

我將自己閱讀林教授這本書稿之後的看法，不揣才疏學淺，據實陳述如前，若有誤解或疏漏，請林教授與諸位讀者不吝教正。日本有一句諺語說：「丈八燈塔，照遠不照近」，而源於近代漢語受到話本小說影響很深的唐話，對於以中文做為母語的讀者，可能對唐話資料的淺顯不屑一顧，但是處於古代中國文化邊陲的我們，拜丈八燈塔投射的光芒，讓我們清楚意識到它箇中保存許多有價值的史實成分，可以印證江戶時代朝貢貿易所衍生的歷史事件，這些事實，經過林教授這本書稿呈現的研究成果來看，的確那是一份相當珍貴值得再深入探索的材料。野人獻曝的淺見，希望大家批評指教。

瀨戶口律子

大東文化大學名譽教授・東京國際大學客員教授

撰於2020年8月盂蘭盆節

目次

論長崎唐話的表現特色

　　歷史上從17世紀初期開始，即有江、浙、閩、粵等地的唐船，開往日本九州的長崎港進行唐船貿易。貿易進行中必須借助唐通事居中做溝通。這批唐通事都是世襲職位的早期中國移民後代，由於他們只會講日本話，必須從小開始學習唐話及唐山事務，以便就任唐通事職位之後，有足夠的唐話能力與嫻熟的唐山文化知識，才能處理唐船的華人與長崎官府之間各種大小與貿易有關的事務。

　　本文擬以唐話的表現特色作探討，從目前發現的各種唐話教材中，歸納出「多語交響、職位世襲、通俗口語、移民文化、真實歷史」等項表現的特色作論述。畢竟唐話是應用性很強的語言，在質樸、堅毅的本質中，仍然可以看到海外中華文化傳承的精神。

一　東北亞周邊的語言資料

　　朝鮮、日本、琉球三個地區，自古以來即與中國有深厚的關係，其中語言或文字的接觸，影響了各地區本身語言和文字的發展。以下使用「表1」的內容，說明近代以來各地與中國有關的語言資料。[1]

---

[1] 表1資料依據1.遠藤光曉：〈韓漢語言史資料概述──總論〉，《韓漢語言研究》（遠藤光曉・嚴翼相主編，首爾：學古房，2008），頁446；2.孝：〈韓漢語言史資料研究概述──語法詞彙部分〉，《韓漢語言研究》（遠藤光曉・嚴翼相主編，首爾：學古房，2008），頁506；3.遠藤光曉、竹越孝主編：《清代民國漢語文獻目錄》（首爾：學古房，2011）加以補充完成。

表 1

時間	南宋至元（12-14C）	明（15-17C）	清（18-20C）
韓漢資料	A舊本《老乞大》（1368前）	A《老乞大諺解》（約1483）、《朴通事諺解》（約1483）、崔世珍《翻譯老乞大》《翻譯朴通事》（1509-1517） B會同館編《華夷譯語・朝鮮館譯語》（丙種本） C《訓民正音》（1446）	A1司譯院資料：申聖淵《舊刊老乞大諺解》（1745）、邊憲《老乞大新釋》（1761刊）、金昌祚《老乞大新釋諺解》（1736刊）、《朴通事新釋》（1765）、《朴通事新釋諺解》（1765）、李珠《重刊老乞大諺解》（1795後） A2非司譯院資料：《騎著一匹》（1824）、《中華正音》、《學清》、《你呢貴姓》
日漢資料	A鎌倉時代（1193-1333）以來臨濟宗、曹洞宗禪僧的誦經唐音資料	A黃檗宗隱元禪師、曹洞宗心越禪師為代表誦經唐音資料 B1會同館編《華夷譯語・日本館譯語》（丙種本） B2防倭寄語集：薛俊《日本國考略・寄語略》（1523）、鄭若曾《日本圖纂・寄語雜類》（1561）、鄭舜功《日本一鑑・窮河話海》（1564之後）、侯繼高《全浙兵制考》所附《日本風土記》（1592）	A1黃檗宗、曹洞宗誦經唐音資料 A2唐通事唐話學習資料：佚名《瓊浦佳話》、佚名《唐通事心得》、佚名《長短拾話唐話》、佚名《譯家必備》、佚名《唐詩選唐音》等 B實用寄語集：翁廣平《吾妻鏡補・國語解》（1815）、玉燕《東語簡要》（1884）、傅雲龍《遊歷日本圖經》（1889）、陳天騏《東語入門》（1895）
琉漢資料		A官話集資料 B1會同館編《華夷譯語・琉球館譯語》（丙種本） B2冊封使寄語集等：陳侃《使琉球錄・夷語》（1535）、郭汝霖《重編使琉球錄・夷語》（1562）、蕭	A官話學習資料：佚名《官話問答便語》（1703-1705）、佚名《白姓官話》（1749-1753）、佚名《學官話》（1797）、梁允治《廣應官話》（1797-1820）、佚名《琉球官話集》（1859）、鄭干英

時間	南宋至元（12-14C）	明（15-17C）	清（18-20C）
		崇業《使琉球錄·夷語》（1579）、夏子陽《使琉球錄·夷語》（1606）、周鍾《音韻字海·夷語音釋》	《官話集》、佚名琉球寫本《人中畫》 B冊封使寄語集等：徐葆光《中山傳信錄·琉球語》（1721）、會同館編《琉球土語》（華夷譯語丁種本，1752）、潘相《琉球入學見聞錄·土音》（1764）、李鼎元《琉球譯》（1800）

A 漢語相關資料、B 寄語對音資料、C 本國語言資料

　　表1所列的資料分為ABC三類，A為漢語相關資料，其中包括數量相對少的黃檗宗、曹洞宗的福州音與杭州音誦經資料，另外一種則為資料較多的官話學習資料；B為寄語對音資料；C為各國的本國語言資料。這裡所謂「寄語對音」，明代薛俊《日本國考略·寄語略》「注」說得最清楚：「寄即譯也。西北曰譯，東南曰寄。」所以「寄語」就是「譯語」的意思。只不過那些寄語的漢字是「記音」而不「記義」。

　　「韓漢資料」中，A類官話學習資料，由於1998年在大邱發現寫本《老乞大》，因此讓朝鮮官話教材的出現，可以往前推溯到14世紀。清代的官話學習資料，區分為司譯院與非司譯院兩個系統，前者是作為國家考試閱讀的標準本，在當時教材本身比較有權威性，後者則多數為私人為學習官話需要的撰述。B類寄語對音資料，主要是明代朝廷會同館編輯的《華夷譯語·朝鮮館譯語》，該書主要目的在讓會同館的館臣學習朝鮮語，以利於接待朝貢的朝鮮使節時做溝通。C類《訓民正音》，創制時受到漢字音分析聲母、韻母的影響很深。

　　「日漢資料」中，A類在元、明、清時期，都有臨濟宗、曹洞宗與黃檗宗禪師從中國帶去的杭州音或福州音課誦佛經的讀音資料，一般研究上將14世紀鎌倉時代以前唐音稱為「中世唐音」，17世紀江戶時代唐音稱為「近世唐音」。

　　在日漢資料A類的另外一部分，是材料豐富的官話學習資料，由於材料主要出現於江戶時代的長崎一地，目的在做唐通事養成教育，因此又稱這類官話資料為「唐話」。內容相當豐富，包括《瓊浦佳話》、《唐通事心得》、《長短拾話唐話》、《譯家必備》、《鬧裡鬧》、《養兒子》、《官話纂》、《小孩兒》、《唐詩選唐音》等篇幅多寡不同的教材。甚至於曾任唐通事的岡嶋冠山編纂一系列的唐話教本，如《唐話纂要》、《唐話便用》、《唐譯便覽》、《唐音雅俗語類》、《唐話類纂》、《經學字海便覽》等都可以歸入此類資料來看待。長澤規矩也編《唐話辭書類集》所收63種，六角恒廣編《中國語教本類集成》第一集第一卷所收4種，都屬於本類的唐話材料。

　　日漢資料的B類內容也相當多樣化，除明代會同館編輯《華夷譯語‧日本館譯語》，同樣也是方便與日本朝貢使節溝通使用。此外，明代因為有倭寇流竄騷擾江、浙沿海一帶，有識之士因此編輯實用性的防倭寄語集，如薛俊《日本國考略‧寄語略》、鄭若曾《日本圖纂‧寄語雜類》、鄭舜功《日本一鑑‧窮河話海》、侯繼高《全浙兵制考》所附《日本風土記》等，這批書籍所列的日本語言與文字介紹，只不過是全書內容其中一部分而已，其他屬於山川、地理、風俗、民情等等的異文化記載，體例稍微像中國的地理「方志」。到了清代可以看見出現了實用性寄語集，如翁廣平《吾妻鏡補‧國語解》、玉燕《東語簡要》、傅雲龍《遊歷日本圖經》、陳天騏《東語入門》等，材料的編輯主要目的在認識日本。

　　「琉漢資料」的A類資料，主要是18-19世紀各種官話課本，如佚名《官話問答便語》、佚名《白姓官話》、佚名《學官話》、梁允治《廣應官話》、佚名《琉球官話集》、鄭干英《官話集》、佚名琉球寫本《人中畫》。當時學官話的琉球自費生「勤學人」日益增多，清政府乃在福州設立琉球館收容一波一波湧進的琉球學生。明代出現的琉球官話資料相對的少，目前只有內田慶市教授發表的関西大學圖書館藏書的一個抄本，認為可能是明代的琉球官話課本。[2]

　　琉漢資料的B類內容比前述幾個地區更加豐富，在明代出現會同館編《華

2　參見內田慶市：〈琉球官話の新資料──関西大学長澤文庫本藏『中国語會話文例集』〉，《中国語研究》（東京：白帝社，2013），頁1-22。

夷譯語‧琉球館譯語》，清代會同館也編了《琉球土語》，作用與前述《朝鮮館譯語》、《日本館譯語》相同。值得一提的是古代琉球國王即位時，必定請求明、清兩朝來冊封，因此有許多冊封使回國之後編寫《使琉球錄》之類的書，呈現給皇帝說明冊封報告，其中一定有描寫琉球語的「夷語」部分，例如明代陳侃《使琉球錄‧夷語》、郭汝霖《重編使琉球錄‧夷語》、蕭崇業《使琉球錄‧夷語》、夏子陽《使琉球錄‧夷語》。清代徐葆光《中山傳信錄‧琉球語》、李鼎元《琉球譯》則是此類資料最精心的著作。還有潘相其人，既不是冊封使，也從未去過琉球，只因為擔任琉球公費留華學生訓導，朝夕相處深入瞭解琉球語，因此撰寫《琉球入學見聞錄‧土音》一書。

上述資料之外，還有一類「漂流船筆談資料」也應當被當作域外漢語資料看待，例如1826年1月2日一艘因風災漂流到日本遠州下吉田村（今日今靜岡縣榛原郡）的寧波貿易船得泰號，上面乘坐有116人，包括3位將轉送回國的日本人。從漂流到靠岸當天開始，即有當地官員將該船安置於駿州清水港開始，直到3月9日啟程前往長崎做後續處理為止，此段期間負責的日本官員羽倉、野田等人與得泰船船主楊啟堂、財副朱柳橋、劉聖孚等人，雖然彼此語言無法溝通，卻能以筆談方式討論。筆談內容經羽倉整理為《清水筆語》與《得泰船筆語》兩書。內容是日、清雙方人員筆談資料，討論各種包括興情消息、風俗比較、讀書作文，以及離情依依的豐富內容。[3]由於僅僅是漂流期間的異國筆談資料，所以本文不列入域外漢語資料中。

表1所載的各種資料，應當算是「域外」的資料，它可以補「域內」資料研究的不足。以下引述兩位日本學者的見解作說明。遠藤光曉在〈韓漢語言史資料概述——總論〉說：

> 本土資料是韓漢史研究上最基本的材料，但域外資料也往往顯示出本土資料所難以反映出來的特徵。就音韻學資料來說，韻書在研究音類方面是最可靠的資料，但不直接反映音值；域外資料價值高是由於其對音性

---

[3] 參見林慶勳：〈清水水清、寧波波寧——論《清水筆語》反映的漂流民筆談內容〉，《海洋歷史與文化》（高雄：國立中山大學人文社會科學研究中心，2012），頁1-23。全文見本書〔附錄1〕。

質可以顯示具體音值。然而那是語音層面上的近似值,所以還要進行音位層面上的考察。就語法詞彙方面來說,本土資料往往承襲傳統規範,不直接反映當時口語的實際面貌;域外資料出於實用的目的,卻反而顯示出接近實際口語的特點。總之,本土資料是經,域外資料是緯,兩者可以相結合起來闡明漢語史更細緻的相貌。[4]

其次,內田慶市在〈近代西洋人漢語研究的價值〉一文中說:

最近我們倡導一個新的學科——文化交涉學,所採用的方法論是「從周邊看中心」。事物,如果只看其中心,往往就抓不住其本質。正如颱風眼其實沒有風,只有周邊才有風一樣。還是古人說得好,比如日本自古就有「丈八燈照遠不照近」或「看人下棋預見八步」之說,而中國也有「當局者迷,旁觀者清」、「不識廬山真面目,只緣身在此山中」等俗諺。[5]

遠藤與內田兩位學者的論點,其實主要在提醒研究者,要多多注意「域外資料」的參考價值,他們不是排斥域內基本資料的重要性,而是強調域外資料的可參考性。

二　唐話教材內容

廣義的唐話,根據關西大學奧村佳代子教授的研究有三種:[6]

其一,唐通事的唐話

---

[4] 見《韓漢語言研究》(遠藤光曉‧嚴翼相主編,首爾:學古房,2008),頁445-447。

[5] 見《清代民國漢語研究》(遠藤光曉等編,首爾:學古房,2011),頁43。

[6] 參見奧村佳代子:《江戶時代の唐話に関する基礎研究》(大阪:關西大學出版部,2007),頁23-24。

其二，岡嶋冠山的唐話

其三，日本人的唐話

先說第二類「岡嶋冠山的唐話」，是指出生於長崎的岡嶋冠山（1674-1728），受地利之便，跟隨通曉廣東、杭州方言的長崎人士上野玄貞（1661-1713）學習，與長崎興福寺中興第三代住持悅峰道章（1655-1734）交往，更有機緣與大清秀士王庶常時相討論，[7]有此好機會學習唐話，難怪他的唐話程度與唐人幾乎無異。

岡嶋冠山在長崎擔任唐通事，對於職位低俸祿又少的內通事實在無法忍受，毅然離開長崎投奔江戶荻生徂徠（1666-1728）之門，加入「譯社」，荻生是當時江戶博學聞名的大學者，主張應當從直接學習唐話入手研究儒學。岡嶋就在這樣的氛圍之下，教導荻生及其弟子們唐話，隨後於1718年出版極為重要的經典著作《唐話纂要》，然後於1726年陸續出版《唐話便用》、《唐譯便覽》、《唐音雅俗語類》等書，奠定了岡嶋冠山在唐話的地位。在此應當特別留意的是，岡嶋上述四本著作，都是以刻本印刷出版，顯然閱讀使用對象可能是一般日本人，這種開放式的唐話學習，與唐通事的唐話傳承，至目前為止只看到抄本而沒有任何刻本發現的封閉式學習，實際上有相當的不同。

第三類「日本人的唐話」，指的是通過在「譯社」學習過唐話的荻生門人，他們有機會著手翻譯介紹中國白話小說，這些小說的出版都是投好當時一般市民的喜好，因此對當時市井說書、講笑話等娛樂界帶來相當的影響。由於「譯社」的儒學家插手了這些非四書五經的小說撰寫，自然而然也影響了日語文體朝向白話詞句的風潮。[8]往後許多日本人受到影響，開始創作或改寫中國通俗小說，甚至於用唐話創作日本歷史或日本社會發生的故事。

這類日本人創作的唐話作品數量也不少，由於它應合時代的好奇與需要，

---

7 參見石崎又造：《近世日本に於ける支那俗語文學史》（東京：清水弘文堂書房，1967），頁62-63。

8 參見安藤彥太郎著・卞立強譯：《中國語與近代日本》（北京：北京大學出版社，1991），頁54。

像商品一樣很快就流傳於當時民間，比較有名的著作如：《太平記演義》
（1719）、《平安花柳錄》（1738）、《譯文由緣看月》、《烈婦匕首》（1750）、《小
說白藤傳》、《演義俠妓傳》、《四鳴蟬》（1771）、《東行說話》（1778）、《國朝紀
事》（1794）、《海外奇談》（1815）、《日本忠臣庫》、《日本忠臣藏》（1890）
等，[9] 其中有刻本也有寫本。

第一類「唐通事的唐話」，就是本文所指長崎唐話，是讓準備擔任唐通事
職務者學習唐話的教材，目前所見多數是抄本，這一點相當符合唐通事屬於世
襲職務，因此學習唐話的教材只流通於圈內，無需大量刊印的事實。此類學習
唐話的教材，數量應當不僅僅目前所發現的十餘種，在日本甚至日本之外的公
私藏書，相信還有尚未被發掘的不少材料，等待後人鍥而不捨去搜尋。

目前比較常見的唐話教材，有以下數種：1.《譯家必備》約60,200字、2.
《瓊浦佳話》約36,500字、3.《長短拾話唐話》約19,300字、4.《養兒子》約
12,200字、5.《鬧裏鬧》約9,000字、6.《唐通事心得》約8,100字、7.《小孩
兒》約4,200字、8.《請客人》約3,100字、9.《長短話》約3,100字、10.《官話
纂》約2,500字、11.《小學生》約2,100字等11種。由於各書版本分歧多種，同
一本書有許多不同寫本，內容文字也稍微有異，分別藏於東京大學圖書館、京
都大學圖書館、早稻田大學圖書館、関西大學圖書館長澤文庫、天理大學圖書
館、長崎歷史文化博物館以及靜嘉堂文庫等處。上述除8.9.11三種，由鹿兒島
的薩摩藩發行之外，其餘可能僅在長崎一地流通而已。

此外屬於唐通事唐話的教材，長崎歷史文化博物館圖書部藏有一本《福州
話二十四孝》，可能是唐通事學習福州話的抄本，引述其中第二則〈懷橘遺
親〉如下：

> 原早漢朝有一个陸姓，名叫做績，係吳郡人，伊娘□[10]叫做陸康，也做
> 廬江太守其官。當時有一个袁術，在九江做官，績許時候年紀隻務六

9　參見奧村佳代子・岩本真理：《清代民國漢語研究文獻目錄・唐話》（首爾：學古房，
　　2011），頁189-193。

10　此字為福州話方言用字，左旁作「亻」、右旁作「罷」。

歲，耒九江見袁術，就曉的禮數。術見陸績六歲孩兒，乖巧可愛，就叫
人捧一盤紅橘，請伊就食。一个嘴裡雖然裡食，心裡就思量，我娘奶也
愛食，看見儂目秋剌斜，就偷掏二枚，藏在袖中，帶轉去乞娘奶食。及
拜謝回家，相揖一拜，不覺紅橘二枚隨落地下，術與之戲曰：「陸郎作
儂客而偷乎？」績跪答曰：「因是奶娘癖性愛食，故此偷掏二枚。」術
聽見陸績講出這話，不覺駭異，年紀只紬的孝順，真是難得也。詩曰：
「孝弟皆天性，人间六歲兒，袖中懷綠橘，遺母覺希奇。」[11]

上述引文純粹是以福州話描寫的內容，可以想見當時福州話所以被唐通事
作為學習的語言之一，必然與長崎在住講福州話的唐人，[12]以及來航長崎唐船
的福州人不少有關。

三 長崎社會的多語交響

江戶時代實施鎖國政策，1635年（寬文12年）以後，限制只有中國船與荷
蘭船才能進出長崎港貿易，當時從中國來的唐船逐年急速增加。17世紀70年
代，長崎人口約有6萬人，其中有六分之一約1萬人是唐人，[13]由此可以想見當
時長崎市街的多國繁華景象。

（一）唐三寺對應三種方言

多數隨唐船來航的唐山人，由於待在長崎時間不等，他們可能使用自己習
慣的唐山語言。根據資料顯示，當時比較重要的唐話有三種，即「漳州、泉州
話」、「福州話」及「南京話」。這些都屬於中國東南沿海地區的方言，可能與
沿海地區唐船貿易維生的人較多有關係。

---

[11] 見長崎歷史文化博物館藏本《福州話二十四孝》，頁4-5。又有關本段引文校正，請參考本書
「附錄4-L1」。

[12] 此點可參閱下一節「長崎社會的多語交響」討論。

[13] 參見原田博二著：《長崎——南蛮文化のまちを步こう》（東京：岩波書店，2006），頁98。

　　長崎當時有三座規模稍大的寺院，合稱「唐三寺」，其一「南京寺」又稱作「三江寺」，正式寺名是「興福寺」，建於1623年，屬於江蘇、浙江、江西所謂三江人的寺觀，目前仍保存完整，成為長崎觀光勝地。其二「漳州寺」又稱「泉州寺」，正式名稱叫作「福濟寺」，建於1628年，屬於閩南語系漳州人或泉州人的寺院，位址距離現在的長崎車站不遠，可惜受到第二次世界大戰長崎原爆炸毀，現在只剩下一些殘跡，舊日的繁盛已經不復見。其三「福州寺」正式寺名叫作「崇福寺」，建於1629年，屬於福州人寺院，目前內部保存完整，有許多文物被列為日本重要古蹟保存。

　　唐三寺不但是17世紀以來，唐山同鄉在長崎的聚會所，也是自己同鄉最重要的精神寄託所在。唐三寺有一個慣例，他們的住持一定從唐山各自家鄉請來的高僧，一來平日生活若遭遇困難容易獲得協助，再則法事進行的語言也可以暢通無阻。可是多數唐僧無法使用日語，甚至於其他方言也很難聽明白，遇到身邊跟隨的徒弟，若言語不通，心中的苦悶很難說出來。下面有一段引文，說擔任住持的唐僧，因為言語無法溝通，個個都想回鄉：

> 　　原耒言語不通，十分不便，所以唐僧到長崎耒，做三寺的住持，身边跟隨的人，話說得不明不白，要長要短，吩咐徒弟們做什広事情，唐僧說得話聽不出，陰錯陽差，做得顛[14]倒了，只當隔靴搔痒一般，搔不著痒處，好幾遭落空了，及至弄手勢把他看，方纔搔著了，豈不是厭煩。
>
> 　　因為唐僧是个丶想要囬唐，沒有一个不思鄉。原耒唐僧家是食祿有方，到處都是自己的故鄉了，況且通得佛經，看破世態炎涼，曉得一死一活的道理，比在家人自然清高一分，難道同凡夫肉眼一般，只管貪生怕死不成，因為言語不通，心腸裡頭，有什麼酸甜苦棘的事情，也講不得出口，弄得滿肚子昏悶了，沒處出気，因此上只管思鄉了。[15]

---

14 此「顛」字長崎歷史文化博物館藏本，該字右偏旁「頁」誤作「真」。

15 見長崎歷史文化博物館藏本《長短拾話唐話》，頁52-53。又有關本段引文校正，請參考本書「附錄4-C16」。

　　來自浙江杭州府錢塘縣的興福寺第七代住持旭如蓮昉（1664-1719），於1711年受聘來長崎弘法。由於語言無法溝通，說了一個自己經歷的沉重笑話，《長短拾話唐話》中如此記載：

> 前年南京寺裏的旭如和尚，說乙个咲話，他說道我在唐山的時節，做人朴實，心腸倒也畢直，沒有鬼頭鬼惱，聽見人家的話，不論好歹，都是聽信，惡猜的念頭，是一点也沒有的了，所以動不動被人家哄騙了，借去了衣服穿懷了，或者被人搶奪了銀子，好幾遭吃虧了。到東洋未，一个好心腸，倒變做蛇肚腸了，為什広呢？兩辺說話不道，因為看見人家発惱，只說道是罵我，看見人家咲起未，只說道是咲我，疑々惑々只管惡猜了，可不是咲話，這个話雖然取笑說，倒是実話了。[16]

由此可見當時來長崎的唐人，與生活上都使用日語的長住唐人，可能造成溝通困難，如果遇到不同方言區的來航唐人，有時也會有誤會與不方便。

（二）使用南京官話做溝通

　　長崎一地的唐人，不管是出生於當地的長住者，或者隨唐船來的暫居者，慢慢地就以南京官話當作溝通的語言。從下面一段引文，可以看出教導唐話的先生，給學生做各種方言的比較之後，也告訴他的學生南京官話是可以通全國十三省的語言，外江人、下南人、福建人，若說南京官話做交流，彼此都可溝通無礙：

> 若是外江人，遇著下南人，或者見了福建人講官話，[17]自然相通。原來官話是通天下中華[18]十三省，都通得了。童生秀才們，要做官的，不論

---

[16] 見長崎歷史文化博物館藏本《長短拾話唐話》，頁53-55。又有關本段引文校正，請參考本書「附錄4-C17」。

[17] 外江人指說南京話的人，下南人指講閩南話的人，福建人是指講福州話的人。

[18] 「華」字長崎歷史文化博物館藏本誤作「幸」字，已在字旁修正。

什厷地方的人，都孝官話，北[19]京朝廷裏頭的文武百官，都講官話，所以曉得官話，要東就東，要西就西，到什厷地方去，再沒有不通[20]了，豈不是便當些，但是各處各有鄉談土語，蘇州是蘇州的土語，杭州是杭州的鄉談，打起鄉談未竟不通，只好面面相覷，耳聾一般的了。[21]

　　平日雖各自使用各種口音的唐話，不過為了彼此溝通需要，使用南京官話是當時大多數人的溝通方式。因此唐話教學的先生，就得教學生通天下的官話：

> 你若依我的教法，平上去入的四聲，開口呼、撮口呼、唇音、舌音、齒音、喉音、清音、濁音、半清、半濁這等的字音，分得明白，後其間，打起唐話未，憑你對什厷人講，也通得的。蘇州、寧波、杭州、楊州、雲南、浙江、湖州這等的外江人，是不消說，連那福建人、漳州人，講也是相通的，佗們都曉得外江話，況且我教導你的是官話了，官話是通天下，中華十三省都通的。若是打起鄉談未，這々我也聽不出，怪我不得，我不是生在唐山的，那ケ土語，各處々々不同，杭州是々々的鄉談，蘇州々々[22]是々々的土語，這ケ你們不曉的，也過得橋。[23]

　　此處的「外江人說話」，指的是「南京官話」，就是中華十三省都可以相通的官話。此外，漳州人講的當然是漳州閩南話，福建人指福州人，說的也是他們的福州話，這些都是當時長崎所謂的「唐話」。16世紀後半到17世紀中，在長崎這三種方言是當時各自通行的語言，彼此之間無法通話。不過受到當時唐山已流行使用南京官話溝通的影響，長崎也逐漸開始使用南京官話，當作唐話

19　「北」字長崎歷史文化博物館藏本誤作「比」字，已在字旁修正。

20　「通」字長崎歷史文化博物館藏本誤作「道」字，已在字旁修正。

21　見長崎歷史文化博物館藏本《長短拾話唐話》，頁51-52。又有關本段引文校正，請參考本書「附錄4-C15」。

22　此「々々」疑為衍文。

23　見奧村佳代子編，《關西大學圖書館長澤文庫所藏唐話課本五編‧小孩兒》，頁14-15。又有關本段引文校正，請參考本書「附錄4-G2」。

的共同語。

　　以下一段引文說，教學唐話的先生碰到一位優秀的學生，短短時間就能精通各種方言與官話，實在難得：

> 有一个人问他說道：「你原来是漳列人的種，如今講外江話，豈不是背了祖，孝心上有些說不通了。」他原是乖巧得緊，大凡替人来往的書扎，相待人家的說話，水来土掩，兵来鎗當，著实荅應得好，他囬覆說道：「我雖然如今孝講官話，那祖上的不是撇下来竟不講，這个話也会講，那个話也会講，方纔箅得血性好漢，人家說的正是大丈夫了，口裏是說什庅話也使得，心不皆祖就是了」
>
> 他今日来孝話，一見了我，就拜了八拜，口中千恩萬謝，還要拜我一百拜的意思，我不曉得這个解說，當不起，連忙扶他起来，抱住身子，阻當他，說道：「今日你只管磕頭，不知什庅道理，沒有功勞，如何受你的拜，有甚緣故，傾心剖胆說出来把我聽，若是應當受你的大裡呢就罷了，不然你如此乱磕頭的時節，摸不著頭路，坐在椅子上，像个有芒刺一樣，坐得屁股也不著实。」那時阝他說道：「小弟昨日唐館裡值日，人々稱贊小弟說，這几日話講得好，比前頭差得大相縣涉，体面上夛少好看了。這都是先生的大力，若不是先生的大才請教，如何能自做得来，因為銘心鏤骨，感激不過了。」[24]

　　上面引述《長短拾話唐話》一段內容，這位年輕人才二十二、三歲，原來是漳州人的後代，承襲了唐通事的職位，必須學習外江話（即南京官話），在唐館當差才能與人溝通。因此來請教老師學習官話，因為天資聰穎，肯下功夫學習，才學了一兩日，就能應對妥善。此外加上百伶百俐，處事得體，能夠應付各種場面，總能處於不敗之地，讓教他官話的先生大為欣賞。

---

[24] 見長崎歷史文化博物館藏本《長短拾話唐話》，頁61-64。又有關本段引文校正，請參考本書「附錄4-C18」。

四 封閉的唐通事職位世襲制度

（一）通詞與通事

　　長崎唐通事專門管理與唐船有關的事務，他們被冠稱為「通事」而不是「通詞」，其實與所負的職責有關係。簡單說「通詞」只不過負責語言的翻譯工作而已，所以當時設有「阿蘭陀通詞」，專門在長崎出島做與荷蘭人有關的通譯工作。而稱為「唐通事」，表示除了語言翻譯之外，還有其他實務接觸的許多任務。也就是說唐通事除了與進入長崎港的唐船進行貿易時擔任翻譯工作之外，也參與其他與貿易有關的事務，這些職務上需要執行的工作有許多種，從唐通事各種不同的職稱可以看出他們的職責所在，例如幾個較常見的名稱如下：[25]

　　　　唐年行司：主要針對來航唐人，如果犯法或與長崎當地人有糾紛時，審
　　　　　　　　　判其是非。由於負責人每年一次輪替，所以取名「年行
　　　　　　　　　司」，於寬永12年（1635，崇禎8年）開始設置。

　　　　唐通事目附：主要監督唐通事的工作與品行。於元祿8年（1695，康熙34
　　　　　　　　　年）設置。

　　　　風說定役：主要從長崎入港的中國人或其他各國人士中，探聽各國的實
　　　　　　　　　際情況，然後彙整後定期向長崎奉行報告。於元祿12年
　　　　　　　　　（1699，康熙38年）設置。

　　　　御用通事：主要負責幕府將軍家指定需要的中國物品，詳細規劃所需物
　　　　　　　　　品的預訂、籌備、供應。於享保10年（1725，雍正3年）設
　　　　　　　　　置。

　　　　直指立合通事：主要評定唐船所載貨物價格時，臨場監視。於享保12年
　　　　　　　　　（1727，雍正5年）設置。

---

[25] 參見六角恒廣著‧王順洪譯：《日本中國語教育史研究》（北京：北京語言文化大學出版社，1992），頁265-266。

從以上唐通事職務的不同名目，可以看出擔任一個唐通事除了平時唐話學習之外，他還需要許多與中國有關的知識或常識，才能應付唐船各種衍生的事務，或者各自名目需要執行的不同工作任務。儘管有許多不同名目的唐通事職稱，但他們都屬於一代傳遞一代的世襲制度，外人很難介入。[26]

（二）下苦功夫的通事養成教育

江戶幕府時代，從德川家康開始，找來一批長住日本的中國人後代，將他們訓練成擔任唐通事的職務，第一位被任命的唐通事馮六，[27]就開啟接受這項艱難但是被幕府倚重的工作。此後唐通事繼承人，一代傳一代形成了世襲的制度。有一位學習唐話的唐通事後代說，學習唐話是他們的本職，然後才能落實唐通事的職分，衣、食有了著落，才能奉養父母。教他的先生則告誡，生為通事家的兒子，只有好好學習，以便將來升上大通事，真正有本事才能飛黃騰達：

> 先生放心，晚生嬾惰不得。為何呢。晚生們生在通事家，不學書本，不講唐話，那里做得職事，衣飯從那里來，怎能勾養父母。這等道理都是明白在肚裡，少不得要學了。
> 你既曉得養父母的道理，正真好得狠。通事家的兒子，講話、讀書、寫字、學做詩文，第一本等，不得不學。你學成了，做了職事，唐話也會講，肚裏也明白，一時運氣轉頭，做了大通事，那時候吃著好，穿著好，豐衣足食，養著父母。若是不長俊的，話也講不未，筆也拿不動。

---

26 木津祐子：〈官話課本所反映的清代長崎、琉球通事的言語生活——由語言忠誠和語言接觸論起〉說：「通事職務為世襲制度，若沒有親生孩子，則收養子繼承其職。由《長崎實錄大成》卷十〈唐通事始之事〉中有：『此後（元祿12年1699之後）大小通事子弟以及有身家背景者，得任稽古通事。』的記載可以窺知。更具體的例子，則在《唐通事會所日錄》（東京大學史料編纂所《大日本近世資料》所收）當中可以看到多數關於任用唐通事的有趣記載。」見《東亞漢語漢文學的翻譯、傳播與激撞：十七世紀至二十世紀學術研討會論文集》（臺北：中央研究院中國文哲研究所，2008），頁1。

27 第一位唐通事馮六（？-1624），祖籍山西潞安府，其後遷居於浙江始平縣，妻室是日本人平野氏，他的長子就取名平野四郎兵衛，孫子取名平野平兵衛。

不識字的人，雖然做了通事，動不動被人輕錢了，或者在當官出醜。不但是做不得大通事，一生一世窮苦，不得過活，沒奈何做出不公不法的事情。你們年紀青得狠，志氣高遠，可喜々々。[28]

教導唐話的先生，為了讓唐話學習者獲得好成績，無不費盡心思、苦口婆心勸勉一番，下面一段《養兒子》的引文，可以看到當時教唐話的先生，多麼的用心，就怕這些通事家的後代不長進、不學好，將來耽誤了工作，也辱沒了傳承的職分：

原來學唐話，言語狠多，又有平上去入的四声，開口呼、撮口呼、清音、濁音、喉音、齒音、唇音、舌音、半清、半濁，都要分說。若不分明，糊々塗々的時候，只當水裡放屁。唐人一句也聽不出，所以做通事的最艱難。
常言說道：「天下無難事，只要有心人。」要學唐話的，最要用心，不但是唐話，要學什広事情總要用心。要學彈弦子，也要用心，不肯認真的時候，便學十年，也學不成。那弦子響是響，沒有清亮。講唐話也是一樣的，字音分不清，憑你怎広樣高聲講，也聽不出。如鴨聽雷，摸不著頭路，竟是呆木了。若是生成牛笨的，學了一年半載，認真起來的時節，聰明是自然逼出來，那時候，肚裡明白，要講什広事情，就是講日本話一樣，容易講得來。[29]

教導學習唐話的先生，擔負著教學成果的責任，教得好不好雖然與學習者的努力用功，以及天資聰穎有直接的關係，但是看在這些先生的眼裡，相當擔心許多有世襲職位後生，不肯好好學習，將來工作上不順遂、不稱職，其實都

---

[28] 見奧村佳代子編：《小學生》，《関西大學圖書館長澤文庫所藏唐話課本五編》（大阪：関西大學出版部，2011），影印頁56-57。又有關本段引文校正，請參考本書「附錄4-H1」。

[29] 見早稻田大學圖書館藏本《養兒子》B本，頁21-22。又有關本段引文校正，請參考本書「附錄4-F1」。

與年輕時的學習態度有很大關係，難怪先生們要苦口婆心的告誡一番：

> 目今後生人家，都不肯學，一到館中見了唐人，講也講不來，聽又聽不
> 出。東也不成，西也不就，也不怕羞。自巳只說是，好々的通事老爹，
> 穿領長衣，挿把好刀，裝个模樣，虛度光陰。每日吃了酒，吃得大醉，
> 滿口講大話，說道：「我有本事，罵了唐人，連唐人也講不透我的唐
> 話。」極口賣弄自巳，只是有名無實，真正可笑々々。
> 也有一等破落戶，書是竟不讀，見了唐人的呈子，一句也念不來，也假
> 做念得下。若是有人問他，胡亂答得幾句，話也不講，也不去學，自巳
> 看得勾了，倒去學沒要緊的事情，或者豁拳、唱曲、彈琴、三弦子、談
> 琵琶、牽胡琴、吹笛兒、吹鎖吶、吹喇叭、著圍棋、下象棋、打雙六、
> 騎馬、射箭、使鎗刀、演習武藝，這个還算得好。也有賭錢、賭高興，
> 或者花街上去嫖婊，或者做戲，花了臉，穿了女人家的衣服，打扮做戲
> 子的模樣，一身學得浮浪子弟，沒有一个正經的事情。[30]

擔個唐通事的名號，穿戴佩掛有模有樣，只是昔日學藝不精，目下僅能以
虛有其表的職位唬人，對初來乍到的來航唐人，裝腔作勢，不假辭色。對於來
航唐船重要公文書，一句也看不來，卻要賣弄職位高學問大，指揮這個指揮那
個。

從以上的引述，可以明白這些教學教材內容，主要在教導如何做好一位唐
通事。但是唐通事工作屬於世襲，有些不肯上進的後生，總認為只要繼承名分
有了工作，就不愁養家活口，因此不好好學習唐話或與唐通事有關的事務，難
怪惹來先生的擔心與勸勉。

職業的世襲制度，讓子孫世代相襲，自然而然外人無緣插手，久而久之就
形成封閉的體制。日本人出身的岡嶋冠山，儘管唐話修養已經達到與唐人無異

---

30 見早稻田大學圖書館藏本《養兒子》B 本，頁22-24。又有關本段引文校正，請參考本書「附
錄4-F2」。

的水準，最後仍然屈居職位低賤的下級通事，在有志難伸的氛圍下，只有離開唐通事的職業生涯一途。[31]何以他無法升任職位較高的通事職位，究其原因，其中可能與他非世襲身分有關，因為缺乏有權力的父兄推薦，如何也只能屈就低級下等的職位。

由於這項世襲的傳統制度，學習唐話或學習與通事有關的教養學問，幾乎無需外求，外人也無緣插手，因此至今所見的唐話學習教材，幾乎看不到一本是屬於刻本的教科書，這也意謂著不必讓通事家之外的人學習，以免與外界競爭，產生自家人寡占利益的挑戰。通事家的子弟若要學習唐話，就讓教學的先生謄抄一份教材，或者自行編輯一本備用即可。久而久之唐話學習，變成通事家內部的家務事，與外人完全無涉，經過一兩百年的傳承，自然與外界隔閡，形成了一個牢不可破的封閉體制。

（三）語言學習的實用性

唐話的實用性很高，因此編輯的內容必須對真實事件的描寫，才能達成強烈的學習動機。當時的長崎市街，除了靠唐船貿易生活的日本人外，也混雜有明朝末年以來避難的唐人居住，在該地可能已經傳宗接代幾世了，在當地稱作永住唐人。另外就是走船貿易的唐人，進入長崎港後原來散居在熟識日本本地人家，等待貿易結束唐船回航，這批唐人因為屬於暫住性質，稱作來航唐人。[32]

以下一段唐通事與寧波來航唐人的對話，可以明白不學唐話，可能跟唐人溝通會有問題。文中那位唐通事，雖然只學了兩年的唐話，但至少可以派上用場說話溝通：

> 寶舟是那里開來。晚生寧波開來。老兄來過幾回。晚生這遭第三回。唐山有甚広新聞，請教々々。豈敢，沒有甚広新聞，各處都太平。……尊

---

[31] 詳見林慶勳：〈唐話對應音觀察之一——岡嶋冠山標注匣母字的變化〉，《漢學研究》（臺北：國家圖書館，2012），30卷第3期，頁181-183討論。

[32] 1689年唐人屋敷（又稱唐館）建造完成後，所有到長崎的唐人，都被集中安排住進唐館中，已經不像過去一樣，可以自由自在住在熟識唐人的住宅。

姓呢。豈敢，姓陳，就是耳東陳。大號呢。豈敢，賤號永昌。貴府是那里。豈敢，晚生在蘊州。貴庚几歲。豈敢，賤庚三十一歲。

老爹學了幾年唐話。小弟今年正月起，不過學了幾ケ月工夫。好々，虧你，真正難得。豈敢，真正見笑，眾位請教々々。那老爹學了幾年唐話。小弟學是學了両年，也還講不未，真正見笑。這ケ是你謙虛的話，虧你這樣講得好了。豈敢，以後相煩眾位長兄請教々々。你這両日□[33]了，真正恭喜得狠，從今以後一發用心々々。夛謝，靠福々々。小弟年少，要是仰伏眾位，諸事要請教。[34]

這些內容的記載，都是清清楚楚的唐話教學指導，試想如果一位唐通事，無法與唐山來航的唐人說話溝通，他如何處理更複雜的瑣瑣碎碎事務？因此把唐話學好是唐通事第一要務。

　　江戶時代的長崎唐通事，最重要的職責就是與來航的唐船人員溝通，因此唐話的學習算是溝通的首要課程，除此之外，更要下功夫對各種唐山事務多加學習。《瓊浦佳話》卷之一有一段話，敘述唐通事需要處理的事情很複雜，若處事不夠伶俐，待人無法圓通，可能無法善盡自己的職責。言下之意，在尚未擔任通事之前就須好好培養。且看以下所說：

譬如寫々字、打筭盤，這是人家过活的本事，做職事也要曉淂，不足為奇。做乙ケ唐通事，講唐話、寫唐字、賦詩、作文，這是弟乙本等的，还有世情，也要通的，論起學文，肚裡差不多通淂未，也做不淂，人家乙看了通事，就問起唐山讀書的道理，若是遇著大才子，问山问水，牽枝帶葉，好不囉□[35]，回為肚裡有了些少墨汁，就荅應不來，要是博覽

---

[33] 此字上作「日」，下作「夅」，不知何字？暫存疑。

[34] 見奧村佳代子編：《長短話》，《関西大學圖書館長澤文庫所藏唐話課本五編》（大阪：関西大學出版部，2011），影印頁35-36。又有關本段引文校正，請參考本書「附錄4-1」。

[35] 「囉□」，可能是話本小說出現的「囉唆」或「囉嗦」，意為「言語繁複瑣碎、絮叨」。見白維國編《白話小說語言詞典》（北京：商務印書館，2011），頁976。

飽學，三教九流，都是精通。[36]

語言學習只在做溝通使用，擔任了唐通事除了唐話能說、能溝通之外，其他與唐船貿易的事情，無不需要勤奮學習，主要在與唐人應對時才能有分量，不要讓對方看輕了，談判時才能積存本錢。

> 唐人乙年做了几千万刃的貿易，只靠著通事，倘或遇著木字牌一樣不明白的通事，錯过了好机會，或者悞了大事，因該撰錢的生意，也撒手撒淂不好，大々折本了，所以筹帳盤利是不消說，連那生意上的酸甜苦棘，都要嘗[37]淂透，若要詳知唐山，山怎広樣，水怎樣，唐人怎生是苦埜？如何是快活？問那通事，便知端的，唐人若有什広口舌是非，相罵相打，或者有甚寃屈的苦情，那時節，教通事調停，做通事的，放乙个才幹出來，明公[38]正氣，分个青紅皂白，判斷明白，你也不要紂[39]恨他，他也不要寃屈儞，兩家相和，解忿息事，叫兩邊要不做寃家。[40]

遇到與唐人糾紛的事端，若不明白唐山的習慣，或者唐人的想法，如何調停圓滿。因此做一個唐通事，各種人生道理都需學習，甚至於從做中學習得到處理寶貴經驗。從上述引文的敘述，可以看到這批教材的實用性相當強，針對唐通事可能遇到的問題，不厭其煩一一加以敘述及指引。

從下面一段《長短拾話唐話》的敘述，更直接的點出想要未來成為大通事，講話、學問、人情世故、膽識等是重要條件：

---

[36] 見早稻田大學圖書館藏本《瓊浦佳話》，頁19。又有關本段引文校正，請參考本書「附錄4-A2」。

[37] 「嘗」字早稻田大學圖書館藏本《瓊浦佳話》，下半部「日」俗寫作「耳」。

[38] 早稻田大學圖書館藏本《瓊浦佳話》，在「明」字下抄寫成並列小字的「白公」兩字，東北大學圖書館狩野文庫藏本頁15作「明公正氣」，可參考。

[39] 「紂」字東北大學圖書館狩野文庫藏本《瓊浦佳話》頁15作「討」字，可參考。

[40] 見早稻田大學圖書館藏本《瓊浦佳話》，頁19-21。又有關本段引文校正，請參考本書「附錄4-A3」。

做一个唐通事，不事[41]輕易做得未，一則講話，二則孛問，這兩樣要緊，但是平常的人是多得狠了，才藝超過人家，出類拔萃的人，是節眼裡頭隔出未的一般，十分難得。雖然如此，這兩件是通事家的家常茶飯，不足為奇，單々會講兩句話，會拈筆頭也做不得，那筭盤上歸乘除的筭法，生意上塌貨[42]營運的道理、世情上的冷煖高低，這等的事情都要明白，更兼有胆量，纔是做得大通事，若是小氣鼠胆的小丈夫，夢裡也不要想做大通事。[43]

講話、學問之外，想要成為一位好通事，還須在囤貨貿易技巧、世間人情高低等方面下功夫，此外更須有膽量才能成為大通事。因此學做唐通事，唐話不過是最低限度的學習科目而已，今日所能看到的唐話教材，幾乎都是實用性很強的唐話與工作實例彙整的綜合性課本，由此可以推測唐通事的學習，不論是唐話或工作內容，可能都是邊做邊學逐漸成長的。

五　以口語編寫的通俗教材

唐話教材編輯的目的，是要讓學習者掌握教材內容，模仿教材說話的用詞及口氣，說好漂亮的唐話，方便與來航唐人溝通沒有障礙。這樣簡單明確的「教學目標」，我們當然能在他們的教材中看到口語的說話方式。如果拿琉球官話課本如《學官話》、《白姓官話》、《官話問答便語》等書內容做比較，可以看出琉球官話課本編輯使用的官話，比唐話用詞典雅許多，主要在彼此有不同的功能所致。唐話的學習目標前面已經說過，主要在與從唐船下來的唐人做溝通，那批走江跑洋的唐山人，對話時毋須多用文謅謅詞語，能溝通即可；而琉

---

[41] 此「事」字疑為「是」字之音誤字。

[42] 李榮主編《現代漢語方言大辭典》（南京：江蘇教育出版社，2002.12）第五冊（4675頁）指出「搨貨」上海方言意謂囤積貨物。

[43] 見長崎歷史文化博物館藏本《長短拾話唐話》，頁64-65。又有關本段引文校正，請參考本書「附錄4-C19」。

球官話的學習者有一部分人，可能需要與清朝派來的冊封使或朝貢時與官員接觸溝通，因此講話不能太俚俗，典雅可能是最起碼的要求，因此學習的官話課本的內容自然有所不同。

從當時大環境來看，幕府鼓勵各藩努力學習儒學，因此每年從長崎輸入的中國書籍，數量極為驚人，1639年（寬永16年）開始在長崎設立「立山聖堂」，[44]專門管轄輸入的漢籍。但是這批書籍是提供給武士階級，作為儒學教養經典閱讀之用，一般學習唐話的預備通事，沒有機會接受這些儒學教養的指導，反而鼓勵他們多多閱讀《今古奇觀》、《水滸傳》、《聊齋志異》之類的近世小說，借以積累明、清時代中國平民的教養。[45]這種「唐話」的學習，被稱為「崎陽之學」，與當時幕府推行的儒學學問相對，據說當時對它稍微有一些輕視的感覺，因為「崎陽之學」主要學習市井小民的說話，並沒有什麼太大的學問，甚至可以說根本不被看做正式的學問。

以下先引述一段《瓊浦佳話》卷之一的內容，說的是遠在江戶的德川幕府將軍，關心長崎當地人受天主教異教的蠱惑，利用各種明暗的方法瞭解民情，如果真有危害統治的舉動，命令直轄的長官長崎奉行予以處斬，絕無寬赦：

> 將軍老爺十分精細，把天主教的小影，鑄在銅板上，叫九州的人，乙年乙次躧銅板，這个是要試深[46]民家，帰依邪教不帰依邪教，打深[47]情弊的意思了。又叫几个細作人，暗々地各處埋伏，也有粧做生意人，也有粧做行脚僧，或者粧点了計課先生的打扮，替人算命，借了算命的題目，暗々地查問未蹤厺跡，講々談々說話裡頭，捉人家的毛病，東家也

---

[44] 參見藪田貫・若木太一：《長崎聖堂祭酒日記》（「関西大學東西學術研究所資料集刊二十八」，大阪：関西大學出版部，2010），頁493。

[45] 參見安藤彥太郎著・卞立強譯，《中國語與近代日本》（北京：北京大學出版社，1991），頁52-53。

[46] 早稻田大學圖書館藏本《瓊浦佳話》「深」字疑為「探」字之形誤，東北大學圖書館狩野文庫藏本頁7正作「探」字。

[47] 早稻田大學圖書館藏本《瓊浦佳話》「深」字疑為「探」字之形誤，東北大學圖書館狩野文庫藏本頁7正作「探」字。

厺，西家也厺，乙味探聽民家的舉動，倘有歸依邪教的，就是稟了王家，捉住了處斬。[48]

上面引述的《瓊浦佳話》，或許是模仿擬話本小說而撰寫，可能文字很自然趨向於話本小說的說話方式，不過口語的活潑說話口氣，卻是不能否認。撰述時代與《瓊浦佳話》稍晚的唐話教材《譯家必備》，或者《長短拾話唐話》，內容撰寫都不會走典雅文字的路數，而是一味普普通通的講話口氣。下面的引文《譯家必備》第一篇〈初進舘〉多數為對話性質，特別引述開頭的敘述；《長短拾話唐話》一段引述，則是教唐話的先生對學生的訓戒，讀了之後有具體的形象感覺：

大凡通事到了十五六歲，新補了學通事，頭一遭進舘的規矩，到了公堂，看見在舘各舩主、財副，坐在公堂上，分南北而坐，廳上值日老爹，同幾簡學通事（稽古通事）、內通事（小通事），[49]分品級，端端正正，坐在那裡。看見新補通事，施禮過了，方纔值日老爹對唐人們說道：「這位是林老爹的阿郎，此番新補了學通事，今日頭一回進來，見見眾位。」[50]

我和你說，你們孝唐話，須要背得出，若沒有背[51]在肚裡，聽憑你每日孝了幾百句也用不著。你見了一个人要講話，人家面前，怎庅[52]樣好把書本攤開末，看書本可講的，人家要你講這一句話，你背不出，說道：「你且等一回，我到家裡去看書本，少停就末講一講。」豈不是被人笑

---

[48] 見早稻田大學圖書館藏本《瓊浦佳話》，頁9-10。又有關本段引文校正，請參考本書「附錄4-A1」。

[49] 括弧中的「（稽古通事）」與「（小通事）」字樣，分別置於「學通事」與「內通事」左側，疑為校書者旁寫。

[50] 見《譯家必備》（長澤規矩也編：《唐話辭書類集》第20集，東京：汲古書院，1977）頁3。又本段引文校正，請參見本書「附錄4-D1」。

[51] 此「背」字上面「北」字，長崎歷史文化博物館藏本作「比」字。

[52] 此「庅」字裡面「么」字，長崎歷史文化博物館藏本作「幺」字，下同。

破了，你可有臉面講這等的話厷。[53]

　　同樣是唐話，時代接近的岡嶋冠山著作，其中《唐話纂要》卷六收有「白話短篇小說兩篇」，一篇題名為〈孫八救人得福〉，另外一篇叫作〈德容行善有報〉，以下各引開頭的幾句話為例：

　　　　昔在長崎有孫八者，膂力過人，遊俠自得，後有事，故而被官逐放，遂
　　　　為干隔澇漢，而流落京師旅宿，於五條橋邊，賣烟為生。每有少許錢
　　　　鈔，則沽酒邀客，定欲盡醉，未嘗有顧後窺前，而拘於小節也。時值七
　　　　月十三夜盂蘭盆，家家張燈，處處作戲，若男若女，或老或少，皆得縱
　　　　觀，共為優遊。京師繁華，誠天下無比。[54]
　　　　李德容楊州人也，乃富家嫡子，而為眾所敬。素聞我長崎山水之勝，思
　　　　一遊焉。我國貞享年中，[55]忽有其便，而販貨來崎，寓居原市郎兵衛者
　　　　家也，無日不來徃於稻山、大浦等處以消遣。既至荊棘林，遍見當時名
　　　　妓數十人，亦皆偽粧假飾，未足齒及。因以海外不有真美人，厥後無復
　　　　至焉。[56]

　　與上述引文做比較，可以感覺岡嶋著作雖然也是唐話，其典雅用詞距離口語甚遠，甚至受到文言文影響的寫作影子在其中。因為該書並非專為唐通事工作上與唐人接觸需要而編輯，因此無須走口語化的寫作方式。[57]

　　此外也可以拿專為日本人所編寫的唐話文學作品來做比較，例如《忠臣藏演義》是1815年出版的《海外奇談》底本，由唐通事周文次右衛門把日本淨琉

---

[53] 見長崎歷史文化博物館藏本《長短拾話唐話》，頁1-2。　又有關本段引文校正，請參考本書「附錄4-C1」。

[54] 見岡嶋冠山，《唐話纂要・孫八救人得福》（長澤規矩也編《唐話辭書類集》第6集，東京：汲古書院，1972），頁235。又有關本段引文校正，請參考本書「附錄4-J1」。

[55] 貞享年當1684-1687年。

[56] 見岡嶋冠山，《唐話纂要・德容行善有報》（長澤規矩也編《唐話辭書類集》第6集，東京：汲古書院，1972），頁265。又有關本段引文校正，請參考本書「附錄4-J2」。

[57] 本文前面已經提過，岡嶋冠山的唐話著作非本文討論的範圍

璃作品《假名手本忠臣藏》翻譯成唐話的資料。[58]該書第一回「尊氏公拜納義負盔，高野侯亂罵桃井侯」有一段：

> 卻說不臨乱，則不見負臣之志；不臨財，則不見義士之操。正所為雖有嘉殽，不食不知美味。太平之世，縱有英雄豪傑，不見得什広驚人之功，只似滿空星辰，白日無光，夜來放光一般。這一本所說的，是有一位諸侯，為一件闘毆上，特〻送了性命，正是一朝之怒，竟亡其身。後來該臣四十餘人，替主公報讎之事。[59]

如果與唐通事唐話教材做比較，可以很清楚看出不論是岡嶋冠山的唐話教材〈孫八救人得福〉與〈德容行善有報〉，或者周文次右衛門的《忠臣藏演義》，感覺上都有典雅文言的色彩摻入其中，不如唐話教材淺顯白話。當我們讀到諸如「藥醫不死病，佛度有緣人」、「有麝自然香，不必當風立」、「求人須求大丈夫，濟人須濟急時無」、「寧可替明白的人相打，不可替不明白的人相打」，[60]自然文字描述的形象就具體呈現出來。俗語、慣用語等的靈活使用，的確能讓描述內容更淺顯、更明白。

六　反映移民文化的特色

（一）保存唐山傳統文化的活動

當時長崎有三座規模稍大的寺廟，即前面已提及的興福寺、福濟寺、崇福寺，由於原來是由同鄉會性質的聚會所改建，加上到各寺尋求精神慰藉的唐人，可能有自己的語言或風俗習慣，久而久之各寺獨立性很強，只有在唐山傳

---

[58] 參見奧村佳代子撰〈譯家必備的內容和語言〉，《清代民國漢語研究》（遠藤光曉等編，首爾：學古房，2011），頁290，注23。周文次右衛門是1644年到長崎的周辰官的後代。

[59] 見早稻田大學圖書館藏本《忠臣藏演義》，頁1。又有關本段引文校正，請參考本書「附錄4-K1」。

[60] 以上見長崎歷史文化博物館藏本《長短拾話唐話》各文引用。

統節慶如端午節、中秋節、元宵節之類，才會合辦一些慶祝活動。

以下從《長短拾話唐話》擇錄幾則記載，看看當時各寺的活動情況，的確多采多姿，與當時的長崎唐人關係匪淺。

> 聽見說，今日漳州寺裏，唐人做道揚，不知保安的呢？還是還願心的？今朝我去拜觀音菩薩，聽見和尚講，今日做好事的船主，是請大鵬和尚末的吳子明，他這遭東洋末的時節，洋中遇著大風爆，幾乎裡壞了船，所以來觀音菩薩救命，菩薩有靈感，雖然受了一番的若難，不曾打壞了船，平安末到長崎，許下這樣救命的大願心。囙為今日是還願的道場，日裡是做拜懺，夜裡是放燄口。[61]

這裡所稱的大鵬和尚，法號叫作大鵬正鯤（1691-1774），是福濟寺（漳州寺）第七代住持，福建泉州府蒲田縣出生，於1722年（享保7年）東渡日本長崎，1724年起擔任福濟寺住持，在住有22年之久。[62]大鵬和尚不但修行高，粗茶淡飯過日子，而且擅長繪畫，畫竹是他拿手的絕活。這樣的人才在異鄉過日子，想必能渡化許多離鄉背井的唐人，真是功德無量。

> 今日媽姐娘々的聖誕，本月是崇福寺做的，大凡這個个會，三寺輪流做的。這幾年不比浔當初，破費大浔緊，件々都貴，如今做乙两斤玉粢，就要破費十末两銀子。你看那个媽姬殿中，擺也擺不起，你說多少銀两，可以斉傛浔這許多菓品。照我這樣小戶人家，倒了一年過活的灶，也還不能勾買傛萬分之一。
> 還有一件大破費，這乙日客人多，唐人通事家，或者當年、公館的財副、走差，姓張、姓李，大家都去燒番，差不多收拾五、六十个卓子，唐人是難浔出末，所以怠慢不浔。收拾十碗菜蔬，奇品佳肴，豐富浔緊。吹瑣吶的五、六个人，清早到寺裡末，敲鑼鼓吹瑣吶，乙日吹々打

---

61 見長崎歷史文化博物館藏本《長短拾話唐話》，頁6-7。又有關本段引文校正，請參考本書「附錄4-C4」。

62 參見山本紀綱撰《長崎唐人屋敷》（東京：謙光社，1983），頁158。

々，鬧熱不過。正是叫做鑼鈸喧天，笙簫振地，只管是賞燈節的一般，好不鬧熱。[63]

　　福州人所屬的崇福寺，輪值舉辦媽祖生日的慶祝活動，長崎在地人家都要共襄盛舉，可是分攤備辦各種禮品或飲宴所費，對小戶人家負擔沈重。話雖如此，大家身居海外有共同信仰，立身異地保護平安，實為首要選擇，因此對於此種保家平安的公眾事務都能平心接受，由此可以看出羈旅異鄉人的無奈。

　　遠渡重洋的唐船，有一個絕對遵守的規矩，必定在船上供奉保護海上航行人船平安無事的媽祖娘娘，以下一段引文說明供奉媽祖到寺廟的情況，典禮結束後所有原班人馬再浩浩蕩蕩返回唐館：

> 當下吃過午飯，一个小頭目，一个唐人番，唐年行司，催促唐人請娘〵，十幾个唐人，也有拿涼傘的，也有拿旗竿的，也有提著燈籠的，請了媽姐，一路上敲鑼打鈸，〵樂喧天，到寺裡去，燒香、獻花，原來船主福州人，便把媽姐請到福州寺，外江人呢，便請到南京寺，倘或漳州寺，各有分曉，几个弟兄，請到寺裡，把媽姐安頓好了，搖〵擺〵而進館。[64]

　　在漳州寺做保安或還願的道場，在崇福寺盛大舉辦媽祖誕辰，或者將唐船裡的媽祖供奉到寺院，都是域外場域的社會活動一環，在各項儀式典禮之中，都潛藏著傳統文化的因子，讓羈旅海外的子民，有一個立命的心理寄託。

（二）唐館內部生活信仰的描述

　　長崎唐館又稱「唐人屋敷」或「唐鋪」，館舍啟用始於1689年（康熙28年、元祿2年）4月，當初興建的目的主要在收容到長崎貿易的唐船短暫羈留唐

---

[63] 見長崎歷史文化博物館藏本《長短拾話唐話》，頁7-9。又有關本段引文校正，請參考本書「附錄4-C5」。

[64] 見早稻田大學圖書館藏本《瓊浦佳話》，頁116-117。又有關本段引文校正，請參考本書「附錄4-A6」。

人。大環境的背景則是江戶幕府為了禁絕天主教、基督教的傳播，一方面擔心唐船帶入任何潛在的天主教、基督教信仰，另一方面則在杜絕海上走私，藉以達到幕府的貿易獨占利益。因此興建唐館接受唐船唐人一年半載短期居住，在管理上容易達到預期效果。

根據前人研究，唐館總面積約九千多坪，位於長崎十善寺藥園（今長崎市館內町），內含唐人部屋二層建築20間、三房部屋9間；市店107間、一間半有3間；土神堂一棟6坪、天后堂（關聖帝並祀）一棟16坪、觀音堂一棟6坪；涼所一棟9坪、蓄水池3座、水井5口。由此可以想見唐館當年的繁榮景象。雖然居住唐館的唐人時間不相等，但是受到無法隨意進出館舍的限制，加上與居住在長崎市區的住宅唐人來往也相當有限，因此館內自成一個唐人生活圈，所有生活的食、衣、住、行、娛樂都在館內進行活動，由此可以想見當年唐人居住其中的盛況。[65]

從唐話教材《譯家必備》一書的記載，可以看到當時唐館的盛況。以下舉一位初任通事的漳州林姓年輕人（文中稱「老爹」），初次進入唐館所見的情況，與接待他的唐人（文中自稱「晚生」）的對話：

> 「新老爹進來了，晚生陪你走走，這裡就是土地廟了，老爹看那正面的牌扁，『環帶共欽』的四箇大字，好不好？」、「正是好箇字樣，這幾箇對聯都好，請教這箇池塘上為什麼造起臺子，諒來必有用頭。」、「那箇就是戲臺。」、「時常做戲麼？」、「不是，二月初二，是土地公的聖誕，通館各番在這箇廟上，供養三牲各樣菓品，結綵掛燈，又做幾折戲文，鬧一兩天，真箇好頑，明年老爹進來看就曉得了。」[66]

林姓年輕通事首先看到土地廟，廟前池塘上搭起檯子，經過陪侍唐人解

---

65 參見林慶勳撰：〈華館笛風——試論《袖海編》反映的18世紀唐館〉（高雄：國立中山大學清代學術研究中心主辦「第七屆國際暨第十二屆全國清代學術研討會」論文，2012）討論。

66 見《唐話辭書類集》第20集（長澤規矩也編，東京：汲古書院，1977）所收《譯家必備》頁7。又有關本段引文校正，請參考本書「附錄4-D2」。

釋，才知道那是農曆二月二日土地公生日搭的戲檯子。每年都唱個一兩天，讓唐館內各番住宿的唐人，能夠享受一下鑼鼓喧天的熱鬧，有個精神寄託。

> 「舘裡有戲子麼？」、「有的。弟兄裡頭，會做戲的多，又有幾箇師父，不做什麼生意，單靠著做戲吃飯。」、「這箇我不信，年裡頭不過一兩會的戲，工錢也有限，那有這樣大受用。」、「不是這樣說，我們是走洋的人，只靠著菩薩的保佑，平安來往幾担，有時節，在洋中逢著大風暴受苦，許下願心的，做戲酬謝菩薩。所以沒有的時節，幾箇月也沒有，有的時節，一箇月三十天也有的。這是尊敬菩薩的道理，那一箇敢怠慢。」、「那中間一尊，有白鬍鬚老者相貌的，就是土地公麼！傍邊兩尊是什麼菩薩？」、「那箇不筭什麼菩薩，就是土地公的判官。」[67]

如果真是一年一次唱戲，年輕通事不明白唐館裡的戲子靠什麼吃飯，經過陪侍唐人的解釋，原來走船的人生命都寄託給菩薩，因此安全上岸就要還願，做戲酬謝菩薩，難怪有時一連三十天天天扮戲謝神。

> 「這裡一帶幾間庫都空了，為什麼沒有人住呢？」、「這幾間庫都是葍[68]庫，樓上都搨了，東歪西倒的，壁子也破壞了，蓋瓦也散掉了。幾天前還有人住在這裡，各各生怕起來都搬去了，所以纔斯[69]晚生們開一張公呈，求街官稟年行交公，重新再要造好，諒來過幾天管修理的進來折掉了，去那前面幾箇蓬子，開店的、賣雜貨、做糕餅、做裁縫、賣燒酒、賣麵食。這幾間沒有樓的還是耐得住了。」[70]

---

[67] 見《唐話辭書類集》第20集（長澤規矩也編，東京：汲古書院，1977）所收《譯家必備》頁7-8。又有關本段引文校正，請參考本書「附錄4-D3」。

[68] 「葍」疑為「舊」字之形訛。

[69] 「斯」字疑誤。

[70] 見《唐話辭書類集》第20集（長澤規矩也編，東京：汲古書院，1977）所收《譯家必備》頁8-9。又有關本段引文校正，請參考本書「附錄4-D4」。

　　有人在館內生活好幾個月，不但等待唐船貿易結束，還要等候季風才能放洋開船。除了長崎街上唐三寺有節慶活動，還可以出外走走透透氣，其餘時間只有被限制在館內生活。所以居住都只是暫時分派性，遇到房屋修繕只能他遷等待一途。還好唐館裡生活一應俱全，像個小市集雜貨舖、糕餅舖、賣酒、賣麵什麼都有。

　　　「天后宮前插了紅旗，我們也有時節走過墙外，沒有看見那箇旗。」、「正是時常沒有插旗，今朝十五好日子了，每月初一、十五是插旗。」……「老爹你說，娘々是那里人？是我們福建一個林家的女兒，從小顯聖，多有靈感，他一片良心庇護走洋的人，海面上的干係是他肯保佑，所以我們福建人沒有一家不尊奉。福建湄洲地方有大々一個寺廟供養娘々，那个地方是娘々降聖的所在，所以比別處不同，時常大官府也未祭奠的了。那兩傍邊的是千里眼、順風耳，這邊一尊菩薩，頭上戴兩根雞毛，面上画有一個蟹樣的是田元帥，我們福建人說他從小狠愛做戲，後未拜做神道，所以做戲的時節是要供養他，倘若做一天戲完了，第二天再做一天，這叫做謝元帥的戲。[71]」[72]

　　年輕的唐通事來到土地廟的正後方，這是供奉媽祖娘娘的天后宮。陪侍的唐人趁此機會解釋宋朝湄州人林默娘成仙得道的故事，出海走洋的人沒有一個不依靠媽祖保佑的。同時也介紹陪侍在媽祖旁邊的千里眼與順風耳兩尊神像，此外也說明謝元帥戲的演出，是在供養樂神田都元帥。

　　　到了觀音堂，老爹拜拜：「這地方好乹淨。」老爹看見觀音堂，連這亭子大門周圍的籬笆的都是新做的：「這箇幾時造起來？諒來也是公費。」、

---

[71] 本段文字從「老爹你說」至「這叫做謝元帥的戲」，係校書者依據靜嘉堂本《譯家必備》補在長澤規矩也編《唐話辭書類集》頁9的天頭空白處。

[72] 見《唐話辭書類集》第20集（長澤規矩也編，東京：汲古書院，1977）所收《譯家必備》頁9。又有關本段引文校正，請參考本書「附錄4-D5」。

「正是舊年造起來，買了樹木花卉，種在裡頭，一次幾十兩，紙鈔一次幾百兩都是公派，到今年每一箇舡千把銀子是有的，你看這六扇亮槅好大工夫了，又要這裡做欄杆，再要三官菩薩的錫五事，關老爺的玻璃燈、籤訣牌、籤子筒也是重新添做。」、「這一尊觀音菩薩，也是唐山帶來麼？」、「正是，這箇酉年二十二番船主沈綸溪許塑的，韋陀天是姓熊的船主帶來的，他起呈子要造韋陀天堂，王家不准就歇了。」[73]

最後唐通事來到媽祖堂右側的觀音堂，見到堂前整理得十分乾淨，也砌了新籬笆，種了許多花木，陪侍唐人說有善心人士供奉，才能把觀音堂整修得美輪美奐，供奉在神桌上的觀音菩薩像與韋馱天，都是船主許願所捐，才能有今天的規模。

由上面幾段的內容，可以看到唐話教材《譯家必備》一書，記載了當年「唐人屋敷」內唐人生活信仰的一面，其實與中國傳統社會沒什麼差別，遠涉重洋，仍然能保存固有文化，這是深厚民族性的表現。而對照今天長崎當地實景的荒廢，才能明瞭當時唐館內部同時幾千人住宿的空前盛況。

（三）節義孝順的寡婦

根據唐話教材《鬧裡鬧》的內容描述，長崎繁華時節，人人守本分，路不拾遺。無奈有一年十月裡，王府吩咐各執事，每年繳納將軍老爺的錢糧，兩年來少了幾萬兩，需在一年之內補足。這一道命令下來，驚得執事有話說不出，這一納糧事情，影響最大的是長崎街市各行各業，賒帳討不回，自然無本錢再做買賣，因此各行各業也跟著蕭條或收攤。

相對的整個長崎已經變成弱肉強食的地方，偷搶打殺無所不在。《鬧裡鬧》講了一個寡婦孝順婆婆的故事，內容大約是有一夜三更天時節，許多人在睡夢中被起火而響起的各寺撞鐘驚醒，失火各種忙亂，逃生的、護產的，滿街人聲鼎沸，連地皮也打翻了。失火的緊鄰有一個寡婦，平日有氣節做人又賢

---

[73] 見《唐話辭書類集》第20集（長澤規矩也編，東京：汲古書院，1977）所收《譯家必備》頁11。又有關本段引文校正，請參考本書「附錄4-D6」。

慧，侍奉舅姑，十分孝敬。每日做菓子買賣度日，當時服侍僅存的老姑更加孝敬，買酒買肉供養從不吝惜。當夜火起，先背老姑到不著火人家屋簷下稍避，再回頭尋覓三個年幼的兒女，所幸都安全救出，這等照顧老人為先的孝心，立刻由街管告訴王家。王家以教化的表率，先周濟寡婦家新銀百兩，糖、米各十包，並且告訴寡婦，日後有任何生計困難或缺少本錢，隨時來街門管討。如今雖然燒了房子，卻因王家特別照應，生活比以前更好了。

可見孝順感動天地，又感動人家。《鬧裡鬧》作者最後說：

> 今日在下，做這一本俗語，因為要說孝婦這一段話文，先說火燒的事情，做ケ入港，但九這里來學話，不但留心學得這一本俗語，還要把這ケ孝婦做ケ樣子，孝順父母。一則話也學會了，二則天地保祐，自然出頭了。這正是：「孝順還生孝順子忤逆終生忤逆子」。[74]

王家長崎奉行趁機獎勵孝順的寡婦，表面上看來是鼓勵節婦的孝順德行，其實有大環境的背景存在，江戶幕府將軍德川吉宗（1684-1751）於享保7年壬寅（1722，康熙61年）刻成《六諭衍義大意》一書，大力推行「孝順父母、尊敬長上、和睦鄉里、教訓子孫、各安生理、毋作非為」六項道德規範。編寫《鬧裡鬧》的作者，可能利用這個機會把「孝順父母、尊敬長上」等的道德訓示寫入教材，不但一方面學習唐話，也同時學習觀摩善良風俗。[75]

七 對歷史事件真實記載的唐話教材

唐話教材有一個寫作特色，凡是牽涉到過去或當時的事務，一定照實記

---

[74] 奧村佳代子編《關西大學圖書館長澤文庫所藏唐話課本五編‧鬧裏鬧》，頁84。又有關本段引文校正，請參考本書「附錄4-E2」。

[75] 詳見林慶勳：〈長崎唐話中對伊東走私事件敘述差異的探討──江戶時代唐通事養成教材研究之二〉，《東亞漢學研究》（長崎：東亞漢學研究學會，2014），第4號，頁273-283有關「六諭衍義大意」的詳細討論。

錄，少有任何杜撰的成分。一來這是學習唐話的教材，在地真實發生的事件，才能引起學習者的共鳴，增加學習的興趣；二來這些唐話學習者將來擔任唐通事工作，所學的唐話課本內容，正是最好的工作經驗手冊。

以下將舉例的唐話教材《瓊浦佳話》，雖然是用擬話本小說形式撰寫，文字活潑明朗，敘述的內容又趣味橫生，引人諸多遐思。凡是涉及歷史事件都是真實記錄，不像明、清某些擬話本小說，會偏離史實創造一些故事情節。

《瓊浦佳話》共有四卷，全書分為23個小節，依照長崎開埠之後，江戶幕府將軍如何派人嚴格統治，長崎王家如何處理伊東走私事件，唐船上岸之後如何點貨、批價、講價等等的實務，很明顯的依照時間發展順序來描寫，則是不爭的事實。以下分別說明：

（一）世紀長崎開埠與管理

1571年（元龜2年，明穆宗隆慶5年）開始，當時被稱為「南蠻」的葡萄牙人，定期以帆船駛入長崎港，一般都以此年為長崎開埠起算年代。

隨著長崎開港，南蠻船隻陸續進港，天主教與基督教的勢力就逐漸擴散。當時日本人每年受洗入教的教徒有增無減，對於可能妨礙完全統治的信教事件，不但無法根絕而且從中又衍生許多問題。不得已情況下，只能做消極的預防，於是嚴格規定，凡各國船隻入港，一律在上岸時每個人要腳踩刻有聖母瑪莉亞的雕像，這個動作稱為「躍銅板」，以此宣示不信奉天主教或基督教的忠誠。

1635年（寬永12年，明毅宗崇禎8年）開始，江戶幕府限定唐船只在長崎進港，大約從此唐人上岸之後，即寄宿於長崎相熟之街坊民宅，[76]由於語言與文化差異，免不了常常出現齟齬事端，此時只能靠唐通事從中調解止息爭端。

（二）世紀中葉伊東走私事件

17世紀中葉，長崎富人伊東與一群朋友異想天開，集資合夥走私頭盔、衣甲、弓箭、刀槍等武器，準備販售到朝鮮，返程時可以夾帶一些人參等物。長

---

[76] 參見山本紀綱：《長崎唐人屋敷》（東京：謙光社），頁129-132。

崎歷史記載，1667年（寬文7年，康熙6年）此項大規模的武器走私事件，伊藤小左衛門等人被捕，該事件連座者有35名，於11月30日被處死。[77]伊藤小左衛門應當就是《瓊浦佳話》描寫的伊東小左衛門。[78]此事件也見於《長短拾話唐話》的記載，[79]文後不但評述欺公犯法的勾當作不得，還類舉「唐王去求仙、彭祖祝壽長、嫦娥嫌貌醜、石崇謙無田」四句貪心不足的故事，來說明伊東幹走私何嘗有安分之心。

（三）世紀初正德新令實施初期

所謂「正德新令」（1715，正德5年正月11日頒布，康熙54年）主要在抑制唐船入港的逐漸增多，因為唐船貿易的頻繁，形成日本出產的銀與鑄幣用的銅大量流失，將嚴重影響日本本國的礦產正常發展。不過新令施行之後，唐船入港雖然逐漸減少，自然也形成許多因減量貿易的後遺症。

自從長崎開埠以來，當地庶民主要依賴唐船入港之後的各種事務討生活，唐人食與宿也得仰賴長崎當地住民提供不可。新令實施禁止或限制唐船來航，等於斷了長崎人生活的憑藉，長此以往個人生存可能遭受威脅，對整個長崎社會的發展也是負面的。原來長崎的繁榮，此刻由冷落而凋敝，慢慢勢必影響江戶幕府的統治。因此當守衛長崎港的遠見番看到唐船入港，等於看到生機重燃，其中的喜悅不言可喻。

（四）正德新令嚴格管理唐船貿易

重新准許唐船入港貿易，對天主教與基督教的傳教、私貨販賣破壞幕府獨占利益，皆須提前阻隔與預防。在此氛圍之下，來航唐船的各項檢查逐漸嚴

---

[77] 參見嘉村國男：《新長崎年表》（長崎：長崎文獻社，1974），頁254；又木津祐子：〈唐通事官話の受容——もう一つの訓読〉，《続訓読論——東アジア漢文世界の形成——第II部近世の知の形成と訓読》（東京：勉誠出版，2010），頁278-282有詳細討論。

[78] 參見林慶勳撰：〈長崎唐話中對伊東走私事件敘述差異的探討——江戶時代唐通事養成教材研究之二〉，《東亞漢學研究》（長崎：東亞漢學研究學會，2014），第4號，頁273-283。

[79] 其實還有一本唐通事教材《唐通事心得》（縣立長崎圖書館渡辺文庫藏本），頁16-23，也有此段記載，不過內容文字完全與《長短拾話唐話》雷同。

屬。盤問唐船來航情況，甚至連清國科舉考試或康熙傳位於第四皇子的事，都要當作時事問題來測試。

當唐船重新入港，展開新的唐船貿易契機之後，長崎奉行治下的頭目，率領攜有長刀的插刀手逐一搜查船艙各項貨物，詳細記載此趟貨物內容，並且一再告誡不能違失犯禁。一方面對來航唐船嚴格執行搜查任務，另一方面卻要放任靠山吃山、靠水吃水的長崎苦力在唐船靠岸攘擾紛亂中，偷些零碎藥材或糖物，變賣換取生活所需。

（五）修築唐三寺與建造唐人屋敷

由於江戶幕府禁止天主教與基督教日甚嚴厲，唯恐波及無辜，三江人就原來同鄉會館創立興福寺；閩南人也修建了福濟寺；福州人建造崇福寺。讓旅居長崎的同鄉有一個聚集的地方。這三個寺都有一些共同特點，首先，雖然名為佛寺都屬於臨濟宗黃檗派，但仍恭奉道教的神祇，如媽祖、關聖君等民間信仰，可說是佛道並祀。其次，各寺的住持都從唐山邀請高僧主持，而且必定是與該寺有關的同鄉出身的和尚，除了隱元高僧（1592-1673，出身福州府福清縣），曾經在三江人興福寺擔任住持的少數例外，其他幾乎數代都是如此傳承，其中可能考慮語言與習俗差異有很大關係。

長崎唐館也就是「唐人屋敷」的異名，館舍啟用始於1689年4月，當初興建的目的主要在收容到長崎貿易的唐船短暫羈留唐人。因此興建唐館接受唐船唐人一年半載短期居住，在管理上容易達到預期效果，同時可以禁絕基督教的傳入，以及杜絕走私貿易的風氣。

（六）確實實施對唐船的管理與貨物議價

唐船貿易是長崎每年的大事，正德新令實施之前，有關盤點貨物或唐船人員的安置，顯得相當閒散或放任。然而經過一段長時間的各種變化，讓長崎奉行覺得不是嚴厲執行王令，就能達到有效管理。在各種條件配合下，如修建唐人精神依託的唐三寺，建造足以有效管理並安置唐人的唐人屋敷等，才能放手執行唐船貨物管理。

為了徹底禁止私貨交易，通常由長崎奉行指派一位能幹的家老負責，首先來到唐船貨庫檢查，開封後逐件清點清楚，隨後找來唐通事的頭目等人進館，面對面與唐船船主議價。在雙方一來一往的討價還價中，最難自處的是參與講價的唐通事，一邊是血濃於水的鄉親，另外一邊則是受領奉祿的上司，兩難的選擇，則是擔任唐通事最大的考驗。

綜合上述6點的敘述，大約可以明白《瓊浦佳話》全書的寫作，幾乎是以歷史遞進的方式來撰寫。雖然《瓊浦佳話》一書，可能是未完之作，[80]但前後四卷已將長崎開埠以來發生的重要事情一一寫入書中，目的很清楚主要是為準備擔任唐通事的後輩而寫，全書以擬話本小說成書，讓人閱讀不會有說教的沉悶感，或許這是作者的用心所在。除了內容需要留意學習外，也讓未來的唐通事能夠模仿書中淺顯的口語說話，對將來的工作執行有絕對的助益。最難能可貴的是，作者依照時間發展順序鋪演長崎開埠、伊東走私、正德新令、建造唐三寺、修築唐人屋敷等幾件歷史重要事件，讓有心學習的後輩，在趣味性的擬話本小說敘述中，即能獲得一個簡單的長崎歷史輪廓，特別是與唐通事職責有關的重要事件，都能在此類似說故事的編年式情節中掌握無遺。

八 結語

從1604年祖籍山西的馮六，被德川家康（1542-1616）任命為長崎第一位唐通事開始，連綿二百多年屬於世襲制度的該項職務，主要在接待從中國來航的唐船貿易，以及與唐船有關的各項繁瑣事務，包括處理或排解唐人各種紛爭，甚至有時還要擔任幕府指派的外國情資蒐集工作。對於當時鎖國的日本來說，唐通事其實是瞭解外面世界（主要當然是明、清時代的中國）的一扇窗口，雖然他們的職位位階不高，卻是受到幕府相當倚重的角色。

想要做好一位稱職的唐通事，主要的基本涵養當然是嫻熟使用唐話，以及瞭解唐山各種事務，此外加上對唐通事職務性質及工作角色的掌握。只有如

---

[80] 早稻田本卷四最後有抄寫人一段話：「敘事止於講價，作者未畢編而沒矣，可惜也。」

此，才能在紛繁瑣碎的唐船貿易談判中勝任愉快。唐通事養成教育最基本的唐話教材，受到世襲職務的制約，因此在不必對外公開的情況下，幾乎都是由也是唐通事出身的教學先生，依據實際需求編寫實用的唐話學習課本。

目前所見藏於公、私圖書館的唐話抄本，大約僅有十餘種而已，其中某些較常見的材料，也有幾個不同的抄本，文字內容有些很小的差異。可以想見兩百年的光陰，唐話教材絕對不會如此的偏少，可能還有更多的材料仍然沒有被發現。本文討論的依據，也只就目前所見的十一種教材做說明。

這批看似單薄的唐話教材，有一個共同的特色，它們雖然只是學習唐話的語言教材，卻將當時真實的生活情境、歷史文化、習慣信仰等等，都實實在在的記錄下來。從功能來看，這是教材編輯的「實用性」，嫻熟了教材學習內容，不但能夠說好唐話，同時對未來準備擔任的唐通事職務，也會獲得起碼的認識。因此這批唐話教材，並不是單純的語言學習課本而已。

根據這批教材內容的記載，能夠窺見江戶時代長崎唐通事生活周圍的點點滴滴。例如唐船來航出發的港口，都在中國東南沿海地區，也就是江蘇、浙江、福建、等處，因此唐通事的唐話學習，就以南京話、閩南話、福州話為主，直到18世紀中葉以後才以南京官話為共同溝通語言。早期上述三種唐話的學習，其實是對應著三個地區長期居留日本的永住唐人，以及隨著唐船貿易而來的來航唐人需要而設。或許三地的語言與風俗有所差異，因此在17世紀初期的長崎，江、浙人修築了他們自己的「興福寺」，同理漳州人、泉州人與福州人也分別興建了「福濟寺」與「崇福寺」，各寺的住持一定從各自家鄉請來高僧主持，唯一的例外是在日本創建黃檗宗的福州人隱元禪師，曾經分跨興福寺與崇福寺擔任住持。

離鄉背井的海外移民，當他們一代傳一代在異鄉生活之際，生活上遭遇了種種的困境，或者思鄉情緒引起的落寞與無助，除了上述唐三寺的神祇可以有所慰藉之外，參與中國傳統節日如端午、中秋等節慶的活動，或者與居住在唐館中的來航唐人短暫聚會，多多少少可以稍解鄉愁，甚至對異鄉生活的困惑得以抒解也說不定。因此可以看見長崎的唐人，對於集體有關的唐人活動相當的熱衷。

　　總之唐話教材數量雖然不多，但是可以從中瞭解當初長崎唐人的生活點滴，從教材中片段的描述，不但對永住唐人的生活情況得以認識，對那些僅在唐館居住八、九個月不等，等待唐船貿易結束或季風來臨始得開船的暫住唐人，他們在唐館中的生活細節，他們排解不安的思鄉情緒的各種方法，在唐話資料中都可以一覽無遺。如果想對這段域外唐人語言、文化、歷史、生活等的更深入理解，只能期待唐話有關資料多多出土。

——原載於中興大學中文系，《興大中文學報》第37期，
　　頁267-302，2015年6月。後於2020年4月12日修訂。

唐通事的世襲傳承與職業語言

　　唐通事職位的任用，絕大多數由移民而來的唐人及其後代所壟斷與繼承。唐通事的職掌相當繁瑣，包括翻譯、貿易、外交、秩序維持等，凡是與唐船來航有關的事務無不承攬。因為工作上主要是接觸唐人，在唐通事養成教育階段，對「唐話」的學習被列為首要基礎。

　　本文主要從唐通事的世襲制度，以及職業使用的「唐話」兩個面向討論。首先以潁川家的唐通事為例，說明唐通事世系傳承的狀況；其次，介紹居住長崎唐人的實際營生情形，包括與來航唐人如何互動等問題；對於就任唐通事者，學習哪些應用的唐話，並探討唐話中南京話、漳州話、福州話各種消長的原因。

一　前言

　　17世紀30年代，德川幕府實施鎖國政策，當時規定只有中國唐船與阿蘭陀（即荷蘭）船，可以進出長崎港進行貿易。阿蘭陀人的據點在「出島」[1]，中國人則聚集在「唐人屋敷」[2]，不過兩處的性質差異極大。

　　在長崎作為直屬幕府將軍的最高管理官「長崎奉行」，為了處理兩國的商船貿易，必須依賴通曉唐話與荷蘭語的「買辦」之類的人才。這類受到長崎奉

---

[1] 出島（でじま），1636年修建的人工小半島，占地3,969坪，原地重建的設施在今長崎市長崎駅南邊約1公里處。早期收容從平戶集中而來的葡萄牙人，後來作為荷蘭東印度公司商船貿易的據點。

[2] 唐人屋敷（とうじんやしき），修建於1689年，占地面積6,830坪。在今長崎市館內町，舊址已經荒廢改建現代民宅等建築。本文第六節有簡單介紹，請參考。

行委託處理通譯與商務的日本人或歸化日本人，日文都叫「つうじ」，日本漢
字則分別寫作「通詞」與「通事」。在出島工作的叫「通詞」，在唐人屋敷奉公
的叫作「通事」，也叫作「唐通事」。稱呼所以有差異，乃源於工作性質有相當
的不同。通詞只要做好荷蘭語與日本語的翻譯溝通即可；唐通事則除了翻譯之
外，還要處理與唐船貿易有關的種種事務，包括貨品價格談判、人員秩序管
理、外國輿情蒐集等等，可以說公務繁忙。

當時擔任唐通事職務者，多數屬於入籍日本的唐人後裔，由於出生於日本
又以日語為母語，因此需要學習唐話和中國有關文化，作為工作上重要能力的
工具。請看下面一段大約在18世紀唐通事學習唐話的教材引文，直接點出想要
在未來成為大通事，講話、學問、人情世故、膽識等都是重要條件：

> 做一个唐通事，不事[3]輕易做得未，一則講話，二則孛問，這兩樣要
> 緊，但是平常的人是多得狠了，才藝超過人家，出類拔萃的人，是節眼
> 裡頭隔出未的一般，十分難得。雖然如此，這兩件是通事家的家常茶
> 飯，不足為奇，單々會講兩句話，會拈筆頭也做不得，那筭盤上歸乘除
> 的筭法，生意上塌貨[4]營運的道理、世情上的冷煖高低，這等的事情都
> 要明白，更兼有胆量，纔是做得大通事，若是小氣鼠胆的小丈夫，夢裡
> 也不要想做大通事。[5]

唐通事除了與來航唐船接觸之外，同時也與住在長崎的唐人有許多互動，
其中維繫他們之間情誼的主要是「中國文化」。下面一段引文，可以看出所有
住在長崎的唐人關心的唐山傳統節慶：

---

[3] 此「事」字疑為「是」字之音誤字。

[4] 李榮主編：《現代漢語方言大辭典》（南京：江蘇教育出版社，2002年12月）第五冊（頁
4675）指出「塌貨」上海方言意謂囤積貨物。

[5] 見長崎歷史文化博物館藏本《長短拾話唐話》，頁64-65。唐通事編寫的唐話教材都是手寫本，
沒有頁碼，引文頁碼由本文作者所編，下同。又有關本段引文校正，請參考本書「附錄4-
C19」。

再過几天端午的大節日，這兩年划龍船，不比得前年十分齊整。船頭船尾都搽了紅朱，又做了各樣奇禽怪獸，放在船當中，各船上堅一條紅紗做的旗竿……聽見說別處地方沒有這事，單々本地乙亇所在划龍船，□何吃？原來這一椿事情，唐山的故事，不是日本做起的，長崎這几十万戶人家，一半是唐種，光祖都是唐山人。所以不但是這一件故事，還是四時八節的人情裡貌，都学唐山的規矩。[6]

　　許多第二代以下的唐山移民，住在長崎日久，由於與日本人通婚並且融入當地文化，因此「中國的血緣關係日薄，但是意識形態、文化影響卻仍維繫不斷」[7]，從上述重視節慶生活以及隨時不忘祖宗的觀念，的確是相當奇特的海外移民。

　　究竟那些從唐山移民而來的唐人，他們是如何在鎖國的長崎生活下去，如何擔任長崎唐通事的繁瑣工作，以及在工作語言與祖宗語言之間如何取得平衡。這些課題都是本文以下即將探討的主要內容。

二　唐通事──以穎川藤左衛門為例

　　1604年開始，江戶幕府任命祖籍山西的馮六為唐通事，開啟唐通事在長崎執行與唐船貿易有關的事務，直到1867年廢止唐通事制度，前後約有264年的漫長歷史。

　　唐通事的制度屬於世襲傳承，由世居長崎的唐人後裔繼承，父傳子、子傳孫連綿不絕。記載唐通事有關事務的《譯司統譜》一書，記錄了在長崎原唐姓「陳」改日本姓「穎川」的唐通事先祖，共有「陳沖一、陳九官、陳敬山、陳清官、陳三官、陳一官」六家。其中陳沖一與陳九官兩家，有比較詳細的祖籍世系資料。

6　見長崎歷史文化博物館藏本《長短拾話唐話》，頁24-25。又有關本段引文校正，請參考本書「附錄4-C8」。

7　參見劉序楓：〈近代日本華僑社會的形成：以開港前後（1850-60年代）的長崎為中心〉（臺北：中華民國海外華人研究會，2002），頁35。

　　陳沖一，出生於福建省漳州府龍溪縣，明末渡海到鹿兒島；陳九官，生於浙江省紹興府，日本慶長4年（1599）19歲渡海到長崎。[8]由於陳沖一的子嗣陳道隆是鼎鼎大名的唐通事，日本名字叫「潁川藤左衛門」，之後改名「吉左衛門」。相關的記錄及資料較多，以下謹以陳沖一世系為例做說明。

　　陳沖一（？-1624），明朝末年擔任醫官勤務，可能隨著亂世移民海外的浪潮，避居到達日本九州鹿兒島。由於醫術精湛，深受鹿兒島薩摩藩藩主島津家的信任，在藩下任醫務官僚。後來與在地「隅屋藤九郎雅成」[9]的女兒結婚，生有二男一女，長男即陳道隆，在元和（1615-1623）年中的幼年時期，隨著父親陳沖一移居長崎發展，弟弟潁川藤右衛門則與母親隅屋氏繼續留在鹿兒島。

（一）潁川家初代唐通事

　　寬永17年（1640），陳道隆年23歲就任「小通事」，翌年即擢升「大通事」一職，直到延宝2年（1674）2月辭卸大通事，[10]總計擔任唐通事職務有35年之久。根據潁川君平[11]撰《譯司統譜》第11、20葉記載[12]，「小通事」一職創立於1640年，「大通事」則在次年1641年開始設立，正好都讓陳道隆趕上了，看來他在唐通事這一行受到的器重不言可喻。

　　在唐通事的組織系統中，定員總計九人，也就是大通事4人、小通事5人，一般稱之為「唐通事九家」。所有與唐船貿易有關的各種繁雜事務，都由唐通事九家負責。後來為了因應處理一年高達六、七十艘唐船來航的紛雜事務，逐年增設了地位次於小通事的「稽古通事」（1653），以及再下位的「內通事」（1666）[13]。陳道隆能在23歲、24歲的年紀，分別膺任如此重責大任，可見他

8　見宮田安：《唐通事家系論考》（長崎：長崎文獻社，1979），頁22、87。

9　「隅屋藤九郎雅成」根據資料記載，是日本南北朝時代（1294-1336）的武將楠木正成的裔孫，屬於名門後代。見宮田安：《唐通事家系論考》（長崎：長崎文獻社，1979），頁23。

10　參見大槻幹郎等編：《黃檗文化人名辭典》（京都：株式會社思文閣出版1988），頁240。

11　潁川君平（1843-1919）原名葉雅文，是潁川藤左衛門旁系第九代子孫。見宮田安：《唐通事家系論考》（長崎：長崎文獻社，1979），頁85。

12　此處轉引自六角恒廣著、王順洪譯：《日本中國語教育史研究》（北京：北京語言學院出版社，1992），頁267。

13　參見六角恒廣著、王順洪譯：《日本中國語教育史研究》（北京：北京語言學院出版社，1992），頁267-268。

在唐通事這一行的分量。陳道隆擔任唐通事35年中，除了戮力從公，克盡職守之外，也對移居長崎唐人的精神寄託——「唐三寺」付出相當心力積極贊助，並參與規劃與建設，難怪在當時長崎唐人口碑中有極高的評價。

所謂「唐三寺」是指長崎三個由唐人集資興建的寺觀。最早創立的「興福寺」，在明末天啟3年（日本元和9年，1623年）；其次是創立於1628年（崇禎元年、寬永5年）的「福濟寺」；1629年（崇禎2年、寬永6年）則創立了「崇福寺」。「唐三寺」都在17世紀前半興建，從各寺發展情況來看，當初可能是以類似於同鄉會聚會所的規模做基礎修築完成。興福寺主要以江蘇、浙江、安徽、江西的唐人為主的信仰中心，又名「南京寺」或「三江寺」；福濟寺主要匯聚了講閩南話的漳州與泉州兩地的唐人，又名「漳州寺」、「泉州寺」；崇福寺則是福州人聚集的寺院，又名「福州寺」。

「唐三寺」在旅居長崎的唐人心目中相當崇高，它是海外長崎唯一的精神寄託所在。離鄉背井寄人籬下，遭遇的挫折辛酸必然不少，在為生活奔波之餘，只能借神佛的力量努力活下來。陳道隆利用他擔任大通事的機會，掌握許多資源，為家鄉唐人戮力付出，例如出資修建長崎拱形石橋「一瀨橋」，後來成為「長崎十二景之一」；將福濟寺原來僅有「天妃聖母」祀堂，加建一座「觀音堂」，增加該寺的氣勢。此外，也積極贊助並促成隱元隆琦（1592-1673）、木庵性瑫（1611-1684）、慈岳定琛（1632-1689）三位高僧東渡日本，分別擔任「唐三寺」不同時期的住持，讓他們在長崎弘法之外，也協助處理長崎唐人海外生活所面對的各種人生困境。各項與公眾事務有關的建設或「唐三寺」各種寺務，無不盡力協助促成，可以算是移民社會的唐人典範。陳道隆卒後被隆重安葬於長崎稻佐山的悟真寺。[14]

在此順帶一提，在臺灣家喻戶曉的鄭成功（1624-1662），不但時代與陳道隆相當接近，連出生地肥前國平戶也在九州。鄭成功的父親鄭芝龍原為海盜，

---

[14] 參見宮田安：《唐通事家系論考》（長崎：長崎文獻社，1979），頁25-33。另外，筆者於2012年前往悟真寺探查，由於該地是一個「萬國公墓」，當我在古木茂密的小道上尋覓陳道隆的墓葬時，竟然看到路口有一個由長崎市政府製作「陳道隆之墓」的指標，可見陳道隆在萬國公墓的特殊地位。

到長崎平戶做生意時,受平戶藩藩主松浦隆信賞識,後來與認識的日本女子田
川氏結婚,生下鄭成功。6歲前鄭成功與母親住在平戶生活,應當是使用日本
話溝通。7歲時隨父親返回福建泉州府南安縣故鄉,15歲考上秀才,20歲被送
到南京國子監讀書,後來南征北討構築他的「反清復明」事業。[15]

日本江戶時代前期的著名劇作家近松門左衛門(1653-1725),於1715年將
鄭成功的事蹟撰寫成由人操縱的偶戲「人形淨琉璃」,劇目叫作「國性爺合
戰」,從10月開始連續上演17個月,[16]足見其轟動的盛況。

陳道隆幼年時期,隨父親陳沖一從鹿兒島轉赴長崎發展;鄭成功7歲隨父
親鄭芝龍從平戶返回泉州府南安縣生活。他們兩人小時候都隨日本人母親生活
過日子,從這一點可以斷定他們的「第一語言」(即母語)[17]都是「日本語」,
殆無疑義。兩人長大成人後,使用「第二語言」的「中國語」擔任長崎唐通
事,或者在中國讀書考秀才甚至率領大軍到處征伐,應當是後來兩個人用功努
力習得的第二語言。

(二)潁川家唐通事世系

以「陳道隆」為首的潁川家唐通事,其後傳承的唐通事世系,根據宮田安
《唐通事家系論考》一書所考,以下列出陳姓潁川家系直系各代的世系並做簡
略說明:

初代　潁川藤左衛門(陳道隆),1617-1676

二代　潁川藤右衛門[18](葉茂猷,陳道隆女婿),?-1697

---

15 參見維基百科「鄭成功條」https://zh.wikipedia.org/wiki(引用2019年8月7日版面)。

16 參見維基百科「近松門左衛門」https://zh.wikipedia.org/wiki(引用2018年2月23日版面)。另
外,日文「國性爺合戰」,中文的意思是「國姓爺交戰」。

17 此處「第一語言」、「第二語言」的觀念,採用1951年由「聯合國科教文組織」對「母語」所
下的定義。另外參見張志公撰:《中國大百科全書・語言文字・語言教學》(北京:中國大百
科全書出版社,1988),478頁所載。

18 由第二代葉茂猷(第一代陳道隆的女婿)衍生的子嗣,也有「葉姓」一支,從第三代葉茂通
(1655-1713)至第八代葉重寬(1831-1891),以及葉姓另一分支第六代葉良直(1755-1785)
至第九代葉雅文(即潁川君平,1843-1919),兩支葉姓子孫,與陳姓潁川家系相同,仍然繼承

三代　潁川四郎藤左衛門（陳嚴正，葉茂猷親子），1669-1723

四代　潁川藤左衛門（陳道慶，陳嚴正招贅女婿），？-1740

五代　潁川藤左衛門（陳道芳，陳道慶親子），1720-1787

六代　潁川藤左衛門（陳道恆，陳道芳女婿），1760-1825

七代　潁川源三郎（陳道弘，陳道恆女婿），？-1846

八代　潁川藤左衛門（陳道恭，陳道弘養子），？-1859

九代　潁川四郎次（陳道香，陳道恭親子），？-1860

十代　潁川源三郎（陳道宏，陳道香親子），？-1905

十一代　潁川喜代次（陳道宏親子），？-？

　　以「初代」潁川藤左衛門為第一代的唐通事，卸任後由於沒有子嗣，[19]將通事職務傳承給第二代女婿潁川藤右衛門（唐名葉茂猷）。次代雖然是女婿身分，仍然繼承家業，1667年從最基層的稽古通事做起，1669年升為小通事，1675年榮任最高職位的大通事，於1697年因病去世。將通事職位傳給第三代潁川四郎藤左衛門。第三代唐名陳嚴正的四郎藤左衛門，21歲繼任為稽古通事，不久因病引退，他精通和、漢之學，藏書數萬卷。不過四郎藤左衛門雖然從唐通事職位退引，第二代藤右衛門葉茂猷也收了養子潁川藤七（1655-1713，唐名葉茂通），分支為葉姓一系。第三代的葉茂通，不落人後最後繼任了大通事職務。

　　陳姓本支由第四代至第六代，都「襲名」初代名字叫「潁川藤左衛門」。第四代唐名陳道慶（原名「潁川文之助」，後來更名「潁川藤左衛門」）是第三代招贅的女婿，1721年擔任稽古通事，1739年升任唐通事目附。第五代潁川伊吉郎（唐名陳道芳），是第四代陳道慶的親子，1741年擔任稽古通事、1774升小通事、1782年榮任大通事，同時更名「潁川藤左衛門」。第六代潁川又十郎

先祖的唐通事職務。葉姓兩支世系，本文則省略，參見宮田安：《唐通事家系論考》（長崎：長崎文獻社，1979），頁51-83, 85。

[19] 陳道隆唯一子嗣於1670年過世，乃將長女許配給同鄉漳州龍溪人葉我欽之子葉茂猷，作為繼承唐通事職務的繼任人。參見宮田安：《唐通事家系論考》（長崎：長崎文獻社，1979），頁30。

（唐名陳道恆，第五代陳道芳的女婿，其父荒木藤右衛門是第五代陳道芳的親弟弟），1774年當任稽古通事、1807年升任小通事，1820年擔任大通事。

第七代唐名陳道弘，日本名潁川源三郎，是第六代陳道恆的長女婿。1805年就任稽古通事，1827年才升任小通事，1836年榮升為僅次於大通事職位的「大通事過人」。第八代唐名陳道恭，原名「潁川藤三郎」，1854年改名「潁川藤左衛門」，也是襲名初代陳道隆的做法。陳道恭是第七代源三郎的養子。1834年擔任「稽古通事無給」，1836年曆任「小通事末席」，1847年繼承先代擔任小通事，1858年升任大通事。第九代唐名陳道香，原名潁川藤吉郎，是第八代陳道恭的親子，1837年就任稽古通事，1848年升任「小通事末席」，晚年更名為「潁川四郎次」。第十代唐名陳道宏，是第九代陳道香親子，原名「琮一郎」其後更名為潁川源三郎，1861年繼承父職擔任稽古通事，直到1905年過世都未升遷，可能與明治維新之後廢除唐通事制度有關。第十一代潁川喜代次，是第十代陳道宏親子，或許成年後正當廢止唐通事制度，至此潁川家的唐通事世襲傳承才完全結束。[20]。

唐通事從職位退休後，並非直接將退休時的「職位」傳給繼承的子弟，子弟只能世襲上一代通事的職缺，然後依照職務表現，由下級的稽古通事逐步往上升，直到最頂級的大通事。有力的唐通事退休時，除了提拔自己子弟為通事外，其後代的升級會受家系的影響。[21]唐通事的職級，主要是「內通事、稽古通事、小通事、大通事」四個等級。但是從200多年的唐通事職位演變做觀察，有時為了安插一些因唐船貿易工作量增加，臨時加入的員額；或者安插一些雖已卸下職位，卻仍有工作貢獻人員的安置，因此在四級各級間增設了一些職位。以下舉稽古通事到小通事之間，歷年增設的職位名稱：[22]

---

20 以上陳姓潁川世系介紹，請參見宮田安：《唐通事家系論考》（長崎：長崎文獻社，1979），頁 23-50, 85。

21 劉序楓：〈明末清初的中日貿易與日本華僑社會〉，《人文及社會科學集刊》第11卷第3期（臺北：中央研究院人文社會科學研究中心，1999），頁462。

22 參見六角恒廣著、王順洪譯：《日本中國語教育史言研究》（1992），267頁；劉序楓：〈清代的中日貿易與唐通事〉，《跨越海洋的交換——第四屆國際漢學會議論文集》（臺北：中央研究院人文社會科學研究中心，2013），頁50。

「小通事」（1640年）、「小通事格」（1815年）、「小通事過人」（1828年）、「小通事助」（1751年）、「小通事助格」（1811年）、「小通事助過人」（1860年）、「小通事并」（1739年）、「小通事末席」（1718年）、「稽古通事」（1653年）

上述潁川家唐通事世系，主要記錄擔任稽古通事、小通事、大通事的職位，除了第九代陳道香最終只做到「小通事末席」為例外，其餘都省略不提。另外擔任唐通事責任重大，需要負責與唐船來航有關的「翻譯、貿易、外交、維持秩序」等工作，在唐通事的制度上他們有相當的權利，但是奉祿卻相對的微薄，可能職務僅是長崎奉行轄下的對外工作而已，並未受到幕府太大重視，職位相當於中下級武士出仕的位階而已。

（三）比較琉球通事的體制

在此也要談談琉球「通事」，作為與長崎唐通事的對照。從廣義的觀念來看，琉球通事也是世襲的制度，最早可以溯源到明太祖洪武25年（1392）「賜閩人三十六姓」遷居琉球，被安置在今天那霸的首里「久米村」，久而久之就被稱為「久米村人」（kuninda）。久米村大約等於後代的「唐人街、唐人町」的稱呼，中國式的名稱叫作「唐榮」（原名「唐營」，依照閩音而改）。[23]

在琉球擔任「通事」者，幾乎都是久米村出身的福建人後代，隨著明、清與琉球之間的朝貢、冊封、貿易的需求，琉球通事就顯得相當的重要。他們在琉球王朝是作為華人後代，必須是能體現中華禮數的讀書人，而在中國則代表朝貢國琉球的教化文明。為了符合代表華人及琉球雙方的要求，這批通事不但要學會「官話」，而且要能體會「禮數」，[24]才能達成雙方互相來往的重責大任。

清代康熙年間琉球冊封副使徐葆光，撰《中山傳信錄・卷第五・氏族》載

---

23 參見瀨戶口律子：《琉球官話課本の研究》（沖繩：榕樹書林，2011），頁16、19。
24 參見木津祐子：〈《廣應官話》所反映的琉球通事學門體統以及現地化特點〉，「第七屆國際暨第十二屆全國清代學術研討會」論文（高雄：國立中山大學清代學術研究中心，2012），頁1。

有久米村三十六姓之後蔡氏家族原籍「福建泉州府晉江縣人」[25]，徐葆光說蔡氏子孫「多讀書國學，及充歷年貢使之人」。始祖蔡崇生有四子依次為「蔡譽、蔡讓、蔡瀼、蔡清」，除長子蔡譽為長使之外，其餘三子都是「通事」身分，此為第二世；第三世有「蔡璇（通事）、蔡璟（明朝成化三年貢使）、蔡璋（長使）」。以下僅列第三世蔡璟家族直系作為舉例，其餘省略：[26]

蔡　璟　三世、輝亭長史、成化3年（1467）貢使
蔡　寶　四世、善亭都通事
蔡　遷　五世、喬亭長史、正德13年（1518）貢使
蔡　瀚　六世、文亭正議大夫、嘉靖9年（1530）貢使
蔡朝器　七世、熙亭正議大夫、萬曆4年（1576）貢使
蔡　烜　八世、肖亭都通事
蔡　堅　九世、天啟3年（1623）貢使，紫金大夫
蔡　彬　十世、適菴正議大夫
蔡　炳　十一世、子星通事
蔡　壎　十二世、都通事

　　從15世紀後半開始，蔡氏家族至少有五人擔任對明朝朝貢的貢使，其餘分別就任都通事、通事或正議大夫，可以看出蔡氏家族在琉球王國的顯赫功業，此項榮耀代表著久米村出身唐人的光榮。

　　專門負責琉球與中國朝貢或冊封任務的琉球通事，[27]制度上比長崎唐通事早了150年以上。他們因執行任務有異，職務名稱自然有所不同。琉球的通事

---

[25] 不過徐葆光：《中山傳信錄·卷第五·氏族》的注文按語說：「按《明史實錄》成化五[年]，長使蔡璟入貢，自言其祖南安縣人。」見黃潤華、薛英編：《國家圖書館藏琉球資料彙編》中冊（北京：北京圖書館出版社，2000年），頁400。

[26] 見黃潤華、薛英編：《國家圖書館藏琉球資料彙編》中冊（北京：北京圖書館出版社，2000年），頁400-408。

[27] 琉球國王即位，從明代開始都會請求中國派冊封使到琉球首里冊封，此項制度從明成祖永樂年間開始實施，直到清朝同治5年（1876）停止，琉球藉此冊封制度，實質得到中國的保護。

或貢使，主要是對「上國」的朝貢或接待中國冊封使事宜，在禮儀及應對方面特別重視，因此平日的通事養成教育相對的講究。雖然有一部分通事可能會從事接待國外漂流船的工作，但那是屬於任務編組的臨時性工作。

至於長崎唐通事執行的任務，幾乎面對的是從中國來的唐船貿易的事務，包括管理、談判，甚至收集海外情報等工作。唐通事們面對的是來航貿易的船東、財副、船員等的普羅大眾，最重要的養成教育自然就是能夠溝通的「語言」，當然還有一些學問、修養培訓等課程，那就不是一般低階的稽古通事、內通事所迫切需要學習的功課。

久米村出身的程順則[28]（1663-1734）與蔡溫（1682-1761），兩位都是琉球的儒學大學者，同時也是與中國關係極為密切的外交長才，他們的成就模式成為琉球年輕人特別是久米村唐人後代的榜樣。最後也形成琉球漢學者對人生遵循前進的模式──「留學生→通事→官僚」[29]，這是擔任琉球通事的遠大前途。相對的長崎唐通事就沒有如此幸運，他們只能在長崎奉行管轄下，從事繁忙卑微而待遇不佳的工作。無論長崎唐通事與琉球通事如何不同，他們有一個本質的相似性，也就是大多數是唐人的後裔，「世襲」傳承的擔任此項工作。

三　居住在長崎的唐人

（一）鎖國前的長崎唐人

江戶幕府在1630年代「鎖國」以前，羈留於日本各地的唐人，主要是明朝末年避難海外的「富商、儒士、醫生、技術者」，此外也有被倭寇、海盜擄獲

---

[28] 木津祐子說：「程順則本人不是所謂『閩人三十六姓』的通事家出身，而是出於萬曆年間在首里的琉球人中，選學會官話的人來叫當通事的新補通事家。」見「作為規範的通俗──從清代東亞漢文圈的通事書談起」，「東亞文化意義之形塑：第十一至十七世紀間中日韓三地的藝文互動」系列演講（臺北：中央研究院歷史語言研究所，2010），頁4，注10。

[29] 參見廖肇亨：〈來讀天都未見書：從官話課本看十八世紀琉球渡唐學生的中華體驗與知識結構〉，《「從晚明到晚清：文學・翻譯・知識構建」國際學術研討會論文集》（臺北：中央研究院中國文哲研究所，2012），頁2-3。

轉賣到日本者，以及亡命無賴之徒。[30]唐人聚集之後自然形成自己的生活圈，
與當地日本人有不同生活習慣，於是各處的「唐人町」於焉形成。唐人町的分
布以九州最多，如今天大分縣的臼杵、府內；鹿兒島縣的薩摩、大隅；宮崎縣
的日向；熊本縣的肥後；福岡縣的博多、豐前、小倉；長崎縣的平戶、五島、
島原各地都有唐人及唐人町存在的記錄。[31]

　　日本「鎖國」實施之後，幕府將外國貿易集中於長崎一地，並將所有唐人
集中遷居長崎一地管理。由於法令規定所有人不許自由出海，又禁止中國人女
性上陸，居留日本的中國人只能定居下來，並與當地女子結婚，生子之後使用
日本名字，所以土生土長的第二代以下，因為第一語言是日語，除非特別學
習，否則只能說日本話而已。[32]

　　根據研究唐通事最基本史料《譯司統譜》的記載，1604年長崎第二代奉行
小笠原一庵，任命唐人馮六為首任唐通事。當時馮六歸化為日本籍，改日本姓
為「平野」，[33]編入日本官僚組織中，變成了會說中國話的日本人「買辦」。初
代的唐通事幾乎都是如此，沒有例外。

　　江戶時期當鎖國完成之後的1635年（寬永12年），德川幕府命令所有唐船
集中於長崎一港貿易，但並未嚴格限制唐人在何處居住。等到唐船貿易頻繁之
後，為了治安與管理方便，幕府下令將全國各地的唐人集中於長崎一地生活，
至此居住於長崎以外的唐人，只能選擇移居長崎或者留在當地融入日本社會。
無論居留在日本何處的唐人，經過一段時間之後與日本人通婚並定居在當地，
已經是相當平常的事，慢慢地他們擁有家業並且落地生根，這批唐人當時被稱

---

30 參見劉序楓：〈明末清初的中日貿易與日本華僑社會〉，《人文及社會科學集刊》第11卷第3期
　（臺北：中央研究院中山人文社會科學研究所，1999），頁447-448。

31 參見劉序楓：〈明末清初的中日貿易與日本華僑社會〉，《人文及社會科學集刊》第11卷第3期
　（1999），頁446-448。

32 參見劉序楓：〈明末清初的中日貿易與日本華僑社會〉《人文及社會科學集刊》第11卷第3期
　（臺北：中央研究院中山人文社會科學研究所，1999），447-448頁；木津祐子：〈唐通事の心
　得──ことばの傳承〉（東京：汲古書院，2000），頁654-665。

33 劉序楓說：「初代歸化日本籍時，其姓氏大都採用祖籍郡縣之名，如陳姓改為潁川，劉姓改
　為彭城，張姓改為清河，徐姓改為東海，俞姓改為河間等。」見〈明末清初的中日貿易與日
　本華僑社會〉，《人文及社會科學集刊》第11卷第3期（臺北：中央研究院中山人文社會科學研
　究所，1999），頁464。

為「住宅唐人」或稱「在宅唐人」。

　　我們看陳沖一在薩摩國的鹿兒島與在地隅屋藤九郎雅成的女兒結婚，生有二男一女，長男就是後來的唐通事陳道隆。這就是融入日本社會的典型例子。當時唐人男性要成家，想與唐人女性結婚可能不是那麼容易找到合適對象，相對的與當地日本女人結婚卻不是難事，這是時勢所趨無法避免。初代唐通事陳道隆的母親是日本人，自己也娶了一個日本人「法春院」為妻，法春院是當時赫赫有名的「末次平藏」的女兒。末次平藏（約1546年-1630年）是日本江戶時代初期的貿易商，曾經擔任過長崎代官，名字叫「政直」。他擁有幕府簽發的「朱印狀」（海外渡航許可證）[34]，經常在臺灣、安南、暹羅等地從事朱印船貿易。由此可以想見，陳姓潁川家唐通事的後代，可能與當地有地位的武士身分家族日本人女子結婚的應當不少，畢竟他們也講究「門當戶對」的婚姻。

　　移入長崎的大量唐人，加上唐船貿易全部集中在長崎一地，引起貿易紛亂可能勢所難免，1635年長崎奉行任命唐人歐陽雲臺、何三官、江七官等6人為「唐年行司」，處理當地唐人犯禁或紛爭時的裁斷，形成了唐人自治的管理方式。[35]另外為了防止唐船搭載違反禁令的基督徒，或進行走私貿易與武器買賣，設立了「唐船請人」[36]制度，讓住宅唐人擔任來航唐船商人的保證人。此處的「唐年行司」與「唐船請人」兩個職位，屬於廣義的唐通事，與「大通事、小通事、稽古通事、內通事」狹義的唐通事相比地位較低，理由可能與貿易型態、基督徒取締問題等，隨時代變化有關，特別是在1689年「唐人屋敷」實施之後，職務的重要性已大不如從前，[37]歸根結柢，「唐年行司」、「唐船請人」兩種職位比較屬於「任務編組」的形式，管理對象消失職務當然就萎縮了。

---

[34] 「朱印狀」是一種類似許可證的證件，上面詳細記載貿易核可項目與核發日期等資料，在狀上蓋有朱紅色的印記，所以稱作朱印狀。由於明朝與朝鮮實施海禁，因此並不發行前往中國與朝鮮的朱印狀。以上參閱維基百科「朱印船」條，https://zh.wikipedia.org/wiki（引用2019年6月24日版面）。

[35] 參見劉序楓：〈明末清初的中日貿易與日本華僑社會〉，《人文及社會科學集刊》第11卷第3期（臺北：中央研究院中山人文社會科學研究所，1999），頁452。

[36] 「請人」的日文是「うけにん」，意思是「保證人、擔保人」。

[37] 參見劉序楓：〈明末清初的中日貿易與日本華僑社會〉，《人文及社會科學集刊》第11卷第3期（臺北：中央研究院中山人文社會科學研究所，1999），頁462。

　　「唐人屋敷」啟用之前，來航唐船的船東、財副、船員等的唐人，可以直接進入長崎街坊住宿，與住宅唐人互動相當頻繁。比如船主委託住宅唐人仲介交易、提供住宿、倉庫等服務，然後住宿唐人藉此抽取佣金等費用，這種制度叫作「差宿」。[38]可以想見住宅唐人可以依賴唐船貿易而營生的一斑，唐通事學習教材之一的《瓊浦佳話》卷之一有一段描寫相當傳神：

> 　　譬如唐船一到，就准起貨，沒甚言三語四，那時卩，还不曾造唐館，安插街房，所報宿主，某街某人，票兒上寫淂明白。遞與頭目，頭目拿去稟王家，王上吩咐長刀手来查問宿主的下落，那街上的街管，同去見王，下落明白，王上恩惠，船把他宿主收，主人收定。隨便擇下王道吉日，催了日本小船起貨，叫人押貨，防備偷盜，把貨查明進庫，收拾停当，封了庫門，不曾失落了一件家伙，不曾偷了一件貨物，又沒有一点口角是非，十分安靜。他那主人，当日收拾奇品佳餚，做个接風，費了多少銀子，置酒管待，大家好不歡喜。
>
> 　　过了几天，就請各職事人、大小商人、船主、貨各主人、牽頭当面講價，沒有什庅說長說短，一說便成。到了第二日，就是開庫叫貨，寫一張票兒，該銀多少，等帳明白，限定了多少日子，各人便買囬唐貨，打帳起身，主人扮酒送風，擇了吉日，順風相送，意氣揚々而囬唐，你道省力不省力，比如今的生意，差淂多了。
>
> 　　譬如做一个宿主，雖有費心，倒也有几分便宜，為何呢？但几把房子，租把唐人居住，打掃房間，把唐人開舖，高床高椅，好茶好飯，管持他，這个應該是如此。唐人每年帶許多人事來，送把主人，也有送糖的，也有送足頭的，若是十二分体面的送玳瑁，或者送人參。等起價錢未，該事淂緊，租房的租錢是在外等，還有大便宜，說起未若實爽快。大九唐人，買長買短，便收用錢，這个用錢也夛淂緊，這也譲些講，他那一門家口，唐人擔閣在家裡的時卩，一年也使淂，半年也使淂，不費

38 參見劉序楓：〈德川鎖國體制下的中日貿易：以長崎唐館為中心的考察（1689-1868）〉，《海洋史叢書I：港口城市與貿易網絡》（臺北：中央研究院人文社會科學研究中心，2012），頁87。

自家的口糧，一鍋裡煮飯，一卓子吃飯，不用私錢，不同私秤，一出一入，都是用唐人的銀子，你道快活不快活。[39]

這段引文所說，是還未建造「唐館」（即「唐人屋敷」）之前，交易很自由也十分方便，唐船的貨物委託住宅唐人的「宿主」，轉由街坊負責人呈報給長崎奉行（即王上），核准後即刻派一小船接貨，當天即可處理清楚。不過數日，就能交易完成，取貨的取貨，收錢的收錢，彼此都滿載而歸。比起現在的繁瑣交易手續，實在有天壤之別。作為一個「宿主」實在好處無窮，只要安排好船束、財副等人的飲食、住宿，唐船貨物倉儲安排妥善，交涉貿易的關係人適當，一年的交易也就大功告成。何況每趟唐船來長崎，都會贈送這個那個禮物，因此只要一鍋煮飯、一桌吃飯，所有家裡的大小開銷，都由唐船主人負擔。這樣做唐船的營生，雖然只收取佣金，卻是一本萬利的好買賣。

不過那是「唐館」建造完成以前的長崎，整個街坊因為唐船來航大興利市，長崎的經濟活絡由此而起。此外，長崎有些住宅唐人仍然與中國國內的親友保持聯繫，利用宗族、親人的網絡經營中國與日本的貿易，或從事由中國來的唐船貿易貨物保管及船員食宿的接待，如上所述。

這些唐人待在長崎生活久了之後，逐漸與日本社會同化，娶妻生子、生活習慣、語言文化，幾乎很難保持原來唐山的樣貌，經過幾代之後，想要努力恢復，可惜記憶中已模糊不清。但是長崎與中國仍然維持通商貿易，唐船每年頻繁出入長崎港即是最好的證明。除了唐船往來不絕之外，「唐三寺」、「唐通事」與中國的交流從未間斷，因此有人估計1670年代，長崎約有住民6萬人，其中有六分之一約1萬人是唐人。[40]總而言之，這批唐人與中國的血緣關係已經逐漸淡薄，但是意識形態、文化影響卻仍持續未斷，從日常生活的習慣，以及對傳統節慶的重視可見一斑。

---

[39] 見早稻田大學圖書館藏本《瓊浦佳話》，頁25-28。又有關本段引文校正，請參考本書「附錄4-A4」。

[40] 參見原田博二：《長崎——南蠻文化のまちを步こう》（東京：岩波書店，2006），頁98。

（二）唐人屋敷建立之後的長崎唐人

　　1689年占地九千多坪的「唐館」建立之後，長崎奉行將唐船貿易來航的船東、財副、船員等人移往「唐人屋敷」統一管理居住，讓他們幾乎少有機會與居住長崎的唐人可以直接接觸，除非中國傳統節慶或海神媽祖誕辰之類的日子，船員才有機會到街上與長崎唐人見面歡聚一堂。平時都被圈鎖限制在如同監獄的「唐人屋敷」中生活，不過「唐人屋敷」之內則設有土地祠、媽祖堂、觀音堂等精神寄託的公共設施，以及簡單生活販賣等，讓居住在裡面等待船期的唐人船員不至於無聊度日，或因思鄉情緒變化造成管理困難。

　　長崎在住唐人與來航唐船的唐人接觸，隨著唐船由多轉少、由盛轉衰的變化。當外來唐山文化衝擊減少之後，日常生活也將趨於平淡，最直接的改變即是融入在地日本人的生活習慣，久而久之連語言也「在地化」，也就是在無形的下意識中，受到左鄰右舍說日本語的影響。移民的第二代或許還可以堅持講唐山話，第三代、第四代……之後，就難保證他們仍然能夠說唐山話了。要講唐山話只有擔任「唐通事」這項職務，因為工作上需要處理唐船來航各種有關事務，他們不得不學習唐山話，有關此點下文第四節會詳細介紹。先看下面一段唐話教材的記載，說明連唐通事有時都無法使用唐山話了：

　　　　有一个大頭目，見了唐年行司，問他說道：「我看你們同僚裡頭，也有的人漳州話、福州話、外江話都會請，原未才藝，名一藝者少，況且各人各有專門的事情。難道三樣的話，都唐人一般会講不成，其中必竟也有說不精的。我且問你，你会講那里的話？会講下南話呢？」那時唐年行司說道：「大人見得極[41]明，晚生從未口舌重鈍，說話不清不白，下南話是打不未。」
　　　　頭目又說道：「亇厷[42]福劤話會厷？」他說：「也不會。」頭目又說：「既然不会兩樣的話，外江話自然會講。」他答道：「也不會。」頭目

---

[41]「極」字長崎歷史文化博物館藏本此字右偏旁「亟」作「豕」，已在字旁改正為「極」字。
[42]「亇厷」也寫作「亇未」，就是「那麼」之意。見白維國編《白話小說語言詞典》（北京：商務印書館，2011），415頁。

聽呆了，一囬[43]說道：「勺厷究竟你會講什厷話？」這个人原未乖巧，會說咲話，他不慌不忙，恭〃敬〃囬覆說道：「晚生會講的是日本話了。」頭目聽說，咲勺個咲笑不住，好咲〃〃。[44]

　　其實它是一個活生生的長崎唐人後代的語言實情，移民第二、三代之後，如何每天要求他們一定要說「祖先語言」，特別是在長崎街坊生活，唐人不過占約六分一的人口，每天見到或接觸到講日本話的人畢竟仍然是多數，如此的語言環境怎麼要求他們去講唐山話。在家即使父母教他講唐山話，出外卻有許多日本人朋友跟他說日本話干擾，他自然只能使用日本話較順口，即使父母親每天用鞭子要他說唐山話，可能效果也相當有限。[45]因此這位一年期職務的唐年行司也只能坦白的說：「晚生會講的是日本話了」，這句答覆是個現實的無奈，絕不是說笑話而已。

　　上述的對話中，頭目所問的「漳州話、福州話、外江話」以及「下南話」，都是長崎唐人使用的唐話。下南話就是漳州話、泉州話，也就是現在所說的「閩南話」；福州話是福建東北部靠海的福州人所用的語言，現在方言也叫作「閩東話」。這兩種閩語在長崎在住的唐人中屬於很重要的語言，它們正好對應著「唐三寺」中的「福濟寺」（講漳州話、泉州話人聚會的寺廟）與「崇福寺」（講福州話的人聚會的寺廟）。而下江話指的是江蘇、浙江移民所使用的「下江官話」，有時也稱作「南京官話」。雖然同住長崎一個地方，由於下江話幾乎與講漳州話或福州話的人無法溝通，因此他們也有自己同鄉聚會的「興福寺」做根據地。由此可見當時「漳州話、福州話、外江話」雖然各有自己的勢力範圍，但是在寄人籬下的長崎，「語言競爭」的環境下，最後都不敵日本話，落得這些「祖先語言」只有保留在唐通事的教育學習和工作使用中。

---

[43] 此處長崎歷史文化博物館藏本作「囬」，從上下文意疑為「面」字之誤。

[44] 見長崎歷史文化博物館藏本《長短拾話唐話》，頁65-66。又有關本段引文校正，請參考本書「附錄4-C20」。

[45] 此處借用《孟子‧滕文公下》「一齊人傅之，眾楚人咻之」的說理觀念，語言環境的影響力相對的重要。

（三）唐人受第一語言影響的例子

由於久居長崎的唐人，幾代之後自己的母語早就忘得一乾二淨，平日生活所用語言已經變成日本話。這種現象不經意間總會在一些小處流露出來。唐通事這個職務都是世襲子弟的工作專利，因此擔任唐通事這項職位時，勢必學好唐話作為工作上溝通的工具，此外就需多多學習「唐山事務」，避免文化隔閡造成許多誤判。

當時長崎有一位名叫劉道的唐通事，[46]根據明代李攀龍編選的《唐詩選》，逐字用日文片假名標注唐音，於1777年出版《唐詩選唐音》一書，目的可能讓繼承家業的年輕唐通事學習，藉以奠定漢學的各種修養，讓年輕的唐通事有機會讀唐詩，藉以幫助深入暸解來航唐人的種種想法，執行唐通事的職務時多少有一些幫助。這本《唐詩選唐音》能夠流傳下來，讓我們暸解江戶時代唐通事養成過程的學習教材原來是如此的寬廣。

《唐詩選唐音》是依照通行的唐話（當時多數人已經使用「南京官話」）標音，例如第42首七言絕句：「莫道秋江離別難，舟船明日是長安。吳姬緩舞留君醉，隨意青楓白露寒。」（原書285頁）第一句「莫道秋江離別難」，用片假名標為「モ　タウ　チウ　キャン　リイ　バ　ナン」，至少還有唐話的味道。第三句「吳姬緩舞留君醉」，也用片假名標示為「ウ　ヒ　ワン　ウ　リウ　キユン　ツイ」，除了「姬」字的假名標做「ヒ [hi]」之外，其餘也沒有問題。只有「姬」字標喉音 [hi] 有一些突兀。「姬」字《廣韻》「居之切」（上平聲7之韻）屬於舌根音，後來受舌根三等韻顎化，才讀成今天的舌面前音 [tɕ-]。對照一下與劉道時代很接近的釋文雄《磨光韻鏡》（1744）收「姬」字在第8圖開口讀「キイ」，屬於舌根カ行讀音，顯然《唐詩選唐音》假名標「ヒ」屬於喉音ハ行字。讓人懷疑此處姬字標ヒ，可能是使用了日語訓讀音「ヒメ」第一音節做標音。

另外一個例子，《唐詩選唐音》有一個「堪」字，在下面四首詩句出現：

---

[46] 參見有坂秀世：〈江戶時代中頃に於けるハの頭音について──唐音資料に反映した〉，載《国語音韻史の研究》（東京：三省堂，1973年增補新版），頁225。

即今西望猶堪思（第5首第3句、頁275）

玉關西望腸堪斷（第57首第3句、頁289）

陰蟲切切不堪聞（第97首第2句、頁301）

年光到處皆堪賞（第121首第3句、頁308）

但是《唐詩選唐音》都將上面四首詩的「堪」字，假名一律標為「タン[taN]」，屬於舌尖音。然而堪字在《廣韻》只有「口含切」（下平聲22覃韻）一音，屬於舌根音。《磨光韻鏡》也收「堪」字在第39圖開口，標為「カム」也是舌根音沒有不同。

此處《唐詩選唐音》將「堪」字標注為舌頭音「タン」，可能是使用了日語「慣用音」所致。所謂「慣用音」是日語中除了「吳音、漢音、唐音」之外使用的習慣性「漢字音」，其來源無法確切明白。[47]例如「消耗しょうこう」是漢音，慣用音讀為「消耗しょうもう」；「堪能（擅長、熟練之義）かんのう」也是漢音，慣用音讀為「堪能　たんのう」。

以上的現象，都說明唐人後代久居異國的無奈，已經被日語影響卻渾然不知。語言與文化是最容易被同化的兩樣東西，每天接觸絕不能少的溝通工具，再怎麼強迫他們子孫講唐話，究竟能夠堅持多久讓人懷疑。

---

47 維基百科「慣用音」條：「慣用音是指音讀（日本漢字音）中不屬於與中國讀音有對應關係的吳音、漢音、唐音的任一類的讀音。來源一般是誤讀的約定俗成或者為發音方便而作的改讀。古代並無此說法，大正時代語言學研究進展後方有此概念。」（據2019年2月11日版面引用）

四　祖先語言與職業語言[48]

（一）唐通事唐話的特質

　　日本文化的特徵是大量容受外國文化，然後擷取對自己有用的部分，經過一段時間的磨合實驗，最後融入自己文化之中。西元五世紀百濟僧侶將中國經書帶到日本，以及7到9世紀的遣唐使將唐文化、佛教文化在日本廣泛傳播的同時，也把漢字帶進日本，讓日本創製了萬葉假名、片假名與平假名。此後儒家經典及各種用漢文撰寫的書籍，日本人為了學習方便，於是發明了一套使用「訓讀」的方式，按照日本語的語順與語音來學習「漢文」。經歷時間一久，讓許多日本人並未感覺自己學習的是「外國語」。

　　江戶時代的17世紀開始，有數量不少的唐船陸續進入九州長崎進行貿易。德川幕府為了因應此項唐船貿易，設置了「唐通事」的職務，作為處理唐船貿易與唐船來航各項繁雜事務。唐通事需要與來航的唐人溝通，因此有中國語的口語「唐話」出現，唐話是實用的「外國語」，與使用訓讀學習的「漢文」，是完全相異的學習觀念。

　　唐通事的任用主要是由長住日本的唐人後代擔任及承襲，他們需要經過唐話訓練與唐船貿易各種事務的學習。準備繼承唐通事職務的唐人後代，自小開始學習的「唐話」教本，往往是由退任的唐通事手寫編輯的學習資料。此類資料目前常見的有十餘種，通俗稱為「通事書」。

　　由於早期唐船主要來自江蘇、浙江、福建地區，因此唐通事以南京話、福州話、漳州話（泉州話）為學習的語言。這些「通事書」採用中國話本小說的框架，忠實沿襲著話本小說口語的「官話文」撰寫，內容取材長崎的日常生活，包括長崎史實的犯罪案例、政策變革、通事職掌細節，以及對長崎人迫切

---

[48] 木津祐子說：「對於長崎的通事來說，對出身地方言──祖先的語言的忠誠心，乃第一優先。但是，隨著時代的變遷，除了向『祖先的語言』的忠誠之外，也產生了因職務需要而學習唐話的意識，而且後者的重要性逐漸增加。藉此，原本『唐話』的『職業語言』性格便開始增強。」見〈官話課本所反映的清代長崎、琉球通事的語言生活──由語言忠誠和語言接觸論起〉，《東亞漢語漢文學的翻譯、傳播與激撞：十七世紀至廿世紀學術研討會」論文集》（臺北：中央研究院文哲研究所，2006），頁3。

有用的職業倫理、處世教訓等的記載，此類帶有方言味道的通俗官話，也可能有說書先生的老調，可以稱為「變體官話文」。可見通事書是應用於唐通事職務需要的語言學習資料，以及做人應該懂得的行動常識。[49]此等外表是白話小說體的通事書，實質上是極為口語化的「變體官話文」，在滿清入主中原，大約十八世紀初期之後，由原來「南京、福州、漳州」三種方言，逐漸轉變為接近江淮官話或江浙吳語區講的「南京官話」，且一直延續到明治時期不變。[50]

（二）唐話是唐通事職業的根本

早期唐通事仍有中、日兩種姓名，職務上對中國商人的書信或文書來往，以及死後的墓碑，仍然大多使用中國姓名，也保有部分中國傳統習慣。但時間日久，與日本人女子結婚生子繁衍後代，或招日本人為養子、女婿，以繼承通事家系，從此中國人意識逐漸稀薄。[51]每天生活上必須開口使用的語言自然是日本話，能夠保存講原來祖先母語的人，少之又少。

先看一段唐話教材《長短拾話唐話》：

> 有一個漳刕通事，年紀不過二十二、三歲，做人慷慨，志氣大得緊。……所以他孛官話，他不過這兩日纔孛起的，但是講得大好，他孛一日，賽過別人家孛一年。我教導他第一句話，第二句是就自家體諒[52]得出，只當精□従[53]一樣的了。

---

[49] 木津祐子說：「語言與義理教訓，是官話教材的兩個規範，廢一不可。通事書不像現代外語教材，而像一種『蒙書』。」見〈作為規範的通俗——從清代東亞漢文圈的通事書談起〉（臺北：中央研究院歷史語言研究所，2010），頁2。

[50] 參見木津祐子：〈作為規範的通俗——從清代東亞漢文圈的通事書談起〉（臺北：中央研究院歷史語言研究所，2010），頁4-7。

[51] 見劉序楓：〈明末清初的中日貿易與日本華僑社會〉（臺北：中央研究人文社會科學研究所，1999），頁464-465。

[52] 「體諒」話本小說又作「體亮」、「體量」，即「體會諒察」之意。見白維國編《白話小說語言詞典》（北京：商務印書館，2011），頁1510。

[53] 「□従」兩字，長崎歷史文化博物館藏本「□」作「彳＋亞」；縣立長崎圖書館藏本作「彳＋亞 彳＋迷」，疑當作「啞迷」。

> 有一个人問他說道：「你原来是漳列人的種，如今講外江話，豈不是背
> 了祖，孝心上有些說不通了。」他原是乖巧得緊，大几替人来往的書
> 扎，相待人家的說話，水来土掩，兵来鎗當，着实荅應得好，他囬覆說
> 道：「我雖然如今孛講官話，那祖上的不是撇下未竟不講，這个話也会
> 講，那个話也会講，方纔筭得血性好漢，人家說的正是大丈夫了，口裏
> 是說什広話也使得，心不背祖就是了」[54]

上述引文出現「漳州通事、漳州人、外江話、官話」等詞彙，都是與地域
有關的出身或職業語言。漳州人講的是「閩南話」，外江話與官話都是指廣義
的「南京話」，也就是「下江官話」或「江淮官話」。

年輕的唐通事是出身漳州人的後代，繼承了使用漳州話職務的「唐通
事」，這是繼承「祖先語言」的工作。但他所處的年代可能是「正德新制」
（1715）頒行之後，唐船由原來的每年80艘左右進入長崎貿易，減少為每年只
有30艘以下，而且都是江浙來航的平底沙船，[55]自然講的都是南京官話，因此
為了工作方便，年輕人也學習「職業語言」的外江話，以便工作上容易溝通。

由此可知，通行於江戶時代長崎一地的唐話，至少有「祖先語言」與「職
業語言」兩個意義存在。只有擔任唐通事工作的人，在生活上都是日本話的環
境下，才有機會與動機努力學習唐話。我們看到上述的年輕通事，職業上溝通
的語言──外江話會講，祖先的語言──漳州話也會講，真正是一個「心不背
祖宗」不忘本的年輕人。

江戶時代的長崎，雖然有不少唐人居住，但與在地的日本人相比究竟還是
少數，唐人經過幾代之後一般人可能只會說日本話，唐話自然撤退到家庭中變
成生活用語而已。甚至有些家庭為了社會接觸與生活方便，索性不再使用自己

---

54 見長崎歷史文化博物館藏本《長短拾話唐話》頁60-62。又有關本段引文校正，請參考本書
　　「附錄4-C18」。

55 「沙船」指平底型帆船，航行於長江口及內陸運河的船隻。與沙船相對的是「鳥船」，主要在
　　福建沿海所造，航行於外洋、日本及東南亞等地區。參見松浦章撰：〈清代帆船による東アジ
　　ア・東南アジア海域への人的移動と物流〉（大阪：關西大學東西學術研究所，2015），頁44-
　　45。

祖先留下的唐話當母語，改為道道地地的日本話當母語。此種環境影響下，繼承家業的唐通事，為了職業上工作的需要，必須努力學習「祖先語言」，否則無法承擔工作上的應對。從下面一段唐話教材的內容，隱約可以看出繼承家業的年輕唐通事，他們有迫切學習唐話的需要：

> 譬如寫々字、打筭盤，這是人家过活的本事，做職事也要曉淂，不足為奇。做乙个唐通事，講唐話、寫唐字、賦詩、作文，這是弟乙本等的，还有世情，也要通的，論起學文，肚裡差不多通淂未，也做不淂，人家乙看了通事，就問起唐山讀書的道理，若是遇着大才子，问山问水，牽枝帶葉，好不囉□[56]，回為肚裡有了些少墨汁，就答應不來，要是博覽飽學，三教九流，都是精通。[57]

從上述《瓊浦佳話》這一段話，敘述唐通事需要處理的事情很複雜，若處事不夠伶俐，待人無法圓通，可能無法善盡自己的職責。言下之意，在尚未擔任通事之前就需好好培養。

再看一段教唐話的先生，對學習的年輕子弟苦口婆心的勸誡：

> 原來學唐話，言語狠多，又有平上去入的四声，開口呼、撮口呼、清音、濁音、喉音、齒音、唇音、舌音、半清、半濁，都要分說。若不分明，糊々塗々的時候，只當水裡放屁。唐人一句也聽不出，所以做通事的最艱難。
>
> 常言說道：「天下無難事，只要有心人。」要學唐話的，最要用心，不但是唐話，要學什厷事情總要用心。要學彈弦子，也要用心，不肯認真的時候，便學十年，也學不成。那弦子響是響，沒有清亮。講唐話也是

---

[56] 「囉□」，可能是話本小說出現的「囉唣」或「羅唣」，意為「騷擾、吵鬧」。見白維國編《白話小說語言詞典》（北京：商務印書館，2011），頁977。

[57] 見早稻田大學圖書館藏本《瓊浦佳話》，頁19。又有關本段引文校正，請參考本書「附錄4-A2」。

一樣的，字音分不清，憑你怎広樣高聲講，也聽不出。如鴨聽雷，摸不
着頭路，竟是呆木了。若是生成牛笨的，學了一年半載，認真起來的時
節，聰明是自然逼出來，那時候，肚裡明白，要講什広事情，就是講日
本話一樣，容易講得來。[58]

　　在長崎社會幾乎都是使用日本話的環境，學習唐話有各種區別的發音，與
日本話差異不小，想要學得好然後在工作上應用自如，的確沒有那麼容易。儘
管如此，教導唐話的先生還是苦口婆心提出「學唐話最要用心」的學習態度。
如果用心去學習，就跟平日講日本話一樣沒有想像那麼困難，甚至他還提出或
許是教學經驗的觀察，所謂：「認真的時節，聰明是自然逼出來」做鼓勵，希
望學習唐話的未來通事能夠聽進去，用心學習才能有成果。
　　偏偏有一些不成材的唐通事後代，成天廝混度日，什麼都不想學習，裝模
作樣過日子：

目今後生人家，都不肯學，一到舘中見了唐人，講也講不來，聽又聽不
出。東也不成，西也不就，也不怕羞。自巳只說是，好々的通事老爹，
穿領長衣，插把好刀，裝个模樣，虛度光陰。每日吃了酒，吃得大醉，
滿口講大話，說道：「我有本事，罵了唐人，連唐人也講不透我的唐
話。」極口賣弄自巳，只是有名無實，真正可笑々々。
也有一等破落戶，書是竟不讀，見了唐人的呈子，一句也念不來，也假
做念得下。若是有人問他，胡亂荅得幾句，話也不講，也不去學，自巳
看得勾了，倒去學沒要緊的事情，或者豁拳、唱曲、彈琴、三弦子、彈
琵琶、牽胡琴、吹笛兒、吹鎖吶、吹喇叭、着圍棋、下象棋、打雙六、
騎馬、射箭、使鎗刀、演習武藝，這个還算得好。也有賭錢、賭高興，
或者花街上去嫖婊，或者做戲，花了臉，穿了女人家的衣服，打扮做戲

---

[58] 見早稻田大學圖書館藏本《養兒子》B本，頁21-22。又有關本段引文校正，請參考本書「附
　　錄4-F1」。

子的模樣，一身學得浮浪子弟，沒有一个正經的事情。[59]

教導學習唐話的先生，擔負著教學成果的責任，教得好不好雖然與學習者的努力用功，以及天資是否聰穎有直接的關係，但是看在這些先生的眼裡，相當擔心許多有世襲職位後生，不肯好好學習，將來工作上不順遂、不稱職，其實都與年輕時的學習態度有很大關係，難怪先生們要苦口婆心的告誡一番。

（三）相關資料的唐話記載

從上一節引文，瞭解當時的唐話包含有「漳州話、福州話、外江話」三種。江戶時代18世紀前半通事書之外的其他文獻，對此三種方言也有不少類似的記載。木津祐子〈唐通事の心得——ことばの傳承〉（2000），蔡雅芸〈江戶時代唐話資料所見的漳州話〉（2010），蔣垂東，〈日本唐話會裡的福州音與南京音——兼論江戶中期日本學者對中國語言的認識〉（2011）各文，都曾做了詳細探討。

本文謹將前人研究，彙整如下：

1 《唐通事會所日錄》

《唐通事會所日錄》的記載，現僅存1663-1715年份，[60]內容主要記載唐通事每日行事，其中常常出現「南京方、漳州方、泉州方、福州方」的記載。[61]木津祐子曾引述兩段《唐通事會所日錄》的記載，說明當年收容來航唐船貿易的「唐人屋敷」（又稱「唐館」）1689年建成，為徵求各種語言的唐通事管理職務所發的通知，內容如下，可以明瞭早期唐館裡的內通事，需要具備各種方言才能順利工作。

---

59 見早稻田大學圖書館藏本《養兒子》B本，頁22-24。又有關本段引文校正，請參考本書「附錄4-F2」。

60 見劉序楓：〈[コラム]近世長崎貿易における唐通事と唐船主〉，載於若木太一編：《長崎・東西文化交涉史の舞台——明・清時代の長崎支配の構図と文化の諸相》（東京：勉誠出版，2013），頁84。

61 見蔣垂東：〈日本唐話會裡的福州音與南京音——兼論江戶中期日本學者對中國語言的認識〉，載於《清代民國漢語研究》（首爾：學古房，2011），頁295。

《唐通事會所日錄》元祿二年（1689）閏正月十八日條說：[62]

> 全體通事集合，討論下次該採用的唐館內通事之務，茲決定如下：報名
> 的內通事，南京、福州話通事二十人，泉州、漳州話通事二十人，一共
> 四十人，其中採用三十人。要每人自己準備各一封名單，上面記下自己
> 能講的語言，如南京、福州、漳州等一一記下，提交兩個衙門，等候通
> 知。（閏正月十八日）

《唐通事會所日錄》元祿六年（1693）正月一條說：

> 這次向內通事的接班補員報來的學通事，在飯後，都叫他們集合在通事
> 會所，讓他們講講唐話。結果明白了他們唐話都差不多能用得上，決定
> 採用泉州班四人，南京、福州班兩人。

　　兩次不同時間的《唐通事會所日錄》記載，可以看出徵集在唐館（「唐人
屋敷」）執行任務的「內通事」或者「學通事」，都要求是否能說「南京話、福
州話、泉州／漳州話」，能說這些話才派得上用場，因為唐館裡都是隨唐船渡
海而來的唐山人，語言溝通工作才能順利。

2　西川如見撰《增補華夷通商考》（1708）

　　江戶中期著名學者西川如見（1648-1724），在其所撰《增補華夷通商考》
卷之一、卷之二，也提到南京話、福州話與漳州話，甚至還比較三種語言的差
異。由於西川原文使用18世紀的古日文書寫，以下引用蔣垂東大意翻譯的中文
說明。

---

[62] 中文譯文引自木津祐子：〈官話課本所反映的清代長崎、琉球通事的語言生活──由語言忠誠
　　和語言接觸論起〉，『東亞漢語漢文學的翻譯、傳播與激撞：十七世紀至廿世紀學術研討會』
　　論文集（臺北：中央研究院中國文哲研究所，2006），頁2。下同。

全國十五省皆以此處南京話為正統。猶如日本以京都話為上一樣。在中國吟詩亦以南京音為準。北京的風俗人物同南京相同，但因地處寒冷的北方，所以穿皮衣的人多。語言雖與南京相同，但音調略強。（卷之一）[63]福建（福州）話發音同其他地方差異很大，難以相通，同南京話一半可通，一半則不通。其發音多帶鼻音，口音甚重。漳州話同南京等其他地方的話極不同，發音尤為難聽。甚至與同為一省的福州也不相同。雖然同福州話偶爾可通，但同南京話等絕不相通。（卷之二）

西川如見對南京話與福州話、漳州話的比較觀察入微，唐通事學習唐話的教材《長短拾話唐話》裡也有一段類似的話，可以參看：

大凡孛了福州話的人，舌頭会得掉轉，不論什庅話都會，官話也講得耒，漳刕話也打得耒。譬如先孛了官話，要你講漳刕話，口裏軟頭軟惱，不像个下南人的口氣。先孛了漳刕話，要你說官話，舌頭硬板板，咬釘嚼鉄，像个韃子說話一樣不中聽。這个正真奇浔緊，唐人生成的，也自然如此，連日本人也是這樣了。[64]

把先學習福州話、先學習南京官話，或者先學習漳州話，對於其他兩個重要語言的學習會有什麼影響，說得如此深入，可見當時這三種語言被看作很重要的溝通工具。

3 篠崎東海撰《朝野雜記》

篠崎東海（1687-1741）撰《朝野雜記》，其卷四記載享保元年（1716）11月22日「長崎唐通事唐話會」問答內容，其中福州話問答4條，漳州話問答3

---

63 見蔣垂東：〈日本唐話會裡的福州音與南京音——兼論江戶中期日本學者對中國語言的認識〉，載於《清代民國漢語研究》（首爾：學古房，2011），頁296。下同。

64 見長崎歷史文化博物館藏本《長短拾話唐話》頁50-51。又有關本段引文校正，請參考本書「附錄4-C15」。

條，南京話問答高達30條。可以瞭解當時唐通事工作上，需要使用福州話、漳州話及南京話與來航唐船的人員溝通，因此才出現在唐話會由資深唐通事與年輕的稽古通事的問答練習。

　　「長崎唐通事唐話會」，留待下一節「享保元年的唐話會」詳細介紹。

4　新井白石編《東音譜》（1719）

　　江戶中期著名的學者兼政治家新井白石（1657-1725）撰《東音譜》，用漢字記載當時從長崎唐通事問來的各地方言讀音，可以明白當時以實用性做考量的各種方言重要性，該書是使用「杭州、泉州、漳州[65]、福州」各地讀音，標注日語五十音圖假名的讀音，以下試舉《東音譜》記錄的例子做參考：[66]

　　　ハ　東音破　漳音發　杭、泉、福並音花。
　　　ヒ　東音非　杭、漳、福並同　泉音希。
　　　フ　東音夫　泉、漳並同　杭音數　福音乎。
　　　ヘ　東音閉　杭音靴　泉、福並音分　漳音弗。
　　　ホ　東音保　杭音訃　泉音好　漳音福　福音和。

「東音」只日本音。《東音譜》雖然主要在標注「日本語五十音圖」，卻能從通事的實際調查記錄，留下了一些當初各種讀音的大致情況。

5　釋文雄撰《三音正譌》（1752）、《磨光韻鏡・餘論》（1805）

　　曾經編纂《磨光韻鏡》（1744）的沙門釋文雄（1700-1763），撰述《三音正譌》一書，該書卷上為〈音韻總論〉，分別論述「吳音、漢音、華音」自古以來至江戶時代的運用得失。其中論華音說：

---

[65]　根據森博達考證，「漳州音」實為「南京音」之誤。見森博達：〈近世唐音と《唐音譜》〉，《国語學》（東京：日本語學會，1991）第166集，頁13-21。

[66]　轉引自有坂秀世：〈江戶時代中頃に於けるハの頭音について〉，載於《国語音韻史の研究（増補新版）》（東京：三省堂，1973），頁232-233。

華音者，俗所謂唐音也。其音多品，今長崎舌人家所學，有官話、杭州、福州、漳州不同。彼邦輿地廣大。四方中國音不齊，中原為正音，亦謂之雅音；四邊為俗音，亦謂之鄉音。

其中原所用之音有二類，官話之與俗話也。俗話者平常言語音也；官話者讀書音此之用，其官話亦有二，一立四聲，唯更全濁為清音者是；一不立入聲，不立濁聲，唯平上去，唯清音者謂之中州韻，用為歌曲音，二種通稱中原雅音。支那人以為正音。其俗話者，杭州音也，亦曰浙江音。（葉10-11）[67]

明白指出長崎唐通事所學的唐音有「官話、杭州、福州、漳州」的差異，除官話為雅音之外，其餘杭州、福州、漳州都屬於俗音。不過在釋文雄卒後才刊刻的遺著述《磨光韻鏡・餘論卷下》中說杭州音就是南京音：

杭州音者，明太祖中華定為十五省，今清人亦仍之。其浙江省有杭州府，春秋時越國也，與南京應天府相鄰（原注：其間相去本邦道規三十五里），人物、語音與南京同，故杭州音亦曰南京音。南京古吳國也（原注：見《華夷通商考》），相傳中華第一正音也。（葉3）[68]

說明杭州音即為南京音的理由，其實此處的南京音嚴格說即指「南京官話」。

6 《廳幼雜貨譯傳》

可能成書於明和（1764-1771）以前或1731年之前的《廳幼雜貨譯傳》，[69]內文書名又作《廳幼略記》，是一本記載唐船貿易貨品名稱有關的對譯集。書

---

[67] 見京都大學圖書館藏《三音正誤》。

[68] 見《磨光韻鏡・餘論》（東京：勉誠社，1981）。

[69] 岩本真理：〈唐話資料概觀──最晚時期的唐話資料為中心〉，載於《清代民國漢語研究》（首爾：學古房，2011），頁56，認為成書於明和（1764）之前；蔣垂東：〈日本唐話會裡的福州音與南京音──兼論江戶中期日本學者對中國語言的認識〉，載於《清代民國漢語研究》（首爾：學古房，2011），頁299，則認為可能成書於1731年之前。

中收了575個詞語，如「綢、紗、綾、緞、絨、絹、羅」。每個詞語以片假名標注福州音和南京音的讀法，根據書前註明「左為福州音，右為南京音」[70]。

7 《華客問答錄》

根據蔡雅芸的研究，《華客問答錄》的作者及年代不詳，是一問一答記錄方式的一本書，在書頁開頭註明有「漳州話」三字，可見全書須以漳州話讀音看待。該書藏於日本國立公文書館內閣文庫。

該書問答內容提到的有唐山牡丹花、唐山女人的穿著、鄭成功子孫鄭克塽在唐山的生活等。另外，內容提及康熙帝皇子的人數話題，因此推斷該書成立年代不會早於康熙後期。[71]

8 《福州話二十四孝》

長崎歷史文化博物館圖書部藏有一本《福州話二十四孝》，書中沒有任何記年或編寫者，可能是唐通事學習福州話的抄本。引述其中第二則〈懷橘遺親〉如下：

> 原早漢朝有一個陸姓，名叫做績，係吳郡人，伊娘□[72]叫做陸康，也做盧江太守其官。當時有一個袁術，在九江做官，績許時候年紀隻務六歲，耒九江見袁術，就曉的禮數。術見陸績六歲孩兒，乖巧可愛，就叫人捧一盤紅橘，請伊就食。一個嘴裡雖然裡食，心裡就思量，我娘奶也愛食，看見儂目秋剌斜，就偷掏二枚，藏在袖中，帶轉去乞娘奶食。及拜謝回家，相揖一拜，不覺紅橘二枚隨落地下，術與之戲曰：「陸郎作儂客而偷乎？」績跪荅曰：「因是奶娘癖性愛食，故此偷掏二枚。」術聽見陸績講出這話，不覺駭異，年紀只紲的孝順，真是難得也。詩曰：

---

[70] 見《蠡幼雜貨譯傳》，載於據長澤規矩也影印編輯：《唐話辭書類集》第16集（東京：汲古書院，1974），頁393。

[71] 見蔡雅芸：〈江戶時代唐話資料所見的漳州話〉，載於松浦章編著：《明清以來東亞海域交流史》（臺北：博揚文化事業有限公司，2010），頁203。

[72] 此字為福州話方言用字，左旁作「亻」、右旁作「罷」。

「孝弟皆天性，人间六歲児，袖中懷綠橘，遺母覺希奇。」[73]

　　上述引文純粹是福州話內容，可以想見當時福州話所以被唐通事作為學習的語言之一，必然與來航長崎唐船的福州人不少有關。

　　以上八種資料的記載，可以瞭解17、18世紀長崎，與唐船貿易有關的中國域外方言漳州話、福州話與南京話，它們的重要性及影響的情況。值得特別留意的是，原來福建一省的閩南語與閩東語，在長崎竟然獨立成兩個重要語言，但是18世紀初期稍後似乎盛景不再，最後由南京話（正確的說法應當是「南京官話」）獨領風騷，這其中的轉折很有意思，值得深入探索。

五　享保元年（1716）的唐話會

　　篠崎東海《朝野雜記抄》卷四所收有「長崎唐通事唐話會」問答，是享保元年（1716）11月22日唐通事同仁之間的唐話會記錄。這是資深唐通事前輩與子弟參加「唐韻勤學會」的例行公開唐話會，場地就選在長崎聖堂舉行，有驗收學習成果的意味。除享保元年之外，記載上又分別於天明八年（1788）、天保十年（1839）也有兩次唐話會，可惜都沒有留下任何資料。[74]

　　如上一節「相關資料的唐話記載‧3」所述，《朝野雜記抄》卷四各方言的問答條數，總計有37條，而且各條除少數例外，文字右側皆標注片假名的讀音，以下引述石崎又造《近世日本に於ける支那俗語文學史》（1967），15-18頁的標注。各方言問答只舉數例說明，片假名標音改在漢字之下：

---

[73] 見長崎歷史文化博物館藏本《福州話二十四孝》，頁4-5。又有關本段引文校正，請參考本書「附錄4-L1」。

[74] 見石崎又造：《近世日本に於ける支那俗語文學史》（東京：清水弘文堂，1967），頁15。

福州話

問： 先生　　紅毛船裏　　　　上　去　了　　沒有。（河間幸太郎）

スエンサン　ホツモウスウンリイ　シエンキヨウラウ　ムユウ

答： 從來　　未曾　　　上去看。（彭城八右衛門）

チンライ　モイツエン　シヨンキヨウカン

漳州話

問： 只 二　日　大下 寒 冷。令 堂　都 納　福否。有年紀 个　人

チイ ヌン ジエル　トツ エ、クワ チエン。レントン　トウ ラフ゜ ホク ム。ウニ キ　ゲチン

問 候 飲 食　起 居。爾 著 孝 順 兮。（吳藤次郎）

ムン ヘウ　エム シエル　キイ キウ　ルウ テウ　ハウ ソン　ヘ

答： 多　謝　只是金言。　　母恩　　大如天。　　　豈可不孝順。

トウ シヤ　チイ シ ケム キヤン　ベウ エン　トウ ヲ ツズ ウ テイ　キイ コウ ム ハウ ソン

父母在　　不遠遊。　遊必　　有方。　我也　記得。

フ ベウ ツ ウア　ポル ワン イウ　イウ ペ エル　イウ ホン　クワ ヤ　キイ テ エル

此二句　　因為　罕得　　出門　　然數　　共家母說。（陽市郎兵衛）

ツ ヌン クウ　エン ウイ ハン テ エル　ツ ヲル ムン　ジエン ソウ　カン カ アベウ スエ

南京話

問： 前日[75]到了　　一隻船。不知　什麼船。（中村平太夫）

ツエン　タウ　　チ チエン　　　シモ チエン

答： 聽見　　說　寧波船。（東海龍太郎）

テンケン　シヱ　ニンボウチエン

問： 信牌　　　帶來否。（中村）

スインペイ　タイライヘウ

答： 聽說　　不帶來。（東海）

テイシヱ　ホルタイライ

　　每一句問答後面都列有說話的唐通事姓名，這些唐通事的名籍生卒，木津祐子〈唐通事の心得——ことばの傳承〉（2000）與若木太一〈唐話會と江戶文學〉（2005）兩文，曾經做了一些考察。

---

[75] 斜體字表示原書沒有假名標音，下同。

　　福州話，河間幸太郎，先祖是從福州福清縣東渡的俞惟和，幸太郎屬於第四代，生於元祿15年（1702）11月4日，卒於天明2年（1782）9月2日，年82歲。參加唐話會的享保元年，當時只有15歲，享保4年才繼承稽古通事職務。[76]彭城八右衛門，是大通事彭城仁左衛門宣義（1633-1695）的次男，宣義之父劉一水，出身福州府長樂縣籌港。元祿12年（1699），八右衛門就任稽古通事見習，兩年後元祿14年正式升任稽古通事，享保元年參加唐話會時，就任書記役的職務。[77]

　　漳州話，吳藤次郎，生年未詳，祖父吳振浦漳州府僊和出身。元祿16年（1703）任稽古通事見習，宝永元年（1704）升任稽古通事並。唐話會的享保元年，擔任書記役任上，享保3年（1718）任小通事末席，延享4年（1747）5月晦日卒。[78]陽市郎兵衛，先祖是漳州府出身鼎鼎大名的歐陽雲臺，他是第五代的繼承者。陽市郎兵衛生年未詳，正德4年（1714），任稽古通事見習，享保4年（1719）正式就任稽古通事，享保16年升任小通事，寬保2年（1742）接任大通事，宝曆5年（1755）卒。[79]

　　南京話，中村平太夫，生卒不詳，宝永2年（1705）擔任稽古通事見習；東海龍太郎，先祖是紹興府蕭山縣遊化鄉的徐敬雲，正德5年（1715）開始任稽古通事，生卒未詳。[80]

　　唐通事各有唐話專長，南京話、漳州話、泉州話或福州話，應該與其祖籍有相當大的關係。《西鎮要覽》卷二，記載寬文年間（1661-1672）唐通事各人的專長方言：[81]

---

[76] 若木太一：〈唐話會と江戶文學〉，《江戶文學》32號（東京：ぺりかん社，2005），頁47。

[77] 若木太一：〈唐話會と江戶文學〉，《江戶文學》32號（東京：ぺりかん社，2005），頁47。

[78] 木津祐子：〈唐通事の心得——ことばの傳承〉，《興膳教授退官記念中國文學論集》（東京：汲古書院，2000），頁661。又見若木太一：〈唐話會と江戶文學〉，《江戶文學》32號（東京：ぺりかん社，2005），頁48。

[79] 木津祐子：〈唐通事の心得——ことばの傳承〉，《興膳教授退官記念中國文學論集》（東京：汲古書院，2000），頁661。又見若木太一：〈唐話會と江戶文學〉，《江戶文學》32號（東京：ぺりかん社，2005），頁48。

[80] 若木太一：〈唐話會と江戶文學〉，《江戶文學》32號（東京：ぺりかん社，2005），頁50。

[81] 轉引自石崎又造：《近世日本に於ける支那俗語文學史》（東京：清水弘文堂，1967），頁18-19。

「唐大通事四人」

潁川藤左衛門　漳州口

彭城甚左衛門　福州口

柳屋頭左衛門　南京口

陽　惣右衛門　南京口

「同小通事四人」

林　甚吉　福州口

林　道榮　福州口

東海德左衛門　南京口

潁川藤右衛門　漳州口

大通事潁川藤左衛門（1617-1676），即陳道隆，已見前文詳述。小通事林道榮（1640-1708）長崎人，父親則是福建省福州府出身，林道榮於1663年（寬文3年）就任小通事一職。[82]《西鎮要覽》的記載，證明大通事或小通事的任職，有不同語言的區分，應當與工作需要有相當的關係。「享保元年的唐話會」正是檢驗各通事平日學習各自方言的虛實一次絕好機會。

長澤文庫藏本唐通事教材《小孩兒》說：

> 你若依我的教法，平上去入的四聲、開口呼、撮口呼、唇音、舌音、齒音、喉音、清音、濁音、半清、半濁這等的字音，分得明白，後其間，打起唐話来，憑你對什𠮠人講，也通得的。蘇州、寧波、杭州、楊州、雲南、浙江、湖州這等的外江人，是不消說，連那福建人、漳州人，講也是相通的，佗們都曉得外江話，況且我教導你的是官話了，官話是通天下，中華十三省都通的。若是打起鄉談未，這𠲿我也聽不出，怪我不得，我不是生在唐山的，那ケ土語，各處々々不同，杭州是々々的鄉談，

---

82 有關潁川藤左衛門與林道榮的事蹟參見大槻幹郎等編：《黃檗文化人名辞典》（京都：思文閣出版，1988），頁240、310。

　　蘇州々々[83]是々々的土語，這ケ你們不曉的，也過得橋。[84]

　　此處下江官話指的是南京官話，它是當時中華十三省都能使用的通天下官話。南京官話使用的人多，而且溝通方便，曾被劉道在長崎編《唐詩選唐音》採為標音的依據。[85]由此可見福州、漳州、南京等方言，是當時唐通事幾種比較重要的方言。除了精通本籍的腔口之外，最好連其他的方言也能說得上口。

　　但是當「南京官話」成為「中華十三省通語」之後，福州話、泉州話、漳州話自然就萎縮，不再有三種腔口並列的榮景了。

六　長崎三種域外方言消長的因素

（一）唐通事祖先語言與職業語言的消長

　　據《譯司統譜》記載統計，截至慶應3年（1867）唐通事解散為止，共有唐通事836人。他們多數是「世襲」的職務，可確認家系的有60家以上，初代祖籍可以確認的有30家，其中祖籍福建的有23家最多，分屬於福州10家、泉州6家、漳州6家、延平1家，遠遠超過江蘇、浙江、四川、山西總和的7家。[86]這個現象似乎可以解釋，初代所處的17世紀中葉前後，福建幫在長崎強大的貿易勢力，因此有為數較多的福建出身唐通事做對應。

　　從唐通事的主要職掌來看，他們負責的「翻譯、貿易、外交、維持秩序」等，無一不是在接觸來航長崎的唐船與唐人。如果連基本的唐話都無法開口，他們要如何達成職務上的任務？相信當時「福州、漳州、南京」各方言之間無

83　此「々々」疑為衍文。

84　見奧村佳代子編，《関西大學圖書館長澤文庫所藏唐話課本五編・小孩兒》，頁14-15。又有關本段引文校正，請參考本書「附錄4-G2」。

85　有坂秀世以為劉道可能是與隱元禪師（1592-1673）同行上京的唐通事，見林慶勳：〈《唐詩選唐音》的標音特色——唐話對應音觀察之二〉，載於《承繼與拓新：漢語語言文字學研究》（香港：中文大學中國語言文學系，2013），頁594。

86　參見劉序楓：〈明末清初的中日貿易與日本華僑社會〉，《人文及社會科學集刊》第11卷第3期（臺北：中央研究院中山人文社會科學研究所，1999），頁461。

法通話，與今天差異不大。因此18世紀初唐通事學習的語言分別有「福州方、漳州方、南京方」的差異，的確有其必要性。

1630年代「鎖國」之前，歸化定居日本的唐人，與日本人女性結婚，繼承或擁有產業，被稱為「住宅唐人」。後來被集中居住在長崎一地，他們原來的職業有商人、醫生、技術者，後來社會地位提升之後，被任命為一年更替的「唐年行司（唐人犯禁或起爭執時裁斷是非），或者唐船請人（住宅唐人當唐船商人保證人）」等職務，處理與唐船、唐人有關的事務。在1689年之前，來航貿易的唐人船主、財副、船員，還未被限制居住的時期，住宅唐人及其後代，他們靠仲介交易、提供住宿、倉庫服務等，抽取佣金等費用的「差宿」工作維生。[87]其後唐船貿易急速增加，長崎的唐人也跟隨著增加，這也是必然的事。

唐通事編制的遞變，與實際唐船來航有很大關係（參考下一小節），受此影響「福州方、漳州方、南京方」各方言區通事的人員編制也就跟著調整，這正是三種方言在長崎一地消長的主要因素之一。

（二）發布貿易限制令前後的唐船

鎖國初期，江戶幕府允許唐人在長崎市內自由居住，但是相對也衍生了諸多社會問題。1684年（康熙23年、貞享元年），清朝於平定鄭氏王朝之後，開放海禁，並且獎勵商人出洋辦銅，因此赴日貿易船大增。進入長崎的唐船，1684年只有24艘，1685年增為85艘，1688年激增為192艘。幕府為因應大量唐船來航，防止貴金屬金、銀大量流出，於1685年（貞享2年）發布貿易限制的「貞享令」，將唐船貿易總額一年限制在銀6,000貫（合60萬兩）。[88]

1715年（康熙54、正德5年）幕府為了避免銅的大量輸出，頒布「正德新例」，限制唐船每年輸出銅不得超過300萬斤，貿易總額亦定為銀6,000貫（合60萬兩），全年貿易船數限定中國各出港地合計30艘，並發行長崎通商的照票

---

87 參見劉序楓：〈德川鎖國體制下的中日貿易：以長崎唐館為中心的考察（1689-1868）〉，《海洋史叢書1：港口城市與貿易網絡》（臺北：中央研究院人文社會科學研究中心，2012），頁87。

88 參見劉序楓：〈德川鎖國體制下的中日貿易：以長崎唐館為中心的考察（1689-1868）〉，《海洋史叢書1：港口城市與貿易網絡》（臺北：中央研究院人文社會科學研究中心，2012），頁87-88。

「信牌」，沒有信牌不許貿易，勒令船隻回國。[89]

有關「唐船進入長崎港數」，松浦章撰〈清代帆船による東アジア・東南アジア海域への人的移動と物流〉（2015）一文有相當詳細的討論，可以仔細參閱。依據松浦章等人研究，以下將長崎港唐船出航船數統計，列表如下：

長崎港唐船出航別船數統計表

西元	日本	清朝	江蘇・浙江	福建・臺灣	其他	合計	備註
1655	明曆元年	順治12年		35		45[90]	
1666	寬文6年	康熙5年		14	19	33[91]	
1677	延宝5年	康熙16年	4	13	12	29	
1684	貞享元年	康熙23年	1		23	24	清朝開放海禁
1685	貞享2年	康熙24年	26	43	16	85	發布「貞享令」
1688	元祿元年	康熙27年	58	87	47	192	
1689	元祿2年	康熙28年	33	24	22	79	唐館完成
1699	元祿12年	康熙31年	49	12	12	73	清，商人辦銅
1710	宝永7年	康熙49年	28	2	22	52	
1715	正德5年	康熙54年	1	11	8	20	頒布「正德新例」
1721	享保6年	康熙60年	20	5	8	33	
1732	享保17年	雍正10年	20	4	12	36	
1733	享保18年	雍正11年	19	3	6	28	
1734	享保19年	雍正12年	14	4	13	31	
1735	享保20年	雍正13年	11	2	16	29	

以1685年至1700年的16年間為例，進入長崎的唐船總數1,258艘，其中

---

89 參見劉序楓：〈德川鎖國體制下的中日貿易：以長崎唐館為中心的考察（1689-1868）〉，《海洋史叢書I：港口城市與貿易網絡》（臺北：中央研究院人文社會科學研究中心，2012），頁89-90。

90 1655年資料見蔣垂東：〈日本唐話會裡的福州音與南京音——兼論江戶中期日本學者對中國語言的認識〉，載於《清代民國漢語研究》（首爾：學古房，2011），頁294。

91 1666-1735資料依據劉序楓：〈清代前期の福建商人と長崎貿易〉，《九州大學東洋史論集》（福岡：九州大學，1988），第16號，頁160-161。

江、浙兩地啟航唐船有595艘，占全部的47.30%；福建唐船有436艘，占34.66%。其他地區的唐船總數為227艘，占18.04%。[92]以此比例來看，長崎一地進出的唐船，主要以江、浙、閩為主，應當是合理的推測。

如果以江、浙與福建（包括臺灣）的唐船做比較，如上表顯示，1688年是一個分水嶺。以進入長崎的唐船數量來看，17世紀80年代之前，以福建船為主。1689年唐館完成，規定所有唐船人員上岸後立刻進入唐館暫住，加上清朝政府鼓勵出洋官辦購銅，從此福建出發的船隻逐漸萎縮，轉變為以江、浙貿易船為中心的唐船貿易。

江、浙、閩唐船進入長崎的消長，相對地對應的方言別唐通事的需求，自然隨之改變，因此地區性方言也跟隨著消長。何以在1689年唐館啟用，以及1715年「正德新例」發布之後，從福州、漳州出港的唐船逐漸減少，江蘇、浙江的唐船反而增加，顯然地清朝政府鼓勵出洋辦銅，許多與政府有關係的江、浙船，當然把向來以私人經營為主的福建船比下去了，加上一年入港船數限制在30艘的規定，民間經營的唐船當然敵不過帶有官方色彩的江、浙船。

（三）唐三寺與唐館的影響

唐通事後代子孫何盛三氏說：「長崎來舶的唐船，屬於三江的唐船，其總管、夥長以下的水手，主要是福州及漳州人；擔任財副的商人，多數以江蘇人為主。」[93]三江指的是江蘇、浙江與江西。當時財副的三江人說自己家鄉話，為了與水手溝通需要，可能會使用南京官話。至於水手的福州人與漳州人，雖然都是福建人，彼此卻不一定能通話，但只要學了官話，溝通就不成問題。

《長短拾話唐話》有一段話，說學了官話到哪裏沒有不通的。可是對16到17世紀長崎開埠的一百多年之間（1571-1689），長崎陸續湧進了許多唐人討生活，彼此語言卻未必相通，直到18世紀初官話逐漸流行，隔閡才慢慢消除。

---

92 見蔣垂東：〈日本唐話資料裡的福州音與南京音——兼論江戶中期日本學者對中國語言的認識〉，載於《清代民國漢語研究》（首爾：學古房，2011），頁294。惟蔣氏計算福建船佔總數的34.48%，與本文計算有差異。

93 見何盛三：《北京官話文法》（東京：東學社，1935），頁52-53。

若是外江人，遇著下南人，或者見了福建人講官話，[94]自然相通。原來官話是通天下中華[95]十三省，都通得了。童生秀才們，要做官的，不論什庅地方的人，都㕵官話，北[96]京朝廷裏頭的文武百官，都講官話，所以曉得官話，要東就東，要西就西，到什庅地方去，再沒有不通[97]了，豈不是便當些，但是各處各有鄉談土語，蘇州是蘇州的土語，杭州是杭州的鄉談，打起鄉談未竟不通，只好面面相觀，耳聾一般的了。[98]

以下再舉《長短拾話唐話》一例，說明語言不能溝通的辛苦，連出家人也不例外。雖然唐僧言語不通，有可能是不諳日本話，但也可能是指唐話的方言：

原耒言語不通，十分不便，所以唐僧到長崎耒，做三寺的住持，身邊跟隨的人，話說得不明不白，要長要短，吩咐徒弟們做什庅事情，唐僧說得話聽不出，陰錯陽差，做得顛[99]倒了，只當隔靴搔痒一般，搔不著痒處，好幾遭落空了，及至弄手勢把他看，方纔搔着了，豈不是厭煩。[100]前年南京寺裏的旭如和尚，說乙个咲話，他說道我在唐山的時節，做人朴實，心腸倒也畢直，沒有鬼頭鬼惱，聽見人家的話，不論好歹，都是聽信，惡猜的念頭，是一点也沒有的了，所以動不動被人家哄騙了，借去了衣服穿懷了，或者被人搶奪了銀子，好幾遭吃虧了。到東洋耒，一个好心腸，倒變做蛇肚腸了，為什庅呢？兩邊說話不道，因為看見人家發惱，只說道是罵我，看見人家咲起耒，只說道是咲我，疑々惑々只管

---

[94] 外江人指說南京話的人，下南人指講閩南話的人，福建人是指講福州話的人。

[95] 「華」字長崎歷史文化博物館藏本誤作「㕵」字，已在字旁修正。

[96] 「北」字長崎歷史文化博物館藏本誤作「比」字，已在字旁修正。

[97] 「通」字長崎歷史文化博物館藏本誤作「道」字，已在字旁修正。

[98] 見長崎歷史文化博物館藏本《長短拾話唐話》，頁51-52。又有關本段引文校正，請參考本書「附錄4-C15」。

[99] 此「顛」字長崎歷史文化博物館藏本，該字右偏旁「頁」誤作「真」。

[100] 見長崎歷史文化博物館藏本《長短拾話唐話》，頁52-53。又有關本段引文校正，請參考本書「附錄4-C16」。

惡猜了，可不是咲話，這个話雖然取笑說，倒是実話了。[101]

當時許多的唐人，特別是永住長崎的唐人，感覺異鄉的孤寂與無奈，加上各自方言未必能溝通，於是分別在數年之間建立以同鄉為基礎的寺廟，它們分別是興福寺、福濟寺與崇福寺。這三座寺廟都屬於禪宗臨濟・黃檗派，合稱長崎「唐三寺」。它們有一個共同特點，雖然都是禪宗佛寺，寺內都極其慎重的恭奉天上聖母菩薩，主要是媽祖能保佑海上航行船隻與人員的安全。

當初三寺積極向幕府提出申請修建佛寺，真正目的是不要讓幕府誤認他們的信仰與天主教有關係，避免遭受嚴厲取締。唐三寺的住持除少數例外都有籍貫上相同的傳承色彩，因此興福寺被稱為三江寺或南京寺；福濟寺被稱為泉州寺或漳州寺；崇福寺被稱為福州寺。唐三寺擔任的歷代住持，都是從唐山請來的高僧，另一方面也把由同鄉會改建的各寺發展自己的特色。看來這個用意大概與各寺使用方言有別，可以避免一些異文化摩擦的困擾有關吧。

唐三寺住持的出生籍貫，[102]與該寺的背景地域有相當關係，也就是說興福寺歷代唐僧住持，都是江西饒州府或浙江杭州府、嘉興府、湖州府出身；福濟寺歷代唐僧住持，都是福建泉州府或延平府出身；崇福寺歷代唐僧住持都是福建福州府、興化府、延平府出身，幾乎很少有例外。據說這是隱元（1592-1673）禪師東渡日本之後訂下的老規矩，沒有一個寺院能改變。

唐三寺承襲前身的同鄉會職責，繼續成為海外同鄉聚會的會所，雖然三寺信眾使用語言可能各異，但是三寺之間彼此也有相互往來，尤其是中國傳統節日如元旦、清明、端午、中元等重要節慶，甚至最重要的農曆2月2日土地公生日、3月23日媽祖誕辰，都會輪流由三寺盛大舉辦。這個活動也帶來了長崎唐人之間的文化互動，對海外唐人有相當重大的意義。

17世紀中葉之後，長崎只開放對唐船及荷蘭船的單向貿易，但是嚴厲取締

---

[101] 見長崎歷史文化博物館藏本《長短拾話唐話》，頁53-55。又有關本段引文校正，請參考本書「附錄4-C17」。

[102] 參見林慶勳：〈試論唐三寺住持與長崎唐人的互動〉《東亞漢學研究》特別號（長崎：長崎大學東亞漢學研究會，2014），頁287-288。

天主教信徒之下可能仍有落網之魚；加上單向貿易輸入中國的瓷器、絲織品及
砂糖，輸出日本的銅產，還是有層出不窮的海上走私貿易發生。

　　為了徹底執行上述兩項政治與經濟的禁令，並防止幕府權威統治鬆動，因
此於1689年（元祿2年，即康熙28年），在長崎當時十善寺町藥園土地修築動
工，翌年4月完成。總面積初期6,830坪，後來擴增修築達到9,373坪的「唐人屋
敷」或稱「唐館」，容納短期居住長崎的來航唐人。館內建築是逐年修建完
成，主要有二層樓瓦房長屋20棟，房間約50間、市店107間、土神堂一棟6坪、
天后堂（與關聖帝並祀）一棟16坪、觀音堂一棟6坪、涼所一棟9坪、蓄水池3
座及水井5口，[103]儼然一個獨立的生活街市。不過唐館門禁森嚴，非經核准不
能自由出入，只有遊女例外，但是仍受到進出攜帶物品登記的限制，以免發生
走私情事。雖然如同拘禁的獨立生活，不過這些居住其中的船主、財副及隨船
而來的文人或畫家，仍然可以在年中重要節慶出外與住宅唐人相聚來往。

　　雖然被限制在唐館生活，等待貿易結束返回中國，但是館內同時居住的人
數高達2、3千人，語言、生活習慣各異，滋事、鬥毆、殺人的事件層出不窮。
因此唐館內身負管理任務的「內通事」，需要嫻熟各種方言與唐人文化，才能
妥善處理各種紛爭，各種方言變成了職業上最基本的條件。

七　結語

　　江戶幕府為了取締天主教，防止唐人與住宅唐人走私貿易，以及根絕日本
貴金屬金、銀外流的各項原因，發布了貿易「貞享令」（1685）。在此之前，只
要不犯上述禁忌，居住於長崎的唐人，可以有居住及貿易的自由。在此時期會
說「南京話、福州話、漳州話」各種唐話的唐人，不論是唐通事或住宅唐人，
需要廣泛為唐船與唐人服務，人數想必不少。

　　唐館建成（1689）之後，加上為防止日本國內銅的外流，頒布了貿易「正

---

[103] 見山本紀綱：《長崎唐人屋敷》（東京：株式會社謙光社，1983），頁218-219；劉序楓：〈德
　　川鎖國體制下的中日貿易：以長崎唐館為中心的考察（1689-1868）〉（臺北：中央研究院人文
　　社會科學研究中心，2012），頁91-92。

德新例」（1715），從此唐船進入長崎逐漸減少，而且由原來福建船的優勢轉換成江浙船獨占。這些措施使服務唐人的機會減少，而且原來「南京話、福州話、漳州話」三種語言的均勢情況改變，讓「南京官話」一枝獨秀。

唐船來到長崎，要等待貿易結束，往往需要幾個月或半年、一年的時間。這段期間不論早期居住長崎街町的唐人，或者後期被限制在唐館生活的唐人，內心由於寂寞與思鄉，免不了產生情緒的問題，此時也正是唐人出身的唐通事最為忙碌的時刻，周旋於以日本為代表的長崎官方及唐船船主、財副、水手之間，談判、排紛解難、刺探情報等等，各種大小通事都有他們忙不完的工作。17世紀初由同鄉會改建的「唐三寺」，由中國國內聘請的住持高僧，此時也發揮安定人心的作用。也在這樣的種種互動中，唐通事從小學習的「祖先語言」與「職業語言」，就逐漸派上用場，同樣也在這樣的氛圍下，讓各種唐話在域外此起彼落，繽紛錯雜。

隨著唐館毀於大火（1870年1月），舊建築物盡成灰燼，唐館正式走入歷史，加上明治維新實施諸多新政，從此占重要唐話地位的「南京官話」，隨著唐通事制度的廢止，也走到盡頭若存若亡，直到明治9年（1876）9月，日本的中國語教育改由北京話所取代，南京官話從此走入了歷史。[104]

最後來看《長短拾話唐話》教材有一篇內容，敘述一位平日修行有成，生活簡約過日子的老和尚，他遵照佛祖的規矩，一個月六次出門托缽。由於他的品行極好，得到長崎街坊稱讚，某日被邀到一家唐人大家族講經說道，主人把滿家的內眷都叫攏過來聽示，那老和尚其中說了一段：

> 貪衲如今勸你們乙句好話：大凡做一个人，不論僧家俗家，要戒煩惱，「惱一惱，老一老；咲乙咲，少一少」，不要多煩惱。[105]

---

104 見六角恒廣著‧王順洪譯：《日本中國語教育史研究》（北京：北京語言學院出版社，1992），頁77。

105 見長崎歷史文化博物館藏本《長短拾話唐話》，頁49-50。又有關本段引文校正，請參考本書「附錄4-C14」。

老和尚引用俗諺說的：「常煩惱，就會老；開懷笑，煩惱少」，才說完沒多久，主人家的大兒子卻把老和尚所托的缽，劈手搶奪過來，一拳打碎了。老和尚看見如此光景「沸翻應天，亂說亂罵，大惱起來」，那個兒子詫異說道：「師父剛纔勸我們不要煩惱，這一句話還言猶在耳，為什麼自己這樣大惱生氣起來了。」和尚回覆說道：

別樣事可以忍耐得，這个缽是我的性命了，怎麼耐得的。[106]

老和尚說得有道理，「缽」是他的「性命」，沒有缽等於性命結束了。引申來看，佛祖一個月六次出門托缽的規矩，等於是他的重要修行之一，沒有了「缽」（性命），如何履行佛祖的「規矩」？兩者相輔相成的互存關係，無法分割。

這個故事也啟示我們，長崎唐通事的「祖先語言」與「職業語言」，何嘗不也是依存關係緊密的「缽」，這項觀念總是在唐話教材中一再被提起，只是年輕的唐通事們，可能生活在異文化的環境中日子久了，無法理解那個本質的問題吧！

——原載於文藻外語大學應華系，《應華學報》第21期，頁1-61，
2019年12月。後於2020年4月26日修訂。

---

[106] 見長崎歷史文化博物館藏本《長短拾話唐話》，頁50。又有關本段引文校正，請參考本書「附錄4-C14」。

長崎唐話與琉球官話

　　長崎通事書或琉球官話課本，內容撰述多數以在地發生的大小事物的描寫或評述，寫作則模仿明清白話小說的敘述，以貼近「口語」表現的書寫，讓學習的通事們，可以即刻活用在各自的工作場域。

　　本文主要討論長崎通事書或琉球官話課本，雖然都是口語記載的語言教材，但兩者呈現有極大的差異。長崎通事主要在接觸唐船貿易有關事務，因此通事書內容極大化地傾向實用，完全脫離典雅的用詞。琉球官話課本的編輯，則為了通事工作上需要，可能接觸清朝冊封使或者朝貢時需要面對的正式場面，因此官話課本編寫比較偏向於典雅的說話方式。本文也說明「琉球寫本《人中畫》」一書的重現，讓後人見識到琉球通事如何將白話體小說改編成口語官話教材的過程。

一　前言

　　當說不同語言的人見面，他們如何溝通，是一個既嚴肅又有趣的問題。19世紀初得泰號唐船船主楊啟堂與財副朱柳橋只能說杭州話及官話，日本人御代官羽倉簡堂只會日本話，當他們碰面必須做溝通時，無法用「言語」只能靠「筆談」做交流。

　　1826年（道光6年，日本文政9年）農曆正月初二，在日本遠州榛原郡下吉田村（今靜岡縣榛原郡）發現一艘漂流船，船上載有船主、財副及船員共116人。為了瞭解漂流船的真實情況，駿州御代官羽倉簡堂與地方官德田見龍，以及特別由江戶趕來協助的野田希一等人，因職務需要遂與得泰船船主楊啟堂、

財副朱柳橋與劉聖孚，以及總官鄭資淳等四人進行「筆談」，引其中一段對話如下：[1]

> 楊啟堂：「明日別備酒菜，務祈請羽倉縣尹駕至本舩，勿卻為妙。」
> 羽倉：「昨日因風浪不果行，聞備具相待謝。誠是盛饌，多謝多謝。<u>此日所設凡十二品[2]</u>。」
> 羽倉：「此酒出何州？芳烈殊妙。」
> 楊啟堂：「此酒出紹興。」
> 羽倉：「此肉軟美稱口。」
> 楊啟堂：「少頃上岸，我送大腿一肘、紹酒一罎。」
> 羽倉：「邦禁也。<u>此時啟堂以詩箋四匣、松烟八笏、掛幅四軸、湖穎十枝贈余。題曰：右送羽倉邑侯哂納，楊啟堂拜具[3]</u>。」
> 羽倉：「縞紵相贈，國家勵禁。余領其意，而不領其物。」
> 朱柳橋：「清水水清。」
> 羽倉：「寧波波寧。」
> 朱柳橋：「公若生我邦，可比李太白，所謂錦心繡口者。」
> 羽倉：「夫子自道。」

　　上述對話的楊、朱與羽倉，都學習文言文的漢籍，因此使用彼此都懂的「書面語」以「筆談」的形式完成了溝通。[4]正因為他們無法以當時19世紀通行的官話「口語」對話，所以推而求其次以書面語做替代，完成了他們彼此的交際溝通。

　　本文要討論的唐通事唐話與琉球官話，他們都是中國人的後代居住在日本

---

1. 以下引文見田中謙二、松浦章編：《文政九年遠州漂着得泰船資料——江戶時代漂着唐船資料集二》（大阪：關西大學東西學術研究所，1986），頁58-59。
2. 此句畫線8字為雙行夾注，盛讚饌餚備辦豐盛。
3. 此句畫線38字為雙行夾注，羅列楊啟堂贈物品名。
4. 詳細內容請參考拙著：〈清水水清、寧波波寧——論《清水筆語》反映的漂流民筆談內容〉，《海洋歷史與文化》（高雄：國立中山大學人文社會科學研究中心，2012），頁1-23。

或琉球的後裔，幾代以後已經不會講中國話，因為工作需要與航行到長崎唐船貿易的唐人接觸，或者與到琉球冊封的唐船及唐船貿易需要使用中國話溝通，不論是長崎唐通事或琉球通事，他們年輕時開始學習中國話，以備擔任通事之後可以自由運用中國話與來航的中國人做溝通，這裡所謂的中國話，在長崎被稱為「唐話」，在琉球被稱作「琉球官話」。

以下準備討論的唐話或琉球官話，它們與明、清時期中國境內使用的「官話」有所不同。主要的差異在它們都是中國境外由長崎或琉球當地的唐人，模仿各種話本小說創立的一種「域外漢語」，這些域外使用並且記錄下來的「語言」，它們如何產生，有哪些自己特色，以下各節將詳細討論。

二　書面語與口語

書面語與口語是相對的兩種語體，有人說先秦以前它們之間的差異沒有那麼顯著，或許可以借下列的例子作觀察：

> 格爾眾庶，悉聽朕言。非台小子，敢行稱亂。有夏多罪，天命殛之。
>
> 　　　　　　　　　　　　　　　（《尚書・商書・湯誓》，約1600BC）
>
> 格<u>汝</u>眾庶，<u>來女</u>悉聽朕言。<u>匪</u>台小子，敢行<u>舉</u>亂。有夏多罪，……天命殛之。
>
> 　　　　　　　　　（司馬遷〔145-86BC〕：《史記・卷三殷本紀》）

〈湯誓〉是對著百姓用口說的出師誓詞，可以理解為當時「口語」，經過1500年左右之後，太史公引用記錄，改變竟然是如此微小。但是當「文言文」被刻意模仿使用之後，「口語」與「書面語」就越走越遠了，江藍生說得很好：

> 以先秦口語為基礎加工而成的一些古代文獻，被歷代尊崇為經典，後世文人學士刻意模仿沿襲，逐漸形成了一種固定不變的書面語——文言文。這種文言文隨著時代的推行，跟口語的距離越來越大，以致發展到

　　完全脫節的地步。[5]

　　往後「口語」好像登不了大雅之堂，只有在給孩童學習的「直講、直解、話解」之類的書籍才能看到當時「口語」的記載。

（一）直解的口語材料

　　現存最古老的直解（或話解）材料，應當是元代學者許衡（1209-1281）的《大學直解》與《中庸直解》兩書，以下引一段《禮記・大學》「子曰：聽訟吾猶人也，必也使無訟乎。」許衡作了如下的「直解」：

> 曾子引孔子說，若論判斷訟詞，使曲直分明，我與人也一般相似。必是能使那百姓每，自然無有訟詞，不待判斷，方纔是好。[6]

　　敘述口氣與一般講話無別，同時也看到「百姓每」（即「百姓們」）一句，顯示當時有名詞複數的口語用法。另外，元代貫雲石（1286-1324）也撰有《孝經直解》，在〈卿大夫章第四〉：「言滿天下，無口過；行滿天下，無怨惡。」下，貫雲石的「直解」說：

> 這般呵！口裏言語遍天下，也不錯了。行的勾當遍天下呵，也無怨咱每的。[7]

　　此外像清代晚年陳澧（？-1870）撰《論語話解》，也有使用口語解釋的記錄，他在《論語・述而篇》：「子曰：『飯疏食飲水，曲肱而枕之，樂亦在其中矣。不義而富且貴，於我如浮雲。』」下說：

> 孔子說：「我生平最好的是學，最樂的是道。那外面的境遇，都聽憑自

5　見江藍生：《古代白話說略》（北京：語文出版社，2000），頁3。
6　轉引自金文京撰：《漢文と東アジア──訓読の文化圏》（東京：岩波書店，2010），頁171。
7　見太田辰夫・佐藤晴彥編：《元版　孝經直解》（東京：汲古書院，1996），頁24。

然，就是窮到極處，吃的是糲飯，飲的是涼水，要睡時彎著手臂做枕頭。這樣苦況，只要我問心無愧，那樂趣也就在裡面了。若是義不當得的，任他怎樣富，又怎樣貴，在我看來，直同天上浮雲一般，忽起忽滅，轉眼成空，如何能移動我心中樂趣呢？」[8]

以上三段直解或話解的文字，直到150-700多年之後的今日，我們讀來仍倍感親切，畢竟它不像文言文般覺得有些拗口。可惜它的口語型語體只在啟蒙教育階段流通，一般成人的社會就無緣接觸。

（二）長崎唐話《瓊浦佳話》的口語表現

長崎唐話的通事書與琉球官話的課本，都是通事們學習官話的教材，他們講究的是現學現用的「實用」目標，因此現存的8種唐話教材，如《唐通事心得》（1711-1718[9]）、《瓊浦佳話》（1719[10]）、《長短拾話唐話》（1724[11]）、《譯家必備》（1754-1762[12]）、《鬧裏鬧》、《養兒子》、《官話纂》、《小孩兒》[13]等，幾乎都是使用淺白的口語編寫的讀本。此類長崎唐話各書，模仿明、清白話小說的口吻撰寫的痕跡相當清楚，留待下一節討論。

《瓊浦佳話》是一本使用擬話本小說形式撰寫的唐話教材，內容並非描寫

---

8 見嚴靈峯編：《無求備齋論語集成・第十一函》收陳濬《論語話解》（臺北：藝文印書館，1999），頁7。

9 成書時間推論，見木津祐子：〈唐通事の官話容受──もう一つの訓読〉，《續訓読論──東アジア漢文世界の形成──第II部近世の知の形成と訓読》（東京：勉誠出版，2010），頁272。

10 成書時間推論，見許麗芳：〈長崎唐通事教材《瓊浦佳話》研究〉，《彰化師大國文學誌》（彰化：彰化師大國文系，2010），20期，頁68-70。又木津祐子：〈唐通事の官話容受──もう一つの訓讀〉《續訓読論──東アジア漢文世界の形成──第II部近世の知の形成と訓読》（東京：勉誠出版，2010），頁272。

11 成書時間推論，見林慶勳：〈長崎唐話教本及其反映的唐人庶民生活──以唐人與唐三寺互動為對象〉，《海洋歷史與海洋文化》，（高雄：國立中山大學人文社會科學研究中心，2010）頁24-28。

12 成書時間推論，見奧村佳代子：〈《譯家必備》的內容和語言〉，《清代民國漢語研究》（遠藤光曉等，首爾：學古房，2011），頁279-286。

13 本類還有《福州話二十四孝》，屬於福州話教材，以及《請客人》、《長短話》、《小學生》三種，是長崎東南邊的薩摩藩所使用的通事書，皆不列入本文討論。

才子佳人或庶民生活情愛、冤報的故事，而是以16世紀長崎開埠以來的重要事件，依序像說書一般趣味性的呈現，並且將唐通事的日常工作，以及與唐船、唐人互動的種種實況用章回小說的筆調描述。它的寫實內容足以作為唐通事養成教育的教材，因此被列為「通事書」，作為通事就任前需要閱讀學習的參考書。[14]

1 全段改寫

《瓊浦佳話》卷三第17則，敘述唐船來航的唐人當貿易還未結束，被限制在唐館裡居住，日子久了總覺得難挨異常，每日聚攏三朋五友吃喝唱曲玩樂，甚至叫來幾個妓女吹彈歌舞、品竹調絲，花天酒地胡亂過日子。有些人大把撒鈔蕩敗了財富，有些人卻沉溺女色迷戀不捨。作者藉一首「西江月」的詞，講出娼家有情無情的各種際遇，除了讓年輕學習的通事，明白唐館之內的唐人生活之外，也為後面講述妓女為了討生活，無所不用其極在唐館花哄寂寞唐人的眾生像。

此段論述的文字，原來是源自抱甕老人編《今古奇觀》第七卷〈賣油郎獨占花魁〉開頭的敘述。[15]不過文字稍有改變，可以藉此觀察唐話作者如何使用當時口語改寫話本小說的書面語。以下文字內容比較，以「A」表示《今古奇觀》〈賣油郎獨占花魁〉的原文[16]；以「B」表示《瓊浦佳話》的文字敘述[17]。《瓊浦佳話》的修改，在字下列以橫線表示。

A1 年少爭誇風月，場中波浪偏多。有錢無貌意難和，有貌無錢不可。就是有錢有貌，還須着意揣摩。知情識趣俏哥哥，此道誰人賽我。

[14] 見武藤長平：〈鎮西の支那語學研究〉，《西南文運史論》（京都：同朋舍，1978復刻版），頁51-52。

[15] 本文〈賣油郎獨占花魁〉的內容對照比較，由臺灣大學外文系博士班研究生許逸如小姐提供，謹此致謝。

[16] 見臺北三民書局2011年排印本《今古奇觀》上冊，頁117-118。

[17] 見早稻田大學圖書館藏本《瓊浦佳話》卷四，頁135-137。又有關本段引文校正，請參考本書「附錄4-A8」。

B1 唐山有一首好詞，叫做西江月，那詞道：年少争誇風月，場中波浪偏多，有錢無貌意難和，有貌無錢面不和，就是有錢有貌，還須着意風騷，知情識趣占花魁。

A2 這首詞名為西江月，是風月機關中撮要之論。常言道：妓愛俏，媽愛鈔。所以子弟中有了潘安般貌，鄧通般錢，自然上和下睦，做得煙花寨內的大王，駕鴦會上的主盟。

B2 這一首詞是風月機関裏頭撮要的高論，常言道：妓愛俏，媽愛鈔。所以子弟中有个潘安一般的面貌，鄧通一般的錢財，自然上和下睦，做得烟[18]花寨內的大王家，駕鴦會上的大頭腦。

A3 雖然如此，還有兩個字經兒，叫作幫襯。幫者如鞋之有幫；襯者如衣之有襯。

B3 雖然如此，還有兩字經儿，叫做帮襯。帮是就是鞋子有帮一般的意思，襯是像个衣裳有襯一般的道理。

A4 但凡做小娘的，有一分所長，得人襯貼，就當十分。若有短處，取意替他遮護，更兼低聲下氣，送暖偷寒，逢其所喜，避其所嫌，以情度情，豈有不愛之理，這叫作幫襯。風月場中，只有會幫襯的最討便宜，無貌而有貌，無錢有錢。

B4 但凡做小娘的，有了一分所長，得乙个人帮襯，就當得十分。若是什麼短處，替他遮護，更兼低聲下氣，送暖偷寒，買他的歡喜，避他的忌諱，將心比心的時卩，豈有不愛的道理，這叫做帮襯。風月上，只有會帮襯的最討便宜，無貌而有貌，無錢有錢了。

A5 假如鄭元和，在卑田院做了乞兒，此時囊篋俱空，容顏非舊，李亞仙於雪天遇之，便動了一個惻隱之心，將繡襦包裹，美食供養，與他做了夫妻，這豈是愛他之錢，戀他之貌。

B5 譬如當初鄭元和，在畀田院做了乞兒，那時包裹裡頭，並沒有半文錢，容貌不比前頭，泥塗無色，看也看不過的了，李亞仙雪天遇着

---

18 早稻田大學圖書館寫本「烟」字，右偏旁「囙」為「因」俗字。

他，便動了一個憐愍的念頭，把繡襦包裏，酒食等件供養他，替他做了夫妻，這个難道愛他的錢財，戀他的面貌不成。

A6　只為鄭元和識趣知情，善於幫襯，所以亞仙心中捨他不得。你只看亞仙病中想馬板腸湯喫，鄭元和就把個五花馬殺了，取腸煮湯奉之。只這一節上，亞仙如何不念情！後來鄭元和中了狀元，李亞仙封做汧國夫人，蓮花落打出萬言策，卑田院變做了白玉樓，一床錦被遮蓋，風月場中，反為美談。

B6　只旦鄭元和識趣知情，極會幫襯，所以亞仙心中捨他不得。你看亞仙病中想吃馬板腸湯，元和就把五花馬殺了，取了腸煎湯把他吃。這一件上，亞仙怎生不感激他的美情。後來鄭元和中了狀元，李亞仙封做一品夫人，好不得意，這是風月裏頭古今的美談了。

　　《今古奇觀》雖然是白話小說，文字敘述免不了仍有書面語的味道，例如上文「潘安般貌，鄧通般錢」（A2）、「幫者如鞋之有幫；襯者如衣之有襯」（A3）、「逢其所喜，避其所嫌」（A4）。經過《瓊浦佳話》用口語改寫，比較像一般說話的口氣，從上面三句的對比就能感覺：「潘安一般的面貌，鄧通一般的錢財」（B2）、「幫是就是鞋子有幫一般的意思，襯是像個衣裳有襯一般的道理」（B3）、「買他的歡喜，避他的忌諱」（B4）。

　　以第5句比較為例，B5敘述鄭元和當了叫化子住在悲田院（卑田院），他的卑微形象《瓊浦佳話》說：「那時包裏裡頭，並沒有半文錢，容貌不比前頭，泥塗無色，看也看不過的了。」講述李亞先遇到鄭元和的狼狽像，卻動起了憐惜之情說：「雪天遇着他，便動了一个憐愍的念頭，把繡襦包裏，酒食等件供養他，替他做了夫妻。」比起《今古奇觀》原文，都是口語化相當明顯的例子。只有「替他做了夫妻」的「替」字，比較A5「與他做了夫妻」的「與」，看似不常用的口語用字。其實不然，「替」字是當時使用頻繁的用字，在唐話或琉球官話課本中都常常出現。[19]這是時代差異的用字習慣，不能以現代使用頻率來看待。

---

[19] 請參閱本文下一節「（三）琉球本《人中畫》的口語特色・2『替』字改寫」一段的討論。

2 片段式改寫

　　此外，《瓊浦佳話》第四卷有改寫抱甕老人編《今古奇觀》第七卷〈賣油郎獨占花魁〉一段情節，借用西湖煙花鴇母王九媽，買得一個因戰亂與父母失去聯絡的商賈人家小女瑤琴，教授吹彈歌舞，無藝不精，後改名為美娘，長成十五歲準備安排接客，無奈瑤琴執意不肯。九媽不得已，囑託結義妹子媒婆劉四媽來勸說，四媽鼓其不爛之舌，接近瑤琴先從往後從良說起，細數「真從良、假從良、苦從良、樂從良、趁好的從良、了從良、不了的從良」各種狀況，最後終於讓瑤琴點頭願意接客。

　　《瓊浦佳話》改寫的情節，在卷四第21段，全文約一千餘字。作者所以改寫〈賣油郎獨占花魁〉一段情節，主要就在唐通事講價的說話技巧有沒有本事，《瓊浦佳話》說：

> 　　唐山有一个媒婆，專一撮合人家的親事，靠著謝義過活，這媒婆天生是一个口才，能言快語，說着長，道着短，全沒一些破敗，他一副海口，好不利害，說到天亮也还不乾的哩。所以若是遇着媒婆的時卩，花言巧語，說得羅漢思情，嫦娥想嫁，何況凡夫肉眼的婦人，越發動火。譬如講價通事，替那媒婆比較起未，品級雖然各別，那體面威風，天差地遠，不敢做一例相看，雖然如此，若要講價，那一副利嘴不得不学媒婆。[20]

由此可見，《瓊浦佳話》作者認為，講價的唐通事若有媒婆天生口才的本事，必定能把自己的講價工作做得相當稱職。

　　經過仔細比對，與其說是改寫《今古奇觀》的情節，還不如說是《瓊浦佳話》作者根據〈賣油郎獨占花魁〉內容用口語的唐話加以改寫完成。以下引述早稻田本《瓊浦佳話》的原文，凡是依據《今古奇觀》的文字，[21]在字下加橫線做標示。《瓊浦佳話》該段敘述先交代西湖鴇母如何從卜喬處買來良家千金

---

[20] 見早稻田大學圖書館藏本《瓊浦佳話》卷四，頁169-170。又有關本段引文校正，請參考本書「附錄4-A11」。

[21] 見臺北三民書局2011年排印本《今古奇觀》上冊，頁119-126。

瑤琴一段：

　　當初杭州西湖上，有一个烟[22]花鴇兒叫做王九媽，討一个養女叫做瑤琴，原耒大宋汴梁城人民，一个良家的千金女子，生得花容月貌，標致得緊，<u>更且資性總明，琴棋書画，無所不通</u>，若是<u>提起女工一事，飛針走線，出人意表</u>，妙也妙得狠，不意命蹇運拙，造化不好，<u>遇着金虜猖獗</u>，打破一空，<u>城外的百姓一个＼＼亡魂喪膽</u>，逃命而走，那瑤琴領着爹娘一同逃難，正在乱中，忽被乱兵沖突，<u>跌了一交</u>，爬起就不見了<u>爹娘，不敢叫喚</u>，躲在傍邊竹林裏頭，<u>過了一夜</u>，到天亮出外看的時卩，<u>只見滿目風沙，死屍滿路</u>，擠也擠不開[23]，逃難的人不知那裏去，瑤琴思想爹娘，<u>痛哭不已</u>。

　　那時只見乙个人走耒，抬頭一看恰＼是自己近隣相熟的人家，叫做卜喬，瑤琴今日，正在患難之間，<u>舉目無親</u>，見了近隣的人，<u>分明看了親人一般</u>，即忙收淚上前作揖，求他方便，帶到什麼所在去投生。那卜喬昨日逃難，被敗残乱軍，<u>搶去了包裹[24]</u>，正沒盤纏，心下暗想道，<u>天生這碗衣飯送來把我，正是奇貨可居</u>，一口應承，說道：「遠親不如近隣，況且今日患難之中，應當救急，再走几里，杭州府西湖上有乙个相識的人家，且到那裡去投奔，漫＼尋你爹娘，意下如何？」

　　<u>瑤琴雖是聰明的女兒</u>，聽見這話，<u>正當無可奈何的時卩</u>，沒有思前慮後，竟不疑心，連說几句多謝，就隨他而走，到了西湖王九媽家，卜喬哄騙瑤琴，只說相與人家，權時把你寄頓他家，等[25]我從容訪问你爹娘的下落，便把<u>好言好語去溫暖他</u>，好茶好飯去將息他，瑤琴喜歡不迭，那九媽正要討个養女，今日看見瑤琴生得標致，十分歡喜，便對卜喬私下商量，講了<u>財禮五十兩，兌足了銀子</u>交把卜喬，＼＼見了瑤琴，只說

---

[22] 早稻田大學圖書館寫本「烟」字，右偏旁「囙」為「因」俗字。

[23] 此為「開」字，早稻田大學圖書館藏本「門」作「门」，「开」則相同。

[24] 此為「裏」字，早稻田大學圖書館寫本上半字形缺「宀」只作「果」，下面仍作「衣」。

[25] 此為「等」字，早稻田大學圖書館藏本「竹」字頭作「艹」。

出外訪问爹娘的<u>下落，再未領你回</u>去，說罷，作別而走。[26]

接續描寫瑤琴如何也不願接客，鴇母無計可施，找來媒婆對瑤琴勸說，最後終於讓瑤琴首肯願意落入煙花：

> 過了月餘，不見卜喬的回信，瑤琴盤问九媽，方纔知道，中了奸計，<u>放声大哭</u>，過了几天，九媽勸那瑤琴接客，做起烟[27]花的行經未，那裏得知，瑤琴烈性鋼鐵一般，死心踏地，執意不從，說道：「譬如要叫奴家走出外边，雜差雜使，一日不容我一刻空闲，每日限定若干女工鍼指還你，倘若手遲腳慢，便未抓雞罵狗，罵一頓、打一頓，打破了頭，也是情願受責，若要我會客，寧可一死，絕不情愿，這个断然做不得。」一頭說，一頭暗ゝ去打点尋死路，<u>九媽心下焦燥</u>，欲得把他淩虐，恐怕弄出時[28]未，<u>欲待由他不接客</u>，原來要他撰錢，<u>若不接客的時卩</u>，<u>就養到一百未歲也沒用</u>，左思右想，<u>無計可施</u>，把手托腮，只管沉吟，眉頭一皺，計上心未，連忙叫一个媒婆未，下个說詞去勸他。
>
> 這媒婆嘴唇薄梟梟的，十分會說話，那瑤琴起頭是咬釘嚼鉄，雖說几句硬話，后未被他轉湾抹曲，談今論古，說得推托不得，心下疑鬼猜神的，就像个熱鍋上媽蟻一般，斬ゝ地有些活動起未，說到弟二日，不知不覚，回心轉意，倚門献笑，忍辱接客，后未弄出千金的聲價來。[29]

在一千餘字的內容中，省略了〈賣油郎獨占花魁〉一節媒婆講述各種「從良」的細節，大約認為讀者都能體會媒婆口才的利害，因此不必多做引述也能達到效果，所以省卻了那些篇幅。

---

[26] 見早稻田大學圖書館藏本《瓊浦佳話》卷四，頁170-174。又有關本段引文校正，請參考本書「附錄4-A11」。

[27] 早稻田大學圖書館寫本「烟」字，右偏旁「旦」為「因」俗字。

[28] 此「時」字當為「事」字之訛，東北大學圖書館狩野文庫本《瓊浦佳話》頁134，作「事」可證。

[29] 見早稻田大學圖書館藏本《瓊浦佳話》卷四，頁174-176。又有關本段引文校正，請參考本書「附錄4-A11」。

　　由此可見，《瓊浦佳話》作者煞費苦心的安排，引述當時可能流行於長崎的話本小說情節，目的無非是想打動閱讀參考的唐通事們，讓他們從有趣的故事中吸收工作經驗和工作觀念。然而這些模仿或引用的寫作方式，都未在《唐通事心得》、《長短拾話唐話》、《譯家必備》等書中看到。

（三）琉球本《人中畫》的口語特色

　　琉球官話目前所見有以下6種鈔本：《官話問答便語》（1703-1705）、《白姓官話》（1750）、《學官話》（1797）、[30]《廣應官話》、琉球寫本《人中畫》以及《中國語會話文例集》[31]。琉球官話課本雖然也有類似前述唐話教材編輯的情況，但是對白話小說文字的俗話口氣依賴稍微節制一些，不過總體來看，脫胎於明、清白話小說的痕跡仍然相當明顯。

1　全書改寫

　　琉球的一些通事為了讓繼承通事職位的後輩，獲得比較方便的材料學習官話，曾經把成書於明末清初的小說《人中畫》，用琉球官話將全書改譯成「琉球本《人中畫》」。兩者之間的差異，正好可以觀察琉球通事筆下呈現的官話特色。以下舉「繡花軒本《人中畫》」[32]與「琉球本《人中畫》」，[33]其中「終有

---

30 《官話問答便語》《白姓官話》《學官話》三書的撰述年代，參見瀨戶口律子：《琉球官話課本の研究》（沖繩：榕樹書林，2011），頁72-73。

31 該書原藏於關西大學附屬圖書館長澤文庫，書名頁缺，「中國語會話文例集」可能是內田慶市教授暫擬的書名。

32 目前所見小說《人中畫》的版本有「『嘯花軒本』為代表的繁本系」與「泉州『尚志堂刊本』及『植桂樓刊本』為代表的簡本系」兩個系統。繁本系的嘯花軒本《人中畫》共收「〈風流配〉、〈自作孽〉、〈狹路逢〉、〈終有報〉、〈寒徹骨〉」等五個短篇，簡本系尚志堂刊本及植桂樓刊本都只收〈狹路逢〉、〈終有報〉、〈寒徹骨〉三篇，而植桂樓刊本除上述三篇之外，另收《二刻拍案驚奇》所收的〈女秀才〉。見木津祐子編：《京都大學文學研究科藏琉球寫本『人中畫』四卷付『白姓』》（京都：臨川書店，2013），頁777-778。另外，木津也說，簡本系部分，藏於大連圖書館的「植桂樓刊本」書中有「乾隆乙丑（1745）新鐫」、藏於日本內閣文庫及天理大學的泉州「尚志堂刊本」，書中有「乾隆庚子（1780）新鐫」等字樣，兩書刊刻出版相距35年。

33 依據原本《人中畫》改寫的「琉球本《人中畫》」，有天理大學圖書館、京都大學圖書館、東京大學綜合圖書館及八重山博物館各種版本，所收內容稍有差異，一般比較常見的是天理大

報」一小段內容對照舉例。[34]下面引文「A」代表繡花軒本《人中畫》[35]，「B」代表琉球本《人中畫》[36]：

A1　話說蘇州府長洲縣，有一個少年秀才，姓唐，因慕唐寅為人，便取名叫作唐辰，因唐寅號伯虎，他就號季龍，有個要與唐寅相伯仲之意。

B1　話說蘇州府長洲縣，有一个少年<u>的</u>秀才，姓唐，<u>因為想那唐寅做人</u>，<u>就起</u>名叫作唐辰，因唐寅號伯虎，他就號季龍，有个要<u>替唐寅做兄弟</u><u>的意思</u>。

A2　他生得雙眉聳秀，兩眼如星，又兼素性愛潔，穿的巾服無半點塵污，走在人中，真如野鶴立在雞群。況且才高學富，凡做文章，定有驚人之語。人都道他不食烟火，體氣欲仙。

B2　他生得双眉清秀，兩眼<u>光明</u>，又兼<u>他性子</u>愛<u>潔淨</u>，<u>穿帶的衣冠沒有半點腌臢</u>，走在人<u>裡頭</u>，<u>就像仙</u>鶴站在雞群<u>裡頭</u>。<u>他又才高飽學</u>，凡做文章，定有驚人<u>的話</u>。人都<u>講</u>他不食烟火，<u>要學神仙</u>。

A3　家計雖貧，住的房屋，花木扶疏，大有幽野之致。結交的朋友，都是讀書高人，若是富貴齷[37]齪之人，便絕跡不與往來。

B3　<u>家裡雖苦</u>，住的房<u>子</u>，<u>栽些花草</u>，<u>十分幽雅</u>。結交的朋友，都是讀書<u>的</u>高人，若是富貴<u>腌臢</u>的人，<u>他就</u>絕跡，<u>不替他</u>往來。

A4　若看他外貌，自然是个風流人物，誰知他持己端方，到是个有守的正人。除了交際，每日只是閉門讀書而已。又因他孤高，與眾不同，尋常女子，難以說親，所以年紀二十，尚未受室。

學本與京都大學本，但是兩者也有一些用字的不同。見木津祐子編：《京都大學文學研究科藏琉球寫本『人中畫』四卷付『白姓』》（京都：臨川書店，2013），頁780。

[34] 木津祐子：〈琉球的官話課本、官話文體與教訓語言——《人中畫》、《官話問答便語》以及聖諭〉，《域外漢語研究集刊》（北京：中華書局，2008）第四輯：頁24，以及木津祐子：〈琉球本『人中畫』の成立——併せてそれが留める原刊本の姿について——〉，《中國文學報》第81冊：頁38，都舉《人中畫》書中『自作孽』一小節做對照，可以參考。

[35] 見佚名，《人中畫》，《珍珠舶等四種》（江蘇古籍出版社，1993）（《人中畫》），頁93。

[36] 見木津祐子編：《京都大學文學研究科藏琉球寫本『人中畫』四卷付『白姓』》（京都：臨川書店，2013），頁247-249。

[37] 「齷」字原文作「足+屋」。

B4 看他外貌，是个風流人物，誰知道他做人正經，到是個有守的君子。
除了替人交際，每日總是關門讀書。他又有个奇怪，替眾人不同，平
常的女人，難替他說親，年紀二十了，還沒有定親。

上述逐句的詳細比較，從B類例句畫線的用字部分，可以看出「琉球本的
《人中畫》」作者精心地將每句改成口語的成分，以備後輩通事學習官話時有
一定的依據，特別是在琉球並非人人說官話的環境，學習「琉球本的《人中
畫》」具有特別的意義。所幸今天「琉球本的《人中畫》」被保留下來，我們才
能看到琉球通事們的努力成果，為了讓後輩通事學好道地官話，在冊封典禮或
朝貢晉謁時不至於因為語言疏忽而不得體，此種改寫小說《人中畫》充作平日
學習官話的課本，在小國外交上這是很重要的大事。

2 「替」字改寫

除了上述改編之外，「琉球本《人中畫》」也有如下特殊的例子。先引述原
刊本《人中畫・風流配》對照改寫的「琉球本《人中畫》」內容，[38]對照引文
之後再做討論。下列所引各卷底下分別以阿拉伯數字連貫標示，阿拉伯數字之
下的頁碼，指上里賢一等編《琉球大學研究成果報告書——琉球・中國交流史
研究》的頁碼。

	原刊本《人中畫・風流配》	琉球本《人中畫・風流配》
卷一		
1 （p.93）	父母要與他議親，他想道：蜀中一隅之地，那有絕色？	父母要替他娶老婆，他想講：蜀中一塊小地方，那有生得好女人？
2	小弟七草俱完，雖不足觀，斷不	小弟七篇草稿已做完了，雖是不

---

38 見上里賢一等合編：〈琉球官話訳『人中画』と白話『人中画』風流配〉，《琉球大學研究成果
報告書——琉球・中國交流史研究》（沖繩：琉球大學，2002），頁90-154。

	原刊本《人中畫・風流配》	琉球本《人中畫・風流配》
2（p.95）	出五名之外，送了兄，好與老嫂去完此一段姻緣。	好也斷不出五名之外，送了你，好替你老婆去完這一段的姻緣。
3（p.100）	請他與兄一會，酒席間將兄大才逞露與他看，他屬意與兄，那時為兄作伐方有機會。	請他替你一會，酒席上將你的大才講出來，給他聽聽，他若有意，那時替你謀幹纔有機會。
4（p.103）	留心要與他擇一個佳婿，卻怕纏擾，每每戒家人不許浪傳，故京師中無人知道。	留心要替他揀個好女婿，又怕人曉得，天天吩咐家人不許外頭亂說，因此京裡沒有人曉得。
卷二		
5（p.110）	你只對我說，那尹家姑娘今年幾歲了，生得人物何如，這作詩寫字怎生會得？	你替我說，那尹家姑娘今年幾歲了，生得個品怎麼樣的，這做詩寫字怎麼會的？
6（p.115）	我明日便去與他找，但我看見姑娘往日寫的十分容易，何不送我一張。	我明日就去替他找些價錢，我看見你姑娘往日寫的十分容易，何不送我一張。
7（p.121）	仁兄若肯周旋小弟，須卑詞屈禮，親為一行，這親事才妥，聘金厚薄不論。	你肯替我保全，要替我走一回，好好的說，這親事才妥，聘金厚薄是不論的。
8（p.123）	名喚司馬玄，少年未娶，正好與令愛為配，我學生特來為媒，乞親翁慨允。	名字叫做司馬玄，還沒有娶親，正好替你女兒做親，我特來作媒，求你做了罷。
卷三		
9（p.126）	兄真好福份，莫要說那人才美，小弟只在他浣古軒與無夢閣兩處坐了半日，便覺體飄飄欲仙。	你真好福分，莫要說那個人的才美，我在他那浣古軒替無夢閣兩處坐了半天，好不快活。
10（p.129）	呂柯與司馬玄這等可惡，怎麼不與我說明，竟去定親。	呂柯替司馬玄兩個人這等可惡，怎麼不替我說明，竟敢去定親。

	原刊本《人中畫・風流配》	琉球本《人中畫・風流配》
11（p.129）	但不知此女果是如何，怎能得接他一見，與他較一較才學。若果才高，孩兒便甘心了，倘是虛名，又當別論。	不曉得這女子是怎麼樣的，會接他來一看，替他比比才學。若是他才高，孩兒就乾愿了，若是虛名，再替他議論。
卷四		
12（p.144）	就會一會也無妨，但須講過，此生賦稟素弱，懶於言語應酬，止可一揖，就要垂簾分坐。	就會一會也不妨，我替你講過，這個人性子愛靜，不愛講話，替你做個揖，就要掛起簾子分開坐。
13（P.146）	晚生過時梅蕊，焉敢與桃李爭春？既承台命，勉強寫意，一搏一笑，也不消命題了。	我是沒才的人，不敢替你高才的人來比，如今承你叫我做詩，寫幾句粗話，你們不要見笑不消題目。
14（P.150）	晚生賦命涼薄，似與婚好無緣，行將請告以歸，徜徉山水，再不徒向朱門覓句矣。	我命不好，替婚姻無緣，我囘去罷了，去遊山玩水，從今以後再不敢尋訪佳人才子。

上列《人中畫・風流配》的對照比較，在〈風流配〉四卷中引用「琉球本《人中畫》」的14條，每條之中都有「替」字，例如「3 請他替你一會」（3 請他與兄一會）[39]、「5 你替我說」（5 你只對我說）、「9 在他那浣古軒替無夢閣兩處坐了半天」（9 只在他浣古軒與無夢閣兩處坐了半日）「11 替他比比才學」（11 與他較一較才學）、「13 不敢替你高才的人來比」（13 焉敢與桃李爭春）、「14 替婚姻無緣」（14 似與婚好無緣）。讀起來好像括弧中的文字比「琉球本《人中畫》」的文字容易懂，所以會有此種感覺，主要是有一個特殊「替」字的關係。

「替」字在18世紀的唐話或琉球官話中出現相當頻繁，不過它有（1）當

---

[39] 各條括弧中的引用內容，都是原刊本《人中畫・風流配》對照的原文，下同。

動詞使用的「代替、替換、幫助」之義；（2）當介詞使用的「為、給」之義；（3）當介詞使用的「對、向」之義；（4）當介詞使用的「和、同」之義；以及（5）當連詞使用的「和、與」之義。現代漢語則只剩下動詞的「代替」義與介詞「為、給」義。[40]翻閱明、清的白話小說，「替」字出現的情況確實不少，顯然地唐話或琉球官話寫作時，自然借用了這一個使用廣泛的「替」字，應用熟悉之後不至於有5種詞義混亂的情況，畢竟他們是在「說話」不是「寫文章」，何況有上下文義的貫串，應當不會有彼此詞義混淆的情況發生。因為今天「替」字只剩下動詞「代」與介詞「為、給」兩項意義，當我們閱讀上述「琉球本《人中畫》」時，自然會產生許多詞義認定的疑惑。

三　長崎通事書與琉球官話課本的形成

（一）口語官話體的人為語言

　　長崎唐通事或琉球通事的職業擔任，都屬於在地中國人後代「世襲」傳承的性質。他們從事工作需要使用的語言都是明、清時的官話，繼承通事職業之前所學習的官話，當然就使用通事的職業團體掌控所編輯的教材，一代一代傳習下去，也就是我們今天看到的唐話通事書或琉球官話課本。

　　或許長崎唐通事工作上接觸的中國人，比較屬於唐船貿易來航的船主、財副、船員等一些人，在編輯實用導向的唐話課本時，就須以淺白的口語為主，那些文謅謅的典雅用詞派上場使用的機會不多。相對的琉球通事因為執行的任務，主要以前往南京或北京朝貢，偶爾可能在福州等地停留，從事一些與貿易有關的事務，或者在琉球接待從中國派來的冊封使節團，由於他們接觸的對象比較屬於朝廷派遣的官員，必須在正式場合使用的語言傾向於比較典雅，那些俚俗的口語使用機會不多，因此編輯學習的教材就與唐話課本有根本的不同。

---

40 請參見拙著：〈長崎唐話的「替」字探討〉，《韓國語史研究》（首爾：韓國語史研究會，2019），第5號，頁279-302的詳細討論。

1 長崎唐話課本

《長短拾話唐話》是一本匯集唐通事與唐人的長崎生活種種，包括唐船來航、唐館、唐三寺、唐人互動，甚至有傳說故事等。全書共有31個段落，內容各自獨立，作為唐話教材屬於一本異於其他各書的通事書。

> 「閒時不燒香，事急抱佛腳」，這一句常言是要人家往常用工夫的意思，你若日常間沒有信心燒香，忽然遇着患難緊急的事情，手忙腳乱，連忙去抱住了菩薩的腳頭要救急，菩薩那里肯救急。譬如你們打常不肯用心孝唐話，一下見了唐人，要講兩句話，憑你咬牙切齒的，怎広樣要講也講不未，大家當心々々。
>
> 我和你說，你們孝唐話，須要背得出，若沒有背在肚裡，聽憑你每日孝了幾百句也用不着。你見了一个人要講話，人家面前，怎広樣好把書本攤開未，看書本可講的，人家要你講這一句話，你背不出，說道：「你且等一回，我到家裡去看書本，少停就未講一講。」豈不是被人笑破了，你可有臉面講這等的話広。[41]

上述兩段引文，是《長短拾話唐話》開篇的第一段，內容在告誡學習唐話的學生要努力學習，並且直截了當點出學習的訣竅「須要背得出，背在肚裡」，否則無法應付工作上的應對需要。

從編寫的文字來看，可以說已經相當口語化，但是有一些詞跟今天的用詞稍有區別，可能是《長短拾話唐話》引用了明、清白話小說的用詞所致。例如第一段「你若日常間沒有信心燒香」，「日常間」即「平日、平時」之意，《新刻繡像批評金瓶梅》卷一有：「這人不是別人，卻是武松，日常間要去尋他的嫡親哥哥武大。」。[42]「信心」即「誠心、虔誠」之意，《西遊記》87回有：

---

41 見長崎歷史文化博物館藏本《長短拾話唐話》，頁1-2。又有關本段引文校正，請參考本書「附錄4-C1」。

42 見白維國編：《白話小說語言詞典》（北京：商務印書館，2011），頁1292。

「列位可撥開雲霧,各現真身,與這凡夫親眼看看,他才信心供奉也。」[43]

　　上述「日常間」或「信心」的詞彙,是從明、清各種白話小說中借用而來,如果不加留意,「沒有<u>信心</u>燒香」這句話就有一些困難理解。[44]這一點證明唐話的教材直接從白話小說借用一些口語詞彙,而不是真正依據當時清代真實使用的官話用語。

　　這個現象普遍出現在上述幾種的唐話學習教材,特別是《瓊浦佳話》一書,除了敘述口吻類似於明、清白話小說之外,連編寫的形式也模仿章回小說,一回一回敘述長崎唐通事的日常生活與工作。可惜只寫四卷就擱筆,有某藏書者在卷末說:「《瓊浦》卷之四,敘事止於講價,作者未畢編而沒矣,可惜也。」[45]留下未竟之篇的確可惜,也因《瓊浦佳話》一書特殊性,更加證明唐話教材模仿明、清白話小說的痕跡。

2　琉球官話課本

　　琉球官話課本的書寫語體,不諱言當然也深受明、清白話小說的影響,但相對於唐話課本,在對話的口語中可能是實際語言的反映,不過少有俚俗的詞彙出現,這一點與琉球通事未來準備接觸的職務「封貢」(指冊封與朝貢)有相當的關係。試想在琉球首里的接待上國派來的冊封使節團,或者在北京朝廷朝貢的正式場合,他們所使用的語言若不是典雅莊重而是穿插著俚俗說法,如何達成「封貢」的外交任務。

　　以下舉琉球官話課本《白姓官話》為例說明。《白姓官話》的內容是說山東商人白世薈準備到江南販賣豆子,航行途中遇到暴風雨,船與人員漂流到琉球北邊的奄美大島(即書中所提的大島),經當地通事護送抵達沖繩本島北部的泊村暫時安置,並接受各種例行手續調查,一年後被送往福州返國。[46]課文

[43] 見白維國編:《白話小說語言詞典》(北京:商務印書館,2011),頁1741。

[44] 上述引文第一段還有「往常」即「時常」,「腳頭」即「腳根、腳邊」,「打常」即「長期」,「咬牙」即「忍受堅持」;第二段「聽憑」即「任憑」,「少停」即「稍過一會兒」,「笑破」即「令人發笑到極點」等。各條都可在白維國編:《白話小說語言詞典》(北京:商務印書館,2011)找到依據的白話小說各書引文。

[45] 見早稻田大學圖書館藏本《瓊浦佳話》卷之四最終葉。

[46] 見瀨戶口律子:《琉球官話課本の研究》(沖繩:榕樹書林,2011),頁83。

內容以白氏等人與久米村出身的通事們各種場景的對話。下述例子引自天理大學圖書館藏寫本《白姓官話》，[47]是值日通事與漂流者的幾段對話：

> 弟昨日到這裡，就要來貴館拜望，因天時晚了，恐怕不是禮，故此等到今日，纔來拜望。未免遲了，恕罪恕罪。（值日通事）
>
> 好說！豈敢！小弟不知尊駕到來，失了迎接，多有得罪，求通事不要見怪。（漂流者）
>
> 豈敢，弟承老爺的鈞命，來替你們做通事，你們要用什麼，都替弟講，沒有個不盡心替你們轉稟的。只是官話本來不大曉得，又兼好久沒有到中國去，官話曉得的都忘記去了。如今聽你們的講話，弟還知道，弟自家說，就說不出來，還要求你們教導纔好。俗語說得好：「三日不念口生，三日不做手生」，又說：「拳不離手，曲不離口」真個有這個事。弟當日在福建的時候，耳之所聞，目之所見，往來交接，都是中國的言語，所以畧畧曉得。如今回來好久了，貴國的官話、禮數，好久沒有聽見，故此都不記得了。（值日通事）
>
> 通事的官話狠好，你們這個話是謙虛的話，我們有一件事情，要替通事商量，不知道怎麼樣纔好。（漂流者）

從值日通事與漂流者的對話內容來看，至少用詞減少了像上述《長短拾話唐話》借用白話小說的用語，聽來比較順口而且跟我們今天講話沒有太多差異。對話中的值日通事過去也曾在福州學過官話，平日大概少用剛開始有一點生疏，多說了幾句就能略略記得的樣子，因此從他的應對說話，可以瞭解使用的是溝通沒有問題的口語而不是白話的書面語。更重要的是，它與《長短拾話唐話》所記錄的都不是中國境內道地的真實官話，而是多少受到在地各種因素影響形成的「語言變體」，木津祐子教授說得好：「官話不是自然語言，並非不學而能講，一定要特意去學的人為語言。」[48]

---

47 見瀨戶口律子：《白姓官話全譯》（東京：明治書院，1994），原寫本影印頁184-186。

48 見木津祐子：〈琉球的官話課本、官話文體與教訓語言──《人中畫》、《官話問答便語》以及聖諭〉，《域外漢語研究集刊》（北京：中華書局，2008），第四輯：頁31。

（二）口語官話的處事教訓內容

1 長崎唐話課本

通事書《唐通事心得》一書，開宗明義即以教訓口吻述說做一個唐通事應當學會講話與讀書兩件最重要的事，掌握了它就像做買賣的生意人有了活絡生意的本錢一般。

> 據我看未，目下長崎的後生家，擔了個通事的虛名，不去務本，只看得頑耍要緊。不但賦詩、做文打不未，連唐話竟不會講。穿領長衣，插把好刀，只說自己上等的人，東也去耍子，西也去遊々蕩々，買酒買肉，只管花費銀子，撒潑得緊。這个大々不是了。說莫說唐話是通事家的本等了，王家給他大々俸祿，教他做職事，難道特々送他花哄上用掉了不成。要是教他養父母，養妻養子了。
> 儞若唐話也透徹明白，書也讀得爛熟，肚裏大通，不消自己做門路，人々引薦，自然有個大前程。倘或說話糊塗，要長也講不未，要短也說不未，這樣沒本事，那個肯擡舉儞，一生一世出頭不得。譬如做經紀的人，先不先手裡有了兩分本錢，方纔做得先意，若是赤手空拳，沒有血本，悉聽儞怎麼樣會籌盤，單々籌得三七二十一，也做不未了。通事家的學書、講話，是像个生意人的血本一般。儞說是不是。[49]

做一個唐通事如果未把本分的學唐話與讀書學好，工作上自然不能得心應手，甚至本事、能力都成問題，如何能將「通事」名分的工作做得十分稱職，這樣的通事在《唐通事心得》作者的眼裡來看，他不但「尸位素餐」愧對長崎奉行王家，也對不起養育自己而且寄望光宗顯祖的父母。更甚者將來的大前程，因為自己沒有真本事，誰也不會抬舉他，可能一生一世從此自己截斷葬送了。由此可見在前輩唐通事的心目中，唐話學習固然是工作的基礎能力，做人

---

[49] 見縣立長崎圖書館渡辺文庫本《唐通事心得》，頁1-2。又有關本段引文校正，請參考本書「附錄4-B1」。

最根本的「謹守本分」也不能輕忽。

唐話課本《鬧裏鬧》是一本長崎社會的生活寫實通事書，全書三大段各自成篇，或者奉勸大家，寧可做酸澀之人，也不可為敗家之子，以免祖上蒙羞。或者敘述社會險惡，飽暖思淫欲，飢寒起盜心，不能不謹慎。

最後一段舉孝順寡婦的行為，堪為世道典範效行。內容敘述一個寡婦除了攜帶三個年幼的子女，平日生活靠一家小店維持生計，每天忙碌之外，還要服侍年邁癱瘓長年臥床的婆婆。某日隔鄰失火，眼看火勢越來越危急快要燒到自家來，先背著婆婆往外奔，再回來混亂中尋找哭哭啼啼的三名子女。

火災現場救人，把癱瘓的婆婆放首位，親生子女擺其次的感人故事本末，即刻傳到長崎奉行的耳朵，《鬧裏鬧》有如下一段話描述說得好：

> 回為到了第二日，街官把這孝婦的事情告訴王家，原來王家尊重孝子，這ケ名教的大關頭，那里輕慢了，十分歡喜。當下不等什麼人的公論，把新艮乙百兩、十包糖、十包米，送他周濟寡婦。又吩咐說道，難得你又烈性又孝敬，這三樣些少東西，不過賞你這一番勞苦而已，我的管下有你這樣孝婦，連我也多少光輝了。明日你做生活，萬一缺少了本錢，隨便幾時到衛門來只管討，我自然救濟你。又吩咐街官，時常留心看顧寡婦，不把他難為。說得這一句，那一街的人都是敬重孀婦。
>
> 常言道：「牡丹雖好，全虧綠葉扶持。」但几人家得一ケ人幫襯，醜的也像ケ標致[50]，自然好起來了，何況王家這樣憐恤他，通嵜的人都尊重孝婦，名声大高。他起先丈夫死的時尸，手頭艱難，一ケ女人家縱或伶俐，會做買賣，那里比得男子漢的手段，只有吃虧，少得撰錢了。今日雖然燒了房子，倒被王家賞了這三件東西，做ケ血本，比前更好，可見孝順是感動天地，又感動人家。
>
> 今日在下，做這一本俗語，回為要說孝婦這一段話文，先說火燒的事情，做ケ入港，但几這里来學話，不但留心學得這一本俗語，還要把這ケ孝

---

50 此「致」字右偏旁「夂」字，関西大學圖書館長澤文庫本作「攴」。

婦做ケ樣子，孝順父母。一則話也學會了，二則天地保祐，自然出頭了。這正是：「孝順還生孝順子忤逆終生忤逆子」。[51]

《鬧裏鬧》的作者在文章中，很清楚的說除了學會唐話，還要把孝順的寡婦當作榜樣來看待，如此則「話也學會了，天地保佑，自然出頭了」。這是明明白白將學習官話與處事教訓合到一起的最佳寫照。

此外，為何唐話教材中處事教訓，對擔任通事的人如此重要？先來看看唐通事日常執行的公務。唐通事除了與進入長崎港的唐船進行貿易時擔任翻譯工作之外，也參與其他與貿易有關的事務，這些職務上需要執行的工作有許多種，從唐通事各種不同的職稱可以看出他們的職責所在，例如：

唐年行司：主要針對來航唐人，如果犯法或與長崎當地人有糾紛時，審判其是非。由於負責人每年一次輪替，所以取名「年行司」，於寬永12年（1635，崇禎8年）開始設置。

唐通事目附：主要監督唐通事的工作與品行。於元祿8年（1695，康熙34年）設置。

風說定役：主要從長崎入港的中國人或其他各國人士中，探聽各國的實際情況，然後彙整後定期向長期奉行報告。於元祿12年（1699，康熙38年）設置。

御用通事：主要負責幕府將軍家指定需要的中國物品，詳細規劃所需物品的預訂、籌備、供應。於享保10年（1725，雍正3年）設置。

直指立合通事：主要評定唐船所載貨物價格時，臨場監視。於享保12年（1727，雍正5年）設置。[52]

---

51 見奧村佳代子編《關西大學圖書館長澤文庫所藏唐話課本五編‧鬧裏鬧》，頁84。又有關本段引文校正，請參考本書「附錄4-E1、E2」。

52 以上通事職掌參見六角恒廣著‧王順洪譯：《日本中國語教育史研究》（北京：北京語言學院出版社，1992），頁265-266。

從以上唐通事職務的不同名目，可以看出擔任一個唐通事除了平時唐話學習之外，他還需要許多與中國有關的知識或常識，才能應付唐船各種衍生的事務，當執行各種不同工作任務時，有足夠面對唐人經驗，加上唐話溝通也順暢，那麼在職務處理上必能得心應手，無疑地想必唐通事也心知肚明。

上面所列幾項職責所需擔負的工作內容，值得注意的是，它們都與唐通事本身的品行有相當的關係。例如審判唐人在長崎犯法或與當地人糾紛，或者監督同僚的工作與品行、評定唐船所載貨物價格的臨場監視，甚至規劃幕府將軍所需物品等等，沒有一項不與個人道德、品行有關。如果不在年輕學習階段做好道德修養準備，或平日生活已經懂得自我檢束，等到擔任各種唐通事時，再做告誡或懲罰可能養成的積習已經難改了。

唐話課本《長短拾話唐話》、《唐通事心得》及《瓊浦佳話》三書，都編載有日本人伊東與四個友人走私兵器最後伏法一段故事。[53]內容敘述伊東等人已有相當的財富卻貪婪無饜，從開始吃點甜頭，持續下來受不義之財蠱惑，一波接一波只想發橫財，豈料有一天終於被擒獲，終身吃虧，絞斬旋即相隨。《長短拾話唐話》與《唐通事心得》兩書敘述的末尾，苦口婆心勸戒人應當「知足常樂」，「唐王去求仙，彭祖祝壽長，嫦娥嫌貌醜，石崇謙無田」[54]，等於冀求分外之得，無形中已經種下貪求的禍基。這也等於在說伊東等人的行徑，最後勢必走入「拋屍露骨，自身難保；帶鎖披枷，後悔是遲」的去處。勸人各種行事之前，豈能不三思。

最後《長短拾話唐話》與《唐通事心得》對伊東走私兵器一事，在文後對事件評論，兩書的內容幾乎差不多，僅有少數文字差異，以下舉《長短拾話唐話》的記載為例說明：

> 論起伊東的家事來，長崎算得弟一个大財主人，家裏銀子推放不起，說

---

[53] 本段伊東走私段落的撰寫，主要參考拙著：〈長崎唐話中對伊東走私事件敘述差異的探討——江戶時代唐通事養成教材研究〉，《東亞漢學研究》（長崎：長崎大學多文化社會學部，2014），頁276-282。

[54] 見長崎歷史文化博物館藏本《長短拾話唐話》，頁42；長崎縣立長崎圖書館渡辺文庫藏本《唐通事心得》，頁20。

耒坑厠上都是銀子的。這樣豪富，有什広不意像意，[55]又貪財，做那樣欺公犯法的勾當。這也罷了，一遭去撰錢，就因該歇了，為什広只管累次去，不曉得收拾，若是走了四、五遭就歇了，再沒有人得知，自然好々過日子，那裡死在刀鎗之下，這都是自家惹出耒的，怪不淂人家了。[56]做一个財主，也是照伊東那樣犯了法度，何况[57]窮人家，當一件吃一件，過不得日子的，自然思量做反事了。原耒做一个人，不論那一个，都是有良心，肚裏通不通，良心是不昧的了。你看那一夥做強盜的人，都是識字，筆下也耒淂，但是一味打却了人家的東西，結果了人家的性命，這都是家窮，餓死不得，所以無可奈何，做那樣狠巴[58]々的事情，不是沒良心的了。[59]

對一個已經擁有家財萬貫，不守本分、不擇手段累積財富的伊東，最後作者拿窮人家生活艱苦做比較。貧無立錐的窮人，不靠典當無法過日子，一件一件用罄之後，由於過不得日子，自然思量做起強盜，打家劫舍，無惡不做，這都是家窮，餓死不得，所以無可奈何，做起那樣狠巴巴的事情，不是沒良心的。相較之下，伊東的富而貪，比起掙扎在生存線上的窮人幹壞事，還要不可饒恕。大約作者想使用對比的方式說明，可能達到教化的功能比較有效果。

2 琉球官話課本

康熙46年（1707，宝永4年），當時在福州的琉球使臣程順則（1663-1735），重金購置明末、清初學者范鉱以當時白話撰述的《六諭衍義》一書，

---

[55] 長崎歷史文化博物館藏本此處「不意像意」疑為「不像意」之訛。又據許寶華・宮田一郎編，《漢語方言大詞典》（北京：中華書局，1999），第一卷：頁639的解釋，「不像意」是吳語「不滿意」的意思。

[56] 見長崎歷史文化博物館藏本《長短拾話唐話》，頁41。又有關本段引文校正，請參考本書「附錄4-C10」。

[57] 「况」字長崎歷史文化博物館藏本此字作「光」，已在天頭改作「况」。

[58] 「巴」字長崎歷史文化博物館藏本此字原作「已」，已在字旁改作「巴」字。

[59] 見長崎歷史文化博物館藏本《長短拾話唐話》，頁44-45。又有關本段引文校正，請參考本書「附錄4-C11」。

該書是明太祖頒布教導百姓的道德訓示，內容有「孝順父母、尊敬長上、和睦鄉里、教訓子孫、各安生理、毋作非為」六項。范鈜為了教育鄉民，使用當時白話詳細注解，於康熙年間刊刻為《六諭衍義》一書。程順則為該書重刻寫了一篇跋文，在文末他說：

> 是編〔《六諭衍義》〕字字是大道理，卻字字是口頭話，男女老幼，莫不聞而知之。教者省力，學者易曉，導之之術，莫有善於此者。雖然更有說，稗官野史，皆里巷常談，然無關風俗，無補人心，不如此書，既可以學正音，兼可以通義理，有明心之樂，無梗耳之言，一舉兩得。[60]

此段引文讓人注意到他說：「字字是大道理，卻字字是口頭話」，又說「既可以學正音，兼可以通義理」，的確是「學官話、通義理」一舉兩得的學習教材。

程順則從福州回到琉球後，曾將《六諭衍義》獻給薩摩藩主島津吉貴，島津氏於1719（享保4年）轉獻給當時將軍德川吉宗，吉宗讀後非常感興趣，命儒者室鳩巢（1658-1734）翻譯成日文本通令天下學習，[61]1722年（享保7年）書成後題《六諭衍義大意》，室鳩巢（本名直清）跋文說：

> 至於會稽范鈜，就以民俗之語，為之衍義，可謂善於教諭者，其於奉上令下，兩盡之矣。本邦表東海，號稱君子之國，方今遇禮樂之興，文獻輻湊，治具畢張，而《六諭》之書，為政議所取，於是特旨並書授臣直清，撮其大意，譯以國語，遂付有司雕印，以行於四方，代道鐸之令。惟冀為守令者，祇承德意，以令郡縣，為下民者，朝夕羹牆，以訓子

---

60 轉引自木津祐子：〈琉球的官話課本、官話文體與教訓語言——《人中畫》《官話問答便語》以及聖諭〉（北京：中華書局，2008），第四輯：27頁。

61 據說該書後來一直作為江戶時代專門教導庶民子弟閱讀、計算等基本生活技能的「寺子屋（てらこや）」的學習教材，直到明治維新之後才停止。見維基百科「室鳩巢」條https://zh.wikipedia.org（2020.4.25參考）。

孫。更相唱隨，陶鎔成化，遂將階鎬洛之治，致刑措之隆焉，豈小補之
云哉。[62]

可見當時德川幕府對《六諭衍義》的重視，借《六諭衍義》刊刻推行，教
化天下，除了追念前輩仰慕聖賢之外，也可以讓國家長治久安，置刑法而不用
的盛世。由此推論，此後編寫的琉球官話書或唐話書，受其影響這是必然的
事。[63]

木津祐子教授對琉球官話的編寫，有一段中肯的說法：「要學習官話，編
寫課本時，他們的關心不僅在寫純粹的語言課本上，而且要將中國文化知識
（即是五倫道德或格言匯集等）也放在課本裏面。結果課本成為一部周緣性知
識的總體。」[64]她的說法是觀察琉球官話課本《官話問答便語》編有「五倫道
德」一章，以及看到朝鮮通事編輯的官話課本《老乞大》中也有講五倫道德等
章節，[65]因此得到的總結。以下引述一段天理大學附屬圖書館藏寫本《官話問
答便語》討論「五倫」的內容：

> 我想人生在世，君臣、父子、兄弟、夫婦、朋友，這五倫的道理，不可
> 不知。蜂蟻尚重君臣，為人豈不盡道，當思君恩，山重海深，民溺同於
> 己溺，民飢同於己飢。在官者月縻廩祿，榮宗蔭子，待下何等優厚，求
> 其正心、忠君愛國者少，不過苟且職任而已，這是為臣之道，大有虧了。
> 羊有跪乳之恩，鴉有反哺之誼，尚知父母，為人豈不盡道，當思父兮生
> 我，母兮育我，十月懷胎，三年乳哺，未寒而加子以衣，未飢而加子以
> 食，稍有疾病，父母日夜心中不安，如此深恩，昊天罔極。求其真心，

---

[62] 見廣島大學藏書《六諭衍義大意》（明倫館藏版）卷末跋語。

[63] 有關此點請參考拙著：〈長崎唐話中對伊東走私事件敘述差異的探討——江戶時代唐通事養成教
材研究〉，《東亞漢學研究》（長崎：長崎大學多文化社會學部，2014），頁273-283一文的論述。

[64] 見木津祐子：〈琉球的官話課本、官話文體與教訓語言——《人中畫》《官話問答便語》以及
聖諭〉（北京：中華書局，2008）第四輯：頁31。

[65] 見木津祐子：〈琉球的官話課本、官話文體與教訓語言——《人中畫》《官話問答便語》以及
聖諭〉（北京：中華書局，2008），第四輯：頁30-31。

實意愛慕父母者少，不過奉養無缺，他就自稱能孝順，豈知那不孝順處還多哩，這是為子之道，大有虧了。

鴻鴈有先後之飛，鶺鴒有急難之意，尚識兄弟，為人豈不盡道，當思一脈所生，譬如一身之中，手能相護，足能相隨，若有欠缺，則此身不能完全，雖平日外面知己有人，及至大故，還要自親。求其真心，能友能悌者少，不過不聽妻子言語，無爭無議，他就自稱兄弟和氣，不知那敦厚手足的事，豈但如此，這是兄弟之道，大有虧了。[66]

上面舉「君臣、父子、兄弟」例子，已可見其行文一斑。根據木津教授研究《官話問答便語》有天理大學本與赤木文庫本兩種不同版本，書中採用對話形式的部分，兩者文本有一些差異。但是如上文以敘述形式講述五倫部分，兩個版本之間差異卻非常小，她認為可能那些章節不是通事所撰寫，而是依據某一個文本抄寫成篇而成。[67]這個現象說明「五倫道德」等的編寫，推測可能經過程順則建議實施《六諭衍義》學習教化政策之後，當時琉球中山國全面實施，因此對於通事的例行培養，很自然就注入此類教化的學習內容。

此外在《官話問答便語》中，也有格言式的人生處事記載：

大凡為人，存心要良善，作事要謹慎，待人要寬厚，處己要謙恭。

居富貴不可驕傲，居貧賤不可諂媚；人有賢能，我表揚之，人有忌諱，我包藏之。

不義之財勿取，不義之惠勿施，不義之事勿作，不義之人勿交。

居家克勤克儉，請客宜敬宜豐；教兒孫務當正道，責奴僕不可苛刑。

黃金萬兩，日食不過三餐；大廈千間，夜眠祇容七尺。總求知足，切戒貪心。

聖賢無限事業，有志能成；天地許多禎祥，惟和可致。險地勿立，危處

---

66 見瀨戶口律子：《官話問答便語全譯》（沖繩：榕樹書林，2005），原書影印頁244-246。

67 見木津祐子：〈琉球的官話課本、官話文體與教訓語言——《人中畫》《官話問答便語》以及聖諭〉（北京：中華書局，2008），第四輯：頁29-30。

勿登，歹事勿近，惡語勿聽。

逢人只說三分話，不可全拋一片心；莫信直中直，須防仁不仁。君子安常守己，小人越理亂倫；天道吉凶消長，人事進退存亡。

萬事不由人，計較一生都是命安排；懷刑方能免刑，逐利未必得利。為人莫作虧心事，舉頭三尺有神明；積善之家必有餘慶，積不善之家，必有餘殃。

勿以善小而不為，勿以惡小而為之；差之毫厘，失之千里。當思流芳百世，切慮遺臭萬年；自少至壯，自老至終，以此省察，萬無一失。[68]

以上是在官話學習課本中看到的學習內容，如果不看書名可能誤以為「道德倫理」或是「人生勸善」之類的讀本。規勸一個人要謙恭善良，克勤克儉走正道，積善而不做虧心事等等的勸勉，對於處於福州異文化氛圍學習中國官話的琉球年輕人，的確能在學習漢語之外有一個道德遵循的方向，否則由於異國生活的心裡失落或者學習產生的挫折，在無法排解宣洩的當下，有一個明確方向的指南針引導，不失為一舉兩得的教材編輯方式。

四　長崎通事書與琉球官話課本的編寫背景

（一）工作性質差異的需求

1　長崎唐話

從歷史發展來看，日本在江戶時代鎖國之後，與中國只有唐船貿易往來，其餘都在禁止之列。也就是說，每年有數量不等（多則百艘以上，少則十艘以下）的唐船航行駛入長崎，與唐通事之間的貿易互動。因此老一輩唐通事編寫的唐話教材，自然偏重於實用性質與貿易有關的工作指南之類的實用書籍。

當唐船進入長崎港之後，由負責接洽的唐通事首先上船，與該船船主正式

---

[68] 見瀨戶口律子：《官話問答便語全譯》（沖繩：榕樹書林，2005），原書影印頁217-219。

見面，檢查核准的貿易牌照，瞭解從什麼港出發？裝載的貨物價值有無超量？有無繕寫貨物詳細帳冊？完全清楚之後等待明日搬入貨庫保管。接著要求所有唐船船員整隊在大桅底下聽財副「唸告示」，內容主要是防止天主教傳入日本，一再告誡每一個唐船船員不能攜帶與邪教有關的任何物品。結束之後讓船員排隊一個一個順序「躝銅板」，用腳踩過刻有天主教聖母瑪利亞雕像的銅板，踩過銅板的人才能證明不是邪教教徒。上述一切細節完成後，再由唐船船主將該船搭載人員名冊交與唐通事一一核實。以上內容是通事書《譯家必備》第二節〈唐船進港〉的整個內容過程，[69]讓我們瞭解擔任一名唐通事，當唐船進港之後可能面對處理的各種瑣碎事務。

在上述〈唐船進港〉一節中，開列了「寅年九番船」進入長崎港的乘載船員名單，總計32人如下：

寅年第九番廈門舡主高隆元，今將通舡人眾、年貌、住址開列于後：

計開

舡主高隆元	年五十歲有鬚上海人	祀媽姐
財副馮吉利	年四十二歲鬚閩州人	祀三官
總管王大發	年五十一歲微麻長鬚長樂人	祀觀音
夥長陳長茂	年五十歲為白鬚湖州人	祀關帝
舵工劉必中	年七十歲有鬚長州人	祀灶君
板主林之榮	年五十一歲微鬚蘇州人	祀觀音
工社方得福	年二十一歲無鬚仁和人	祀準提
游壯觀	年四十八歲微鬚寧波人	祀媽祖
姜如辣	年二十三歲無鬚閩縣人	仝
潘思姜	年七十一歲有鬚閩縣人	仝
盧茂國	年四十九有鬚崇明人	祀三官
謝有祿	年三十歲無鬚蘇州人	仝

---

69 參見尚友館藏本《譯家必備》(長澤規矩也編『唐話辞書類集』，第20集)，頁20-63。

朱如華	年二十歲無鬚蘇州人	祀三官
鄭思利	年七十一歲有鬚蘇州人	仝
許有金	年五十歲有鬚福清人	仝
董永吉	年十九歲無鬚錢唐人	仝
趙遠來	年十八歲無鬚寧波人	祀媽祖
雛如飛	年七十五歲微鬚蘇州人	仝
余三觀	年四十歲有鬚蘇州人	仝
張祐弟	年五十歲有鬚蘇州人	仝
金五弟	年三十七歲有鬚蘇州人	仝
褚得利	年三十歲有鬚蘇州人	仝
歐□安	年四十歲有鬚蘇州人	仝
胡有性	年三十四歲無鬚蘇州人	仝
黃星拱	年三十七□有鬚蘇州人	仝
郁時連	年三十歲有鬚泉州人	仝
郭兆觀	年四十七歲有鬚泉州人	祀三官
郭洋觀	年三十四歲無鬚閩縣人	祀觀音
牛子鈍	年三十一歲有鬚閩縣人	仝
李白裔	年二十九歲無鬚閩縣人	仝
隨使杜非甫	年十三歲蘇州人	祀三官
宋旺使	年十五歲蘇州人	祀媽祖

以上共三十二人

當年老爹看過年貌冊，明白了各項事情停當，方纔別了舩主囬去。[70]

　　這份名冊記載了「寅年九番船」每一個船員的姓名、出生地、年齡、面貌特徵、宗教信仰，以及在船上擔任的工作性質。出生地有上海人、福州人、蘇州人、錢塘人、寧波人、泉州人等，或許他們各自說吳語、福州話、閩南語，

[70] 見尚友館藏本《譯家必備》（長澤規矩也編『唐話辭書類集』第20集），頁61-63。

但在溝通時都能說一點官話之類；他們的宗教信仰多數是道教，有信奉媽祖、觀音、關帝爺、灶君，甚至於三界公，也有一位21歲的年輕人信奉亦佛亦道以觀世音化身的「準提」。單單說話與宗教文化兩項，可能讓對唐話一知半解，以及對唐山事務渾渾噩噩的唐通事傷透腦筋，當他們面對這些老練複雜的船員時如何溝通，如何為他們排難解紛？不靠平日唐話學習的深厚底子，加上各種的工作經驗累積，相信要把唐通事工作做好，可能也不是簡單的事。

　　許多對人的工作都是千變萬化，很難靠簡單的學習應付得了，因此「實地」的演練與學習，或者說「從做中學」才是務本的學習方法。通事書《瓊浦佳話》的作者，有感而發的說：

> 所以学通事們到館中值日，像个在书堂裏一般，学話学字，是不消說，要長也使得，要短也使得，一切什麼疑難的事情，都可以好請教了。
>
> 目今世上的後生人家，擔了个讀書的虛名，不去務本，穿領長衣，插把長刀，自己只說是上等的人，学了一身輕薄，唐山說話竟說不清，游ゝ蕩ゝ，不走花街，便走柳巷；不是賭錢，便是吃酒，只管花費了錢財，撒撥得緊，十二分不正經的人，是後來傾箆倒箱，弄破了家私，有下稍時沒上稍，只管打妄想。常言道：「五穀不熟，不如莫稊[71]，貪圖賒錢，失去見在」把這許多好先生，瞎七瞎八，當面錯過了，不去請教，豈不可惜。
>
> 你若話也講得明白，書也讀得稀爛，那時尸，不必自己計較，人ゝ吹噓，自然有个前程，豐衣足食，揚祖顯宗，豈不是快活。也有乙等本分人，雖然不去做那不正不經的勾當，癡不癡，憨不憨，啞不啞，聲不聲，一个無賴子，滿臉凍粥，難得相與，唐人要他做一件事情，長也不成，短也不就，順口波羅蜜，說得不痛不癢，終日沒頭沒腦，呆蹬ゝ坐在那裡，竟不濟事。所以目今長崎，要一个文武兼全的大通事，竟像个節眼裏隔出來的一般，着實難得，不要把来看得容易，這正是天上神仙

---

[71] 「稊」字早稻田大學圖書館藏本《瓊浦佳話》，此字左偏旁作「禾」，右偏旁作「昇」。「莨稊」是稗子的一種，也是妨礙稻子生長的害草。

容易遇，華音難得口才人。[72]

　　在唐人屋敷值勤的內通事，年紀較輕，職位也不高，應當趁此機會向暫住館中的唐人學習唐話或問唐山的事情，這是一個相當難得的機會。大概《瓊浦佳話》作者看到那些通事十分懶散，不但錯失絕佳學習機會，甚至於自大以為「穿領長衣，插把長刀」，就自己認為是上等的人，不但不瞭解唐山事務，就連唐話也說得不清不楚，每日花天酒地、吃喝嫖賭混著過日子，真替他們難過，將來如何「出人頭地、揚祖顯宗」？如此憂慮，完全是對年輕通事未來職業勝任與否的綢繆，因此像《瓊浦佳話》、《唐通事心得》、《長短拾話唐話》、《譯家必備》等通事書，無不是將工作內容的寶貴經驗與處理對策，在書中詳實記錄，一方面可以學習唐話，另一方面也得到實際案例的理解。

2 琉球官話

　　明朝與亞洲各國的關係，早在洪武元年（1368）即向日本、高麗、安南等海外諸國詔諭進行朝貢，琉球則晚至洪武5年（1372），由於明太祖體認琉球在中日貿易上的地位，琉球可以成為明朝瞭解日本的前哨站，因此最後一個納入朝貢體系之中。[73]此後琉球通過二年一貢的機會，分別在福州的「柔遠驛」琉球館和北京「會同館」進行數量龐大的附搭性質的貿易活動，享受中國朝廷給予的免稅優惠政策。可想而知當每年琉球貢船停靠福州時，百餘人的來來往往活動，自然需要大量會說中國話的人才。[74]

　　除了朝貢貿易來往之外，琉球國在政治方面雙方有著密切的關係。從明代開始琉球國王即位就接受中國冊封，以及琉球定期的朝貢，兩國人員的來往相

---

[72] 見早稻田大學圖書館藏版《瓊浦佳話》第三卷，頁130-132。又有關本段引文校正，請參考本書「附錄4-A7」。

[73] 見曹永和：〈海洋史中的琉球〉，《第10屆中琉歷史關係學術會議論文集》（臺北：中琉文化經濟協會，2007），頁3-4。

[74] 見徐斌：〈從琉球官話看琉球人在閩的學習生活〉，《第10屆中琉歷史關係學術會議論文集》（臺北：中琉文化經濟協會，2007），頁33。

當密切。[75]在這種氛圍的影響之下，琉球國編寫官話教材的通事，自然會留意與中國官方使用的語言，必須典雅不能流於過度俚俗，否則將來學習的官話無法登大雅之堂。

從下面一段引文的內容，琉球通事與漂流民之間的對話，可以瞭解琉球與中國之間的來往多麼頻繁，兩年一次的朝貢船與接貢船，一來一回搭載的人員以及順帶的「朝貢貿易」，彼此互通相當熱鬧，由此可見琉球如果沒有最基本的官話能力，以及熟悉中國事務的人才，可能無法圓滿達成這些任務。

「敢問通事，今年去中國的船，是幾隻呢？」 「接貢的一隻，送你們飄風來的兩隻，共總三隻。」 「幾時回來呢？」 「大約七八月，纔得回來。」 「今年進貢，還是等這個船回來，纔去得呢？還是另有船去呢？」 「總是八月十五日為定，若是這個船回來了，就用這回來的船去，若是沒有回來，就另造一隻去。」 「進貢的規矩，是幾年一回呢？」 「兩年一回，一年接貢，一年進貢。」 「進貢、接貢，共用幾隻船？」 「三隻船，進貢兩隻，接貢一隻。」 「進貢呢？」「是進上的貢物，差去的官員，还有學官話的人，一起到中國去接貢呢？」 「是接皇上欽賜國王的東西，差去的官員，那些學官話的人，一起回本國來。」 「這裡起身去，那邊起身來，都有一定的時候広？」 「有一定的時候，這边頭一年十一月間，開船過去，到那边過年，七八月間開船回來。」

「進貢是什広東西呢？」 「敝國是個窮國，沒有什広稀奇的東西，不過是硫磺，紅銅，白剛錫，這三樣就是了，沒什広別的東西。」 「这裡的船，到福建去，收在什広地方灣泊呢？」 「收在南台後洲新港口河下灣着，那裡有琉球公館一所，名字叫做柔遠驛，船到的時節，把那貢物行李官員人等，都進館安歇，駛船那些人，都在船上看守，撫院題本，等聖旨下來，到七八月間，這裡差去的官員，收拾上京，到十二月

75 見瀬戶口律子：〈18世紀琉球的漢語教學——以琉球官話課本為中心〉，《第11回琉中歷史關係國際學術會議論文集》（沖繩：琉球大學法文學部，2008），頁86-88。

纔會到京，上了表章，進了貢物，還要擔擱兩三個月，到来年三月時節，纔得起身囬福建，等到七八月，只留一位存留通事，跟隨幾個人，在那裡看守舘驛，其餘各官人等，都上接貢船囬國，讀書學官話那些人，愛囬来不愛回来，這個都隨他的便，是不拘的。」　「差去進貢的官員，是什広職分呢？」　「耳目官、正議大夫，北京都通事，以下還有過海都通事、存留通事、大文、小文，這些官員人役。」[76]

　　接貢、進貢或者到福州學官話的留學生，甚至管理福州公館「柔遠驛」的公差，各自職掌雖有不同，必須使用官話與人溝通卻是一致的。因此每年派駐到北京、福州的琉球耳目官、正議大夫，北京都通事，以及海都通事、存留通事等等官員人役，早在年輕時代已經學好官話，才有機會被派任當差，而且工作性質是對外的重要外交工作，相信他們的官話能力及對中國的認識，一定在一般水準之上。從這些種種對中國外交的事務來看，相信經歷了將近4百年以上的交流經驗，有權力的琉球王府或有能力的中國人後代久米村領導者，必然早有一套學習官話及對中國官場文化學習的對策。

　　若從學習琉球官話的教材編輯來觀察，他們的教材編輯與唐話教材有相當的差異，主要在他們想訓練的學生要求比較高，應對與說話都需謹守「典雅」，因為將來面對的工作對象都是中國上流社會甚至朝廷的官吏，說話及應對不能輕佻不莊重，否則將徒留笑柄，對小國外交相當不利。下面看到福州人林啟陞為琉球的弟子撰寫序文說：

適有琉球國青年俊士，姓鄭諱鳳翼者，從吾門下，性敏機靈，天資穎異，虛心受教，極盡弟子之道，令人不勝愛慕之深。懷有一集問答官話，請予刪正，予閱之，始知是山東登州萊陽縣白瑞臨商人，於乾隆十五年間，遭風飄到琉球國，彙纂官話一集。細閱其詞，果係細論條目功夫，又奚須更正為哉！但思行文，用此虛字虛句，可以為起承轉合之過

[76] 見天理大學圖書館藏版寫本《白姓官話》，收在瀨戶口律子：《白姓官話全譯》（東京：明治書院，1994），頁152-155。

接，今止平常說話，可以不必用此文辭也，遂援筆略改一二，便見直
截。妄為一序，還祈高明，勿以老叟之言為謬也，幸矣。

乾隆十八年癸酉十一月穀旦林啟陞守超代校正。[77]

　　平日教導琉球人學習官話的福州人老師林守超老先生，為學生編輯的官話
集寫序，只是「援筆略改一二」而已，此事證明鄭鳳翼這位琉球青年才俊，官
話的水準相當高明，所以編輯的官話集不用大事訂正。其次，琉球官話集的編
成相當留意其內容與「平常說話」的符合情況，因此虛字虛句的文章用法不必
講究。這些現象都說明琉球官話注意典雅的說法，讓後輩學習者有一個依循的
標準。

（二）教育方式不同的表現

1　長崎唐話

　　以目前所見長崎唐通事的唐話學習資料，似乎沒有什麼正式制度的記載，
只有武藤長平（1879-1938）所著〈鎮西の支那語学研究〉一文，[78]對唐話學習
有一

（1）首先從發音學習開始；

（2）其次學習由二字、三字組成的單語，或慣用語，即二字話、三字
　　　話，一方面算是發音的練習，也學習詞語的意思和說法；

（3）進而學習四字以上的長短話或常言；

（4）有了前面基礎之後，開始學習中級讀本，由唐通事編輯的抄寫
　　　本，如《譯家必備》四冊、《養兒子》一冊、《三折肱》一冊、《醫
　　　家摘要》一冊、《二才子》一冊、《瓊浦佳話》四冊等；

---

[77] 林守超序文，見瀨戶口律子：《白姓官話全譯》（東京：明治書院，1994），頁5-6。該文天理大
　　 學圖書館藏本《白姓官話》未見，今從石垣島八重山博物館藏寫本擇錄出來。

[78] 見武藤藏平：《西南文運史論》（京都：同朋舍，1978復刻板），頁42-63。

（5）開始讀上級讀本，如《今古奇觀》、《三國志》、《水滸傳》、《西廂記》等一類口語小說；

（6）開始自習《福惠全書》（33卷，清代黃六鴻撰）、《資治新書》（一、二集共34卷，清代李漁撰職官志）、《紅樓夢》、《金瓶梅》等書，如有不懂之處，可向先生請教。

武藤長平撰述《西南文運史論》一書，專門針對古代九州、琉球等地藩國學術發展的一本重要著作，其中〈鎮西の支那語學研究〉一文介紹長崎唐通事的唐話學習。首先學習「發音」，用「唐音」讀《三字經》、《大學》、《論語》、《孟子》、《詩經》的內文當作練習；其次，開始唐話的初步學習，先學二字詞「恭喜」、「多謝」、「請坐」等，然後學習三字詞「好得緊」、「不曉得」、「吃茶去」，之後繼續學習四字以上的詞語，這類的教科書如《譯詞長短話》五冊。此類二字詞、三字詞、四字詞等的長短句初級教材，也在唐通事出身的岡嶋冠三（1674-1728）出版的《唐話纂要》（1718）、《唐譯便覽》（1726）、《唐音雅俗語類》（1726）、《唐話便用》（1726）之類的書見過，可見是18世紀以來通行的初級唐話學習方式。

有了上述長短句的學習基礎之後，然後再學習由唐通事編寫的《譯家必備》、《養兒子》、《三折肱》、《醫家摘要》、《二才子》、《瓊浦佳話》等書。以上六種教材可能是較常用的手寫本教材，目前僅能見到《譯家必備》、《養兒子》及《瓊浦佳話》三種，其餘則目前不知下落。《譯家必備》篇幅稍長，內容敘述作為一名唐通事需要瞭解及處理的各種大小事務，約略等於唐通事的工作實務手冊，文字內容看來並不是很簡單，需要資質稍高者才能吸收。

上述六種教材學習完成後，才有能力跟隨老師閱讀學習《今古奇觀》、《三國志》、《水滸傳》、《西廂記》等白話小說。這批由退休唐通事編寫的唐話教材，如《瓊浦佳話》的行文或說話口氣，幾乎都是上述白話小說的翻版，甚至有些情節直接取材白話小說的片段，讓年輕通事藉由趣味的故事學習許多辦事的方法。由此觀之，唐話受到明、清白話小說的影響是無庸置疑。程度更好的學習者，可以自行閱讀如《福惠全書》、《資治新書》、《紅樓夢》、《金瓶梅》等

書，如果遇到疑難不解的內容，可以向老師請教。

　　上述武藤長平對唐話學習的介紹，可能是少數唐話學習論述的罕見之論，不過由於介紹內容太過簡略，有關唐話學習的制度、教材、教法、考核等等都未見提及。實在很難從「教材」學習階段的敘述，推測學生如何學習，教師如何教法，學習成果如何認定等等。推而求其次，以下從関西大學圖書館長澤文庫所藏唐話課本《小孩兒》中的敘述，教師在課堂裡訓誡學生學習的內容，約略可以明白當時唐話學習課堂的一些狀況：

　　　　我和你說，你們大々小々到我這裡來讀書，先不先有了三件不是的事情，等我分說一番，把你知道。你們須要牢々地記在肚裡，不要忘記。原來人家幼年間到學堂讀書，不是學ケ不正經，要是學好的意思了。難道做爹娘的叫你特々送來，學ケ不長俊不成。我這裡就是學堂，一ケ禮貌之地了，不是花哄的所在了。你既然曉得我這裡是學堂，因該正經些，不該乱七八造，只管放肆。

　　　　適繞我說的那三件，第一件是容貌不端揩[79]，動手動腳竟沒有讀書人的模樣，舉動躁暴得緊。我看你上楼，跟々蹄々飛一般走上來。那梯子的板豁剌々響，若是梯板希薄的時節，只怕踏破了，踏得粉碎的哩。一下到楼上，坐也不坐，戲顛々走來走去，反背着手在那裡野頭野腦，一些規矩也沒有的了。看你坐法，又不是端正，東倒西歪，或者靠着卓子，或者靠著壁子，不是伸腳，就是探頭，弄手勢，打哮喧，打瞌眠，掀鼻涕，吐嚛唾，捉虱子，取耳躲。多嘴的多嘴，放屁的放屁，弄手弄腳，無所不至，沒有一刻坐得端正。你說，好ケ讀書人的樣子広。

　　　　第二件，不肯用心讀書，懶惰得緊。我辛々苦々教導你十來遍，看見你畧覺記得，又換ケ別人來讀，叫你依舊到自己的坐頭上去讀。臨去的時節，再三再四吩付你讀。你偏生不肯讀，々了一遍，就歇一囘，歇了好一囘，纔讀一遍。那歇息之間，油嘴放屁的，打起蠻話來，把沒要緊的

---

[79] 即正派、規矩的意思，見白維國編：《白話小說語言詞典》（北京：商務印書館，2011），頁293。

話頭，說过未說过去。我說他，々說我，這ケ罵，那ケ惱，那ケ笑，這
ケ哭，推的推，倒的倒，擠的擠，扯的扯，跳的跳，走的走。你吃茶，
我吃水，你小解，我大解，还不上半刻時辰，連那小便、出恭十來遭是
定有的，只怕还不止的哩。據我看未，那里撒得這許多小便，照你這樣
撒得多，一天裏頭十未ケ淨桶，必竟撒滿了。這都是要偷懶的意思了。
所以推ケ說小解，只管走上走下。[80]

從文中空間的描述，以及瑣碎嘮叨似的跟學生講了許多規矩，大約可以推論當
時可能沒有正式的唐話學習制度或者學校之類的教育設施。只有靠退職的唐通
事，憑著他們的熱誠與工作經驗，編寫唐話教材努力教學，遇到學生偷懶不努
力學習，他們也束手無策僅能聲嘶力竭的訓誡，實在無計可施，如此一頭熱的
唐話教育方式，想要有好的學習效果，恐怕不是很樂觀吧。

2 琉球官話

相對的琉球官話學習，頗有其歷史淵源，首先1672年（康熙11年）在那霸
的久米村建造孔子廟，1678年（康熙17年）在該廟設置了「講解師」與「訓詁
師」，主要任務是給久米村的子弟講授經書的解釋方法。[81]40年之後又增建了
相當有代表性的「明倫堂」，這一個舉措的意義以及建立的時代背景，瀨戶口
律子教授說：

一方面是社會的需要，另一方面是赴中國的留學生增多，康熙57年
（1718年）又在孔子廟的領地內創設了「明倫堂」。這個學堂是採納以
「勤學」身分去福州深造歸國的程順則的建議創辦的。
也可以說它是久米村子弟的一所公共的教育機關。在此除了教授漢語之

---

80 見奧村佳代子編：《関西大學圖書館長澤文庫所藏唐話課本五編・小孩兒》（大阪：関西大學
   出版部，2011），頁5-8。又有關本段引文校正，請參考本書「附錄4-G1」。
81 見瀨戶口律子：〈18世紀琉球的漢語教學──以琉球官話課本為中心〉，《第11回琉中歷史關係
   國際學術會議論文集》（沖繩：琉球大學法文學部，2008），頁77。

外，還學習經學、詩文等，它奠定了琉球漢學、漢語的教育基礎。學生當中有秀才（13、14歲）、通事。明倫堂的教育可以說是為培養通事所進行的教育。在這樣的學習環境裡，為久米村的漢語教育提供了不少益處，也提高了漢語教育的地位。[82]

至於久米村設置明倫堂之前的教育，瀨戶口律子教授根據相關資料推測說：

> 當時久米村的幾戶開明人家，對兒童們開放了各自家庭式的教育。當時被稱作「學齋」，這是一種私塾形式的教育。在那裡從事教學工作的大多數是從中國留學歸來的「官生」和「勤學生」。[83]

除了久米村的「明倫堂」與「學齋」之外，在學制上還有更權威性的「官生」制度。依據《明實錄》洪武25年5月癸未（3日）條所載，是年開始建立琉球官生制度，將選派的琉球官生送往國子監，接受嚴格而系統的儒家文化教育，回國後得到重用，擔任「正議大夫、都通事、通事」或者「琉球國學講師、訓詁師」等職。官生制度從洪武25年（1392）建立，持續有470餘年至清同治6年（1867）結束，共派遣官生20次近百人。[84]

當時官生屬於「公費」的留學生，除官生之外還有特殊的在職留學生，當時稱作「勤學生」（勤學人）。這些數量不少的勤學生，都是經過正式選拔出來，出洋到福州接受人才培養的留學生，他們的主要目的是在鞏固琉球政府的朝貢貿易機制，沒有這批人可能朝貢貿易就無法推行順利。勤學生既然有「公務」的性質，他們除學費自行籌措之外，生活開支由其附搭貿易船的盈餘來負擔，該項制度由琉球政府認可。勤學生在福州讀書時間各有長短，一般以2至3

---

[82] 見瀨戶口律子：〈18世紀琉球的漢語教學——球官話課本為中心〉，《第11回琉中歷史關係國際學術會議論文集》（沖繩：琉球大學法文學部，2008），頁77。

[83] 見瀨戶口律子：〈18世紀琉球的漢語教學——以琉球官話課本為中心〉，《第11回琉中歷史關係國際學術會議論文集》（沖繩：琉球大學法文學部，2008），頁77。

[84] 見徐斌：〈從琉球官話看琉球人在閩的學習生活〉，《第10屆中琉歷史關係學術會議論文集》（臺北：中琉文化經濟協會，2007），頁33。

年為多，清代中、後期向進貢正、副使申請延長留學年限也不在少數，不過琉球王法於1731年制訂明確留學期限，有最長不得超過7年的規定。[85]

「勤學生」主要在福州生活與學習，他們雖然不像公費的「官生」，受到嚴格的督導，完全取決於自己學成之後升遷的目標是否能夠達成，因此努力與否差異極大。下面一段《官話問答便語》所記錄的師生對話，即可看出老師對學生學習的要求，不因為不是「官生」就鬆懈了：

> 「你這幾日那裡去，不來讀書。」　「學生有事，未曾到先生尊前告假，有罪。」　「你既有事，務必要去料理，若是無事，不可偷閒懶惰。你萬里重洋，來到中國，海上驚風怕浪，不知受了多少艱辛，只望讀書，會講官話，知道禮數，回去做官，榮宗耀祖，給父母歡喜。你若貪玩，不肯苦心勤力學習，一日混一日，一月混一月，光陰似箭，日月如梭，轉眼又是一年了，你雖在中國三年五載，名為讀書，其實不曾讀什広書，至回國之日，官話一句也不會講，禮數也一點都不曉得，人若問你，你也自覺含愧。若再問你去中國從那位先生，說起我名姓，連我先生也不好聽。我做先生的，譬如那做醫生的一般，有病人求他醫治，他心中愛個丶都要醫好，稍有藥不對效，必須探本追源，按脉切理，把那病根斷盡，安健身體。我做先生的，也替他都似一樣心腸，有一個學生，就愛這一個學生通，有百個學生，就愛那百個學生通，學生有名聲，先生也有名聲，學生沒體面，先生也沒體面。別人不好說你，恐你不悅意，我先生要直說的，你細思量是不是？」　「先生所教訓，都是至理明言，學生謹遵。」
>
> 「前日教你的書，你都會念不會？」　「學生都會念。」　「你拿來讀給我聽，讀完了我再授些新的書給你讀，你若是那書中，有不明白處，只管來問我，不可含糊放過他去。」　「學生書中，大半曉得，內中只有一二句，細微處不當憧，想要問先生，恐問得多，先生勞神。」

---

[85] 見徐斌：〈從琉球官話看琉球人在閩的學習生活〉，《第10屆中琉歷史關係學術會議論文集》（臺北：中琉文化經濟協會，2007），頁38-39。

「你不要仔細，誨人不倦，是先生本等，你来問我，先生更歡喜，人非生而知之，都是學而知之，有疑必問，有問方明，若無窮究問難工夫，所學終無進益。」　「學生領命，凡今以後，有不曉得的，都要求先生教導。」　「這樣纔是。」[86]

官生制度之外，在久米村有明倫堂、學齋等的設置，教養琉球子弟基本的學養；為了徹底協助「封貢體制」的持續不絕，派出無數的勤學生到福州學習，一面實地觀摩，一面也能訓練道地的官話能力。這些完整的琉球官話學習制度，舉國上下都相對重視，在如此的學習環境培育之下，當然可以為琉球訓練出優秀的外交人才，讓他們為琉球小國的外交及貿易利益做出最大的貢獻。

五　結語

「朝貢貿易」的形成，是明太祖建立明朝之後與日本、朝鮮、安南維持互動關係的重要制度，除了政治上的意義，藉著朝貢與接貢的同時，雙方互惠式的貿易往來，在互通有無的經濟效益意義上更加實際。在此氛圍的東亞局勢，當時獨立的琉球王國似乎被遺忘了。

直到楊載第二次被派遣出使日本，回途經過琉球親眼看到琉球狀況，回到南京後向洪武帝報告琉球所見所聞，尤其是琉球出產良馬讓洪武帝印象深刻。或許基於大明帝國完全統一的意圖，明太祖次年派遣楊載出使琉球，確認琉球納入朝貢貿易體制後對自己的統治有其利益。海洋史專家曹永和院士說得相當中肯：

明太祖還認識到琉球在中日貿易上的地位，由於琉球可以成為明朝瞭解日本的前哨站，所以就對琉球不限制朝貢，可以不時進貢，並且賜與閩人三十六姓，協助琉球的朝貢貿易活動。

---

[86] 見瀨戶口律子：《官話問答便語全譯》（沖繩：榕樹書林，2005），頁265-268。

> 琉球通過朝貢貿易與華商、東南亞商人建立起商業貿易網。洪武帝實施海禁政策後，琉球成為提供中國本土東南亞香料等物品的轉運站，同時將貨物提供給朝鮮、日本等地，而形成連結中國、琉球、日本、朝鮮的東北亞與東南亞貿易網絡，也造就了琉球的大航海時代。[87]

從明太祖之後約400多年的長時間，琉球與中國之間都有正式的來往關係，加上「閩人三十六姓」傳承的後代，形成一個牢不可破的「久米士族」，長期掌握琉球對中國外交關係以及琉球的教育制度，與壟斷琉球王府權力核心的「首里士族」相抗衡。由這個歷史背景形成因素的認識，自然不難理解何以琉球通事需要對「儒學」與「官話」並行學習，最後才能在冊封、朝貢的典禮上，以及「朝貢貿易」上發揮他們的所學。

相對的長崎的唐通事，制度的建立不過是17世紀初德川幕府初啟的當時，他們的工作雖然在江戶時代相當的重要，等於是長崎為整個日本守住國境唯一合法的出入口。但是一方面唐通事多數是歸化的中國人後裔，另外一方面則是工作性質只針對唐船來航的唐人做各種交涉與管理而已，因此他們的社會地位相對的低下。養成教育與琉球通事比起來就相對的簡單，既無「漢學」與「唐話」的學校制度，也沒有專門負責的教師或專門學習的教材，只有年長有工作經驗豐富的退休唐通事，自行編寫唐話教材教導學生如此而已。

「唐話」的學問有人稱作「崎陽之學」，它與當時「武士的權力為背景的閱讀儒家經典正好相對，而且「崎陽」一詞是模仿中國的做法對「長崎」的稱呼。有人說武士的儒學學習，是以「五經」此類經典的學習作為自身上進的修養；而唐通事的崎陽之學，卻是閱讀《今古奇觀》、《水滸傳》、《聊齋志異》、《金瓶梅》之類的近世小說，積累的是明、清時代中國平民的教養，因此「崎陽之學」並不被看作正式學問，而是一種遵從父子相傳的技藝精神的高級技術教育，嚴格說不過是「稗官之學」的位階而已。[88]從這些背景的認識，長崎唐

---

[87] 見曹永和：〈海洋史中的琉球〉（專題演講節錄稿），《第10屆中琉歷史關係學術會議論文集》（臺北：中琉文化經濟協會，2007），頁4。

[88] 見安藤彥太郎著．卞立強譯：《中國語與近代日本》（北京：北京大學出版社，1991），頁52-54。

話似乎隱約透露著市井說話的模式,它與琉球官話走向典雅的口語需求,或許我們可以從各自的唐話或官話學習寫本資料中,逐漸瞭解他們彼此產生差異的來龍去脈。

——原載於文藻外語大學應華系,《應華學報》第22期,
頁23-88,2020年6月。

試論長崎唐人與唐三寺住持的互動

　　十七世紀中葉開始，日本江戶幕府實施鎖國政策，不但嚴禁天主教傳入，也禁止日本國民出境，只允許中國與荷蘭兩國船隻停泊長崎與平戶兩地進行貿易。另一方面由唐人在長崎創建了興福寺、福濟寺與崇福寺，後人合稱為「唐三寺」。如果仔細分析其建寺的歷史背景，可以理解它們是以海外同鄉集會所的形式改建的。此中不但有語言、風俗習慣的溝通條件，也與早期講南京話、閩南話、福州話唐通事的來往有密切關係。本文討論唐三寺興築的背景，與德川幕府嚴屬禁教有絕對關係；其次留意唐三寺住持的選用，必定是唐山同鄉的唐僧；最後從唐話教材描述的幾位住持的事蹟，以及長崎唐人庶民與唐三寺僧人互動的生活百態。

一　前言

　　長崎各宗派的佛寺數量相當驚人，它們都沿著長崎港東側或東北方向的山坡地興建，一般旅遊地圖出現的寺名就有：光源寺、禪林寺、深崇寺、三寶寺、淨安寺、興福寺、延命寺、長照寺、皓臺寺、大音寺、崇福寺、大光寺、發心寺、清水寺、正覺寺等等舉不勝舉。相信這些寺廟各有它興建的歷史背景及宗派的差異，建寺的時間長短也有不同。但是其中有極負盛名的「唐三寺：興福寺、福濟寺、崇福寺」，它們都興建於十七世紀前葉，除了時間有久遠的歷史之外，它們與明末清初渡海到日本的中國人更有深厚的依存關係。

　　十七世紀中葉，日本幕府禁止天主教傳入國內，發布一連串的鎖國禁令，不但禁止日本人出國，也嚴禁外國商船進港貿易，只允許中國及荷蘭的商船赴

長崎貿易，同時將散居於各地的中國人集中於長崎居住。另一方面，中國在嘉靖倭亂平定之後，明朝政府雖然禁止對日貿易，可是藉口赴東西洋貿易而私闖日本者不絕。甚至當明朝滅亡後，流亡海外者一波接一波，分別以東南亞或臺灣作為根據地，往來於日本、中國大陸、臺灣、東南亞之間從事貿易或抗清活動。其中值得注意的是，有少數佛教僧侶、儒者或有特殊技術的流亡者，隨著貿易船流寓日本，被破例獲准居留，對日本文化產生了重大影響。[1]

據說1670年代，長崎人口約有6萬人，其中的六分之一約1萬人是渡海而來的唐人。[2]由於唐人人數隨著唐船貿易頻繁而不斷增加，有些人就索性落地生根長住於此不願返回唐山，長時間生活在異鄉，衣食住行日常生活習慣有些能入境隨俗，有些則無法立刻改變。其中最迫切的一件事是，唐人往生後需要有一處安頓之所，所幸經由長崎地方幾位唐人要人的奔走，決定以長崎港西北側稻佐山的悟真寺當作在長崎居住唐人的菩提寺。

在此同時，幕府的禁教政策轉趨嚴厲，因此對來往貿易船加強管理。居留在長崎的唐人，為了正名自己並非天主教徒，因此將原來奉祀海神媽祖的祠堂或同鄉聚會所，增築為佛寺，藉以保護自身權益。[3]因此有1623年修建興福寺（俗稱南京寺），1628年修建福濟寺（俗稱泉州寺、漳州寺），以及1629年修建崇福寺（俗稱福州寺），[4]這些寺院都屬於臨濟宗的黃檗宗教派。

另一方面，自從1684年清朝開放海禁後，渡日的貿易船不斷增加，長崎奉行為了取締天主教，並防止走私貿易，以及維持社會秩序、禁止唐人喧嘩滋事等原因，在1689年在長崎建造了「唐人屋敷」（又稱「唐館」），將渡日貿易船的商人、水手集中居住於館中，除非有特殊理由經核准，一律不准外出，貿易結束後立刻離開日本。這項措施導致長期居住在長崎的唐人與來航貿易的唐人

---

[1] 以上敘述詳見劉序楓：〈明末清初的中日貿易與日本華僑社會〉，《人文及社會科學集刊》（臺北：中央研究院中山人文社會科學研究所，1999），11卷3期，頁436。

[2] 見原田博二：《カラー版長崎南蠻文化のまちを歩こう》，（東京：岩波書店，2006），頁98。

[3] 參見劉序楓：〈明末清初的中日貿易與日本華僑社會〉，《人文及社會科學集刊》（臺北：中央研究院中山人文社會科學研究所，1999），11卷3期，頁454。

[4] 根據山本紀綱：《長崎唐人屋敷》（東京：株式會社謙光社，1983），頁91引述《長崎志》的記載，真円法師於1620年渡海來長崎，擔任興福寺開基住持；覺海法師於1628年渡海來長崎，擔任福濟寺開基住持；超然法師於1629年渡海來長崎，擔任崇福寺開基住持。

被隔離，不過唐通事因為職責所在可以例外。這項制度的實施，也形成長崎唐人社會逐漸與日本社會同化。[5]唐館於1868年廢止，原居住者有人返回中國，也有人遷入附近新地繼續從事貿易，因為長達近兩百年演變，必定有更多的唐人因為與日本人通婚，已經為當地社會所同化，這個現象在全世界唐人社會中屢見不鮮。

二 長崎查禁天主教的氛圍

在唐話資料中，編寫於18世紀中的《譯家必備》[6]是一本唐船貿易事務的綜合記錄，全書總計33節，把一位唐通事開始上任進入「唐人屋敷」（當時通稱為「唐館」）參觀開始，直到唐船貿易結束，送走唐船回航為止，鉅細靡遺用對話形式書寫。

該書第2節原標題〈唐舡進港〉，其中有一段描寫唐通事責令準備從唐船下來的唐人船員「聽告示」與「躪銅板」兩件例行公事，這是當時德川幕府與長崎奉行為了撲滅天主教的傳播，撒下天羅地網的其中一招。

〔通事〕：「於今這裡事情都明白了，你們躪銅板、念告示。告示掛在大桅底下，財副你去念起來，把大家聽一聽，也要仔細，不要糊塗。你們眾人聽告示，留心聽聽，不要胡亂看東看西、說說笑笑，頭目看見，在這裡沒有規矩，不好意思。」〔船主〕：「晚生曉得了。」當下財副高聲念起來，說道：

諭唐山併各州府舡主及客目捎[7]等知悉：

一、南蠻醜類，妄以酉種耶穌，偽立天主教，煽法惑民，倡邪逆正，罪

---

5 參見劉序楓：〈明末清初的中日貿易與日本華僑社會〉，《人文及社會科學集刊》（臺北：中央研究院中山人文社會科學研究所，1999），11卷3期，頁453。

6 本文所根據的《譯家必備》，收入長澤規矩也編《唐話辭書類集》（東京：汲古書院，1977），第20集。又據奧村佳代子：〈譯家必備的內容和語言〉，《清代民國漢語研究》（遠藤光曉等編，首爾：學古房，2011），頁279-287的考證，認為該書可能撰於1754年。

7 「目捎」指划船的船員。

惡滔天，難以備述。由是本朝歷年嚴加杜禁勸絕，其黨向有竊附商
舩而來者，悉經罪誅仍革，阿媽港[8]發舟通商，實為除其根苗。茲
爾唐山及各州府商舩，輻湊長崎，計已有年，互相貿易之道，市賈
之便，各宜慎守爾分。入國知禁，恪遵法禁，勿致毫犯，倘有藏匿
邪黨而來者，不獨誅其原惡，禍延舩眾，合行同罪，間若知情出首
者，非啻免罪，另行厚賞。

一、天主教詭謀百出，恐為數教貽害之便，密附妖書器物之類，隱藏儌
至者，原惡處罪有科，仍又將舩滅壞，沒其貨物，必不纖容。間若
稍知而出首者，無論同惡同黨，合照輕重行賞。

一、各舩人眾中，或者密受蠻惡賄絡，謀合妖類，誘學唐話，使着唐
衣，混載而來，事或有之，爾舩主等，合就彼地預先查詳。設有一
二不週，誤載而來，及至洋中知覺，續到長崎之日，宜當速首，則
不論同謀及舩眾等，暨恕其罪，併行重賞。

以上條欵，特遵上令，就委通事等傳示嚴諭。若是爾諸港來商，各宜知
慎，毋違毋忽

　　　右諭知悉

〔通事〕：「躧銅板也是要緊，不可亂來，一箇一箇除帽脫鞋，正正經經
躧過去。原來你們躧銅板的規矩狠不好，你我擠來擠去，各人爭先，竟
不像樣子。一邊躧銅板，一邊點人，一齊去；不便點了，一箇一箇慢慢
去。總管你在傍邊叫大家齊齊整整，不要亂走亂來。我一時忙了，竟忘
記了一件事，財副你來開箇水菜單。」[9]

　　此處引文值得留意的是，唐通事的說話方式，與《譯家必備》全書33節都
一致，表現出相當口語化，與告示內容呈現的典雅文體，有相當大的不同。顯
而易見，告示是官方的說明，必須讓人感覺它具有權威感，不能像口語說話那

---

8 「阿媽港」指今天的澳門，由葡萄牙文Amacu音譯而來。

9 以上引文見《譯家必備》，《唐話辭書類集》（長澤規矩也編，東京：汲古書院，1977），第20
集，頁28-31。又有關本段引文校正，請參考本書「附錄4-D7」。

般，出口輕佻不莊重。

　　告示內容，反覆說明邪教天主教蠱惑人心的可怕，因此必須徹底剷除。其實早在16世紀後半，葡萄牙藉著通商貿易同時派遣許多傳教士到處宣教，短短時間日本的天主教徒就發展成十餘萬信徒，特別是在九州地區不但教徒數量驚人，連長崎大領主大村純忠（1533-1587）及夫人都信奉了天主教，並將轄下的長崎和茂木兩塊領地贈與教會；雲仙的大領主也相同入教，把浦上的領地送給他們。剛征討九州島津氏的豐臣秀吉，見到西日本的天主教勢力太大可能動搖他的統治權威，於1587年發布「追放令」驅除在日本的天主教宣教士，希望與「南蠻貿易」嚴格分開，並且限制國內大名信仰邪教。隨後於1588年把兩個大名送出去的土地收回由中央直接管轄，並設置「長崎奉行」直接管理當地事務。[10]

　　德川家康建立江戶幕府之後，也震驚天主教散播的力量，1612年下令禁止基督教與天主教的信仰，1619年更由二代將軍德川秀忠頒布全國「禁教令」，想徹底摧毀邪教在日本的擴散。在不得已的情勢之下，德川幕府發明了「躪銅板」的儀式，目的在測試進入日本的外國人是否教徒的作用。「躪」是踩踏的意思，踩踏雕有聖母瑪利亞像的踏板，通過該儀式等於背棄天主教的意思。後來逐漸下令所有教民都須奉行該項儀式以示叛教，違抗者處以重刑。[11]

　　上列唐通事要求所有下船的唐船人員，都需要行禮如儀按照規定「聽告示」、「躪銅板」，正是前面所述禁教背景的餘緒。這些針對唐人的種種措施，雖然是禁止天主教所引起，但是對信仰完全不同的唐人，免不了會出現些微的危機意識。

　　從17世紀開始，唐船已經絡繹不絕駛入平戶、長崎兩地通商貿易，禁教之後每艘入港唐船都要受到嚴厲盤查，天主教教徒混入唐船船員入境的風聲傳聞不斷，讓唐船船主困擾不已。此外唐船海上航行雖有媽祖庇佑，但是上岸後種

---

[10] 參考網路維基百科「禁教令」詞條（據2019年12月19日修訂版）：http://ja.wikipedia.org/wiki/%E7%A6%81%E6%95%99%E4%BB%A4。

[11] 參考網路維基百科「禁教令」詞條（據2019年12月19日修訂版）：http://ja.wikipedia.org/wiki/%E7%A6%81%E6%95%99%E4%BB%A4。

種事務例如有唐人死亡，無法適當提供安靈的菩提寺供養之類，困擾不已。有鑑於此，1620年剛抵達長崎的江西人劉覺，獲得當地唐人歐陽華宇捐獻一塊別墅的土地，於三年後修築成為簡單的庵寺，自行剃度出家法號真円並擔任住持。[12]這是長崎第一個唐人寺觀興福寺的修建始末，此後福濟寺與崇福寺，都是因相同的原因而修建。從此長崎一地有了唐人自己的寺觀，不但信仰有依託，連死後也有葬身之處，最重要的是，可以避免受到嚴苛盤查與邪教的關係，以及隨後帶來的莫名困擾，可以恢復離鄉背井唐人的基本尊嚴。

三　禮聘本鄉住持和尚的慣例

　　長崎三個寺觀，正式名稱叫作「興福寺」（創立於1623年）、「福濟寺」（創立於1628年）、「崇福寺」（創立於1629年），都創立於17世紀前半，從各寺發展現象來看，當初可能是以類似於同鄉會的規模做基礎修築完成。興福寺主要以江蘇、浙江、安徽、江西的唐人為主的信仰中心，又名「南京寺」或「三江寺」；福濟寺主要匯聚了講閩南話的漳州與泉州兩地的唐人，又名「漳州寺」、「泉州寺」；崇福寺則是福州人聚集的寺院，又名「福州寺」。

　　長崎唐三寺有一個傳統的規矩，各寺的住持和尚一定從家鄉禮聘而來，幾乎沒有例外。《瓊浦佳話》卷四就有一段說明：

> 這長崎有三个唐寺，叫做興福寺、崇福寺、福濟寺，這三寺並不曾開口靠人募化錢米，只靠着唐人送布施，溫飽有餘。縱或建造殿宇樓閣，不曾求人化緣，那時卩，唐人另有布施，叫做修理布施，銀額比平常的布施多得十倍，所以香火廣盛，山門生光，比別寺大不相同。
>
> 自從開基以来，世〲代〲請唐僧做住持，憑你日本有了怎么樣大徹大悟的和尚，這一派法脉，粘連不得。這是隱元國師立下的清規了。這三寺

12　參見山本紀綱：《長崎唐人屋數》（東京：謙光社，1983），頁151引述《長崎志》正編第五卷──寺院開創之部（上），以及大槻幹郎、加藤正俊、林雪光編，《黃檗文化人名辭典》（京都：株式會社思文閣出版，1988），頁163。

各有一个法派，叫做雪峯派、紫雲派、獅子林。雪峯派的人，到紫雲派要付法[13]，也做不得；紫雲派的人，到雪峯派要付法，也使不得。你是你、我是我，各有分曉。[14]

唐三寺擔任的歷代住持，都是從唐山請來的高僧，這是隱元禪師（1592-1673）訂下的老規矩，沒有一個寺院能改變。更進一步興福寺、福濟寺、崇福寺三個寺觀的住持聘請，都來自自己的家鄉，此點大概與各自的方言區有絕對的關係。看「表1」、「表2」、「表3」：[15]

表1　興福寺歷代唐僧的住持

代別	住持	出生	到達長崎及住持時間
開　　基	真　　円（1579-1684）	江西饒州府浮梁縣	1620/1623-1635
二　代	默子如定（1597-1657）	江西建昌府建昌縣	1632/1635-1645
三　代	逸然性融（1601-1668）	浙江杭州府仁和縣	1641/1645-1654
中興開山	隱元隆琦（1592-1673）	福建福州府福清縣	1654
四　代	澄一道亮（1608-1692）	浙江杭州府錢塘縣	1653/1656-1686
五　代	悅峰道章（1655-1734）	浙江杭州府錢塘縣	1686/1686-1707
六　代	雷音元博（1656-1710）	山西平陽府洪桐縣	1693/1707-1710
七　代	旭如蓮昉（1664-1719）	浙江杭州府錢塘縣	1711/1711-1717
八　代	杲堂元昶（1663-1733）	浙江嘉興府石門縣	1721/1722-1723
九　代	竺庵淨印（1699-1756）	浙江湖州府德清縣[16]	1723/1723-1739

---

[13] 「付法」，即傳授佛法。見白維國：《白話小說語言詞典》（北京：商務印書館，2011），頁382引《水滸後傳》例子說明。

[14] 以上引文見早稻田大學藏本《瓊浦佳話》，頁162-163。又有關本段引文校正，請參考本書「附錄4-A10」。

[15] 以下「表1、表2、表3」，根據山本紀綱：《長崎唐人屋敷》（東京：謙光社，1983），頁146-193，以及大槻幹郎、加藤正俊、林雪光編：《黃檗文化人名辞典》（京都：株式會社思文閣出版，1988），編輯而成。

[16] 山本紀綱：《長崎唐人屋敷》（東京：謙光社，1983），頁155，原作「廣東省潮州府」，據大槻幹郎、加藤正俊、林雪光編：《黃檗文化人名辞典》（京都：株式會社思文閣出版，1988），頁140，改作「浙江省湖州府」。

表 2　福濟寺歷代唐僧的住持

代別	住持	出生	到達長崎及住持時間
開　　基	覺　悔（?-1637）	福建泉州府	1628/1628-1637
重興開山	蘊謙戒琬（1610-1673）	福建泉州府安平縣	1649/1649-1672
開　　法	木庵性瑫（1611-1684）	福建泉州府晉江縣	1655/1672-1680
二　　代	慈岳定琛（1632-1689）	福建泉州府永春縣	1655/？
三　　代	東瀾宗澤（1640-1707）	福建泉州府永春縣	1673/1688-1695
四　　代	喝浪方淨（1663-1706）	福建泉州府安平縣	1694/1695-1705
五　　代	獨文方炳（1657-1725）	福建泉州府安溪縣	1693/1709-1715
六　　代	全巖廣昌（1683-1746）	福建延平府	1710/1715-1724
七　　代	大鵬正鯤（1691-1774）	福建泉州府晉江縣	1722/1724-1744

表 3　崇福寺歷代唐僧的住持

代別	住持	出生	到達長崎及住持時間
開　　基	超　然（1567-1644）	福建福州府	1629/1629-1644
二　　代	百拙如理（?-1649）	福建福州府	1646/1646-1649
三　　代	道者超元（1602-1662）	福建興化府莆田縣	1651/1651-1658
開　　法	隱元隆琦（1592-1673）	福建福州府福清縣	1654
中興開山	即非如一（1616-1671）	福建福州府福清縣	1657/1658-1667
二　　代	千呆性侒（1636-1705）	福建福州府長樂縣	1657/1668-1696
三　　代	大衡海權（1651-1715）	福建興化府莆田縣	1693/1698-1707
四　　代	別光寂透（1674-1710）	福建延平府尤溪縣	1709/1710-1710
五　　代	義勝寂威（1665-1716）	福建延平府尤溪縣	1709/1711-1716
六　　代	道本寂傳（1664-1731）	福建福州府福清縣	1719/1719-1724
七　　代	伯珣照漢（1695-1776）	福建延平府尤溪縣	1722/1724-1765
八　　代	大成照漢（1709-1784）	福建延平府尤溪縣	1722/1776-1784[17]

---

[17] 大成和尚1775年就任黃檗山萬福寺第21代住持，1776年開始又兼崇福寺住持。參見大槻幹郎、加藤正俊、林雪光編：《黃檗文化人名辞典》（京都：株式會社思文閣出版，1988），頁204。

　　唐三寺的住持最特別的是隱元隆琦，他是福州府福清縣萬安鄉出身，1646年在明末、清初福建動亂中出任家鄉黃檗山萬福寺住持。1654年受長崎興福寺住持逸然性融之邀，親率弟子二十人渡海到長崎就任崇福寺住持。由於江戶幕府對隱元的影響力感到恐懼，因此嚴禁他出寺活動，同時限制寺內僧人在200名之內。不過當1658年隱元成功與幕府將軍德川家綱會面後，所有不利因素完全解除，兩年後獲得山城國宇治郡大和田（今京都府）作為寺院領地，乃於1663年建造完成日本佛教史上重要的寺觀，因為不忘故土，所以將該寺也取名為「黃檗山萬福寺」，自此隱元成為日本禪界黃檗宗的始祖。隱元在日本的影響力逐漸壯大，後水尾法皇為首的皇族，幕府要人及各地大名，甚至無以計數的富商，都相繼皈依黃檗宗。圓寂前授封為「大光普照國師」。[18]

　　由此可見隱元隆琦在日本佛教界的影響力，想當然他對長崎唐三寺也有一言九鼎的崇高地位。因此前面引述《瓊浦佳話》才會說：「憑你日本有了怎麼樣大徹大悟的和尚，這一派法脉，粘連不得。這是隱元國師立下的清規了。」

　　現在所見唐三寺有關的文獻，只承認上列三張表所列的各代住持，如果不得已改由日本和尚的「和僧」來監寺，就不會計算入傳人之中。興福寺傳到第九代竺庵淨印，他於元文4年（1739）因病去職，唐僧又無人渡海來長崎，後繼無人的情況下暫時中斷了傳承。[19]相隔30年之後，才陸續由和僧繼續監寺，有關和僧監寺的時間記載如下：[20]

　　　　和僧　萬如（1768-1777，監寺10年）

　　　　和僧　太雅（1777-1788，監寺12年）

　　　　和僧　玄光（1788-1797，監寺10年）

　　　　和僧　楚石（1797-1798，監寺2年）

---

[18] 參考網路維基百科「隱元隆琦」詞條（據2014年9月20日修訂）：http://zh.wikipedia.org/wiki/%E9%9A%B1%E5%85%83%E9%9A%86%E7%90%A6

[19] 參見大槻幹郎、加藤正俊、林雪光編，《黃檗文化人名辞典》（京都：株式會社思文閣出版，1988），頁140。

[20] 見《長崎文獻叢書‧續長崎實錄大成》（長崎：長崎文獻社，1974），卷五，寺院經營之部（上），頁109。其中1810-1816這7年期間，沒有監寺任職。

　　　和僧　專至（1799-1809，監寺10年）

　　　和僧　雷震（1817-1821，監寺5年）

　　　和僧　大雄（1821-？，監寺？年）

　　這種現象也出現在福濟寺，1745年之後，就沒有唐僧渡海擔任住持，只得由和僧擔當監寺工作；同樣情況也在崇福寺發生，第八代之後就改由和僧監寺。[21]

四　唐三寺與唐話方言的關係

　　當時長崎唐三寺所以處心積慮禮聘本鄉高僧來擔任住持，必然與語言溝通及風俗文化相同有相當的關係。也就是說，當時各地唐人雖身居海外，彼此還是以出身地分出你我，與在唐山的習慣思考沒有兩樣。從上述唐三寺住持的出身籍貫，試著瞭解他們可能使用的方言狀況，大約可以瞭解住持與唐人溝通的可能性。

　　以現代漢語方言做分類，[22]江西饒州府浮梁縣屬贛語鷹弋片、江西建昌府建昌縣屬贛語撫廣片、浙江杭州府仁和縣與杭州府錢塘縣屬吳語杭州小片、嘉興府石門縣屬吳語蘇滬嘉小片、湖州府德清縣屬吳語苕溪小片、山西平陽府洪桐縣屬中原官話汾河片。雖然有贛語、吳語、官話的差異，但從18世紀初開始，長崎已經逐漸有南京官話流行的趨勢來看，興福寺的這些住持與長崎三江系的唐人溝通應該不是什麼太大問題。

　　泉州府安平縣、晉江縣、永春縣、安溪縣等地，都屬閩南語區泉、漳片。福建福州府福清縣與延平府尤溪縣都屬閩東語區侯官片、興化府莆田縣屬閩語莆仙區，與閩東區相近。由方言分屬看，兩寺的住持與長崎住民應當不會有語言溝通的問題。只有福濟寺第六代住持全巖廣昌，出生地是福建延平府，延平府於明太祖洪武元年（1368）建置，轄內包括今天的南平縣、順昌縣、江樂

---

[21] 參見山本紀綱：《長崎唐人屋敷》（東京：謙光社，1983），頁159、170。

[22] 以下皆依據中國社會科學院與澳大利亞人文科學院合作出版：《中國語言地圖集》（香港：朗文出版社，1987）的分類。

縣、沙縣、永安縣、尤溪縣、大田縣，多數流通的是閩北與閩東方言及閩中方言，雖然與閩南話稍有距離，相信全巖和尚與其他人言語溝通必然沒問題，否則不至於聘請來擔任以閩南話為主的福濟寺住持。

不同方言區彼此卻可以通話的事實，以下引述一段《長短拾話唐話》中的記載即可明白。有一位才22、3歲的漳州後代年輕通事，他講的漳州話、官話都相當流利，而且辦事百伶百俐絕不拖泥帶水，有一天答覆有關講家鄉話的問題如下：

> 有一个人間他說道：「你原未是漳列人的種，如今講外江話，豈不是背了祖，孝心上有些說不通了。」他原是乖巧得緊，大凡替人未往的書扎，相待人家的說話，水未土掩，兵未鎗當，着實答應得好，他回覆說道：「我雖然如今孛講官話，那祖上的不是撒下未竟不講，這个話也会講，那个話也会講，方纔筭得血性好漢，人家說的正是大丈夫了，口裏是說什厷話也使得，心不皆祖就是了」[23]

這位年輕人是漳州人的後代，靠講漳州話承襲了唐通事的職位，如今也去跟教說話的先生學習當時稱為「外江話」的南京官話，因此遭受「背祖」的質疑。長崎一地的唐人，不管是出生於當地的長住者，或者隨唐船來的暫居者，慢慢地就以南京官話當作溝通的語言。平日雖各自使用各種出生地的唐話，不過為了彼此溝通需要，使用南京官話是當時大多數人的溝通方式。因此唐話教學的先生，就得教學生通天下的官話：

> 打起唐話未，憑你對什厷人講，也通得的。蘇州、寧波、杭州、揚州、雲南、浙江、湖州這等的外江人，是不消說，連那福建人、漳州人，講也是相通的，佗們都曉得外江話，況且我教導你的是官話了，官話是通

23 見長崎歷史文化博物館藏本《長短拾話唐話》，頁61-62。又有關本段引文校正，請參考本書「附錄4-C18」。

天下，中華十三省都通的。[24]

此處的「外江人說話」，指的是「南京官話」，就是中華十三省都可以相通的官話。此外，漳州人講的當然是漳州閩南話，福建人指福州人，說的也是他們的福州話，這些都是當時長崎所謂的「唐話」。17世紀後半到18世紀中，在長崎這三種方言是當時各自通行的語言，彼此之間可能無法通話。不過受到當時唐山已流行使用南京官話溝通的影響，長崎也逐漸開始使用南京官話，當作唐話的共同語。

五　住持需要融入長崎當地的生活

（一）大鵬和尚與旭如和尚

唐三寺當初剛興建時，想必規模不會很大，如果它是根據各自同鄉會改建而來，那麼各寺住持的人選就很重要，他與來往的長崎唐山同鄉們，至少能語言溝通無礙，唯有如此才能幫助求助的同鄉解決一些信仰上或精神上的問題。下面引述《長短拾話唐話》一段有關福濟寺七代住持大鵬正鯤的記載：

> 聽見說，今日漳州寺裏，唐人做道揚，不知保安的呢？還是還願心的？今朝我去拜觀音菩薩，聽見和尚講，今日做好事的船主，是請大鵬和尚来的吳子明，他這遭東洋来的時節，洋中遇着大風爆，幾乎裡壞了船，所以来觀音菩薩救命，菩薩有靈感，雖然受了一番的若難，不曾打壞了船，平安来到長崎，許下這樣救命的大願心。囙為今日是還願的道場，日裡是做拜懺，夜裡是放燄口。
> 這大鵬和尚，年紀雖然還不老，十分有道德，法門中的事情能幹淂緊，這也筭不得希奇，做一个和尚不淂不如此，連書画都好。他會画竹頭，

---

[24] 見奧村佳代子編：《関西大學圖書館長澤文庫所藏唐話課本五編・小孩兒》，頁15。又有關本段引文校正，請參考本書「附錄4-G2」。

他畫竹的半段[25]是無比無双，妙也妙不過。更有一種最難淂，平常喜歡淡泊，清茶寡飯過日子，他吃飯的時節，到齊堂裏去，同大眾一卓子吃，正真難淂々々。[26]

不但把唐船船主吳子明還願心的來龍去脈講得一清二楚，還順帶提到大鵬和尚的為人，這位年輕的和尚，出身泉州府晉江縣講的是閩南話，擔任福濟寺住持時才34歲，[27]除了本身修養、德行好之外，最難能可貴的是吃飯時能與大眾一桌子吃，如此沒有架子的住持，內心一定與同鄉們一致，想必能渡化許多離鄉背井的唐人，協助他們解決長期羈旅海外的苦悶，難怪能受到信徒的擁戴，因此被寫入唐話教材中傳頌。

《長短拾話唐話》也記載一段興福寺旭如蓮昉和尚的故事，這位第七代的住持出身浙江杭州府錢塘縣，他講的可能是杭州話，來到長崎之後一時無法與講日本話的常住唐人溝通，看見人家發惱，誤以為是在罵他；看見人家笑起來，誤以為是在嘲笑他：

> 前年南京寺裏的旭如和尚，說乙个咲話，他說道我在唐山的時節，做人朴實，心腸倒也畢直，沒有鬼頭鬼惱，聽見人家的話，不論好歹，都是聽信，惡猜的念頭，是一点也沒有的了，所以動不動被人家哄騙了，借去了衣服穿懷了，或者被人搶奪了銀子，好幾遭吃虧了。到東洋未，一个好心腸，倒變做蛇肚腸了，為什厷呢？兩边說話不道，因為看見人家發惱，只說道是罵我，看見人家咲起未，只說道是咲我，疑々惑々只管惡猜了，可不是咲話，這个話雖然取笑說，倒是实話了。[28]

---

[25] 「手段」根據白維國編：《白話小說語言詞典》（北京：商務印書館，2011），頁1406，指「本領、技巧」的意思。

[26] 見長崎歷史文化博物館藏本《長短拾話唐話》，頁6-7。又有關本段引文校正，請參考本書「附錄4-C4」。

[27] 參見大槻幹郎、加藤正俊、林雪光編：《黃檗文化人名辞典》（京都：株式會社思文閣出版，1988），頁213；山本紀綱撰：《長崎唐人屋敷》（東京：謙光社，1983），頁158。

[28] 見長崎歷史文化博物館藏本《長短拾話唐話》，頁53-55。又有關本段引文校正，請參考本書「附錄4-C17」。

　　大鵬和尚與同鄉溝通使用閩南話，而旭如和尚聽不懂的是日本話，對家鄉的杭州話或南京話應當沒有溝通上的困難。這些事實說明何以除了佛門師承之外，還需要在「同鄉」同方言區做考慮，聘請得道的高僧來擔任海外住持的工作。

　　在江、浙人聚集的興福寺（俗稱南京寺）擔任住持的旭如和尚，原籍浙江杭州府錢塘縣人士，或許與長崎當地唐人語言有溝通困難，把原來慈悲的好心腸，一下變作蛇肚腸。推究它的原因，只因為聽不懂唐人說的日本話，看見人家發惱，誤以為是在罵他；看見人家笑起來，誤以為是在嘲笑他。

　　有一些明朝末年移居長崎的唐人，經歷幾代傳承之後，為了生活需要在當地出生的子女，成人之後可能已經不會說自己家鄉的唐山話，除非是通事家的繼承者，還有機會學習唐話，其餘多數的後代，平日只能用日本話做溝通。因此像上面所述旭如和尚的遭遇，真是有苦難言。千里迢迢來到長崎擔任興福寺的住持，本來就是要為在住的唐人解決一些生活上的困擾，如今自己因語言的隔閡，讓他們很想回鄉：

> 原來言語不通，十分不便，所以唐僧到長崎來，做三寺的住持，身邊跟隨的人，話說得不明不白，要長要短，吩咐徒弟們做什広事情，唐僧說得話聽不出，陰錯陽差，做得顛倒了，只當隔靴搔痒一般，搔不著痒處，好幾遭落空了，及至弄手勢把他看，方纔搔着了，豈不是厭煩。
> 因為唐僧是亇〻想要囬唐，沒有一亇不思鄉。原來唐僧家是食祿有方，到處都是自己的故鄉了，況且通得佛經，看破世態炎涼，曉得一死一活的道理，比在家人自然清高一分，難道同凡夫肉眼一般，只管貪生怕死不成，因為言語不通，心腸裡頭，有什麼酸甜苦棘的事情，也講不得出口，弄得滿肚子昏悶了，沒處出気，因此上只管思鄉了。[29]

　　當時從唐山聘來的唐僧住持，通常都是學養豐富而且悲天憫人的出家人，

---

[29] 見長崎歷史文化博物館藏本《長短拾話唐話》，頁52-53。又有關本段引文校正，請參考本書「附錄4-C16」。

只是從唐山來的時節未曾學過日本話，來到長崎之後，克服了種種障礙，唯一就是語言無法暢所欲言。因為長崎唐人雖然是唐山人的後代，可是年代久遠，幾代以後只會說日本話，自己的母語福建話或南京話可能一句也不會說。從唐山來的住持言語有了阻礙，心裡的話又無法講得出口，免不了弄得一肚子悶氣，最後不得不思念起家鄉了：

的確出家的住持，是食祿有方、能看破世態炎涼，處處都是渡化他人的好去處，只是身處長崎異地，言語溝通困難，生活與工作也就形成一些阻力，經過幾十年的歲月，「思鄉」變成一種「重生」了。

學做通事，第一等重要的事情就是學說唐話，若唐話講得不靈光，面對唐船來的唐人就無法充分溝通，其餘大小事情就難處理妥善了。在唐通事學習各地唐話各種腔口，《唐通事心得》、《長短拾話唐話》都有這樣的共同認識：學會福州話的人，舌頭較靈活，不論什麼話都會，官話或漳州話都講得來。如果先學了官話，要講漳州話，因為口裡軟趴趴，說起話來不像下南人的口氣。假設先學了漳州話，想說官話時，舌頭硬板板，咬釘嚼鐵，像個蒙古人說話一樣不中聽。唐人天生如此，連日本人也是這樣。

若是江、浙的下江人，遇著閩、粵的下南人，或者見了福建人講官話，自然相通，原來官話是通天下中華十三省都可通。童生秀才、北京朝廷裡的文武百官都講官話，所以曉得官話，到什麼地方去，再沒有不通的。但是各處各有鄉談土語，蘇州是蘇州的土語，杭州是杭州的鄉談，彼此無法溝通，只好面面相觀，耳聾一般的了。雖然唐通事只要通一種唐話就可以，但是若能通漳州、泉州、福州、南京等各種腔調，加上對官話也能朗朗上口，在處理各種通事的事務時，就能得心應手。

語言是唐通事執行職務的本錢，學會唐山各種語言是擔任唐通事最基本的本領。以上舉旭如和尚因為語言障礙的困擾，勸誡學習唐話的子弟需要加倍努力學習，才是最根本的事。

（二）伯珣和尚

《譯家必備》記載一位從唐山來的船主，告訴接待並管理他們的林姓唐通

事，何以現在才從唐館出來的緣由，實在是來長崎路上，在洋中遭遇風難，那時曾許下心願，多謝菩薩庇佑，人船才能平安登陸。所以今天從唐館出來燒香酬謝菩薩。此外只因進港以後事情繁多，忙了幾箇月，今日纔得出來。[30]做完禮懺與放焰口之後，船主再懇求林姓通事，在他們回到門禁森嚴的唐館之前，順道去探望已退隱的崇福寺第七代住持伯珣照漢老和尚：

> 「我再要拜懇老爹，囬路到竹林院去，要見見伯珣和尚，大家好許多時不見他，要去看他一看。」「看也使得的，你們早去早来，若是担擱了，恐怕頭目不喜歡。」「這箇自然，不必老爹吩咐，不過一歇的工夫了。」[31]

伯珣和尚於1724年4月初一日就任崇福寺第七代住持，1750年9月在竹林院暫時退休，直到1763年離開長崎前往京都，1765年2月9日就任黃檗山萬福寺第20代住持。[32]由此可見上述《譯家必備》引文，船主帶領一群唐人船員去探望伯珣老和尚的時間，應當是在1763年之前，當時老和尚大約5、60歲左右，由此可以想見伯珣和尚受到暫住長崎唐人的愛戴情況。

（三）某位住持和尚

除唐三寺之外，還有依附在唐三寺的寺院，雖然名氣不如唐三寺，卻也香火鼎盛，看《瓊浦佳話》的記載說：

> 原来長崎雖有許多寺院，唯独皓臺寺、大音寺、光永寺、大光寺、本蓮寺，這几个寺塲，香火累世相傳，房廊屋舍，数十多间，錢糧廣盛，衣

---

30 見《譯家必備》，《唐話辭書類集》（長澤規矩也編，東京：汲古書院，1977），第20集，頁174。

31 見《譯家必備》，《唐話辭書類集》（長澤規矩也編，東京：汲古書院，1977），第20集，頁175-176。又有關本段引文校正，請參考本書「附錄4-D9」。

32 參見大槻幹郎、加藤正俊、林雪光編：《黃檗文化人名辭典》（京都：株式會社思文閣出版，1988），頁308。

食豐富，是个有名的古剎，其餘的小寺，只靠著過往客人，募化些衣飯
受用，若是十分淡泊，接不得香火的，那住寺自家出來叫街托缽，也有
私下破了戒，做出不正經的勾當來，帶累得佛面無光，山门失色，這都
是敗门辱戶的賊禿驢。[33]

為了小寺小廟的生存，住持不得已出門托缽也是不的已的事。最要不得的是為
了生存，做出傷天害理的勾當，不守佛門清規、敗門辱戶的和尚，在唐話教材
中也有一些記載。[34]

　　唐人羈旅海外，在別人土地上為了討生活過日子，本來就比在家鄉辛苦許
多，不如意的遭遇有時無處訴說，因此開暇時信佛參道變成一種精神寄託。唐
寺的住持多數都來自唐山，例如崇福寺第二代的百拙法師到第七代的伯珣法
師，他們幾乎都來自講福州話地區。擔任住持除了平日主持寺務，最重要的是
充任唐人的精神依靠，開釋人生各種疑難。

　　有一個信佛虔誠，能唸普門經、法華經、金剛經的朋友，他見到一位舊識
的老僧住持，這位老和尚平日勤儉過日子，穿著已經破舊不堪，見面與他作揖
時連衣服都會扯破的尷尬模樣：

昨晚有一个朋友，到我家裏來講談，恰好我也閒空在家、因為甾他坐
了，一夜講閒話。他那個朋友做人忠厚，況且十分信佛，燒好香、吃苦
茶過日子。天會念經，普門品、法華経、金剛經，不拘什麼経都念得
來。替和尚一樣的，他每日早起，到寺裡燒香，穿了衣裳將要出門的時
節，只見一个老僧來托缽，這个老僧年紀將近六、七十歲，看他的模
樣，十分貧[35]窮，身上穿了一件腌々臢々希破[36]的旧衣裳，外面穿了一

[33] 見早稻田大學藏本《瓊浦佳話》，頁156-157。又有關本段引文校正，請參考本書「附錄4-A9」。

[34] 請參考下一節「六、羈旅長崎的唐人庶民生活、4.和尚不守清規，破色戒又開殺戒」有關和尚通姦寡婦一段的討論。

[35] 「貧」字長崎歷史文化博物館藏本此字誤作「貪」，已在字旁改作「貧」字。

[36] 「希破」應作「稀破」，即極破、破破爛爛之意。見白維國：《白話小說語言詞典》（北京：商務印書館，2011），頁1650。

件旧道袍，這个道袍也希破，逐縷縷開了在那裡。

那个老僧原是曉得，這个朋友要替他作椁，爭奈那袖子都是只有半截，左扯也蓋不未手，右扯也遮不着膀，只得抄着手，口裏說道：「居士今日為什厷寺裡去得□[37]了，莫非是失曉了厷？貧僧今早出未托缽，所以失迎了。吩咐沙彌泡一壺好茶，等居士隨喜，快些去吃茶罷。」[38]

　　老和尚確實是刻苦修行，從他的穿著可以看出多麼辛苦過日子。從家鄉禮聘而來的住持，個個都德高修養好，並且能體恤久居他鄉的唐人，正如前面引述的大鵬和尚或旭如和尚一樣。

　　《長短拾話唐話》中對這個住持的描述很特殊，[39]平日裡將檀越布施的好衣裳，通通周濟給貧苦人家過活，自己身上卻穿得骯髒稀破；雖然主持的佛寺可以維持生活，卻仍依照佛陀制定的規矩，每月六次出外托缽化緣，作為自己修行的實踐：

　　　原未這个和尚是有一个寺裏住持，他住的寺裏，香火興旺，有許多檀越，
　　　時常送柴送米，只管供養，所以不消買米糧，寺裏雖有幾十个僧眾，都
　　　是溫飽有餘了，沒有托缽，又沒有化緣，也過得去，這是菩薩的光明了。
　　　但是這个和尚，大徹大悟的善知識，曉得過去未未的事情，看破了世
　　　情，看得世態水一樣氷冷不過，徃常不論出門不出門，都穿旧衣，不肯
　　　穿着好衣裳，若是檀越們送件衣服，送些銀子，再沒有蓄在手裏，銀子
　　　是把日用的使費扣下未，剩下的無論多少，都散送了，周濟窮人家，衣
　　　服也是自己穿得不冷不寒，餘下未的都送把人家穿，到方丈[40]裏去看，
　　　沒有什幺家伙，不過一件被褥而已，他規矩一个月六遭出未托缽，不是

---

[37] 長崎歷史文化博物館藏本此字抄寫原文作「日左＋音右」，疑為「暗」或「晚」之誤。

[38] 見長崎歷史文化博物館藏本《長短拾話唐話》，頁45-47。又有關本段引文校正，請參考本書「附錄4-C12」。

[39] 從內容描述看來，這位住持若不是唐三寺住持，至少也是香火鼎盛的寺院住持。

[40] 「方丈」，即佛寺長老、住持的居室，泛指僧舍。見白維國：《白話小說語言詞典》（北京：商務印書館，2011），頁340。

沒得飯吃，這是釋迦佛定下的規矩了。[41]

這樣好品性的老和尚，必然受到許多人的信賴，飯依門下的唐人也不會
少。有時也會被請到家裡來奉茶或講經說道理，可以看到居旅海外唐人心理空
虛，更需要有高僧來渡化：

> 當下看見這个和尚未，連托出未迎接，請他客廳未坐，請他吃早飯，買
> 了幾樣時新好素菜，安排幾碗，十分管待[42]，那个和尚沒有推辭，儘着
> 食量[43]吃飽了，后未乙頭吃茶，一頭把滿家中的內眷們都叫攏未，講経
> 把他們聽，那和尚說道：「貧衲如今勸你們乙句好話：大几做一个人，
> 不論僧家俗家，要戒煩惱，『々一惱，老一老；咲乙咲，少一少』，不要
> 多煩惱」。那時卟他家裏的大兒子，把和尚所托的鉢，劈手搶奪了，一
> 拳打碎了，那个和尚，看見這个光景，沸翻應天[44]，乱說乱罵，大惱起
> 未，那兒子說道：「師父剛纔勸我們不要煩惱，這一句說話，說也還說
> 不完，為什広自己這樣大惱，和尚囬覆說道：「別樣事可以忍耐得，這
> 个鉢是我的性命了，怎広耐得的。」豈不是好笑広。[45]

不過凡事都有相對的一面，唐話《長短拾話唐話》中也記載了住持另一個
面貌，勸人向善頭頭是道，但自己實踐起來確有困難，或許是接近負面的評
述，當然就被隱其名了。

---

[41] 見長崎歷史文化博物館藏本《長短拾話唐話》，頁47-49。又有關本段引文校正，請參考本書「附錄4-C13」。

[42] 「管待」應作「館待」，即如同客館接待之意。見白維國：：《白話小說語言詞典》（北京：商務印書館，2011），頁466。

[43] 「食量」，即飯量之意。見白維國《白話小說語言詞典》（北京：商務印書館，2011），頁1388。

[44] 「應天」，是形容聲音大，天也回應。見白維國：《白話小說語言詞典》（北京：商務印書館，2011），頁1884。

[45] 見長崎歷史文化博物館藏本《長短拾話唐話》，頁49-50。又有關本段引文校正，請參考本書「附錄4-C14」。

修行不是一件簡單的事，等到落實到實踐時，就考驗著個人平時的修持與視野是否開闊。老和尚剛剛才勸人「惱一惱，老一老；咲乙咲，少一少」，不料一個不懂事的孩子不管有意還是無意打破了缽，立刻忘掉自己勸人「發惱容易老，笑笑變年少」的話。從前一段的描述，相信這位老和尚一定是一個修行很好的高僧，只是在面對自己檢驗德行時，有了些微瑕疵。[46]因此《長短拾話唐話》作者才安排主人家的孩子反問和尚，師父勸我們不要發惱，自己卻生起氣來了，最後寫下「豈不是好笑麼」作為評述。

六　羈旅長崎的唐人庶民生活

（一）保持原鄉四時八節的慶典

明朝中葉之後，渡海居留日本者有富商，也有儒士、醫生、技術者。嘉靖年間，倭寇之亂猖獗時，中國商人及沿海無賴、亡命之徒有千人以上居住日本，形成了「唐人町」。而深受日本肥前領主松浦氏信任的中國貿易商人王直，其根據地平戶、五島及對馬等地，也有許多中國人居住。到明朝末年，倭亂平息之後，依舊有許多人留在日本。明朝天啟五年（寬永二年、1625），福建巡撫南居益之題本中云：「聞閩、越、三吳之人住於倭島者，不知幾千百家，與倭婚媾，長子孫，名曰唐市。」由此可見17世紀羈旅日本的唐人，除與貿易有直接關係的船主商人、水手之外，也不乏明末避難而來的藝術家、佛教人士、技術人員等。

既然長崎唐人住民人數眾多，因此他們彼此來往時，自然得學習唐山規矩行事，以便生活上能夠貼近唐山風俗習慣與唐人種種文化，以下《長短拾話唐話》一段話可以證明：

---

[46] 根據許麗芳的研究，和尚因缽破而動怒的情節，見於《太平廣記》卷九十四〈華嚴和尚〉的記載。詳細敘述請參見許文〈唐通事教材對於古典小說與善書之接受：以江戶時期（1603-1867）《鬧裏鬧》、《唐話長短拾話》、《唐通事心得》為中心〉，《中正漢學研究》（嘉義：國立中正大學中文系，2018），總第32期，頁97-99。

我且问你一句話，別嶌也有這个划龍船厷？聽見說別處地方沒有這事，單々本地乙个所在划龍船，為何呢[47]？原來這一椿事情，唐山的故事，不是日本做起的，長崎這几十万戶人家，一半是唐種，光祖都是唐山人。所以不但是這一件故事，還是四時八節的人情裡貌，都学唐山的規矩。[48]

由於住在長崎的唐人或唐山人後代數量可觀，因此四時八節的生活行事，自然就保存原鄉各種規矩。上面所舉划龍船這一件故事，《長短拾話唐話》描述當時的盛況說：

再過几天，端午的大節日，這兩年划龍船，不比得前年，十分斉整。船頭船尾，都搽了紅朱，又做了各樣奇禽怪獸，放在船當中，各船上堅一條紅紗做的旗竿。各人穿了花麗衣服，也有粧做女人家的打扮的；也有披掛了假盔甲，手裡輪長刀，粧做武夫的模樣，也有的搽黑了臉，搽紅了頭髮，蓬頭乱髮；一隻手拿一个烟筒，一隻手拿一个酒瓶，孛做紅毛總哺的模樣。各船賣弄奢華，懸紅結綵，做長做短，粧点了划龍船。憑你費了多少艮子也不惜費，着实斉整得緊。[49]

這般熱鬧的氣氛，點綴出雖然離鄉背井，仍然不忘原鄉生活的習俗。換一句話說，正因群體寄居海外他鄉，特別懷念故鄉的四時八節慶典，因此利用機會大肆鋪張一陣，實在是人之常情，無可厚非。

---

[47] 此處長崎歷史文化博物館藏本原作「□何吃」三字，今據縣立長崎圖書館藏渡辺文庫本改作「為何呢」三字。

[48] 見長崎歷史文化博物館藏本《長短拾話唐話》，頁25。又有關本段引文校正，請參考本書「附錄4-C8」。

[49] 見長崎歷史文化博物館藏本《長短拾話唐話》，頁25。又有關本段引文校正，請參考本書「附錄4-C8」。

（二）前往水觀音寺燒香，一路見到唐人模樣百態

以下描述的唐人樣態，有可能是節慶時節，來往水觀音寺路上的情景。從文字的內容看，可能是一群飄洋過海的底層子民開暇時候的重要消遣。有男女老少出來踏青頑耍的，有吃烟閒步看人潮的，有吃得大醉的破落戶跌跌撞撞的，有在桃樹下彈絃、唱曲、猜拳的，有帶著家人野餐的，也有私闖別人花園偷摘花，被人追趕的，呈現一片唐人社會特有的熱鬧氣氛：

> 這兩日天□[50]和暖，況且花開的茂盛，乙到鄉下山明水秀，桃花血一樣紅，李花雪一樣白，花々碌々十分好看。
>
> 昨日我到水觀音去燒香，回来的時節，乙路上遇着的都是頑要的人，男〻女〻、大々小〻，絡續不斷，擠也擠不開。也有兩个人不帶什広東西，單帶一个個烟筒，一頭走一頭吃烟，走一步挨一步，携手同行的。也有幾个破落戶，酒吃淂大醉，醉眼朦朧，勾了肩、搭了背，你攙我扶，跌〻滾々，大踏步而走的。也有桃樹底下，舖了氈條，猜三豁奉、彈絃子、唱曲児。也有瞎子的，也有害婆的，也有一个人不同什麼朋友，滯三、四个小児女，自己親手帶食僎，左手拿乙壺酒，右手拿一尾黃山魚，同児女嘻々哈々走去的。豁拳的是豁拳、唱曲的是唱曲，吃的吃、走的走、笑的笑、吅的吅。也有兩个人，把一朵花扯来扯去的。也有悄〻地到人家花園裡偷花，被主人撞見了，吃了一驚，三腳兩步逃走的。[51]

作為唐通事中級教本的《長短拾話唐話》，下面一段描述唐人路上撞見吵架相當傳神，這種場景在本國社會司空見慣，但是在海外唐人社會也能如此具

---

50 長崎歷史文化博物館藏本此字作「去掉辶偏旁的迤字」，後人在抄本天頭改作「色」字。「天色」根據白維國編，《白話小說語言詞典》（北京：商務印書館，2011），頁1516，指「氣溫」的意思，《水滸傳‧二十九回》有「此時已有午牌時分，天色正熱。」的例子。

51 見長崎歷史文化博物館藏本《長短拾話唐話》，頁2-4。又有關本段引文校正，請參考本書「附錄4-C2」。

體的翻版，可能與唐人人數在長崎眾多，加上唐人社會呈現的文化特質有關係：

> 也有幾个酒鬼撒酒風，相罵起來，你一頓我一頓，打來打去的；或者打傷了手腳，睡倒在地上的；或者被人打淂頭破出血，抱著頭叫疼的；也有被人打淂暈倒了，過一回甦醒轉來，抬頭一看，不見的対頭，沒奈何只淂整一整衣裳，蓬頭乱髮，抹了一臉的血，氣憤々回家去的；也有兩分力氣的，把人打壞了，毫厘也不曾傷損自己，一頭回去，一頭滿口講大話，說道我若有寸鉄在手上，你這樣桃糞蠢漢，斬得粉碎的哩！下遭再來得罪我的時節，一个ゝゝ毛都揰光了，腿都打折了。也有爛醉的，東也去冲撞人，西也厺冲撞人，攔住了路頭，遇着人家賣好漢，要人厮打。人家看見酒醉的，到也不理他，躲開去了，他獨自一个在空地裡跳起來，揎了拳、擄了袖，正真好关々々。[52]

或許時值節慶假日，一般羈旅異邦的唐人頓時心情放鬆下來，藉著酒意免不了三言兩語就起了衝突，打打鬧鬧雖然無傷大雅，卻是這批人難得發洩的機會。

（三）媽祖娘娘聖誕，重現唐三寺繁榮景況

根據山本紀綱撰述《長崎唐人屋敷》對「媽祖勝會（菩薩祭）──唐船の千灯籠」一段的記載，每年3月、7月、9月的23日，都有盛大的媽祖降生會舉行，從1691年（元祿四年）3月開始，輪流由唐三寺執行。唐寺都會在22日準備乾菜、大胡麻餅、素麵等供物，以及整飾的鮮花供奉於媽祖壇前，到了第二天在壇前燒香、誦經，吹奏禮樂金鼓齊鳴，並且準備酒席招待從唐館出來的唐人，到了夜晚不但唐寺山門點亮各式各樣的燈籠，連停泊港中的唐船都裝飾成

---

[52] 見長崎歷史文化博物館藏本《長短拾話唐話》，頁4-6。又有關本段引文校正，請參考本書「附錄4-C3」。

「千灯籠」，相當壯觀。[53]

輪值由福州人的崇福寺主辦媽祖娘娘的聖誕，附近的唐人家他們一點也不敢怠慢，只是花費不貲，不是一般普通人家所能負擔：

> 今日媽姐娘々的聖誕，本月是崇福寺做的，大凡這個个會，三寺輪流做的。這幾年不比淨當初，破費大淨緊，件々都貴，如今做乙兩斤玉粲，就要破費十来兩銀子。你看那个媽姬殿中，擺也擺不起，你說多少銀兩，可以齊偹淨這許多菓品。照我這樣小戶人家，倒了一年過活的灶，也還不能勾買偹萬分之一。[54]

因為是年度唐人的大活動，同鄉熟人藉此機會見面吃喝、談話敘舊，乃是人之常情，雖然彼此遷居海外異邦，這項酬酢的風俗仍不能免。特別是今日準備了5、60桌的流水席，宴請的客人除地方官職唐通事外，也邀請了當年唐船財副或走差等人。最特別的是從唐館被核准出來唐人，這種機會對他們來說相當難得，因此用心籌辦豐盛餐飲，那是應當的：

> 還有一件大破費，這乙日客人多，唐人通事家，或者當年、公館的財副、走差，姓張、姓李，大家都去燒番，差不多收拾五、六十個卓子，唐人是難淨出来，所以怠慢不淨。收拾十碗菜蔬，奇品佳肴，豐富淨緊。吹瑣吶的五、六个人，清早到寺裡来，敲鑼鼓吹瑣吶，乙日吹々打々，鬧熱不過。正是叫做鑼皷喧天，笙簫振地，只管是賞燈莭的一般，好不鬧熱。[55]

距今300年前的「媽祖娘娘聖誕」慶典，雖然輪值由福州人的崇福寺主

---

53 參見山本紀綱撰：《長崎唐人屋敷》（東京：謙光社，1983），頁291-293。

54 見長崎歷史文化博物館藏本《長短拾話唐話》，頁7-8。又有關本段引文校正，請參考本書「附錄4-C5」。

55 見長崎歷史文化博物館藏本《長短拾話唐話》，頁8-9。又有關本段引文校正，請參考本書「附錄4-C5」。

持，卻是整個長崎唐人社會的一件大事，借用這個唐人節慶的舉辦，讓海外唐人能在共同文化的渲染中，又一次共度唐人節日的歡愉。雖然銀兩花費可能不小，但是凝聚唐人共識，從集體的歡樂氛圍中，忘卻許多平日積累的不平、不滿與不愉快，才是他們的共同目的。

（四）和尚不守清規，破色戒又開殺戒

佛教出家人必須守五戒，「姦淫」與「殺生」是罪孽最重的其中兩戒。以下講的故事，是說一個不守戒律的和尚與寡婦私通，姦情被識破後，又將寡婦的兒子殺害的經過。在當時民風純樸的長崎，這是天地難容的社會大事。寡婦兒子痛恨的是出家人做出這等鮮廉寡恥的姦淫之事，不但不畏懼街坊鄰居指指點點，還公然登門勾搭，敗壞門風被人恥笑：

> 有一條街上，有一个寡婦，替和尚私通，起初是人家不曉得。原未做好人，眼前雖然失了些便宜，到后未天可憐見，訂个大便宜；做不好人，眼下縱或討些便宜，后來天理照彰，到失了便宜。譬如做了醜事，東遮西護，怎広樣要掩飾，也掩飾不未，這是天理照彰的所在，因為常言說的好，「有麝自然香，不必當風立」。
>
> 這个寡婦通姦的事情，不知那个透風，滿街上的人都曉得，沒有一个說他好，一人傳兩、兩人傳三，只管傳開未，不知不覺，吹到兒子耳朵裏。兒子曉得十分怕羞，心裏想說到，我的娘々做了這樣歹事，壞了門風，被人恥笑，若是在家人，還好看些，偏生替出家人私通，醜上加醜，人々都取笑說頑要，我向後有什広臉面出門去走々。
>
> 那一日，兒子正在家裡替母親發惱的時節，只見那和尚走進未望望，那兒子看見，一口気跑將過去一把揪住，不由分說，把拳頭乱打，打得鮮血迸流。後未兩隻手，把和尚提將起未，望門外只乙丟，那和尚昏倒在地上，半日爬不起未，那兒子口裡乱罵說道，你這个賊禿驢，今日我看菩薩面上，饒恕你的性命，下遭再未我家裡，一拳打死你。那時節左右

間譬人家，都未勸解，方纔撒開未。[56]

姦淫的和尚被逼急了，狗急跳牆，一不做二不休，倩人將寡婦兒子把酒灌醉，殺害棄屍。孽障造得太深，下地獄讓閻羅王發落受苦永不超生：

> 過了几天，那和尚替母親私下商量，送三十両銀子，托幾个破落戶，哄騙兒子，到一个僻靜的所在去，把酒灌醉了他，結果了性命，可憐々々。原末殺生，是菩薩定下的五戒之一，殺一个小鳥兒，罪孽也大，何況殺人，這个非同小可。這樣兇惡的和尚，天下再也沒有弟二个，一則姦淫破戒，二則人命重情。這樣造下大孽障的和尚，閻羅王怎広放浔他過，自然落[57]在地獄世界受苦。[58]

這個社會事件，在當時有可能是真實發生的事件，特別是出自佛門羞恥的不幸事件，一方面作為閱讀學習唐話的活生生教材，另一方面可以警示社會人心，佛門有佛門的清規戒律，凡人有凡人的道德尺度，人人必須遵守不能逾越。只是作者只有責備違犯清規的和尚，對不守婦道的寡婦竟無一詞責難，不知是什麼道德標準？值得深思。

七 結語

長崎唐三寺的住持，有幾位對日本的文化、宗教相當有影響力，像明朝末年渡海到長崎的隱元隆琦，後來在京都宇治創建黃檗山萬福寺，成為日本禪宗的一個重要支派；興福寺默子如定擅長建築藝術，在長崎中島川修築了石拱式的眼鏡橋；崇福寺千呆性侒於1681年長崎大饑荒時期，鑄造了一口施粥巨鍋，

---

[56] 見長崎歷史文化博物館藏本《長短拾話唐話》，頁14-16。又有關本段引文校正，請參考本書「附錄4-C6」。

[57] 「落」字長崎歷史文化博物館藏本此字不清楚，在字的右旁記有「落」字。

[58] 見長崎歷史文化博物館藏本《長短拾話唐話》，頁16-17。又有關本段引文校正，請參考本書「附錄4-C7」。

可以同時供應3,000人的飢民。這些影響日本或長崎社會的重大事蹟,都未在唐話教材中出現,可能他們擔任住持時間較早,都在17世紀中末期,因此未在唐話教材中出現。

由此看來上文所述的大鵬、旭如或伯珣等住持,他們在長崎主要的活動時間都在18世紀前半,距離唐三寺開創已經歷了一個世紀以上。如果不是唐話教材的記載,後人可能很難理解這些遠渡重洋的高僧,他們在海外主持寺院,因為語言隔閡衍生艱苦的工作環境,以及與當地唐人互動的種種點滴,其背後實在有許多不為人知的辛酸。

——本文由①〈長崎唐話教本及其反映的唐人庶民生活——以唐人與唐三寺互動為對象〉,《海洋歷史與海洋文化》(原載國立中山大學人文社會科學研究中心,2010年),頁19-42;②〈試論唐三寺住持與長崎唐人的互動〉,《東亞漢學研究》(原載長崎大學東亞漢學研究學會,2014年12月),特別號:頁284-296。合併兩文內容改寫而成。

長崎唐話中對伊東走私事件
敘述差異的探討

本文以唐話教材《瓊浦佳話》、《唐通事心得》、《長短拾話唐話》三書為對象，針對其中「伊東走私事件」的敘述做比較。各書記載該事件，主要用意在當作唐通事養成的教材，但是各書對「內容描述」與「事件評論」兩部分，互有差異，在《唐通事心得》、《長短拾話唐話》中對整個事件記載不過千餘字，而評論字數竟然多達八成以上，經過本文探討，有可能與德川吉宗推廣《六諭衍義大意》的影響有關。

一　前言

江戶時代在17世紀中葉以後，長崎港是全日本唯一對外的交通孔道，當時只有來自中國的唐船與歐洲荷蘭的阿蘭陀船才被准許入港，進行單向貿易。這種嚴厲管制，與江戶幕府防堵西方基督教與天主教傳入有很大關係。此外，德川幕府雖然將對外貿易設下重重限制，但是對當時明朝與歐洲的興情事務，卻相當渴望瞭解，因此積極進行蒐集與研判。此外對唐船與阿蘭陀船入港貿易，為了維護幕府獨占利益，對於走私貿易行徑，取締得特別嚴苛。

長崎人靠水吃水，如果沒有唐船來航貿易，他們幾乎注定沒有生路可尋。因此不論唐船入港數量多寡，可能帶來利益有多少，有些人嘗試風險成分極高的「走私」勾當，這項為了生存的非法謀生方式，在長崎永遠無法杜絕。唐話教材中就記載了一個走私兵器到朝鮮的案例，藉以作為未來擔任唐通事者的學

習活教材。此項「伊東走私事件」的記載，見於篇幅稍長的三本唐話教材，即《瓊浦佳話》、《長短拾話唐話》及《唐通事心得》。該三書屬於中級程度唐話學習教材，與給年幼學習者所編如《小孩兒》、《鬧裏鬧》等書有很大差異。因為初學唐話，對語言、文化甚至實務的唐船貿易等事務瞭解有限，毋須太早編入教材學習。

二　伊東小左衛門其人

有關伊東走私事件的主角，三本唐話教材稱為「伊東」或「伊東小左衛門」，不過根據滿井錄郎等編《新長崎年表》及森永種夫編《犯科帳：長崎奉行所判決記錄》的記載，伊東小左衛門原名叫作「伊藤小左衛門」。[1]前述三本唐話教材對主角的姓氏，共同都稱為「伊東」，大約是隱匿其真姓名的用意。不過日語的發音，「伊藤」與「伊東」都讀「Itoo」，此種處理，可能是編寫教材的唐通事們對當時有影響力人士的隱諱方法吧。

伊藤小左衛門原來從福岡的博多發跡，與博多豪商大賀宗伯兩人，同為當時福岡藩主黑田氏的御用商人。福岡第二代藩主黑田忠之，當時擔任全日本唯一對外開放的長崎港警備役，或許有此機緣，伊藤小左衛門得以轉向長崎發展，官商集結的勢力發展迅速，不多久即在長崎浦五島町、船津町、水浦等繁華地區構築宅邸與別莊，據說房舍的天井已經使用玻璃裝飾，屋內築有水槽養金魚作觀賞，一般人對當時的奢侈設備是很難想像的。

寬文2-6年（1662-1666），伊藤小左衛門與對馬地區的小茂田勘左衛門、扇角右衛門等人共謀出資，5年之間共7次買備兵器，前往朝鮮走私販賣。事發被捕，株連長崎濱町淺見七左衛門、新大工町油屋彥右衛門等百餘人。寬文7年（1667），伊藤小左衛門以及兩名共謀，在長崎西坂被綁於木架上處以慘烈的

---

[1] 見滿井錄郎等編：《新長崎年表》（長崎：株式會社長崎文獻社，1974年），頁254；又轉引自木津祐子：〈唐通事の官話容受──もう一つの訓読〉，《續訓讀論》（東京：勉誠出版株式會社，2010年），頁279-280，引述森永種夫編：《犯科帳：長崎奉行所判決記錄》第一卷（東京：犯科帳刊行會，1958）引文。

磔刑，兩個子嗣也同時被捕斬首示眾。事件之後51年的享保3年（1718）間，劇作家近松門左衛門以伊藤為主角，編成淨琉璃戲曲「博多小女郎浪枕」於大阪首度公演，後人因此稱伊藤小左衛門為「悲劇的豪商」[2]，可謂相當傳神。

三　三本書對伊東事件內容描述的差異

　　唐話材料中記載伊東走私事件敘述詳略不一，擬話本小說體《瓊浦佳話》文字最長約4千多字，散文體彙集成書的《唐通事心得》與《長短拾話唐話》，都收了約1,100餘字的內容。《瓊浦佳話》全書四卷，從長崎開埠依據時間發展一路寫下來，伊東事件正好收在卷一最後兩個段落；《長短拾話唐話》不分卷，全書有文字長短不等的31個段落，伊東事件被編在第19段；《唐通事心得》全書約分成8個段落，伊東事件置於第4段。

　　有關伊東走私事件的記載，前述三本書都可分為「內容描述」與「事件評論」兩部分。以內容描述來看，《唐通事心得》與《長短拾話唐話》兩書記載都相當簡單，夾雜著當時有三個人也到朝鮮販賣兵器，後來被告官捉拿治罪的事件敘述，對伊東僅寥寥數語提及事件，然後有長篇做評論，評論部分留待下面專節討論，事件的內容描述《長短拾話唐話》這樣說：

> 　　聞得說六十年前，長崎有一个大財主，往叫做伊東。原來做私貨是這個財主纔起頭，他也帶了軍器，到朝鮮買貨，後來有人首告，露出馬腳來，被王家問罪了。唐船上做私貨，是年〻都有，朝鮮去做私貨的，是除了伊東，單々這一遭的三个夥計了……他那伊東到朝鮮去，不是一遭兩遭，一連去了十三遭，方纔露出來。單々走一待，也撰錢不少，何況十三待，老大掘藏[3]了。[4]

2　以上內容參見フリー百科事典「ウィキペディア（Wikipedia）」（2013/08/24　02:51 UTC版）、www.geocities.jp/voc1641/inasa/014itoukozaemon.htm，以及滿井錄郎等編：《新長崎年表》，頁254等資料。
3　「掘藏」一詞，根據許寶華編：《漢語方言大詞典》（北京：中華書局，1999）的解釋：「動

《唐通事心得》也有類似內容的記載：

> 聞得說幾十年前，長崎有乙個大財主，姓叫做伊東。原來做私貨是這個
> 財主纏起頭，他也帶了軍器，到朝鮮去買貨，後來有人首告，露出馬腳
> 來，被王家問罪了。當初是紅毛船、唐船，做私貨年年有的。朝鮮去做
> 私貨的，除了伊東單々這乙遭的三個夥計了。……他那伊東到朝鮮去，
> 不只乙遭兩遭，乙連去了十三遭，到了第十三遭，方纔露出來。單[5]々
> 走一待，也撰錢不少，何況十三遭，老大掘藏了。[6]

兩書的內容敘述差不多，只有幾點有出入，《長短拾話唐話》說「聞得說六十
年前」，《唐通事心得》卻說「聞得說幾十年前」，這是記載時間的差異；《長短
拾話唐話》說「唐船上做私貨是年年都有」，《唐通事心得》說「當初是紅毛
船、唐船，做私貨年年有的」，後者也觸及阿蘭陀紅毛船（指荷蘭船）的走私
說明。兩書可能有某種寫作承襲關係，因與主題無關，在此不多論。但兩書都
說伊東到朝鮮走私，「一連去了十三遭」，這一點與歷史記載有所不同。

　　至於擬話本小說體的《瓊浦佳話》，敘述就完全不同，它像說故事一樣，
一五一十把伊東的事件本末及許多細節，都做了詳細的交代，讓讀者有身歷其
境的感受，這是擬話本小說寫作的本質，無可厚非。

　　書中的大意說，伊東家財萬貫，所謂「烏鴉飛不過的田地，盜賊扛不動的
金銀山。」物以類聚，伊東有四個臭味相投的朋友，時常聚在一起無聊度日。
有一天五個人談論如何幹一番大事業，其中一人提起昨夜睡覺，夢裡見一個老
人攛掇他買了許多軍器，鎗、刀、盔甲等樣，裝滿一隻船，到朝鮮地方去做買

　　詞，比喻有很多錢財收獲。吳語。」見第四卷，頁5391；李榮編：《現代漢語方言大詞典》
　　（南京：江蘇教育出版社，2002）則解釋：「獲得意外之財。」見頁3594。

4　見長崎歷史文化博物館藏本《長短拾話唐話》，頁39-41。又有關本段引文校正，請參考本書
　　「附錄4-C9」。

5　縣立長崎圖書館渡辺文庫藏本《唐通事心得》「單」字「田」偏旁作「日」。

6　見縣立長崎圖書館渡辺文庫本《唐通事心得》，頁18-20。又有關本段引文校正，請參考本書
　　「附錄4-B2」。

賣，結果發了大財。其他三人聽了，也想依照夢境實現願望。只有伊東反對，認為莫若守本分，行善果為高，多種幾個福田，便生出大富貴來。

但是做發財夢的四個朋友，無論如何規勸都聽不進，硬拉伊東非參加不可，除非與四個人拚命，否則休想脫身。伊東既受四個友人脅迫，不得已歃血為盟，結為生死之交，伊東個人即出資三、四萬兩銀子，集資籌畫買備兵器。並以二、三千兩銀子僱用船家。這五個人神謀鬼算，買了許多醬油桶、酒桶，把盔甲、刀、箭放在裡面，又把長刀、鎗、弓等樣，乘着黑夜悄悄裝在船艙中，只告訴人說出外做買賣。

船隻從長崎出發，伊東有一夜在船上做了一個凶夢，他家有一個祖上傳下的古鏡，不意在夢中被人打得粉碎，及至醒來，抬頭一看，半空中許多烏鴉漸漸地飛下來，把船團團圍在當中，亂叫亂啼，過了半晌，方纔飛散了。伊東心下曉得兆頭不妙，滿肚子懷著鬼胎，一路上放心不下。正在此時，他家裡也有一件奇事發生，忽一日不知不覺，醬油、酒、醬等件都酸掉了，一點也無法入口，真所謂「家欲敗，酒成醋；家欲破，屋成路」的模樣。

紙包不住火，長崎王家聽見伊東等人的勾當，大怒道：「原來只怕天主教蠱惑民心，因此處處留心查問，沒想到竟有如此可惡的壞勾當。」原來私下買賣兵器，在日本是大犯禁的事。等待伊東五人一返回長崎港，即刻派出長刀手捉拿，綑綁解到王府來問罪，使用夾棍、鐵鍊考打，審問情弊，嚇得五個人不敢不從實招來。當下王家議論，把五個人判定了死罪，牽在死囚的牢獄裡，過幾日處死示眾，又把船家長、水手等人，也一體問成死罪，更兼把五家的妻子們，流放充軍千里之遙，以示懲戒。

不過長崎人民看見伊東起了頭，曉得私下鑽這一條門路，也許可以賺錢暴富起來，也有幾個人事機不密被人出首，露出馬腳，弄得長崎滿城風雨，我是你非，幕府將軍聽見如此作怪，即忙下一道旨意，吩咐長崎王家新造一個唐館，把唐人圈住在裡頭，不許出外，以免再生其他事端來。

從內容描述的角度來看，擬話本小說體的《瓊浦佳話》，使用3,500多字相當長的篇幅，以精彩的說故事表現方式借以吸引讀者。相較之下，以散文體彙集成書的《唐通事心得》與《長短拾話唐話》，就顯得單純簡約。若與歷史記

載做比較，可以看到《瓊浦佳話》許多精彩的情節描述，有可能是作者生花妙筆的創作而已。

四 三本書對伊東事件評論的差異

上面引述對伊東事件內容的描述，《唐通事心得》與《長短拾話唐話》兩書都記載得相當簡單，都僅有1百多字2百字不到。可是對伊東的「事件評論」，《唐通事心得》與《長短拾話唐話》都超過800字以上，幾乎是伊東事件全部記載的三分之二，這樣的寫作方式很奇特，值得仔細推敲。

再看擬話本小說體的《瓊浦佳話》，就沒有類似的評論，一來他是以講故事為主的寫作，如果有太多評論的內容，將與全體行文不太相襯。其次，就是有評論也只能引述性的說一說，作為「入話」的引子，例如：

> 俗語說：「有錢使淂鬼走。」這个是然之理了，你看這樣乙个大財主，還有什広不足，做那不正經的芶当広？看管有所不知，古人說道：「唐王去求仙，彭祖祝壽長，嫦娥嫌貌醜，石崇謙無田。」大九人心不足，有了乙千両銀子，便想再加二千両，真个淂一望十，淂十望百，只管思量推積上去，所以惹出是非未。閑話休題，那財主有四个朋友……。[7]

短短百餘字類似的評論說完之後，才接著敘述伊東事件的內容。因此它與《唐通事心得》與《長短拾話唐話》，評論字數超越內容敘述的寫作方式，絕對有所不同。

《唐通事心得》與《長短拾話唐話》超過800字的事件評論，兩書的內容幾乎差不多，僅有少數不妨礙詞義的文字差異，以下舉《長短拾話唐話》的記載為例說明：

7　見早稻田大學圖書館藏本《瓊浦佳話》，頁35。又有關本段引文校正，請參考本書「附錄4-A5」。

論起伊東的家事來，長崎籌得弟一个大財主人，家裏銀子推放不起，說未坑厠上都是銀子的。這樣豪富，有什広不意像意，[8]又貪財，做那樣欺公犯法的勾當。這也罷了，一遭去撰錢，就因該歇了，為什広只管累次去，不曉得收拾，若是走了四、五遭就歇了，再沒有人得知，自然好々過日子，那裡死在刀鎗之下，這都是自家惹出未的，怪不淂人家了。

雖然如此，也有一說，古人說道：「唐王去求仙，彭祖祝壽長，嫦娥嫌貌醜，石崇謙無田。」這四句是說，人家貪心不足的意思，你也讀過書的，不消我解說，自然明白。頭一句的意思是，一个皇帝也有指望的念頭，譬如滿天下裡頭，除了萬歲老爺，還有那个更快活，富貴榮華，受用不盡，要長就長，要短就短，那一椿事情不如意，那一件東西不全備，這樣快活也是唐朝的皇帝，還要做仙學，做仙人的修煉，駕了雲、騎了鶴，自由自在要快活。

那弟二句的彭祖，是十分命長，活了八百未歲，也還要人賀壽，再要活得幾百歲。據下界的人看起未，這八百歲是長也長到酩酊的了。人生七十古來稀，活了七、八十歲也還箅得出奇，何況八百歲，整千論萬，也難得有一個這樣有壽的人，雖然如此，那彭祖把這个八百歲，還看得不長。

弟三句的嫦娥，是原未天女，所以面貌生得標致，千嬌百媚，美也美得狠透頂，也還說道醜陋，只管抹了臙脂，搭了脂粉，一味梳洗了。

那弟四句的石崇，是天下有名的大富貴人，萬々貫的家私，家裡不知有多少銀子，沒人曉淂，也還想要銀子，人家稱讚他手頭好，他囬覆說道：「手裏沒有甚許多銀子，不過買的几畞田，糊口而已。」若是石崇的家私差不多的人家，那裡景仰他，自古到今，說一个富貴的話，憑你三、四歲的小娃子，也說石崇一般的家私，連皇帝也壓倒了。

做一个財主，也是照伊东那樣犯了法度，何況窮人家，當一件吃一件，

---

8 長崎歷史文化博物館藏本此處「不意像意」疑為「不像意」之訛。又據許寶華・宮田一郎編，《漢語方言大詞典》（北京：中華書局，1999），第一卷：頁639的解釋，「不像意」是吳語「不滿意」的意思。

過不得日子的，自然思量做反事了。原來做一个人，不論那一個，都是
有良心，肚裏通不通，良心是不昧的了。你看那一夥做強盜的人，都是
識字，筆下也未湻，但是一味打却了人家的東西，結果了人家的性命，
這都是家窮，餓死不得，所以無可奈何，做那樣狠巴々的事情，不是沒
良心的了。[9]

　　兩書的評論，主要在說人要知足，不能貪得無饜，與為了生活不得不作強
徒殺人搶劫的勾當，是有所不同的。一個富可敵國的大財主，如果知足就會安
分守己，平靜過日子。就是起意貪念，做了不法勾當，一次、兩次也就應該歇
手停止，不意竟然一而再、再而三，食髓知味，連續去了十三遭，最後落得被
捉拿懲罰，死在刀鎗之下，這都是自家惹出來的，怪不得人家。

　　其次用當時流行的：「唐王去求仙，彭祖祝壽長，嫦娥嫌貌醜，石崇謙無
田。」四句假設性諺語，議論伊東貪心不足的意圖，與他們沒有兩樣。做皇帝
已經享盡人間所有富貴，要什麼有什麼，但是唐王仍然不滿足，非要去求神先
之道不可；彭祖已經活到八百歲，也是壽中之壽，但是仍有求長生不老增壽的
想法；嫦娥的姿容才貌，沒有人能比得上，卻還嫌自己貌醜，總想抹脂搽粉，
更上一層樓；石崇的財富，沒有人能勝過，連當時皇帝或皇親國戚都自嘆不如，
他卻一味的喊窮，說自己不過薄田數畝度日而已。人應當安於本分，何況伊東
的財富已經相當可觀，卻仍然有非分之想，難怪最後落得慘烈礫刑的下場。

　　對一個已經擁有家財萬貫，不守本分、不擇手段累積財富的伊東，最後作
者做了一個看似不怎麼嚴厲的批評，拿窮人家生活艱苦做比較。貧無立錐的窮
人，不靠典當無法過日子，一件一件用罄之後，由於過不得日子，自然思量做
起強盜，打家劫舍，無惡不做，這都是家窮，餓死不得，所以無可奈何，做起
那樣狠巴巴的事情，不是沒良心的。相較之下，伊東的富而貪，比起掙扎在生
存線上的窮人幹壞事，還要不可饒恕。大約作者想使用對比的方式說明，可能
達到教化的功能比較有效。

9　見長崎歷史文化博物館藏本《長短拾話唐話》，頁41-45。又有關本段引文校正，請參考本書
　　「附錄4-C10、C11」。

五　幕府對《六諭衍義大意》內容的推行

　　上面引述《長短拾話唐話》有關伊東事件的內容描述，有「聞得說六十年前」，《唐通事心得》也說「聞得說幾十年前」。如果以寬文7年（1667），伊藤小左衛門以及兩名共謀被處死的時間推算，「六十年」之後，應當在1727年左右。這個時間正好是江戶幕府將軍德川吉宗於享保7年壬寅（1722，康熙61年）刻成《六諭衍義大意》一書不久。

　　提起《六諭衍義大意》一書，應當從琉球國大臣程順則說起。康熙46年丁亥（1707，宝永4年），當時在福州的琉球使臣程順則（1663-1735），重金購置明末、清初學者范鋐以當時白話撰述的《六諭衍義》一書，[10]返回琉球後自費刊刻數十部教育國人。後來琉球使者將該書帶到薩摩藩（今鹿兒島），獻給藩主島津吉貴，島津氏於享保4年壬寅（1719，康熙58年），又將該書呈獻給江戶幕府將軍德川吉宗，吉宗對內容相當感興趣，命令儒學者室鳩巢（1658-1734）將該書翻譯成日本語，[11]於享保7年壬寅（1722，康熙61年）刻成《六諭衍義大意》一書，通令天下寺子屋作為學習教科書，[12]充當道德教育的普及工作。

　　所謂「六諭」指的是：「孝順父母、尊敬長上、和睦鄉里、教訓子孫、各安生理、毋作非為」六項道德訓示。從1847年（弘化4年丁未，道光27年）當時日本明倫館祭酒山縣禎（1781-1866）所撰〈重刊《六諭衍義大意》題辭〉所述，即可明瞭江戶時代於18世紀20年代之後，多麼重視並實踐道德教化：

---

[10] 《六諭》是明太祖頒布教導百姓的道德訓示，內容有「孝順父母、尊敬長上、和睦鄉里、教訓子孫、各安生理、毋作非為」六項。范鋐為了教育鄉民，使用當時白話詳細注解，於康熙年間刊刻為《六諭衍義》一書。

[11] 另外有一說，由於室鳩巢原為儒學者，不諳用通俗口語書寫的《六諭衍義》一書內容，所以拒絕德川吉宗的翻譯命令，不得已後來改命通曉唐話的荻生徂徠翻譯完成。見石崎又造撰：《近世日本に於ける支那俗語文學史》（東京：清水弘文堂書房，1967），頁52、136。又六角恒廣著・王順洪譯：《日本中國語教育史研究》（北京：北京語言學院出版社，1992），頁283-284。

[12] 寺子屋（てらこや），是江戶時代教導庶民子弟閱讀、計算等基本生活技能的私塾。

清朝《六諭》，言簡而旨深，其為教也故善矣。會稽范鋐，以俚言敷衍
其義，旁引曲諭，備盡事情。所謂耳提而面命之者，雖頑夫蚩氓，亦可
以獎善而悛惡焉。於是乎施之於鄉閭，而尤以為切於教諭矣。

此書之來於本邦也，享保年間，官既刻之，以敷于海內，而以民間愚夫
愚婦，尚未易通曉。命鳩巢室子，更以邦語解其大意，重命諸梓，於是
乎此書之行益廣。及荒陬遐境，可以家傳而戶誦，其於助教化所補，亦
非小矣。

吾公自襲封以來，宵衣旰食，屬精政治，振紀綱而崇教化。以為後世教
化之道廢，而法令為治，刑禁愈密，而獄訟愈繁，不幾乎所謂不教而
殺者耶，亦可憫矣。乃將大興學政，以盛教化，黨庠家塾之教，亦以次
興之。

以此書之於民俗，尤切於教諭也。欲先施諸封內，以使鄉閭長民者，徧
勸諭冥愚焉。因刊之於國中，以資於頒布封內，教化之道行，當大興起
矣。此書之行，是其一端云。[13]

　　上述山縣在題辭中所說，江戶時代教化之道荒廢之後，歷代統治的將軍，
免不了借嚴苛的法令作為統治的工具，但是「刑禁愈密，而獄訟愈繁，不幾乎
所謂不教而殺者耶。」因此若有一個根本的教化方案，當能為統治者帶來事半
功倍的效果。從德川吉宗將《六諭衍義大意》頒布天下寺子屋學習來看，就是
希望藉此「六諭」的內容，教化庶民百姓，他的用心與意圖相當明顯。因此在
雷厲風行推行時間上，《長短拾話唐話》與《唐通事心得》的作者可能正巧趕
上這個浪頭，以《六諭衍義大意》的內容，為將來通事培養的需要而編寫養成
教科書，在書中以伊東走私事件為例，大肆評論伊東等人的貪婪與膽大妄為，
當然是寄望那些未來的唐通事，將來在工作上能引以為戒，同時也教化個人修
持須要做到潔身自愛，才能在工作上做到不逾越，謹守當一個唐通事應盡的義
務與本分。

---

[13] 見廣島大學圖書館藏書（2013.12.31由網路下載）。

六 《唐通事心得》與《長短拾話唐話》評論可能受到的 影響

　　長崎唐通事專門管理與唐船有關的事務，他們被冠稱為「通事」而不是「通詞」，其實與所負的職責有關係。簡單說「通詞」只不過負責語言的翻譯工作而已，所以當時設有「阿蘭陀通詞」，專門在長崎出島做與荷蘭人有關的通譯工作。而稱為「唐通事」，表示除了語言翻譯之外，還有其他實務接觸的許多任務。也就是說，唐通事除了與進入長崎港的唐船進行貿易時擔任翻譯工作之外，也參與其他與貿易有關的事務，這些職務上需要執行的工作有許多種，從唐通事各種不同的職稱可以看出它們的職責所在，例如：[14]

　　　　唐年行司：主要針對來航唐人，如果犯法或與長崎當地人有糾紛時，審
　　　　　　　　　判其是非。由於負責人每年一次輪替，所以取名「年行
　　　　　　　　　司」，於寬永12年（1635，崇禎8年）開始設置。
　　　　唐通事目附：主要監督唐通事的工作與品行。於元祿8年（1695，康熙
　　　　　　　　　34年）設置。
　　　　風說定役：主要從長崎入港的中國人或其他各國人士中，探聽各國的實
　　　　　　　　　際情況，然後彙整後定期向長期奉行報告。於元祿12年
　　　　　　　　　（1699，康熙38年）設置。
　　　　御用通事：主要負責幕府將軍家指定需要的中國物品，詳細規劃所需物
　　　　　　　　　品的預訂、籌備、供應。於享保10年（1725，雍正3年）設置。
　　　　直指立合通事：主要評定唐船所載貨物價格時，臨場監視。於享保12年
　　　　　　　　　（1727，雍正5年）設置。

從以上唐通事職務的不同名目，可以看出擔任一個唐通事除了平時唐話學習之外，他還需要許多與中國有關的知識或常識，才能應付唐船各種衍生的事務，

---

[14] 參見六角恒廣著・王順洪譯：《日本中國語教育史研究》（北京：北京語言學院出版社，1992），頁265-266。

或者各自名目需要執行的不同工作任務。

上面所列幾項職責所需擔負的工作內容，值得注意的是，它們都與唐通事本身的品行有相當的關係。例如審判唐人在長崎犯法或與當地人糾紛，或者監督同僚的工作與品行、評定唐船所載貨物價格的臨場監視，甚至規劃幕府將軍所需物品等等，沒有一項不與個人道德、品行有關。如果不在年輕學習階段做好道德修養準備，或平日生活已經懂得自我檢束，等到擔任各種唐通事時，再做告誡或懲罰可能養成的積習已經難改了。

自我的要求能夠確實做到，等到面對違反者才能理直氣壯的糾舉。這一個概念，有可能是《唐通事心得》與《長短拾話唐話》兩書作者編寫時候已經具有的觀念，他們可能希望將《六諭衍義大意》的內容適當的編入唐話教材，達到教化及教育的雙重功能。在「六諭」中最有直接關係的應當是「第五各安生理」與「第六毋作非為」兩項。從《六諭衍義大意》各論之後所列的12句「詩曰」，即可明曉各論內容如何，且看第五「各安生理」及第六「毋作非為」兩論的「詩曰」勸說。

> 第五「各安生理」詩曰：
> 我勸世人安生理，素位而行稱君子。榮枯得失命安排，士農工商業莫徙。妄想心高百無成，厭常喜新沒終始。藝多不精不養身，遊手好閒窮到底。皇天不負苦心人，須知安分能守己。更知徼幸斷難行，我勸世人安生理。
> 第六「毋作非為」詩曰：
> 我勸世人莫非為，非為由來是禍基。只因一點念頭錯，詎料終身自喫虧。姦淫賊盜方纏起，徒流絞斬即相隨。拋屍露骨身難保，帶鎖披枷悔是遲。縱然逃得官刑過，神明報應不差池。及蚤回心猶可救，我勸世人莫非為。

首先，伊東與四個友人，不能安分守己，而且貪婪無厭，已有相當的財富卻不知足，由於這一點念頭算計錯了，持續下來受所獲的不義之財蠱惑，一波

接一波只想去發橫財，不想有一天終於被擒獲，終身吃虧，絞斬旋即相隨。
《唐通事心得》與《長短拾話唐話》兩書，苦口婆心勸戒「知足常樂」，因此
「唐王去求仙，彭祖祝壽長，嫦娥嫌貌醜，石崇謙無田」，等於冀求分外之
得，無形中已經種下貪求的禍基。這也等於在說伊東等人的行徑，最後勢必走
入「拋屍露骨身難保，帶鎖披枷悔是遲」的去處。勸人總總行事之前，豈能不
三思。

其次，大概江戶時代，人人賴以營生的職業，絕大多數屬於世襲，因此轉
換工作的機會比較少。上代傳遞的「士、農、工、商」各業，都有其「熟能生
巧」的職業競爭，因此很少有人突然改行另謀高就，即能手到擒來、立竿見影。
比較可能改業者，或許是不安於本業的人，或者生活於生存線上的無奈者。不
過這些改業者，最後都流落到「藝多不精不養身，遊手好閑窮到底」的可憐狀
況，無以為生的壓力下，最後可能孤注一擲，鋌而走險，幹起非法勾當，以至
於身敗名裂，銀鐺入獄者大有人在。這也是統治者最不喜歡看到的結果。

《唐通事心得》與《長短拾話唐話》兩書的事件評論，最後說：「何況窮
人家，當一件吃一件，過不得日子的，自然思量做反事了。」窮人家不得不作
反事，雖然也是觸犯王法，但是相較之下，伊東與四個友人的富而貪，比起掙
扎在生存線上的窮人幹壞事，的確還要不可饒恕。

七　結語

唐話教材編輯的目的，主要在讓未來準備擔任唐通事者學習之用，除了語
言實用學習之外，教材內容更直接模擬與唐通事職掌有關的場景與事務，讓學
習者借著教材學習，早日瞭解將來職務上可能碰到的種種問題。例如唐話教材
《譯家必備》，描述許多進入唐人屋敷如何與暫住其中的唐人互動，以及有關
唐船入港之後種種的手續處理等；琉球官話教材《官話問答便語》、《學官話》
等書，描述許多學習者「秦學生」到了福州，可能遇到的場景或各種學習狀
況。本文討論的《唐通事心得》、《長短拾話唐話》與《瓊浦家話》的內容也沒
有例外，記載的都是實務性的參考材料，其中「伊東走私事件」自然也是一個

案例，讓學習者能夠瞭解走私的非法性與嚴重性，以後有機會遇到類似案件時，知道其中的利害關係與如何處理的拿捏原則。

比較特別的是，《唐通事心得》與《長短拾話唐話》兩書對伊東事件的評論，正好趕上德川吉宗大力推行《六諭衍義大意》的時期，從下令讓寺子屋學習的做法，可以知道幕府想要將「孝順父母、尊敬長上、和睦鄉里、教訓子孫、各安生理、毋作非為」六項道德訓示，在民間植基生根，逐漸變成一種生活公約。因此《唐通事心得》與《長短拾話唐話》兩書，使用超乎異常的三分之二篇幅即800餘字，反覆的議論伊東的非分貪求，最後遭到處死的下場。這種對事件評論多於內容描述的變相寫作方式，在唐話教材中實在不多見，與其說是作者的別出心裁，不如看作為幕府推行的「政令」做宣導，或許來得恰當一些。

——原載長崎大學，東亞漢學研究學會，《東亞漢學研究》，第4號：頁273-283，2014年5月。後於2020年5月14日修訂。

長崎唐話的「替」字探索

　　「替」字在明、清白話小說中，主要有當動詞使用的「代替、替換」之義，當介詞使用的「為、同、對、讓」之義，以及當連詞使用的「和、與」之義。現代華語則只剩下動詞的「代替」義與介詞「為、給」義。唐話承襲白話小說的方式說話很明顯，因此替字意義相當接近白話小說。此外唐通事的祖籍，有屬於吳語、福州話、漳州話地區的不同，受到使用母語特色的影響必然不免，此項因素使得替字在唐話教材中顯現錯綜複雜的關係，本文擬針對唐話教材中使用的「替」字做詳細探討。

　　本文也取朝鮮官話教材《翻譯老乞大》、《朴通事諺解》等，以及琉球官話課本《官話問答便語》、《白姓官話》、《學官話》等書所見的「替」字做比較分析，藉以對照觀察唐話替字顯示的意義。

一　本文討論的取材

　　大約成書於18世紀的長崎唐通事唐話教材，一般又稱為「通事書」。目前常見的有以下九種，全部是手抄本，沒有例外：

> I a《瓊浦佳話》（約36,500字）、b《唐通事心得》（約8,100字）、c《長
> 　短拾話唐話》（約19,300字）、d《譯家必備》（約60,200字）、e《鬧裏
> 　鬧》（約9,000字）、f《養兒子》（約12,200字）

    II g《官話纂》（約2,500字）、h《小孩兒》（約4,200字）[1]

    III i《福州話二十四孝》（約5,900字）

    I 類屬中級讀本，內容稍長，結構完整；II 類亦屬中級讀本，但篇幅略短，內容也相對簡單；III 類則純粹屬於福州方言的通事書。

    上述篇幅稍長內容充實的第 I 類中級讀本，《瓊浦佳話》等六種，是本文討論的重點，第 II 類中級讀本《官話纂》、《小孩兒》以及第 III 類方言的通事書，不歸入本次討論範圍，僅作參考之用。

    通事書所謂的「唐話」，是採用中國話本小說的框架，忠實沿襲話本小說口語的「官話文」撰寫形式，內容取材長崎的日常生活，包括長崎史實的犯罪案例、政策變革、通事職掌細節，以及對長崎唐通事迫切有用的職業倫理、處世教訓等的記載，此類帶有方言味道的通俗官話，可以稱之為「變體官話文」。[2]唐話的一大特色是，它並非直接來自中國國內的某種語言，而是糅雜明、清話本小說的一種極為特殊的「半人為語言」。

    在第 I 類通事書中，有下列一段引文：

a   他徃常**替**D人較量兵法，使棒子的時卩，両个交手，鬪不到四五合，憑你怎麼樣兵法精通的人也是抵當不住，賣个破綻走了去。……並不曾開口，**替**C人家討个半文錢，雖有幾个舊相與，也不肯去借銀子，……他的意思寧可窮，窮的乾淨，不要窮得不乾淨，**替**C人家討什麼衣飯，縱或救得一時的飢餓，究竟不濟事。

                    （《長短拾話唐話》，頁89-92[3]）[4]

---

[1] 本類還有《請客人》（約3,100字）、《長短話》（約3,200字）、《小學生》（約1,800字）三種，是長崎東南邊的薩摩藩所使用的通事書，不列入本文討論。

[2] 見木津祐子：〈作為規範的通俗——從清代東亞漢文圈的通事書談起〉，「東亞文化意義之形塑：第十一至十七世紀間中日韓三地的藝文互動」系列演講（臺北：中央研究院歷史語言研究所，2010），頁2。

[3] 抄本《長短拾話唐話》藏長崎歷史文化博物館，每半葉10至11行，每行16字。以下引述皆以半葉編為1頁換算，全書共93頁。

[4] 有關本段引文校正，請參考本書「附錄4-C21」。

　　「替字」三見，語義卻有不同。「替D」當介詞用，有現代華語的「和、同」之義；兩個「替C」也當介詞用，即現代華語的「對、向」之義。

　　明、清白話小說有許多「替」字的例子，可供參考：

b　　1　「虧了他兩個，收拾了許多事，**替**了二爹許多力氣。」

　　　　　　　　　　　　　　　　　　　　　　　　　　　（《金瓶梅詞話·54回》）

　　　2　「把個衲頭與他，**替**下濕衣服來烘。」

　　　　　　　　　　　　　　　　　　　　　　　　　　　　（《水滸傳·65回》）

　　　3　「辛苦了半輩子，弄了幾個錢，不過是**替**兒孫做馬牛。」

　　　　　　　　　　　　　　　　　　　　　　　　　　　（《官場現形記·60回》）

　　　4　「母親走進來叫他吃飯，他跟了走進廚房，**替**嫂子作揖。」

　　　　　　　　　　　　　　　　　　　　　　　　　　　（《儒林外史·16回》）

　　　5　「感恩不盡，夜間盡情陪你罷，況且還要**替**你商量個後計。」

　　　　　　　　　　　　　　　　　　　　　　　　　　　（《初刻拍案驚奇·6回》）

　　　6　「我**替**你不過偶相逢，又不結弟，又不合婚姻，我要八字怎的？」

　　　　　　　　　　　　　　　　　　　　　　　　　　　（《西遊記·13回》）[5]

　　1與2例，都當動詞用，1例是「代替、幫助」的意思，2例是「替換」的意思。3、4與5例，當介詞用，3例是「為、給」之意；4例是「對、向」之意；5例是「和、同」之意。6例當連詞用，有「和、與」的意思。

　　通事書既然是沿襲話本小說口語的「官話文」所撰寫，因此文中同時出現動詞、介詞、連詞用法的「替」字，應當是可以理解的事。

　　通事書撰寫的年代各異，作者的方言背景也不盡相同，創作「變體官話」通事書的作者，可能隨自己習慣用詞寫作。請參考以下一段引文：

5　b1-b6見白維國主編：《白話小說語言詞典》（北京：商務印書館，2011），頁1512。

c 這一條也不是整足，也是截斷的，千萬老爹*替B*晚生稟稟頭目，*給B他*
帶上去。我稟過頭目，頭目好意准*給B他*帶去。你且慢些，那箇紅紗上
面縛一箇牌票去，(《譯家必備》，頁79[6])[7]

在通事書中，《譯家必備》屬於18世紀中期的著述[8]，全書使用「替」字固
然還不少，但是已使用與替字相當的同義字並行撰述。引文兩個「給B」，其
實也可以使用「替」字，或許在通事書撰寫的年代屬於稍晚時期，與早期的
《唐通事心得》、《長短拾話唐話》兩書比較多使用「替」字的時代已有不同。

二 通事書中出現的替字分布

上述 I 類六種通事書記載「替」字，依照語法功能可以區別詞義為
「（一）當動詞用，等於現代華語『代替、替換、幫助』的意思」、「（二）當引
進服務對象的介詞用，等於現代華語『為、給』的意思」、「（三）當引進動作
服務對象的介詞用，等於現代華語『對、向』的意思」、「（四）當引進作協同
對象的介詞用，等於現代華語『和、同』的意思」、「（五）當連詞用，等於現
代華語『和、與』的意思」五種，[9]各書舉一例如下：

（一）當動詞用，即現代華語「代替、替換、幫助」的意思

1 王上即刻發兩个頭目来，查驗尸首，驗得明白，船主*替他*備辦後事，衣衾棺
材都是准俻收拾入殮過了。

(《瓊浦佳話》，頁146[10])

---

[6] 抄本《譯家必備》，據長澤規矩也編《唐話辭書類集・20集》（1976）所收頁碼。下同。

[7] 有關本段引文校正，請參考本書「附錄4-D8」。

[8] 奧村佳代子：〈《譯家必備》的內容和語言〉，《清代民國漢語研究》（（遠藤光曉等編，首爾：
學古房，2011），頁284-286，考證成書於1754-1762年之間。

[9] 參考瀨戶口律子：〈琉球寫本官話課本──《白姓官話》について〉，《大東文化大學語學教育
研究論叢》（東京：大東文化大學，1987），5：頁155-158的分類編成。

[10] 抄本《瓊浦佳話》藏早稻田大學圖書館，每半葉10行，每行17字。以下引述半葉編為1頁換
算，全書共193頁。

2 原來採茶的,都是女人家,寡婦孤女們,平常**替**人家漿洗裁縫過活的,一到三月裏,**替**人採茶,收多少採茶錢,做脂粉錢。

（《長短拾話唐話》,頁9-10）

3 你只管依我,放心寫,叫你走好好的官道路,不教你走危險的路,快些寫起來,你若不寫,我**替**你寫麼。

（《譯家必備》,頁143[11]）

4 聽見某官貪了銀子錢糧,凌虐百姓的就去斯打,打破了衙門擄掠了錢糧,說道**替**天行道,**替**百姓除了大害。

（《鬧裏鬧》,頁6[12]）

5 虧得你這樣孝心,我捨錢養你老父,你在我家,做長做短,**替**我備工。

（《養兒子》,頁52[13]）

（二）當介詞用,即現代華語「為、給」的意思

1 若是什麼短處,**替**他遮護,更兼低聲下氣,送暖偷寒,買他的歡喜,避他的忌諱,將心比心的時卩,豈有不愛的道理。

（《瓊浦佳話》,頁136）

2 明々自己理不是,破些少鈔,賄賂官府的時節、那官府的不管有道理沒道理,看銀子的面上、**替**倆用情判斷得不把倆吃虧了。

（《唐通事心得》,頁12[14]）

3 轉想一想,你既尊依王令,不敢犯禁,不**替**他做私貨,留一點好情好話勸他回去,就是有情的了。做了這等刻毒的事情,便是鐵石心腸的人,也**替**他墮了淚。

（《長短拾話唐話》,頁84）

---

[11] 抄本《譯家必備》,據長澤規矩也編《唐話辭書類集·20集》（1976）所收頁碼。以下同。

[12] 抄本《鬧裏鬧》收入六角恒廣編《中國語教本類集成》第一集,頁1-7（該書每頁收4個半葉）。每半葉12行,每行24字。以下引述據六角書以半葉編為1頁換算,全書共28頁。

[13] 抄本《養兒子》藏早稻田大學圖書館（書號05.02317）,每半葉9行,每行19-20字。以下引述皆以筆者所編將半葉編為1頁換算,全書共60頁。

[14] 抄本《唐通事心得》藏縣立長崎圖書館渡辺文庫,每半葉10行,每行18字。以下引述皆以半葉編為1頁換算,全書共37頁。

4 目今清明的時節也近了，趁今日的便，二十箇人到後山替他過世的各親友掃墓，墳墓燒化些冥衣紙。

（《譯家必備》，頁175）

5 當日也有親眷送米粮的，也有親家送柴火的，也有朋友送家伙的，也有的人，手裡沒有積蓄，一時間不得造房子，只得投靠人家的，或是買備酒肴，替人壓驚的。

（《鬧裏鬧》，頁24）

（三）當介詞用，即現代華語「對、向」的意思

1 既到日本，在他矮簷之下，敢不低頭，只好忍氣吞聲，不要替他陶閑氣，自古道惡龍不敵地頭蛇。

（《瓊浦佳話》，頁190）

2 那个老僧原是曉得這ケ朋友，要替他作揖，爭奈那袖子只有半截，左扯也蓋不來手，右扯也遮不着臂。

（《唐通事心得》，頁25）

3 並不曾開口，替人家討个半文錢，雖有幾个舊相與，也不肯去借銀子，……他的意思寧可窮，窮的乾淨，不要窮得不乾淨，替人家討什麼衣飯，縱或救得一時的飢餓，究竟不濟事。

（《長短拾話唐話》，頁91-92）

4 到那時節，你們不要想還要爭得出來，曉得麼？又替你說今日批出來的幾宗照前價的是到了，明日也沒有加了。

（《譯家必備》，頁134）

5 況且這衣櫃上都是有號數的，又有號籌，拴在手巾上，驗籌開櫃，原來認籌不認人，我自己再不錯，除非是你不小心，在浴池被人換了號籌，替我掌櫃的說也無干。

（《鬧裏鬧》，頁12）

（四）當介詞用，即現代華語「和、同」的意思

1 各人傾籠倒箱，拿出艮子來，湊足本錢，又來**替**伊東討三四万兩艮子，人不知鬼不覺，買備兵器、雜色等樣。

（《瓊浦佳話》，頁45）

2 他往常**替**人較量兵法，使棒子的時節，兩ケ交手，鬪不到四五合，憑儞怎麼樣兵法精通的人，也抵擋不住，已先賣个破綻走了去。

（《唐通事心得》，頁21）

3 若是在家人還好看些，偏生**替**出家人私通，醜上加醜，人人都取笑說頑耍。

（《長短拾話唐話》，頁15）

4 于今我的精神也用掉了，理不得你的事體，明日換一箇好精神的來同你講講罷，我好歇手了，再不敢**替**你爭論。

（《譯家必備》頁145）

5 或者做私貨，牽在牢獄裡，叫父母憂愁，或者**替**人相爭厮打，叫父母費心。

（《養兒子》，頁50）

（五）當連詞用，即現代華語「和、與」的意思

1 閑話少說，只回後来唐人**替**妓女私通，私下做欺公犯法的事情，所以大門口，或出或入，把妓女的通身，摸摩解帶脫衣，無所不搜。

（《瓊浦佳話》，頁141-142）

2 有一條街上，有一个寡婦**替**和尚私通。

（《長短拾話唐話》，頁14）

3 那失火的四隣八舍，不燒房子的人家，**替**燒房子的一樣吃虧。

（《鬧裏鬧》，頁22）

　　「Ｉ類」與「Ⅱ類」的八種通事書，各書「替」字出現的語法功能分布，如下列「表1」所示。

表1　替字在唐通事書的語法功能分布

	A	B	C	D	E	合計
	動詞	介詞			連詞	
a《瓊浦佳話》	5	11	3	10	2	31
b《唐通事心得》	0	1	3	3	0	7
c《長短拾話唐話》	2	9	3	6	2	22
d《譯家必備》	16	31	1	4	0	52
e《鬧裏鬧》	2	5	2	0	1	10
f《養兒子》	1	0	0	0	3	4
g《官話纂》	0	1	0	1	0	2
h《小孩兒》	0	1	0	2	0	3
合　計	27	58	12	26	8	131

A（動詞：代、換、助）、B（介詞：為、給）、C（介詞：對、向）、D（介詞：和、與）、E（連詞：和、與）

　　《唐通事心得》一書，從「表1」看起來替字使用量只有7個不算多，此是該書性質特殊所致。《唐通事心得》全書內容總計8個段落，與《長短拾話唐話》全書31段落中的19-26段及31段內容雷同，僅有文字稍有出入而已。[15]因此使用替字少於Ｉ類各書（《養兒子》除外），應當可以理解。

　　《唐通事心得》與《長短拾話唐話》兩書，所謂「文字有出入」，還包括以下例子：

d　　他那個朋友做人忠厚，況且十分信佛，燒好香吃苦茶過日子，天會念
　　　經，普門品、法華經，金剛經，不拘什麼經，都念得來，**替和尚**一樣
　　　的。……這個老僧年紀將近六、七十歲，看他的模樣，十分貧窮，身上

---

[15] 《唐通事心得》與《長短拾話唐話》兩書，是否同為承襲某一種更早的通事書，值得繼續探索。

穿了一件腌腌臢臢希破的旧衣裳，外面穿了一件旧道袍，这个道袍也希破，逐縷縷開了在那裡。那个老僧原是曉得這個朋友，要**替**他坐榾，爭奈那袖子都是只有半截，左扯也蓋不來手，右扯也遮不著臂。

（《長短拾話唐話》，頁45-46）[16]

e　　他那个朋友做人忠厚，況且十分信佛，燒清好香，吃苦茶過日子。□[17] 會念經，法華經、金剛經，不拘什麼佛經，都念得下來，*像個和尚*乙樣的。……只見一個老僧，年紀將近六、七十歲，十分貧窮，身上穿了乙件腌々臢々的旧衣裳，外面舊道袍，這道袍也稀破，逐縷々開了，却似個簑衣乙般。那个老僧原是曉得這ケ朋友，要**替**他作揖，爭奈那袖子只有半截，左扯也蓋不來手，右扯也遮不着臂。

（《唐通事心得》，頁24-25）[18]

　　d 段引文第二行「替和尚」，e 段引文第三行做「像個和尚」。在《唐通事心得》與《長短拾話唐話》的相當位置，不但未用「替」字，也不使用「與和尚」的介詞短語，卻另外造了一句「像個和尚」。d、e 兩段的倒數第二行，則同樣使用了「替」字。這個現象說明，當時通事書的作者，可能以自己活潑的語言習慣創作，才會形成此類的語言差異現象。

　　至於內容分布的討論，詳見以下第四節。

三　通事書中與替字相當的詞語

　　通事書除使用「替」字之外，也出現許多詞義與「替」字相當的詞語，例如：

---

[16] 有關本段引文校正，請參考本書「附錄4-C12」。

[17] 此字不清楚，今據相應篇章的縣立長崎圖書館藏渡辺文庫本《長短拾話唐話》頁45作「又」字。

[18] 有關本段引文校正，請參考本書「附錄4-B3」。

f　　1　便*對*孛通事說道：「勞動相公攬掇船主，再加五十名，方便小人則
　　　　個。」

（《瓊浦佳話》，頁119）

　　2　潮水打進來，滿艙中都是水，所以連船*和*貨頭，都沉下水裏去，正真
　　　　可憐。

（《長短拾話唐話》，頁80）

　　3　把這些金子、銅錢*給*他看了，纔動箇念頭，許他這兩樣東西賣了。

（《譯家必備》，頁247）

　　　　上述三段引文的斜體字，「和」是連詞的功能，「給」、「對」二字都是作為
介詞的功能。它們都可以用「替」字來書寫，只是作者改用了詞性、意義相類
似的「和、給、對」寫作而已。這種現象在通事書中例子也不少，舉例如下：

《瓊浦佳話》

1A [19]所以那後生的學通事們，巴不得早來一步，*換*番看看耍子。

（《瓊浦佳話》，頁143）

2B　我們同繚[20]*為*你講價，這兩日廢餐忘寐，盡夜費心，並沒有一些閑工夫。

（《瓊浦佳話》，頁185）

3C　便*對*報喜的人連叩几十個頭，千恩萬謝，急急忙忙飛也似回家。

（《瓊浦佳話》，頁75）

《唐通事心得》

1B　王家*給*他大々俸祿，教他做職事，難道特々送他花哄上，用掉了不成。

（《唐通事心得》，頁1）

---

[19] 序號後面的英文大寫字母代表：「A（動詞：代、換）、B（介詞：為、給）、C（介詞：對、
　　向）、D（介詞：和、與）、E（連詞：和、與）」。

[20] 《瓊浦佳話》此字原作「繚」，疑為「僚」之誤。

《長短拾話唐話》

1D 我*和*你說，你們李唐話，須要背得出，若沒有背在肚裡，聽憑你每日學了
幾百句也用不着。

（《長短拾話唐話》，頁1-2）[21]

2E 等到第二日，寫一張詞把所搶的金片*和*衣服，一起送到王府裡。

（《長短拾話唐話》，頁23）

《譯家必備》

1A 壬子年當番，*代*彼帶來。唐山各省太平，新聞[22]俱無，所報是實。

（《譯家必備》，頁51）

2B 只有當年老爹的舡同那看守番舡留在後頭，那時請下舡主財副來，先把二
十一個條欵*給*他看看。

（《譯家必備》，頁33）

3C 到了第二天，當年下了舡，*對*舡主說：「上番一定要後日，我替你千求萬
求，要寬乙天，王家不肯依。」

（《譯家必備》，頁52）

4C 舡主謝了頭目，老爹*向*他說道：「我正等你在這裡，這一張歸帆甘結，一
本歸帆人名冊上打印板。」

（《譯家必備》，頁236）

5D 縱帶執照而來，其所載貨物*與*前不同，無非其地物產，或低貨或贋假等
貨，帶來者不許生理，革其牌照，通舡人眾永革來販。

（《譯家必備》，頁37）

---

[21] 木津祐子：〈官話課本所反映的清代長崎、琉球通事的語言生活——由語言忠誠和語言接觸論
起〉，《東亞漢語漢文學的翻譯、傳播與激撞：十七世紀至二十世紀學術研討會論文集》（臺
北：中央研究院中國文哲研究所，2006），頁1-13一文，論長崎官話課本的語法特點一小節，
舉《唐通事心得》、《長短拾話唐話》兩書為例說：「表『共同』『對象』義介詞，用替而不用
『和、根、與』。」（頁9）此種現象《唐通事心得》的確如此，本句《長短拾話唐話》則為例
外，清楚用到「和」字。

[22] 《譯家必備》此字原作「間」，疑為「聞」之誤。

6E 所裝貨物不敢過多，又不敢少縮，為此具遵是實，但遵單*與*本牌合帶繳上。

（《譯家必備》，頁236）

《鬧裏鬧》

1A 不想那人早巳把自巳的號籌，抵*換*了潮州人的去了。

（《鬧裏鬧》，頁11）

2C 驚得目睜口呆，*對*掌櫃的乱嚷道：不好了，你錯開了我的衣櫃交把別亇，我的衣服銀錢，都被人拐去了。

（《鬧裏鬧》，頁11）

3D 今年把兩年所少的補一補，*和*今年的錢糧湊足一處，一起交納，所以管庫裡也沒有管金。

（《鬧裏鬧》，頁14-15）

4E 當下潮州人脫了衣服，拏了手巾*和*號籌，走進浴池裡，那浴池裡香水初熱，好不爽快

（《鬧裏鬧》，頁10）

《養兒子》

1A 我有老母在堂，你須*代*我孝養，不可有悞。

（《養兒子》，頁53）

2B 權且收下這破衣裳，有些妙處，人家患病的，穿了能瘳百病，特*為*娘子留下。

（《養兒子》，頁54）

3C 那駝子大惱，*對*老婆說道：「我有幾畝田地，衣飯有餘，是我兩個人的性命了。」

（《養兒子》，頁15）

4D 何况做一个人沒有才藝，不會講話，不識人道，不通禮貌，*與*飛禽走獸，有何差別。

（《養兒子》，頁1-2）

《小孩兒》

1A 看見你暑覺記的，又*換*別人來讀，叫你依旧到自己的坐頭上去讀。

（《小孩兒》，頁3-4）

2C 蠻七蠻八，粗糙得緊，大的*對*小的講也不是了，小的*對*大的講也不是了，
沒有一句中聽的。

（《小孩兒》，頁9）

3D 我*和*你們說，你們大大小小，到我這里來讀書，先不先有了三件不是的事
情。

（《小孩兒》，頁1）

　　可見在通事書中，「替」與其相當的詞語是並行出現，數量因各書的差異
而有不同。不過從「表2」與「表1」的分布對照來看，除《長短拾話唐話》之
外，其餘都呈現「替」字與替字相當的詞語旗鼓相當的現象。

表2　通事書與「替」字相當的詞語分布

	動詞		介詞					連詞		合計
	代	換	為	給	對	向	和	與	和	與	
a《瓊浦佳話》	2	3	2	0	11	0	0	0	0	0	18
b《唐通事心得》	0	0	0	1	0	0	0	0	0	0	1
c《長短拾話唐話》	0	0	0	0	0	0	1	0	2	0	3
d《譯家必備》	4	11	0	19	8	4	0	1	1	3	51
e《鬧裏鬧》	0	3	0	0	1	0	1	0	2	0	7
f《養兒子》	1	0	2	0	1	0	0	1	0	0	5
g《官話纂》	0	0	0	0	0	0	0	0	0	0	0
h《小孩兒》	0	1	0	0	2	0	1	0	1	0	5

　　《唐通事心得》與《長短拾話唐話》兩書，屬於同一書的兩個版本，本文
第二節已做說明，不再贅述。「表1」可以看到兩書的替字分別出現「7、22」，

而「表2」其相當的詞語卻少之又少，合計只有4個。然而《瓊浦佳話》與《譯家必備》兩書的相當詞語，分別出現了「18、51」的高量。這些現象代表什麼意義，留待第四節做討論。[23]

四　替字與替字相當詞語的分布推論

由於各書內容、作者方言背景甚至撰寫年代不盡相同，因此很難從「量」的角度去比較其異同。但是從總體的分布，卻觀察到一些很有意義的現象，說明如下。

首先，「表1」a、b、c、d四種通事書，「替」字的總量，明顯多於e、f、g、h通事書。隱約說明，撰述時代稍早的通事書，使用替字高於時代稍晚的通事書；另外一方面也反映中級讀本的通事書（a、b、c、d、e、f），使用替字高於篇幅略少的中級讀本（g、h）。

其次，《唐通事心得》（1711-1718）[24]、《瓊浦佳話》（1719）[25]、《長短拾話唐話》（1724）[26]三書，成書時代可能較《譯家必備》（1754-1762）稍早，然而從「表1」看，後者的替字使用量卻出奇的多，幾乎是《長短拾話唐話》加上《瓊浦佳話》兩書的總和，這個現象值得推敲。

從「表3」的對照，《唐通事心得》與《長短拾話唐話》，它們替字出現分別為「7、22」，皆遠高於相當詞語的「1、3」，此種現象是否意味著，稍早期的通事書作者，寫作當時的「替」字使用頻繁，彼此詞義的辨識也相當清楚，毋須使用「相當詞語」當輔助。而年代稍晚的《譯家必備》，正處於過渡時

---

[23] 上述所列的10組「相當」的詞語之外，必定還有其他的詞語與替字相當，不過它不是本文討論的重點。

[24] 見木津祐子：〈唐通事の官話容受──もう一つの訓讀〉，《續訓讀論──東アジア漢文世界の形成──第II部近世の知の形成と訓讀》（東京：勉誠出版，2010），頁272。

[25] 見許麗芳：〈長崎唐通事教材《瓊浦佳話》研究〉，《彰化師大國文學誌》（2010），第20期，頁68-70。又木津祐子：〈唐通事の官話容受──もう一つの訓讀〉，《續訓讀論──東アジア漢文世界の形成──第II部近世の知の形成と訓讀》（東京：勉誠出版，2010），頁272。

[26] 見林慶勳：〈長崎唐話教本及其反映的唐人庶民生活──以唐人與唐三寺互動為對象〉，《海洋歷史與海洋文化》（高雄：國立中山大學人文社會科學研究中心，2010），頁24-28推論。

期，原書有6萬字的內容，不但使用替字多達52個，連輔助用的相當詞語也不相上下，高達51個之多。這裡須要補充的一點是，《譯家必備》替字在介詞C與連詞E分別只有「1、0」，但是起著輔助作用的相當詞語，則有「12、4」，似乎已做了必要的補助，因此遠遠高於各書的相當詞語。

又「表3」《瓊浦佳話》使用替字31個，在A、B、C、D、E五項語法領域中，分布最為平均，它的情況很像《長短拾話唐話》與《唐通事心得》的分布。但是輔助用的相當詞語有18個之多，分布於A、B、C三項，型態上比較接近過渡型的《譯家必備》的寫作風格。

「表3」《鬧裏鬧》出現了總數10個的替字，替字相當詞語也出現了7個。這種現象似乎可以解釋為，處於過渡後期的邊緣，替字與替字的相當詞語並行使用，既能接受替字各種不同功能的語法區別，也很自然使用與替字相當的詞語。總之好像作者能夠隨心所欲，駕馭他想表達的詞義，因此很自然的使用兩組的用詞。

表3　通事書出現的替字與其相當詞語分布對照

替字	A 動詞	B 介詞	C 介詞	D 介詞	E 連詞	合計
a《瓊浦佳話》	5	11	3	10	2	31
b《唐通事心得》	0	1	3	3	0	7
c《長短拾話唐話》	2	9	3	6	2	22
d《譯家必備》	16	31	1	4	0	52
e《鬧裏鬧》	2	5	2	0	1	10

相當詞語	代	換	為	給	對	向	和	與	和	與	合計
a《瓊浦佳話》	2	3	2	0	11	0	0	0	0	0	18
b《唐通事心得》	0	0	0	1	0	0	0	0	0	0	1
c《長短拾話唐話》	0	0	0	0	0	0	1	0	2	0	3
d《譯家必備》	4	11	0	19	8	4	0	1	1	3	51
e《鬧裏鬧》	0	3	0	0	1	0	1	0	2	0	7

　　至於在「表3」未列出《養兒子》、《官話纂》、《小孩兒》的比較，實在是三本通事書替字使用與前面各書比較減少許多，連相當的詞語都相對貧乏。這個現象，一方面是原書文字分量略少（《養兒子》例外），另外一方面則是可能處於通事書後期，加上當時語言環境的變遷，因此使用替字明顯減少了，相當的詞語也萎縮了。

五　朝鮮官話課本與琉球官話課本的替字

　　以下先列出兩大類官話課本的替字出現分布：

表4　朝鮮官話課本、琉球官話課本替字分布

	撰述年代	A 動詞	B	C	D	E 連詞	合計
			介詞				
《舊本老乞大》	1346-1423[27]	3	0	0	0	0	3
《翻譯老乞大》	1509-1517	3	0	0	0	0	3
《老乞大新釋》	1761	3	6	0	0	0	9
《重刊老乞大》	1795	3	6	0	0	0	9
《朴通事諺解》	1677	2	2	0	0	0	4
《朴通事新釋諺解》	1765	1	10	0	0	0	11
朝鮮官話課本替字 合計		15	24	0	0	0	39
官話問答便語	1703-1705[28]	0	7	0	2	0	9
白姓官話	1750	15	36	12	24	9	96
學官話	1797	0	19	0	0	0	19
琉球官話課本替字 合計		15	64	12	26	9	126

---

[27] 《舊本老乞大》《翻譯老乞大》《老乞大新釋》《重刊老乞大》《朴通事諺解》《朴通事新釋諺解》六書的撰述年代，參見康寔鎮：《《老乞大》、《朴通事》研究》（臺北：臺灣學生書局，1985），頁22-40。

[28] 《官話問答便語》、《白姓官話》、《學官話》三書的撰述年代，參見瀨戶口律子：《琉球官話課本の研究》（沖繩：榕樹書林，2011），頁72-73。

　　上面所列朝鮮官話課本，《舊本老乞大》、《飜譯老乞大》、《老乞大新釋》、
《重刊老乞大》四種的替字數據，依據神戶市立外國語大學竹越孝編「老乞大
四種版本對照本（電子版）」檢索所得；《朴通事諺解》、《朴通事新釋諺解》兩
種，依據姬路獨協大學田村祐之與竹越孝編「朴通事二種版本對照本（電子
版）」檢索所得。

　　《官話問答便語》、《白姓官話》、《學官話》三書的數據，則是根據全文輸
入檢索的結果。

　　朝鮮官話課本的替字，17世紀以前的材料，大都數只有當動詞的用法，只
有《朴通事諺解》增加了當介詞的用法。下列「g」引文，1、2、3三例都是動
詞即「替換」的意思；4例才屬介詞，即現代華語「給」的意思：

g　　1　恁兩箇先放馬去，到半夜裏，俺兩箇却替恁去。

　　　　　　　　　　　　　　　　　　　　（《舊本老乞 大》[29]16葉a.b）

　　2　我先去，替那兩箇來睡。

　　　　　　　　　　　　　　　　　　　　（《飜譯老乞大》卷上，52葉a）

　　3　替的官人有麼。

　　　　　　　　　　　　　　　　　　　　（《朴通事諺解》卷中，45葉b）

　　4　但有些兒不像時，你便替我再染。

　　　　　　　　　　　　　　　　　　　　（《朴通事諺解》卷中，4葉b）

　　18世紀以後的朝鮮官話課本，替字除了做「A動詞」用之外，也大量出現
「B引進服務對象的介詞」用法的替，它們有現代華語「為、給」的意思。
「表4」所列《老乞大新釋》、《重刊老乞大》與《朴通事新釋諺解》，就出現了
6個或10個介詞的用例。

　　有一個現象值得特別留意，「表4」中「C引進動作服務對象的介詞」、「D
引進動作協同對象的介詞」與「E連詞」三類，朝鮮官話課本竟然一個都不出

---

[29] 以下引述《舊本老乞大》、《翻譯老乞大》、《朴通事諺解》內容，見汪維輝編：《朝鮮時代漢語
　　教科書叢刊》（北京：中華書局，2005），第二冊、第三冊。

現，沒有任何例外。此種現象與琉球官話課本的《學官話》完全一致。然而呈現與上述現象相對的琉球官話課本有《官話問答便語》、《白姓官話》兩書，特別是《白姓官話》，幾乎是另一類型的替字模式，該書用作介詞的C、D與用作連詞的E，特別發達。《白姓官話》撰述於1750年，全書替字出現高達96個，它與通事書《譯家必備》（1754-1762），年代極為相近，替字分布也有些類似。

　　朝鮮官話課本，從元末開始的《舊本老乞大》，經歷16世紀初崔世珍翻譯《老乞大》與《朴通事》，17世紀後半有人用朝鮮語諺解《老乞大》與《朴通事》，直到18世紀後半金昌祚、邊憲等學者新釋、諺解《老乞大》與《朴通事》，甚至直到18世紀即將結束前重刊《老乞大》與《朴通事》，從來都以明代或清代的北方方言作為主要依據而編輯。[30]由表4朝鮮官話課本的替字分布觀察，是否可以下一個小結：「替字在介詞C、D與連詞E的用法上，以北方方言為依據的朝鮮官話課本，不曾出現。」

　　琉球官話課本的編輯者，或琉球學習官話的勤學生，多數有滯留生活於福州的經歷。《官話問答便語》與《學官話》，是為了因應福州生活而編輯的課本；《白姓官話》則是講述琉球通事接待中國難民的實用內容，課本內容編輯使用的是福州地區的通用官話，而不是福州方言。[31]由此可見琉球官話課本與福州有一定的地域關係，替字在介詞C、D與連詞E的用法上，特別是《白姓官話》一書，分布均勻。[32]可能與受到福州地區的通用官話特色的影響不無關係。

　　太田辰夫在《中國歷史文法》一書，有一句精闢的見解：「清代也有把『替』用于表方向、共同的，但是是方言。」[33]正可以解釋《白姓官話》不同

30 參見康寔鎮：《《老乞大》、《朴通事》研究》（臺北：臺灣學生書局，1985），頁15-40。

31 見木津祐子：〈清代福建的官話──以琉球官話課本的語法特點為例〉，《第五屆國際古漢語語法研討會暨第四屆海峽兩岸語法史研討會論文集（II）》（臺北：中央研究院語言學研究所，2004），頁190。

32 木津祐子：〈清代福建的官話──以琉球官話課本的語法特點為例〉，《第五屆國際古漢語語法研討會暨第四屆海峽兩岸語法史研討會論文集（II）》（臺北：中央研究院語言學研究所，2004），頁194，總結《白姓官話》使用替字說：「不僅有引出行為受益的用法（相當於現代漢語的「給」或「替」），還頻繁地用於表示行為的對象（相當於現代漢語的「跟」、「和」等等），甚至可以做表示平等的聯合關係的連詞。」

33 見太田辰夫著‧蔣紹愚、徐昌華譯：《中國歷史文法》（北京：北京大學出版社，1987），頁243。

於其他琉球官話課本的表現特色，很有可能已受到福州通用官話用語的影響。

六　明、清吳語與福州話的替字

　　有關「替」字在方言的使用情況如何？許寶華與宮田一郎主編的《漢語方言大詞典》，其替字的義項有「(10) 介詞『和、跟、同』之義」，詞典的方言根據地區其中列「2) 吳語。上海、蘇州。」[34]此外許少峰編《近代漢語大辭典》下冊替字第4義項也收有「吳語：和、偕同。」[35]

　　另外李榮主編《現代漢語方言大詞典》，替字動詞項下有「福州。代替、替換」之義，舉例「替儂生，替儂死。」介詞項下有「福州。表示行為的對象」，舉例「汝替我削蘋果。」[36]

　　由以上引述資料，明瞭現代方言的吳語與福州話都有替字的動詞與介詞的用法。而古代的吳語與福州話應當也有相應的材料可以證明。

　　石汝杰、宮田一郎編著《明清吳語詞典》(2005，上海辭書出版社)，收集明末清初吳語小說、山歌、戲曲，如《報恩緣》、《才人福》、《禪真後史》、《蕩寇志》、《豆棚閑話》、《二刻拍案驚奇》、《二刻醒世恒言》、《飛龍全傳》、《翡翠園》、《封神演義》、《伏虎韜》、《芙蓉洞》、《古今小說》、《鼓掌絕塵》、《挂枝兒》、《歡喜冤家》、《警世通言》、《墨憨齋定本傳奇》、《拍案驚奇》、《青樓夢》、《三寶太監西洋記》、《三遂平妖傳》、《醒世恆言》、《野叟曝言》、《綴白裘》等，以及清末《海上花列傳》等吳語資料。經過使用電子檔檢索，[37]總計出現替字1,416筆。其中屬於介詞與連詞的例子如下：

h　　1　幸我看見，偷得訪單在此。兄弟快些藏躲，恐怕不久要來緝捕，我須救你不得。一面我自著人**替**你在縣尉處上下使錢。

　　　　　　　　　　　　　　　　　　　　　　　　（《古今小說》，卷21）

---

[34] 見許寶華主編：《漢語方言大詞典》（北京：中華書局，1999），第四卷，頁5879。

[35] 見許少峰主編：《近代漢語大辭典》（北京：中華書局，2008），下冊，頁1828。

[36] 見李榮主編：《現代漢語方言大詞典》（南京：江蘇教育出版社，2002），第五冊，頁4109。

[37] 感謝日本熊本學園大學石汝杰教授，特地彙整該辭典「替」字詞條共64頁相贈。

2 我替你同到官面前，還你的明白。徐德遂同了幸逢，齊到兵馬司來。
幸逢當官遞上一紙首狀。

（《二刻拍案驚奇》，卷38）

上述引文h1的替字是介詞，有「為、給」之義，h2則是連詞，有「和、與」之義。

至於福州話的例子，可以舉本文第一節介紹的「Ⅲ i《福州話二十四孝》」通事書為例說明，經檢索該書共有10個替字出現，舉其中例子如下：

i　　1 齊到財主家裡，財主見永來了，就叫伊講，你替我織絹三百疋，織完乞你轉去。

（頁6，三、賣身葬父）

　　　2 心裏着寔憂愁，等到晡時就點起香燭，當天禱告：願弟子妻替我娘奶去死。

（頁31，十七、嘗糞憂心）

上述引文i1的替字，是介詞功能，即「為、給」之義，i2則屬動詞功能，有「代替、替換」之義。

由此可知，屬於南方方言的吳語與福州話，在明末及清朝時期，替字的使用相當活潑。

七　結語

長崎通事書出現的「替」字，有動詞、連詞及三種介詞的用法，從通事書的撰述背景，大約都會聯想到受明、清白話小說寫作的影響所致。但是通事書屬於一種學習之後，拿來開口說話的實用性語言，白話小說即使是口語化很強的語言，畢竟多多少少仍會受到書面語言的制約。

本文取八種中級讀本程度的通事書做材料，分析該類書籍替字出現的分

布，從語法分析來看可以區別為「動詞、介詞、連詞」三類，其中介詞又可區分為「引進服務對象、引進動作服務對象、引進動作協同對象」三小類。其次，通事書中也非單一只用替字寫作，往往可以見到同一段文字，除了替字外也同時使用與替字相當的詞語，這種並行出現的形式，可以用「非規範語言」來看待，表示通事書的作者有相當的自由空間，依照自己的語言習慣恣意而為，由此更可讀出通事書的生動活潑，完全不必擔心語與文脫節。本文將替字分布與替字相當詞語分布做一簡單比較，藉以觀察替字在通事書中所占的分量。然後就各書成立的時代背景，加以合理的推論。

長崎通事書的替字使用，本文的分析是否正確，文中以朝鮮官話課本與琉球官話課本作對照比較，發現朝鮮官話課本受北方方言的影響，因此不出現某些替字用法。相對的琉球官話課本受南方方言影響，所以呈顯出與長崎通事書相同的使用替字現象。最後本文再以明、清的吳語資料與福州話的資料分析，觀察得到兩種南方方言資料，對替字的使用也顯得相當活潑。

大約在東亞的「替」字使用，原來只有「A動詞」一項，如同朝鮮官話課本《舊本老乞大》與《飜譯老乞大》兩書的替字分布一樣。其後才逐漸增益「B介詞（引進服務對象）」一個義項，也就是《朴通事諺解》的模式，直到更晚期的《老乞大新釋》、《重刊老乞大》與《朴通事新釋諺解》等書，都承襲只有「A動詞」與「B介詞（引進服務對象）」兩類的分布，這個現象，大概是未受南方方言影響的必然結果。

18世紀之後，長崎通事書或者琉球官話課本，因為受到南方方言包括蘇州話、福州話等的大量影響，因此加入「C引進動作服務對象、D引進動作協同對象」兩小類的介詞與「E連詞」的用法，讓替字的使用趨於多樣化。現代華語的替字使用，僅有「A動詞」與「B介詞（引進服務對象）」[38]兩個義項，似乎又回復到18世紀以前樸素的替字用法時代。替字義項繁簡相變的現象，也為語言回頭變化做了很好的腳注。

最後補充一句，長崎通事書全面性的使用替字，是受到吳語與福州話影響

---

[38] 見呂叔湘：《現代漢語八百詞》（北京：商務印書館，1991），頁465。

所致。對長崎唐話來說，明、清白話小說這個通俗官話的載體，只是作為口語「官話文」引入的媒介而已。

——原載韓國國語研究會，《韓國語史研究》，第5號，頁279-302，
2019年3月。後於2020年5月19日修訂。

岡嶋冠山標注匣母字的變化[*]

　　岡嶋冠山以日本人的身分擔任長崎唐通事的職務，他在1718年與1726年分別編輯《唐話纂要》與《唐譯便覽》、《唐話便用》、《唐音雅俗語類》四本初級唐話教材，這些書每個漢字的右側都用片假名標記讀音。本文以匣母字為例，觀察《唐話纂要》、《唐譯便覽》、《唐話便用》三書的標音，發現前一本書依據杭州音，後兩本書都使用南京音標示。此外從《唐話纂要》匣母入聲字的標示，也發現岡嶋似乎是以當時逐漸在長崎流行的北方官話音處理韻尾的問題。

一　前言

（一）唐通事岡嶋冠山

　　十七世紀中葉，德川江戶幕府開始實施「鎖國政策」，僅開放九州的長崎、平戶為通商口岸，表面上對外正式來往次數減低了，但是商業貿易唐船卻源源不斷，根據記載，光1688一年之中前往長崎的唐船就有117艘之多[1]，當時長崎人口約六萬人，其中有住宅唐人約一萬，隨著唐船來航唐人也近萬。而中國稍早幾年正處於明末混亂時期，許多學者、文人雅士、僧侶或者各類工藝等技術人才，也隨著南京、溫州、廈門、福州、漳州等地單向貿易船東渡日本避難；另一方面，因為來往貿易關係，自1604年開始，為因應唐船來到長崎貿易

* 本文係行政院國家科學委員會專題研究計畫（編號：NSC98-2410-H-110-046-MY3）補助撰述，謹此致謝。

[1] 此外當年（元祿元年，1688）進入長崎的積戾船（指進口手續不完備的貿易船）有77艘，見山本紀綱：《長崎唐人屋敷》（東京：株式會社謙光社，1983），頁101。

船事務需要，因而設立長崎大、小唐通事各項職務。因為接洽對象都是從中國各地來的唐山人，所以擔任唐通事者，需要能說唐山話以及嫻熟唐山事務的人才。因此唐話學習，便成為唐通事第一件要緊事。

1701-1730（元祿14年-享保15年），航行到長崎的唐船除少數幾年之外，每年多則80艘少則也有30、40艘到日本進行貿易[2]。而此時正好是岡嶋冠山（Okazima kanzan）以日本人身分擔任通事以及活動最頻繁的時期。岡嶋氏（1674-1728，延宝2年-享保13年），出生於長崎，名璞，字玉成或援之，號冠山，法諱明敬，通稱為岡嶋彌太夫或岡嶋長左衛門，以後又改作彌太夫。曾隨清人王庶常和日本人上野玄貞學習華語。曾得益於清人指點，讀小說超過六百部，甚為勤勉。[3] 撰述有《唐話纂要》、《唐譯便覽》、《唐話類纂》、《唐音雅俗語類》、《唐話便用》、《經學字海便覽》、《唐音三體詩譯讀》、《太平記演義》、《通俗忠義水滸傳》、《唐音學庸》等。[4]

（二）用假名標注唐音的唐話教材

用假名標注唐音的唐話教本，多數屬於學習唐話的初級教材。此類教材目前所見不多，依常理推斷，如果有教師當面教學，應當也不見得需要標注唐音，大約此類教材是提供自學之用。下列「表1」羅列有紀年的唐話標音教材，備註說明有「長澤集」者，指1969-1977年出版長澤規矩也編纂並解題的《唐話辭書類集》（全二十集）所收，主要是相對於1972年六角恒廣編纂並解說《中國語教本類集成補集──江戶時代唐話篇》（共六集）的「六角集」版本差異。

2　參見山本紀綱：《長崎唐人屋敷》（東京：株式會社謙光社，1983），頁102。

3　見室鳩巢：《駿台隨筆》，頁160，此處轉引自趙苗：〈江戶時代的唐學者──岡嶋冠山〉，《日本漢語教育史研究──江戶時代唐話五種》（魯寶元、吳麗君編，北京：外語教學與研究出版社，2009），頁85。

4　參見張昇余：《日本唐音與明清官話研究》（西安：世界圖書出版公司，1998），頁39；趙苗：〈江戶時代的唐學者──岡嶋冠山〉，《日本漢語教育史研究──江戶時代唐話五種》（魯寶元、吳麗君編，北京：外語教學與研究出版社，2009），頁82-88。

表 1　唐話標音教材

作　者	書　名	出　版	標　音	備　註
佚　名	素讀一助	1694	全書標注唐音	收在長澤集第 8 集《語錄字義》之後
佚　名	唐音世語	1694	全書標注唐音	收在長澤集第8集
佚　名	唐音和解	1716	全書標注唐音與和音	收在長澤集第8集
岡嶋冠山	唐話纂要・六卷	1718	卷一至卷五無任何說明標注，卷六標「有點四聲」	收在長澤集第6集，長澤集有六卷，六角集只有五卷
朝岡春睡	四書唐音辨・二卷	1722	每字「右注南京音左注浙江音（杭州音）」	藏於京都大學圖書館
岡嶋冠山	唐話便用・六卷	1726	每卷卷首有「每字點四聲」	收在長澤集第7集
岡嶋冠山	唐譯便覽・五卷	1726	每卷卷首有「每字註官音并點四聲」	收在長澤集第7集
岡嶋冠山	唐音雅俗語類・五卷	1726	每卷卷首有「每字註官音并點四聲」	收在長澤集第6集
上野玄貞	華學圈套・三卷	不詳	全書部分標注唐音	收在長澤集第18集
島津重豪	南山俗語考・五卷	1768	標注以浙江音為主，並混有官話音和福建音	收在長澤集第5集
石川金谷	游焉社常談・二卷	1770	詞彙標音，文章未必標音	收在長澤集第17集
小寺玉晁	矗幼略記	1764-1771	字右標注南京音、字左標注福州音	收在長澤集第16集
佚　名	兩國譯通	18世紀	字右標注唐音、字左標注和音	收在長澤集第8集

根據上述表1顯示，這批教本材料從17世紀末到18世紀，約一百多年的時間。其中上野玄貞編輯《華學圈套》三卷，未有序跋或出版時間，係因上野為岡嶋氏的華語老師，因此將其書擺置於該位置。此外有佚名編輯的《唐人問

書》與《崎港聞見錄》兩書，收入「長澤集」第4集，以及渡辺益軒編輯《唐話為文箋》，收入「長澤集」第2集。可惜的是它們出版時間都不詳。這批教材有不同的體例與不同的用途，琳瑯滿目內容相當豐富。各書中以岡嶋氏編輯的幾本書較有系統，簡單介紹其內容大要如下：

1.《唐話纂要》（1718）六卷。前五卷都是詞彙集及長短話，卷五最後的「小曲」屬例外；卷六有〈孫八救人得福〉與〈德容行善有報〉兩則[5]「和漢奇談」，屬於中級教本內容。其收字經統計如下：卷一，二字話共765句、三字話共476句；卷二，四字話共714句；卷三，五字話共118句、六字話共118句、常言共144句；卷四，長短話共58句；卷五，列「親族、器用、畜獸、蟲介、禽鳥、龍魚、米穀、菜蔬、果蓏、樹竹、花草、船具、數目、足頭」等14類，二字話、三字話、四字話等詞彙，共1,233句，外加小曲10則；卷六〈孫八救人得福〉與〈德容行善有報〉兩篇文章，共計4,321字。以上各卷，不論詞彙集或文章體，都有日文的解說，可以幫助對正文的解讀。

2.《唐話便用》（1726）六卷。卷一至卷三收二字、三字……至七字相連之話；卷四至卷五收分類說話句子，有「初相見、平日相會、諸般謝人、望人看顧、諸般借貸、諸般賀人、諸般諫勸、諸般讚嘆、書生相會」等的各類說話句子；卷六收「與僧眾相會說話、長短雜話、器用」等句子或詞彙。根據統計，卷一收1,348句、卷二收1,011句、卷三收674句、卷四收64句、卷五收75句、卷六收271句，總計3,443句。每卷卷首只標列「每字點四聲」字樣。

3.《唐譯便覽》（1726）五卷。收日常對話長短句與長短雜語，各卷收字順序與他書絕然不同，完全以日語譯文第一個假名的「イロハニホ」為序排列，卷一至卷四共44組，卷四後半與卷五則收「長短雜語」。根據統計卷一收272句、卷二收354句、卷三收244句、卷四收242句、卷五收293句，總計1,405句。每卷卷首也標列「每字注官音并點四聲」字樣。

4.《唐音雅俗語類》（1726）五卷。卷一收「雅語類」，二字話269句、四

---

5 卷六部分，六角恒廣編纂並解說的《中國語教本類集成補集—江戶時代唐話篇》（東京：株式會社不二出版，1972）未收，僅見於長澤規矩也編纂並解題的《唐話辭書類集》（東京：汲古書院，1972），第六集。

字話538句；卷二收「長短雅語類」，共214句；卷三至卷五收「俗語類」，卷三收四字話與八字話各354句，卷四收包括「明律正宗」答問共80句，卷五收「明律瑣言」答問共32句，總計1,841句。前三卷卷首都標列「每字注官音并點四聲」字樣。

以上四種之外，岡嶋冠山纂輯《唐話類纂》（1726）二卷，首卷收「熊藝[6]、宮室、時候、氣形人倫、支體[7]、生植、器材」等分類的二字話共1,473句，卷二收三字話……九字話，以及「十字已上話、雜」等類共2,439句。本書屬抄本，而且並非每字都標注唐音，省略部分可能是已有標注而重複者，或者用字簡易對學習者認為毋需標注。

二 《唐話纂要》的內部差異

（一）匣母字標音的方言推測

《唐話纂要》有六角恒廣編輯影印的五卷本，以及長澤規矩也編輯影印的六卷本兩種版本。兩種本子第一卷至第五卷，內容版式、編排、刻字都沒有不同，應當是同一種原版的覆刻。長澤本多出的第六卷，有〈孫八救人得福〉及〈德容行善有報〉兩則「和漢奇談」短篇故事，與前面五卷只收詞彙或短語體例不同。全書六卷根據筆者統計共收19,552字。其中第六卷版刻第十六後半葉第一行有「乎」字，以及第十七後半葉第一行「來何教，久助直告其故，翁乃悅，方與德容及市郎」等20餘字遺漏未標音。《唐話纂要》全書屬於中古音匣母字總計有787字，占全書收字約4.03%而已。這些匣母字岡嶋氏以片假名標注華語讀音者，只出現於ア、カ、ハ、ヤ、ワ五行中。其中ア、ヤ、ワ三行標注的對應音，即是華語讀零聲母字，而カ行與ハ行才是有聲母的讀音。這個現象值得做深入觀察。

《唐話纂要》書中從未交代根據何種方言標音，本文想要從岡嶋的標音觀

---

6 原書即標為「熊藝」，不知何義。

7 原書即標為「支體」。

察其所據的方言。先看下列舌根擦音「曉、匣」兩母岡嶋氏的標音分布比較：

表 2　《唐話纂要》的曉、匣母對應音

	ア行	カ行	ハ行	ヤ行	ワ行	其他
曉（卷1-5）		1	492		1	3
曉（卷6）			92			
匣（卷1-5）	87	9	403	9	141	4
匣（卷6）	31	4	83	1	15	

曉母總數有589字，與匣母787字差異不至於太懸殊，但是兩組聲母標音的分布就相當分歧。匣母屬於零聲母「ア、ヤ、ワ」三行的對應音高達284個，相對的曉母卻只有1個，這個現象有點不可思議。此外，何以匣母字對應有聲母「ハ」行的字高達486個，相對的對應零聲母「ア、ヤ、ワ」行只有284個，可能與前者絕大多數主要對應381個開口字，而後者主要對應合口字257個的差異有關。[8]究竟岡嶋氏根據的是18世紀初中國什麼方言做標音，才呈現如此現象，下文將試做詳細討論。

以下從《唐話纂要》書中找出岡嶋氏的標音，除了聲母有曉、匣差異，其餘音韻地位完全不異的例字如下所列。冒號前、後分別是濁聲母匣母字與清聲母曉母字。匣母字除了第1、9兩組標有聲母之外，其餘八組都是零聲母；然而曉母每一組都標ハ[ha]行讀音的有聲母：

1　紅、洪、鴻　ホン[hon]：烘　ホン[hon]

2　糊、乎、胡、湖、狐、壺、蝴、瑚、猢、葫　ウ[u]：呼　フウ[huu]

3　戶　ウ[u]：虎、滸　フウ[hu]

4　互、護　ウ[u]：扉　フウ[hu]

5　回、迴、蛔　オイ[oi]：灰　ホイ[hoi]

8　依據本文審查人提出的參考意見，補充說明「ハ」行與「ア、ヤ、ワ」行分化的條件主要可能在開、合口。

6 渾、魂 ウヲン[uon]：婚 ホヲン[huon]

7 完、丸 ワン[wan]：歡 ハン[han]

8 豪 ア。ウ[au]：蒿 ハ。ウ[hau]

9 華、樺 ハア[ha]：花 ハア[ha]

10 皇、惶、蝗、凰、黃 ワン[wan]：慌 ハン[han]

第8組豪字的假名標音，在ア與ウ之間有小圓圈，表示此字讀為複元音。針對上述10組的讀音，以下使用（1）北京大學中國語言文學系語言學教研室編《漢語方音字彙》（2003，第二版重排版）、（2）錢乃榮編《當代吳語研究‧字音對照表》（1992）、（3）江蘇省地方志編輯委員會編《江蘇省志‧方言志》（1998）三書，總計78個方言點做觀察；[9]此外再以（4）遠藤光曉〈杭州方言の音韻体系〉（1989），以及（5）陳澤平《福州方言研究‧常用字同音字表》（1998）做對照觀察。

符合上述各組讀音（1與9兩組除外），即匣母讀零聲母而曉母讀有聲母二分法的方言點，相當不一致。2、3、4、5、6五組，只有溫州、杭州、廣州、陽江與建甌稍微與它們的對立情形相近；第7組除蘇州及《當代吳語研究‧字音對照表》所記杭州音聲母不相同之外，其他所列方言皆相符；第8組僅有杭州、建甌兩地讀零聲母，其餘方言皆為有聲母的讀音；第10組則有梅縣、廣州、陽江、福州、建甌及杭州，與它們的對立情形相似。第1與第9兩組，岡嶋標示的都有聲母[h]，與他相異的只出現在建甌、福州、廈門白讀、潮州白讀，以及遠藤記載的杭州音，以上方言點匣母的「紅」字都讀零聲母；至於第9組的匣母「華」字，也只有建甌、廣州、陽江、嵊縣崇仁鎮與太平鄉（《當代吳語研究‧字音對照表》），以及遠藤記載的杭州音，才讀零聲母。這個現象說明，岡嶋冠山相當得意之作的《唐話纂要》，究竟是根據什麼漢語方言做標音依據？並不是很簡單可以下定論。

---

9 《漢語方音字彙》有現代漢語七大方言20個方言點，《當代吳語研究‧字音對照表》有吳語33個方言點，《江蘇省志‧方言志》則有吳語與官話方言25個方言點。

（二）匣母字零聲母的對應

　　為了徹底瞭解匣母標為零聲母的現象，以下羅列《唐話纂要》的匣母字讀為「ア、ヤ、ワ」三行零聲母的例子，字後的數字表示出現次數；其次以《唐話纂要》出現的語詞作證，斜體字的詞彙收在第六卷，其餘則是第一至第五卷所收的例證；最後標示原書岡嶋氏片假名標音，國際音標則是本文作者所加。

1　ア行例證

　　1　[豪]3：家道豪富、豪家未必長富貴，ア。ウ[au]。

　　2　[含]4：含怒、含淚、含情、含血，アン[an]。

　　3　[奚]2：奚落，イ[i]。

　　4　[降]1：*以降其妖*，イヤン[ian]。

　　5　[杏]2：杏子、銀杏，イン[in]。

　　6　[糊]2：糊了紙門、糊帚；[乎]11：於是乎彰、幾乎、在乎、其有之乎、處女乎、難乎、嗟乎、於是乎；[胡]13：胡亂、胡梯、胡床、胡鼠、胡豆、胡瓜、胡椒、胡桃；[互]1：若左若右而互望；[湖]3：江湖；[護]4：護短、護送、愛護、護身；[戶]5：破落戶潑材、家饒戶富、門當戶對、江戶町；[狐]2：兔死狐悲、狐狸；[壺]2：茶壺、酒壺；[蝴]1：蝴蝶；[瑚]1：珊瑚；[葫]1：葫蘆，ウ[u]。

　　7　[話]1：說話投機，ウア[ua]。

　　8　[活]1：救得活，ウヱ[ue]。

　　9　[活]17：快活、活動、救得活、生活、過活、活人、獨活、*活命*；[惑]1：疑惑；[獲]2：大獲全勝、姑獲[10]；[或]24：或大或小、或走馬射弓、或刺鎗使棒、或者、*或花或月*、*或愁或喜*、*或有委屈*、*或念彌陀佛*、*或頌普門品*；[核]1：核兒，ウヲ[uo]。

　　10　[渾]4：渾身麻木、渾家；[混]2：混混與世相濁；[魂]2：散魂而驚恐、神魂飄蕩，ウヲン[uon]。

---

[10]「姑獲」為禽鳥名。

11 [換]3：改面換骨、以身換藥、更換新服，ウン[un]。

12 [回]2：未有回音、未曾回復，オイ[oi]。

2 ヤ行例證

13 [狹]1：狹窄；[篋]3：硯篋、篋兒；[俠]1：遊俠，ヤ[ia]。

14 [降]4：投降、納降，ヤン[ian]。

15 [螢]1：螢蟲，ヨン[ion]。

3 ワ行例證

16 [滑]3：滑起來、狡猾，ワ[wa]。

17 [話]6：閑話、說話、講話、回話、這話、官話；[画]6：画画、画 虎、
画虎画皮難画骨；[畫]1：畫眉，ワア[wa]。

18 [懷]3：懷疑、寬懷、懷裏；[壞]3：壞體面、打壞，ワイ[wai]。

19 [還]20：往還、還未、交還、還願；[完]10：完備、完了、讀完、完
聚；[緩]2：緩寬；[患]5：患病、心腹之患、貧窮患難、曾患；[換]1：
更換衣服；[莞]1：莞然大笑；[皇]2：皇帝、感動皇天；[惶]4：惶愧；
[丸]2：丸藥；[蝗]1：螞蝗；[凰]1：鳳凰；[黃]12：黃鼠狼、黃鸝、黃
鶯、黃鳥、黃魚、黃豆、黃金；[鯇]1：鯇魚；[晃]2：晃晃放光；
[鬟]1：風鬟霧鬢，ワン[wan]。

20 [穴]2：巖穴；[褐]1：褐子，ヱ[ie]。

21 [陷]2：陷城、圈套陷人；[銜]1：馬銜；[鷼]1：白鷼；[唌]1：唌檀，
ヱン[ien]。

22 [猢]1：猢猻；[槲]1：槲樹；[斛]1：石斛，ヲ[wo]。

23 [回]23：下回、今回、回音、回話、轉心回意、收回；[會]20：會說話、
會打拳、會彈絃、理會、會得、約會、一會話、會意、會令人；
[慧]1：恩慧最大；[惠]2：受惠、賢惠；[蛔]1：蛔蟲；[槐]1：槐樹；
[廻]4：廻旋、廻避、廻至，ヲイ[woi]。

24 [禍]5：禍福無門、惹禍、不測之禍、大禍、無禍者，ヲウ[wou]。

　　上述屬於「ア」行對應音的有「豪」等29個字，屬於「ヤ」行對應音的有「狹」等5個字，屬於「ワ」行對應音的有「滑」等37個字。以上總共有71個字，若從現代方言對應音來看，以杭州音最符合「零聲母」的對應關係。不過本文引述的杭州音有錢乃榮編《當代吳語研究・字音對照表》（1992）及遠藤光曉〈杭州方言の音韻体系〉（1989）兩種，錢氏在體例中說明所調查的範圍是「杭州城內」，遠藤氏則在論文開始即提到調查的是杭州市內的方言。[11]

　　錢氏與遠藤兩人記錄的杭州話，韻母讀音大同小異，聲母最大的差異在於錢氏都把匣母字記成濁的喉擦音[ɦ]，遠藤恰巧都是[ø]零聲母，例如「豪」字，他們分別記錄為：[ɦɔ]與[ɔ]；「降」字分別記錄為：[ɦiʌŋ]與[iaŋ]。一來或許他們所謂的「城內」與「市內」的確有差異，因而兩人的杭州方言記錄有了不同。二來或許可以這麼說，由於遠藤是日本人，說不定他把發音人讀的[ɦ]，記成[ø]零聲母，這不算是誤記，可能是一種非母語的聽覺問題。因為濁喉擦音[ɦ]與零聲母[ø]，對非母語的人來說聽起來很相似。[12]或許如此正好可以解釋三百年前的日本人岡嶋冠山，也有可能將濁的喉擦音聽成零聲母，因此使用零聲母「ア、ヤ、ワ」三行的音來記錄濁的匣母讀音。

（三）同字異讀的現象

　　由以上「ア、ヤ、ワ」三行的例證詞語，可以看出岡嶋標注的詞彙都相當平常，並無特殊讀音的例證。不過卻發現某些字的讀音，也同時讀為「カ、ハ」兩行的有聲字，也有同時讀為兩個無聲母的讀音，舉例對照如下：

　　1 話1：說話投機，ウア[ua]。
　　　　話6：閑話、說話、講話、回話、這話、官話，ワア[wa]。
　　　　話19：假話、真話、會說話、學唐話、*咲話*，ハア[ha]。

---

[11] 見錢乃榮編：《當代吳語研究》（上海：上海教育出版社，1992），頁77；遠藤光曉：〈杭州方言の音韻体系〉，《均社論叢》（京都：京都大學文學部中文研究室，1989），16期，頁25。

[12] 「非母語的聽覺」解釋，是本文作者的推測。承本文審查人提供意見，遠藤（1989）一文所記的杭州音以音位標記，將ɦ和ʔ用零聲母處理，其實仍有ɦ存在。

2 回2：未有回音、未曾回復，オイ[oi]。

　回23：下回、今回、回音、回話、轉心回意、*收回*，ヲイ[woi]。

3 活1：救得活，ウヱ[ue]。

　活17：快活、活動、救得活、生活、過活、活人、獨活、*活命*，ウヲ[uo]。

4 禍5：禍福無門、惹禍、不測之禍、大禍、無禍者，ヲウ[wou]。

　禍2：不測之禍、災禍，ホウ[hou]。

5 豪3：家道豪富、豪家未必長富貴，ア。ウ[au]。

　豪3：豪富，ハ。ウ[hau]。

6 還20：往還、還未、交還、還願，ワン[wan]。

　還1：還將，ハン[han]。

7 換4：改面換骨、以身換藥、更換新服，ウン[un]。

　換1：更換衣服，ワン[wan]。

　　從以上七組所舉的詞語例證，可以看出各組兩個或三個讀音，它們其實沒有兩讀的必要，既非詞義差異，又無破讀需要，因此不明白何以岡嶋記載幾個不同的讀音。有可能是岡嶋編書時吸收了不同時期學習的讀音，所以下筆撰寫時沒有留意它們的前後差異讀法。

　　此外，「寒」有7個例子，其中5個讀ハアン[han]，例子如「饑寒起盜心、寒不可衣、寒酸秀才、一介寒士、寒舍」；其餘2個讀ハン[han]，詞例如「寒凍、寒舍」。「降」有5個例子，其中4個讀ヤン[ian]，詞例如「投降、納降」；其餘1個讀イヤン[ian]，例證在第六卷「*以降其妖*」。這幾個字雖然都有兩組不同的片假名讀音，但是仔細推敲，彼此之間其實沒有什麼差異，因此不必視作異讀看待。

（四）前五卷與第六卷標音無區別

　　此外，由於《唐話纂要》一書有五卷本與六卷本的差異，六角恒廣在書前摘要說：

　　《唐話纂要》，長崎處士岡嶋援之輯，享保元年（1716）丙申歲秋，江
　　府須原屋久右衛門刊，初版五卷五冊。享保三年（1718）戊戌歲正月，
　　京都三条通升屋町，江府日本橋南一丁目出雲寺和泉掾再版六卷六冊。[13]

由於六卷本晚出，第六卷所加的〈孫八救人得福〉與〈德容行善有報〉兩則
「和漢奇談」，撰寫體例與前面以詞語為主的內容不同，因此有人認為岡嶋氏
可能標注的讀音也跟著不同。如果從匣母字的標音來看，似乎無此現象。

　　以下是一些例子，盡量舉相同詞彙做比較。分號前面是卷一至卷五的內
容，之後則是卷六的例子，仍用斜體字做區別。詞彙後面的數目代表《唐話纂
要》原書的頁碼，以昭公信。不過前五卷用六角恒廣編輯本的頁碼，第六卷改
用長澤規矩也編輯本的頁碼。

　　　1 還：還願（p37）；*還願*（p275/276），ワン[wan]。
　　　2 完：完聚（p163）；*完聚*（p245），ワン[wan]。
　　　3 患：心腹之患（p77）；*心腹之患*（p246），ワン[wan]。
　　　4 皇：皇帝（p95）；*皇天*（p276），ワン[wan]。
　　　5 黃：黃金（p137）；*黃金*（p248），ワン[wan]。
　　　6 回：回音（p159）；*收回*（p273），ヲイ[woi]。
　　　7 會：理會（p74）；*會意*（p244），ヲイ[woi]。

由此可以證明前五卷與第六卷標音系統相同，匣母字仍然標示沒有聲母的讀
音。張昇余根據《唐話纂要》只有第六卷卷前有「有點四聲 平上去入」的記
載，判斷「第六卷與第五卷不是同一時間寫的，而且第六卷與前五卷的中國音
源不同，是南京官話。」[14]僅是想當然爾的推論，前述七個例證可以證明張氏
的說法不能成立。

---

13 見六角恒廣編：《唐話纂要》，《中國語教本類集成補集——江戶時代唐話篇》（東京：株式會
　　社不二出版，1972），頁3。
14 見張昇余：《日本唐音與明清官話研究》（西安：世界圖書出版公司，1998），頁18。

三 岡嶋前後著作的比較

（一）岡嶋匣母字標音的前後變化

以下以岡嶋另外兩部著述《唐譯便覽》與《唐話便用》，拿來與《唐話纂要》做比較，前兩部書都編成於1726年，與《唐話纂要》六卷本完成時間相差不會超過十年，但是它們的標音卻大大改變了。先看以下的「表3」比較：

表 3 匣母字分布比較

	ア行	ヤ行	ワ行	カ行	ハ行	其他
《唐話纂要》787	118	10	156	13	486	4
	284＝36.09%			503＝63.91%		
《唐譯便覽》746	2	14	17	3	709	1
	33＝4.42%			713＝95.58%		
《唐話便用》1,000	24	12	15	3	933	13
	51＝5.1%			949＝94.9%		

由表3可以看到一個現象，原來在《唐話纂要》標為零聲母的「ア、ヤ、ワ」三行字，到了編寫《唐譯便覽》與《唐話便用》兩書，竟然各少掉了30%以上。這個改變與「音變」沒有關係，事實上是岡嶋改用其他讀音來標注所形成，此種呈現為全濁音共有的現象，恰巧在匣母字比其他的全濁音明顯而已。[15]

（二）前後標音差異舉例

岡嶋標注匣母字，在《唐話纂要》與《唐譯便覽》、《唐話便用》的差異，大多數由零聲母改標為有聲母，不過也有依然標注零聲母的零星例子。以下列

---

[15] 感謝本文審查人提供意見，認為林武實：〈岡嶋冠山著《唐話纂要》の音系〉，《漢語史の諸問題》（尾崎雄二郎、平田昌司編，京都：京都大学人文科学研究所，1988），頁173-205，一文早已指出此種分布傾向是全濁音共有的現象。

字的體例與前面「第二節、（二）」相同，各字編號承襲不變，由於《唐話纂要》前面已有詞語舉例，不再重複，下面的例子僅為《唐譯便覽》、《唐話便用》兩書出現詞語例證。

1 [豪]：《纂要》3，ア。ウ[au]；《便覽》1，豪傑，ハ。ウ[hau]；《便用》8，豪爽、豪富、豪傑，ハ。ウ[hau]。

3 [奚]：《纂要》2，イ[i]；《便覽》1，感佩奚涯，ヒイ[hi]。

4 [降]：《纂要》1，イヤン[ian]；《便覽》2，降者無數、降兵斬將，ヤン[ian]；《便用》4，降伏、降順、投降，ヤン[ian]。

6 [糊]：《纂要》2，ウ[u]；《便覽》2，糊糊塗塗，フウ[hu]。[乎]：《纂要》11，ウ[u]；《便覽》3，幾乎、休乎、不嘆之乎，フウ[hu]；《便用》3，幾乎、不在乎，フウ[hu]。[胡]：《纂要》13，ウ[u]；《便覽》3，胡說、胡亂、胡言亂語，フウ[hu]；《便用》7，胡亂、胡說、胡梯，フウ[hu]。[湖]：《纂要》3，ウ[u]；《便覽》7，江湖，フウ[hu]；《便用》8，江湖，フウ[hu]。[狐]：《纂要》2，ウ[u]；《便覽》1，狐狸精，フウ[hu]；《便用》1，狐疑，フウ[hu]。

7 [話]：《纂要》1，ウア[ua]；《便覽》57，說話、呆話、嫌話、回話，ハア[ha]；《便用》48，老實話、閑話、話不虛傳，ハア[ha]。

9 [活]：《纂要》17，ウヲ[uo]；《便覽》9，過活、快活、死活，ホツ[hoʔ]；《便用》11，活著、生活、死也活也，ホツ[hoʔ]。[或]：《纂要》24，ウヲ[uo]；《便覽》12，或有些、或者、雖或有之、或為、或作，ホツ[hoʔ]；《便用》20，或文若詩、或者、或補、或有，ホツ[hoʔ]。[惑]：《纂要》1，ウヲ[uo]；《便覽》2，扇惑良民、女色所惑，ホツ[hoʔ]；《便用》2，搧惑、疑惑，ホツ[hoʔ]。

10 [渾]：《纂要》4，ウヲン[uon]；《便覽》4，渾白酒、渾是金銀、渾身，ホヲン[huon]；《便用》2，渾身、渾如猛虎，ホヲン[huon]。[魂]：《纂要》2，ウヲン[uon]；《便覽》1，魂魄，ホヲン[huon]；《便用》1，魂不附體，ホヲン[huon]。

12 [回]：《纂要》2，オイ[oi]；《便覽》54，回來、回去、回鄉、回
話、回府、轉心回意，ホイ[hoi]；《便用》41，回嗔、挽回、今回，
ホイ[hoi]。

13 [狹]：《纂要》1，ヤ[ia]；《便覽》3，狹窄、狹小，ヒヤツ[hiaʔ]；
《便用》1，狹窄，ヒヤツ[hiaʔ]。

17 [畫]：《纂要》1，ワア[wa]；《便覽》4，畫畫、畫餅充飢，ハア
[ha]；《便用》3，画画、琴棋書畫，ハア[ha]。

18 [懷]：《纂要》3，ワイ[wai]；《便覽》4，懷挾怨恨、感恨傷懷，ハ
イ[hai]；《便用》11，懷抱、寬懷、開懷，ハイ[hai]。[壞] ：《纂
要》3，ワイ[wai]；《便覽》6，打壞、不壞了、破壞，ハイ[hai]；
《便用》11，朽壞、折壞、毀壞，ハイ[hai]。

19 [還]：《纂要》20，ワン[wan]；《便覽》34，還要、還可、還未、不
還，ハン[han]；《便用》51，交還、推還、往還、還沒有，ハン
[han]。[緩]：《纂要》2：ワン[wan]；《便覽》1，緩馬而行，ワアン
[wan]；《便用》4，遲緩、緩急，ワン[wan]。 [換]：《纂要》1，ワ
ン[wan]；《便覽》3，換一換、也要換，ハン[han]；《便用》6，抵
換、更換、換他，ハン[han]。[皇]：《纂要》2，ワン[wan]；《便
覽》1，皇天之恩，ハン[han]；《便用》2，皇帝、皇天，ハン
[han]。[惶]；《纂要》4，ワン[wan]；《便覽》3，惶愧、愴惶，ハン
[han]；《便用》6，倉惶、惶怖、驚惶，ハン[han]。[黃]：《纂要》
12，ワン[wan]；《便覽》2，黃口孺子、黃白，ハン[han]；《便用》
2，黃昏、黃白，ハン[han]。

20 [穴]：《纂要》2，ヱ[ie]；《便覽》1，虎穴龍潭，ヱツ[ieʔ]；《便用》
1，點穴，ヱツ[ieʔ]。

21 [陷]：《纂要》2，エン[ien]；《便覽》3，陷害、墮陷，ヒエン
[hien]；《便用》3，陷害、陷落，ヒエン[hien]。

23 [會]：《纂要》20，ヲイ[woi]；《便覽》39，理會、神明會、會得講
話、會做，ホイ[hoi]；《便用》40，少會、會聚、會寫字、會做事，

ホイ[hoi]。

24 [禍]：《纂要》5，ヲウ[wou]；《便覽》8，轉福作禍、禍不單行、惹
禍，ホウ[hou]；《便用》16，避禍、遭禍、禍根、禍福，ホウ
[hou]。

　　從以上《唐話纂要》、《唐譯便覽》與《唐話便用》的詞彙舉例，音與義的
關係三本書之間沒有什麼不同。在標音上可以看到第4與19兩條，即「降、
緩」兩字，後出的《唐譯便覽》與《唐話便用》兩書，也標示零聲母的現象，
與《唐話纂要》沒有不同。其餘各條則有相當的差異，後二書都改標有聲母的
[h]。另外值得注意的一點是，第9、13、20三條「活、或、惑、狹、穴」等字，
它們屬於入聲字，後出的《唐譯便覽》與《唐話便用》兩書，都改標有喉塞音
韻尾性質的ツ[-ʔ]，與《唐話纂要》完全不同。以上總總的前後差異，不禁讓
人懷疑，岡嶋是否根據真實的方言來標音？

四　岡嶋華語學習的背景

（一）岡嶋最早學習杭州方言

　　有關岡嶋冠山生平的完整資料流傳不多，不過仍可從其同輩或授業弟子的
文集、序跋、書札中窺探一二，究竟岡嶋華語學習背景、行事風格、撰述講學
等狀況如何，從石崎又造撰述的《近世日本に於ける支那俗語文學史》中引述
的各文說法，[16]大約可以略見其梗概。今轉引石崎氏引文並適度做相關補充說
明如下。

　　　冠山始以譯士仕于萩侯，受其月俸。自慙為賤役，辭而家居。專修性理
　　　學，獨以此名於西海。

　　　　　　　　　　　　　　　　　　　　　　　　　（《先哲叢談》後編卷三）

---

16 參見石崎又造：《近世日本に於ける支那俗語文學史》（東京：清水弘文堂書房，1967），頁63-
88。

石崎氏引文所說，萩侯即天和2年4月（1682）就任長州萩城城主的毛利吉就，而毛利卒於元祿7年（1694），可見岡嶋擔任譯士時，當在21歲之前。

> 頃歲來遊京師，余偶然邂逅，挾書討論。去秋請譯解《英烈》、《水滸》二傳而行于世。

（文會堂刻本《通俗皇明英烈傳》，林義端九成序）

該序文撰於宝永2年3月（1705），當時岡嶋約32歲。過3年即1708年初秋，從江戶上黃檗山將同輩荻生徂徠的書信轉交給悅峰道章。此後與悅峰時有交往，不過兩人卻因故有嫌隙，荻生在給悅峰的函中透露岡嶋已有悔意：

> 渠則稱道和尚大恩不已，更賜青盼，感曷能輆。渠已改過自懲，請厚遇之。

（《徂徠集》卷二十九〈與悅峰第五〉）

悅峰道章其人，根據大槻幹郎、加藤正俊、林雪光編《黃檗文化人名辭典》記載，[17]悅峰（1655-1734）俗姓顧，浙江省杭州府錢塘縣人，10歲出家，1686年5月受興福寺住持澄一道亮之招到長崎，後來繼承為興福寺中興第三代住持，住中曾修築興福寺山門、鐘鼓樓、大雄寶殿等建築。曾受幕府倚重，尊崇極高。

　　岡嶋於正德元年（1711）入國子博士林鳳岡門下補博士弟子員，10月被聘為護園唐話譯社講師。此時岡嶋已經是38歲的中年人了，其實他的華語修養已經達到相當高的階段，可是為了個人前途，也只能做此選擇。他的華語語言能力高明，從以下幾段序文或贈詩可以看出：

> 茲有岡嶋玉成子者，精通華之音與語也。一開口，則鏗鏗然成於金玉之聲；一下筆，則綿綿呼聯於錦繡之句。乃以是而鳴於當世，赫赫驚人耳

---

[17] 見大槻幹郎、加藤正俊、林雪光編：《黃檗文化人名辭典》（京都：株式會社思文閣出版，1988），頁43-44。

目，郁郁流芳遠近者，有年於茲也。

（醫官法眼林崇節《唐話纂要・序》，1716）

玉成崎陽人也，少發大志，長来東都。其開口譚唐，揮筆譯和。恰如仙人之尸解，將凡骨庸胎，一時脫換，獨餘其衣冠而不化也。一起一坐，一咲一欬，無不肖唐。嘗在崎陽，與諸唐人相聚譚論，其調戲謾罵，與彼絲髮不左，旁觀者惟辨衣服，知其玉成，其技之妙大率如此。故海內解音者，聞名聾服，望風下拜。

（紀府侍醫高瀨學山《唐話纂要・序》，1716）

玉成岡嶋君，世家長崎，少交華客，習熟其語。凡自四書六經，以及諸子百家稗官小說之類，其聲音之正，與詞言之繁，頗究其閫奧。且質之於大清秀士王庶常者，而後華和之人，無不伸舌以稱嘆之。

（白樫仲凱《唐話纂要・跋》，1716）

吾師玉成先生同鄉長崎人也，少交華客，且從先師祖上野先生而習學華語，已自悟入其妙境。

（守山祐弘《太平記演義・序》，1719）

短衣長鋏動諸侯，披髮悲歌燕市頭。罵座春風驚綺席，揮毫醉色爛銀鉤。興来時發中原語，恍若身凌大海游。總是斐然吾與點，看君狂簡擅東州。

（荻生徂徠《徂徠集・卷三・寄岡生》）

由以上引文可知，岡嶋冠山一生率性自若，好氣任俠，難怪他仕途或事業相當不順。年輕時曾經從上野玄貞學習華語，因同輩荻生徂徠引介曾與長崎興福寺中興第三代住持悅峰道章交往，更有機緣與大清秀士王庶常討論，中年之後拜在國子博士林鳳岡門下當博士弟子。這些學習華語、華文或儒學經驗，最後都在他翻譯中國書籍、編撰唐話教材或者與人笑談應酬中，不經意的顯現出與唐人無異的唐話水準。

上野玄貞（1661-1713），長崎人士，最初曾跟隨滯留長崎的明人秀才蔣眉山學習儒學；與石原鼎菴一起向興福寺中興二代住持澄一道亮學習醫術。上野

氏通曉廣東、杭州的方言，當時包括岡嶋氏在內的長崎唐通事都向他學習。[18]
蔣氏名述峨、字眉山，杭州海寧人；澄一與前述的興福寺中興三代住持悅峰道
章都是浙江省杭州府錢塘縣同鄉。[19]由此就不難明瞭岡嶋氏最初的華語學習，
受到杭州方言的影響有多深。

（二）長崎唐人生活環境的影響

明朝人渡海到日本藉以逃避戰亂，到十七世紀初已經達到了高潮；隨後清
初開始隨貿易船來往長崎者，也絡繹不絕於途。由於江戶幕府鎖國政策實施，
為了集中管理方便，將日本各地的中國人集中到長崎一地居住，因此1688年
（元祿元年）長崎的住宅唐人，已占全部人口的六分之一左右約一萬人，加上
每年來往長崎的貿易船所謂「來航唐人」，差不多也接近萬人9,128人的龐大數
量。[20]

當時越來越多的唐人，特別是永住長崎的唐人，感覺異鄉的孤寂與無奈，
於是分別連續數年之間建立以同鄉為基礎的寺廟，它們分別是1623年（元和9
年），由江西饒州府浮梁縣出身俗姓劉覺，出家後法號真圓開基創立的興福
寺；1628年（寬永5年），由福建泉州府出身的覺悔，開基創辦福濟寺；1629年
（寬永6年），由出身福建福州府的超然和尚，開基創立崇福寺。這三座寺廟都
屬於禪宗臨濟黃檗派，合稱為長崎「唐三寺」。它們有一個共同特點，雖然都
是禪宗佛寺，寺內都極其慎重的恭奉天上聖母菩薩，主要在媽祖能保佑海上航
行船隻與人員的安全。此外，唐三寺的住持除少數例外都有籍貫上相同的傳承
色彩，興福寺以江蘇、浙江、江西出身為主，因此該寺也被稱為三江寺或南京
寺；福濟寺清一色以福建漳州或泉州出身為主，因此被稱為泉州寺或漳州寺；
崇福寺的住持差不多都是福州府出身，因此被稱為福州寺。唐三寺久而久之便
成為海外同鄉聚會的會所，但是三寺之間彼此也有相互往來，尤其是中國傳統

---

[18] 參見石崎又造：《近世日本に於ける支那俗語文學史》（東京：清水弘文堂書房，1967），頁63。

[19] 見大槻幹郎、加藤正俊、林雪光編：《黃檗文化人名辞典》（京都：株式會社思文閣出版，1988），頁239。

[20] 見大庭脩著、徐世虹譯：《江戶時代日中秘話》（北京：中華書局，1997），19頁。本處轉引自趙苗：〈江戶時代的唐學者——岡嶋冠山〉，《日本漢語教育史研究——江戶時代唐話五種》（魯寶元、吳麗君編，北京：外語教學與研究出版社，2009），頁84。

節日如元旦、清明、端午、中元等重要節慶，甚至最重要的農曆2月2日土地公生日、3月23日媽祖誕辰，都會輪流由三寺盛大舉辦。這個活動也帶來了唐人之間的文化互動，對海外唐人有相當重大的意義。

十七世紀中葉之後，長崎只開放對中國船及荷蘭船的單向貿易，但是嚴厲取締天主教信徒仍有落網之魚；加上單向貿易輸入中國的瓷器、絲織品及砂糖，輸出日本的銅產，仍有層出不窮的海上走私貿易發生。為了徹底執行該兩項政治與經濟的禁令，並防止幕府權威統治鬆動，因此於1689年（元祿2年，康熙28年），在長崎十善寺藥園修築總坪數9,373坪的「唐人屋敷」或稱「唐館」，容納短期居住長崎的來航唐人。[21]館內逐年修建完成，主要有二層樓房20間、市店107間、土神堂一棟6坪、天后堂（與關聖帝並祀）一棟16坪、觀音堂一棟6坪、涼所一棟9坪、蓄水池3座及水井5口，[22]儼然一個獨立的生活街市。不過唐館門禁森嚴，非經核准不能自由出入，只有遊女例外，但是仍受到進出攜帶物品登記的限制，以免發生走私情事。雖然如同拘禁的獨立生活，不過這些居住其中的船主、財副或隨船而來的文人或畫家，仍然可以在年中重要節慶出外與住宅唐人相聚來往。

唐三寺、唐館之外，每年春、夏、秋三季不斷有中國起航地命名的貿易船（即通稱之「唐船」）進入長崎港，主要有南京船、寧波船、福州船、泉州船、漳州船、廈門船、廣東船、潮州船、普陀山船、湖州船等等，接續不斷來往於長崎與啟航地。來到長崎一趟貿易結束，往往等待幾個月或半年、一年都是很平常的事。唐船來長崎期間，也是唐人出身的唐通事最為忙碌的時刻，周旋於以日本為代表的長崎官方及唐船船主與財副之間，談判、排紛解難、刺探情報等等，各種大小通事都有他們的職責。

岡嶋冠山以一位日本人的身分擔任唐通事「內通事」的職務，他的職掌不過是擔任唐船修理或處理一些與貿易有關的簡單手續之翻譯而已，[23]職務的重要性與地位不算太高，難怪岡嶋不多久即行辭職他去。不過由於他擔任內通事

---

[21] 1636年（寬永13年）已修築人工島「出島」，容納葡萄牙與荷蘭的貿易船人員。

[22] 見山本紀綱：《長崎唐人屋敷》（東京：株式會社謙光社，1983）頁218-219。

[23] 參見奧村佳代子：《江戶時代の唐話に関する基礎研究》（大阪：關西大學出版部，2007）頁5。

職務的關係，加上他對唐話的自信，穿梭於唐人之間笑談自若，那是可想而知的事。岡嶋原來就是在長崎出身的日本人，由於對地理環境的熟悉，加上他的工作需要，每天接近唐人包括唐三寺的住持與和尚、唐船相關人員，甚至與唐館的船主、財副來往談話，這些都是有可能出現的場景。也因此證明岡嶋接觸的華語是多樣的中國各地方言，如泉州話、漳州話、南京話、福州話等等，而以他的聰明才智及語言天分，相信他能談吐適當而且應付裕如。

五　岡嶋標注匣母字方言推論

（一）三種重要的唐話腔口

擔任唐通事最重要必須具備的唐話，應當是唐船出發地的方言，也就是福州話、泉州話、漳州話，以及當時被視為通行語的南京話，這一點在前人留下的唐通事子弟會話練習的「唐話會」記錄可以看出大致情況。該份「長崎通事唐話會」資料見於篠崎東海《朝野雜記抄》卷四所收，[24]享保元年（1716）11月22日「長崎唐通事唐話會」問答內容，各舉一例如下：

> 問（福州話）：先生紅毛船裏上去了沒有。（河間幸太郎）
> 答：從來未曾上去看。（彭城八右衛門）
> 問（漳州話）：只二日大下寒冷。令堂都納福否。有年紀个人問候飲食
> 　　起居。爾著孝順兮。（吳藤次郎）
> 答：多謝只是金言。母恩大如天，豈可不孝順。父母在不遠遊，遊必有
> 　　方。我也記得。此二句因為罕得出門然數共家母說。（陽市郎兵
> 　　衛）
> 問（南京話）：今日儞的佳作裏，有清味遠懷王子會，請教，這個甚麼
> 　　故事呢。（彭城貞太郎）

---

[24] 本文轉錄石崎又造：《近世日本に於ける支那俗語文學史》（東京：清水弘文堂書房，1967），頁15-18。

答：這是當初有箇王休，每冬天時候，取了溪水敲碎精瑩的所在，與賓
客烹建茗的故事。（神代十四郎）

原文每字右側都用片假名標記各方言的讀音，上述引文已經省略。不過仍然可
以看出引文的方言性，不用當地口音很難理解文字表達的真正意思。每句問答
之後有考官與考生的名字，考官都是當時各種職位的唐通事，考生則可能是見
習通事或學習教養中的學徒身分。

唐通事各有唐話專長，南京話、漳州話、泉州話或福州話，應該與其祖籍
有相當大的關係。《西鎮要覽》卷二，就記載寬文年間（1661-1672）唐通事各
人的專長方言：[25]

唐大通事四人

穎川藤左衛門　　漳州口

彭城甚左衛門　　福州口

柳屋頭左衛門　　南京口

陽　惣右衛門　　南京口

同小通事四人

林　　　甚吉　福州口

林　　　道榮　福州口

東海德左衛門　南京口

穎川藤右衛門　漳州口

大通事穎川藤左衛門（1617-1676），即陳道隆，其父陳沖一，漳州龍溪人，明
末醫官。避亂到九州南部薩摩藩擔任藩主島津家侍醫，娶日本人藤九郎雅成之
女為妻，生長子穎川藤左衛門。後攜藤左衛門到長崎生活，1640年（寬永17
年）藤左衛門開始擔任唐小通事，次年昇為大通事，直至1674年（延宝2年）

---

25 轉引自石崎又造：《近世日本に於ける支那俗語文學史》（東京：清水弘文堂書房，1967），頁
18-19。

退職。其妻為長崎第二代代官末次平藏之女。藤左衛門曾施捨贊助修建屬於漳州人、泉州人的福濟寺。小通事林道榮（1640-1708）長崎人，父親則是福建省福州府出身，林道榮於1663年（寬文3年）就任小通事一職。[26]

由此可見福州、漳州、南京等方言，是當時唐通事幾種比較重要的方言。除了精通本籍的腔口之外，最好連其他的方言也能說得上口。從以下《長短拾話唐話》兩段引文可以瞭解：

> 有一個漳刕通事，年紀不過二十二、三歲，做人慷慨，志氣大得緊。……所以他㐰官話，他不過這兩日纔㐰起的，但是講得大好，他㐰一日，賽過別人家㐰一年。我教導他第一句話，第二句是就自家體諒[27]得出，只當精□從[28]一樣的了。
>
> 有一个人問他說道：「你原末是漳刕人的種，如今講外江話，豈不是背了祖，孝心上有些說不通了。」他原是乖巧得緊，大凡替人末往的書扎，相待人家的說話，水末土掩，兵末鎗當，着実答應得好，他囬覆說道：「我雖然如今㐰講官話，那祖上的不是撇下末竟不講，這个話也会講，那个話也会講，方纔筭得血性好漢，人家說的正是大丈夫了，口裏是說什厷話也使得，心不皆祖就是了」[29]
>
> 有一个大頭目，見了唐年行司，問他說道：「我看你們同僚裡頭，也有的人漳州話、福州話、外江話都會請，原末才藝，名一藝者少，況且各人各有專門的事情。難道三樣的話，都唐人一般會講不成，其中必竟也有說不精的。我且問你，你會講那里的話？会講下南話呢？」那時唐年

---

26 有關潁川藤左衛門與林道榮的事蹟參見大槻幹郎、加藤正俊、林雪光編：《黃檗文化人名辞典》（京都：株式會社思文閣出版，1988），頁240、310。

27 「體諒」話本小說又作「體亮」、「體量」，即「體會諒察」之意。見白維國編：《白話小說語言詞典》（北京：商務印書館，2011），頁1510。

28 「□從」兩字，長崎歷史文化博物館藏本「□」作「彳十亞」；縣立長崎圖書館藏本作「彳十亞 彳十迷」，疑當做「啞迷」。

29 見長崎歷史文化博物館藏本《長短拾話唐話》頁60-62。又有關本段引文校正，請參考本書「附錄4-C18」。

行司說道：「大人見得極[30]明，晚生從未口舌重鈍，說話不清不白，下南話是打不未。」

頭目又說道：「亇広[31]福劦話會広？」他說：「也不會。」頭目又說：「既然不会両樣的話，外江話自然會講。」他答道：「也不會。」頭目聽呆了，一囬說道：「亇広究竟你會講什広話？」這亇人原未乖巧，會說咲話，他不慌不忙，恭〻敬〻囬覆說道：「晚生會講的是日本話了。」頭目聽說，咲亇個咲笑不住，好咲〻〻。[32]

上面兩段引文，所謂「外江話」指的是南京話，「下南話」就是漳州話。第一段所說的年輕漳州通事，三種話都能短時間學成而且琅琅上口；第二段的唐年行司（即職位較低的通事）剛剛好相反，什麼話也不會說，只是混個世襲家傳的通事名分，三種話都不會說，文章最後他答覆說僅能說日本話而已。

（二）匣母字與現代杭州音、南京音的對應

前面「第二節、（二）」《唐話纂要》所列的全部24組匣母字對應例證，以錢乃榮編《當代吳語研究・字音對照表》（1992）杭州音部分及遠藤光曉〈杭州方言の音韻体系〉（1989）兩項語料比對，大致可以確定岡嶋所標示的假名讀音就是依據「杭州音」而來。[33]而以江蘇省地方志編輯委員會編《江蘇省

---

[30] 「極」字長崎歷史文化博物館藏本此字右偏旁「亟」作「豕」，已在字旁改正為「極」字。

[31] 「亇広」也寫作「亇末」，就是「那麼」之意。見白維國編：《白話小說語言詞典》（北京：商務印書館，2011），415頁。

[32] 見長崎歷史文化博物館藏本《長短拾話唐話》頁65-66。又有關本段引文校正，請參考本書「附錄4-C20」。

[33] 前人論述中，林武實：〈岡嶋冠山著《唐話纂要》の音系〉，《漢語史の諸問題》（尾崎雄二郎、平田昌司編，京都：京都大学人文科学研究所，1988），頁173，在前言中說明《唐話纂要》屬於岡嶋冠山前期的唐音表記，有濃厚的吳語色彩。Richard VanNess Simmons: "A Note on the Phonology of the Tōwa Sanyō." *Journal of the American Oriental Society*. Vol. 115, No. 1: 28-30,1995，以《唐話纂要》標音與現代方言蘇州、上海、揚州、徐州、杭州做比較，得出岡嶋的表記似乎較接近杭州話。有坂秀世：〈江戸時代中頃に於けるハの頭音について——唐音資料に反映した〉，《国語音韻史の研究》（東京：三省堂書店，1957增補新版），頁225-226，則指出岡嶋當時的唐話有官話與俗話的區別，俗話指的是杭州音，也稱為浙江音。並引述當時長崎奉行

志・方言志》（1998）所載的南京音對照比《唐話纂要》稍晚編輯出版的《唐譯便覽》、《唐話便用》兩書，「第三節、（二）」所標示的16組讀音，也可以確定岡嶋所標的是南京音。兩者之間最大區別，在於《唐話纂要》標示的杭州音都是零聲母，而《唐譯便覽》、《唐話便用》所標示的南京音大多數都有聲母。

有關杭州話比對部分，遠藤〈杭州方言の音韻体系〉（1989）與錢乃榮《當代吳語研究・字音對照表》（1992）的記音，除了聲母相應之外，韻母也多數相近，只有幾點需要補充說明。第一，陽聲字的「降、杏、渾、魂、混、螢、皇、蝗、黃」等字，杭州音有舌根鼻音韻尾[-ŋ]與舌尖鼻音韻尾[-n]的不同，但是片假名都用「ン」來對應，無法作區隔；第二，另外一些陽聲字「含、還、緩、患、換、陷、銜」等字韻母，杭州音都讀成鼻化元音[æ̃]、[õ]、[ẽ]，可是片假名還是以「ン」韻尾作對應。以上兩點都是不同語言系統性的差異問題，取之作對應時無法避免彼此的系統侷限。

有關南京音比對部分，江蘇省地方志編輯委員會（1998）所載的〈字音對照表〉（頁207-306）及〈南京方言同音字匯〉（頁563-580），所有匣母字洪音都以舌根清擦音[x-]起頭當聲母，細音都以舌面前清擦音[ɕ-]起頭當聲母，後者是舌根音經歷顎化的記錄，然而片假名一律以ハ行作對應。除此之外也有幾點需要作說明，第一，「杏、渾、魂、混」幾個陽聲字，南京話都讀舌根鼻音韻尾[-ŋ]，片假名只能用「ン」來對應；第二，南京話的鼻化元音似乎比杭州話增加，「含、降、還、完、緩、患、換、皇、惶、黃、凰、丸、晃、陷、銜」等字韻母，讀作[ã]、[ẽ] 兩個鼻化元音，片假名還是以「ン」作韻尾對應；第三，「話、回、畫、懷、壞、還、換、皇、惶、黃、會」等字，南京話都有合口[-u-]介音，但是岡嶋的片假名對應，都沒有任何介音存在。或許這是日文ハ行讀音的特色，不方便在其中插入[-u-]的緣故，因此在對應上造成開口與合口的不協調對應；第四，合口一等的「禍」字，《唐譯便覽》與《唐話便用》都標作ホウ[hou]，然而南京話卻讀[xo]。這個現象或許可以說明不同語言的對

中川忠英（1753-1830）詢問唐船船主等人而編輯成書的《清俗紀聞》，認為當時來長崎的清人以江南浙江人較多，他們通行的語言自然是吳方言的標準語杭州話。

應，兩種音很難絕對對應整齊，除語言系統差異外，記音者本身的人為因素也可能是需要考慮的原因之一。

此外有一個讀音比較特殊，需要在此做一說明，「豪」字《唐話纂要》有3次出現，都讀ア。ウ[au]；《唐譯便覽》出現1次、《唐話便用》出現8次，兩書都讀ハ。ウ[hau]。這個[au]的複元音，與現代方言杭州話讀[ɔ]（遠藤光曉1989：43）、[ɦɔ]（錢乃榮1992：122）；福州話讀[xo]（陳澤平1998：32），甚至南京話的韻母讀[ɔ]（江蘇省地方志編輯委員會：1998）完全相左。不知是否岡嶋依據北方官話大多數都讀[au]韻母而來，雖然當時北方官話對長崎唐話的影響可能還微乎其微，但是神來之筆恰巧讓岡嶋捕捉到也說不定。

現代南京話的匣母字都讀成舌根清擦音[x-]或舌面前清擦音[ɕ-]，但是唐話的南京音卻未必完全如此讀，仍有零聲母的記載存在。例如長澤規矩也編纂並解題的《唐話辭書類集》第十六集收有小寺玉晁編《麤幼略記》一書，[34]內容記載約在18世紀中葉以後，唐船載來各種雜貨的名稱，其書第二頁記載「右南京音、左福州音」字樣，大概是讓唐通事行使職務時參考使用的材料。其中至少出現有「黃、紅、杭、畫、湖、痕、號、項、降、瑚、丸、匣」等幾個匣母字，但是其中右側南京音的記載，也出現「黃ワン、畫ワア、丸ワン」的零聲母讀音。置於此當作對照參考的資料。

（三）有關入聲字的標記

最後想討論一下岡嶋標記入聲字的問題，前面「第三節、（二）」曾提出「活、或、惑、狹、穴」5個匣母入聲字標記問題，以下用表列方式對照如表4。

---

[34] 該書封面題作「麤幼雜貨譯傳　全」，與內文書名「麤幼略記」有異。此處依據長澤規距也書名。

表4　匣母入聲字標音對照

例字	《纂要》	杭州音	《便覽》	南京音	《便用》	南京音
9. 活	17ウヲ[uo]	[ueʔ/ɦueʔ]	9ホツ[hoʔ]	[xoʔ]	11ホツ[hoʔ]	[xoʔ]
9. 或	24ウヲ[uo]	[＊/ɦueʔ]	12ホツ[hoʔ]	[xuɛʔ]	20ホツ[hoʔ]	[xuɛʔ]
9. 惑	1ウヲ[uo]	[＊/＊]	2ホツ[hoʔ]	[＊/＊]	2ホツ[hoʔ]	[＊/＊]
13. 狹	1ヤ[ia]	[iaʔ/ʑçieʔ]	3ヒヤツ[hiaʔ]	[çiaʔ]	1ヒヤツ[hiaʔ]	[çiaʔ]
20. 穴	2エ[ie]	[yeʔ/ɦyiʔ]	1エツ[ieʔ]	[＊/＊]	1エツ[ieʔ]	[＊/＊]

　　例字前面的數字是「第三節、（二）」的原編號，《唐話纂要》等三本材料假名前面的數字，代表讀音出現次數。杭州音前、後分別為遠藤光曉（1989）與錢乃榮（1992）的記音，南京音則為江蘇省地方志編輯委員會（1998）所載的〈字音對照表〉及〈南京方言同音字匯〉的記音。找不到記音則用「＊」表示。

　　現代杭州話與南京話都有入聲韻尾，不論哪一種韻尾最後都合併為喉塞音韻尾，可是岡嶋記載屬於杭州話的《唐話纂要》，收有3,180個入聲字，其中包括86個匣母入聲字，卻完全無塞音韻尾的標記，這一點比較奇怪。反觀《唐譯便覽》與《唐話便用》，都改標表示入聲韻尾的「ツ」，其中《唐譯便覽》共收3,637個入聲字，包括59個匣母的入聲字，除少數例外都用促音的片假名「ツ」標寫；《唐話便用》總計收3,886個入聲字，其中包括89個匣母入聲字，也是用促音的片假名「ツ」來標示。可見岡嶋前後三書對匣母入聲字的標音，有很大的改變。

　　南京話是否一定有入聲韻尾，由於各人根據的差異，或者說記音人的個人因素差異，記載呈現的就有不同的現象。前面本節「（一）」小節曾經提過享保元年（1716）11月22日「長崎唐通事唐話會」的問答內容，其中南京話就出現「默モ、答タ、即ツイツ、及キ、切ツエツ、六ロ、七ツイツ、得テツ、索ソツ」等的記載，其中「即、切、七、得、索」5個字標示片假名「ツ」入聲的記號，其餘「默、答、及、六」4個字，不知何故就不標示。另外，前面本節「（二）」小節也提過的《靈幼略記》一書，其中右側南京音的記載，只有「蜜ミツ、葛カツ、掇テツ」及「著ツヲク、束スヲク、匣アフ、甲カフ」等7字

有入聲的標記及類似入聲的標記，其餘「力リヨ、色スヱ、白ペエ、吉キイ、滑クヲ、織チイ、幅フウ、綠ロ、閣クヲ、木モ、訣ケ、血ヘ、蠟ラ、竭キワ、石シ、一イ、粒リウ」等17字，完全未標入聲字的記號。岡嶋《唐話纂要》也將入聲字標與陰聲字一樣沒有塞音尾，是否正表示他所記的杭州話入聲字讀音，已漸漸向北方官話靠攏，值得再做深入探討。

六　結語

岡嶋冠山以一位日本人的身分，擔任需要使用唐話的唐通事職務，唐話使用對他個人來說應當游刃有餘勝任愉快，或許由於他擔任的內通事職位卑下，不足以發揮他的長才，空有一身唐話高水準的能力，因此不多久即掛冠求去。1718年（享保3年，康熙57年）岡嶋出版了六卷本的《唐話纂要》，這是他編輯的第一本唐話學習教材，書中各種體例都是前無所承的獨創，每字右側標示的則是他學習華語首先習得的杭州話讀音。可是不滿10年工夫，1726年（享保11年，雍正4年）岡嶋陸續出版《唐譯便覧》與《唐話便用》兩本與《唐話纂要》類型極相近的教材，可是每字字旁的標音，已經改用南京話作標音。這一改變是否岡嶋本人意識到南京話在當時唐話的權威性，還是另有其他考慮，則不得而知。

下面引一段唐話中級教材《唐通事心得》的內容，說明當時學習唐話的環境，除了各種腔口外也開始重視「官話」學習的獨特地位，因為能講官話也就能通天下各種腔口的方言，反之只會說方言，彼此之間只能面面相覷啞口無言了。引文一開始，告訴學唐話的人，由福州話學習入手最好，若由官話或漳州話學習入手，其他兩種腔口都會說得怪腔怪調：

> 大凡學了福州話的人，舌頭會得掉轉，不論什麼話都會講，官話也講淂来，漳州話也打淂来。壁如先學了官話，要你講漳州話，口裡軟頭軟腦，不象亇下南人的口氣。先學了漳州話，要儞說官話，舌頭硬板々，咬釘嚼鉄，像個韃子說話一樣的不中聆。這个正真奇淂狠，唐人是生成

的，自然如此，連日本人也是這樣了。

若是外江人遇着下南人，或者見了福建人，講官話自然相通。原來官話是通天下，中華十三省都通得了。童生秀才們要做官的，不論什麼地方的人，都學講官話，北京朝廷裏頭的文武百官，都講官話。所以曉得官話，要東就東，要西就西，到什麼地方去，再沒有不通的了，豈不是便當些。但是各處各有鄉談土語，蘇州是蘇州的土語，杭州是杭州的鄉談，打起鄉談未竟不通，只好面々相覷，耳聾一般的了。[35]

引文所說「外江人」指的是說南京話的江、浙人，「下南人」就是說漳州話的閩南人，「福建人」指的是說福州話的福州人。官話是通天下的語言，何以「外江人遇着下南人，或者見了福建人，講官話自然相通」，其中透露著當時的南京話有通天下的官話地位。

由此可見南京官話與福州話、漳州話，在唐通事三種語言中，有其特殊的獨立地位。或許如同今日部分地區的南京方言，已有向北方官話靠攏的意味。[36]如果當時情況也相似的話，那麼岡嶋記載《唐話纂要》的入聲字沒有塞聲韻尾的標示，是否在全書匣母字以杭州話為標音參照的同時，也無意中記載了當時可能剛在長崎逐漸被重視的北方官話沒有入聲韻尾的讀音。

—— 原載國家圖書館漢學研究中心，《漢學研究》，第30卷第3期，頁167-195，2012年。後於2020年5月22日修訂。

---

[35] 見縣立長崎圖書館藏渡辺文庫本《唐通事心得》，頁33-34。又有關本段引文校正，請參考本書「附錄4-B4」。

[36] 參見江蘇省地方志編輯委員會：《江蘇省志・方言志》（南京：南京大學出版社，1998），頁563的序言。

《唐詩選唐音》的標音特色[*]

　　本文從《唐詩選唐音》全書收集的五言絕句及七言絕句共165首，總計6,100個漢字的片假名標音入手，觀察此6,100個漢字標音的各種音韻呈現。包括鼻音韻尾、塞音韻尾的特色，零聲母化擴大的特色，以及知系與莊系、照系、精系合併的特色等。此外，本文也將《唐詩選唐音》反映的音韻現象，持與時代接近的岡嶋冠山標注的《唐話纂要》、《唐話便用》等書做對照，藉以說明《唐詩選唐音》的標音特色。

一　前言

　　「域外漢語」的各種材料，仍然持續在發掘中，若以朝鮮、日本、琉球三地的實用性官話課本來看，產生於日本江戶時代（1603-1867）長崎的唐通事「唐話」，是一項值得特別留意及探討的課題。雖然狹義的唐話，[1]指的是在唐通事與中國來航貿易的唐船作為溝通的語言，但是它僅屬於世襲子弟學習的性質，其封閉的情況可想而知。相對於朝鮮朝（1392-1910）編寫的官話課本《老乞大》、《朴通事》，及其譯注、諺解的各種讀本，或者琉球官話課本《官

---

[*] 本文係行政院國家科學委員會專題研究計畫（編號：NSC98-2410-H-110-046-MY3）補助撰述，謹此致謝。

[1] 奧村佳代子認為唐話有三類：「唐通事唐話、岡嶋冠山唐話、日本人唐話」，見奧村佳代子撰：《江戶時代の唐話に関する基礎研究》（大阪：関西大學出版部，2007），頁23-24。又一般而言，廣義的唐話除唐通事唐話之外，還包括唐話辭典語彙、日本人譯解或創作的文學作品、漂流筆談資料等，見奧村佳代子・岩本真理編：〈唐話資料〉，《清代民國漢語文獻目錄》（遠藤光曉、竹越孝主編，2011，首爾：學古房），頁178-197。

話問答便語》（1703-1705）、《白姓官話》（1749-1753）、《學官話》（1797）、《廣應官話》（1797-1820）等的材料，唐話課本的數量、內容不但比較可觀，其產生的背景或牽涉的海上貿易、官民互動，以及長崎唐人信仰、來航唐人居留等所形成的政治、社會、文化問題也較多樣化。從域外漢語的角度來看，唐話相當值得深入研究探索。

唐通事唐話另外值得深入探討的材料，例如《瓊浦佳話》、《唐通事心得》、《長短拾話唐話》、《譯家必備》等書，除了反映當時唐通事實際工作記載之外，也對當時與唐人有關諸如唐船、唐三寺、唐人屋敷、永住唐人與來航唐人的來往互動，有很深刻的描寫。對後人研究域外漢語是一項相當珍貴的背景印證材料。

唐通事的養成教育，據武藤長平（1879-1938）的研究，大致可以區分為幾個階段：[2]

（一）首先從發音學習開始，選擇《三字經》、《大學》、《論語》、《孟子》等書，雖然是「文言文」內容，仍作練習唐音之用。

（二）其次學習由二字、三字組成的單語，如「恭喜、多謝、請坐；好得緊、不曉得、吃茶去」等，或者四字以上的長短話。以上階段結束後再讀：《譯詞長短話》五冊、《譯家必備》四冊、《養兒子》一冊、《三折肱》一冊、《醫家摘要》一冊、《二才子》二冊及《瓊浦佳話》四冊等。都是由唐通事編輯的抄寫本教科書。

（三）有了前面基礎之後，開始閱讀漢文書籍，如《今古奇觀》、《三國志》、《水滸傳》、《西廂記》等一類小說；或者自習《福惠全書》（清人黃六鴻撰）、《資治新書》（清李漁撰的職官書）、《紅樓夢》、《金瓶梅》等書，如有不懂之處，可向先生請教。

除了學講話還需要有「學問」做輔助，才能把通事的工作做得好。由此可見，講話之外的其他學習，也是同等重要的，一個人最後能否升任大通事，還與他處事應對的能力，生意營運談判、世情冷暖高低的處理等，有相當的關

---

2 參見《西南文運史論・鎮西の支那語學研究》（京都：同朋舍，1926），頁51-53。

係，[3]絕對不是只有會講熟練的唐話即可。

二 《唐詩選唐音》收字統計

唐話資料《唐詩選唐音》一書，刻於日本安永6年丁酉即乾隆42年（1777），屬於唐話資料出版的鼎盛時期。書前有「濟南李攀龍編選、崎水劉道音、東都高田識訂」等字樣。此中最重要的標音者劉道，依據日本知名學者有坂秀世所說，[4]可能是與隱元禪師（1592-1673）同行上京的唐通事。此說若可信，則該書有可能屬於唐通事學習的教材之一。本文以該書為對象，從書中所收五言絕句74首、七言絕句165首，總計6,100個漢字的片假名標音，作為唐話對音探討的主要依據。

（一）收字未見偏頗現象

《唐詩選唐音》一書的標音體例，在每個漢字的右側以片假名標音，只有極少數闕如。以下從聲調、聲母、韻母的歸屬，先列6,100個漢字的中古音音韻地位統計數如下：[5]

聲調：

平聲 3,265　上聲 849　去聲 1,076　入聲 910

3　《長短拾話唐話》：「做一个唐通事，不事輕易做得未，一則講話，二則孛問，這兩樣要緊，但是平常的人是多得狠了，才藝超過人家，出類拔革的人，是節眼裡頭隔出未的一般，十分難得。雖然如此，這兩件是通事家的家常茶飯，不足為奇，單々會講兩句話，會拈筆頭也做不得，那算盤上歸乘除的算法，生意上塌貨營運的道理、世情上的冷煖高低，這等的事情都要明白，更兼有胆量，纔是做得大通事，若是小氣鼠胆的小丈夫，夢裡也不要想做大通事。」（原書頁64-65）。有關本段引文校正，請參考本書「附錄4-C19」。

4　參見有坂秀世，〈江戸時代中頃に於けるハの頭音について──唐音資料に反映した〉，《国語音韻史の研究》（東京：三省堂書店，1957增補新版），頁225。

5　統計數字包括《唐詩選唐音》極少數未標音的收字。

聲母：

幫系 489： 幫 133　滂 24　並 104　明 227

非系 458： 非 220　敷 26　奉 50　微 163

精系 804： 精 126　清 189　從 152　心 282　邪 55

照系 635： 照 130　穿 125　神 12　審 143　禪 225

莊系 255： 莊 11　初 22　牀 43　疏 179

端系 467： 端 131　透 48　定 217　泥 71

知系 237： 知 100　徹 4　澄 127　娘 6

見系 1,022： 見 584　溪 196　群 58　疑 184

影系 1,092： 影 213　曉 170　匣 315　喻 220　為 174

來母 423　　日母 218

韻母：

通攝 404　江攝 70　宕攝 542　梗攝 540　曾攝 182

臻攝 680　山攝 855

深攝 175　咸攝 128

止攝 679　遇攝 513　果攝 158　假攝 235

蟹攝 355　效攝 240　流攝 344

　　從聲母收字數量來看，以影系、見系、精系、照系，分居數量最多的前四組。這個現象與先師陳伯元教授將《廣韻》重新編輯而成的《聲類新編》，聲紐收字多寡情況相類似。[6]這個現象說明《唐詩選唐音》的聲母分布正常，並無偏頗，不會因為收字數量分布異常，影響統計結果的可信程度。

　　其次，從韻母收字數量來看，超過500個的收字，有宕、梗、臻、山、止、遇6個攝，這個現象與《廣韻》收字也很相似，都是收字較多的幾個攝。

6　《聲類新編》（臺北：臺灣學生書局，1982）收字，影系5,056字、見系4,598字、精系3,037字、照系1,986字，除照系之外，前面三組也是收字最多的前三位。

而聲調的收字，平聲、去聲分居一、二位，上聲與入聲殿後，數量不相上下，與《廣韻》聲調的分布也是差異不大。由此可見《唐詩選唐音》收字的韻母與聲調，也都是屬於正常的分布，對本文統計與討論的結果，應當可以較為客觀。

（二）標音仍有疏漏或誤刻

為了方便以下討論，有必要在此先將《唐詩選唐音》標注假名疏忽之處做一說明。例如皇甫冉〈婕妤春怨〉：「花枝出建章，鳳管發昭陽。借問承恩者，雙蛾幾許長。」[7]（《唐詩選唐音》，頁266[8]）第二句「鳳管」的「管」字，右旁空白未標假名，此是刻書者不知什麼原因的漏刻。又韓翃〈寒食〉：「春城無處不飛花，寒食東風御柳斜。日暮漢宮傳蠟燭，青烟散入五矦家。」（《唐詩選唐音》，頁301）屬於入聲的「入」字，卻標有鼻音標幟的「ン」，顯然是誤刻所致。另外，朱放〈題竹林寺〉：「歲月人間促，烟霞此地多。殷勒竹林寺，更得幾回過。」（《唐詩選唐音》，頁267）「殷勒」的勒字據《全唐詩》第315卷，係「勤」的誤刻，可是《唐詩選唐音》的標音「キン」卻不誤。此種誤刻例子，本文在數據統計時以「勤」字為對象。除此之外的誤刻，可能牽涉標音系統問題，將在相關之處做必要說明或討論。

三　韻尾標音的特色

（一）鼻音韻尾的標示

中古收舌根鼻音尾[-ŋ]有「通、江、宕、梗、曾」攝，《唐詩選唐音》此五攝總計收有1,279字，絕大多數日文片假名都標有「ン」，表示收鼻音韻尾。僅有「戎、打、鄉、涼」4個字例外。其中「打」字，《廣韻》作「德冷切」屬梗

---

[7]　《唐詩選唐音》全書只列詩句，未有作者及詩篇名，本詩根據《全唐詩》第249卷加入作者及篇名。以下敘述時若加有篇名及作者，皆本文作者所添加。又引述詩句文字時，完全依照《唐詩選唐音》所刻的內容，不做任何更動，除非標音有問題需做討論時，會在相關之處說明。

[8]　頁碼據《唐詩選唐音》，《中國語教本類集成補集——江戶時代唐話篇—第四卷》（六角恒廣編、解說，東京：不二出版，1972）。下同。

攝有鼻音韻尾字，但是《唐詩選唐音》僅出現一次打字，即金昌緒〈春怨〉：「打起黃鶯兒，莫教枝上啼。啼時驚妾夢，不得到遼西。」（《唐詩選唐音》，頁272）此打字標タア[ta]，沒有鼻音韻尾符合當時口語已經演化的讀音。[9]

其餘3個字可能是標音者的偶疏所形成。杜甫〈復愁十二首〉：「萬國尚戎馬，故園今若何。昔歸相識少，蚤已戰場多。」（《唐詩選唐音》，頁260）將戎字標為スイ、[sui]，則不知什麼原因所致。《唐詩選唐音》另外兩個戎字分別標チヨン[tʃion]（頁274）、ジヨン[dʒion]（頁288），都有鼻音尾的標注可證。崔國輔〈九日〉：「江邊楓落菊花黃，少長登高一望鄉。九日陶家雖載酒，三年楚客已霑裳。」（《唐詩選唐音》，頁296）標鄉為ヒヤ[hia]沒有鼻音，但是《唐詩選唐音》一書共收18個鄉字，其餘17個字都標ヒヤン[hian]。張喬〈宴邊將〉：「一曲涼州金石清，邊風蕭颯動江城。坐中有老沙場客，橫笛休吹塞上聲。」（《唐詩選唐音》，頁314）標涼字為リヤ[ria]，同樣情況，《唐詩選唐音》其餘3個涼字都標リヤン[rian]，顯然是標音者或刻書者遺漏鼻音尾所致。

中古收舌尖鼻音尾[-n]有「臻、山」兩攝，《唐詩選唐音》全書總計有1,160字，絕大多數日文片假名都標有「ン」，表示收鼻音韻尾，僅有「看、前、邊」3個字例外。由下面說明，可以看出也是標音者偶疏所致。

李白〈靜夜思〉：「牀前看月光，疑是地上霜。舉頭望山月，低頭思故鄉。」（《唐詩選唐音》，頁254）將看字標為カ[ka]。《唐詩選唐音》全書收看字19個，其餘18字都標為カン[kan]。杜審言〈渡湘江〉：「遲日園林悲昔遊，今春花鳥作邊愁。獨憐京國人南竄，不似湘江水北流。」（《唐詩選唐音》，頁274）、張籍〈涼州詞三首〉：「鳳林關裡水東流，白草黃榆六十秋。邊將皆承主恩澤，無人解道取涼州。」（《唐詩選唐音》，頁307），此兩首邊字分別標為ペ[pe]、ヘ[he]。《唐詩選唐音》全書收邊字20個，其餘18字都標為ペン[pen]。王昌齡〈春宮曲〉：「昨夜風開露井桃，未央前殿月輪高。平陽歌舞新承寵，簾外春寒賜錦袍。」（《唐詩選唐音》，頁281）將前字標為ツヱ[tsie]。《唐詩選唐

9　歐陽修《歸田錄》已質疑打字何以讀成「丁雅切」，可見今天多數方言讀為沒有鼻音尾[ta]，　早在宋代已經出現，而元代《中原音韻》已在「家麻韻」收入打字。此說引自何九盈、蔣紹　愚：《古漢語詞彙講話》（北京：中華書局，2010），頁12-13。

音》全書收11個前字，其餘10字都標為ツエン[tsien]。

中古收雙唇鼻音尾[-m]有「深、咸」兩攝，《唐詩選唐音》全書總計有227字，沒有例外每字都標有「ン」，表示仍保存鼻音韻尾。

由以上《唐詩選唐音》陽聲字標音現象的說明，可以瞭解大多數中古音收[-ŋ][-n][-m]韻尾的字，該書仍然以「ン」標示，不過對漢語[-ŋ][-n][-m]之間的區別無法顯示，因此不得已以「ン」做標示，這樣的處理雖然不得已，其實作者也已盡了力。

（二）塞聲韻尾標示

中古音「通、江、宕、梗、曾」攝，屬於收舌根塞音尾[-k]，《唐詩選唐音》全書此五攝收有459字，其中最後一個音節標有日文片假名ツ[-ts]的僅57個字，如「宿ソツ、覺キヤツ、閣ケツ、白ペツ、識シツ」，它們分別屬於通、江、宕、梗、曾各攝收字。未標塞聲標幟「ツ」的高達398字，此外有4個字空白未標任何符號。

中古音「臻、山」兩攝，屬於收舌尖塞音尾[-t]，《唐詩選唐音》全書此二攝收有375字，其中標有日文片假名「ツ」的僅88字，如「月エツ、日ジツ」分別屬於山、臻攝。未標「ツ」的高達287字。

中古音「深、咸」兩攝，屬於收雙唇塞音尾[-p]，《唐詩選唐音》全書總計收有76字，標有「ツ」的僅4字，即「濕ジツ、入シツ、ジツ」，全部是深攝入聲字，其中入字出現三次。未標「ツ」的高達72字。

這裡值得注意的是，第一，不論以上哪一類塞音尾，塞聲標示「ツ」尾的都不如未標的收字多，未標與標示的比例是86.25%：13.75%，兩者相差將近6倍多，這其中可能隱含著《唐詩選唐音》標音，向官話無塞音尾讀音靠攏的趨勢。第二，那些標示有「ツ」尾的收字，並非只標示一種讀音，從《唐詩選唐音》全書觀察，某些字的標示出現了分歧現象，例如：

「一」字出現49次，分別是イツ7、イ42
「日」字出現63次，分別是シツ2、ジツ32、シ4、ジ25

「月」字出現58次，分別是エツ17、ヱツ10、エ1、ヱ30

日本人唐通事岡嶋冠山（1674-1728）幾部著名的唐話著述，其中《唐話纂要》（1718）根據杭州話標音，現代杭州話仍保存入聲喉塞音尾[ʔ]，可是該書所有入聲字卻沒有「ツ」尾標示。《唐話便用》（1726）每卷卷首有「每字點四聲」字樣；《唐譯便覽》（1726）與《唐音雅俗語類》（1726）兩書，每卷卷首都有「每字註官音并點四聲」字樣，這三本書卻都在入聲字旁標有「ツ」尾。可見入聲字有無標示「ツ」尾，可能無法具體反映實際語言的狀況。在此大膽推測《唐詩選唐音》對入聲字的標音不一致，可能代表著標音的任意性，而這種任意性是否意味著，標音人記錄了逐漸向北方官話音靠攏的大趨勢，同時也在不經意間保留了自己熟悉語音或母語有入聲韻尾的讀法。

四　零聲母逐漸擴大的特色

（一）微母

微母在中古音聲母屬於唇齒鼻音，到了近代音已經逐漸向唇齒擦音或零聲母演變的趨勢。在《唐詩選唐音》中，總數有163個微母字。標示的片假名都讀零聲母，如「ウ無、ウイ未、ウエン聞、ウヱ物、ウヱン問、ワン萬」沒有例外。

（二）疑母

疑母在中古音聲母屬於舌根鼻音，近代音開始有一部分字讀零聲母。在《唐詩選唐音》中，共收184個疑母字。標示的片假名讀零聲母有152字，如「エツ、エ月、ウ吳、エン原、イ語魚義。ヨ、ヨツ玉。ヲイ魏、エツ、エ月、ワイ外、エン原」。而標有聲母的為少數，有舌根塞音「ゲウ偶、ゴウ我、ゲツ岳、ケ鄂」，也有仍然屬於鼻音「ニイ宜疑凝、ニヤン迎、ヌ鄰、ニウ牛」，讀塞音聲母都是一、二等字，讀鼻音聲母的都是三等字，這是一項明顯的區別。

（三）為母

為母在中古音聲母屬於半元音，《唐詩選唐音》共收174字，標示的片假名全讀零聲母沒有例外，「イ雨、イイ于、イイン雲、イユン雲、イン雲、エン園。ユウ有、ヨン永。ワン王、ヱ越、ヱン遠、ヲイ為」，其中雲字有イイン2、イユン37、イン3三種標音；園也有エン、ヱン兩種標音。

（四）喻母

喻母在中古音聲母屬於零聲母，《唐詩選唐音》共收220字。標示的片假名讀零聲母有218字，「イ已、イイ預、イン引、ウイ惟、ヱ夜、エツ驛、エン緣。ヤウ遙、ヤン陽、ユウ遊。ヨ欲、ヨン營、ヱ夜、ヱン筵」。例外兩字是「ジエン剡、ツエン恙」。

（五）影母

影母在中古音聲母屬於喉塞音，《唐詩選唐音》共收213字。標示的片假名讀零聲母有212字，「アイ哀、アン安、イ衣、イツ一、イヤウ腰、イン陰、ウ烏、ヱウ鷗、ヱン恩、エン燕、ヤア鴉、ヤイ靄、ヤウ杳、ユウ幽、ヨン雍、ワン灣、ヹン恩、エン烟、ヲイ畏、ン怨」。例外是「ケ゚ン恩」，恩字在《唐詩選唐音》全書其餘9字都標エン[en]、ヹン[ien]，此處疑為根據其他來源的例外標音。

中古音的「三十六字母」時代，也就是約10世紀左右，喻、為兩個聲母已經不分，然後逐漸與影、疑、微三個聲母合併讀成零聲母，發展完成的時間約在17世紀。從以上《唐詩選唐音》五組聲母的收字，絕大多數都已共同讀成零聲母這個現象來看，標示讀音者正好記錄了這項零聲母發展的結果。

（六）曉、匣兩母讀音的變化

在此擬附帶提一下舌根音的「曉、匣」兩母的發展情況，拙文〈唐話對應

音觀察之一──岡嶋冠山標注匣母字的變化〉[10]一文，曾經觀察岡嶋冠山以杭州話標音的《唐話纂要》，其中曉、匣兩母的標音絕然不同。曉母收字589，標有聲母ホ行[h]讀音的高達584；匣母收字787，標有聲母ホ行的有486，標零聲母ア[a]、ヤ[j]、ワ[wa]行讀音有284。可見岡嶋標零聲母讀音，不過是匣母部分字的一些現象而已。

《唐詩選唐音》的曉母字，總數收170字。標示的片假名都讀非零聲母，主要收字カ[k]行有「キヤウ曉」，サ[s]行有「スエン宣」。ハ[h]行則每段標音都有，如「ハア花、ヒイ稀、フウ虎、ヘ黑、ホイ灰」。至於匣母字，《唐詩選唐音》總數收315字。標示的片假名讀零聲母的有123字。標音讀非零聲母的高達192字，其中カ行有34字如「キヤア峽賀、クウ胡、クワン宦、ケン咸函」。ハ行有158字如「ハア華、ハン寒含、ヘン恨限、ホイ回徊、ホウ何禾、ホン紅渾」。這個現象說明曉、匣兩個聲母，已經不再有零聲母的傾向，反而是向ハ行音靠攏的趨勢發展。

五　舌上音與齒音字合併的特色

在《唐詩選唐音》的標音中，可以看到舌上音知系與齒音照系、莊系、精系合併的現象，它們有一個大趨勢，主要讀成タ[t]行與サ[s]行兩類。

（一）舌上音：知徹澄

知母在《唐詩選唐音》中出現100字，多數標「チ、ツ、テ」タ[t]行音，如「チヨン中、ツウ知、テ謫」。徹母只收4字，有3字標音屬於タ[t]行音，「チヤン悵、チヨン寵、ツウ恥」。澄母收127字，多數也標「チ、ヅ、テ、ド」タ[t]、ダ[d]行音，如「チエン傳、チヤウ潮、チヤン長、ヅエ澤、ヅイ除、テン鄭、テ擲、ドン幢」，少數讀ザ[z]行音如「ジン程、ジツ直、ズウ池遲」。

10　參見《漢學研究》（臺北：國家圖書館，2012）第30卷第3期，頁172。

（二）正齒音：照穿神審禪

照母在《唐詩選唐音》中出現130字，多數標タ行音，如「チイ主、チン正、チヤウ照、チウ州、ツウ枝至志、ツエ只、ツエ紙」。僅有少數4個字讀サ行音，如「スウ支、シヱ遮、シイ鷦」。穿母出現125字，也是多數標タ行音，如「チエン春、チエン川、チイ處、チツ出、ツイ尺」，僅有2個少數字讀サ行音如「シヤン倡、シイ杵」。神母出現12字，有6個標タ、ダ行音，如「ヂエン舩、チエン舩、ツエ射」；有5個字讀ザ行音，如「ジン神乘、ジエン舩」。

審母收143字，片假名標音除一個例外，[11]全部標サ行音，如「シユイ水、シウ首、シン深、スウ始世、スイウ戍」有可能審母屬於擦音，與前面照系的塞擦音讀音有不同。禪母收225字，有高達120字標サ、ザ行音，如「シヤン上尚、ジン城、ジツ石」。其餘104字標タ、ダ行音，如「ズウ氏是時、スウ是、ヂン城成、チイ殊、ツイン臣、ヅヨ屬」。其中有「ンヤン上」字，疑第一個ン可能是シ[ʃi]的誤刻。

（三）正齒音：莊初牀疏

在《唐詩選唐音》中莊母收11字，全部都是タ行音，如「チヤン粧壯、ツエン爭、ツアン斬」。初母收22字，全部是タ行ツ[ts]音，如「ツウ初楚、ツア插、ツヲン窗」。牀母收43字，其中30字收タ、ダ行音，如「チウ愁、ヅヤン牀、ツア乍」。其餘13字收サ行音，如「ズウ士事、スウ仕」。疏母收179字，與照系審母都是擦音，全部標サ行音，如「サン山、サア沙、サ殺、シヤン雙、スウ使、スヤン霜、スエン生、スヱ色、ソウ所、ソ朔」。

（四）齒頭音：精清從心邪

在《唐詩選唐音》中精母收126字，主要標タ行音，如「チヱ借、ツイウ

11　賈島〈渡桑乾〉：「客舍并州已十霜，歸心日夜憶咸陽。無端更渡桑乾水，却望并州是故鄉。」（《唐詩選唐音》頁311）水字標為ピン，可能是誤為冰字而標音，全書還有2個冰字，它們都標ピン。

酒、ツウ子、ツヤン將、ツイ醉、ツアイ載」。僅有5個字標サ行音如「スイン
旌、ソウ紫」。清母收189字，主要也標タ行音，如「チウ秋、チイ取、ツエン
千、ツイン青、ツウ此、ツイ翠」。僅有2個字標サ行音如「スエン遷」。從母
收152字，主要也是標タ行音，如「チン、ツイン秦、ヅエン前錢、ヅイン
盡、ヅアイ、ツアイ在、ツイ齊」。少數的16個字標サ行音如「ズウ自、ジイ
集」。

心母收282字，主要標サ行音，如「スイン心、サン三散珊、スヤン相、
ソン送、ソ宿鎖、スイ西雪歲」。少數10個字標タ行音如「ツアイ塞、ツイ
棲」。邪母收55字，與心母相同都屬於擦音標サ行音，如「ソン松、ズウ似
辭、シエ斜、スイ隨、ジン尋、ジタ」。僅有14個字標タ行音，如「チイ緒、
ツイ隨、ツウ袖」。

從上述的內容來看，舌上音的知、徹、澄，與齒音中的塞擦音「照、穿、
神、莊、初、牀、精、清、從」等母，主要都被標為タ、ダ行音；而齒音中的
擦音「審、禪、疏、心、邪」，才被標為サ、ザ行音。以上兩種現象讀音的形
成，相信是標音者反映自己心目中某種方言的讀音，但也似乎可以感受到有日
本漢字音對標音影響的一些痕跡。

六　結語

唐通事這個職務都是世襲子弟的工作專利，由於久居長崎的唐人，幾代之
後唐山的母語早就忘得一乾二淨，平日生活所用語言已經變成日本話。因此需
要擔任唐通事這項職位時，勢必學好唐話作為工作上溝通的工具，此外就需多
多學習「唐山事務」，避免文化隔閡造成許多的誤判。《唐詩選唐音》應當屬於
江戶時代唐通事養成過程的學習教材之一，讓年輕的唐通事有機會讀唐詩，藉
以幫助深入瞭解來航唐人的種種想法。

以上內容，針對《唐詩選唐音》使用片假名標音特色的討論，本文舉出顯
而易見的鼻音韻尾、塞音韻尾、零聲母、舌齒音合併等的問題做說明。總的來
看，與時代差不多的岡嶋冠山幾種著作標音稍有差異，這種現象應當是作者所

據方言不同所形成。但是經過仔細的觀察，已經很難推測《唐詩選唐音》究竟根據的是何處的方言。例如像入聲韻尾的標示，它不像岡嶋冠山的《唐話纂要》全書一致對入聲字不標ツ[-ts]的韻尾。《唐詩選唐音》卻讓我們看到在八成以上的入聲字不標塞音尾之外，也有一成三的入聲字卻標示著象徵有入聲韻尾的ツ。因此本文推測，《唐詩選唐音》與《唐話纂要》情形類似，好像都在向北方官話音消失塞音韻尾靠攏的痕跡，這種現象普遍存在於各種讀音的特色。此外，舌上音知系字與齒音照系、莊系及精系字，其中塞擦音與擦音的讀音，正好以タ[t]、ダ[d]行音與サ[s]、ザ[z]行音做了區隔，這點也是《唐詩選唐音》一書的另一項特色。

目前學術界普遍都有一種認知，認為日本唐話資料帶有太多日本化成分，因此反映的語言也比較雜亂，此外加上片假名標示的不科學性，在在都讓人對片假名標音的材料研究卻步。儘管如此，如果再不去對這批材料做全面性的彙整、探討，然後做出適當的評論，那我們將對這批材料的內容，永遠沒有發言的權利。

——原載香港中文大學，《承繼與拓新——漢語語言文字學研究》，
頁585-600，2014年12月。後於2020年5月23日修訂。

《唐詩選唐音》標示輕唇音聲母探討

　　近世唐音的材料，主要是佛教黃檗宗、曹洞宗課誦經典，與明代傳入日本的古琴樂譜記音，除此之外，還有唐通事岡嶋冠山編輯標音的唐話教材，以及各種實用性參考書籍。《唐詩選唐音》一書是18世紀江戶時代唐通事教養的讀本，為疑似唐通事身分的劉道標注片假名的著作，內容標音受到佛教心越系唐音與譯官系岡嶋冠山唐音的影響。

　　本文取《唐詩選唐音》一書輕唇音收字做觀察，發現劉道不但將近代漢語「非、敷、奉」合併記錄在標音中，也見到劉氏處理當時日本語本身唇音與喉音合併的變化。在觀察過程中，以吳音、漢音及近世唐音做參考，並且以時代接近的岡嶋氏四本著作做詳細對照，仔細比較其標音的異同。

一　前言

　　唐音是指日本鎌倉時代（1193-1333）以來，陸續傳入日本的漢字音，繼歷史上吳音與漢音之後，另一個影響日本的漢字音。吳音與漢音對日本漢字音的音讀系統，影響相當深遠；相對的較晚傳入日本的唐音，卻未能像吳音與漢音受到重視，對其研究的熱度與啟動也稍為遲緩。其中可能的原因，除了使用年月比吳音、漢音晚之外，或許唐音的使用領域，僅偏狹在部分特定的詞彙記錄有關，[1]也就是說，唐音主要使用於佛典誦讀或學問研究，對一般用語的影響相當有限。

---

[1]　參見湯沢質幸：《唐音の研究》（東京：勉誠社，1987），頁21。

　　日本學者[2]將唐音區分為中世唐音與近世唐音兩期[3]，前期「中世唐音」，以鎌倉時代以來臨濟宗、曹洞宗等禪僧到中國留學，帶回浙江地方一帶的誦經讀音，後來被虎關師鍊（1278-1346）記錄編入日本韻書《聚分韻略》（1306）之中。後期「近世唐音」，以江戶時代（1603-1867）初期黃檗宗之祖，即出身於福州府福清縣的隱元隆崎禪師（1592-1673），不但在日本創立黃檗宗，也帶去許多黃檗唐音記載的佛教課誦經典，[4]自然也將明末福州地方誦經讀音傳播到日本。其次，曹洞宗心越派日本開山祖杭州人心越興儔（1639-1695），也傳入帶有杭州音的誦讀清規，以及明朝琴譜的記音。此外日本人長崎唐通事岡嶋冠山（1674-1728），學習了清代杭州音與南京官話音，並編輯《唐話纂要》（1718）、《唐話便用》（1726）、《唐譯便覽》（1726）、《唐音雅俗語類》（1726）等書。[5]除此之外，釋文雄（1700-1763）受到岡嶋冠山等人的影響，在他的唐音重要撰述《磨光韻鏡》（1744）及《三音正譌》（1752）中，記述杭州音的「華音」，認為此是符合唐、宋正律韻書的正音。

　　本文撰述以近世唐音材料劉道音注《唐詩選唐音》為對象，擬觀察作為唐通事學習唐話的該本教材，其中以片假名標音的內容，是否反映北宋邵雍《皇極經世聲音唱和圖》（1011-1077）以來呈現的非、敷合流以及濁音清化的現象。[6]探討這個課題，可能牽涉近代日本語本身的變化問題。如果用簡單的概念說明，日本漢字音標示唇音的發展大約為：

　　　　p- → Φ- →（f-）→ h-

2　如高松政雄：《日本漢字音概論》（東京：風間書房，1986）、湯沢質幸：《唐音の研究》（東京：勉誠社，1987）等。

3　「中世唐音」與「近世唐音」，是日本國語學專用術語，本文直接引用，避免與其他稱呼混淆。

4　例如有坂秀世：《国語音韻史の研究（增補新版）》（東京：三省堂，1973），頁221記錄了自己庋藏的黃檗唐音課誦經典有：《黃檗清規》、《禪林課誦》、《毘尼日用錄》、《慈悲水懺法》、《慈悲道場懺法》、《千佛名經》、《律學發軔》、《弘戒法儀》等。

5　參見高松政雄：《日本漢字音概論》（東京：風間書房，1986），頁239-242、269-272的論述。

6　見鄭再發：〈漢語音韻史的分期問題〉，《中央研究院歷史語言研究所集刊》，36本2分（1996），頁645-648。

重唇音「幫、滂、並」一組塞音，中世唐音讀雙唇清音[pa.pi.pu.pe.po]，當時片假名表記為「ハヒフヘホ」，進入近世唐音仍讀為雙唇[pa.pi.pu.pe.po]，但表記已變為半濁音「パピプペポ」；鼻音「明」母則不變，中世與近世唐音都讀[ma]，表記作マ。輕唇音「非、敷、奉」一組塞音，中世與重唇音「幫、滂、並」相同仍讀雙唇[pa.pi.pu.pe.po]，表記也作「ハヒフヘホ」，但近世唐音已經變讀為喉部位清擦音[ha.hi.hu.he.ho]，表記仍作「ハヒフヘホ」；鼻音「微」母，由中世唐音讀雙唇濁塞音[ba]（表記作バ），變為零聲母的半元音[wa]（表記作ワ）。[7]

在上列演變標音符號中，[f-]讀音有些學者認為可能不曾存在，此處只是為了說明它對應輕唇音「非、敷、奉」此一組塞音而已。其中雙唇擦音[Φ-]曾出現於室町時代（1336-1573）末期，時間也許很短，到近世唐音元祿時期（1688-1703，康熙27-42年）已經讀成ハ[h]行音。[8]成書於1603年的《日葡辭書》書中，「風、符、腑、府、浮」等字標記為fu；「服、福、復」等字標記為fucu，[9]現代日文則分別讀フ[hu]與フク[huku]，也是一個很具體的例子。相傳室町時代後奈良天皇（1526-1557），曾經親自撰寫一道謎語，譯成中文：「與母親兩度見面，父親卻一次也沒見過面，猜這是什麼？」謎底揭露的答案是：「唇」。母親的日文是「ハハ」，如果該詞讀成[ha ha]，就不符合迷面所說上下唇互動的「兩度見面」，因此推論「ハハ」在16世紀時應當讀成雙唇塞音[pa pa]或擦音[Φa Φa]。至於父親「チチ」一詞可能讀[ti ti] 或[tʃi tʃi]，都未動用雙唇發音，符合謎面所說一次也沒見過面。

日本近代著名國語學者有坂秀世（1908-1952），在他討論江戶時代唐音的經典之作〈江戶時代中傾に於けるハの頭音について〉一文[10]，提出18世紀專為長崎唐通事編寫的《唐詩選唐音》一書，其中唇音標示的片假名，與心越系唐音多數相同，有可能屬於從明代江浙音系統傳來的讀音，但部分標音也受譯

7　參見高松政雄：《日本漢字音概論》（東京：風間書房，1986），頁246、275。

8　參見佐藤喜代治編：《國語學研究事典》（東京：明治書院，1977），頁230。

9　見土井忠生等編譯：《邦譯日葡辭書》（東京：岩波書店，1960），頁268、270。

10　見有坂秀世：《国語音韻史の研究（増補新版）》（東京：三省堂，1973），頁221-243。

官系岡嶋冠山的影響。[11]可惜有坂氏一文對《唐詩選唐音》一書標音內容，未做任何論述。本文不揣孤陋，以輕脣音為對象，繼續觀察唐話對應音之實際內容。[12]

二　有關《唐詩選唐音》一書

江戶中期儒學者荻生徂徠（1666-1728）及其門下弟子，對中國東傳的《唐詩選》相當感興趣，門人服部南郭（1683-1759）撰有《唐詩選國字解》（1775），使用平易口語譯解，流行一時。此外有釋大典（俗名梅莊顯常，1720-1802）撰《唐詩集註》（1774及戶崎淡園（1724-1806）撰《箋註唐詩選》（1784），都能風行一時。[13]遺憾的是，《唐詩選唐音》在當時少有引述或著錄，此點或許更可證明該書大約只流傳在唐通事的封閉學習世界中。[14]

近人石崎又造撰《近世日本における支那俗語文学史》，書後附錄二「近世俗語俗文學書目年表」，載有（一）《唐詩選唐音》，濟南李攀龍編選、崎水劉道音、東都高田識訂，安永六丁酉歲仲春，江戶嵩山房小林新兵衛板；（二）《華音唐詩選》，一卷，岡嶋冠山，（三）《唐詩選唐音》，一卷，石川金谷；（四）《唐詩選正聲唐音》，七絕一卷，石川金谷。[15]岡嶋冠山是當時極富盛名

---

[11] 有坂秀世將流傳於江戶時代的唐音，區分為（1）黃檗唐音，此系由1654年東渡長崎的福州福清出生的隱元禪師，在宇治創立黃檗山萬福寺，使用他的母語福州話誦經所傳。（2）心越係唐音，此系由1677年東渡水戶的杭州金華府出生的心越禪師，使用杭州話誦經所傳。（3）譯官係唐音，此系由長崎出生的譯學泰斗岡嶋冠山編書所創，早期使用杭州音，後期傾向於南京音。詳見《国語音韻史の研究（增補新版）》（東京：三省堂，1973），頁221-227。

[12] 本文作者已發表二文分別為：林慶勳：〈唐話對應音觀察之一——岡嶋冠山標注匣母字的變化〉，《漢學研究》（臺北：國家圖書館，2012）第30卷第3期，頁167-195；林慶勳：〈《唐詩選唐音》的標音特色——唐話對應音觀察之二〉，《承繼與拓新：漢語語言文字學研究》（香港：中文大學中國語言文學系，2012），頁591-607。

[13] 參見深澤一幸撰稿「唐詩選」詞條，引自尾崎雄二郎等編：《中国文化史大事典》（東京：大修館書店，2013），頁929-930。

[14] 江戶時代的唐通事屬於世襲職務，通事家子弟若要承襲該項工作，需要從孩提時代開始，不斷學習唐話及與中國文化有關的事務。因此唐通事有關的學習教材，多數以手抄本流傳，並且不外流。

[15] 見石崎又造：《近世日本における支那俗語文学史》（東京：清水弘文堂書房，1967），頁424、434、436。

的翻譯家唐通事，石川金谷則是宝曆（1751-1763）、明和（1764-1771）時期長崎遊學者或官宦者。[16]可見當時針對唐詩標音的著作風行一時。可惜（二）至（四）僅見於「慶長以來諸家著述目錄」，是否存世未詳。

本文探討的《唐詩選唐音》一書，[17]據內頁版刻中行正式書名作《李于鱗唐詩選唐音》，左右各標「七言絕句、五言絕句」；右肩有「安永新刻」及小篆字體「翻刻必究」四字長形章戳；左行則刻有「江戶書肆 嵩山房梓行」等字樣。內文首頁下方分三行標「濟南李攀龍編選」、「崎水劉道音」、「東都高田識訂」。全書最後一頁有「安永六丁酉歲仲春 江戶書林嵩山房小林新兵衛梓行」。「江戶書肆 嵩山房梓行」等字樣，表明此書刊刻、發行皆不在長崎，而是遠在千里之遙的江戶。此點似乎透露《唐詩選唐音》不僅僅在長崎唐通事間使用與流行，甚至已經擴大到以江戶為始的廣大民間。若此項推論屬實的話，則《唐詩選唐音》一書的編輯可能更早於刊刻的「安永六年丁酉」。

日本安永6年丁酉即乾隆42年（1777），屬於長崎唐話資料大量出現的鼎盛時期。書名特別標「李于鱗」[18]字樣，顯然是要凸顯此書的重要性。內文首頁的「濟南李攀龍編選、崎水劉道音、東都高田識訂」等字樣，是有關本書作者的一條重要線索。李攀龍在下面會做說明，高田則沒有任何資料可以補充，就此省略。最重要的標音者劉道隸籍「崎水」，雖然不知道今日屬於何處，但應當與長崎有淵源，則不言可喻。依據有坂秀世所說，從他的姓考察可能是一位唐通事。[19]此說若可信，則該書有可能屬於唐通事學習的教材之一。

明代古文辭派大家李攀龍，曾經編有唐詩選集《唐詩選》一書7卷，主要選錄初唐與盛唐共128人的詩作，其中收五言古詩14首、七言古詩32首、五言

---

[16] 見石崎又造：《近世日本における支那俗語文學史》（東京：清水弘文堂書房，1967），頁412。

[17] 本文根據六角恒廣編：《中國語教本類集成補集——江戶時代唐話篇—第四卷》（東京：不二出版，1972）影印版本。惟該書封面以下次頁隸書書名作「唐音唐詩選」字樣。

[18] 「于鱗」是明代李攀龍（1514-1570）的字，相傳李氏編有《唐詩選》一書，參見後面討論。

[19] 有坂秀世於所著〈江戶時代中頃に於けるハの頭音について〉，《国語音韻史の研究（增補新版）》（東京：三省堂，1973），頁241「注43」條說，根據《增補長崎略史》年表所載，寬文12年（1672）條有唐人前後歸化者35人，其中有劉一水、劉焜臺二人。又《長崎先民傳》的卷頭，也載有唐通事劉宜義（日本名字為彭城仁左衛門）的傳。因此推測劉道或許是劉氏通事家後人。

律詩67首、五言排律40首、七言律詩73首、五言絕句74首及七言絕句165首總計465首。不過《四庫全書總目提要》提出批評，認為《唐詩選》根本不是李氏所編，不過是書肆盜用李攀龍的名號刊刻而已。

不論《唐詩選》是否李攀龍所編，本文所據的《唐詩選唐音》一書恰巧收五言絕句74首、七言絕句165首，總計239首，與《唐詩選》的絕句編選數量完全相似。這個雷同應當不是巧合，可以假設說，流傳於長崎的絕句選本《唐詩選唐音》，或許是《唐詩選》的節錄本，專門編選給長崎唐通事學習唐詩的入門教材。因此書名作「李于鱗唐詩選唐音」以及內文首頁標「濟南李攀龍編選」，皆是緣此而來。

《唐詩選唐音》總計五言與七言絕句239首，總字數共6,100。全書的體例一致，在每個漢字的右側有片假名標音，可是刻書難免有訛誤，《唐詩選唐音》一書中出現標注假名闕如者，例如五言絕句第54首，皇甫冉〈婕妤春怨〉：「花枝出建章，鳳管發昭陽。借問承恩者，雙蛾幾許長。」（《唐詩選唐音》，頁266）[20]第二句「鳳管」的「管」字，右旁空白未標假名，此是刻書者不知什麼原因的漏刻。全書漏刻片假名，除「管」字外，還有「流、有、笛、食、御」等5字。[21]

又七言絕句第99首，韓翃〈寒食〉：「春城無處不飛花，寒食東風御柳斜。日暮漢宮傳蠟燭，青烟散入五矦家。」（《唐詩選唐音》，頁301）屬於入聲的「入」字，卻標有鼻音標示的「ン」，顯然是誤刻所致。另外，五言絕句第54

---

[20] 《唐詩選唐音》全書只列詩句，未有作者及詩篇名，本詩根據《文淵閣四庫全書‧集部‧全唐詩》第249卷加入作者及篇名。以下敘述時若加有篇名及作者，皆本文作者所添加。引文頁碼則是根據六角恒廣編：《中國語教本類集成補集——江戶時代唐話篇——第四卷‧唐詩選唐音》影印本而來。又引述詩句文字時，完全依照《唐詩選唐音》所刻的內容，不做任何更動，除非標音有問題需做討論時，會在相關之處說明。

[21] 「流」字見五言絕句第15首，李白〈見京兆韋參軍量移東陽二首其一〉：「潮水還歸海，流人却到吳。相逢問愁苦，淚盡日南珠。」（《唐詩選唐音》，頁255）「有」字見五言絕句第49首，錢起〈江行無題〉：「咫尺愁風雨，匡廬不可登。祇疑雲霧窟，猶有六朝僧。」（《唐詩選唐音》，頁265）「笛」字見七言絕句第34首，王昌齡〈從軍行〉：「烽火城西百尺樓，黃昏獨坐海風秋。更吹羌笛關山月，無那金閨萬里愁。」（《唐詩選唐音》，頁283）「食、御」兩字見七言絕句第99首，韓翃〈寒食〉：「春城無處不飛花，寒食東風御柳斜。日暮漢宮傳蠟燭，青烟散入五矦家。」（《唐詩選唐音》，頁301）

首，朱放〈題竹林寺〉：「歲月人間促，烟霞此地多。殷勒竹林寺，更得幾回過。」（《唐詩選唐音》，頁267）「殷勒」的勒字據《全唐詩》第315卷，係「勤」字的誤刻，可是《唐詩選唐音》的標音「キン」卻不誤，此種誤刻例子，本文在討論時仍以「勤」字為對象。另外七言絕句第133首，賈島〈渡桑乾〉：「客舍并州已十霜，歸心日夜憶咸陽。無端更渡桑乾水，却望并州是故鄉。」（《唐詩選唐音》，頁311）水字被標為「ピン」，可能是誤為冰字而標音，全書另有40個「水」字，片假名都標作「シュイ」；2個「冰」字，片假名標作「ピン」則無誤。除此之外的誤刻，若牽涉標音系統問題，將在相關之處做必要說明或討論。

三 輕唇音非系字的假名標音

（一）塞音非、敷、奉

《唐詩選唐音》非母收220字，標示片假名及收字情況如下：

ハ[ha]發$_6$^{22}、髮$_2$。ハッ[hatsu]發$_1$、髮$_4$。ハン[haN]方$_3$。

ヒイ[hi]飛$_{28}$、非$_2$。

フウ[hu]夫$_4$、府$_2$。フン[huN]分$_7$、粉$_4$。

ペン[peN]返$_3$。

ホ[ho]複$_1$。ホン[hoN]風$_{52}$、楓$_5$、封$_2$。ボ[bo]不$_2$。ポ[po]不$_{92}$。

敷母收26字，標示片假名及收字情況如下：

ハン[haN]芳$_2$、訪$_1$、拚$_1$。

フン[huN]紛$_8$。

---

[22] 片假名之後的國際音標為本文作者暫時擬音，音標之後列《唐詩選唐音》出現的漢字及全書收字數目，以下同。

　　へ[he]拂3。

　　ホ[ho]覆1。ホン[hoN]峰4、烽3、豐1。

　　ウウ[uu]赴1。ウエウ[ueu]敷1。

　　奉母收50字，標示片假名及收字情況如下：

　　ハン[haN]帆4、防2、繁1、蕃1、范1。

　　フウ[huu]婦2、芙1、符1。フン[huN]汾2、墳1。

　　ホ[ho]復9、縛1、服1。ホツ[hotsu]復2。ホン[hoN]逢10、鳳5、奉1。

　　ウ[u]負1。ウエウ[ueu]浮3。ウヱウ[ueu]浮1。

以上非、敷、奉三組的塞音字，首先看到對入聲字的標示，有「ホ[ho]複。へ
[he]拂。ホ[ho]覆。ホ[ho]復、縛、服」不標ツ[-tsu]的開尾讀音，也有ツ[-tsu]
有無互相對立的標音：

　　ハ[ha]發6、髮2；ハツ[hatsu]發1、髮4。

　　ホ[ho]復9；ホツ[hotsu]復2。

《唐詩選唐音》全書有八成以上的入聲字不標塞音韻尾，也有一成六的入聲字
標示著象徵有入聲韻尾的ツ。[23]在此推測《唐詩選唐音》對入聲字的標音不一
致，可能非任意性而是有依據的，或許標音人將八成以上的入聲字，根據岡嶋
冠山以杭州音為基礎編輯的《唐話纂要》標音，即入聲字不標塞音韻尾ツ；而
一成六的少數入聲字，則根據岡嶋氏較晚編輯完成的《唐話便用》、《唐譯便
覽》、《唐音雅俗語類》等書而來，該三書以南京官話音為基礎而編輯，將入聲

---

[23] 《唐詩選唐音》全書收910個入聲字，扣除4個未標音的入聲字之外，149個標有ツ尾的入聲字，
　　757個則未標有ツ尾。見林慶勳：〈《唐詩選唐音》的標音特色——唐話對應音觀察之二〉，《承
　　繼與拓新：漢語語言文字學研究》（香港：中文大學中國語言文學系，2012），頁598-599。

韻尾ツ明確標注出來。[24]在此本文以討論聲母為主，此類韻尾差異暫時省略不論。

其次，也有「ペン[peN]返₃。ボ[bo]不₂。ポ[po]不₉₂。」等字被標示為日本語的濁音與半濁音。94個讀日本語濁音或半濁音的「不」字，《廣韻》收在入聲物韻作「分勿切」，北宋讀雙唇音屬幫母字，[25]只因為使用的反切上字受到唇音的分化，後世被歸入非母而已，算是唇音類隔的現象。「返」字《廣韻》收在上聲阮韻作「府遠切」，《唐詩選唐音》假名標示為半濁音ペン[peN]，有點特殊。岡嶋冠山《唐音雅俗語類》收有3個返字，都標清音「ハン」[heN]。此外《唐詩選唐音》也與現代杭州話或其他方言都讀輕唇音不相應，很難理解劉道標音所據。《唐詩選唐音》所收3個返字，「返景、返照、不復返」並無特殊之處。[26]何以劉道標為雙唇音，值得再細究。

此外，敷母「拚」字標示為ハン[haN]，《廣韻》收拚字在元韻作「孚袁切」。岡嶋冠山《唐話便用》也出現1次拚字，標示的片假名與《唐詩選唐音》相同。

以上屬於唇齒塞音非、敷、奉三組的收字，在《唐詩選唐音》一書中的標音，既無送氣與不送氣的差異，也沒有清音與濁音的區隔，它們的片假名標示，除了前面說明的個別字之外，都選擇用清聲的假名。這是否意味著，《唐詩選唐音》所依據的讀音，已經歷「濁音清化」與「唇齒塞音非、敷合併」的音變現象，值得做詳細觀察。

---

[24] 《唐話纂要》入聲字不標塞音韻尾ツ；《唐話便用》、《唐譯便覽》、《唐音雅俗語類》三書入聲韻尾明確標注ツ。詳見本文第五節「表2」至「表5」。

[25] 丁聲樹編錄·李榮參訂：《古今字音對照手冊》（北京：中華書局，1981。即臺灣廣文書局影印出版《國音中古音對照表》），頁62、注2說：「不字《切韻指掌圖》列沒韻幫母，與今音較切合。」

[26] 分別見於五言絕句第19首，王維〈鹿柴〉：「空山不見人，但聞人語響。返景入深林，復照青苔上。」（《唐詩選唐音》頁256-257）；五言絕句第56首，耿湋〈秋日〉：「返照入閭巷，憂來誰共語。古道少人行，秋風動禾黍。」（《唐詩選唐音》頁267）；七言絕句第158首，樓穎〈西施石〉：「西施昔日浣紗津，石上青苔思殺人。一夶姑蘇不復返，岸傍桃李為誰春。」（《唐詩選唐音》，頁318）

（二）鼻音微母

　　至於唇齒鼻音微母，《唐詩選唐音》共收162字，標示片假名及收字情況如下：

　　ウ[u]無41、舞7、武3、鵡2、蕪1、霧1、巫1。ウイ[ui]未13、微7。ウエン[ueN]聞12、問8。ウヱ[ue]物3。ウヱン[ueN]聞7、問5。
　　ワン[waN]望26、萬23、晚2。

　　微母字除少數例外都讀零聲母，《唐詩選唐音》也反映了這個現象。時代相近的岡嶋冠山四部標音著作《唐話纂要》、《唐譯便覽》、《唐話便用》、《唐音雅俗語類》，與《唐詩選唐音》收字雷同的微母字，從下列「表1」數據顯示，也可以看出當時微母字讀零聲母的傾向。

表 1

書名	微母總收字	與《唐詩選唐音》雷同的微母字數量及收字	微母字零聲母假名標音	占微母總數百分比
《唐話纂要》	348	293，無、舞、武、霧、微、聞、問、物、望、萬、晚	ウ、ウイ、ウエ、ウエン、ワン	84.20%
《唐譯便覽》	321	230，無、舞、武、蕪、霧、微、聞、問、物、望、萬、晚	ウ、ウイ、ウウ、ウエン、ウヱン、ウヱツ	71.65%
《唐話便用》	417	271，無、舞、武、蕪、霧、微、聞、問、物、望、萬、晚	イ、ウ、ウイ、ウエン、ウヱン、ウヱツ、ワ、ワン	64.99%
《唐音雅俗語類》	412	335，無、武、霧、巫、未、微、聞、問、物、望、萬、晚	ウ、ウイ、ウエン、ウヱツ、ワン	81.31%

　　表1所見，出現與《唐詩選唐音》相同的收字，在岡嶋冠山四本書收字讀

零聲母所占比例都不低，這個現象說明《唐詩選唐音》微母字讀成零聲母，應當是當時普遍的現象。

在此順帶一提，敷、奉母也有讀零聲母，「ウウ[uu]赴1。ウエウ[ueu]敷1。ウ[u]負1。ウエウ[ueu]浮3。ウエウ[ueu]浮1。」對照岡嶋氏的標音，除敷字未收外，「負」字出現25次，其中有11字標ウ，其餘14字仍標フウ有聲母讀音。[27]「浮」字出現14次，其中只有《唐話纂要》1字標ウエウ，其餘13字都標フ或へ起頭的有聲母讀音。[28]「赴」字出現11字，但都標有聲母讀音的フウ。[29]

四 《唐詩選唐音》的方言依據推論

（一）福州話、漳州話與南京話

江戶時代（1603-1867）初期，德川幕府承繼豐臣秀吉防止天主教傳入的措施，實施鎖國政策，屢次發布禁教令與鎖國令，將對外通商口岸限制於九州長崎與平戶兩地，其後鎖國管理益加嚴峻，不但禁止日本人私自渡海出國，也縮小對外活動範圍，只允許長崎一地港口停泊中國船與阿蘭陀（荷蘭）船實施單向貿易。二百餘年的對外關係，幾乎都在長崎一港狹小範圍內有限的活動。

以進入長崎的唐船數量來看，17世紀80年代之前，以福建船為主，其後則轉變為以江、浙貿易船為中心。以1685年（康熙24年、貞享2年）至1700年（康熙39年、元祿13年）的16年間，進入長崎的唐船總數1,258艘，其中江、浙兩地啟航唐船有595艘，占全部的47.30%；福建唐船有436艘，占34.66%。其他地區的唐船總數為227艘，占18.04%。[30]以此比例來看，長崎一地進出的唐船，主要以江、浙、閩為主，應當是合理的推測。

---

[27] 標ウ者，《唐話纂要》7字、《唐譯便覽》2字、《唐音雅俗語類》2字；標フウ者，《唐譯便覽》5字、《唐話便用》8字、《唐音雅俗語類》1字。

[28] 此13字是《唐譯便覽》3字、《唐話便用》3字、《唐音雅俗語類》7字。

[29] 此11字是《唐話纂要》2字、《唐譯便覽》3字、《唐話便用》4字、《唐音雅俗語類》2字。

[30] 見蔣垂東：〈日本唐話資料裡的福州音與南京音——兼論江戶中期日本學者對中國語言的認識〉，《清代至民國漢語研究》（首爾：學古房，2011），頁294。惟蔣氏計算福建船占總數的34.48%，與本文計算有差異。

　　唐通事後代子孫何盛三氏說：「長崎來舶的唐船，屬於三江的唐船，其總管、夥長以下的水手，主要是福州及漳州人；擔任財副的商人，多數以江蘇人為主。」[31]三江指的是江蘇、浙江與江西。當時三江人說的是自己家鄉話，為了溝通需要可能多數人會使用南京官話。至於福州人與漳州人，雖然都是福建人，彼此卻不一定完全能通話。這個現象可以對照17世紀在長崎，由唐人同鄉會修建的興福寺（又稱三江寺、南京寺，建於1623年）、福濟寺（又稱漳州寺、泉州寺，建於1628年）、崇福寺（又稱福州寺，建於1629年）。[32]三個寺廟的興建，除了各地唐人能擁有自己的精神庇護地之外，更重要的原因可能是彼此不能通話，不得不區隔為三個根據地，方便同鄉溝通及解決旅外困難的所在。

　　長崎歷史文化博物館圖書部藏有一本《福州話二十四孝》，可能是唐通事學習福州話的抄本，引述其中第二則〈懷橘遺親〉如下：

> 原早漢朝有一个陸姓，名叫做績，係吳郡人，伊娘□[33]叫做陸康，也做盧江太守其官。當時有一个袁術，在九江做官，績許時候年紀隻務六歲，耒九江見袁術，就曉的禮数。術見陸績六歲孩兒，乖巧可愛，就叫人捧一盤紅橘，請伊就食。一个嘴裡雖然裡食，心裡就思量，我娘奶也愛食，看見儂目秋剌斜，就偷掏二枚，藏在袖中，帶轉去乞娘奶食。及拜謝囬家，相揖一拜，不覺紅橘二枚隨落地下，術與之戲曰：「陸郎作儂客而偷乎？」績跪荅曰：「因是奶娘癖性愛食，故此偷掏二枚。」術聽見陸績講出這話，不覺駭異，年紀只紬的孝順，真是難得也。詩曰：「孝弟皆天性，人间六歲兒，袖中懷綠橘，遺母覺希奇。」[34]

31 見何盛三：《北京官話文法》（東京：東學社，1935），頁52-53。

32 見林慶勳：〈唐話對應音觀察之一——岡嶋冠山標注匣母字的變化〉，《漢學研究》（臺北：國家圖書館，2012），第30卷第3期，頁183-185。

33 此字為福州話方言用字，左旁作「亻」、右旁作「罷」。

34 見長崎歷史文化博物館藏本《福州話二十四孝》，頁4-5。又有關本段引文校正，請參考本書「附錄4-L1」。

上述引文純粹是福州話內容，可以想見當時福州話所以被唐通事作為學習的語言之一，必然與來航長崎唐船的福州人不少有關。這種現象早見於享保元年（1716）11月22日「長崎唐通事唐話會」問答內容，即可瞭解當時唐通事需要使用福州話溝通，因此才出現在唐話會由資深唐通事與實習唐通事的問答。篠崎東海《朝野雜記抄》卷四引述的福州話，[35]內容如下：

> 問：先生紅毛船裏上去了沒有。（河間幸太郎）
> 答：從來未曾上去看。（彭城八右衛門）
> 問：我也未曾下去看。
> 答：想□是未曾唐船樣。頭尾烏烏的叫造夾板船，料也各樣不得發漏。
> 　　造的堅固。使船自由自在。真真能幹。

上述引文的方言性，不用福州口音很難理解文字表達的真正意思。《朝野雜記抄》卷四除福州話問答之外，還記錄有漳州話與南京話，由此可見當時該三種語言的實用性，完全與當時唐船貿易頻繁，而此三地來航人員眾多有絕對關係。

　　從唐通事唐話學習的資料觀察，上述三種語言學習，為了彼此溝通需要，逐漸變成南京官話獨占趨勢，試看下列兩段引文：其一是唐話教材《長短拾話唐話》：

> 有一個漳刕通事，年紀不過二十二、三歲，做人慷慨，志氣大得
> 緊。……所以他斈官話，他不過這兩日纔斈起的，但是講得大好，他斈
> 一日，賽過別人家斈一年。我教導他第一句話，第二句是就自家體諒[36]

---

[35] 本文轉錄石崎又造：《近世日本に於ける支那俗語文學史》（東京：清水弘文堂書房，1967），頁15。

[36] 「體諒」話本小說又作「體亮」、「體量」，即「體會諒察」之意。見白維國編《白話小說語言詞典》（北京：商務印書館，2011），頁1510。

得出，只當精□從[37]一樣的了。

有一个人间他說道：「你原来是漳列人的種，如今講外江話，豈不是背了祖，孝心上有些說不通了。」他原是乖巧得緊，大几替人未往的書扎，相待人家的說話，水未土掩，兵未鎗當，着实荅應得好，他囬覆說道：「我雖然如今孛講官話，那祖上的不是撇下未竟不講，這个話也会講，那个話也会講，方纔算得血性好漢，人家說的正是大丈夫了，口裏是說什広話也使得，心不皆祖就是了」[38]

外江話即今日的江淮官話，當時以南京話為代表。另一段也是唐通事養成的唐話教材，関西大學圖書館藏長澤文庫本的《小孩兒》：

你若依我的教法，平上去入的四聲，開口呼、撮口呼、唇音、舌音、齒音、喉音、清音、濁音、半清、半濁這等的字音，分得明白，後其間，打起唐話未，憑你對什広人講，也通得的。蘇州、寧波、杭州、楊州、雲南、浙江、湖州這等的外江人，是不消說，連那福建人、漳州人，講也是相通的，佗們都曉得外江話，況且我教導你的是官話了，官話是通天下，中華十三省都通的。若是打起鄉談未，這々我也聽不出，怪我不得，我不是生在唐山的，那个土語，各處々々不同，杭州是々々的鄉談，蘇州々々[39]是々々的土語，這个是你們不曉的，也過得橋。[40]

此處下江官話指的是南京官話，它是當時中華十三省都能使用的通天下官話。南京官話使用的人多，而且溝通方便，被劉道《唐詩選唐音》採為標音的依據，此種可能性值得考慮。

---

[37] 「□從」兩字，長崎歷史文化博物館藏本「□」作「彳十亞」；縣立長崎圖書館藏本作「彳十亞 彳十迷」，疑當做「啞迷」。

[38] 見長崎歷史文化博物館藏本《長短拾話唐話》，頁60-62。又有關本段引文校正，請參考本書「附錄4-C18」。

[39] 此「々々」疑為衍文。

[40] 見奧村佳代子編：《関西大學圖書館長澤文庫所藏唐話課本五編‧小孩兒》，頁14-15。又有關本段引文校正，請參考本書「附錄4-G2」。

（二）杭州話

　　南京話、福州話、漳州話之外，杭州話在當時也屬於相當重要的方言。從時代接近的新井白石（1657-1725）撰《東音譜》（1719），用漢字記載當時從長崎唐通事問來的各地方言讀音，可以明白當時以實用性做考量的各種方言重要性，以下試舉《東音譜》記錄的例子做參考：[41]

　　ハ　　東音破　　漳音發　　杭、泉、福並音花。
　　ヒ　　東音非　　杭、漳、福並同　　泉音希。
　　フ　　東音夫　　泉、漳並同　　杭音數　　福音乎。
　　ヘ　　東音閉　　杭音靴　　泉、福並音分　　漳音弗。
　　ホ　　東音保　　杭音訐　　泉音好　　漳音福　　福音和。

新井白石以漢字在各地方言讀音，對應當時日本語（即東音）50音的讀法。向唐通事逐字問來的讀音有泉州、漳州、福州及杭州等地的方言。由此可見這些方言在當時被使用的程度可能較高。

　　有關杭州話在當時的重要性，時代與《唐詩選唐音》接近的釋文雄在《三音正譌》（1752）說：

　　　　華音者，俗所謂唐音也，其音多品。今長崎舌人家所學，有官話、杭州、福州、漳州不同。彼邦輿地廣大，四方中國音不齊，中原為正音，亦謂之雅音。四邊為俗音，亦謂之鄉音。其中原所用之音有二類，官話之與俗話也，俗話者平常言語音也，官話者讀書音此之用。其官話亦有二，一立四聲，唯更全濁為清音者是；一不立入聲、不立濁聲，唯平上去為清音者，謂之中州韻，用為歌曲音。二種通稱中原雅音，支那人以為正音。其俗話者，杭州音也，亦曰浙江音。[42]

---

[41] 轉引自有坂秀世：〈江戸時代中頃に於けるハの頭音について〉，《国語音韻史の研究（増補新版）》（東京：三省堂，1973），頁232-233。

[42] 見京都大學人文科學研究所藏宝暦二年本《三音正譌》，卷上〈音韻總論〉，頁10-11。

18世紀中葉前後，在日本學者、文士的心目中，南京官話與杭州話即是官話音與俗音的代表，兩者的關係誠如釋文雄在《磨光韻鏡餘論》卷下所指出：

> 杭州音者，明太祖中華定為十五省，今清人亦仍之。其浙江省有杭州府，春秋時越國也，與南京應天府相鄰（原注：期間相去本邦道規三十五里），人物語音與南京同。故杭州音亦曰南京音。南京古越國也（原注：見華夷通商考），相傳中華第一正音也。[43]

　　由以上的論述，可以明瞭三江的南京、杭州，以及福建的福州、漳州、泉州等地的方言，由於在長崎唐船貿易中的獨占地位，因此以其實用性相對的被重視。加上明代以降曹洞宗、黃檗宗等禪師唱誦佛典使用的方言記載，主要在福州話與杭州話，緣於此可以相信《唐詩選唐音》一書，有可能依據的方言即是不外乎該兩種方言之一。不過有坂氏已經明確指出，《唐詩選唐音》受到心越系唐音的影響，自然以杭州音為主。湯沢質幸重要論述《唐音の研究》一書中，開宗明義即認為近世唐音的依據，主要以杭州音、南京官話為考慮，[44]這個論點置於《唐詩選唐音》方言依據的推論，也是相當有說服力的。

五　輕唇音的標音討論

　　《唐詩選唐音》一書，有坂秀世將它歸類於江戶時期的心越系唐音，由於該系創始人心越禪師出身於杭州金華府，渡日後使用杭州話誦經，久而久之與出身福州福清的隱元禪師使用福州話誦經，自然有了區隔。心越系唐音最大的特點是，語音稍微與官話有些相似，而且保存著古濁音的顯著特色。但是由於《唐詩選唐音》標音者劉道可能是唐通事出身，免不了他的標音也會受到岡嶋冠山為主的譯官系影響。[45]事實是否如此，值得詳細觀察。

43　見《磨光韻鏡餘論》（東京：勉誠社，1981年影印），頁163。

44　參見湯沢質幸：《唐音の研究》（東京：勉誠社，1987），頁4。

45　見有坂秀世：〈江戶時代中頃に於けるハの頭音について〉，《国語音韻史の研究（增補新版）》（東京：三省堂，1973），頁225-227。

（一）討論體例說明

以下討論將以吳音、漢音與近世唐音做對照，吳音、漢音以築島裕編《日本漢字音史論輯》所收沼本克明編〈吳音、漢音分韻表〉（頁121-243）為代表，該文收「觀智院本《類聚名義抄》和音分類表（吳音）」（頁125-186）、「長承本《蒙求》分韻表（漢音）」（頁187-243）兩種，屬於比較具體而實際的吳音、漢音語料，可信性較高。觀智院本《類聚名義抄》成書於鎌倉時代的1117-1182年之間，書尾有抄錄人落款時間為1241年；長承本《蒙求》成書於長承3年（1134，南宋高宗紹興4年）。[46]雖然屬於吳音、漢音的資料，卻都成書於中世唐音的發展年代。

對照討論用的近世唐音資料有兩部分，其一是較早期的黃檗宗唐音，其二是岡嶋冠山譯官系統的唐音。近人張昇余出版有《日本唐音與明清官話研究》（1998）與《日語語音研究——近世唐音》（2007）兩書，[47]都附有以16攝構成的唐音與南京官話音、浙江音、福建音的比較表，列表體例與內容，兩書似乎沒有什麼差異。[48]

為了以下討論引述方便，將張氏原文引用材料體例簡單說明如下：

「A」，指1671年（寬文11年、康熙10年）以前出版的如《禪林課誦》、《黃檗清規》等書的黃檗宗唐音文獻。

「B」，指1671至1683年（天和3年、康熙22年）之間出版的《慈悲水懺法》、《慈悲道場懺法》等書的黃檗宗唐音文獻。[49]

「1」，指岡嶋冠山編《唐譯便覽》；「2」，指岡嶋冠山編《唐音雅俗語

---

[46] 參見佐藤喜代治編：《國語學研究事典》（東京：明治書院，1996），頁521、548。

[47] 依據《日語語音研究——近世唐音》「前言」所述，該書實際上是張氏就讀大阪關西大學的博士論文。而《日本唐音與明清官話研究》一書，大約是前書的中文改寫本，正式出版反而較早。

[48] 該16攝比較表，《日本唐音與明清官話研究》在頁104-154；《日語語音研究——近世唐音》在頁112-181。

[49] 《日語語音研究——近世唐音》，頁181，稱「B」代表唐通事唐音，如此則與後面『1-6』唐通事編著資料重複，可能是偶疏。

類》；「3」，指岡嶋冠山編《唐音便用》；「4」，指朝岡春睡編《四書唐音辨》；「5」，指小寺玉晁編《粗幼略記》；「6」，指佚名編《兩國譯通》[50]等唐通事唐音資料。

《俗語》，指岡嶋冠山編《唐話纂要》、佚名編《唐音世語》、島津重豪編《南山俗語考》等書。

為了詳細討論《唐詩選唐音》標音的現象，以下將岡嶋冠山編輯的《唐話纂要》、《唐話便用》、《唐譯便覽》、《唐音雅俗語類》四書，其中與《唐詩選唐音》相關的收字，不憚其煩一一羅列清楚，並做收字統計列表，借以達到對照的具體效果。

本節討論僅針對輕唇塞音部分，鼻音微母已在「第三節、輕唇音非系字的假名標音（二）鼻音微母」小節中，做過簡單的說明。此外微母字在近世唐音多數讀零聲母，與舌根擦音「曉、匣」的唐音變化，也看不出有什麼關係。此處就不再重複討論。

以下13組的標音內容，區分為四類做討論。第一類即「表2」，有4個小組收字都是單一聲母，未與其他輕唇音標音相混。第二類即「表3」，有兩個小組收字，說明《唐詩選唐音》一書記錄了輕唇「非、敷、奉」三個聲母讀音的合併現象。第三類即「表4」，有7-9三個小組收字，雖然輕唇音都是單一聲母，讀音卻與舌根擦音「曉、匣」合併，這個現象說明江戶時代近世唐音「ハ」行音的擴大。第四類即「表5」，有10-13四個小組，不但輕唇音各聲母讀音合併，甚至也跟舌根擦音的「曉、匣」兩母合併，它反映的合併現象，恰好說明近代漢語聲母的簡化與日本語自身讀音的演化現象。

---

[50] 《日語語音研究——近世唐音》，頁181，將《兩國通譯》一書替換成《支那南部會話》。

（二）未相混的單一聲母標音

表 2

編號	《唐詩選唐音》標音及收字	岡嶋冠山四本編著		
		收字	相同標音	其他標音
1	ハッ：發₁非、髮₄非	發93非 髮11非	ハッ：發72非（便用、便覽、雅俗[51]）、髮9非（便用、便覽、雅俗）	ハ：發19非（纂要、便用）髮2非（纂要）ハウ：發1非（雅俗） ハフ：發1非（便用）
2	ホツ：復2奉	復24奉	ホツ：復6奉（便用、便覽、雅俗）	フウ：復14奉（纂要、便用、便覽、雅俗）ホ：復2奉（纂要） ホウ：復1奉（雅俗）マタ：復1奉（便覽）
3	ウエウ：浮1奉	浮14奉	ウエウ：浮1奉（纂要）	フエフエウ：浮11奉（便用、便覽、雅俗） フペウ：浮1奉（便用） ヘウ：浮1奉（雅俗）
4	ウエ：物3微	物113微	ウエ：物10微（纂要）	ウエツ：物102微（便用、便覽、雅俗） スウ：物1微（便覽）

　　第1組「髮」字，漢音長承本（長承本《蒙求》簡稱，下同）讀「ハッ」（沼本，1995：213）；近世唐音「發、髮」，A、B、1-6讀「フワ、フワッ、ハッ」，俗語讀「ワッ、ワ」（張昇余，1998：133）。

　　「髮」字漢音與近世唐音同樣讀「ハッ」，音值卻可能有差異，前者與後者可能是[patsu]（ɸatsu）與[hatsu]的不同。「發、髮」兩字在岡嶋冠山四本編著中，讀音與《唐詩選唐音》相同者比例相當高，證明劉道標音的確有根據。

現代杭州話「發」讀[fɐʔ⁵⁵]（錢乃榮，1992：377），與劉道標音相當近似。

　　第2組「復」字，吳音觀智院本（觀智院本《類聚名義抄》簡稱，下同）讀「フク」（沼本，1995：126）；近世唐音「復」，A、B、1-6讀「フ、フッ、フヲッ」，俗語讀「フッ、フ」（張昇余，1998：152）。

　　吳音「復」讀「フク[puku]（ɸuku）」，表示當時可以區別舌根塞聲韻尾ク[-k]⁵²，不像後來塞音韻尾不分，合併為一個ッ[-ʔ]韻尾。本組《唐詩選唐音》的標音，岡嶋氏雖然也有相同讀音，可是還是以不標塞音尾為多，或許劉道標音直接來自杭州音，現代杭州話「復」⁵³讀[vɔʔ¹²]（錢乃榮，1992：35），對日本語母語的人來說[hɔʔ]與[vɔʔ]，聽起來有些類似。

　　第3組「浮」字，吳音觀智院本讀「フ」（沼本，1995：176）；近世唐音「浮」，A、B讀「ヘーウ」、1-6讀「ヘ゜ウ」，俗語讀「ウ」（張昇余，1998：119）。

　　劉道標音僅有岡嶋氏《唐話纂要》一個例證，實在太少。不過現代杭州話「浮」字讀[veɪ²¹²]或[vɤ²¹²]（錢乃榮，1992：128），相當類似。

　　第4組「物」字，吳音觀智院本讀「モチ」（沼本，1995：151）；近世唐音「物」，A、B、1-6讀「ウ、ウ゜、ウッ、ウュッ」，俗語讀「ウッ、ウ」（張昇余，1998：138）。

　　觀智院本吳音也呈現チ[-t]韻尾的特色。不過《唐詩選唐音》「物」字標的卻是開尾韻，由於岡嶋氏《唐話纂要》一書雖然依據的是杭州方言，但全書入聲字都不標ツ尾，而《唐話便用》、《唐譯便覽》與《唐音雅俗語類》三書，依據的則是南京官話音，通篇入聲字都表記ツ尾凸顯入聲字，涇渭分明毫不含糊，⁵⁴因此僅出現10例的《唐話纂要》無塞音尾標示。「物」字現代杭州話讀[vɐʔ¹²]（錢乃榮，1992：385），除塞音韻尾稍異之外，算是相當近似。

---

52 例如觀智院本吳音「吉」讀キチ[kitsi]、「葉」讀セフ[sepu]（沼本，1995：149、181），分別是[-t]、[-p]韻尾。

53 錢乃榮：《當代吳語研究》（上海：上海教育出版社，1992），頁359收的是「服」字，與「復」字同屬通攝合口三等入聲屋韻奉母。

54 參見林慶勳：〈唐話對應音觀察之一──岡嶋冠山標注匣母字的變化〉，《漢學研究》（臺北：國家圖書館，2012）第30卷第3期，頁190-191。

（三）非、敷、奉相混的標音

表 3

編號	《唐詩選唐音》標音及收字	岡嶋冠山四本編著		
		收字	相同標音	其他標音
5	フン：分7非、粉4非 フン：紛8敷 フン：汾2奉、墳1奉	分129非 粉9非 紛18敷 分35奉	フン：分129非、粉8非、紛18敷、分1奉。（纂要、便用、便覽、雅俗）	ン：粉1非。（便用） フエン：分14奉。（便用、便覽、雅俗） ウエン：分20奉。（纂要、便用、便覽）
6	ウエウ：敷1敷 ウエウ：浮3奉	浮14奉		フヘ°ウ：浮1奉。（便用） フエウ：浮11奉。（便用、便覽、雅俗） ウエウ：浮1奉。（纂要） ヘウ：浮1奉。（雅俗）

第5組「紛」字，吳音觀智院本讀「フン」（沼本，1995：151）；「分、汾」，漢音長承本讀「フン」（沼本，1995：211）；近世唐音「分、粉、紛、墳」，A、B讀「フン」、1-6讀「ウエン、フエン」，俗語讀「ウエン、フン」（張昇余，1998：137）。

觀智院本吳音或長承本漢音，都讀「フン[puɴ]/[ɸuɴ]」，與近世黃檗宗唐音或岡嶋氏記錄的唐音「フン[huɴ]」，雖然音值可能有異，卻無法否認《唐詩選唐音》標フン是有依據的。

第6組「敷」字，吳音觀智院本讀「フ」（沼本，1995：176）；「浮」，漢音長承本讀「フ」（沼本，1995：200）；近世唐音「敷」，A、B讀「フ」、1-6讀「フウ」，俗語讀「フウ、ウ」；「浮」，A、B讀「ヘーウ」、1-6讀「ペ°ウ」，俗語讀「ウ」（張昇余，1998：107、119）。

屬於尤韻的浮字，本組《唐詩選唐音》標示ウエウ，與表2第3組的浮字標

音ウエウ，兩者幾乎沒有不同，都讀為[ueu]。[55]在本組它與虞韻「敷」字合併同音，雖然岡嶋氏的四本著作僅有《唐話纂要》收ウエウ浮1個字，但是「浮」字，現代杭州話讀[veI²¹²]或[vɤ²¹²]（錢乃榮，1992：128）與《唐詩選唐音》標示ウエウ，相當近似。

（四）非系單一聲母與曉、匣合併的標示

表4

編號	《唐詩選唐音》標音及收字	岡嶋冠山四本編著		
		收字	相同標音	其他標音
7	ハ：發6非、髪2非	發93非 髪11非	ハ：發19非、髪2非。（纂要、便覽）	ハウ：發1非。（雅俗） ハツ：發72非、髪9非。（便用、便覽、雅俗） ハフ：發1非。（便用）
	ハ：合2匣	合18匣		ホ：合5匣。（纂要） ホツ：合13匣（便用、便覽、雅俗）
8	ヒイ：飛28非、非2非	飛34非 非103非		フイ：非100非、飛34非。（纂要、便用、便覽、雅俗） ウイ：非1非。（雅俗） ノイ：非1非。（便覽） ヒト：非1非。（便用）
	ヒイ：許2曉、稀4曉	許72曉 稀11曉	ヒイ：稀11曉。（纂要、便用、便覽）	ヒユイ：許68曉。（纂要、便用、便覽、雅俗） ヒヱイ：許1曉。（便用） チユイ：許2曉。（便用、雅俗） ニユイ：許1曉。（便用）
9	ヘ：拂3敷	拂3敷		ワヲ：拂1敷。（纂要） ホツ：拂2敷。（雅俗）

---

[55] 張昇余：《日本唐音與明清官話研究》（上海：上海教育出版社，1998），頁60說：「從近世唐音資料中反映的兩個假名的混同現象的事實看，也說明ヱ和エ的音值，在當時已經沒有差異」。

編號	《唐詩選唐音》標音及收字	岡嶋冠山四本編著		
		收字	相同標音	其他標音
9	ヘ：黑2曉、歇2曉、赫1曉	黑14曉 歇21曉 赫8曉		ホ：赫2曉。（纂要） ホツ：赫6曉。（便用、雅俗） ペ：黑6曉。（纂要） ヘツ：黑8曉。（便用、便覽、雅俗） ヒスツ：歇1曉。（便覽） ヒエ：歇3曉。（纂要） ヒエツ：歇16曉。（便用、便覽、雅俗） ヘエツ：歇1曉。（便覽）

　　第7組非母「髮」字，漢音與近世唐音已見表2、第1組說明，不再重複。匣母「合」字，吳音觀智院本讀「フ」（沼本，1995：180），漢音長承本讀「カフ」（沼本，1995：239）；近世唐音「合」，A、B、1-6都讀「ハ、ハツ」，俗語讀「ハツ、ホ」（張昇余，1998：120）。

　　非母「發、髮」兩字，《唐詩選唐音》標示沒有塞音尾的ハ音，[56]在岡嶋氏的標音中可以找到證據，只是岡嶋氏的標音仍然以讀「ハツ：發72非、髮9非」為大宗。

　　此外匣母合字在《唐詩選唐音》有兩見都標為「ハ」，七言絕句第150首，水鼓子〈雜曲歌辭〉：「雕弓白羽獵初回，薄夜牛羊復下來。夢水河邊青艸合，黑山峯外陣雲開。」（《唐詩選唐音》，頁316）；第155首，王烈〈塞上曲〉：「孤城夕對戍樓閑，迴合青冥萬仞山。明鏡不須生白髮，風沙自解老紅顏。」（《唐詩選唐音》，頁317）「青艸合」與「迴合」，劉道在《唐詩選唐音》中的標示「ハ」，岡嶋氏的書中找不到相同讀音的例子。

　　岡嶋冠山《唐話纂要》、《唐話便用》、《唐譯便覽》、《唐音雅俗語類》四本著作中匣母合字有18見，分別讀「ホ」與「ホツ」，它們與當作量詞的升合讀見母「古沓切」標為カ不同（岡嶋氏2見）。前述劉道氏「青艸合」與「迴

---

[56] 請對照前面「表2」第1組「ハツ：發非、髮非」的討論說明。

合」，兩個合字既與升合量詞無關，標ハ應當不誤。現代杭州話讀為[ɦeʔ¹²]（錢乃榮，1992：388），可為佐證，只是去除喉塞音韻尾的標示而已。

第8組非母「非、飛」兩字，吳音觀智院本 （沼本，1995：135）與漢音長承本（沼本，1995：197）都讀「ヒ」；近世唐音A、B、1-6、俗語都讀「フイ」（張昇余，1998：115）。曉母「許」字，吳音觀智院本讀「コ」（沼本，1995：137），漢音長承本讀「キヨ」（沼本，1995：199）；近世唐音「許」，A、B讀「ヒィ」、1-6讀「ヒュィ」，俗語讀「ヒュィ」（張昇余，1998：107）；近世唐音「稀」，1-6與俗語都讀「ヒィ」（張昇余，1998：114）。

「飛、非」兩字，劉道《唐詩選唐音》的標音「ヒイ」，在岡嶋氏的書中找不到相同讀音的例證。岡嶋氏四本著作主要讀為「フイ：非100非、飛34非」，不過現代杭州話讀[fi³²³]（錢乃榮，1992：217），證明劉道的標示是有依據。至於非母「飛、非」兩字，與曉母「許、稀」兩字讀音合併讀「ヒイ」，岡嶋氏「稀11曉」字有足夠的證據說明。

第9組敷母「拂」字，吳音、漢音、近世唐音皆未收。曉母「黑」字，吳音觀智院本讀「コく」（沼本，1995：184）；近世唐音「黑」，A、B、1-6讀「ヘ、ヘッ」，俗語讀「ヘッ、ペ°」（張昇余，1998：143）。近世唐音「歇」，A、B、1-6讀「ヘ、ヘェ、ヘェッ」，俗語讀「ヘェッ、ヒヱ」（張昇余，1998：129）；近世唐音「赫」，A、B、1-6讀「ヘ、ペ°、ヘッ、ホッ」，俗語讀「ヘッ、ホ」（張昇余，1998：146）。

「拂」字，劉道《唐詩選唐音》的標音「ヘ」，有可能依據杭州話[fɔʔ⁵⁵]（錢乃榮，1992：384）近似標音而來。曉母「黑、歇、赫」三字，岡嶋氏四本著作有「ヘッ：黑、ヘヱッ：歇」兩個標音，可以算是較接近的讀音，不過都標有入聲的塞音標記。[57]

---

[57] 《唐話纂要》卷二11葉b收了四字話『空口白話』，白字竟然很特殊標示了「ヘ」（[he]）。

（五）非系合併又與曉、匣相混的標示

表 5

編號	《唐詩選唐音》標音及收字	岡嶋冠山四本編著		
		收字	相同標音	其他標音
10	ハン：方3非 ハン：芳2敷、 　　訪1敷、 　　拚1敷 ハン：帆4奉、 　　防2奉、 　　繁1奉、 　　蕃1奉、 　　范1奉	方85非、 芳3敷、 訪15敷、 拚1敷、 帆8奉、 防27奉、 繁14奉、 蕃1奉	ハン：方85非、 　　芳3敷、 　　訪15敷、 　　拚1敷、 　　帆8奉、 　　防3奉、 　　繁11奉、 　　蕃1奉。（纂要、使用、便覽、雅俗）	バン：防6奉。（纂要） パン：防18奉。（使用、便覽、雅俗） ワン：繁3奉。（纂要）
	ハン：漢13曉、 　　況2曉、 　　荒3曉、 　　歡2曉 ハン：寒25匣、 　　翰1匣、 　　含3匣、 　　銜3匣	漢31曉、 況6曉、 荒10曉、 歡31曉、 寒25匣、 翰1匣、 含17匣、 銜2匣	ハン：漢21曉、 　　況6曉、 　　荒10曉、 　　歡31曉（纂要、使用、便覽、雅俗） ハン：寒16匣、 　　含1匣。（纂要、使用、便覽、雅俗）	ハアン：漢10曉、寒9匣、 　　翰1匣。（纂要、便覽、雅俗） アン：含16匣。（纂要、使用、雅俗） エン：銜2匣。（纂要、雅俗）
11	フウ：夫4非、 　　府2非 フウ：婦2奉、 　　芙1奉、 　　符1奉	夫126非、 府31非、 婦30奉、 芙1奉、 符4奉	フウ：夫123非、 　　府31非、 　　婦13奉、 　　芙1奉、 　　符4奉。（纂要、使用、便覽、雅俗）	ウ：婦16奉。（纂要、雅俗） ソウ：夫2非、婦1奉。（纂要、便覽） ヲウ：夫1非。（使用）
	フウ：琥1曉、 　　虎1曉	虎20曉	フウ：虎20曉。（纂要、使用、便覽、雅俗）	
12				ウヲ：服6奉、縛1奉。（纂要）

編號	《唐詩選唐音》標音及收字	岡嶋冠山四本編著		
		收字	相同標音	其他標音
12	ホ：復₁非 ホ：覆₁敷 ホ：復9奉、 　　縛₁奉、 　　服₁奉	覆8敷、 復[58]24奉、 縛6奉、 服30奉	ホ：覆₁敷、 　　復2奉。（纂要）	フウ：復14奉。（纂要、便 　　　用、便覽、雅俗） フラ：服2奉。（纂要） ヘウ：覆1敷。（雅俗） ペウ：覆2敷。（纂要、便 　　　用） ホウ：復1奉。（雅俗） ホツ：服22奉、 　　　復6奉、 　　　縛5奉、 　　　覆4敷。（便用、便 　　　覽、雅俗）
	ホ：忽₁曉 ホ：鶴3匣、 　　何₁匣	忽26曉 鶴1匣 何301匣	ホ：忽11曉、 　　鶴1匣。（纂要）	ホツ：忽15曉。（便用、便 　　　覽、雅俗） ホウ：何299匣。（纂要、 　　　便用、便覽、雅俗） ホフ：何1匣。（便用） ホヲ：何1匣。（便覽）
13	ホン：風52非、 　　　楓5非、 　　　封2非 ホン：峰4敷、 　　　烽3敷、 　　　豐₁敷 ホン：逢10奉、 　　　鳳5奉、 　　　奉₁奉	風140非、 楓1非、 封8非、 峰3敷、 豐24敷、 逢12奉、 鳳4奉、 奉66奉	ホン：奉56奉、 　　　逢8奉、 　　　豐4敷、 　　　峰2敷、 　　　鳳2奉。（纂要、便用、 　　　便覽、雅俗）	ウヲン：鳳2奉、 　　　　奉1奉。（纂要） ケン：逢1奉。（纂要） パイ：奉1奉。（便用 フヲン：風138非、豐20 　　　敷、奉7奉、封7 　　　非、逢3奉、峰1 　　　敷、楓1非。（纂 　　　要、便用、便覽、雅 　　　俗） ホウ：奉1奉。（雅俗） フラン：風₁非。（便用）

---

[58] 岡嶋冠山：《唐譯便覽》卷五葉14b〈長短雜語〉，收了一句「如今修造得復舊如新」，其中「復」字標「マタ」讀音。マタ[mata]是雙音節很特殊，應當是日本語的訓讀音摻雜其中。

編號	《唐詩選唐音》標音及收字	岡嶋冠山四本編著		
		收字	相同標音	其他標音
13	ホン：昏3曉 ホン：紅8匣、 鴻1匣、 渾1匣	昏8曉、 紅18匣、 鴻3匣、 渾11匣	ホン：昏3曉（便用） ホン：紅18匣（纂要、便用、雅俗） 鴻2匣（纂要）	フヲ：風1非。（便用） フノン：封1非。（便用） ホヲン：昏5曉、 　　　渾7匣。（便用、便覽、雅俗） ヱン：鴻1匣（雅俗） ウヲン：渾4匣（纂要）。

　　第10組「方、訪」兩字，吳音觀智院本（沼本，1995：169）與漢音長承本（沼本，1995：226-227）都讀「ハウ」；「范」字長承本讀「ハウ、ハム」（沼本，1995：241）。近世唐音「方、芳、訪」A、B讀「フワン」、1-6與俗語都讀「ハン」（張昇余，1998：141）；「帆」，A、B與俗語都讀「フワン」、1-6讀「ハン」（張昇余，1998：124）；「范」，A、B讀「フン」、1-6讀「ハン」、俗語讀「ワン」（張昇余，1998：124）；「繁」，A、B讀「フワン」、1-6讀「ハン」，俗語讀「ワン、ハン」（張昇余，1998：133）。

　　曉母「漢」、「況」兩字，漢音長承本分別讀「カン」、「クヤウ」（沼本，1995：216、229）；「寒」字吳音觀智院本讀「カン」（沼本，1995：157）。近世唐音「漢、寒」，A、B與1-6讀「ハン」，俗語讀「ハン、ハアン」（張昇余，1998：126）；「荒」，A、B讀「フワン」、1-6讀「ハン」、俗語讀「ワン、ハン」（張昇余，1998：140）；「含」，A、B與1-6都讀「ハン」，俗語讀「アン」（張昇余，1998：120）；「銜」，A、B與 1-6都讀「ケン」，俗語讀「ケン、ヒヱン」（張昇余，1998：122）。

　　輕唇音「非、敷、奉」三個聲母合併讀「ハン」，在岡嶋氏四本撰述中有相當多的例證。本組「方、芳、繁」等字的讀音，黃檗唐音與心越系唐音標音，都是「フワン」或「フハン」，[59]由此即可明白，劉道標音顯然受到譯官系岡嶋氏的影響。

---

[59] 見有坂秀世：〈江戸時代中頃に於けるハの頭音について〉，《国語音韻史の研究（増補新版）》（東京：三省堂，1973），頁227。

　　本組，「曉、匣」兩母，吳音與漢音カ[ka]、ク[ku]的標音，仍保持舌根音的聲母，而近世唐音則演化成ハ[ka]的喉音聲母。近世唐音「漢、況、荒、歡、寒、含」等字，在岡嶋氏《唐話纂要》、《唐話便用》、《唐譯便覽》、《唐音雅俗語類》四本著作中，有足夠的證據說明劉道標「ハン」是可信的。也因此看到《唐詩選唐音》唇齒音非、敷、奉合併後，與舌根音曉、匣恰好相同的讀音。

　　第11組，「符」字，漢音長承本讀「フ」（沼本，1995：200）；近世唐音「夫、府、芙、符」等字，A、B讀「フ」，1-3與俗語都讀「フウ」（張昇余1998：107）。曉母「虎」字，吳音觀智院本（沼本，1995：139）與漢音長承本（沼本，1995：200）都讀「コ」；「虎」字近世唐音A、B讀「フ」，1-6與俗語都讀「フウ」（張昇余，1998：107）。

　　「非、奉」兩個聲母合併讀「フウ：夫非、府非、婦奉、芙奉、符奉」，在岡嶋氏四本撰述中也有相當多的例證證明。不過其中有「ウ：婦奉」的標音占了一半以上的分量，ウ[u]零聲母的讀法，有可能是依據吳語如蘇州話[vu³]、溫州話[°vøy]（北京大學中國語言文學系語言學教研室，2003：108）的讀音而來。至於曉母「フウ：琥、虎」的讀音，除琥字可能非常用字不收外，虎字在《唐話纂要》、《唐話便用》、《唐譯便覽》、《唐音雅俗語類》四本著作中有20見，清一色全部讀「フウ」，現代杭州話也讀[hu⁵¹]（錢乃榮，1992：301），證明劉道標注的讀音是可信的。

　　第12組「復」字，吳音觀智院本讀「フク」（沼本，1995：126）；近世唐音「複」、「覆」、「服、復」等字，A、B與1-6分別讀「フ、フッ、ホッ」、「ヘーウ、ホッ、フッ」、「フ、フッ、フヲッ」，俗語分別讀「フッ、ホ」、「ヘ°ウ」、「フッ、フ」（張昇余，1998：152）。

　　曉母「忽」字，吳音觀智院本讀「コツ」（沼本，1995：148）；匣母「何」字，觀智院本（沼本，1995：165）與漢音長承本（沼本，1995：223）都讀「カ」。近世唐音「忽、鶴」兩字，A、B與1-6讀都「ホ、ホッ」，俗語都讀「ホッ、ホ」（張昇余，1998：136、139）；「何」字，A、B讀「ホ」、1-6與

俗語都讀「ホウ[60]」（張昇余，1998：104）。

「非、敷、奉」三個聲母合併，劉道「ホ：複、覆、復、縛、服」的標音，在岡嶋氏書中僅有《唐話纂要》「ホ：覆、復」可以證明，不過顯得相當單薄。岡嶋氏同樣的收字，多數標做零聲母「ウヲ：服、縛」，或者長音「フウ：復」，或者有塞音韻尾的「ホツ：服、復、縛、覆」。與前面「表2」第2組相同，現代杭州話「復」[61]讀[vɔʔ¹²]（錢乃榮，1992：359），對說日本語的人來說[hɔʔ]與[vɔʔ]，聽起來有些類似，或許劉道標注的ホ即由此而來。

與第12組非系合併的曉、匣聲母，劉道的標音有「ホ：忽、鶴、何」，岡嶋氏僅有《唐話纂要》「ホ：忽、鶴」可以證明。不過岡嶋氏不是讀有塞音韻尾「ホツ：忽」，就是讀為長音「ホウ：何」。現代杭州話「忽」讀[hɔʔ⁵⁵]（錢乃榮，1992：359），除塞音尾外，同樣也與劉道標注的ホ極為相似。因此《唐詩選唐音》的非、敷、奉、曉、匣五個聲母，讀音沒有區別。

最後一組第13組，非系字吳音觀智院本「風」字讀「フウ」，「豐、奉」都讀「ウ」（沼本，1995：126-127）；「豐、鳳、奉」等字，漢音長承本都讀「ホウ」（沼本，1995：188,190）。近世唐音「風、楓、豐」A、B讀「フン」、1-6讀「フヲン、ホン」、俗語都讀「フヲン」（張昇余，1998：151-152）；「鳳」A、B讀「フン」、1-6與俗語都讀「ホン」（張昇余，1998：152）。

匣母「紅」字，吳音觀智院本讀「ウ」（沼本，1995：125），「鴻」字，觀智院本、漢音長承本都讀「コウ」（沼本，1995：188）；近世唐音「昏」，A、B與1-6都讀「ホン」，俗語讀「ウヲン、ホヲン」（張昇余，1998：136）；「渾」A、B讀「ヘン」、1-6與俗語都讀「ホヲン」（張昇余，1998：136）；「紅、鴻」A、B、1-5與俗語都讀「ホン」、6讀「ホヲン」（張昇余，1998：150）。

「非、敷、奉」三個聲母合併，劉道標音「ホン：風、楓、封、峰、烽、豐、逢、鳳、奉」，多數在岡嶋冠山四本書中都可找到依據。不過其中的「風、豐」等字值得一提，岡嶋氏標「フヲン：風、豐、奉、封、逢、峰、

---

[60] 原誤作セウ（張昇余，1998：104），已修正為ホウ（張昇余，2007：112）。

[61] 錢乃榮：《當代吳語研究》（上海：上海教育出版社，1992），頁359收的是「服」字，與「復」字同屬通攝合口三等入聲屋韻奉母。

楓」等字，顯然透露劉道標「ホン（[hoN]）」與岡嶋氏「フヲン（[huoN]）」之間有細微的差異。現代杭州話「風、豐、封」等字讀[foŋ323]（錢乃榮，1992：200-201），與劉道標音雖發音部位有差異，但可能聽起來極為相似。

至於第13組「曉、匣」收字：「ホン：昏、紅、鴻、渾」，都可以在岡嶋氏四本撰述中找到相同讀音的證明。不過岡嶋氏仍有「ホヲン：昏、渾」等字的標音，與上列非系字一樣，形成「ホン（[hoN]）」與「ホヲン（[hōN]）」的對立現象。本組非、敷、奉、曉、匣五個聲母的讀音，與前面各組想同，讀音沒有區別。

六　結語

有關江戶時代的近世唐音研究，日本著名國語學者有坂秀世，在他的經典之作〈江戶時代中傾に於けるハの頭音について〉一文，提出近世唐音可以區分為「黃檗唐音、心越系唐音、譯官系唐音」三個系統。有坂氏分類既是材料的不同，更是依據方言讀音差異所作的區隔。

隱元隆崎禪師於明末東渡日本，並在京都創立黃檗宗，傳承佛典清規自然使用自己熟習的誦經讀音，也就是他出身地的福州音。其次，曹洞宗的心越興儔禪師，是杭州出身僧人，於清初也到日本弘揚佛法，由於心越同時精於琴藝，所傳的清規與琴譜，自然以杭州音為誦讀音。曾擔任唐通事的岡嶋冠山，是長崎出身的道地日本人，他曾向上野玄貞（1661-1713）及杭州人蔣眉山學習杭州話，又與長崎興福寺中興三代住持杭州人悅峰道章（1655-1734）時相往來。[62]因此岡嶋第一部唐話著作《唐話纂要》，以杭州音為根據編纂，並不是沒有原因的。此後岡嶋其他三本著作《唐話便用》、《唐譯便覽》、《唐音雅俗語類》，才改以南京官話作方言的依據。

由此可見當時福州話、杭州話、南京官話，在江戶時代的近世唐音傳承上，占有相當重要的地位。不論黃檗宗或曹洞宗心越派的佛典清規，甚至心越

---

[62] 參見林慶勳：〈唐話對應音觀察之一——岡嶋冠山標注匣母字的變化〉，《漢學研究》（臺北：國家圖書館，2012），第30卷第3期，182-183。

禪師攜去的明樂琴譜，使用片假名標示唐音，必然無法與福州音或杭州音切割。也就是說，對此兩系材料做整理或研究時，若不以福州話、杭州話兩種方言做考慮，可能無法合理解釋各種衍生的音韻問題。同理對岡嶋冠山四本著作的探討，若離開杭州話與南京官話，可能某些解讀將無法順利進行。

本文所探討的《唐詩選唐音》一書，也是標注有片假名的唐音資料，當時可能是提供給準備擔任唐通事者學習的材料。根據有坂氏研究，標音者劉道可能受到心越系及譯官系唐音的影響而標注。經過本文第五節「輕脣音的標音討論」所做詳細的對照分析，果然在全部13組輕脣塞音中，高達11組是與杭州話讀音相同或近似。[63]此點不能不佩服有坂氏的觀察入微，有超越常人識見的所在。

其次，從語音演變的角度來看，可分兩方面說，首先中國從11世紀以降，邵雍編纂的《皇極經世聲音唱和圖》已經呈現聲母「非、敷合流」以及「濁音清化」的現象。另一方面江戶時代從17世紀初元祿年間開始，近世唐音非系塞音字，已經由原來脣音讀法，演變為與「曉、匣」聲母相同的喉音讀法。此兩項音變的結果，都在《唐詩選唐音》一書片假名標音中實際反映出來。

近世唐音現有的研究材料中，黃檗與心越系都屬於禪宗課誦的讀音，收詞範圍有其一定的侷限性。譯官系則完全不同，其材料都是提供給將要擔任唐通事的養成教材，口語學習成分與書面語學習不相上下，取材的語言材料又相當開放，可以說沒有任何限制。由此可知，譯官系材料所呈現的語言現象比較全面性，不至於偏狹在一個固定範圍中。因此若能將譯官系的材料，如岡嶋冠山編纂的四部實用教材，或者本文探討的《唐詩選唐音》，以及從17世紀末到18世紀約一百多年期間標音著述，如佚名編《素讀一助》、佚名編《唐音世語》、上野玄貞編《華學圈套》、島津重豪編《南山俗語考》等13部標有唐音的著述，[64]一一加以整理探討，再配合禪林課誦唐音材料的研究成果，相信對近世

---

63 只有第5組「分、紛、粉」等字，及第10組「方、芳、帆、防」等字，可能根據譯官系岡嶋冠山的標示讀音而來。

64 參見林慶勳：〈唐話對應音觀察之一 —— 岡嶋冠山標注匣母字的變化〉，《漢學研究》（臺北：國家圖書館，2012），第30卷第3期，頁169-171。

唐音真實的面貌，必然能有比較清晰的概念。當然如果能利用研究所得的語料，編輯以各書為單位的「分韻表」[65]，一舉兩得，不但是各書材料研究的總結，也是後人研究取材的重要根據。

由本文的探討，可以瞭解江戶時代中期的18世紀左右，杭州音在近世唐音中所扮演的重要性，不但可以在唐音標音的資料見到它的存在，甚至在時代接近的釋文雄兩部重要著述《磨光韻鏡》與《三音正譌》，其中所錄與吳音、漢音平行出現的「華音」，根據文雄自己的敘例所說，指的就是杭州音有時也稱為浙江音。釋文雄在《磨光韻鏡》序論說：

> 凡字音呼，華夷諸邦不同，本邦古今傳習之音，漢、吳二音也。──竊按二音，昔日雖應華人所傳，而四聲正，五音分；於今輾轉成譌，四聲殽亂──譌轉自見，渾然國音也。故二音共稱和音。近世傳習中華正音，當稱華音，俗稱謂唐音。其音也，呼法嚴如，七音、四聲、輕重、清濁、開口、合口、齊齒、撮口等之條理分明。正之韻鏡，則如合符節。故學音韻者，必不可不由華音，學華音者，必不可不由韻鏡。[66]

釋文雄的說法雖有推銷自家《磨光韻鏡》嫌疑，但是華音也就是杭州音，在當時的地位的確無可取代。難怪他在《三音正譌》序論中說：「其浙江音也，以予觀之，曒如正音哉，以符合唐、宋正律韻書也。」[67]如此推崇絕非空口說白話，其實正是當時日本傳承唐音重視杭州話的最佳寫照。

──原載國立政治大學中文系，《政大中文學報》，第20期，

頁39-74，2013年。後於2020年5月22日修訂。

---

65 針對岡嶋冠山《唐話纂要》，林武實曾撰有〈岡嶋冠山著《唐話纂要》の音系〉，《漢語史の諸問題》（尾崎雄二郎、平田昌司編，京都：京都大学人文科学研究所，1988），頁173-205，該文即是一個很好的唐音材料整理例子。

66 見東京大學文學部藏，延享元年甲子（1744）刻本《磨光韻鏡》，頁6。

67 見京都大學人文科學研究所藏，宝曆二年（1752）刻本《三音正譌》，頁10。

《唐詩選唐音》的牙音聲母探討

　　本文以近世唐音《唐詩選唐音》一書的牙音聲母，即舌根塞音與鼻音「見、溪、群、疑」共1,022字做觀察。利用這些字在《唐詩選唐音》標示的唐音片假名做討論，歸納牙音聲母的近世唐音如何讀法。如果以該書實際標音來看，見系1,022字多數以片假名力[k]行「カ、キ、ク、ケ、コ」作對應，但也出現少數如「ヤ、ヨ、イ、ウ、エ、ワ、ヱ、ニ」等的對應音。為了落實研究客觀性，本文討論時取同為近世唐音材料的岡嶋冠山重要著作，以及釋文雄《磨光韻鏡》標示的華音作對照觀察。此外也選取部分黃檗宗系唐音資料，以及吳音（成書於1117-1182年之間的觀智院本《類聚名義抄》）、漢音（成書於1134年的長承本《蒙求》）資料作比較觀察。

一　有關近世唐音

　　「唐音」是日本漢字音的一種，產生的時代比吳音與漢音晚，在日語漢字音系統中影響力當然不如早就占有絕對地位的吳音與漢音，加上它的傳播媒介主要是佛教誦經、儒家用語，以及江戶時代唐通事使用的語言，因此在日語中也相對少見。

　　從時間上看，唐音可分為「中世唐音」與「近世唐音」，前者指鎌倉時代（1193-1333）以來陸續傳入日本的漢字音，主要材料是臨濟宗、曹洞宗等禪師從中國帶回日本的浙江一帶的誦經讀音。後者根據日本近代著名國語學者有坂秀世（1908-1952）主張，流傳於江戶時代（1603-1867）的唐音區分為：（1）黃檗宗系唐音，此系由1654年東渡長崎的福州福清出生的隱元隆崎禪師

（1592-1673），在宇治創立黃檗山萬福寺，使用他的母語福州話誦經所傳。
（2）心越系唐音，此系由1677年東渡水戶的杭州金華府出生的心越興儔禪師
（1639-1695），使用杭州話誦經所傳。（3）譯官系唐音，此系由長崎出生的譯
學泰斗岡嶋冠山（1674-1728）編輯《唐話纂要》（1718）、《唐譯便覽》
（1726）、《唐話便用》（1726）、《唐音雅俗語類》（1726）等四本唐音著作所
創，早期使用杭州音，後期傾向於南京音。[1]

　　除上述三系之外，還有江戶等韻學者釋文雄（1700-1763）因受到岡嶋冠
山等人的影響，撰述《磨光韻鏡》（1744），其中記述的「華音」即是指杭州音
的唐音，在當時也受到相當的推崇。黃檗宗系唐音與心越系唐音以書面語、宗
教用語等專業詞彙為主，譯官系唐音則以各種貿易貨物名稱和日常會話用語詞
彙為主。[2]

　　本文探討取材的唐音材料，主要來自《唐詩選唐音》一書，共選錄五言與
七言絕句239首，總字數共6,100字，每一字右側標有片假名唐音，可能是作為
唐通事學習的教材。根據有坂秀世的研究，標音者「劉道」可能是一位唐通
事[3]。有關《唐詩選唐音》一書的詳細內容與出版背景，已在拙文做過一些討
論。[4]此外《唐詩選唐音》的方言依據，顯然與上述黃檗宗系唐音、心越系唐
音、譯官系唐音帶來或學習的方言福州話、杭州話、南京話有密不可分的關
係，有關《唐詩選唐音》的方言依據推論，也在拙作做了詳細的討論。[5]請有
興趣者自行參考。

---

[1] 詳見有坂秀世：《国語音韻史の研究（增補新版）》（東京：三省堂，1973），頁221-227。

[2] 見張昇余：《日本唐音與明清官話研究》（西安：世界圖書出版西安公司，1998），頁175。

[3] 見坂秀世於所著〈江戶時代中頃に於けるハの頭音について〉，《国語音韻史の研究（增補新版）》（東京：三省堂，1973），頁241「注43」條說，根據《增補長崎略史》年表所載，寬文12年（1672）條有唐人前後歸化者35人，其中有劉一水、劉焜臺二人；又《長崎先民傳》的卷頭，也載有唐通事劉宜義（日本名字為彭城仁左衛門）的傳。因此推測劉道或許是劉氏通事家後人。

[4] 見林慶勳：〈《唐詩選唐音》的標音特色──唐話對應音觀察之二〉，《承繼與拓新：漢語語言文字學研究》（香港：中文大學中國語言及文學系，2013年），頁593-595。又林慶勳：〈《唐詩選唐音》標示輕唇音聲母探討──唐話對應音觀察之三〉，《政大中文學報》第20期（2013年），頁43-46。

[5] 見林慶勳：〈《唐詩選唐音》標示輕唇音聲母探討──唐話對應音觀察之三〉，《政大中文學報》第20期（政治大學中文系，2013年），頁50-55。

二 《唐詩選唐音》牙音標注的片假名

（一）牙音收字整理

　　《唐詩選唐音》一書收五言絕句74首、七言絕句165首，全部239首絕句總計有6,100個漢字。在逐字右側標注的片假名，代表當時「唐音」的讀法，也就是一般所謂的「近世唐音」。其中片假名標音的牙音收字有1,022個，約占全書收字16.75%。以下先列《唐詩選唐音》的牙音收字及片假名標注。假名之後的IPA是本文作者暫擬，漢字之後的阿拉伯數字表示該字出現次數，1次者省略：

1 見母收 584 字

（1）見母開口一等54字

　　カイ[kai]蓋。カウ[kau]高20。カン[kaN]干4、敢2、乾、感。
　　ケ[ke]閣3。ケウ[keu]溝2、勾。ケン[keN]根2。ケツ[ketu]閣2。
　　コ[ko]個、箇。コウ[kou]歌13。

（2）見母合口一等119字

　　クウ[kuu]故23、孤19、古11、鼓5、姑4、鴣2、沽2、罟、菰。クワン[kwaN]光9、觀3、管2、冠、廣、館、舘、官。クヲ[kwo]國10。
　　コ[ko]骨。コウ[kou]過11。コン[koN]功3、公2。
　　ウ[u]孤。
　　タワン[tawaN]管。
　　ホイ[hoi]繪。

（3）見母開口二等132字

　　キアイ[kiai]解。キヤ[kya]覺2、甲。キヤア[kya]家22、笳3、佳2、嘉。キヤイ[kyai]階3、解3、皆2、鮮。キヤウ[kyau]教5、交4。キヤツ[kyatu]覺。キヤン[kyaN]江41。

ケ[ke]隔3。ケン[keN]更19、間11、澗。

コ[ko]角4。

ヤア[ya]罅。

（4）見母合口二等26字

クワア [kwa]掛4、瓜2。クワイ[kwai]怪。クワン[kwaN]關18。
ホ[ho]號。

（5）見母開口三等104字

キイ[ki]幾10、己2、記、寄、羈。ギイ[gi]寄3、箕。キウ[kiu]九5、久3。
キヤウ[kyau]驕。ギヤウ[gyau]驕。キュン[kyuN]麇。キン[kiN]今28、金15、
荊5、錦4、鏡4、京3、景2、驚2、巾、竟、敬。

ケン[keN]劍4、建2、劍。

ヒ[hi]姫。

（6）見母合口三等104字

キイ [ki]居3、舉、踞。キイン[kiN]君5。ギイ[gi]軍。キツ[kitu]橘。キュ
ン[kyuN]君34、軍。ギュン[gyuN]君。キヨ[kyo]菊3。キン[kiN]君。ギン[giN]
軍。

クイ[kui]歸24、貴2。

ケ[ke]蕨。ケン[keN]捲3。

コン[koN]宮16、弓4。

ズウ[zu]規。

（7）見母開口四等40字

ギ[gi]激。キイ [ki]計2、擊、雞。キツ[kitu]結。キャウ[kyau]叫。キン
[kiN]經2。

ケ[ke]結。ケン[keN]見28。

キン[kiN]薊2。

（8）見母合口四等5字

　　クイ[kui]桂。ヲイ[woi]閨3。フイ　[Φui]　閨。

2　溪母收 196 字

（9）溪母開口一等47字

　　カ[ka]看、渴。カイ[kai]開11。カン[kaN]看18、勘。
　　ケウ[keu]叩2。ケン[keN]肯。
　　コウ[kou]可8。
　　タン[taN]堪4。

（10）溪母合口一等27字

　　クウ[ku]苦4、楛。クワン[kwaN]曠。クヲ[kwo]闊。クン[kuN]坤。
　　ケ[ke]窟。ケツ[ketu]窟。
　　コウ[kou]科。コン[koN]空16。

（11）溪母開口二等32字

　　キヤウ[kyau]巧。
　　ケ[ke]客27。ケツ[ketu]客4。

（12）溪母開口三等36字

　　キイ[ki]起9、氣4。ギイ[gi]欺。キウ[kiu]丘。キヤ[kya]却7。キヤツ
[kyatu]却。キヤン[kyaN]羌4。キン[kiN]輕6。
　　ケン[keN]遣1。リ[ri]泣。子[ne]却。

（13）溪母合口三等45字

　　キイ[ki]厺8、去17、軀。キヤン[kyaN]匡。キョ[kyo]曲8。キン[kiN]傾2。
　　グイ[gui]窺。ケ[ke]闕2、屈。ケツ[ketu]屈。ケン[keN]勸。

コン[koN]恐。

キン[kiN]去。

（14）溪母開口四等9字

キ[ki]溪。キイ[ki]溪7。

ケン[keN]牽。

3　群母收 58 字

（15）群母開口三等40字

カン[kaN]乾3。

ギ[gi]極2。キイ[ki]騎4、期。ギイ[gi]及3、期3、旗2、圻、妓、其、祈、琪。キウ[kiu]舊、裘。ギウ[giu]舊7。ギツ[gitu]極。ギヤン[gyaN]強。キン[kiN]勤2、琴。ギン[giN]近2。

ケツ[ketu]劇。

（16）群母合口三等18字

カン[kaN]邛。

キイン[kiN]羣。ギイン[giN]郡2、羣2。キュン[kyuN]郡。ギュン[gyuN]郡。ギョン[gyoN]窮2。キン[kiN]裙。

グワン[gwaN]狂。

コン[koN]共6。

4　疑母收 184 字

（17）疑母開口一等17字

ケ[ke]鄂。ゲウ[geu]偶2。

コ゜ウ[gou]蛾。ゴウ[gou]蛾3、我2、娥、蛾。

ハン[haN]岸6。

（18）疑母合口一等32字

ゴウ[gou]臥2。

ワイ [wai]外11。ワン[waN]翫。

ウ[u]五10、吳7、午。

（19）疑母開口二等23字

ゲツ[getu]岳。

エン[eN]雁6、眼、顏。

ヤイ[yai]涯。

ワイ[wai]涯2。

ヱン[weN]雁6、顏3、眼2。

（20）疑母開口三等17字

イ [i]義。

エン[eN]言4。

ヱン[weN]言。

ニイ[ni]疑3、宜。ニウ[niu]牛。ニヤン[nyaN]迎3。ニン[niN]凝2。

子[ne]鄴。

（21）疑母合口三等95字

イ[i]語6、漁3、魚2、御2（御[6]）。

エ[e]月。エツ[etu]月17。エン[eN]原、沅。

ヨ[yo]玉15。ヨツ[yotu]玉2。

ヱ[we]月30。ヱツ[wetu]月10。ヱン[weN]原3。ヱイ[wei]魏。

---

[6] 劉道音注：《唐詩選唐音》（六角恒廣編：《中國語教本類集成補集──江戶時代唐話篇──第四卷》，東京：不二出版，1972），頁301f有一個「御」字，右側空白未標注假名。

上列見系聲母（見、溪、群、疑）的收字數量，在《唐詩選唐音》中排在
第二位，僅次於影系聲母（影、曉、匣、喻、為）。此種收字現象與先師陳伯
元教授將《廣韻》（據古逸叢書覆宋重修本）依照聲類重新編輯而成的《聲類
新編》，聲紐收字多寡情況相類似。這個現象說明《唐詩選唐音》的聲母分布
正常，並無偏頗，不會因為收字數量分布異常，影響統計結果的可信程度。以
下除列兩書聲類做比較之外，亦列舉岡嶋冠山撰述唐話四種（《唐話纂要》、
《唐譯便覽》、《唐話便用》、《唐音雅俗語類》）的標音數量作對照。至於《唐
詩選唐音》全書包括聲母、韻母、聲調收字情況的討論，請參考拙作[7]，此處
不贅。

	《聲類新編》	《唐詩選唐音》	岡嶋冠山・四種
1	影系5,056	影系1,092	影系13,337
2	見系4,598	見系1,022	見系13,021
3	精系3,037	精系 804	精系10,538
4	幫系2,755	照系 635	端系9,675
5	端系2,518	幫系 489	照系7,806
6	來母1,706	端系 467	非系6,098
7	照系1,588	非系 458	幫系5,958
8	知系1,341	來母 423	來母4,597
9	莊系1,136	莊系 255	日母3,687
10	非系 971	知系 237	知系2,078
11	日母 398	日母 218	莊系1,327
合計	25,104	6,100	78,122

---

[7] 見林慶勳：〈《唐詩選唐音》的標音特色──唐話對應音觀察之二〉，《承繼與拓新：漢語語言
文字學研究》（香港：中文大學中國語言及文學系，2013年），頁594-595。

（二）假名標音特殊字討論

1 漏刻或誤刻假名標音

（1）見母合口一等「孤」字，假名標示クウ[kuu]的有19見，標示ウ[u]的只有1見。標示ウ的收在《唐詩選唐音》頁304b（即304頁第2行之意，下同）第107首第3句「孤猿更叫秋風裡」。從下一節表2對照所列的唐音參考資料，如岡嶋冠山唐話四種讀クウ的有11個[8]，《磨光韻鏡》第12圖合口也讀クウ等證據，大概《唐詩選唐音》標「ウ」有可能是漏字的訛誤。

（2）見母開口二等「霞」字，《唐詩選唐音》只有1見，假名標ヤア。此字收於《唐詩選唐音》頁260f第32首第4句「但有麋霞跡」。從下一節表3對照所列的唐音參考資料，《磨光韻鏡》第29圖開口讀キヤア因此可以推斷「ヤア」可能是「キヤア」之訛。

（3）見母開口四等有「薊」字，《唐詩選唐音》2見，假名都標「キン[kiN]」。該字一收於《唐詩選唐音》頁268c第59首第2句「年年薊水寒」，另一收於頁398a第86首第一句「薊庭蕭瑟故人稀」，兩句薊字似乎都與地理有關，應當與《廣韻》去聲12霽所收訓為「縣名、州名」相應。如果推論可以成立的話，該字假名不應當標有鼻音尾，《磨光韻鏡》第13圖開口讀「キイ」可證。本字標為キン，疑為誤刻。

（4）溪母合口三等有「去（含「厺」字）」字共26見，《唐詩選唐音》有25見假名標キイ[ki]，只有1個假名標キン[kiN]，見《唐詩選唐音》頁313c第139首第4句「風景依稀似去年」。對照下一節表13岡嶋冠山唐話四種及《磨光韻鏡》第11圖合口，都沒有讀鼻音韻尾的現象，大約可以推斷標キン可能是キイ的誤刻。

2 形近誤刻假名

（1）見母合口一等「管」字，假名標タワン[tawaN]的1見，收在《唐詩

8　另一例為岡嶋冠山撰：《唐話便用》（收入長澤規矩也編：《唐話辭書類集》第七集，東京：汲古書院，1972），讀パイ。

選唐音》頁315e第147首第3句「卻羨落花春不管」。從下一節「表2」對照所列的唐音參考資料，《唐詩選唐音》本身已有讀クワン的1見，其餘如岡嶋冠山唐話四種讀クハン，《磨光韻鏡》第24圖合口讀コワン等證據來看，「管」字唐音讀舌根音是正確的。因此可以推測刻書時將「ク」誤作「タ」，應當是合理的推論。

（2）見母合口四等有「閨」字，《唐詩選唐音》4見，假名標「ヲイ[woi]」3見，標「フイ[Φui]」1見。標「ヲイ」分別見於《唐詩選唐音》頁271f第71首第3句「可憐閨裏月」、頁283c第34首第4句「無那金閨萬里愁」、頁289e第56首第3句「閨中只是空相憶」；標「フイ」見於頁282e第32首第1句「閨中少婦不知愁」。從下一節表8所列唐音資料，相應的《磨光韻鏡》第14圖合口讀「クイ」，懷疑「ヲイ」或「フイ」可能都是形近而誤刻。

3 疑似依據日語標音

（1）見母開口三等「姬」字，《唐詩選唐音》只有1見，假名標「ヒ[hi]」。此字收於《唐詩選唐音》頁285e第42首第3句「吳姬緩舞留君醉」。從下一節表5對照所列的唐音參考資料，《磨光韻鏡》第8圖開口讀キイ，屬於舌根カ行讀音，《唐詩選唐音》假名標「ヒ，屬於喉音ハ行字。懷疑此處姬字標ヒ，可能是使用了日語訓讀音「ヒメ」第一音節做標音。[9]

（2）溪母合口一等有「堪」字，《唐詩選唐音》4見，假名都標「タン[taN]」。分別見於《唐詩選唐音》頁275a第5首第3句「即今西望猶堪思」、頁289g第57首第3句「玉關西望腸堪斷」、頁301b第97首第2句「陰蟲切切不堪聞」、頁308b第121首第3句「年光到處皆堪賞」。堪字僅有《廣韻》「口含切」（下平聲22覃韻）一音，即下一節表9《磨光韻鏡》第39圖開口讀「カム」之音。

---

9 在「韓語史與漢語史的對話III」國際學術研討會當時，有兩、三位韓國學者提出「姬」字韓國漢字音讀[hi]。會後查核韓國漢字音的資料，河野六郎：《朝鮮漢字音の研究・資料音韻表IV》（天理時報社，1968），頁209，果然有「姬，희[hi]」的讀音。另外，伊藤智ゆき：《朝鮮漢字音研究・資料篇》（東京：汲古書院，2007），頁69也有「姬，hiiᴸ」。在此感謝他們提供此項寶貴的意見。

　　此處標注為舌頭音「タン」，可能是使用了日語「慣用音」所致。所謂「慣用音」是日語中除了「吳音、漢音、唐音」之外使用的習慣性「漢字音」，其來源無法確切明白。例如「消耗しょう<u>こう</u>」慣用音讀為「消耗しょう<u>もう</u>」，「堪能（擅長、熟練之義）<u>かんのう</u>」慣用音讀為「堪能　<u>たんのう</u>」。[10] 這個現象正好解釋「堪」字為什麼本組《唐詩選唐音》有4個字以及表9岡嶋冠山唐話四種高達6個字，都標タン的原因。

4 疑似根據形聲字的聲符標音

　　（1）見母合口一等「鱠」字假名標ホィ[hoi]僅1見。該字收在《唐詩選唐音》頁279g第22首第3句「此行不為鱸魚鱠」。《廣韻》收入去聲14泰韻「古外切」與「市儈」之儈同音，即魚的細切肉之義，與《唐詩選唐音》該句詞義無別。偏查《集韻》、《古今韻會舉要》、《字彙‧字彙補》、《正字通》等書，「鱠」字都標示與《廣韻》相同的「古外切」。由此可見該字假名標示可能另有所據，或者說是根據形聲字聲符「會」[11]字而來也說不定。

　　（2）溪母開口三等有「泣」字，《唐詩選唐音》1見，假名標「リ[ri]」。此字收於《唐詩選唐音》頁319a第159首第4句「泣上龍堆望故鄉」。泣字《廣韻》也僅有「去急切」（入聲26緝韻）一音，《唐詩選唐音》標為「リ[ri]」，疑為根據形聲字聲符「立」[12]字而誤標。下一節表12岡嶋冠山唐話四種、《磨光韻鏡》第38圖合口都標為「キ」，比較合理。不過《集韻》入聲26緝收有「力入切」一音，不知是否其來源，則不得而知。

---

[10] 維基百科「慣用音」條：「慣用音是指音讀（日本漢字音）中不屬於與中國讀音有對應關係的吳、漢音、唐音的任一類的讀音。來源一般是誤讀的約定俗成或者為發音方便而作的改讀。古代並無此說法，大正時代語言學研究進展後方有此概念。」（據2019年2月11日上網）

[11] 《唐詩選唐音》（六角恒廣編《中國語教本類集成補集──江戶時代唐話篇─第四卷》，東京：不二出版，1972），頁276d「會向瑤臺月下逢」，會字標ホィ。

[12] 《唐詩選唐音》（六角恒廣編《中國語教本類集成補集──江戶時代唐話篇─第四卷》，東京：不二出版，1972），頁289d「萑葦烽邊逢立春」，立字標リ。

5 疑似根據漢語方言標音

　　表17，疑母開口一等有「岸」字，《唐詩選唐音》6見，假名皆標「ハン
[haN]」。分別見於《唐詩選唐音》頁279c第20首第3句「兩岸青山相對出」、頁
279e第21首第3句「兩岸猿聲啼不住」、頁288a第51首第1句「楓岸紛紛落葉
多」、頁295a第75首第3句「故人家在桃花岸」、頁300c第94首第2句「水碧沙明
兩岸苔」、頁318f第158首第4句「岸傍桃李為誰春」。岸字收在《廣韻》去聲28
翰韻讀「五旰切」，僅此疑母一音，此字標喉音ハ有一點特別。

　　若比較下一節表17所列唐音，岡嶋冠山唐話四種「岸」字讀「カン、ガ
ン」，仍屬舌根音；《磨光韻鏡》第23圖開口則讀「アン」，則與北京官話、南
京官話相同。由於此處「岸」字標「ハン」有6見，可以說它一定有某一來
源，應當不是誤標。唐通事職業上接觸的南京官話、福州話、漳州話、泉州話
的機會相當多，因此考慮它有可能來自閩南話「huã」白讀音[13]。

6 無法解釋而存疑的標音

　　（1）見母合口二等「虢」字，《唐詩選唐音》只有1見，假名標「ホ」。此
字收於《唐詩選唐音》頁311b第132首第1句「虢國夫人承主恩」。從下一節表4
對照所列的唐音參考資料，《磨光韻鏡》第34圖合口讀コ；漢音讀クヮク或カ
ク，都屬舌根カ行讀音。此處讀喉音ホ，無法判斷究竟何種原因造成。

　　（2）見母合口三等「規」字，《唐詩選唐音》只有1見，假名標「ズウ
[zu]」。此字收於《唐詩選唐音》頁278c第17首第1句「楊花落盡子規啼」。從
下一節表6對照所列的唐音參考資料，岡嶋冠山唐話四種規字讀クイ的有4見，
《磨光韻鏡》第5圖合口也讀クイ，都屬於舌根カ行讀音。此處標記假名ズウ
無法判斷究竟何種原因造成。

　　（3）表12，溪母開口三等有「却」字，在《唐詩選唐音》共有9見，其中

---

[13] 「岸」字廈門、潮州讀「huã」，見《漢語方音字彙》（北京：北京語文出版社，2003），頁
　　243；漳州讀「huann」見馬重奇：《漳州方言研究》（香港：縱橫出版社，1994），頁115；泉
　　州讀「huã」見林連通：《泉州市方言志》（北京：社會科學文獻出版社，1993），頁138。

7個讀「キヤ[kya]」，1個讀「キヤツ[kyatu]」，另外1個假名標「子[14][ne]」。標「子[ne]」比較突兀，該字收於《唐詩選唐音》頁311e第133首第4句「却望并州是故鄉」，却字收在《廣韻》入聲18藥韻讀「去約切」，僅此溪母一音，岡嶋冠山唐話四種與《磨光韻鏡》第31圖開口都標為「キヤ」比較合理，《唐詩選唐音》標為「子」無法理解。

三　《唐詩選唐音》的牙音觀察

上一節已將《唐詩選唐音》全書牙音收字1,022個，依照「見、溪、群、疑」四組聲母以及開合等第羅列如上，對其中假名標音特殊的14字也做了討論。

為了更深入討論這1,022個牙音字標音的性質，藉以明瞭近世唐音的實際狀況，以下將以表格形式羅列各組牙音聲母，並以時代不相上下的唐音資料以及時代稍早的吳音、漢音資料做對照。

（一）表 1 至表 21 列字及體例說明

1　近世唐音原始資料

與《唐詩選唐音》同樣屬於近世唐音，時代也相近的唐音資料，本文選取岡嶋冠山四種唐音資料與《磨光韻鏡》為代表做對照比較。

岡嶋冠山編纂的四種唐話資料為：（1）《唐話纂要》（1718），收在長澤規矩也編《唐話辭書類集》第六集（東京：汲古書院出版），（2）《唐譯便覽》（1726）與（3）《唐話便用》（1726）都收在長澤規矩也編《唐話辭書類集》第七集，（4）《唐音雅俗語類》（1726）則收在長澤規矩也編《唐話辭書類集》第一集。[15]

釋文雄（1700-1763）撰述的《磨光韻鏡》（1744），是日本《韻鏡》史上

---

[14] 日語ネ[ne]的古寫形式，很像「子」的草書體。

[15] 該4本資料內容介紹，請參考林慶勳：〈唐話對應音觀察之一──岡嶋冠山標注匣母字的變化〉，《漢學研究》第30卷第3期（臺北：國家圖書館，2012），頁170-171。

的一部重要著作，依據作者在《磨光韻鏡・緒言》所說：「每字將國字譯三音，漢為右，吳為左，華為前。」漢、吳即為漢音與吳音，置於各韻圖歸字的右側與左側。華音指「杭州音」，被置於歸字的左側下方反切旁，此即為本文唐音取材的依據。以上三種標音釋文雄都以片假名標示。由於《韻鏡》的歸字只能呈現一個音節代表字，其同音字則需由釋文雄弟子編輯的《磨光韻鏡字庫》（1780）中尋找同音節歸字。

2 對照引用的吳音語漢音

　　吳音、漢音雖然是早於唐音的漢字音，作為比較對象可以看出唐音有無承襲的痕跡，這是本文取材作為比較材料的目的。本文吳音、漢音的材料，以築島裕編《日本漢字音史論輯》所收沼本克明編〈吳音、漢音分韻表〉（頁121-243）為代表，該文收「觀智院本《類聚名義抄》和音分類表（吳音）」（頁125-186）、「長承本《蒙求》分韻表（漢音）」（頁187-243）兩種，屬於比較具體而實際的吳音、漢音語料，可信性較高。觀智院本《類聚名義抄》成書於鎌倉時代的1117-1182年之間，書尾有抄錄人落款時間為1241年；長承本《蒙求》成書於長承3年（1134，南宋高宗紹興4年）。[16]雖然屬於吳音、漢音的資料，卻都成書於中世唐音的發展年代。

3 黃檗宗系的近世唐音

　　黃檗宗系的唐音資料相當多，本文引用取材張昇余研究的下列兩種成果：

　　張昇余：《日本唐音與明清官話研究》（1998：頁102-154）
　　張昇余：《日語語音研究──近世唐音》（2007：頁112-180）

　　基本上兩書都使用16攝分韻列字，內容與體例都一致，本文引用以較晚出版的《日語語音研究──近世唐音》為主，惟其中若有疑似錯誤，也參考前一本《日本唐音與明清官話研究》的內容。本文討論時引用的主要是張氏原書編

16 參見（日）佐藤喜代治編：《國語學研究事典》（東京：明治書院，1996），頁521、548。

號「A」1671年（寬文11年、康熙10年）以前出版的如《禪林課誦》、《黃檗清規》等書；「B」1671至1683年（天和3年、康熙22年）之間出版的《慈悲水懺法》、《慈悲道場懺法》等書兩類，[17] 都屬於黃檗宗系的唐音資料，引用時總稱為「黃檗宗唐音文獻」，其餘則視實際需要引用。

（二）舌根塞音見母

以下表1至表21排列體例相同，第一欄列《唐詩選唐音》，內容與第二節「（一）牙音收字整理」完全相同，按照日語「五十音圖」的順序排列；第二欄列岡嶋冠山撰述（1）《唐話纂要》（1718）、（2）《唐譯便覽》（1726）、（3）《唐話便用》（1726）、（4）《唐音雅俗語類》（1726）四種。以表1為例，假名之後的數字如「高カ°ウ75：78」，表示「高」字在四本唐音專書中出現78次，讀「カ°ウ」有75次；只有一個數字如「感カン71」，表示感字有71次全讀作カン；未標數字如表2「鵠クウ」，表示只有一個讀音。同一個入聲字有陰聲與塞聲兩種標音時，將兩個讀音置於一處，如「閣コ2：12。（閣コツ9：12）」。

第三欄列《磨光韻鏡》（1744）歸字，假名之後標列韻圖圖次與開合，如表1「閣カ31開」，表示閣字假名讀カ，收在《磨光韻鏡》第31圖開口。第四欄列吳音、漢音，引用的分別為：觀智院本《類聚名義抄》及長承本《蒙求》。為了醒目標示，各以吳、漢分別吳音、漢音，假名之後的頁碼指築島裕編《日本漢字音史論輯》一書頁碼。

1 見母一、二等洪音

表1　見母開口一等

《唐詩選唐音》	岡嶋冠山・四種	《磨光韻鏡》	吳音、漢音
蓋カイ。 高カウ。	高カ°ウ75：78。 干カン41。敢カン	閣カ31開。 蓋カイ15開。	歌漢カp.222。 蓋吳カイp.146。

---

17 張昇余：《日語語音研究——近世唐音》（北京：外語教學與研究出版社，2007），頁181，稱「B」代表唐通事唐音，如此則與後面「1-6」唐通事編著資料重複，可能是偶疏。

《唐詩選唐音》	岡嶋冠山・四種	《磨光韻鏡》	吳音、漢音
干カン、敢、乾、感。	162：164。乾カン23。感カン71。	高カ°ウ25開。干カン、乾23開。敢カム40合。感カム39合。	漢カイp.206。高吳カ°ウp.160。漢カウp.220。感吳カム、敢p.180.182。漢カムp.238。干漢カンp.216。閣漢カクp.225。
			溝吳ク、勾p.176。
閣ケ・ケツ。溝ケウ、勾。根ケン。	蓋ケイ16。溝ケ°ウ2。勾ケ°ウ42：43。根ケン14：16。根ケ°ン1：16。	溝ケ°ウ、句37開。	
個コ、箇。歌コウ。	閣コ2：12。（閣コツ9：12）個コウ282：289。歌コウ8。高コ°ウ1：78。	歌コヲ、箇、個、27開。根コエン17開。	句漢コウp.234。

表2　見母合口一等

《唐詩選唐音》	岡嶋冠山・四種	《磨光韻鏡》	吳音、漢音
故クウ、孤、古、鼓、姑、鴣、沽、罟、菰。光クワン、觀、管、冠、廣、館、舘、官。國クヲ。孤ウ[18]。	故クウ131：133。孤クウ11：12。古クウ55。鼓クウ14。姑クウ5。沽クウ。罟クウ。菰クウ3。鴣クウ。光クハン50。觀クハ	故クウ、顧；孤、姑、鴣、沽、菰；古、鼓、罟12合。光クワン；廣32合。骨ク18合。	鼓吳クp.138。觀吳クワンp.157。冠漢クワン、館、舘p.217。廣漢クワンp.226。

《唐詩選唐音》	岡嶋冠山・四種	《磨光韻鏡》	吳音、漢音
管タワン[19]。	ン14。管クハン89。冠クハン5：6。廣クハン10。館クハン8。國クヲ6：29。（國クヲツ22：29）。 骨クヲ10：31（骨クヲツ21：31）		
骨コ。 過コウ。 功コン、公。	過コウ182：187。功コン50：53。公コン70：72。官コン123：124。	官コワン、觀、冠；管、館、舘24合。 國コ43合。 過コウ28合。 公コン、功1合。	姑漢コ、孤、古p.200。 古吳コp.138。 公漢コウp.187。
鱠ホイ[20]。	鱠ヲ。		

表3　見母開口二等

《唐詩選唐音》	岡嶋冠山・四種	《磨光韻鏡》	吳音、漢音
		甲カ40合。	嘉漢カ、家p.224。 交漢カウp.221。 江吳カアウp.129。 江漢カウp.191。 皆吳カイp.142。 佳漢カイ、解p.206。 角漢カクp.191。 間漢カンp.212。
解キアイ。 覺キヤ、甲。 家キヤア、笳、佳、嘉。	覺キヤ4：28。（覺キヨツ19：28）。覺キヤ°ウ5：28 甲キヤ9：17。（甲キヤツ	解キアイ15開。 覺キヤ、角3開合。 嘉キヤア、家、	隔漢キヤク/カクp.231。

---

[19] 見上一節「（二）假名標音特殊字討論・2形近誤刻假名・（1）」說明。
[20] 見上一節「（二）假名標音特殊字討論・4.疑似根據形聲字的聲符標音・（1）」說明。

《唐詩選唐音》	岡嶋冠山・四種	《磨光韻鏡》	吳音、漢音
階キヤイ、解、皆、解。 教キヤウ、交。 覺キヤツ。 江キヤン。 罍ヤア[21]	6：17） 家キヤア360：370。佳キヤア9。嘉キヤア8。 階キヤイ。解キヤイ38。 皆キヤイ108。 教キヤ°ウ147：149。交キヤ°ウ49：50。交キヤウ1：50。 江キヤン43。 角キヨ1：8。(角キヨツ4：8)角キア3：8。	笏、罍29開。 佳キヤイ；解15開。階キヤイ、皆13開。 教キヤ°ウ、交25開。 江キヤン3開合。 間キユン；襉＝澗21開。	
			佳吳クヱp.147。
隔ケ。 更ケン、間、澗。	隔ケ3：8。(隔ケツ4：8) 更ケン54：63。更ケ°ン8：63。間ケン89。澗ケン2。		解吳ケp.147。 家吳ケp.166。 間吳ケンp.152。 交吳ケウ、教p.161。
角コ。		更コエン33開。 隔コヱ35開。	

表4　見母合口二等

《唐詩選唐音》	岡嶋冠山・四種	《磨光韻鏡》	吳音、漢音
掛クアア、瓜。 怪クアイ。 關クアン。	掛クハア24。瓜クハア13。 怪クハイ45：47。恠クハイ2：3。恠クアイ1：3。 關クハン13。	瓜クアア30合。 掛クアイ16合。怪クアイ14合。	掛漢クワp.207。 恠漢クワイp.204。 關漢クワンp.218。 號漢クワク／カクp.230。
號ホ[22]。		關コワン24合。 號コ34合。	

---

21 見上一節「(二) 假名標音特殊字討論・1.漏刻或誤刻假名標音・(2)」說明。

22 見上一節「(二) 假名標音特殊字討論・6.無法解釋的存疑標音・(1)」說明。

以上表1見母開口一等、表2見母合口一等、表3見母開口二等、表4見母合口二等，在《唐詩選唐音》的收字，都可以在同樣屬於近世唐音的岡嶋冠山四種及《磨光韻鏡》中找到相同的標音，證明《唐詩選唐音》的標音是有依據而且可以成立的。由於日語「カキクケコ」它們每一個音（mora モーラ）的不同只有「元音」a.i.u.e.o的差異，「輔音」都是舌根塞音「k」。因此近世唐音極少數的例子，如骨字用「コ」或「ク」（表2）；角字用「コ」或「キ」（表3），廣義上都可以接受，畢竟都沒有超出舌根音的範圍。

對照另外一類近世音「黃檗宗唐音文獻」，從張昇余（2007）的「A」類（指1671年以前出版的如《禪林課誦》、《黃檗清規》等書）與「B」類（指1671至1683年之間出版的《慈悲水懺法》、《慈悲道場懺法》等書）做觀察，黃檗宗唐音文獻「蓋119[23]、高129、敢136、乾142、感133、溝132、根134[24]、個112、歌112」（表1收字）、「故116、館149、廣162、骨157、過113、功176」（表2收字）、「甲137、階119、交130、江164、隔170、更168、澗144、間144」（表3收字）、「掛122、怪122、關150」（表4收字）都與《唐詩選唐音》所標假名相同。不過收在表2「國168」字標「クヘ。」，收在表3「覺、角165」標「キョ、キョッ」、「嘉114」標「キャ」與《唐詩選唐音》稍有不同，不過仍屬於舌根音範圍。

此外值得注意的是，本組開口二等有「覺キャ、甲。家キヤア、筎、佳、嘉。階キヤイ、解、皆、觧。教キヤウ、交。覺キヤツ。江キヤン」等字，都有日語拗音「ヤ」做對應，連岡嶋冠山四種、《磨光韻鏡》、黃檗宗唐音文獻都相同，這個現象有可能是記錄舌根音顎化的痕跡。上述有拗音各字分屬於《廣韻》「覺、狎、麻、佳、皆、蟹、肴、江」等韻，與清代刊刻的《圓音正考》（1743）「34個開口二等有顎化現象」的韻目一致[25]。由於《唐詩選唐音》

---

[23] 數目字代表引自張昇余：《日語語音研究——近世唐音》（北京：外語教學與研究出版社，2007）的頁碼，以下同。

[24] 「根」字據張昇余：《日本唐音與明清官話研究》（西安：世界圖書出版西安公司，1998）頁134的標音。

[25] 34個開口二等有顎化的韻目指「江、講、絳、覺。佳、蟹、卦。皆、駭、怪。刪、潸、諫、黠。山、產、襉、鎋。肴、巧、笑。麻、馬。庚、梗。耿。咸、豏、陷、洽。銜、檻、鑑、

（1777）的時代與《圓音正考》相當接近，正巧記錄了此項重要的歷史音變現
象。

2 見母三、四等細音

表 5　見母開口三等

《唐詩選唐音》	岡嶋冠山·四種	《磨光韻鏡》	吳音、漢音
幾キイ、己、記、寄、 羈。 寄ギイ、箕。 九キウ、久。 驕キヤウ。驕ギヤウ。 麐キュン。 今キン、金、荊、錦、 鏡、京、景、驚、巾、 竟、敬。	幾キイ99。己キイ 18：20。記キイ41： 42。寄キイ15：16。 羈キイ3。箕キイ。 九キウ12：13。久キ ウ78：82。 驕キヤゥ13。今キン351：356。金 キン72。荊キン15。 錦キン10。鏡キン7。 京キン27。景キン 36。驚キン40。巾キ ン7。竟キン73。敬キ ン27。	記キイ；箕；己8 開。羈キイ；寄4 開。姬キイ8開。 幾キイ9開。 久キ゚ウ、九37 開。 驕キヤ゚ウ25開。 麐キュン18合。 巾キイム17開。[26] 金キム、今；錦38 合。 京キイン、驚、 荊；景；鏡、竟、 敬33開。	寄吳キp.130。 寄漢キp.192。 己吳キ、記p.134。 記漢キp.196。 金漢キムp.237。
			九吳ク、久p.177。
劍ケン、建、劍。	建ケン9。劍ケン5。 劍ケン2。		建漢ケンp.212。 京漢ケイ、荊、 景、鏡、敬p.230。
			建吳コンp.152。
姬ヒ[27]。			

狷。」見林慶勳：〈刻本「圓音正考」所反映的音韻現象〉，《漢學研究》第8卷第2期（臺北：
　國家圖書館，1990），頁34。

[26] 表5「巾」字與表15「勤、近」字，《磨光韻鏡》都標假名為「キイム」，也就是將韻尾標為收
　[-m]，這個讀音相當特殊。目前無法解釋，留待以後再討論。

[27] 見上一節「（二）假名標音特殊字討論·3.疑似依據日語標音·（1）」說明。

表6 見母合口三等

《唐詩選唐音》	岡嶋冠山・四種	《磨光韻鏡》	吳音、漢音
居キイ、舉、踞。 君キイン。 軍ギイ。 軍ギン。 橘キツ。 君キュン、軍。君ギュン。 君キン。 菊キヨ。	居キユイ67：71。舉キユイ22。 踞キヱイ。 君キュン28：33。軍キュン25：29。捲キュン4：6。 君キヱン4：33。軍キヱン1：29。捲キヱン2：6。 橘キヱ。 菊キヨ3：4。（菊キヨツ） 蕨キヱ。	居キユイ；舉；踞11合。 君キュン、軍20合。 橘キユ18合。 菊キヨ1合。 蕨キユヱ22合。 捲キュヱン22合。 弓キヨン、宮1合。	舉漢キヨp.198。
歸クイ、貴	歸クイ23。貴クイ97。規クイ4 軍クン3：29。	歸クイ；貴10合。 規5合。	宮吳クウp.216。 歸吳クヰ、貴p.136。 歸漢クヰp.197。 橘漢クヰチp.210。 君漢クン、軍p.211。
蕨ケ。捲ケン			
宮コン、弓。	宮コン。弓コン13。		居吳コ、舉p.136。
規ズウ[28]。			

表7 見母開口四等

《唐詩選唐音》	岡嶋冠山・四種	《磨光韻鏡》	吳音、漢音
激ギ。 計キイ、擊、雞。 結キツ。 叫キャウ。	激キ3：16。（激キツ13：16）。結キ6：37。（結キツ：5：37）（擊キツ4）	激キ35開。 擊キ35開。 計キイ、雞、薊13開。	經吳キャウp.175。

---

[28] 見上一節「（二）假名標音特殊字討論・6.無法解釋的存疑標音・（2）」說明。

《唐詩選唐音》	岡嶋冠山・四種	《磨光韻鏡》	吳音、漢音
經キン。 薊キン。[29]	計キイ57：58。雞16。 叫キャ゚ウ30：31。叫キャウ。 經キン36。	結キエ23開。 叫キャウ25開。 經キイン。35開 見キエン23開。	
結ケ。 見ケン。	見ケン234：238。 結ケツ：26：37。 薊ソウ。		雞吳ケイp.145。 雞漢ケイ、計p.205。 經漢ケイp.233。 見吳ケムp.159。 叫吳ケフp.164。 結漢ケツp.219。

表 8　見母合口四等

《唐詩選唐音》	岡嶋冠山・四種	《磨光韻鏡》	吳音、漢音
桂クイ		閨、桂クイ14合。	
			桂漢ケイp.205。
閨ヲイ、フイ[30]。			

　　以上表5見母開口三等、表6見母合口三等、表7見母開口四等、表8見母合口四等，大多數的《唐詩選唐音》的收字，都可以在岡嶋冠山四種及《磨光韻鏡》中找到相同的標音，證明《唐詩選唐音》的標音是有依據而且可以成立的。倒是有「寄ギイ、驕ギヤウ」（表5）、「軍ギイ、ギン」（表6）、「激ギ」（表7）幾個字，應當是見母清聲字，《唐詩選唐音》卻標出了濁聲母，在岡嶋冠山四種及《磨光韻鏡》中都找不到濁音標示，此點無法解釋。

　　對照另外一類近世唐音「黃檗宗唐音文獻」，「九133、驕117[31]、京170、

29　見上一節「（二）假名標音特殊字討論・1.漏刻或誤刻假名標音・（3）」說明。

30　見上一節「（二）假名標音特殊字討論・2.形近誤刻假名・（2）」說明。

31　「驕」字據張昇余：《日本唐音與明清官話研究》（西安：世界圖書出版西安公司，1998），頁117的標音。

竟154、劍139、建146」（表5收字）、「軍158、歸128、宮178」（表6收字）、「計121、經173、結148、見147」（表7收字），與《唐詩選唐音》所標假名相同。不過收在表5「幾126、記126、寄124」三字都標「キ」，與《唐詩選唐音》標「キイ」稍有不同。收在表6「居、舉117」二字都標「キュ」、與《唐詩選唐音》標「居キイ」也有差異。收在表8「桂、閨123」二字都標「キイ」與《唐詩選唐音》標「クイ、ヲイ、フイ」也是有差異。

（三）舌根塞音溪母

1 溪母一、二等洪音

表 9　溪母開口一等

《唐詩選唐音》	岡嶋冠山・四種	《磨光韻鏡》	吳音、漢音
看カ、渴。 開カイ。 看カン、勘。	看カ1：189。渴カ4：10（渴カツ6：10）。 開カイ99。 看カン186：189。勘カン3。	渴カ23開。 開カイ13開。 看カン23開。 勘カム39合。 堪カム39合。	可吳カp.164。 可漢カp.222。 開漢カイp.202。
			口吳クp.176。
口ケゥ。 肯ケン。	口ケ°ゥ93。 肯ケン79：90。肯ケ°ン9：90	口ケゥ37開。	
可コウ。	可コウ447：462。	肯コエン42開。 可コヲ27開。	
堪タン。[32]	堪タン6。		

表 10　溪母合口一等

《唐詩選唐音》	岡嶋冠山・四種	《磨光韻鏡》	吳音、漢音
	窟キヱツ2。		
苦クウ、楛。 曠クワン。 闊クヲ。 坤クン。	苦クウ91。枯クウ4。 曠クハン7。 闊クハツ5：7。 闊クヲツ2：7。 坤クン3。	苦クウ、枯12 合。 曠クワン32合。 坤クン18合。 窟ク18合	空吳クウp.125。 苦吳クp.138。 窟吳クツ/コツp.148。 窟漢クツp.207。
窟ケ。 窟ケツ。			
科コウ。 空コン。	科コウ15。 空コン41。	科コウ28合。 闊コワ24合。 空コン1合。	

表 11　溪母開口二等

《唐詩選唐音》	岡嶋冠山・四種	《磨光韻鏡》	吳音、漢音
			巧漢カウp.221。
巧キヤウ。	巧キヤ゜ウ21。	巧キヤ゜ウ25開。	客吳キヤクp.171。
客ケ。 客ケツ。	客ケ13：78。客ケ゜14： 78（客ケツ50:78）。		
		客コヱ33開。	

　　以上表9溪母開口一等、表10溪母合口一等、表11溪母開口二等，《唐詩選唐音》的收字，除表10「窟ケ、ケツ」與岡嶋冠山四種及《磨光韻鏡》標「キヱツ、ク」稍有不同外，其餘標音幾乎相同，證明《唐詩選唐音》的標音是有依據而且可以成立的。

　　對照「黃檗宗唐音文獻」，「開119、看142、口132、肯165」（表9收字）、「曠162」（表10收字）、「巧130、客169」（表11收字）都與《唐詩選唐音》所標假名相同。不過收在表9「堪135」字標「ケン」，收在表10「苦116、坤156、科113、空176」分別標「ク、コン、コ、クン」、與《唐詩選唐音》稍有

不同，不過仍屬於舌根音範圍。

此外本組開口二等有「巧キヤウ」字，也有日語拗音「ヤ」的成分，岡嶋冠山四種、《磨光韻鏡》、黃檗宗唐音文獻都相同。「巧」字收在《廣韻》上聲巧韻，屬於清代刊刻的《圓音正考》（1743）「34個開口二等有顎化現象」的韻目之一[33]，這個現象說明《唐詩選唐音》「巧」字，可能也是記錄了舌根音顎化的痕跡。

2 溪母三、四等細音

表 12 溪母開口三等

《唐詩選唐音》	岡嶋冠山・四種	《磨光韻鏡》	吳音、漢音
起キイ、氣。 欺ギイ。 丘キウ。 却キヤ。 却キヤツ。 羌キヤン。 輕キン。	起キイ141：143。氣キイ104：106。欺キイ25。 丘キウ1。 却キヤ5：17。（却キヨツ9：17） 輕キン55：56。	泣キ38合。 起キイ、欺8開。 氣キイ9開。 丘キ°ウ37開。 却キヤ31開。 羌キヤン31開。 輕キイン33開。 遣キエン21開	起吳キp.134。 起漢キp.196。 却吳キヤクp.169。 却漢キヤクp.227。 泣漢キウp.237。
			丘吳クp.177。
遣ケン。	遣ケン24：25。		氣吳ケp.135。 輕漢ケイp.23。
泣リ[34]。 却子[35]。	泣キ1：5。（キツ3）		欺吳コp.134。

---

[33] 見林慶勳：〈刻本「圓音正考」所反映的音韻現象〉，《漢學研究》第8卷第2期（臺北：國家圖書館，1990），頁11。

[34] 見上一節「（二）假名標音特殊字討論・4 疑似根據形聲字的聲符標音・（2）」說明。

[35] 見上一節「（二）假名標音特殊字討論・6 無法解釋的存疑標音・（3）」說明。

表 13　溪母合口三等

《唐詩選唐音》	岡嶋冠山・四種	《磨光韻鏡》	吳音、漢音
夻キイ、去、軀。 匡キヤン。 曲キヨ。 傾キン。 去キン[36]。	夻キユイ242：254。去キユイ80：88。軀キユイ6。 夻キエイ5：254。 去キユイ2：88。 曲キヨ5：16。(曲キヨツ9：16) 傾キン12。 闕キエツ2。屈キエツ24：27。 屈キエ3：27。 勸キエン16：17。	去キユイ11合。 軀キユイ12合。 匡キヤン32合。 曲キヨ2合。 傾キン34合。 屈キユ20合。 闕キユエ22合 勸キユエン22合。 恐キヨン2合。	去漢キヨp.178。
窺グイ。	窺クイ6。	窺クイ5合。	屈吳クツp.151。 屈漢クヰp.212。 恐吳クウp.128。 曲漢クキヨクp190。
闕ケ、屈。 屈ケツ。 勸ケン。			傾漢ケイp.233。
恐コン。	恐コン45：47。		曲吳コクp.128。 去吳コp.137。

表 14　溪母開口四等

《唐詩選唐音》	岡嶋冠山・四種	《磨光韻鏡》	吳音、漢音
溪キ。 溪キイ。	溪キイ3。	溪キイ13開。	
牽ケン。	牽ケン6。	牽キエン23開。	牽吳ケンp.159。

36　見上一節「(二) 假名標音特殊字討論・1 漏刻或誤刻假名標音・(4)」說明。

　　以上表12溪母開口三等、表13溪母合口三等、表14溪母開口四等,大多數的《唐詩選唐音》的收字,都可以在岡嶋冠山四種及《磨光韻鏡》中找到相同的標音,證明《唐詩選唐音》的標音是有依據而且可以成立的。但是「欺ギイ」(表12)、「窺グイ」(表13)兩個清聲的溪母字,《唐詩選唐音》卻標出了濁聲母,在岡嶋冠山四種及《磨光韻鏡》中都找不到濁音標示,此點無法解釋。

　　對照「黃檗宗唐音文獻」,「氣126、丘134、羌161、輕171、遣146」(表12收字)、「曲180、屈159、勸152、恐179」(表13收字)、「溪121、牽147」(表14收字),與《唐詩選唐音》所標假名相同。不過黃檗宗唐音「起126」字標「キ」,與《唐詩選唐音》表12標「キイ」稍有不同。黃檗宗唐音「去117」標「キ、キュ」與《唐詩選唐音》表13標「キイ」也有差異。

（四）舌根塞音群母三等細音

表 15　群母開口三等

《唐詩選唐音》	岡嶋冠山・四種	《磨光韻鏡》	吳音、漢音
乾カン[37]。			乾吳カンp.154。 強吳カウp.169。
極ギ。 騎キイ、期。 及ギイ、期、旗、 　圻、妓、其、 　祈、琪。 舊キウ、裘。 舊ギウ。 極ギツ。	極キ5：60（極キツ 48：60）。 極ギ7：60。 騎キイ6。期キイ17： 19。妓キイ7：9。其 キイ209：297。祈キ イ2。旗キイ10：16。 期ギイ2：19。妓ギイ	極キ42開。 騎ギ、妓4開。 及ギ38合。 期ギイ、旗、其、 祈、琪9開。 裘ギウ37開。舊 ギｳウ37開。 強ギヤン31開。	妓吳キp.130。 妓漢キp.192。 期漢キp.196。 琴吳キム／コム 　p.179。 琴漢キムp.237。 劇吳キヤク 　p.172。

---

37 《唐詩選唐音》(六角恒廣編:《中國語教本類集成補集——江戶時代唐話篇—第四卷》,東京:不二出版,1972)乾字有3見,頁268c、311e兩處都是「桑乾」地名,標「カン」無誤。惟頁278b第16首第4句「日月照乾坤」,乾字標「カン」,疑為誤標。日語「乾坤讀けんこん」、「乾燥かんそう」,乾字的確有兩種不同讀音。

《唐詩選唐音》	岡嶋冠山・四種	《磨光韻鏡》	吳音、漢音
強ギヤン。 勤キン、琴。 近ギン。	2：9。其ギイ83：297。旗ギイ6：16。 舊キウ25：33。 舊ギウ8：33。 強キヤン49：55。 強ギヤン6：55。 勤キン14：17。琴キン。近キン38：56。 勤ギン3：17。琴ギン3：4。近ギン16：56。	勤キイム、近19開。[38] 琴ギム38合。 乾ギエン23開。 劇ギイツ33開。	
			舊[吳]クp177。
劇ケツ。	乾ケン3		劇[漢]ケキp.230。
			其[吳]コウp.134。

表16　群母合口三等

《唐詩選唐音》	岡嶋冠山・四種	《磨光韻鏡》	吳音、漢音
邛カン。			
羣キイン。 郡ギイン、羣。 郡キュン。 郡ギュン。 窮ギョン。 裙キン。	羣キュン13：15。 羣キエン1：15。郡キエン。 窮キョン39：43。 窮ギョン4：43。 裙ギュン2。	郡ギュン、裙、羣20合。 窮ギョン1合。邛ギョン、共2合。 狂キヤン32合。	
狂グワン。	狂クハン13。		羣[漢]クンp.212。 郡[漢]クキンp.212。 共[漢]クキウp.190。
共コン。	共コン35：37。		
			狂[吳]ワウp.170。

---

[38] 表15「勤、近」字與表5「巾」字，《磨光韻鏡》都標假名為「キイム」，也就是將韻尾標為收 [-m]，這個讀音相當特殊。目前無法解釋，留待以後再討論。

　　以上表15群母開口三等、表16群母合口三等，大多數的《唐詩選唐音》的收字，都可以在岡嶋冠山四種及《磨光韻鏡》中找到相同的標音，證明《唐詩選唐音》的標音是有依據而且可以成立的。但是群母屬於濁聲母，《唐詩選唐音》有時標出「濁音清化」的清音，有時卻標濁聲母，甚至同一個字有清聲、濁聲同時出現的現象，如「舊キウ、舊ギウ」（表15）、「羣キイン、羣ギイン。郡キュン、郡ギュン」（表16），不知如何解釋。

　　對照「黃檗宗唐音文獻」，只有「勤155」（表15收字）、「共179」（表16收字）兩字，與《唐詩選唐音》所標假名相同。其餘都是清聲、濁聲不同、音節不同或長音、短音的差異，例如：黃檗宗唐音標「乾ケン146、極キ167、極キツ167、期キ126、妓キ124、琴ケン」，《唐詩選唐音》則依次標「乾カン、極ギ、極ギツ、期ギイ、妓ギイ、琴キン」（表15）。黃檗宗唐音標「裙キュン158、狂クハン163」《唐詩選唐音》標「裙キン、狂グワン」（表16）差異比前面各組大。

（五）舌根鼻音疑母

1 疑母一、二等洪音

表 17　疑母開口一等

《唐詩選唐音》	岡嶋冠山・四種	《磨光韻鏡》	吳音、漢音
	岸カン1：6。 岸ガン5：6。		我吳カアp.154。
鄂ケ。 偶ゲウ。	偶ゲ°ウ4：9。偶ケ°ウ3：9。 偶ゲウ2：9。		
蛾ゴウ。 蛾ゴウ、我、娥、蛾。	蛾ゴウ2。我ゴウ601：768。 我コウ149：768。		

《唐詩選唐音》	岡嶋冠山・四種	《磨光韻鏡》	吳音、漢音
岸ハン[39]。		鄂ア31開。 岸アン23開。 偶エ゚ウ37開。 蛾ヲ丶、我、娥27開。	

表 18　疑母合口一等

《唐詩選唐音》	岡嶋冠山・四種	《磨光韻鏡》	吳音、漢音
	翫クハン。		外吳クヱp.146。
臥ゴウ。	臥ゴウ7。		
外ワイ。 翫ワン。	外ワイ80：81。	外ワイ16合。 翫ワン24合。	
五ウ、吳、午。	五ウ54。午ウ3。	五ウ丶、吳、午12合。	
		臥ヲウ28合。	

表 19　疑母開口二等

《唐詩選唐音》	岡嶋冠山・四種	《磨光韻鏡》	吳音、漢音
			岳漢カクp.191。
岳ゲツ。			眼吳ケムp.152。
雁エン、眼、顏。			
涯ヤイ。	涯ヤイ12。	涯ヤイ15開。 岳ヤ3開合。	
		眼ユン17開。	
	岳ヨツ。		
涯ワイ。			
		雁イユン、顏23	

---

[39] 見上一節「（二）假名標音特殊字討論・5 疑似根據漢語方言標音」說明。

《唐詩選唐音》	岡嶋冠山・四種	《磨光韻鏡》	吳音、漢音
		開。	
雁エン、顔、眼。	雁エン。顔エン17。眼エン55。		

　　以上表17疑母開口一等、表18疑母合口一等、表19疑母開口二等，與前述幾組不同，這是舌根鼻音的聲母。除表17《唐詩選唐音》「鄂ケ」，《磨光韻鏡》標「鄂ア」；表19《唐詩選唐音》「岳ゲツ、涯ワイ」，岡嶋冠山四種標「岳ヨツ、涯ヤイ」、《磨光韻鏡》標「岳ヤ、涯ヤイ」稍有不同外，其餘標音幾乎相同，證明《唐詩選唐音》的標音是有依據而且可以成立的。

　　對照「黃檗宗唐音文獻」，僅見到「外122、五116」（表18收字）、「顏144、涯120」（表19收字）等字與《唐詩選唐音》所標假名相同，其餘則不盡相同。其不同的標音，主要在長音、短音的差別，如《唐詩選唐音》「蛾ゴウ」（表17）、「臥ゴウ」（表18）、「岳ゲツ」（表19），黃檗宗唐音文獻分別標「蛾ゴ112」、「臥ゴ113」、「岳ヨ、ヨツ165」，可見其差異性較各組為多。

2　疑母三等細音

表20　疑母開口三等

《唐詩選唐音》	岡嶋冠山・四種	《磨光韻鏡》	吳音、漢音
			迎吳カウp.172。
			義漢キP.192。 宜吳キp.130。 疑吳キp.134。 疑漢キp.146。 牛漢キウp.235。
			言漢ケンp.213。
			凝漢コウ/キョウp.242。 牛吳コp.177。

《唐詩選唐音》	岡嶋冠山・四種	《磨光韻鏡》	呉音、漢音
義イ。	義イ10：34。宜イ13：44。	義イヽ、宜4開。疑イヽ、8開。 牛イ゜ウ37開。 凝イン42開。 鄴イエ40合。	
言エン。		言エン21開。	
言ヱン。	言エン143：147。		
疑ニイ、宜。 牛ニウ。 迎ニヤン。 凝ニン。	疑ニイ39。宜ニイ31：44。義ニイ24：34。 牛ニウ14。 迎ニン18。凝ニン2。	迎ニイン33開。	
鄴子。			

表21　疑母合口三等

《唐詩選唐音》	岡嶋冠山・四種	《磨光韻鏡》	呉音、漢音
			魚呉キヨ/コウp.137。 魚漢キヨ、漁、語、御p.198。
			原漢クエンp.213。 月漢クエツp.213。 魏呉クヰp.136。 魏漢クヰp.197。
			語呉コp.137。 御呉コオp.137。
語イ、漁、魚、御。	語イユイ34。漁イユイ2。魚イユイ75：76。御イユイ2。	語イユイ、漁、魚、御11合。	
月エ。 月エツ。 原エン、沅。		月ユエ22合。 原ユエン、沅22合。	

《唐詩選唐音》	岡嶋冠山・四種	《磨光韻鏡》	吳音、漢音
玉ヨ。 玉ヨツ。	玉ヨ10：24（玉ヨツ 13：24）。	玉ヨ2合。	
月ヱ。 月ヱツ。 原エン。 魏エイ。	月ヱ17：46（月ヱツ 28：46）。 原ヱユン82：83。	魏ヲイ10合。	

　　以上表20疑母開口三等、表21疑母合口三等，大多數的《唐詩選唐音》的收字，都可以在岡嶋冠山四種及《磨光韻鏡》中找到相同的標音，證明《唐詩選唐音》的標音是有依據而且可以成立的。但是稍微有些例外，如「迎ニヤン、鄴子」（表20）、「語イ、月ヱ、月ヱツ、魏エイ」（表21）卻無法在岡嶋冠山四種及《磨光韻鏡》中找到相同標音。

　　對照「黃檗宗唐音文獻」，有「言147、牛134」（表20收字）、「語117、月152、原152玉180」（表21收字）等字，與《唐詩選唐音》所標假名相同。其餘都是清聲、濁聲不同、音節不同或長音、短音的差異，例如：黃檗宗唐音標「疑ギ126、宜ギ124、迎ギン170、凝ギン167」，《唐詩選唐音》則依次標「疑ニイ、宜ニイ、迎ニヤン、凝ニン」（表20）。黃檗宗唐音標「魏ウイ128」《唐詩選唐音》標「魏エイ」（表21）差異比前面各組大。

　　值得一提的是，表20疑母開口三等韻，除義、言兩字外，疑、宜ニイ[ni]、牛ニウ[niu]、迎ニヤン[nyaN]、凝ニン[niN]、鄴子[ne]，都讀[n-]舌尖鼻音聲母。音韻史上的演化，「疑」母與「影、喻、為」母合併讀成零聲母，在14世紀的《中原音韻》已經表現得極為清楚，唯有疑母開口三等轉變為[n-]聲母，此點《唐詩選唐音》正反映了這個現象。

　　由以上表1至表21的綜合觀察，可以看出1777年刊刻成書的《唐詩選唐音》，書中記錄的另一種「譯官系」類唐音，與1718-1726年之間出版的岡嶋冠山《唐話纂要》、《唐譯便覽》、《唐話便用》、《唐音雅俗語類》四本唐話教材，以及1744年釋文雄撰述的韻學類唐音《磨光韻鏡》標音相當類似，幾乎很少出入，可以證明《唐詩選唐音》的標音是有根據的。

　　上述的比較可以算是近世唐音中同類型記載的比較，除此之外，本文也取材黃檗宗唐音文獻的資料做異同觀察，這個部分張昇余研究《禪林課誦》、《黃檗清規》、《慈悲水懺法》、《慈悲道場懺法》等書[40]已相當有成績，本文直接引述他的研究成果。結果發現固然有相異的假名標示，但是相同或相近的標音也不少，證明同為「近世唐音」，記錄的差異性是與時代及發音人的背景息息相關的。

　　至於使用吳音或唐音，純粹要當作《唐詩選唐音》傳承前人漢字音的觀察，結果發現《唐詩選唐音》雖然與吳音、漢音有些差異，但多數不會偏離「牙音」這個範圍，因此可以看作《唐詩選唐音》的記錄是合理可信的。

四　結論

　　1.《唐詩選唐音》用片假名標記的唐音，總體而言前述討論已經證明其合理與可信。也就是說，用日語舌根塞音k開頭的音節「カ[ka]、キ[ki]、ク[ku]、ケ[ke]、コ[ko]」對應漢語的「見、溪、群」母牙音字，音理上可以算是正確的。疑母則除カ行外，有更多的字對應零聲母「ヤ[ya]、ヨ[yo]、イ[i]、ウ[u]、エ[e]、ワ[wa]、ヱ[we]」或舌尖鼻音「ニ[ni]、子[ne]」。

　　2.《唐詩選唐音》以「カ」做對應的只有「カ、カイ、カウ、カン」4組音節而已。它們主要出現於見母與溪母的開口一等洪音，只有「乾」與「邛」兩字分別屬於群母開口與合口三等細音。總體而言「カ」做唐音的對應，主要是一等洪音字。

　　3.《唐詩選唐音》以「キ」做對應的音節多達25組「キ、ギ、キイ、ギイ、キウ、ギウ、キツ、ギツ、キヤ、キヨ、キン、ギン、キアイ、キイン、ギインキヤア、キヤイ、キヤウ、ギヤウ、キヤツ、キユン、ギユン、ギヨン、キヤン、ギヤン」。由於日語的キ[ki]本身有[i]的元音，可以拿來對應漢語有[-i-]介音的成分，所以拿來對應標示唐音三、四等韻的細音相當諧和。《唐

40　此類黃檗宗唐音資料，都在1683年以前傳入日本的佛教課誦資料。

詩選唐音》全書以見、溪、群母開口、合口三等或四等細音字對應「キ」的占86.2%，其餘以開口二等洪音對應「キ」的只有13.8%，除「解キアイ」一個音節之外，其餘7個都是開口二等的顎化音[41]。

4.《唐詩選唐音》以「ク」做對應的音節有9組「ク、クイ、グイ、クウ、クヲ、クン、クワア、クワイ、グワン」。日語ク[ku]本身有[u]的元音，可以拿來對應漢語有[-u-]介音的成分，所以對應標示唐音一、二等韻洪音相當諧和。《唐詩選唐音》全書以見、溪母合口一、二等洪音對應「ク」的占三分之二，以見、溪、群母合口三、四等細音對應的只占三分之一。不過占三分之一的4個細音字「歸クイ（表6）、桂クイ（表8）、窺グイ（表13）、狂グワン（表16）」，相信當時漢語的讀音都有[-u-]介音的成分，才可能用「ク」做對應。

5.《唐詩選唐音》以「ケ」做對應的音節有7組「ケ、ケウ、ゲウ、ケツ、ゲツ、ケン、ケワン」，其中有「ケツ：ゲツ。ケウ：ゲウ」清濁相對的音節。全部26個等呼屬於「見、溪、群、疑」開口字的有19個，其餘7個屬於合口字。各開、合口的洪音與細音界線無別。

6.《唐詩選唐音》以「コ」做對應的音節有4組「コ、コウ、ゴウ、コン」。其中也有「コウ：ゴウ」的清濁相對音節。以開、合口來看，合口9個多於開口的6個；以洪、細來看，洪音有12個（分布於見、溪、疑母）遠多於細音的3個（分布於見、溪、群母）。這個現象或許說明日語的コ[ko]，本身有合口性質的[o]元音，拿來對應合口洪音字比較諧和，而3個細音字「宮コン（表6）、恐コン（表13）、共コン（表16）」，讀音已趨向於洪音的性質，對應上也沒有違和的感覺。

7.《唐詩選唐音》以日語類似於零聲母的ヤ行、ア行、ワ行來對應「疑母」字。其中以ヤ行做對應的的音節有3組「ヤイ、ョ、ョツ」，除「涯」是開口二等洪音外，其餘「玉ョ、玉ョツ」都是細音。

以ア行做對應的的音節有5組「イ、ウ、エ、エツ、エン」，除「五」為合

---

[41] 請參考第三節「（二）舌根塞音見母‧1.見母一、二等洪音」討論。

口一等洪音、「雁」為開口二等洪音之外，其餘都是開口或合口細音。

以ワ行做對應的的音節有6組「ワイ、ワン、エ、エイ、エツ、エン」，其中「ワイ、ワン」都是洪音；「エ、エイ、エン」除「雁」字外都是細音。

以舌尖鼻音「ニ[ni]、子[ne]」做對應的音節有5組「ニイ、ニウ、ニヤン、ニン、子」，它們清一色屬於開口細音三等字。

8.《唐詩選唐音》所記錄的唐音，清音與濁音無法找出對應規律，清聲見母字也有濁聲母的標記如「驕キヤウ：驕ギヤウ」（表5）、「起キイ：欺ギイ」（表12）。濁聲群母也有清聲標記如「舊ギウ：舊キウ」（表15）、「群キイン：群ギイン」（表16）等。此外入聲字的塞聲韻尾「-p、-t、-k」的標記也非常混亂，有時入聲字有「ツ」的標記，有時卻空缺，無法掌握其記錄的規律，如「閣ケツ、閣ケ」（表1）並列出現；「國クヲ」（表2）沒有ツ的標記。以上兩項標記有待後續的研究。

——原載國立高雄師範大學國文系，《高雄師大國文學報》，第32期，

頁1-53，2020年7月

〔附錄 1〕

清水水清、寧波波寧

——論《清水筆語》反映的漂流民筆談內容[*]

　　1826年1月2日一艘因風災漂流到遠州下吉田村的寧波貿易船得泰號，上面乘坐有116人，包括3位將轉送回國的日本人。從漂流到岸當天開始，即有當地官員按照一定手續處理各種漂流船事宜。本文主要探討該船被安置於駿州清水港開始，直到3月9日啟程前往長崎做後續處理為止，此段期間負責的日本官員羽倉、野田等人與得泰船船主楊啟堂、財副朱柳橋、劉聖孚等人，雖然彼此語言無法溝通，卻能以筆談方式討論。筆談內容經羽倉整理為《清水筆語》一書。本文即從日、清雙方人員筆談資料，討論各種包括輿情消息、風俗比較、讀書作文，以及離情依依的豐富內容。

一　前言

　　1826年（道光6，日本文政9）農曆正月初二，在日本遠州榛原郡下吉田村（今靜岡縣榛原郡）發現一艘漂流船，船上載有船主、財副及船員共116人。[1]這艘於1825年農曆11月24日由乍浦出港準備前往長崎通商的寧波船得泰號，因為途中遇到風災而漂流到遠州一處海邊。

---

[*]　本文係行政院國家科學委員會專題研究計畫（名稱：林慶勳「環東海語言接觸交流史之二——以唐通事唐話反映漢語音韻為探討」，編號：NSC98-2410-H-110-046-MY3）補助撰述，謹此致謝。

[1]　得泰船搭乘之116人之中，包括將護送回國的長吉、雀松、喜太等三位日本人。該三位日本漂流民是1820年（文政3）12月初9在奧州遇到風難被搭救，準備返國不巧再次遭遇風災，已經漂流6年之久。見佚名編：《唐船漂流民護送往復書》（一冊，藏筑波大學圖書館），《文政九年遠州漂着得泰船資料——江戶時代漂着唐船資料集二》（大阪：關西大學東西學術研究所，1986），頁4-5。

　　依照江戶幕府規定，所有漂流船需解送長崎奉行統一處理，於是日本遠州所在的地方官員將得泰船及人員先安置於駿州清水港，直到3月9日才啟程護送到長崎。在這段長達兩個多月的日子裡，依照規定船員都無法自由上岸，整個生活起居皆由地方官員監督照料。

　　為了瞭解漂流船的真實情況，駿州御代官羽倉簡堂與地方官德田見龍，以及特別由江戶趕來協助的野田希一等人，因職務需要遂與得泰船船主楊啟堂、財副朱柳橋與劉聖孚，以及總官鄭資淳等四人進行「筆談」，最後為後世留下了《清水筆語》資料。[2]內容除公務處理的問話外，有日本與清國的習俗、制度比較，也有對得泰號船員及清國輿情的詳細採探，以及臨別酬應的對話等等。

　　本文擬從上述筆談內容，討論漂流民提供的訊息，對江戶幕府在鎖國環境之下渴望瞭解海外國際情勢的發展究竟幫助有多大，以及由長崎奉行統一處理涉外事務制度下，如何對國外漂流民妥善處理。

　　至於3月7日開始，得泰船一行人將被送往長崎，此事改由從江戶前來協助的野田希一負責。從3月9日清水港出發，一直到5月20日到達長崎港，這段約70日的航程，野田與船主楊啟堂等人也另有《得泰船筆語》的記錄留存後世。這個部分屬於另外一個論題，本文則省略不做討論。

二　江戶時期對漂流船處理原則

　　由於天主教傳教無孔不入，對江戶幕府可能產生統治的嚴重威脅，加上海外貿易的龐大利益所趨，1603年德川家康建立江戶政權之後，幕府前後五次頒布「鎖國令」，除了禁止外國人自由進入日本之外，同時也嚴禁日本居民進出國境。但是為了獲取國外相關資訊，僅開放平戶港與長崎港為對外通商口岸，只准許中國船與荷蘭船限量單向貿易。

　　1635年（寬永12）幕府頒布命令，唐船貿易統一集中於長崎港，同時規定

2　目前所見的《清水筆語》資料僅有一種，即依據宮內廳書陵部藏「筆語雜錄」抄出，見《文政九年遠州漂著得泰船資料——江戶時代漂著唐船資料集二》（大阪：關西大學東西學術研究所，1986），頁55-64。

凡遭風災漂到日本的外國船隻，一律送往長崎。1639年（寬永16）擴大到全國，對漂來之船嚴密監視，並立刻通報當地官吏。有通事的地方派遣唐通事詢問船籍，出航港、出航年月日、目的地、船員人數、所在貨品、是否有與天主教相關之人或物、信牌（長崎通商照票）有無等，以書面提出。無通事者，則由通曉漢文的儒者負責進行筆談溝通，同時通報江戶與長崎。隨後以船主或領頭者二、三人為人質，與看守員役另乘別船，將漂流的唐船由各地領主負責將其送往長崎。在緯送過程中，警備船沿途跟隨監視，禁止一般日本人接近，以防走私買賣等不法情事。抵達長崎後，將唐船提出之所有文書送交長崎奉行，同時將漂流經緯及處理過程向江戶報告。由此可見，江戶時期雖然嚴格屬行鎖國政策，但是在處理外國漂流船事務，卻已具備一套標準處理的規則，讓地方或長崎官吏面對時，不至於手忙腳亂。[3]

　　1721年（享保6）之後，江戶幕府對漂流到日本沿海的中國船隻，都先確認是否持有以唐通事名義發行允許貿易之「信牌」（即「長崎通商照票」），再決定對漂流的海難船處理方式。若確定為合法的漂流中國貿易船，其處理方式以18世紀薩摩藩之規定為例如下：

　　　　沿海警戒之番哨發現唐船後，嚴密監視。若投錨停泊時，立刻派出小
　　　　船，以「諭單」筆談，詢問漂到緣由。
　　　　1 派船監視，並立刻通報負責外國事務之官吏。
　　　　2 派遣唐通事詢問船籍、出航港、出航年月日、目的地、船員數、所載
　　　　　貨品是否有與天主教相關之人或物，信牌有無等，以書面提出。
　　　　3 藩廳派出員役監視戒備，同時通知江戶及長崎。
　　　　4 清查船員中是否有天主教徒，令申報所有船員之宗教信仰書。
　　　　5 取船主或領頭者二、三人為人質，與看守員役另乘別船。

3　參見劉序楓：〈清代環中國海域的海難事件研究——以清日兩國間對外國難民的救助及遣返制
　　度為中心（1644-1861）〉，《中國海洋發展史論文集》（臺北：中央研究院中山人文社會科學研
　　究所，2002），第八輯，頁195；劉序楓：〈近世日本的鎖國與漂流民〉，《近現代日本社會的蛻
　　變》（黃自進主編，臺北：中央研究院人文社會科學研究中心、亞太區域研究專題中心，
　　2006），頁151。

6 等拖船及所有人夫、警備人員到齊後，開始將唐船縴往長崎。

7 將唐船提出之所有文書送交長崎奉行，同時將漂到經緯及處理過程向江戶報告。

以上對漂到貿易船的處理方式，各藩大致相同。[4]前面所謂「諭單」內容，可能會因地區略有不同，以1687年（貞享4）今九州宮崎縣的日向國諭單內容為例：[5]

此地係日本日向國

問

其船為何拋椗，何國何港門，某月某日開來，船主何姓何名，船中共有多少人數，從實開單報明，以便轉報長崎。船主、財副兩人過上番船為質，以便發小艇護送。其船因何事到此地，或失桅舵，或船底發漏否，一一報明。其船欠少水米柴菜等否，若要何物可報明。其船是回唐否，在長崎第幾番船，可從實報明。

從以上「諭單」內容來看，監視唐船的日本地方官吏，主要想明瞭漂流而來的唐船，是否確實為漂流船，以「諭單」形式調查，也可減少語言溝通的隔閡與困難。如此做法，無非是在避免夾帶基督教或天主教的傳教，以及走私貿易的偷偷進行，除了鞏固德川幕府的統治地位之外，也在有效控制所有對外貿易的經濟利益。

---

4 以上參見劉序楓，〈清代環中國海域的海難事件研究——以清日兩國間對外國難民的救助及遣返制度為中心（1644-1861）〉，《中國海洋發展史論文集》（臺北：中央研究院中山人文社會科學研究所，2002），第八輯：201頁。

5 見中村質：〈漂流唐船長崎回送規定時態—日向漂著船場合〉，《近世近代史論集》（東京：吉川弘文館，1990），頁223。此處轉引自劉序楓：〈清代環中國海域的海難事件研究——以清日兩國間對外國難民的救助及遣返制度為中心（1644-1861）〉，《中國海洋發展史論文集》（臺北：中央研究院中山人文社會科學研究所，2002），第八輯，頁202。

三 得泰船「處理前期」的處理過程[6]

當1826年農曆正月初二，得泰船漂流到遠州下吉田村海岸，當日即有下吉田村代村正小島源一靠船提出「諭單」，問明來自何處？船上設備有無損毀？柴米糧食有無短缺等：[7]

> 問，漂泊於本地洋船，唐山耶？若他國耶？
>
> 又問，雖杳遠其形不分明，或似寧波舨，因想欲往肥前長崎，值風不順，漂流於此乎。果然則何地舨主姓名，通舨人數幾許？及開駕與漂泊之甲子，裝舨品物，盡筆示。
>
> 又問，鐵錨類或損失否？或菜鹽柴水乏否？若然，則給所乞。且客舨或損壞，然則移我舨，免其患。
>
> 大日本文政九年丙戌正月初二日　　小島源一代村正

寧波船主楊啟堂接獲「諭單」，當下答覆漂流等事實，本文前言已有略述，不再重複。至於要求補給所請物資如下所述：[8]

> 本舨在洋中日久，材米食物俱已用盡，苦楚異常。現在立等需用，祈照後問各物，速為給送大舨。所有銀額，俟到長崎會所，即行給付，是感。
>
> 　計開
>
> 一白米　五十包　　　一雞蛋　三百個
>
> 一柴　　三百把　　　一蘿蔔　七十把

---

6 此處指1826年元月2日至3月7日在遠州下吉田村或清水港時期為「處理前期」，3月7日之後準備向長崎出發，直到5月20日抵達長崎稱為「處理後期」。本文僅探討前期的相關內容。

7 見佚名編：《唐船漂流民護送往復書》（一冊，藏筑波大學圖書館），《文政九年遠州漂着得泰船資料——江戶時代漂着唐船資料集二》（大阪：關西大學東西學術研究所，1986），頁11。

8 見佚名編：《唐船漂流民護送往復書》（一冊，藏筑波大學圖書館），《文政九年遠州漂着得泰船資料——江戶時代漂着唐船資料集二》（大阪：關西大學東西學術研究所，1986），頁13。

一水	三十儀	一雞	二十只
一鮮魚	二百斤	一蚕豆	乙斗
一青菜	二百斤	一黃豆	二斗
一豆腐	三百塊		

以上各宗，速即辦齊，給付大舩。

戌正月初二日　　　　　寧波船主楊啟堂印

「戌」即1826丙戌年省稱，其餘來往文書不少，就此省略。大致行事松浦章所撰〈文政九年遠州漂着得泰船資料‧解題〉「得泰船漂流到遠州關係年表」有詳細記載，[9]今擇錄其中與本論題有關的行事如下：

> 正月18日，得泰船從下吉田浦出發航向清水港。地方官竹垣庄藏從川尻村開始動身前來處理。得泰船船主楊啟堂獲得同意，寄信給長崎在留船主劉景筠。
>
> 正月19日，得泰船進入清水港。羽倉簡堂也從駿府宅邸前往清水港。
>
> 正月20日，竹垣庄藏、羽倉外記上船進行船中檢查。沒收武器，調查船員及裝載的貨物，於25日將調查結果文書送往江戶幕府。
>
> 正月21日，羽倉簡堂向唐船船主傳達，處理唐船事務的命令。
>
> 正月23日，由於竹垣庄藏生病，請求免去唐船處理有關職務。船主楊啟堂為了船綱打立等事務，請求登陸。分裝漂流船的貨物，也與船主楊啟堂討論護送到長崎的事件，但是主其事者不認為有這個必要。
>
> 正月24日，從18日接觸開始，唐船所有伙食費的支付，傳遞給船主知曉。
>
> 2月22日，野田希一從江戶出發到清水港協助處理。
>
> 3月6日，為了護送唐船前往長崎，船上所需食物等項，楊啟堂提出申請。

9　見《文政九年遠州漂着得泰船資料——江戶時代漂着唐船資料集二》（大阪：關西大學東西學術研究所，1986），頁588-590。

3月7日，野田希一共同乘坐唐船，準備前往長崎。

3月9日，得泰船從清水港出帆。

3月10日，羽倉簡堂等護送人的名冊，緊急向江戶幕府報告。

　　上述有關「得泰船漂流到遠州關係年表」所列，包括駿府御代官羽倉簡堂的處理，或由江戶調派野田希一到清水相助，都符合前面所列18世紀薩摩藩處理漂流中國貿易船的處理方式。最重要的是不讓漂來的船員上岸，等待一切調查清楚，再請示江戶幕府與長崎奉行，讓他們做最後的裁奪。如此才能徹底防止基督教教徒混入，並且杜絕走私貿易的進行。

四　筆談內容分析

（一）參與筆談人物

　　《清水筆語》記載的內容，發生時間應當在正月20日竹垣庄藏、羽倉簡堂上船進行船中檢查之後，直到3月9日得泰船從清水港出帆前往長崎的一段時間，前後約50餘日。參加筆談的人物，日方有羽倉簡堂、德田見龍、野田希一三人，得泰船方面則有船主楊啟堂、財副朱柳橋、財副劉聖孚，以及總官鄭資淳。

　　羽倉簡堂是該次漂流船事件主要負責人，當時官位為駿州最高職位的御代官，他原名天則、字用九、號可也、簡堂，[10]《清水筆語》都以「簡堂」或「簡」稱呼；野田希一，名逸，字子明，稱為希一，號笛浦，丹後人，與羽倉外記同師事江戶儒學名師古賀精里，當時任職於江戶幕府，[11]《清水筆語》稱呼為「野田」或「野」；德田見龍，名萬壽，號勃海，駿府詩人，以賣藥為生，並以左筆書寫著稱，[12]《清水筆語》稱呼為「德田」或「德」。

---

[10] 《清水筆語》載，朱柳橋問：「公名字、別號？」，羽倉答：「名天則，字用九，號可也、簡堂。」見田中謙二、松浦章編：《文政九年遠州漂着得泰船資料──江戶時代漂着唐船資料集二》（大阪：關西大學東西學術研究所，1986），頁57。（以下引述皆以「田中謙二，1986：57」體例行文）

[11] 見田中謙二，1986：586、614-623。

[12] 見田中謙二，1986：629。

　　得泰船有兩位船主，留在長崎的船主劉景筠，未參與筆談。另外一位船主楊啟堂，平湖人，年齡不過27歲，在筆談記錄中談話頗多，稱呼作「楊」。兩位財副其一朱柳橋，杭州人，年48歲，名翊平，字屬君，號柳橋，[13]另一位財副劉聖孚，侯官人，年31歲，[14]兩位財副都參與筆談，不過以朱氏談話較多，以他的年齡來看，大約見多識廣，航海經驗豐富，因此能侃侃而談，應對相當得體。筆談資料中記載兩人分別以「朱」、「劉勝孚」或「劉」出現。總官鄭資淳，閩縣人，41歲，[15]筆談資料中稱為「鄭」，談話分量最少。

（二）筆談整理者

　　由宮內廳書陵部抄出的《清水筆語》內容，不如後期的《得泰船筆語》那麼豐富，此與筆談雙方相處時間長短有絕對關係。何況《清水筆語》時期僅有50餘日，與《得泰船筆語》時期兩個多月不同。筆談者雙方剛剛接觸尚未十分熟稔，因此前面一段仍以公務問話為主，其後才逐漸變成朋友的聊天。大概《清水筆語》內容所載，乃筆談之後由羽倉簡堂所做的整理，此點可以在對話中插入敘述的話語可以證明。請見以下對話及敘述：

> 楊啟堂[16]：「明日別備酒菜，務祈請羽倉縣尹駕至本舩，勿卻為妙。」
> 羽倉：「昨日因風浪不果行，聞備具相待謝。」羽倉：「誠是盛饌，多謝
> 多謝。」此日所設凡十二品。[17]羽倉：「此酒出何州？芳烈殊妙。」，楊
> 啟堂：「此酒出紹興。」羽倉：「此肉軟美稱口。」楊啟堂：「少頃上
> 岸，我送大腿一肘、紹酒一罐。」羽倉：「邦禁也。」此時啟堂以詩箋
> 四匣、松烟八笏、掛幅四軸、湖穎十枝贈余。題曰：右送羽倉邑侯哂

---

13 《清水筆語》載：羽倉問：「儞名字、別號？」朱柳橋答：「名翊平，字屬君，號柳橋。」（見田中謙二，1986：57。）

14 見田中謙二，1986：5。

15 見田中謙二，1986：5。

16 何人所說，原來記載於筆談文句之後，今一律改置於前。又筆談人物統一以「羽倉、野田、德田；楊啟堂、朱柳橋、劉勝孚、鄭資淳」稱呼，下同。

17 此句8字為雙行夾注，義乃盛讚饌餚備辦豐盛。

納，楊啟堂拜具。[18] 羽倉：「縞紵相贈，國家勵禁。余領其意，而不領其物。」

（田中謙二，1986：58）

不敢接受外國人的餽贈，大約受到江戶幕府八代將軍德川吉宗（1716-1745期間主政）厲行儉樸生活的影響之下，一般公務接洽不敢有互贈的禮儀，特別與外國人來往，可能不宜有密切私交情形發生。對話之後敘述文字有「此時啟堂以詩箋四匣、松烟八笏、掛幅四軸、湖穎十枝贈余」一句，此「贈余」一詞已清楚透露，羽倉簡堂不但是此時期的漂流船事件處理總指揮，同時也是該筆談的整理者。

（三）得泰船之大小與乘員

德田見龍算是最早接觸得泰船的日本地方官員，公務上需要瞭解漂流船大小，以便推算可能航程。以下問答純粹屬於公務的接觸問答：

德田：「本船長幾何？」，鄭資淳：「長十二丈、闊四丈、深二丈四尺，船腳入水一丈六尺。」德田：「檣長幾何？」鄭資淳：「大檣長十一丈三尺，圍一丈一尺；舩頭檣長八丈，圍五尺零；舩尾檣長四丈，圍四尺。」德田：「自乍浦至長崎路程幾何？」鄭資淳：「三十六更。」

（田中謙二，1986：58）

「更」是計算水路路程的單位，由於海道無法以里的長度計算遠近，乃改以一晝夜「十更」來計算，「三十六更」約等於三天半。又一更約等於日本里程數六里，則三十六更相當於216日本里。[19]

---

[18] 此句38字為雙行夾注，羅列楊啟堂贈物品名。

[19] 見佚名編：《唐船漂流民護送往復書》（一冊，藏筑波大學圖書館），《文政九年遠州漂着得泰船資料──江戶時代漂着唐船資料集二》（大阪：關西大學東西學術研究所，1986），頁11。又「更」的說法，後人有許多種不同解釋，此處暫不討論。

　　當羽倉因職務需要登船察看時，免不了會對某些事物好奇或疑惑，見到船員外表酷似歐洲洋人時，自然會提出問題。這個現象可能與幕府嚴禁基督教傳入有關係，萬一唐船得泰號藏有歐洲人時，在職責上可能需要立即處理。因此對外貌稍微奇特者，當然會提出質問：

> 羽倉：「渠垂髮委地奇相也，敢問姓名？」楊啟堂：「黃驥弟」
>
> 羽倉：「身長六、七尺者為誰？」楊啟堂：「姜全」。
>
> （田中謙二，1986：60）

　　海外貿易唐船一般船上人員編制，船主之外都是地位不等的船工。以得泰船為例有船主、財副、夥長、總官等四類屬於管理階層。其餘則屬技術或一般船工，如舵工、目侶等人，[20]此外也有附搭與隨使，可能是臨時搭船隨行之類。羽倉所問垂髮委地的黃驥弟，年38歲，同安人，[21]屬於目侶；身長六、七尺的姜全，年31歲，蘇州人，為得泰船隨使。[22]

　　此外，羽倉也針對財副劉聖孚的高鼻樑外貌，笑稱為漢代劉邦後代；野田希一則對另一財副朱柳橋姓氏，以為是明太祖朱元璋之後，柳橋則辯稱乃朱子之後裔：

> 羽倉：「劉郎隆準，真箇赤帝裔孫。」聖孚姿兒秀徹故有此嘲哢。[23]柳橋傍看哑笑，聖孚瞪目，似不了其意者矣。[24]
>
> （田中謙二，1986：60）
>
> 野田：「先生明祖後裔乎？」朱柳橋：「文公後裔。」
>
> （田中謙二，1986：59）

---

[20] 目侶就是一般船工的稱呼，見《文政九年遠州漂着得泰船資料——江戶時代漂着唐船資料集二》（大阪：關西大學東西學術研究所，1986），頁495。

[21] 見佚名編：《唐船漂流民護送往復書》（一冊，藏筑波大學圖書館），《文政九年遠州漂着得泰船資料——江戶時代漂着唐船資料集二》（大阪：關西大學東西學術研究所，1986），頁9。

[22] 見佚名編：《唐船漂流民護送往復書》（一冊，藏筑波大學圖書館），《文政九年遠州漂着得泰船資料——江戶時代漂着唐船資料集二》（大阪：關西大學東西學術研究所，1986），頁10。

[23] 此句11字為雙行夾注。

[24] 此句17字為單行敘述文字。

羽倉、野田皆為儒學者弟子，因此對傳統名人後裔特別感到有興趣。

（四）求證清國輿情

日本自1639年鎖國以來，已有180餘年的歷史，一切對外消息雖然有專責單位探求蒐集，但是對地方的官員卻不是人人能夠自由獲得消息。對於素所仰慕的中國，究竟統治的皇帝名諱或年歲，當然是首先希望獲得的資訊：

> 羽倉：「仁宗御壽？」朱柳橋：「嘉慶二十五年秋八月崩，御壽六十一。」
>
> 羽倉：「令帝寶筭？」朱柳橋：「寶筭四十二。」
>
> 羽倉：「仁宗御諱，或曰永琰，或曰顒琰，不知孰是？」朱柳橋：「永後改顒。」羽倉：「仁宗陵號？」朱柳橋：「忘記。」
>
> 羽倉：「明季交阯國，黎、阮二氏角立爭雄，方今有國者何氏？併問交阯國年號？」劉聖孚：「聞交阯國黎、阮二氏稱王，年號不知。」
>
> 羽倉：「南京、浙江、福建，何地最昌？」劉聖孚：「此三處皆有佳景，而唯浙江更好，有西湖古蹟。」

（田中謙二，1986：56）

連鄰國統治或中國城鎮，都是羽倉有興趣的話題。羽倉是江戶幕府著名儒學者古賀精里的弟子，因此對中國典籍涉獵必定不少，能夠使用「寶筭」來稱呼帝王的年壽應當是很自然的事。羽倉每一個問題都只在求證而已，可惜財副朱柳橋或許對航海貿易經驗相當豐富，對其他事物屢有詞窮的遺憾。

（五）清、日兩國習俗或物產比較

羽倉認為公文書用字應當釐清上下、尊卑的關係，因此船主不宜使用別號呈文；也不宜自稱「大舩」，免得失禮：

> 羽倉：「牘尾所著楊嗣元者，則舩主楊啟堂麼？」楊啟堂：「正是。」羽

> 羽倉:「儞等上鎮臺名籍亦用別號麼？」楊啟堂:「名冊寫楊啟堂。」
>
> （田中謙二，1986：55）
>
> 羽倉:「儞等動稱大舩，似失事體。爾後宜稱本舩。」楊啟堂:「爾後若
> 命。」
>
> （田中謙二，1986：56）

或許羽倉受到儒家「尊卑有序」、「必也正名」的影響，因此強調用詞的恰當與正確。

　　求證國外地名異稱：

> 羽倉:「奧人所漂收之嶋，謂之婆羅阿。儞等所上曰暹羅，不知孰是。
> 或是暹羅屬嶋有稱婆羅阿者麼？」楊啟堂:「商等錄所傳聞，未知其
> 詳。」
>
> （田中謙二，1986：55）

不論中國或日本，當時的人對外國知識普遍不足，因此面對地名譯名有不同時，真的不知如何答稱，以致於楊啟堂才無奈說，我們經商之人只是承襲前人傳聞而已。

　　羽倉對中國人喜好喫「水烟」也頗感好奇：

> 羽倉:「水烟筒新製麼？」劉聖孚:「有來已久。」羽倉:「水烟筒為殺
> 烟毒麼？」劉聖孚:「食水烟清心明目，而無火毒。」羽倉:「烟草出何
> 州？」朱柳橋:「烟草出于蘭州、廣東二處為佳。」
>
> （田中謙二，1986：61）

由此可見，當時日本駿州地區，尚未見到水煙筒，因此羽倉才感覺好奇。

　　野田希一則對「珍饈」有興趣：

野田：「貴邦以何物為上食？」劉聖孚：「燕窩、鴿蛋、魚翅。」

（田中謙二，1986：59）

野田應當對中國飲食藝術頗為講求，早有耳聞，如今從劉聖孚口中告知，可能訝異該三種珍饈被尊為上食。

對事物的好奇之後，免不了會比較兩地物產的優劣，甚至自然山川也在比較的對象：

羽倉：「一吃紹酒，不欲復吃本邦酒。」楊啟堂：「此刻暫時之飲。」羽倉：「邦俗謂之松露，風味如何？」楊啟堂：「甚佳，此物木生麼？」羽倉：「生于松間沙中，炙而食之味殊美。」楊啟堂：「商等未知此物。」

（田中謙二，1986：60）

羽倉：「本邦萬事精好，唯筆墨粗惡耳。」朱柳橋：「聞貴邦古梅園墨甚佳。」羽倉：「假有佳墨，如我輩惡札何？」朱柳橋：「貴邦人草書，深得古人筆法，且縣腕書，清人不能及也。」羽倉：「嘲弄！」朱柳橋：「寔非戲也。」

（田中謙二，1986：61）

羽倉：「芙岳秀絕，孰與貴邦天台山？」楊啟堂：「芙山較天台山一色，但天台山能使人上去游玩。」羽倉：「三夏戴雪麼？」楊啟堂：「無雪，因地氣暖之故耳。」羽倉：「果然不及芙嶽也，若其絕高，假在南海中，匝年戴雪矣。」啟堂默然無語。[25]

（田中謙二，1986：56）

從中國紹興酒、日本松露的談話，彼此皆認為人間飲食極品。至於筆墨出產的談話，足見羽倉相當不滿日本的情況，朱柳橋才用轉移話題的方式避免尷尬。最後比較日本芙山與中國天台山，所處方位有異，因此各有特色，實在難分高下。

---

[25] 此句6字為雙行夾注。

楊啟堂與劉聖孚對日本官職與代表身分的徽紋也感到新鮮：

楊啟堂：「論文中村高山大嶋者何官？」羽倉：「皆是大府之官，係唐商
之事者。」楊啟堂：「位階？」羽倉：「鎮臺之下，縣令之上。」

（田中謙二，1986：59）

劉聖孚：「嘗見晉紳先生有此圖章者。」羽倉：「邦俗謂之五七桐花。」
劉聖孚：「何章最貴？」羽倉：「菊花、葵花、桐花皆貴章也，然寒族而
用貴章者亦不少，如余者是也。」

（田中謙二，1986：60）

官制名稱兩國有異，楊啟堂想要明瞭，或許對日後商賈生涯交涉有很大幫助。
至於羽倉答覆劉聖孚說「寒族而用貴章者亦不少，如余者是也。」相當巧妙，
一語道破，出身如何可以不論，重要的是自己的事業表現。

（六）讀書作文之事

德田對朱竹垞（朱彝尊）十分仰慕，可惜朱柳橋所答有限；朱氏對野田所
問書籍，似乎也未能獲得對方滿意；不過羽倉提到趙翼著述，朱氏則說得有聲
有色：

德田：「先生識朱芝岡先生者否？」朱柳橋：「諒亡數十年前之人。」德
田：「朱竹垞先生令子昆田先生，僕所尊信也。」朱柳橋：「昆田先生去
世已久，今其子孫尚有能文好學者。」

（田中謙二，1986：57）

野田：「《甌北詩話》帶來麼？」朱柳橋：「本舩書集不得帶來。」
野田：「《知不足齋叢書》今至幾編？」朱柳橋：「不知。」

（田中謙二，1986：59-60）

羽倉：「儞識陽湖趙翼者麼？」朱柳橋：「陽湖趙翼著書甚多，乃我朝有
名大文人，商等不知其人。」羽倉：「余讀《陔餘叢考》及《二十二史

劄記》，趙先生才鋒之銳、史學之精，實是近世無匹。余性酷嗜歷史，
故攸慕先生殊甚，平常以斯二書為帳中珍秘，料先生所著好書尚夥，幸
足下教其一二。」朱柳橋：「公雅好書史，深慕趙先生之著述，所謂政
事、文章兼而有之，令人羨慕不已。僕服賈海外，從事於經營，翰墨一
途久已荒廢，能不抱愧乎。至趙先生所著二書外，諒復不少，僕恨未見
之也已。」

（田中謙二，1986：57）

此類對話，足以證明日本鎖國再嚴厲，都無法斷絕日本讀書人對中國儒學
學習的渴望。從羽倉對趙翼的學問、著述瞭若指掌，可以看出他們嗜讀清人著
述的用心。可惜「服賈海外」已久的朱柳橋，雖然說得有聲有色，可惜無法與
羽倉做更深入的對話。

朱柳橋與羽倉兩人熟悉之後，以對方地名撰對子遊戲，以當時情境來說相
當貼切。當朱柳橋讚譽羽倉有才華時，卻又謙虛推辭。船主楊啟堂則與野田討
論扇面文字的意境：

朱柳橋：「清水水清。」羽倉：「寧波波寧。」朱柳橋：「公若生我邦，
可比李太白，所謂錦心繡口者。」羽倉：「夫子自道。」

（田中謙二，1986：58-59）

野田問：「扇面書國字不能解麼？」，楊啟堂答：「請寫唐字。」野田
說：「夜裡所降者何物？果梅花也。字多少不同，而其意一也。」

（田中謙二，1986：59）

文人的文字遊戲，除測試才思之外，也有借文書懷的意義。「清水水清」、「寧
波波寧」是行船人多麼渴望的景象。至於扇面題字，也反映文人一定雅興。可
惜野田的日本假名或日本漢字，楊啟堂無法理解，野田則點出用字不重要，重
要的是扇面呈現的意境。

（七）相知而無話不談

　　唐朝有一位隨遣唐使團到中國的日本留學生阿倍仲麻呂（698-770年），到
長安留學之後參加科舉考試中舉，並在中國朝廷做官達四十年，經歷唐玄宗、
肅宗、代宗三朝，最後埋骨唐土而終。阿倍在長安改名為晁衡，玄宗皇帝感於
他的才能，曾擢升為秘書監兼衛尉卿，大詩人王維曾撰〈送秘書晁監還日本並
序〉名篇，[26]因此朱柳橋依例稱作「晁監」：

> 朱柳橋：「考之典籍，唐朝有貴邦人至中華讀書仕進，故有送秘書晁監
> 歸日本詩；明朝亦有貴國人至中夏入學者。」羽倉：「先生博識，歎伏
> 歎伏。然世間豈有不學不文之秘書晁監乎？余若事西土，則拜酒泉太
> 守，封饕餮侯耳！呵呵呵呵！」

（田中謙二，1986：61-62）

羽倉在嘆服朱柳橋博識之餘，也自嘲想到西土中國「拜酒泉太守，封饕餮
侯」。因為盤旋日久，感情漸深，因此多出熟人之間的玩笑談話。

　　由於得泰船即將於3月9日從清水港出發到長崎，後段行程由江戶兼程趕來
協助的野田希一（號笛浦）負責，羽倉因此特別介紹野田給朱柳橋等人照顧，
甚至以年紀大小讓他們感受彼此關係之親近：

> 羽倉：「余與笛浦孰兄孰弟，先生試評其長幼。」朱柳橋：「諒羽倉公為
> 長，未知是否？請示之。」羽倉：「是也，笛浦年二十八，少于余三
> 歲。」余年三十七，今詐為三十一。[27]

（田中謙二，1986：60）

> 羽倉：「笛浦余同門生，相識二十年，莫逆之情，兄弟不如也，幸先生
> 善視之。」朱柳橋：「野田君人極風雅，恨相見之晚，長途正好談，自

26　參見王曉秋：《中日文化交流史話》（臺北：臺灣商務印書館，1995），頁33-41。
27　此句11字為雙行夾注。

當照料一切也。」羽倉:「明早開行,余不便來,卿等宜順時保愛。」

（田中謙二,1986:62）

朋友間能以年歲誆詐取樂,顯然彼此熟識極深。羽倉與野田系出同門,又各自
服公,發揮長才。由於後半段行程將由野田一人負責陪伴,自然將同門師弟介
紹給朱柳橋等人,希望一路相照應。由得泰船後段處理所衍生的《得泰船筆
語》資料,野田與得泰船諸人相談內容豐富來看,可知彼此關係之親密。

（八）臨別酬應

　　當得泰船剛漂流到遠州下吉田村時,船主楊啟堂等人必定驚恐失措,等得
泰船被縛往清水港,船中116人已經歷十餘日不能下船的不便,難怪財副劉聖
孚會感嘆說:「商等五衷愁悶,日夜如在牢中。」(田中謙二,1986:59)可是
經歷一段筆談相歡的時日,雙方人員已經十分熟稔相契,如今即將分手別離,
各人心中必然五味雜陳:

羽倉:「余欲與卿等共之長崎可乎?」劉聖孚:「但願同行,途中幸可叻
教。」羽倉:「願共之寧波。」劉、朱大笑。[28]

（田中謙二,1986:61）

雙方筆談多日,無話不談,友情關係已到沸點,如今即將分離,不知何時有機
會再繼續談話。因此羽倉說共至長崎、共至寧波,其意就不難理解,其實此種
表達方式,正是離情依依的正常心理反射。
　　朱柳橋年48歲,已有多次航行到長崎的經驗,所見世事可能是所有筆談者
中最通達之人。因見羽倉才學具備,乃在離別之前發自內心的讚嘆不已:

朱柳橋:「聞公好讀古書,定然博學。僕幼而少學,今將老矣,行賈遠

---

[28] 此句4字為雙行夾注。

　　方，久拋筆墨，諒公必見哂也。」羽倉：「先生過謙過謙！」

（田中謙二，1986：62）

日、清兩國人民，長期同受儒家思想影響，反映在生活上的應對，當第一次見面必定自我卑下謙虛，以博得對方好感。如今雙方已經無話不談，相遇相知卻要分離，朱柳橋發自內心比較雙方的學問、經歷，應當是肺腑之言。

　　羽倉感受即將離別，先告知路途有懸崖瀑布可觀賞，隨即警告險惡之水域須多留意小心，難怪楊、劉、朱、鄭要拱手稱謝：

　　羽倉：「前途那智瀑布，懸崖二千尺，直下海濱，真天下偉觀也。」朱柳橋：「俟至彼處，觀瀑布之勝，當作小詩，交野田君，回日呈電。」
　　羽倉：「又曰南洋七百里，險惡可畏。向者張秋棠之西歸，不從水先者之指示，故洋中遭颶，篷裂桅傾，其不葬魚腹者幸矣。殷鑑不遠，卿等加諦思。」楊、劉、朱、鄭拱手謝。[29]

（田中謙二，1986：62）

離別在即，羽倉以唐人張氏西返清國為例，說明熟悉水性航路的「水先」有他的經驗價值，希望楊啟堂等人留意小心。這種鉅細靡遺的叮嚀，顯示不希望分別又不能不分別的無奈。因此出自一個異國友人的告誡，離情難捨，躍然紙端。

　　楊啟堂、劉聖孚與朱柳橋三位主要負責人，代表得泰船全體乘員感謝羽倉等人多日的照拂，不但感銘五內，同時也意識到往後難有再見的機會：

　　楊啟堂：「漂至貴地，不覺兩月有餘，承蒙諸多，有費清心，筆難謝罄，感激之思。」劉聖孚：「此諸事承蒙台愛，深為謝謝，非筆墨所能盡也，我等銘於五中。」朱柳橋：「屢承公枉駕到舟，心感之。明日匆匆揚帆西去，不能再面，悵也如何。滄海萬里，惟有望雲山而懷思

---

[29] 此句7字為雙行夾注。

耳。」羽倉：「人生難遭易別，為之悵惘悵惘。」楊、劉、朱、鄭掩面
啼泣。別後啟堂謂笛浦曰，羽倉公今日同唐人言語，不覺心悲，現在分
別在舡中，面上不歡之容。[30]

（田中謙二，1986：62-63）

表面上似乎公式化分別由楊、劉、朱說一段即將離別的感傷之言，但細細體會
每人所言，其實就是50餘日相處互動的感人寫照。朱柳橋所說「滄海萬里，惟
有望雲山而懷思耳。」道破離後真情，難怪所有人都要掩面涕泣。

（九）酬唱書懷

　　《清水筆語》一書卷末錄有羽倉與朱柳橋兩人贈答的詩文，詩作之前皆有
短序說明從相遇相知到互別。人與人之間，雖然言語不通，卻可借助筆談如此
深交，實在難得。首先看羽倉之贈詩：

公事畢矣，敢說私情，夫六尺之軀，生涯役於四方者，非商賈及官吏
乎。今余與卿等相見於此，猶浮萍之適相遇于江上也，安能無慨於衷
乎，因作短歌以贈之：
汎汎浮萍，從風東西，嗟彼遠人，漂于海□。汎汎浮萍，傳于蓼岸。嗟
此遠役，不遑於館。不常厥居，常徇于利。不常厥居，常徇于事。既喜
其遇，復悵其別。爰送爾行，式歌一闋。
可也簡堂天則未定稿

（田中謙二，1986：63）

以「浮萍」隨風東西漂流為喻，道盡人生際遇無常，一句「既喜其遇，復悵其
別」，已將雙方的誠摯友情說得清清楚楚。羽倉四言短歌，表達抒情如此典雅
古樸，可見他的文學素養絕對不俗。其次再看朱柳橋之詩作：

---

[30] 此兩句共43字為單行補充說明。前句為楊啟堂等人的感動，後句則是別後楊啟堂告訴野田，
　　眼見羽倉當日悲別離的表情。

歲次丙戌元日，漂收遠江，於十九日捧至清水港，泊舟以來五十餘天，
供應一切，叨蒙上命，屬簡堂大尹專掌，料理周至，深為銘感。茲將解
纜，不日前赴崎陽，承惠佳中送行，聞公雅愛書史，能文工詩，殊殷欽
企，此日萍浮偶合，知結契於三生，他年芝宇難逢，悵間關於萬里，遄
飛鷗言，不辭餐風宿水之勞，漫逞雕蟲，用賡白雪陽春之句，率成四絕，
上呈青睞，伏乞哂政，並以誌別：

天涯浪跡忽經春，異域誰憐失路人。深幸文旌屢枉駕，瓊琚投贈倍相
親。[31]

使君政治號徇良，風雅堪追荀令香。插架圖書親校讀，應知錦繡滿詩
囊。[32]

四十年來賦行遠，無端滄海滯途程。遙見柳色青如黛，此日難忘故里
情。[33]

蒲帆高掛趁東風，水驛置郵指顧中。海外知交非易得，一歌分袂別離同。
當湖柳橋朱翊平未定稿

（田中謙二，1986：63-64）

朱氏四首絕句，從他的自注，可以明瞭互贈離別的深意。第一首，感謝羽
倉屢次到舟中關心，公、私兩宜，恰得其分；第二首，盛讚羽倉的典藏圖書豐
富，說明學問、人品具優；第三首，回憶自己四十年來的人生，襁褓起隨父奔
波南北，及壯又因航行貿易遊歷四方；最後一首，則道盡人生真況，「海外知
交非易得，一歌分袂別離同」，深深慨嘆相遇相知終須別的無奈。

以上幾類對話，有公務問答，亟需瞭解漂流船的大小、船中乘員分子，有
無基督徒混入其中等等，此是需要向長崎奉行及江戶幕府回報的資訊，怠慢不
得。也有求證清國輿情，當今皇帝與駕崩皇帝名諱、年齡，以及鄰國交阯目前
情況，中國都城何處最昌等話題，顯然也是半公務狀態。因為羽倉屬於地方官

---

[31] 此句之後有「公到舟中屢次」6字夾註。
[32] 此句之後有「公藏典籍甚富」6字夾註。
[33] 此句之後有「先父官於西北，後仕閩南，於在襁褓即隨遠遊，及壯又遍歷各地」25字夾註。

吏,在鎖國的限制下,不見得對國際情勢事事皆通曉,因此他個人也渴望對這些事情的理解。至於羽倉簡堂、德田見龍、野田希一三人,對清代學者朱彝尊、趙翼等人的仰慕關心,以及對《甌北詩話》、《知不足齋叢書》、《陔餘叢考》及《二十二史劄記》等書的留意與垂詢,則是江戶時期儒學者共同的話題,雖然他們與楊啟堂等人的商賈身分交談,在此方面不可能獲得深一層的認識與學習,但是當作朋友間一種話題討論,也可顯示自身的教養與尊貴。

由於筆談時間漸久,雙方心防已經卸下,不再是監視人與被監視人的關係,因此兩國風俗的比較、物產的差異,都是熱門的討論話題。如水烟、紹興酒、松露、筆墨、芙岳、天台山、家族徽紋,甚至唐代留在長安做官,最後客死異邦的日本人晁衡,都提出來當作有趣的話題。最後羽倉與朱柳橋的互贈離別詩作,所謂「既喜其遇,復悵其別」、「海外知交非易得,一歌分袂別離同」,可以感受彼此雙方難分難捨的落寞之情。

五 結語

近世日本鎖國以後,一般日本人受到江戶幕府限制,不准出海航行出國,因此無緣見到外國人。只有當荷蘭或朝鮮的特使來到日本,準備前往江戶晉見幕府將軍之際才有機會看到。[34]因此當得泰船漂到遠州時,可以想見當地日本官吏既好奇又擔心的心情,由於與外國人少有接觸機會,若一旦必須面對,不知將帶來何種挑戰。

以船主楊啟堂、財副朱柳橋與劉聖孚、總官鄭資淳等人為首的寧波得泰船,載有116人從乍浦出港準備前往長崎進行例行性唐船貿易,不料卻遭遇風災於1826年農曆正月初二日擱淺於日本遠州下吉田村海灘。對當時鎖國嚴謹的日本而言,為了避免天主教傳入與走私貿易的進行,把漂流船的來臨當作一件大事。隨後由地方官處理的同時,即刻通報長崎奉行與江戶幕府,等待處置命令。

---

34 參見松浦章著・鄭潔西等譯:《明清時代東亞海域的文化交流》(南京:江蘇人民出版社,2009),頁165。

當得泰船被縴引到清水港暫棲，一直到決定於3月9日拖往長崎正式處理，在這段約50餘日的時間裡，日方由駿州御代官羽倉簡堂負責指揮，另外由江戶調派野田希一來清水港協助處理。由於當地沒有唐通事可以擔任翻譯，雙方在言語無法溝通情況下，改以「筆談」方式談話，最後留下了《清水筆語》這卷寶貴的漂流船第一手資料。

本文分析《清水筆語》的內容，除了例行的公事問答對話例如船體大小、乘員多少之外，也較多涉及對中國事務的認識與查核，如當今皇帝年壽、遜位皇帝名諱、交阯國的歷史，以及朱彝尊、趙翼等人的學問與著述。這些問題的提出，可能與羽倉及野田都是日本儒學者的背景有關係，但是對談的得泰船除財副朱柳橋之外，其餘對讀書作文較為生疏，因此無法迸出討論的火花。不過或許因為日久感情漸深，因此無所不談，以至於最後分別時離情依依。

楊啟堂等人3月9日從清水港出發，5月20日到達長崎港為止，一路由野田希一陪同，他們在船上仍然繼續筆談，所談內容比《清水筆語》更深入、更廣泛，從《得泰船筆語》一冊內容可以得到證明。由於它屬於「處理後期」的資料，不在本論文討論的範圍，等待他日另撰一文再做探討，以賡續本文所論。從漂流船筆談資料，可以見到日、清兩國人民使用筆談方式，不但反映了必要的公務問答談話，此外他們有哪些共同話題？特別是兩國人民同受儒家影響，彼此的風俗、習慣、文化等是否有什麼差異？這些論題都不是在一般著述所能獲得，只有在原始形式呈現的筆談資料，如《清水筆語》、《得泰船筆語》等，才可以一窺究竟。

引用書目

王曉秋，1995，《中日文化交流史話》，臺北：臺灣商務印書館。

田中謙二、松浦章編，1986，《文政九年遠州漂着得泰船資料——江戶時代漂着唐船資料集二》，大阪：関西大學東西學術研究所。

羽倉簡堂編，？，《清水筆語》（據宮內廳書陵部藏「筆語雜錄」抄出），《文政
　　九年遠州漂着得泰船資料──江戶時代漂着唐船資料集二》，頁55-
　　64，大阪：関西大學東西學術研究所，1986。

松浦章，1986，〈文政九年遠州漂着得泰船資料・解題〉，《文政九年遠州漂着
　　得泰船資料──江戶時代漂着唐船資料集二》，頁575-648，大阪：関
　　西大學東西學術研究所。

松浦章著・鄭潔西等譯，2009，《明清時代東亞海域的文化交流》，南京：江蘇
　　人民出版社。

劉序楓，2002，〈清代環中國海域的海難事件研究──以清日兩國間對外國難
　　民的救助及遣返制度為中心（1644-1861）〉，《中國海洋發展史論文
　　集》，第八輯：頁173-238，臺北：中央研究院中山人文社會科學研究
　　所。

劉序楓，2006，〈近世日本的鎖國與漂流民〉，《近現代日本社會的蛻變》（黃自
　　進主編），頁139-170，臺北：中央研究院人文社會科學研究中心、亞
　　太區域研究專題中心。

佚　名編，《唐船漂流民護送往復書》（一冊，藏筑波大學圖書館），《文政九年
　　遠州漂着得泰船資料──江戶時代漂着唐船資料集二》，頁3-43，大
　　阪：関西大學東西學術研究所，1986。

佚　名編，《得泰船筆語》（一冊，財團法人東洋文庫藏，抄本），《文政九年遠
　　州漂着得泰船資料──江戶時代漂着唐船資料集二》，頁67-126，大
　　阪：関西大學東西學術研究所，1986。

佚　名編，《得泰船筆語抄》（一冊，無窮會圖書館藏），《文政九年遠州漂着得
　　泰船資料──江戶時代漂着唐船資料集二》，頁129-176，大阪：関西
　　大學東西學術研究所，1986。

佚　名編，《得泰船筆語抄》（一冊，東京大學史料編纂所藏），《文政九年遠州
　　漂着得泰船資料──江戶時代漂着唐船資料集二》，頁179-231，大
　　阪：関西大學東西學術研究所，1986。

佚　名編，《刊本得泰船筆語》（乾、坤二冊，関西大學圖書館藏），《文政九年遠州漂着得泰船資料——江戶時代漂着唐船資料集二》，頁235-299，大阪：関西大學東西學術研究所，1986。

　　——原載國立中山大學人文社會科學研究中心，《海洋歷史與文化》，頁1-23，2012年。2020年5月26日修訂。

〔附錄2〕
聲韻學學會林慶勳教授訪問記錄[*]

時　　間：2018年4月2日（週一）下午1:00-4:00
地　　點：高雄御書房
內　　容：林慶勳教授學思歷程、聲韻學學會歷史回顧
採訪人：東吳大學中文系叢培凱老師
　　　　　東吳大學中文系陳逸文老師
協助記錄人：臺灣師範大學國文系博士生楊濬豪

【訪問題】在老師的研究中，特別關注域外文獻的搜羅，而這樣的資料蒐集習
　　　　　　慣，也體現在老師您中古音及近代音的研究中。想請問老師踏入域
　　　　　　外文獻研究是否有特別的機緣？

　　1979年我提出博士論文口試申請，等待教育部的考試通知，大概等了快一
年才輪到。在等待的過程中，受限於當時教育部規定，沒有畢業是不能找專任
教職的。我既要等待教育部的學位考試，又不能在學校專任，為了排遣心中的
苦悶，一有空閒時間，我便閱讀大量的閒書。因為我很喜歡讀文學的書，有一
天讀到林文月老師的《京都一年》，在這本書中，作者講到她在京都大學做訪
問研究員，細述她在京都大學的人文科學研究所的種種，寫得很詳細很有趣。
我看了以後覺得很有意思，心想若是畢業後有機會也想去看看，或許還能接觸
不同中文研究方法的機會。

　　等我拿到博士學位以後，我真的沒有忘掉想去走訪京都大學的念頭。京都
大學沒有認識的人，以日本的習慣，沒有介紹人根本無法進入學校做研究。當

---

[*]　撰稿人：石建甡（東吳大學中文系碩士生），文字協力：楊濬豪（臺灣師範大學國文系博士生）。

時我任教的系裡有一位洪順隆老師，他曾在東京大學公費留學，我跟他談想去日本的事。他說：「我在東京大學有認識跟你研究領域一樣的人」，就介紹我認識之後幫助我很多的平山久雄先生，我第一次和平山先生通信是在1982年。平山先生的老師──倉石武四郎先生，他的博士論文是研究段玉裁的《六書音均表》，是老一輩的學者，始終堅持要讓日本的漢學研究延續下去。我聽平山先生說，倉石武四郎先生每個禮拜會從京都來東京，當年交通不便，他每次要從東京出發到京都時，和老師很親近的學生，都會到車站送行，這些送行的學生當中，也包括了平山先生。

平山先生在日本的學術地位很崇高，由於他願意接受我，我才能有機會前往日本。1982年暑假，我終於去了東京，東京打開了我對學術研究的動力與敏感度。東京大學總圖書館、中文學科研究圖書館皆藏有豐富的古籍，以及各類參考用書資料，自由的學術風氣讓查尋圖書相當方便。以前我在臺灣很難看到的書在當地取得格外便利。總圖書館裡面還有很多從未閱覽過的古書，再加上平山先生也帶我到靜嘉堂文庫拜訪，以及介紹我認識其他漢學研究的學者，使我的眼界變得更開闊。每天一大早，我就到總圖書館找資料、影印古籍等資料，其中影印了數個版本的《韻鏡》，都是臺灣看不到的珍本。

【訪問題】想請問老師在異國研究時，是否曾遇到更多元的契機或研究視野？有什麼話鼓勵想赴國外或正在國外研究的學者們嗎？。

1989年10月到1990年7月，這一年是我第二次去東京大學做研究，可以自由利用大學裡各種資料。在東大的綜合圖書館，或在中文學科裡面的漢籍コーナー（漢籍室專區），一找到資料就影印，因為我知道我這一年來的主要目的就是儘量廣搜資料。我自己也常跑日本知名的圖書館，甚至在奈良的天理大學圖書館也去過幾次。天理大學圖書館的資料很多，令我相當驚豔（天理大學圖書館有一百萬以上的藏書量，據說在私立大學中僅次於早稻田大學。日本人戲稱規模不大的天理大學是「天理圖書館附屬天理大學」），我們以前大概都只想到東京大學、京都大學、早稻田大學這三個有名的大學附屬圖書館，但私立大

學的天理大學圖書館的藏書，其實珍藏著相當多有價值的好書，甚至連敦煌殘卷都蒐集了。

最近讀了李壬癸老師送我的《八十自述：珍惜臺灣南島語言的人》，李老師在書中講了一句話：「研究傳統語言學的人，都只在書本找資料。」我們做聲韻學的上古音、中古音、近代音研究，幾乎主要在書本找資料就夠了，很少去做活生生的田野調查。如果做古音學，去做田野調查幹嘛？可是這種想法未必正確。李老師的意思是，即便做上古音，也要去實地考察。假如做了田野調查後，絕對會變得不一樣，以後做學問的態度、方法就會有不同的思考。

我們過去習慣把知識範圍限定在書本上，超出這個範圍都不相信，連參考其他資料也省略了。把很多的材料都收集好以後，就歸納最後得到的結果，在範圍裡的才承認它是結果。但研究語言學理論的人不這樣想，如果從語言的角度去思考，所有書本上記載的知識是不是一定沒有問題，可不可能是後人誤解所造成的錯誤。田野調查這方面要正視，因為我們會侷限在書本上，侷限在書本上不是不可以，只是會給自己畫地自限。因為做了田野調查，等於多了一層佐證，前人為什麼可以提出新理論，有部分就是從書本之外的資料推論或解釋得到的。

記得我1990年，正好在東大當外國人研究員的時候，那一年的聲韻學會在輔仁大學開國際學術研討會。我也回來發表論文，那一場的主持人剛好是王初慶老師，我那次談的是《圓音正考》裡的尖團音問題。之所以會發表那篇論文，也是一個巧妙的機緣。那一年我在東大旁聽平山久雄先生「音韻專題」的課，我雖然旁聽也不能例外，也分配做期末報告，在課堂上提出讓選課的人共同討論。可是我不知道要寫什麼主題才好。正在猶豫之間，正好經過「漢籍コーナー」的房間，進入書庫的狹窄通道上，正巧有一本線裝書掉到地上，我隨手把它撿起來準備放在書架上，眼睛瞄了一下封面，竟然是《圓音正考》這本書，於是我當下就決定以這本書的內容做期末研究報告主題。在閱讀、分析資料期間，我發現該書裡的滿文對音對我來說有一點困難。不過有一位香港朋友告訴我，可以利用東大豐富的藏書資料，後來我就很努力翻閱了各個圖書分館所藏的滿文對音文獻，甚至很多滿文的期刊雜誌，對我的幫助也很有用，慢慢

地終於把有滿文對音的擬音歸納出來。

回過頭來說那次輔大的研討會，我記得王初慶老師以主持人身分說了一段話：「林老師每一次的論文都是新的材料，不是舊的東西。他每一次研究都是重新開始。」的確我每次論文發表，都想自我突破，不要老是處理同樣模式的材料。面對一個新材料，如果完全照傳統那一套方法，可能會束手無策。懂得研究方法，多方嘗試，才能掌握許多方法，視野也會開闊許多。其實我們要處理一個新材料的時候，如果想做就會找到對的方法切入，不想做的時候會覺得很困難，無形中就半途而廢。我們往往會因為有一點困難，就放棄本來可以進入的領域，平白失掉一個自我突破的機會。後來那篇研究《圓音正考》的文章，經過修改之後，發表在《漢學研究》期刊上。

【訪問題】老師現階段集中於唐話研究，可否談談想研究唐話的契機？

大約2008年開始，我對唐話的研究開始有興趣，同年，彰化師範大學任教的許麗芳老師介紹我和長崎大學的一位臺灣出身的連清吉老師見面，跟他談能不能接受我在長崎大學做研究。在這個之前，許老師又先介紹一位從大陸浙江來的中年人和我見面。此人感覺相當神祕，對長崎唐通事的材料有一點認識，但他是商人，是一家餐廳的老闆。我們約定某一天的晚上，在博多車站的一個小咖啡館。一見面那位先生就開始滔滔不絕的述說與唐船、唐通事有關的掌故。我一聽之後真的很佩服他，他說自己其實不是讀書人也不是研究者，只是靠興趣去調查，並且業餘勤快做田調，碰到問題的時候就去圖書館查資料，當晚他就送我一份自己寫成的研究資料。後來經過很多年之後，我在瀏覽大陸的長崎領事館的網頁，在上面看到介紹長崎的一些歷史掌故，打開一看嚇一跳，原來就是他給我的資料。

所以想要做長崎唐話這門學問，認識唐通事是一個重要的開始。後來我仔細去查核那位業餘先生的研究記錄，發覺裡面有一些錯誤，那自然是免不了的，因為他不是專業學者。可是我發覺到他交給我一件重要的功課，也讓我往後幾年直到現在，一直都在「唐話」這個領域下功夫，鑽研越深越有趣味。畢

竟我現在已經退休，可以盡情做我自己想做的研究。

由於我想在唐話研究下功夫，當然要多瞭解唐話研究的前輩專家學者，他們有哪些研究成果。恰巧幾位知名的研究者都在近畿、關西一帶的京都與大阪的大學任教，於是我在2011年的11月中去拜訪她們。在京都大學木津祐子老師的研究室，談了許多有關的問題，她也很熱心引導我如何朝這方面下功夫，並帶我到京大圖書館參觀。隨後幾天去大阪拜訪関西大學奧村佳代子老師，她同時引介我認識該校的內田慶市、松浦章、沈國威等幾位老師。最後一站到京都產業大學拜訪研究薩摩藩學習唐話《南山俗語考》的矢放昭文老師，獲得許多寶貴資料。

2012年4月，我獲得長崎大學的連老師協助，前往長崎大學擔任外國人研究員半年，得以在長崎各地做現地考察研究，期間獲得連老師在研究上、生活上各方面的協助，讓我的研究工作進行得很順利。

要研究「唐話」除了唐通事學習的那些讀本之外，它牽涉到唐通事的組織，還有包括在1689年開始，為了要讓唐船來到長崎的唐人可以有一個安頓地方，所以建了一個九千多坪的「唐館」，日文叫「唐人屋敷」。那個唐館我去過幾次做調查，雖然已經荒廢了仍然可以辨識重要建築的位置，回來後與圖版或書本資料印證來看，就能明瞭許多來龍去脈。此外唐話研究也與長崎三個有名的佛寺有關係，分別叫作「崇福寺」——福州人的寺院、福濟寺——漳州人與泉州人的寺院，還有興福寺——是江、浙人的寺院。為什麼會有這些寺廟我剛開始也不太懂，但經過慢慢研究以後就明白它們的關係，所以這次在聲韻學會演講「唐話三個方言」，就是談這個主題。唐人屋敷、唐三寺，原來是在書本上面看到的記錄，經過我在長崎實際走訪後才發現原來它們有歷史上的因果關係。之後與那些唐話教本所敘述的內容連接起來看，才能真正理解。所以做唐話研究，不能單獨只拿書本的資料下功夫鑽研，必須走出去用手用腳探訪找材料。

此外還要把唐通事的制度，以及江戶時代長崎奉行對唐船及唐人管理制度變化，好好下一番功夫連結，才有辦法明白唐話的全貌。在此特別感謝當時任教於大東文化大學的瀨戶口律子老師，以及任職於中央研究院的劉序楓老師。

她們兩位在材料的提供上，發揮了「學術是天下公器」的無私精神。瀨戶口老師是我唸研究所時的同學，我們曾經在一個班級聽課學習，因此經歷三十年之後又重新見面，受到她多方面的照顧，特別是在唐話或琉球官話方面的材料，我若開口要求，她都會很快從日本寄到臺灣給我，讓我的研究得以方便進行。劉老師以他歷史學者的敏銳度撰述了多篇與唐話相關的著作，他把這些著作贈送給我，讓我能夠深入瞭解許多唐話的背景知識。我舉這個例子意思是說，當我對一個新的課題準備去做深入研究時，除了「興趣」之外，有許多準備或配合工作可以事前進行，此外更要花許多時間一邊做一邊不斷尋找可用的各種材料，甚至對相關的人做訪談，那樣研究的進行會比較順利。其實我心中有一個「博觀約取」的觀念，在尋找資料或在撰寫研究結果時，都是一個很好的指導原則。

【訪問題】老師也特別關注「寄語」的研究，老師您也曾在〈寄語集的華語詞彙探討——以《日本館譯語》與《琉球館譯語》比較為對象〉一文中，對其詞彙進行比對研究。若從跨領域研究的角度而言，這對於明清文化研究有哪些新的引導方向呢？

　　在域外華語言研究方面，我首先進入的領域是琉球，我想要把「琉球官話」做得深入一些，所以我想應該先把「琉球語與華語的對音」弄清楚。坦白講是進入材料之後，才瞭解後面自己應當作什麼。我在很早以前也做過「日本語與華語的對音」，也偶爾會引用到「朝鮮對音」做比較。做了幾年以後，自己開始懷疑，並且自問：「我把琉球冊封使寫的對音資料，或者明、清編纂的《華夷譯語》，其中琉球、朝鮮、日本各館譯語，解讀歸納之後，下一步工作到底要幹嘛？」由於找不到更好的「答案」，我就毅然決然把該方面的研究暫停下來了。經過一段時間之後，才發覺過去的「對音研究」還是有用的，因為那些對音，就是所謂的華夷譯語裡面的朝鮮館譯語、日本館譯語，或者是琉球館譯語，那就是中國的四夷館的人要學琉球話、要學日語、要學朝鮮語的課本。他們的課本，因為當時並無音標可以當工具，不得已使用漢字注音。我現

在要做「唐話」、「琉球官話」的研究，近代中國移民——主要是江、浙跟福建移民，他們移民到日本、琉球，移民的性質或歷史背景雖有差異，但是把母語帶出去，卻是無別的。因此我如果能在唐話、琉球官話裡找到一些規則現象，然後再借用日本館譯語，或者是琉球館譯語，甚至中國冊封使的對音記錄當比較對照，相信研究會更深入的。

琉球17世紀以來，受到日語及日本文化很深的影響，當時日本的政治形勢是這樣的，1609年，在九州的東南邊有一個「薩摩藩」，在今天的鹿兒島，因為離琉球很近，出兵把琉球打下來。琉球變成薩摩藩的管轄地，但是薩摩還受德川幕府的統治。日本在1635年左右大約鎖國即將完成，幕府下令所有日本人包括長住的中國移民不准出國，全日本只開放長崎港對外貿易，外國來航船隻只准唐船及荷蘭船進入，這些船隻一進來也只能在長崎活動。幕府需要國外的資訊，主要靠琉球或者專責的長崎唐通事來蒐集，這些都和歷史有相當的關係。

琉球雖然受薩摩藩管轄，但繼續對明、清朝貢。表面是朝貢，其實最主要是做朝貢貿易。他們派船到中國，船艙全部都是交易的物資，來回可以賺很多錢。朝廷與商人都是靠朝貢名義做起貿易的事。

此外還有明朝或清朝冊封琉球國王即位的儀式，派遣的冊封使船隊，也是進行實際的貿易。琉球境內有三個國較大，最大的是中山國，中山國是在首里——今天那霸地方。在它的南邊叫山南國，它北邊很遠的地方叫山北國，山南國跟山北國都很小，沒什麼力量，最大就是中山國。中山國的國王即位的時候，從明朝開始，就要到北京請封為國王。當時的規矩，如果沒有明朝或清朝來冊封的話，琉球國王就不被承認，所以明朝或清朝的皇帝會派冊封使到那霸來冊封，這是一個很大的典禮。冊封是大事，冊封船隻從中國福州出發到琉球，幾天就會抵達，可是有時候他們要籌備好幾年。先從造船開始，因為他們認為琉球的地位很低，所以不用派一品、二品大員，派出來都是五、六品小官，大概是縣令那種資格的人前往即可。派遣任命冊封使臣之後，冊封使便開始張羅要找誰同行、在船裡面需要哪些人，然後再招募人馬。皇帝不可能給他太多的資源，所以冊封船也要靠貿易所得來開銷。冊封使去了琉球，回來都會寫《使琉球錄》之類的報告書，《使琉球錄》大概有七至八種。我到琉球去就

開始收集這方面的相關資料，收集很多，當然主要是通過琉球的朋友幫忙。

我剛講這些史實意思是，除韓國官話的資料比較陌生外，目前專注於唐話與琉球官話的研究，就非得對它們相關的背景理得清清楚楚不可。琉球的官話課本，琉球話與華語的對音資料，有些是政府編的，有些則是讀書人編的。

唐話的課本是唐通事編的，在內容上與琉球官話稍有不同。但有一個共同重點是，他們都是使用口語編寫。你會覺得很奇怪，明代、清代的時候怎麼會用口語？這就是我研究的心得。唐話為什麼叫唐話？以我的想法是，因為那時候到長崎的福建人特別多，那個「唐」字形成的詞彙，在方言裡面用最多的就是福建人。這個問題需要再詳細做探討。總之一句話，想要多瞭解各種語言接觸的現象，就要有勇氣去接近它，接觸以後你自然就有方法做下去。如同我在前面舉的例子，我在東京大學接觸《圓音正考》的滿文對音文獻，想要做就會想到辦法。

【訪問題】老師曾對段玉裁學術做過深入的研究，請問老師有何經驗或步驟可以和有興趣從事音韻研究的後輩分享？

當年我做段玉裁研究，首先收集相關的材料，但收集材料的內容可能是零散的。所以我的辦法先彙整成「段玉裁年譜」，這個年譜包括生平、著述、交誼等等。「讀其書，頌其詩，不知其人可乎。」我當時就真的做過田野調查了。雖然那個年代我沒辦法去段玉裁的出生地江蘇金壇找材料，但我可以在臺灣訪問一些人吧？我還曾加入金壇同鄉會，其實我不是金壇人，主要是因為他們有一個金壇同鄉刊物，我看到以後就匯款去訂那份刊物。後來主動跑去監察院參加一個江蘇同鄉會的聯誼會，純粹是要找資料。甚至後來還去訪問金壇同鄉會的理事長，因為這樣認識了一些人，從中知道金壇的地理、人文虛實是什麼，那些寶貴的資訊書本上不可能記載。我總要從這裡入手，所以我把段玉裁一生做分界、分期。如同我研究閩南語，為什麼可以分期？就因為對資料有瞭解，做分期不是要給別人看，主要是給自己研究做參考。做任何一門學問要知道這門學問的整個過程是什麼，我要研究一個人，要把他的年表做出來，這樣才可以瞭解。

【訪問題】老師對於「閩南語」相關研究的數量非常多，也曾以「研究史」的
　　　　　視角出發，整理了臺灣閩南語研究的歷史分期，可否請老師談談，
　　　　　當年從事閩南語研究的動機和過程？

　　閩南語是我自己的母語。1989年我到東大去當研究員時，我在課表上看到平山久雄先生開的一門課叫「閩語討論」。因為他的課我都去旁聽，包括他開語法課我也去旁聽，從來沒想到，越聽越覺得自己很慚愧。閩南語是我的母語，我竟然連閩南語的理論、閩南語的材料是什麼我通通不知道，這怎麼可以！於是我就開始到東大的總圖書館看書，我對閩南語理論的概念是從書裡找來的，我才發現：「原來有這樣的材料！」當時的閱讀，有的是書、有的是雜誌，只要跟閩南語有關係，我就去查、去看。回到臺灣中山大學任教後，剛好是整個社會的觀念變動，對母語的注重跟研究，我開始也專注在這方面，曾經受邀到高雄許多國中小教師母語教學的師資班擔任一些概論性的課程，經過幾年以後，我就把教材編成講義，即為後來出版的《臺灣閩南語概論》（心理出版社）。過了十一、二年左右，教育部國教院出版相關人員聯繫我，可否將我的臺灣閩南語教科書翻成英文？我想當然可以啊，便答應了。後來國教院輾轉找到鍾榮富老師擔任翻譯，鍾老師是我的朋友，我當然很高興由他翻譯這本書，所以就有這本英文 "Linguistic Aspects of Taiwanese Southern Min" 的《臺灣閩南語概論》（書林出版公司，2013）譯本。而我的閩南語研究也大概到此告一段落。大概從2017年回來臺灣定居之後，給自己定位便是專門只做唐話的研究。

【訪問題】聲韻學學會由陳新雄老師所創辦，老師在學會草創時期也付出了許
　　　　　多心血。是否方便請老師以歷史見證者的角度，為我們談談學會的
　　　　　歷史，讓大家更瞭解聲韻學學會。

　　剛開始的時候，陳伯元老師在臺灣師大說同行應該要有一個研討的平臺，就找了幾個人一起參加。印象中他找了我、姚榮松老師、簡宗梧老師，大家一

起寫文章，互相討論。就在一間教室裡面，來的人也不多。還記得很清楚，前一天晚上姚老師還騎著摩托車載我到影印店，把第二天要開會的資料印好，再載我回家，將它整理完，這樣就變成會議資料。第二天來的人不多，我們就開始討論文章，這樣的討論形式，便成了第一次的研討會。

第一次研討會過後，有一次在東吳的城區部開會，那一次丁邦新老師也去了，當時丁老師帶著楊秀芳老師前來。陳老師跟丁老師本來就認識，就那一次談到學會成立事宜，所以是先有研討會才有學會。我剛好每一次會議都參加，學會就如此開始籌備、成立了。所以聲韻學學會早期是陳老師主持，因為那個時候大家都感覺到這是一個使命。文字學會、訓詁學會的成立都比較晚，皆在聲韻學會之後。聲韻學會比較特殊一點，便是依循陳老師的觀念，他認為不要分派系，不要認為臺大跟我們的做法、研究方向不一樣便排斥。陳老師和丁老師兩個人可以很開誠布公地在一起論學，所以這觀念一直延續下來就很好，都不排斥任何人，每一位有興趣的人都可以來參與討論。

【訪問題】老師在聲韻學學會耕耘多年，曾擔任許多職務，也曾擔任學會理事長，更在2017年被推選為榮譽會員，想請問老師對學會的未來展望有沒有什麼期許？

學會目前階段性任務是想要讓《論叢》出版穩定化，以及對聲韻學研究的熱潮再現。其中也面臨研究聲韻學研究生越來越少的問題。我個人建議應該由學會出面，比方說：我們做上古音的問題，重新來檢討，對象就是上古音研究的探討。過去只有傳統，現在又加入了漢藏語言學方法的適應性。如果這樣做的話，也許會再吸引一些人過來，一個結帳式、反省式的檢討，那是可以做的。比方說：段玉裁他某些觀念不足之處，錯誤是不是還未發現，可是其中不足要把它講出來。我們這一行常常會認為這是在批判古人，可是這其實並非批判。如果你連他的缺點都無法言明，初學的人怎麼會知道？他永遠都會認為這是完美的知識，既然完美，它這麼巨大，離我這麼遠，我不要做，不然哪一天我可以做到這裡，我就做不下去了。

　　年輕的研究者們，如果有心，就應該讓自己的眼界開闊，這很重要。我前面講過，你不要怕，因為你害怕，就會錯過了許多機會，往前衝，就會想到方法。所以不要只做你所認識的東西，要勇於去做自己想做的，因為你會有敏感度，在這一行久了，便會累積出對學術的敏銳。而且它不單是語言學這方面的，與文學、哲學也有關係。可能我原先不懂，但我先注意它，認真處理它的材料，最後做出來以後，就會發現跟自己過去認識不同的東西。自然科學研究上會有對照組跟實驗組，這個觀念拿來研究聲韻學或其他語言學很有用，希望大家在做研究的時候能注意到這個觀念，將你自己做研究的部分，再拿一個對照組做比較去探討。至於對照組怎麼拿？怎麼取材？你自己要去想。有個對照的探討，研究的成果就有科學的說服力了。

——原載中華民國聲韻學學會，《聲韻學會通訊》，第27期，

頁64-72，2018年10月。

〔附錄3〕
本書唐話唐音論文引用書目

一　傳統文獻（按著述年代順序）

陳彭年，1008，《校正宋本廣韻》，臺北：藝文印書館（1967影印出版）。

丁　度等撰，1039，《集韻》，臺北：臺灣商務印書館（方成珪考正，1965萬有文庫薈要本）。

熊　忠，1297，《古今韻會舉要》，臺北：大化書局（1979影印出版）。

佚名編，1346-1423，《舊本老乞大》，《朝鮮時代漢語教科書叢刊》第二冊。

梅膺祚，1615，《字彙・字彙補》上海：上海辭書出版社（1991據靈隱寺刻本影印）。

張自烈，1671，《正字通》，北京：中國工人出版社（1996據弘文書院刊本影印）。

佚　名，《人中畫》（收入《珍珠舶四種》），江蘇古籍出版社（1993）。

邊　暹、朴世華編，1677，《朴通事諺解》，《朝鮮時代漢語教科書叢刊》第三冊。

佚　名，1703-1705，《官話問答便語》，天理大學圖書館藏寫本。

岡嶋冠山，1716，《唐話纂要》（五卷本，收入六角恒廣編《中國語教本類集成補集——江戶時代唐話篇》，1972），東京：株式會社不二出版。

岡嶋冠山，1718，《唐話纂要》（六卷本，收入長澤規矩也編《唐話辭書類集》第六集，1972），東京：汲古書院。

佚　名，1716-1718，《唐通事心得》，長崎縣立長崎圖書館渡辺文庫藏本。

佚　名，1719，《瓊浦佳話》（四卷本），早稻田大學圖書館藏。

佚　名，1719，《瓊浦佳話》（僅存卷四殘餘本），長崎縣立長崎圖書館藏渡辺文庫本。

佚　名，1719，《瓊浦佳話》（四卷本），東北大學圖書館狩野文庫本。

徐葆光，1721，《中山傳信錄》，《國家圖書館藏琉球資料彙編》（黃潤華、薛英編，2000）中冊，頁1-588，北京：北京圖書館出版社。

室鳩巢，1722，《六諭衍義大意》，廣島：廣島大學圖書館。

佚　名，1724，《長短拾話唐話》（抄本，1850丹羽末廣校合），長崎歷史文化博物館藏。

佚　名，1724，《長短拾話唐話》，縣立長崎圖書館渡辺文庫藏本。

岡嶋冠山，1726，《唐譯便覽》（收入長澤規矩也編『唐話辞書類集』第七集，1972），東京：汲古書院。

岡嶋冠山，1726，《唐話便用》（收入長澤規矩也編『唐話辞書類集』第七集，1972），東京：汲古書院。

岡嶋冠山，1726，《唐音雅俗語類》（收入長澤規矩也編『唐話辞書類集』第一集，1972），東京：汲古書院。

釋文雄，1744，《磨光韵鏡》，東京大學文學部藏書，延享元年甲子。

白世雲彙纂，1750，《白姓官話》，天理大學圖書館藏寫本。

釋文雄，1752，《三音正譌》，京都大學人文科學研究所藏，宝曆二年。

邊　憲編，1761，《老乞大新釋》，《朝鮮時代漢語教科書叢刊》第三冊。

佚　名，1754-1762，《譯家必備》，尚友館藏本（長澤規矩也編『唐話辞書類集』第20集，頁3-250），東京：汲古書院，1976。

佚　名，1754-1762，《譯家秘備》，靜嘉堂文庫藏二十五卷本（大庭脩編『江戶時代の日中關係資料〈蘭園雞肋集〉——近世日中交涉史料集五』頁33-133），大阪：関西大學出版部，1996。

佚　名，《福州話二十四孝》，長崎歷史文化博物館藏。

金昌祚等編，1765，《朴通事新釋諺解》，《朝鮮時代漢語教科書叢刊》第三冊。

劉　道音注，1777：《唐詩選唐音》，《中國語教本類集成補集——江戶時代唐話篇——第四卷》（六角恒廣編、解說），東京：不二出版，1972。

四庫全書館，1784，《全唐詩》，《文淵閣四庫全書・集部》，臺北：臺灣商務印書館（1983影印）。

釋文雄，1780，《重校正字磨光韵鏡・磨光韵鏡字庫》，皇都書林刊本，東京：勉誠社，1981影印出版。

李　珠編纂，1795，《重刊老乞大諺解》，《朝鮮時代漢語教科書叢刊》第二冊。

佚　名，1797，《學官話》，天理大學圖書館藏寫本。

釋文雄，1805，《磨光韻鏡餘論》，東京：勉誠社（1981年影印）。

周文次右衛門，1815，《忠臣藏演義》，東京：早稻田大學圖書館藏。

田辺八右衛門輯，《長崎文獻叢書第一集第二卷・續長崎實錄大成正編》，長崎：長崎文獻社，1974。

佚　名，《鬧理鬧》，東京：早稻田大學圖書館藏（收入六角恒廣編《中國語教本類集成》，頁1-7），東京：株式會社不二出版，1991。

佚　名，《鬧裏鬧》（收入奧村佳代子編《関西大學圖書館長澤文庫所藏唐話課本五編》，頁63-103），大阪：関西大學出版部，2011。

佚名編，《官話纂》，藏早稻田大學圖書館藏本。

佚　名，《養兒子》（B本），早稻田大學圖書館藏。

佚　名，《小孩兒》，早稻田大學圖書館藏。

佚　名，《小孩兒》（收入奧村佳代子編《関西大學圖書館長澤文庫所藏唐話課本五編》，頁5-22），大阪：関西大學出版部，2011。

佚　名，《長短話》（收入奧村佳代子編《関西大學圖書館長澤文庫所藏唐話課本五編》，頁23-37），大阪：関西大學出版部，2011。

佚　名，《小學生》（收入奧村佳代子編《関西大學圖書館長澤文庫所藏唐話課本五編》，頁53-62），大阪：関西大學出版部，2011。

佚　名，《鸝幼雜貨譯傳》（長澤規矩也編『唐話辭書類集』第16集，頁391-459），東京：汲古書院，1974。

汪維輝編，《朝鮮時代漢語教科書叢刊》，北京：中華書局，2005。

二 近人論著（按姓氏筆畫順序）

3 畫

大槻幹郎等編，1988，《黃檗文化人名辞典》，京都：株式會社思文閣出版。

上里賢一等，2002，〈琉球官話訳『人中画』と白話『人中画』風流配〉，《琉球大學研究成果報告書－琉球‧中國交流史研究》，頁90-154，沖繩：琉球大學。

山本紀綱，1983，《長崎唐人屋敷》，東京：株式會社謙光社。

4 畫

六角恒廣編，1972，《中國語教本類集成補集—江戶時代唐話篇》，東京：株式會社不二出版。

六角恒廣編，1991，《中國語教本類集成》，東京：株式會社不二出版。

六角恒廣著、王順洪譯，1992，《日本中國語教育史研究》，北京：北京語言學院出版社。

太田辰夫，佐藤晴彥編，1996，《元版 孝經直解》，東京：汲古書院。

太田辰夫著，蔣紹愚、徐昌華譯，1987，《中國歷史文法》，北京：北京大學出版社。

木津祐子，2000，〈唐通事の心得――ことばの傳承〉，《興膳教授退官記念中國文學論集》，頁653-672，東京：汲古書院。

木津祐子，2004，〈清代福建的官話――以琉球官話課本的語法特點為例〉，《第五屆國際古漢語語法研討會暨第四屆海峽兩岸語法史研討會論文集（II）》，頁189-199，臺北：中央研究院語言學研究所。

木津祐子，2006，〈官話課本所反映的清代長崎、琉球通事的語言生活――由語言忠誠和語言接觸論起〉，《東亞漢語漢文學的翻譯、傳播與激撞：十七世紀至二十世紀學術研討會論文集》，頁1-13，臺北：中央研究院中國文哲研究所。

木津祐子，2008，〈琉球的官話課本、官話文體與教訓語言——《人中畫》《官話問答便語》以及聖諭〉，《域外漢籍研究集刊》第四輯，頁17-33。

木津祐子，2010，〈唐通事の官話容受——もう一つの訓読〉，《続訓読論——東アジア漢文世界の形成——第II部近世の知の形成と訓読》，頁260-291，東京：勉誠出版。

木津祐子，2010，「作為規範的通俗——從清代東亞漢文圈的通事書談起」，『東亞文化意義之形塑：第十一至十七世紀間中日韓三地的藝文互動』系列演講，中央研究院歷史語言研究所。

木津祐子，2010，〈唐通事の官話容受—もう一つの訓讀〉，《續訓讀論—東アジア漢文世界の形成》，260-291頁，東京：勉誠出版。

木津祐子，2011，〈琉球本『人中畫』の成立——併せてそれが留める原刊本の姿について——〉，《中國文學報》第81冊：頁36-57。

木津祐子，2012，〈《廣應官話》所反映的琉球通事學門體統以及現地化特點〉，「第七屆國際暨第十二屆全國清代學術研討會」論文，高雄：國立中山大學中文系。

木津祐子編，2013，《京都大學文學研究科藏琉球寫本『人中畫』四卷付『白姓』》京都：臨川書店。

內田慶市，2011，〈近代西洋人漢語研究的價值〉，《清代民國漢語研究》（遠藤光曉等編），頁39-52，首爾：學古房。

內田慶市，2013，〈琉球官話の新資料——関西大学長澤文庫本藏『中国語會話文例集』〉，《中国語研究》，頁1-22頁，東京：白帝社。

內田慶市編，2015，《関西大學長澤文庫藏琉球官話課本集・中國語會話文例集》，大阪：関西大學出版部。

中國社會科學院與澳大利亞人文科學院合作出版，1987，《中國語言地圖集》，香港：朗文出版社。

5 畫

石汝杰、宮田一郎編，2005，《明清吳語詞典》，上海：上海辭書出版社。

石崎又造，1967，《近世日本に於ける支那俗語文學史》，東京：清水弘文堂書房。

白維國編，2011，《白話小說語言詞典》，北京：商務印書館。

北京大學中國語言文學系語言學教研室編，2003，《漢語方音字彙》（第二版重排版），北京：語文出版社。

田村祐之‧竹越孝編，2013，「朴通事二種版本對照本（電子版）」。

6 畫

安藤彥太郎著、卞立強譯，1991，《中國語與近代日本》，北京：北京大學出版社。

有坂秀世，1938，〈江戶時代中頃に於けるハの頭音について ──唐音資料に反映した〉，《国語音韻史の研究》（1957增補新版），東京：三省堂書店。

江蘇省地方志編輯委員會編，1998，《江蘇省志‧方言志》，南京：南京大學出版社。

江藍生，2000，《古代白話說略》，北京：語文出版社。

伊藤智ゆき，2007，《朝鮮漢字音研究》，東京：汲古書院。

竹越孝編，2011，「老乞大四種版本對照本（電子版）」。

7 畫

李榮主編，2002，《現代漢語方言大辭典》，南京：江蘇教育出版社。

呂叔湘，1991，《現代漢語八百詞》，北京：商務印書館。

何盛三，1935，《北京官話文法》，東京：東學社。

何九盈、蔣紹愚，2010，《古漢語詞彙講話》，北京：中華書局。

佐藤喜代治編，1996，《國語學研究事典》，東京：明治書院。

8 畫

河野六郎，1968，《朝鮮漢字音の研究》，奈良：天理時報社。

沼本克明編，1995，〈吳音漢音分韻表〉，《日本漢字音史論輯》（築島裕編），頁121-243，東京：汲古書院。

松浦章，2015，〈清代帆船による東アジア・東南アジア海域への人的移動と物流〉，『関西大学東西学術研究所紀要』48輯：頁43-57，大阪：関西大學。

武藤長平，1926，《西南文運史論》，京都：同朋舍（1987.8影印）。

林連通主編，1993，《泉州市方言志》，北京：社會科學文獻出版社。

林慶勳，1990，〈刻本「圓音正考」所反映的音韻現象〉，《漢學研究》（臺北：國家圖書館），第8卷第2期，頁21-55。

林慶勳，2006，〈長崎唐通事唐話學習試論〉。《李爽秋教授八十壽慶祝壽論文集》，頁273-292，臺北：臺灣師範大學國文系。

林慶勳，2010，〈長崎唐話教本及其反映的唐人庶民生活──以唐人與唐三寺互動為對象〉，《海洋歷史與海洋文化》，頁19-42，高雄：國立中山大學人文社會科學研究中心。

林慶勳，2012，〈清水水清、寧波波寧──論《清水筆語》反映的漂流民筆談內容〉，《海洋歷史與文化》，頁1-23，高雄：國立中山大學人文社會科學研究中心。

林慶勳，2012，〈華館笛風──試論《袖海編》反映的18世紀唐館〉，「第七屆國際暨第十二屆全國清代學術研討會」論文，高雄：國立中山大學清代學術研究中心。

林慶勳，2012，〈唐話對應音觀察之一──岡嶋冠山標注匣母字的變化〉，《漢學研究》，30卷第3期，頁167-195，臺北：國家圖書館。

林慶勳，2013，〈《唐詩選唐音》的標音特色──唐話對應音觀察之二〉，《承繼與拓新：漢語語言文字學研究》，頁591-607，香港：中文大學中國語言文學系。

林慶勳，2013，〈《唐詩選唐音》標示輕唇音聲母探討──唐話對應音觀察之三〉，《政大中文學報》（臺北：國立政治大學中文系）第20期，頁39-74。

林慶勳，2014，〈試論唐三寺住持與長崎唐人的互動〉，《東亞漢學研究（特別號）》，頁287-288，長崎：長崎大學東亞漢學研究會。

林慶勳，2014，〈長崎唐話中對伊東走私事件敘述差異的探討——江戶時代唐通事養成教材研究之二〉，《東亞漢學研究》，頁273-283，長崎：長崎大學多文化社會學部 東亞漢學研究學會。

林慶勳，2019，〈長崎唐話的「替」字探討〉，《韓國語史研究》第5號：頁279-302，首爾：韓國國語史研究會。

林　武實，1988，〈岡嶋冠山著《唐話纂要》の音系〉，《漢語史の諸問題》（尾崎雄二郎、平田昌司編），頁173-205，京都：京都大学人文科学研究所。

金文京，2010，《漢文と東アジア——訓読の文化圏》，東京：岩波書店。

岩本真理，2011，〈唐話資料概觀——最晚時期的唐話資料為中心〉，《清代民國漢語研究》，頁53-66，首爾：學古房。

9 畫

若木太一，2004，〈唐話辞書・東京語辞書・朝鮮語辞書〉，《辞書遊步——長崎で辞書を読む》，頁3-16。福岡：九州大學出版會。

若木太一，2005，〈唐話會と江戶文學〉，《江戶文學》32號：40-53頁，東京：ぺりかん社。

10 畫

宮田安，1979，《唐通事家系論考》，長崎：長崎文獻社。

高松政雄，1986，《日本漢字音概論》，東京：風間書房。

原田博二，2006，《長崎——南蠻文化のまちを歩こう》，東京：岩波書店。

馬重奇，1994，《漳州方言研究》，香港：縱橫出版社。

徐　斌，2007，〈從琉球官話看琉球人在閩的學習生活〉，《第10屆中琉歷史關係學術會議論文集》，頁33-58，臺北：中琉文化經濟協會。

康寔鎮，1985，《老乞大、朴通事研究》，臺北：臺灣學生書局。

11 畫

許麗芳，2010，〈長崎唐通事教材《瓊浦佳話》研究〉，《彰化師大國文學誌》，第20期，頁65-85。

許麗芳，2018，〈唐通事教材對於古典小說與善書之接受：以江戶時期（1603-1867）《鬧裡鬧》、《唐話長短拾話》、《唐通事心得》為中心〉，《中正漢學研究》，總第32期，頁89-118。

許少峰編，2008，《近代漢語大辭典》（上、下二冊），北京：中華書局。

許寶華・宮田一郎編，1999，《漢語方言大詞典》（全五卷），北京：中華書局。

陳新雄，1982，《聲類新編》，臺北：臺灣學生書局。

陳澤平，1998，《福州方言研究》，福州：福建人民出版社。

陳　澔，《論語話解》，收錄於嚴靈峯編《無求備齋論語集成・第十一函》，臺北：藝文印書館，1999。

張志公，1988，〈語言教學〉，《中國大百科全書・語言文字》，頁478-479頁，北京：中國大百科全書出版社。

張昇余，1998，《日本唐音與明清官話研究》，西安：世界圖書出版西安公司。

張昇余，2007，《日語語音研究——近世唐音》，北京：外語教學與研究出版社。

國金海二，1988，〈野田笛浦『得泰船筆語』について〉，《文藝論叢》24號：，頁36-43，神奈川：文教大學女子短期大學部文藝科。

曹永和，2007，〈海洋史中的琉球〉（專題演講節錄稿），《第10屆中琉歷史關係學術會議論文集》，頁3-4，臺北：中琉文化經濟協會。

12 畫

湯沢質幸，1987，《唐音の研究》，東京：勉誠社。

森博達，1991，〈近世唐音と《唐音譜》〉，《国語學》第166集，頁13-21，東京：日本語學會。

奧村佳代子，2007，《江戶時代の唐話に関する基礎研究》，大阪：関西大學出版部。

奧村佳代子，2011，〈譯家必備的內容和語言〉，《清代民國漢語研究》（遠藤光曉等編），首爾：學古房。

奧村佳代子編，2011，《関西大學圖書館長澤文庫所藏唐話課本五編》，頁277-291大阪：関西大學出版部。

13 畫

遠藤光曉，1989，〈杭州方言の音韻体系〉，《均社論叢》，16期，頁25-57，京都：京都大學文學部中文研究室。

遠藤光曉，2008，〈韓漢語言史資料概述──總論〉，《韓漢語言研究》（遠藤光曉・嚴翼相主編），頁445-454，首爾：學古房。

遠藤光曉・竹越孝主編，2011，《清代民國漢語文獻目錄》，首爾：學古房。

滿井錄郎等編，1974，《新長崎年表》，長崎：株式會社長崎文獻社。

14 畫

趙　苗，2009，〈江戶時代的唐學者──岡嶋冠山〉，《日本漢語教育史研究──江戶時代唐話五種》（魯寶元、吳麗君編），頁82-88，北京：外語教學與研究出版社。

嘉村國男編、滿井錄郎・土井進一郎執筆，1974，《新長崎年表》，長崎：長崎文獻社。

廖肇亨，2012，〈來讀天都未見書：從官話課本看十八世紀琉球渡唐學生的中華體驗與知識結構〉，『「從晚明到晚清：文學・翻譯・知識構建」國際學術研討會論文集』，頁1-18，臺北：中央研究院中國文哲研究所。

15 畫

蔣垂東，2011，〈日本唐話會裡的福州音與南京音──兼論江戶中期日本學者對中國語言的認識〉，《清代民國漢語研究》，頁293-304，首爾：學古房。

劉序楓，1988，〈清代前期の福建商人と長崎貿易〉，《九州大學東洋史論集》，第16號，頁133-161，福岡：九州大學。

劉序楓，1999，〈明末清初的中日貿易與日本華僑社會〉，《人文及社會科學集刊》第11卷第3期，頁435-473，臺北：中央研究院中山人文社會科學研究所。

劉序楓，2002，〈近代日本華僑社會的形成：以開港前後（1850-60年代）的長崎為中心〉，《中華民國海外華人研究會叢書系列6「東北亞僑社網絡與近代中國」》，頁35-69，臺北：中華民國海外華人研究會。

劉序楓，2012，〈德川鎖國體制下的中日貿易：以長崎唐館為中心的考察（1689-1868）〉，《海洋史叢書I：港口城市與貿易網絡》，頁81-124，臺北：中央研究院人文社會科學研究中心。

劉序楓，2013，〈[コラム]近世長崎貿易における唐通事と唐船主〉，《長崎・東西文化交涉史の舞台——明・清時代の長崎支配の構図と文化の諸相》（若木太一編），頁83-90，東京：勉誠出版。

劉序楓，2013，〈清代的中日貿易與唐通事〉，《跨越海洋的交換——第四屆國際漢學會議論文集》，頁43-86，臺北：中央研究院人文社會科學研究中心。

蔡雅芸，2010，〈江戶時代唐話資料所見的漳州話〉，《明清以來東亞海域交流史》（松浦章編著，関西大學東亞海域交流史研究叢刊第一輯），頁201-223，臺北：博揚文化事業有限公司。

鄭再發，1966，〈漢語音韻史的分期問題〉，《中央研究院歷史語言研究所集刊》，36本2分：頁635-648。

16 畫

錢乃榮編，1992，《當代吳語研究》，上海：上海教育出版社。

築島裕編，1995，《日本漢字音史論輯》，東京：汲古書院。

17 畫

藪田貫・若木太一，2010，《長崎聖堂祭酒日記》（「関西大學東西學術研究所資料集刊二十八」），大阪：関西大學出版部。

19 畫

瀨戶口律子，1987，〈琉球寫本官話課本―《白姓官話》について〉，《大東文化大學語學教育研究論叢》，5，頁146-161，東京：大東文化大學。

瀨戶口律子，1994，《白姓官話全譯》，東京：明治書院。

瀨戶口律子・佐藤晴彥合編，1997，《琉球官話課本《白姓官話》《學官話》《官話問答便語》語彙索引》，東京：大東文化大學東洋研究所。

瀨戶口律子，2000，〈初談唐話〉，《大東文化大學外國語學研究》創刊號：頁65-73，東京：大東文化大學外國語學研究科。

瀨戶口律子，2004，〈談《唐話長短拾話》〉，《第三屆國際暨第八屆清代學術研討會會前論文集》，頁387-395，高雄：中山大學文學院清代學術研究中心。

瀨戶口律子，2005，《官話問答便語全譯》，沖繩：榕樹書林。

瀨戶口律子，2008，〈18世紀琉球的漢語教學――以琉球官話課本為中心〉，《第11回琉中歷史關係國際學術會議論文集》，頁75-89，沖繩：琉球大學法文學部。

瀨戶口律子，2011，《琉球官話課本の研究》，沖繩：榕樹書林。

Richard VanNess Simmons. 1995. "A Note on the Phonology of the Tōwa Sanyō." Journal of the American Oriental Society.Vol. 115, No. 1: 26-32.

維基百科https://zh.wikipedia.org/wiki「鄭成功條」、「近松門左衛門條」、「慣用音條」、「朱印船條」。

フリー百科事典「ウィキペディア（Wikipedia）」（2013/08/24　02:51　UTC版）、www.geocities.jp/voc1641/inasa/014itoukozaemon.htm

網路維基百科「隱元隆琦」詞條（據2014.9.20修訂）：http://zh.wikipedia.org/wiki/%E9%9A%B1%E5%85%83%E9%9A%86%E7%90%A6

網路維基百科「禁教令」詞條（據2014.9.26修訂版）：http://ja.wikipedia.org/wiki/%E7%A6%81%E6%95%99%E4%BB%A4

〔附錄4〕
本書唐話分段引文校正

　　以下各則引文，括弧內的文字是本書作者所加，用意在對照說明原抄本的古字、異體字、俗體字、同音借用或訛誤字等。偶而因原書手寫本用字特殊，也使用註釋做說明。

A 《瓊浦佳話》

A1 早稻田大學圖書館藏本《瓊浦佳話》，頁 9-10

　　將軍老爺十分精細，把天主教的小影，鑄在銅板上，叫（叫）九州的人，乙（一）年乙（一）次躐銅板，這个（個）是要試深（探）[1]民家，帰（歸）依邪教不帰（歸）依邪教，打深（探）[2]情弊的意思了。又叫（叫）几（幾）个（個）細作人，暗々（暗）地各處埋伏，也有粧（裝）做生意人，也有粧（裝）做行腳僧，或者粧（裝）点（點）了計課先生的打扮，替人筭（算）命，借了筭（算）命的題目，暗々（暗）地查問耒（來）蹤厷（去）跡，講々（講）談々（談）說話裡頭，捉人家的毛病，東家也厷（去），西家也厷（去），乙（一）味探聽民家的舉動，倘有帰（歸）依邪教的，就是稟了王家，捉住了處斬。

---

[1] 早稻田大學圖書館藏本《瓊浦佳話》「深」字疑為「探」字之形誤，東北大學圖書館狩野文庫藏本頁7正作「探」字。

[2] 早稻田大學圖書館藏本《瓊浦佳話》「深」字疑為「探」字之形誤，東北大學圖書館狩野文庫藏本頁7正作「探」字。

A2 早稻田大學圖書館藏本《瓊浦佳話》，頁 19

譬如寫々（寫）字、打筭（算）盤，這是人家过（過）活的本事，做職事也要曉淂（得），不足為奇（奇）。做乙（一）ケ（個）唐通事，講唐話、寫唐字、賦詩、作文，這是弟（第）乙（一）本等的，还（還）有世情，也要通的，論起學文，肚裡差不多通淂（得）耒（來），也做不淂（得），人家乙（一）看了通事，就問起唐山讀書的道理，若是遇着大才子，问（問）山问（問）水，牽枝帶葉，好不囉□[3]，曰（因）為肚裡有了些少墨汁，就答（答）應不耒（來），要是博覽飽學，三教九流，都是精通。

A3 早稻田大學圖書館藏本《瓊浦佳話》，頁 19-21

唐人乙（一）年做了几（幾）千万（萬）刃（兩）的貿易，只靠著通事，倘或遇着木字牌一樣不明白的通事，錯过（過）了好机（機）會，或者悮（誤）了大事，因（應）該撰（賺）錢的生意，也撒手撒淂（得）不好，大々（大）折本了，所以筭（算）帳盤利是不消說，連那生意上的酸甜苦棘（辣），都要嘗[4]淂（得）透，若要詳知唐山，山怎広（麼）樣，水怎樣，唐人怎生是苦楚？如何是快活？問那通事，便知端的，唐人若有什広（麼）口舌是非，相罵相打，或者有甚冤（冤）屈的苦情，那時節，教通事調停，做通事的，放乙（一）ケ（個）才幹出來，明公[5]正氣，分ケ（個）青紅皂白，判斷（斷）明白，你也不要紆[6]恨他，他也不要冤（冤）屈儞（你），兩（兩）家相和，解忿息事[7]，叫（叫）兩（兩）邊要不做冤（冤）家。

3　「囉□」，可能是話本小說出現的「囉唆」或「羅嗦」，意為「言語繁複瑣碎、絮叨」。見白維國編《白話小說語言詞典》（北京：商務印書館，2011），頁976。

4　「嘗」字早稻田大學圖書館藏本《瓊浦佳話》，下半部「日」俗寫作「耳」。

5　早稻田大學圖書館藏本《瓊浦佳話》，在「明」字下抄寫成並列小字的「白公」兩字，東北大學圖書館狩野文庫藏本頁15作「明公正氣」，可參考。

6　「紆」字東北大學圖書館狩野文庫藏本《瓊浦佳話》頁15作「討」字，可參考。

7　早稻田大學圖書館藏本《瓊浦佳話》，在天頭抄有「事一作爭」四字。東北大學圖書館狩野文庫藏本《瓊浦佳話》頁15作「解怒息爭」，可參考。

A4 早稻田大學圖書館藏本《瓊浦佳話》，頁 25-28

　　譬如唐船一到，就准起貨，沒甚言三語四，那時卩（節），还（還）不曾造唐館，安插街房，所報宿主，某街某人，票兒（兒）上寫淂（得）明白。逓（遞）與頭目，頭目拿去稟王家，王上吩咐長刀手来（來）查問宿主的下落，那街上的街管，同去見王，下落明白，王上恩惠，船把他宿主收，主人收定。隨便擇下王[8]（黃）道吉日，催了日本小船起貨，叫（叫）人押貨，防俻（備）偷盜，把貨查明進庫，收拾停当（當），封了庫門，不曾失落了一件家（傢）伙，不曾偷了一件貨物，又沒有一点（點）口角是非，十分安靜。他那主人，当（當）日收拾奇（奇）品佳餚，做个（個）接風，費了多少銀子，置酒管待，大家好不歡喜。

　　过（過）了几（幾）天，就請各職事人、大小商人、船主、貨各[9]（客）主人、牽頭当（當）面講價，沒有什厷（麼）說長說短，一說便成。到了弟（第）二日，就是開庫叫（叫）貨，寫一張票兒，該銀多少，筭（算）帳明白，限定了多少日子，各人便買囬（回）唐貨，打帳起身，主人扮酒送風，擇了吉日，順風相送，意氣楊々（洋洋、揚揚）而囬（回）唐，你道省力不省力，比如今的生意，差淂（得）多了。

　　譬如做一个（個）宿主，雖有費心，倒也有几（幾）分便宜，為何呢？但九（凡）把房子，租把唐人居住，打掃房間，把唐人開舖，高床高椅，好茶好飯，管持[10]（待）他，這个（個）應該是如此。唐人每年帶許多人事来，送把主人，也有送糖的，也有送疋頭的，若是十二分体（體）面（面）的送玳瑁，或者送人參。筭（算）起價錢未（來），該事淂（得）緊，租房的租錢（錢）是在外筭（算），還有大便宜，說起未（來）若實爽快。大九（凡）唐人，買長買短，便收用錢（錢），這个（個）用錢（錢）也夛（多）淂（得）緊，這也謾（慢）些講，他那一門家口，唐人擔閣（擱）在家裡的時卩（節），一年

---

[8] 「王道吉日」當做「黃道吉日」，東北大學圖書館狩野文庫藏本《瓊浦佳話》頁20作「黃道吉日」。

[9] 「貨各」當作「貨客」，東北大學圖書館狩野文庫藏本《瓊浦佳話》頁20作「貨客」。

[10] 「管持」當作「管待」，東北大學圖書館狩野文庫藏本《瓊浦佳話》頁21作「管待」。

也使淂（得），半年也使淂（得），不費自家的口糧，一鍋裡煮飯，一卓（桌）子吃飯，不用私銭（錢），不同私秤，一出一入，都是用唐人的銀子，你道快活不快活。

A5 早稻田大學圖書館藏本《瓊浦佳話》，頁 35

俗語說：「有錢使淂（得）鬼走。」這个（個）是[11]（自）然之理了，你看這樣乙（一）个（個）大財主，還有什広（麼）不足，做那不正経（經）的芍当（勾當）広（麼）？看管[12]（官）有所不知，古人說道：「唐王去求仙，彭祖祝壽長，嫦娥嫌貌醜，石崇謙無田。」大凣（凡）人心不足，有了乙（一）千両（兩）銀子，便想再加二千両（兩），真个（個）淂（得）一望十，淂（得）十望百，只管思量推積上去（去），所以惹出是非未（來）。閒話休題，那財主有四个（個）朋友⋯⋯。

A6 早稻田大學圖書館藏本《瓊浦佳話》，頁 116-117

當下吃過午飯，一个（個）小頭目，一个（個）唐人番，唐年行司，催促唐人請娘〵（娘），十未（來）个（個）唐人，也有拿涼傘的，也有拿旗竿的，也有提着燈籠的，請了媽姐（祖），一路上敲鑼打皷（鼓），〵（鼓）樂喧天，到寺裡去，燒香、獻花，原未（來）船主福州人，便把媽姐（祖）請到福州寺，外江人呢，便請到南京寺，倘或漳州寺，各有分曉，几（幾）个（個）弟兄，請到寺裡，把媽姐（祖）安頓好了，搖〵（搖）擺〵（擺）而進舘。

A7 早稻田大學圖書館藏本《瓊浦佳話》，頁 130-132

所以学（學）通事們到舘中值日，像个（個）在孝（學）堂裏一般，学（學）話学（學）字，是不消說，要長也使得，要短也使得，一切什麼疑難的事情，都可以好請教了。

---

11 「是然」當作「自然」，東北大學圖書館狩野文庫藏本《瓊浦佳話》頁27作「自然」。
12 「看管」當作「看官」，東北大學圖書館狩野文庫藏本《瓊浦佳話》頁27作「看官」。

目今世上的後生人家，擔了个（個）讀書的虛名，不去務本，穿領長衣，插把長刀，自己只說是上等的人，学（學）了一身輕薄（薄），唐山說話竟說不清，游ゝ（游）蕩ゝ（蕩），不走花街，便走柳巷；不是賭錢（錢），便是吃酒，只管花費了錢（錢）財，撒撥（潑）得緊，十二分不正経（經）的人，是後來傾篕（籠）倒箱，弄破了家私，有下稍時沒上稍，只管打妄想。常言道：「五穀（穀）不熟，不如莫禾昇[13]（稗），貪圖賒錢（錢），失去見在」把這許多好先生，瞎七瞎八，當面錯過了，不去請教，豈不可惜。

你若話也講得明白，書也讀得稀爛，那時卩（節），不必自己計較，人ゝ（人）吹噓，自然有个（個）前程，豊（豐）衣足食，揚祖顯宗，豈不是快活。也有乙（一）等本分人，雖然不去做那不正不経（經）的勾當，癡不癡，憨不憨，啞不啞，聾不聾，一个（個）無賴子，滿臉凍粥，難得相與，唐人要他做一件事情，長也不成，短也不就，順口波羅蜜，說得不痛不癢，終日沒頭沒腦，呆蹬ゝ（蹬）坐在那裡，竟不濟事。所以目今長崎（崎），要一个（個）文武兼全的大通事，竟像个（個）節眼裏隔出來的一般，着実（實）難得，不要把未（來）看得容易，這正是『天上神仙容易遇，華音難得口才人。』

A8 早稻田大學圖書館藏本《瓊浦佳話》，頁 135-137

唐山有一首好詞，吲（叫）做西江月，那詞道：「年少爭誇風月，場中波浪偏多，有錢（錢）無貌意難和，有貌無錢（錢）面不和，就是有錢（錢）有貌，還須着意風騷，知情識趣占花魁。」

這一首詞是風月機関（關）裏頭撮要的高論，常言道：「妓愛俏，媽愛鈔。」所以子弟中有个（個）潘安一般的面貌，鄧通一般的錢（錢）財，自然上和下睦，做得烟[14]花寨內的大王家，駕鴦會上的大頭腦。雖然如此，還有兩（兩）字經兒（兒），吲（叫）做幫襯。幫是就是鞋子有幫一般的意思，襯是

---

[13] 「稗」字早稻田大學圖書館藏本《瓊浦佳話》，此字左偏旁作「禾」，右偏旁作「昇」。「莫稗」是稗子的一種，也是妨礙稻子生長的害草。

[14] 早稻田大學圖書館寫本「烟」字，右偏旁「曰」為「因」俗字。

像个（個）衣裳有襯一般的道理。但九（凡）做小娘的，有了一分所長，得乙（一）个（個）人幫襯，就當得十分。若是什麼短處，替他遮護，更兼低聲下氣，送暖偷寒，買他的歡喜，避他的忌諱，將心比心的時尸（節），豈有不愛的道理，這叫（叫）做幫襯。風月上，只有會幫襯的最討便宜，無貌而有貌，無錢（錢）有錢（錢）了。

譬如當初鄭元和，在畍（卑）田院做了乞兒，那時包裹裡頭，並沒有半文錢（錢），容貌不比前頭，泥塗無色，看也看不過的了，李亞仙雪天遇着他，便動了一个憐恕的念頭，把繡襦包裹，酒食等件供養他，替他做了夫妻，這个（個）難道愛他的錢（錢）財，戀他的面貌不成。只曰（因）鄭元和識趣知情，極會幫襯，所以亞仙心中捨他不得。你看亞仙病中想吃馬板腸湯，元和就把五花馬殺了，取了腸煎湯把他吃。這一件上，亞仙怎生不感激他的美情。後來鄭元和中了狀元，李亞仙封做一品夫人，好不得意，這是風月裏頭古今的美談了。

A9 早稻田大學圖書館藏本《瓊浦佳話》，頁 156-157

原耒（來）長嵜（崎）雖有許多寺院，唯独（獨）皓臺寺、大音寺、光永寺、大光寺、本蓮寺，這几（幾）个（個）寺塲（場），香火累世相傳，房廊屋舍，数（數）十多间（間），錢（錢）糧廣盛，衣食豐（豐）富，是个（個）有名的古剎，其餘的小寺，只靠著過徃（往）客人，募化些衣飯受用，若是十分淡泊，接不得香火的，那住寺自家出耒（來）叫（叫）街托鉢（缽），也有私下破了戒，做出不正経（經）的勾當耒（來），帶累得佛面無光，山门（門）失色，這都是敗门（門）辱戶的賊禿驢。

A10 早稻田大學圖書館藏本《瓊浦佳話》，頁 162-163

這長嵜（崎）有三个（個）唐寺，叫（叫）做興福寺、崇福寺、福濟寺，這三寺並不曾開[15]口靠人募化錢（錢）米，只靠着唐人送布施，溫飽有餘。縱

---

15 「開」字，早稻田大學藏本《瓊浦佳話》「門」偏旁作「门」。

或建造殿宇樓阁（閣），不曾求人化緣，那時卩（節），唐人另有布施，叫（叫）做修理布施，銀額比平常的布施多得十倍，所以香火廣盛，山门（門）生光，比別寺大不相同。

　　自從開[16]基以未（來），世ゝ（世）代ゝ（代）請唐僧做住持，憑你日本有了怎么（麼）樣大徹大悟的和尚，這一派（派）法脉（脈），粘連不得。這是隱元國師立下的清規了。這三寺各有一个法派（派），叫（叫）做雪峯派（派）、紫雲派（派）、獅子林。雪峯派（派）的人，到紫雲派（派）要付法[17]，也做不得；紫雲派（派）的人，到雪峯派（派）要付法，也使不得。你是你、我是我，各有分曉。

A11 早稻田大學圖書館藏本《瓊浦佳話》，頁 169-176

　　唐山有一个（個）媒婆，專一撮合人家的親事，靠著謝義（儀）過活，這媒婆天生是一个（個）口才，能言快語，說着長，道着短，全沒一些破敗，他一副海口，好不利害，說到天亮也还（還）不乾的哩。所以若是遇着媒婆的時卩（節），花言巧語，說得羅漢思情，嫦娥想嫁，何況九（凡）夫肉眼的婦人，越發動火。譬如講價通事，替那媒婆比較起未（來），品級雖然各別，那體面威風，天差地遠，不敢做一例相看，雖然如此，若要講價，那一副利嘴不得不学（學）媒婆。

　　當初杭州西湖上，有一个（個）烟[18]花鴇児（兒）叫（叫）做王九媽，討一个（個）養女叫（叫）做瑤琴，原未（來）大宋汴梁城人民，一个（個）良家的千金女子，生得花容月貌，標致得緊，更且資性總（聰）明，琴棋書画（畫），無所不通，若是提起女工一事，飛針迲（走）線，出人意表，妙也妙得狠（很），不意命塞運拙，造化不好，遇着金虜猖獗，打破一空，城外的百性（姓）一个（個）ゝゝ（一個）亡魂喪（喪）膽，逃命而迲（走），那瑤琴

---

[16]「開」字，早稻田大學藏本《瓊浦佳話》「門」偏旁作「门」。

[17]「付法」，即傳授佛法。見白維國《白話小說語言詞典》（北京：商務印書館，2011），頁382引《水滸後傳》例子說明。

[18] 早稻田大學圖書館寫本「烟」字，右偏旁「囙」為「因」俗字。

領着爹娘一同逃難,正在乱(亂)中,忽被乱(亂)兵沖突,跌了一交,爬起就不見了爹娘,不敢叫(叫)喚,躲在傍邊竹林裏頭,過了一夜,到天亮出外看的時卩(節),只見滿目風沙,死屍滿路,擠也擠不開[19],逃難的人不知那裏去,瑤琴思想爹娘,痛哭不已。

那時只見乙(一)个(個)人赱(走)朱(來),抬頭一看恰〻(恰)是自己近隣相熟的人家,叫(叫)做卜喬,瑤琴今日,正在患難之間(間),举(舉)目無親,見了近隣的人,分明看了親人一般,即忙収(收)淚上前作揖,求他方便,帶到什麼所在去投生。那卜喬昨日逃難,被敗残(殘)乱(亂)軍,搶去了包裏[20],正沒盤纏,心下暗想道,天生這碗衣飯送來把我,正是奇(奇)貨可居,一口應承,說道:「遠親不如近隣,況且今日患難之中,應當救急,再赱(走)几(幾)里,杭州府西湖上有乙(一)个(個)相識的人家,且到那裡去投奔,漫(慢)〻(慢)尋你爹娘,意下如何?」

瑤琴雖是聰明的女兒,聽見這話,正當無可奈何的時卩(節),沒有思前慮後,竟不疑心,連說几(幾)句多謝,就隨他而赱(走),到了西湖王九媽家,卜喬哄騙瑤琴,只說相與人家,權時把你寄頓他家,等[21]我從容訪问(問)你爹娘的下落,便把好言好語去溫暖他,好茶好飯去將息他,瑤琴喜歡不迭,那九媽正要討个(個)養女,今日看見瑤琴生得標致(緻),十分歡喜,便對卜喬私下商量,講了財禮五十兩,兌足了銀子交把卜喬,〻〻(卜喬)見了瑤琴,只說出外訪问(問)爹娘的下落,再朱(來)領你囬(回)去,說罷,作別而赱(走)。

過了月餘,不見卜喬的囬(回)信,瑤琴盤问(問)九媽,方纔知道,中了奸計,放声(聲)大哭,過了几(幾)天,九媽勸那瑤琴接客,做起烟[22]花的行經朱(來),那裏得知,瑤琴烈性鋼鐵一般,死心踏地,執意不從,說道:「譬如要叫(叫)奴家赱(走)出外边(邊),雜差雜使,一日不容我一刻

---

[19] 此為「開」字,早稻田大學圖書館寫本「門」作「门」,「开」則相同。

[20] 此為「裏」字,早稻田大學圖書館寫本上半字形缺「亠」只作「果」,下面仍作「衣」。

[21] 此為「等」字,早稻田大學圖書館寫本「竹」字頭作「艹」。

[22] 早稻田大學圖書館寫本「烟」字,右偏旁「囙」為「因」俗字。

空闲（閑），每日限定若干女工鍼指（黹）還你，倘若手遲腳慢，便未（來）
抓難罵狗，罵一頓、打一頓，打破了頭，也是情願受責，若要我會客，寧可一
死，絕不情愿（願），這个（個）斷（斷）然做不得。」一頭說，一頭暗〻
（暗）去打点（點）尋死路，九媽心下焦燥，欲得把他淩虐，恐怕弄出時[23]
（事）未（來），欲待由他不接客，原來要他撰（賺）錢，若不接客的時卩
（節），就養到一百未（來）歲也沒用，左思右想，無計可施，把手托腮，只
管沉吟，眉頭一皺，計上心未（來），連忙叫（叫）一个（個）媒婆未（來），
下个（個）說詞去勸他。

　　這媒婆嘴唇簿（薄）梟梟的，十分會說話，那瑤琴起頭是咬釘嚼鉄
（鐵），雖說几（幾）句硬話，后（後）未（來）被他轉湾（灣）抹曲，談今
論古，說得推托不得，心下疑鬼猜神的，就像个（個）熱鍋上螞蟻一般，斬
（漸）〻（漸）地有些活動起未（來），說到弟（第）二日，不知不覚（覺），
囬（回）心轉意，倚門献（獻）笑，忍辱接客，后（後）未（來）弄出千金的
聲價來。

B《唐通事心得》

B1 縣立長崎圖書館渡辺文庫藏本《唐通事心得》，頁 1-2

　　據我看未（來），目下長崎的後生家，擔了個通事的虛名，不去務本，只
看得頑耍要緊。不但賦詩、做文打不未（來），連唐話竟不會講。穿領長衣，
插把好刀，只說自己上等的人，東也去耍子，西也去遊〻（遊）蕩〻（蕩），
買酒買肉，只管花費銀子，撒潑得緊。這个（個）大〻（大）不是了。說莫說
唐話是通事家的本等了，王家給他大〻（大）俸祿，教他做職事，難道特〻
（特）送他花哄上用掉了不成。要是教他養父母，養妻養子了。

　　儞（你）若唐話也透徹明白，書也讀得爛熟，肚裏大通，不消自己做門

路,人々（人）引薦,自然有個大前程。倘或說話糊塗,要長也講不未（來）,要短也說不未（來）,這樣沒本事,那个（個）肯[24]擡舉儞（你）,一生一世出頭不得。譬如做經紀的人,先不先手裡有了兩（兩）分本錢,方纔做得先（生）意,若是赤手空□[25]（拳）,沒有血本,悉聽儞（你）怎麼樣會筭（算）盤,單々（單）筭（算）得三七二十一,也做不未（來）了。通事家的学（學）書、講話,是像个（個）生意人的血本一般。儞（你）說是不是。

B2 縣立長崎圖書館渡辺文庫藏本《唐通事心得》,頁18-20

聞得說幾十年前,長崎有乙（一）個大財主,姓叫（叫）做伊東。原未（來）做私貨是這個財主纔起頭,他也帶了軍器,到朝鮮去買貨,後未（來）有人首告,露出馬脚未（來）,被王家問罪了。當初是紅毛船、唐船,做私貨年々（年）有的。朝鮮去做私貨的,除了伊東單々（單）這乙（一）遭的三個夥計了。……他那伊東到朝鮮去,不只乙（一）遭兩遭,乙（一）連去了十三遭,到了第十三遭,方纔露出未（來）。單[26]々（單）走一待,也撰（賺）錢（錢）不少,何況十三遭,老大掘藏了。

B3 縣立長崎圖書館渡辺文庫藏本《唐通事心得》,頁24-25

他那个（個）朋友,做人忠原（厚）,況（況）旦（且）十分信佛,燒清好香,吃苦茶過日子。□[27]（又）會念（唸）經,法華経（經）、金剛經,不拘什麼佛経（經）,都念（唸）得下未（來）,像個和尚乙（一）樣的。……只見一個老僧,年紀將近六、七十歲,十分貧窮,身上穿了乙（一）件腌々（腌）臢々（臢）的旧（舊）衣裳,外面舊道袍,這道袍也稀破,逐縷々

---

[24] 縣立長崎圖書館渡辺文庫藏本《唐通事心得》「肯」字「月」偏旁作「日」。

[25] 此字縣立長崎圖書館渡辺文庫藏本《唐通事心得》將字體塗去。今據相應篇章的縣立長崎圖書館渡辺文庫藏本《長短拾話唐話》頁56補作「拳」。

[26] 縣立長崎圖書館渡辺文庫藏本《唐通事心得》「單」字「田」偏旁作「日」。

[27] 此字不清楚,今據相應篇章的縣立長崎圖書館藏渡辺文庫本《長短拾話唐話》頁45作「又」字。

（縷）開了，却似個簑衣乙（一）般。那个（個）老僧原是曉得[28]相識這ケ（個）朋友，要替他作揖，爭奈那袖子只有半截，左扯也盖（蓋）不未（來）手，右扯也遮不着臂。

B4 縣立長崎圖書館渡辺文庫藏本《唐通事心得》，頁 33-34

大九（凡）學了福州話的人，舌頭會得掉轉，不論什麼話都會講，官話也講淂（得）未（來），漳州話也打淂（得）未（來）。壁（譬）如先學了官話，要你講漳州話，口裡軟頭軟腦，不象（像）ケ（個）下南人的口氣。先學了漳州話，要倆（你）說官話，舌頭硬板々（板），咬釘嚼鉄（鐵），像個韃子說話一樣的不中聆（聽）。這个（個）正真奇（奇）淂（得）狠（很），唐人是生成的，自然如此，連日本人也是這樣了。

若是外江人遇着下南人，或者見了福建人，講官話自然相通。原未（來）官話是通天下，中華十三省都通得了。童生秀才們要做官的，不論什麼地方的人，都學講官話，北京朝廷裏頭的文武百官，都講官話。所以曉淂（得）官話，要東就東，要西就西，到什麼地方去，再沒有不通的了，豈不是便當些。但是各處各有鄉談土語，蘇州是蘇州的土語，杭州是杭州的鄉談，打起鄉談未（來）竟不通，只好面々（面）相覰，耳聾一般的了。

C 《長短拾話唐話》

C1 長崎歷史文化博物館藏本《長短拾話唐話》，頁 1-2

「閑時不燒香，事急抱佛腳」，這一句常言是要人家徃（往）常用工夫的意思，你若日常間沒有信心燒香，忽然遇着患難緊急的事情，手忙腳乱（亂），連忙去抱住了菩薩的腳頭要救[29]急，菩薩那里（裡）肯救急。譬如你

---

[28] 縣立長崎圖書館渡辺文庫藏本《唐通事心得》原來有「曉得相識」四字，用雙行夾注書寫。此處據縣立長崎圖書館渡辺文庫藏本《長短拾話唐話》頁46相等的內容作「曉得」。

[29] 長崎歷史文化博物館藏本此「救」字左偏旁「求」字，原作「木」字，不過已在天頭改正作「救」字。

們打常不肯用心孝（學）唐話，一下見了唐人，要講兩句話，憑你咬牙切齒的，怎広[30]（麼）樣要講也講不未（來），大家當心々々（當心）。

我和你說，你們孝（學）唐話，須要背得出，若沒有背[31]在肚裡，聽憑你每日孝（學）了幾百句也用不着。你見了一个（個）人要講話，人家面前，怎広（麼）樣好把書本攤開未（來），看書本可講的，人家要你講這一句話，你背不出，說道：「你且等一回，我到家裡去看書本，少停就未（來）講一講。」豈不是被人笑破了，你可有臉面講這等的話広（麼）。

C2 長崎歷史文化博物館藏本《長短拾話唐話》，頁 2-4

這兩（兩）日天□[32]（色）和暖，況（況）且花開的茂盛，乙（一）到鄉下山明水秀，桃花血一樣紅，李花雪一樣白，花々（花）碌々（綠綠）十分好看。

昨日我到水觀音去燒香，回未（來）的時節，乙（一）路上遇着的都是頑要（耍）的人，男〵（男）女〵（女）、大々（大）小〵（小），絡續不斷（斷），挤[33]（擠）也挤（擠）不開。也有兩（兩）个（個）人，不帶什広（麼）東西，單帶一个（個）烟[34]筒，一頭走一頭吃烟，走一步挨[35]一步，携[36]手同行的。也有幾个（個）破落戶，酒吃淂（得）大醉，醉眼朦朧，勾了肩、搭了背，你攙[37]我扶，跌〵（跌）滾々（滾），大蹈步而走的。也有桃樹底下，舖了氈[38]條，猜三豁奉[39]（拳）、彈絃（弦）子、唱曲児（兒）。也有瞎子

---

[30] 此「広」字「么」偏旁，長崎歷史文化博物館藏本作「幺」字，下同。

[31] 此「背」字「北」偏旁，長崎歷史文化博物館藏本作「比」字。不過天頭已改正作「背」。

[32] 長崎歷史文化博物館藏本此字作「去掉辶偏旁的迤字」，後人在抄本天頭改作「色」字。「天色」根據白維國編，《白話小說語言詞典》（北京：商務印書館，2011），頁1516，指「氣溫」的意思，《水滸傳·二十九回》有「此時已有午牌時分，天色正熱。」的例子。

[33] 「挤」字長崎歷史文化博物館藏本右偏旁作「齊」，不過天頭已改正作「擠」。下同。

[34] 「烟」字長崎歷史文化博物館藏本右偏旁「因」作「同」。下同。

[35] 「挨」字長崎歷史文化博物館藏本右偏旁「矣」作「去掉方偏旁的族字」。

[36] 「携」字長崎歷史文化博物館藏本上偏旁作「椎」，下偏旁作「乃」。

[37] 「攙」字長崎歷史文化博物館藏本右下偏旁兔字作「〵」。

[38] 「氈」字長崎歷史文化博物館藏本作「檀」，惟右上偏旁作「西」，不過天頭已改作「氈」。

[39] 「奉」字長崎歷史文化博物館藏本其下作三橫畫「丰」。此字「奉」當為「拳」字之誤。

的，也有害（瞎）婆的，也有一个（個）人不同什麼朋友，滯（帶）三、四个（個）小児（兒）女，自己親手帶食侪[40]（儕），左手拿乙壺[41]（壺）酒，右手拿一尾黃山魚，同児（兒）女嘻々（嘻）哈々（哈）走去的。豁拳的是豁拳、唱曲的是唱曲，吃的吃、走的走、笑的笑、呌（叫）的呌（叫）。也有兩（兩）个（個）人，把一朵花扯耒（來）[42]扯去的。也有悄〻（悄）地到人家花園裡偷花，被主人撞見了，吃了一驚，三腳兩（兩）步逃走的。

C3 長崎歷史文化博物館藏本《長短拾話唐話》，頁 4-6

也有幾个（個）酒鬼撒[43]酒風（瘋），相罵起耒（來），你一頓我一頓，打耒（來）打去的；或者打傷了手腳，睡倒在地上的；或者被人打浔（得）頭破出血，抱著頭呌（叫）疼的；也有被人打浔（得）暈倒了，過一回甦醒轉耒（來），抬頭一看，不見的対（對）頭，沒奈何只浔（得）整一整衣裳，蓬頭乱（亂）髮，抹了一臉的血，氣憤々（憤）回家去的；也有兩（兩）分力氣的，把人打壞了，毫厘也不曾傷損自己，一頭回去，一頭滿口講大話，說道我若有寸鉄（鐵）在手上，你這樣桃（挑）糞蠢漢，斬得粉碎的哩！下遭再耒（來）得罪我的時節，一个（個）〻〻（一個）毛都擝光了，腿都打折了。也有爛醉的，東也去冲（衝）撞人，西也厺（去）冲（衝）撞人，攔住了路頭，遇着人家賣好漢，要人廝（廝）打。人家看見酒醉的，到（倒）也不理他，躲開去了，他獨自一个（個）在空地裡跳起耒（來），揎了拳、擄了袖，正真好关（笑）々々（好笑）。

C4 長崎歷史文化博物館藏本《長短拾話唐話》，頁 6-7

聽見說，今日漳[44]州寺裏，唐人做道揚（場），不知保安的呢？還是還願

---

[40] 「侪」字長崎歷史文化博物館藏本右偏旁作「斉」。

[41] 「壺」字長崎歷史文化博物館藏本其下「亞」作「亚」。

[42] 「扯耒」兩字長崎歷史文化博物館藏本置於「扯去」兩字右上角。惟「扯耒」的「扯」字，右偏旁「止」作「正」。

[43] 「撒」字長崎歷史文化博物館藏本左偏旁「扌」作「木」。

[44] 「漳」字長崎歷史文化博物館藏本「日」偏旁作「田」。

心的？今朝我去拜觀音菩薩[45]，聽見和尚講，今日做好事的船主，是請大鵬和尚耒（來）的吳子明，他這遭東洋耒（來）的時節，洋中遇着大風爆（暴），幾乎裡壞了船，所以來（求）觀音菩薩救命，菩薩有靈感，雖然受了一番的若（苦）難，不曾打壞了船，平安耒（來）到長崎，許下這樣救命的大願心。曰（因）為今日是還願的道場，日裡是做拜懺，夜裡是放餤口。

這大鵬和尚，年紀雖然還不老，十分有道德，法門中的事情能幹淂（得）緊，這也筭（算）不得希奇（奇），做一个（個）和尚不淂（得）不如此，連書画（畫）都好。他會画（畫）竹頭，他畫竹的半（手）段[46]是無比無双，妙也妙不過。更有一種最難淂（得），平常喜歡（歡）淡泊，清茶寡飯過日子，他吃飯的時節，到斉（齋）堂裏去，同大眾一卓（桌）子吃，正真難淂（得）々々（難得）。

C5 長崎歷史文化博物館藏本《長短拾話唐話》，頁 7-9

今日媽姐（祖）娘々（娘）的聖誕，本月是崇福寺做的，大凡這個个（個）會，三寺輪流做的。這幾年不比淂（得）當初，破費大淂（得）緊，件ゝ（件）都貴，如今做乙両（兩）斤（片）玉粢，就要破費十耒（來）両（兩）銀子。你看那个（個）媽姬[47]（祖）殿中，擺也擺不起，你說多少銀両（兩），可以斉（齊）脩（備）淂（得）這許多菓品。照我這樣小戶人家，倒了一年過活的灶，也還不能勾（夠）買脩（備）萬分之一。

還有一件大破費，這乙（一）日客人多，唐人通事家，或者當年[48]、公館的財副、走差，姓張、姓李，大家都去燒番（香），差不多收拾五、六十个（個）卓（桌）子，唐人是難淂（得）出耒（來），所以急慢不淂（得）。收拾十碗菜蔬，奇（奇）品佳肴，豊（豐）富淂（得）緊。吹瑣（嗩）呐的五、六

---

[45] 「菩薩」的「菩」字，長崎歷史文化博物館藏本下半「音」誤作「音」，下同。

[46] 「手段」根據白維國編，《白話小說語言詞典》（北京：商務印書館，2011），頁1406，指「本領、技巧」的意思。

[47] 「姬」字長崎歷史文化博物館藏本右旁改作「姐」，也是「祖」字形訛。

[48] 「當年」指「當年通事」，乃長崎街坊管理職的小吏，屬一年一聘的任務編組。

个（個）人，清早到寺裡耒（來），敲鑼鼓吹瑣（嗩）吶，乙（一）日吹ˇ（吹）打々（打），鬧熱[49]不過。正是叫（叫）做鑼皷（鼓）喧天，笙簫振地，只管是賞燈莭（節）的一般，好不鬧熱。

C6 長崎歷史文化博物館藏本《長短拾話唐話》，頁 14-16

有一條街上，有一个（個）寡婦，替和尚私通，起初是人家不曉得。原耒（來）做好人，眼前雖然失了些便宜，到后（後）耒（來）天可憐見，訂[50]个（個）大便宜；做不好人，眼下縱[51]（縱）或討些便宜，后（後）來天理照（昭）彰，到（倒）失了便宜。譬如做了醜事，東遮西護，怎広（麼）樣要掩飾，也掩飾不耒（來），這是天理照（昭）彰的所在，因為常言說的好，「有麝自然香，不必當風立」。

這个（個）寡婦通姦的事情，不知那尒（個）透風[52]，滿街上的人都曉得，沒有一个（個）說他好，一人傳兩（兩）、兩（兩）人傳三，只管傳開耒（來），不知不覚（覺），吹到兒子耳朶[53]裏。兒子曉得，十分怕羞，心裏想說到，我的娘々（娘）做了這樣歹事，壞了門風，被人恥笑，若是在家人，還好看些，偏生替出家人私通，醜上加醜，人々（人）都取笑說頑要（耍），我向[54]後有什広（麼）臉面出門去走々（走）。

那一日，兒子正在家裡替母親発（發）惱的時莭（節），只見那和尚走進耒（來）望望，那兒子看見，一口気（氣）跑將過去一把揪住，不由分說，把拳頭乱（亂）打，打得鮮血迸流。後耒（來）兩（兩）隻手，把和尚提將起耒（來），望門外只乙（一）丟，那和尚昏倒在地上，半日爬不起耒（來），那兒子口裡乱（亂）罵說道，你這尒（個）賊禿驢，今日我看菩薩面上，饒恕你的

---

[49] 「熱」字長崎歷史文化博物館藏本上旁改作「執」。下同。

[50] 「訂」字長崎歷史文化博物館藏本右旁改作「討」。

[51] 「縱」字長崎歷史文化博物館藏本右偏旁「從」字，無「彳」。

[52] 「透風」根據白維國編，《白話小說語言詞典》（北京：商務印書館，2011），頁1559，即「透露風聲」的意思。

[53] 「朶」字長崎歷史文化博物館藏本左偏旁有「耳」。

[54] 「向」字長崎歷史文化博物館藏本原作「面」，旁改作「向」。

性命，下遭再耒（來）我家裡，一拳打死你。那時節左右間譬（壁）人家，都耒（來）勸解，方纔[55]撒開耒（來）。

C7 長崎歷史文化博物館藏本《長短拾話唐話》，頁 16-17

過了几（幾）天，那和尚替母親私下商量，送三十両（兩）銀子，托幾个（個）破落戶[56]，哄騙兒子，到一个（個）僻靜的所在去，把酒[57]灌醉了他，結果了性命，可憐々々（可憐）。原耒（來）殺生，是菩薩[58]定下的五戒之一，殺一个（個）小鳥兒，罪孽也大，何況[59]殺人，這亇（個）非同小可。這樣兇（凶）惡[60]的和尚，天下再也沒有弟（第）二个（個），一則姦淫破戒，二則人命重情。這樣造下大孽障的和尚，閻羅王怎広（麼）放淂（得）他遇（過），自然落[61]在地獄世界受若（苦）。

C8 長崎歷史文化博物館藏本《長短拾話唐話》，頁 24-25

再過几（幾）天，端午的大節日，這兩（兩）年划龍船，不比得前年，十分斉（齊）整。船頭船尾，都搽（擦）了紅朱[62]，又做了各樣奇（奇）禽怪獸，放在船當中，各船上堅（豎）一條紅紗做的旗竿（桿）。各人穿了花麗衣服，也有粧（裝）做（作）女人家的打扮的；也有披掛了假盔甲，手裡輪長刀，粧（裝）做（作）武夫的模樣，也有的搽（擦）黑了臉，搽（擦）紅了頭髮，蓬頭乱（亂）髮；一隻手拿一个（個）烟（煙）筒，一隻手拿一个（個）酒[63]瓶，孝（學）做紅毛總哺的模樣。各船賣弄奢華，懸紅結綵，做長做短，

---

55 「纔」字長崎歷史文化博物館藏本下偏旁「兔」作「ゝ」。

56 「破落戶」根據白維國編，《白話小說語言詞典》（北京：商務印書館，2011），頁1175，指「流氓、無賴」的意思。

57 「酒」字長崎歷史文化博物館藏本此字右偏旁「酉」作「亜」。

58 「菩薩」的「菩」字，長崎歷史文化博物館藏本下半「音」誤作「音」。

59 「況」字長崎歷史文化博物館藏本左偏旁作「冫」，右偏旁作「几」。

60 「惡」字長崎歷史文化博物館藏本上偏旁「亞」作「西」。

61 「落」字長崎歷史文化博物館藏本不清楚，在字的右旁記有「落」字。

62 「朱」字長崎歷史文化博物館藏本作「米」，在天頭已改作「朱」。

63 「酒」字長崎歷史文化博物館藏本右偏旁「酉」作「亜」。

粧（裝）点（點）了划龍船。憑你費了夛（多）少艮（銀）子也不惜費，着实（實）齐（齊）整得緊。

我且问（問）你一句話，別嶌（島）也有這个（個）划龍船庅（麼）？

聽見說別處地方沒有這事，單々（單）本地乙（一）个（個）所在划龍船，□（為）何吃（呢）[64]？原來這一椿（椿）事情，唐山的故事，不是日本（本）做起的，長崎[65]這几（幾）十万（萬）戶人家，一半是唐種，光（先）祖都是唐山人。所以不但[66]是這一件故事，還是四時八節的人情裡（禮）貌，都学（學）唐山的規矩。

C9 長崎歷史文化博物館藏本《長短拾話唐話》，頁 39-41

聞得說六十年前，長崎[67]有一个（個）大財主，往（姓）叫（叫）做伊東。原未（來）做私貨是這个（個）財主纏[68]起頭，他也帶了軍器，到朝鮮買貨，後未（來）有人首告，露出馬腳未（來），被王家問罪了。唐船上做私貨，是年〻（年）都有，朝鮮去做私貨的，是除了伊東，單々（單）這一遭的三个（個）夥計了……他那伊東到朝鮮去，不是一遭兩遭，一連去了十三遭，方纏露出未（來）。單々（單）走一待，也撰（賺）錢（錢）不少，何況十三待，老大掘藏[69]了。

C10 長崎歷史文化博物館藏本《長短拾話唐話》，頁 41

論起伊東的家事來，長崎[70]筭（算）得弟（第）一个（個）大財主人，家

---

[64] 此處長崎歷史文化博物館藏本原作「□何吃」三字，今據縣立長崎圖書館藏渡辺文庫本改作「為何呢」三字。

[65] 「崎」字長崎歷史文化博物館藏本右偏旁「奇」作「竒」。

[66] 「但」字長崎歷史文化博物館藏本右偏旁「旦」作「且」。

[67] 「崎」字長崎歷史文化博物館藏本右偏旁「奇」作「竒」。

[68] 「纏」字長崎歷史文化博物館藏本下偏旁「兔」作「〻」。下同。

[69] 「掘藏」一詞，根據許寶華編：《漢語方言大詞典》（北京：中華書局，1999）的解釋：「動詞，比喻有很多錢財收獲。吳語。」見第四卷，頁5391；李榮編：《現代漢語方言大詞典》（南京：江蘇教育出版社，2002）則解釋：「獲得意外之財。」見頁3594。

[70] 「崎」字長崎歷史文化博物館藏本右偏旁「奇」作「竒」。

裏銀子推（堆）放不起，說未（來）坑厠（廁）上都是銀子的。這樣豪[71]富，有什庅[72]（麼）不意像意，[73]又貪財，做那樣欺公犯法的勾當。這也罷了，一遭去撰（賺）錢（錢），就因（應）該歇了，為什庅（麼）只管累次去，不曉得收拾，若是走了四、五遭就歇了，再沒有人得知，自然好々（好）過日子，那裡死在刀鎗之下，這都是自家惹出未（來）的，怪不淂（得）人家了。

C11 長崎歷史文化博物館藏本《長短拾話唐話》，頁41-45

雖然如此，也有一說，古人說道：「唐王去求仙，彭祖祝壽長，嫦娥嫌貌醜，石崇謙無田。」這四句是說，人家貪心不足的意思，你也讀過書的，不消我解說，自然明白。頭一句的意思是，一个（個）皇帝也有指望的念頭，譬如滿（滿）天下裡頭，除了萬歲老爺，還有那个（個）更快活[74]，富貴栄（榮）華，受用不盡，要長就長，要短就短，那一椿（椿）事情不如意，那一件東西不全備，這樣快活也是唐朝的皇帝，還要做仙学（學），做仙人的修煉[75]，駕了雲、騎了鶴，自由自在要快活。

那弟（第）二句的彭祖，是十分命長，活了八百未（來）歲，也還要人賀壽，再要活得幾百歲。據下界的人看起未（來），這八百歲是長也長到酪酊的了。人生七十古來稀，活了七、八十歲也還筭（算）得出奇（奇），何況（況）八百歲，整千論萬，也難得有一个（個）這樣有壽的人，雖然如此，那彭祖把這个（個）八百歲，還看得不長。

弟（第）三句的嫦娥，是原未（來）天女，所以面貌生得標致，千嬌百媚，美也美得狠（很）透頂，也還說道醜陋，只管抹[76]了臙（胭）脂，搽（擦）了脂粉，一味梳洗了。

---

[71] 「豪」字長崎歷史文化博物館藏本中間偏旁「口」作「‖」。

[72] 此「庅」字裡面「么」字，長崎歷史文化博物館藏本作「幺」字，下同。

[73] 長崎歷史文化博物館藏本此處「不意像意」疑為「不像意」之訛。又據許寶華·宮田一郎編，《漢語方言大詞典》（北京：中華書局，1999），第一卷：頁639的解釋，「不像意」是吳語「不滿意」的意思。

[74] 「活」字長崎歷史文化博物館藏本原作「治」，已在右旁改作「活」字。

[75] 「煉」字長崎歷史文化博物館藏本右偏旁「柬」作「東」。

[76] 「抹」字長崎歷史文化博物館藏本原作「採」，已在天頭改作「抹」字。

那弟（第）四句的石崇，是天下有名的大富貴人，萬々（萬）貫的家私，家裡不知有夛（多）少銀子，沒人曉浔（得），也還想要銀子，人家稱賛（讚）他手[77]頭好，他囬（回）覆說道：「手裏沒有甚許多銀子，不過買的几（幾）畝[78]田，糊口而已。」若是石崇的家私差不多的人家，那裡景仰他，自古到今，說一个（個）富貴的話，憑你三、四歲的小娃[79]子，也說石崇一般的家私，連皇帝也壓倒了。

做一个（個）財主，也是照伊东（東）那樣犯了法度，何況（況）[80]窮人家，當一件吃一件，過不得日子的，自然思量做反事了。原末（來）做一个（個）人，不論那一个（個），都是有良心，肚裏通不通，良心是不昧的了。你看那一夥做強盜的人，都是識字，筆下也未（來）浔（得），但是一味打却（劫）了人家的東西，結果了人家的性命，這都是家窮，餓死不得，所以無可奈何，做那樣狠巴[81]々（巴）的事情，不是沒良心的了。

C12 長崎歷史文化博物館藏本《長短拾話唐話》，頁 45-47

昨晚有一个（個）朋友，到我家裏未（來）講談，恰好我也閒空在家、因為峀（留）他坐了，一夜講閒話。他那个（個）朋友做人忠厚，況（況）且十分信佛，燒好香、吃苦茶過日子。天[82]（又）會念（唸）經（經），普門品、法華经（經）、金剛经（經），不拘什麼经（經）都念（唸）得未（來）。替[83]和尚一樣的，他每日早起，到寺裡燒香[84]，穿了衣裳將要出門的時節，只見一个（個）老僧耒（來）托鉢（缽），這个（個）老僧年紀將近六、七十歲，看

---

[77] 「手」字長崎歷史文化博物館藏本誤作「子」。

[78] 「畝」字長崎歷史文化博物館藏本左偏旁「田」作「內」；右偏旁「久」作「人」。

[79] 「娃」字長崎歷史文化博物館藏本原作「姓」，已在字旁改作「娃」字。

[80] 「況」字長崎歷史文化博物館藏本作「光」，已在天頭改作「況」。

[81] 「巴」字長崎歷史文化博物館藏本原作「已」，已在字旁改作「巴」字。

[82] 「天」字疑誤，縣立長崎圖書館藏渡辺文庫本《長短拾話唐話》頁45作「又」字，可參考。

[83] 此處「替」字為介詞，即現代華語的「和、同」的意思。請參見本論文集拙著〈長崎唐話的替字探索〉一文。

[84] 「到寺裡燒香」旁有「聽見說清早起來，梳洗完了，打帳寺裡燒香去了」19字，縣立長崎圖書館藏渡辺文庫本《長短拾話唐話》相同。

他的模樣，十分貧[85]窮，身上穿了一件腌々臢々（骯骯髒髒）希（稀）破[86]的舊（舊）衣裳，外面穿了一件舊（舊）道袍，這个（個）道袍也希（稀）破，逐縷々（縷）開了在那裡。

那ケ（個）老僧原是曉得，這ケ（個）朋友要替[87]他作楫（揖），爭奈那袖子都是只有半截，左扯也盖（蓋）不未（來）手，右扯也遮不着劈（臂），只得抄着手，口裏說道：「居士今日為什広（麼）寺裡去得□[88]了，莫非是失曉了広（麼）？貧僧今早出未（來）托鉢（缽），所以失迎了。吩咐沙彌泡一壺[89]（壺）好茶，等居士隨喜，快些去吃茶罷。」

C13 長崎歷史文化博物館藏本《長短拾話唐話》，頁 47-49

原未（來）這ケ（個）和尚是有一ケ（個）寺裏住持，他住的寺裏，香火興旺[90]，有許多檀[91]越，時常送柴送米，只管供養，所以不消買米糧，寺裏雖有幾十ケ（個）僧眾，都是溫飽有餘了，沒有托鉢（缽），又沒有化緣，也過得去，這是菩薩的光明了。但是這个（個）和尚，大徹大悟的善知識，曉得過去未未（來）的事情，看破了世情，看得世態水一樣冰冷不過，徃（往）常不論出門不出門，都穿舊（舊）衣，不肯[92]穿着好衣裳，若是[93]檀越們送[94]件衣服，送些銀子，再沒有蓄在手裏，銀子是把日用的使費扣下未（來），剩下的無論多少，都散送了[95]，周濟窮人家，衣服也是自己穿得不冷不寒，餘下未

---

[85] 「貧」字長崎歷史文化博物館藏本此字誤作「貪」，已在字旁改作「貧」字。

[86] 「稀破」，即極破、破破爛爛之意。見白維國《白話小說語言詞典》（北京：商務印書館，2011），頁1650。

[87] 此處「替」字也是介詞功能，即現代華語的「對、向」的意思。請參見本論文集拙著〈長崎唐話的替字探索〉一文。

[88] 長崎歷史文化博物館藏本此字抄寫原文作「日左＋音右」，疑為「暗」或「晚」之誤。

[89] 「壺」字長崎歷史文化博物館藏本其下「亞」作「亜」。

[90] 「旺」字長崎歷史文化博物館藏本左偏旁「日」誤作「月」，已在字旁改作「旺」字。

[91] 「檀」字長崎歷史文化博物館藏本右上偏旁「回」作「面」。下同。

[92] 「肯」字長崎歷史文化博物館藏本下偏旁「月」誤作「日」。

[93] 「是」字長崎歷史文化博物館藏本作「足」，已在字旁改作「是」字。

[94] 「送」字長崎歷史文化博物館藏本誤作「逆」，已在字旁改作「送」字。

[95] 「送了」長崎歷史文化博物館藏本誤作「了送」，已在字旁改作「了下送上」。

（耒）的都送把人家穿，到方丈[96]裏去看，沒有什幺（麼）家（傢）伙，不過一件[97]被褥而已，他規矩[98]一个（個）月六遭出耒（來）托鉢（缽），不是沒得飯吃，這是釋迦佛定下的規矩了。

C14 長崎歷史文化博物館藏本《長短拾話唐話》，頁 49-50

當下看見這个（個）和尚耒（來），連托（忙）出耒（來）迎接，請他客廳耒（來）坐[99]，請他吃早飯，買了幾樣時新好素菜，安排幾碗，十分管（館）待[100]，那个（個）和尚沒有推辭[101]，儘着食量[102]吃飽[103]了，后（後）耒（來）乙（一）頭吃茶，一頭把滿（滿）家中的內眷們都叫攏耒（來），講経（經）把他們聽，那和尚說道：「貧衲如今勸你們乙（一）句好話：大几（凡）做一个（個）人，不論僧家俗家，要戒煩惱，『々（惱）一惱，老一老；咲（笑）乙（一）咲（笑），少一少』，不要多煩惱」。那時卩（節）他家裏的大兒子，把和尚所托的鉢（缽），劈[104]手搶奪了，一拳打碎了，那个（個）和尚，看見這个（個）光景，沸翻應天[105]，乱（亂）說乱（亂）罵，大惱[106]起耒（來），那兒（兒）子說道：「師父剛纔[107]勸我們不要煩惱，這一句說

---

[96] 「方丈」，即佛寺長老、住持的居室，泛指僧舍。見白維國《白話小說語言詞典》（北京：商務印書館，2011），頁340。

[97] 「一件」長崎歷史文化博物館藏本旁有「道袍夜裡□蓋的□」8字，縣立長崎圖書館藏渡辺文庫本《長短拾話唐話》相同。

[98] 「矩」字長崎歷史文化博物館藏本右偏旁「巨」誤作「臣」。

[99] 「坐」字長崎歷史文化博物館藏本左上偏旁「人」字作「口」。

[100] 「管待」應作「館待」，即如同客館接待之意。見白維國《白話小說語言詞典》（北京：商務印書館，2011），頁466。

[101] 「辭」字長崎歷史文化博物館藏本此字左偏旁作「离」。

[102] 「食量」，即飯量之意。見白維國《白話小說語言詞典》（北京：商務印書館，2011），頁1388。

[103] 「飽」字長崎歷史文化博物館藏本此字右偏旁「包」作「色」。

[104] 「劈」字長崎歷史文化博物館藏本此字下偏旁「刀」作「力」。

[105] 「應天」，是形容聲音大，天也回應。見白維國《白話小說語言詞典》（北京：商務印書館，2011），頁1884。

[106] 「惱」字長崎歷史文化博物館藏本此字原作「腦」，已在字旁改作「惱」字。

[107] 「纔」字長崎歷史文化博物館藏本下偏旁「兔」作「丶」。下同。

話，說也還說不完，為什庅（麼）自己這樣大惱，和尚囬（回）覆說道：「別樣事可以忍耐得，這个（個）鉢（缽）是我的性命了，怎庅（麼）耐得的。」豈不是好笑庅（麼）。

C15 長崎歷史文化博物館藏本《長短拾話唐話》，頁 50-52

大凡（凡）㝵（學）了福州話的人，舌頭会（會）得掉轉，不論什庅（麼）話都會，官話也講得耒（來），漳[108]刕（州）話也打得耒（來）。譬如先㝵了官話，要你講漳刕（州）話，口裏軟頭軟惱（腦），不像个下南人的口氣。先㝵了漳刕（州）話，要你說官話，舌頭硬板ˋ（板），咬釘嚼鉄（鐵），像个（個）韃子說話一樣不中聽。這个（個）正真奇（奇）淂（得）緊，唐人生成的，也自然如此，連日本人也是這樣了。

若是外江人，遇著下南人，或者見了福建人講官話，[109]自然相通。原來官話是通天下中華[110]十三省，都通得了。童生秀才們，要做官的，不論什庅（麼）地方的人，都㝵（學）官話，北[111]京朝廷裏頭的文武百官，都講官話，所以曉得官話，要東就東，要西就西，到什庅（麼）地方去，再沒有不通[112]了，豈不是便當些，但[113]是各處各有鄉談土語，蘇州是蘇州的土語，杭州是杭州的鄉談，打起鄉談耒（來）竟不通，只好面面相觀，耳聾一般的了。

C16 長崎歷史文化博物館藏本《長短拾話唐話》，頁 52-53

原耒（來）言語不通，十分不便，所以唐僧到長崎[114]耒（來），做三寺的住持，身辺（邊）跟隨的人，話說得不明不白，要長要短，吩咐徒弟們做什庅（麼）事情，唐僧說得話聽不出，陰錯陽差，做得顛[115]倒了，只當隔靴搔痒

---

108 「漳」字長崎歷史文化博物館藏本「日」偏旁作「田」。下同。
109 外江人指說南京話的人，下南人指講閩南話的人，福建人是指講福州話的人。
110 「華」字長崎歷史文化博物館藏本誤作「㐀」字，已在字旁修正。
111 「北」字長崎歷史文化博物館藏本誤作「比」字，已在字旁修正。
112 「通」字長崎歷史文化博物館藏本誤作「道」字，已在字旁修正。
113 「但」字長崎歷史文化博物館藏本「日」偏旁作「且」。
114 「崎」字長崎歷史文化博物館藏本右偏旁「奇」作「竒」。
115 此「顛」字長崎歷史文化博物館藏本，該字右偏旁「頁」誤作「真」。

（癢）一般，搔不著痒（癢）處，好幾遭落空了，及至弄手勢把他看，方纔搔着了，豈不是厭煩。

　　因為唐僧是个〻（個個）想要囬（回）唐，沒有一个（個）不思鄉。原未（來）唐僧家[116]是食祿有方，到處都是自己的故鄉了，况（況）且通得佛経（經），看破世態炎涼，曉得一死一活的道理，比在家人自然清高一分，難道同九（凡）夫肉眼一般，只管貪生怕死不成，因為言語不通，心腸（腸）裡頭，有什麼酸甜若（苦）棘（辣）的事情，也講不得出口，弄得満（滿）肚子昏悶了，沒處出気（氣），因此上只管思鄉了。

C17 長崎歷史文化博物館藏本《長短拾話唐話》，頁 53-55

　　前年南京寺裏的旭如和尚，說乙（一）个（個）咲（笑）話，他說道我在唐山的時節，做人朴（樸）実（實），心腸倒也畢直，沒有鬼頭鬼惱（腦），聽見人家的話，不論好歹，都是聽信，悪（惡）猜的念頭，是一点（點）也沒有的了，所以動不動被人家哄騙了，借去了衣服穿懷（壞）了，或者被人搶奪了銀子，好幾遭吃虧了。到東洋未（來），一个（個）好心腸，倒變做蛇肚腸了，為什広（麼）呢？兩辺（兩邊）說話不道，因為看見人家発（發）惱，只說道是罵我，看見人家咲（笑）起未（來），只說道是咲（笑）我，疑〻（疑）惑〻（惑）只管悪（惡）猜了，可不是咲（笑）話，這个（個）話雖然取笑說，倒是実（實）話了。

C18 長崎歷史文化博物館藏本《長短拾話唐話》，頁 60-64

　　有一個漳刕（州）通事，年紀不過二十二、三歲，做人慷慨，志氣大得緊。……所以他孝（學）官話，他不過這両（兩）日纔孝（學）起的，但[117]是講得大好，他孝（學）一日，賽過別人家孝（學）一年。我教導他第一句話，

---

[116] 「是个〻想要囬唐沒有一个不思鄉原未唐僧」18字，長崎歷史文化博物館藏本旁加於「僧家」右邊。
[117] 「但」字長崎歷史文化博物館藏本「日」偏旁作「且」。

第二句是就自家體諒[118]得出，只當精（猜）□從[119]一樣的了。

　　有一个（個）人间（問）他說道：「你原耒（来）是漳列（州）人的種，如今講外江話，豈不是背了祖，孝心上有些說不通了。」他原是乖巧得緊，大九（凡）替人耒（來）往的書扎（札），相待人家的說話，水耒（來）土掩，兵耒（來）鎗（槍）當（擋），着实（實）荅（答）應得好，他囬（回）覆說道：「我雖然如今孝（學）講官話，那祖上的不是撇下耒（來）竟不講，這个（個）話也会（會）講，那个（個）話也会（會）講，方纏[120]筭（算）淂（得）血性好漢，人家說的正是大丈夫了，口裏是說什広（麼）話也使得，心不皆（背）祖就是了」

　　他今日耒（來）孝（學）話，一見了我，就拜[121]了八拜，口中千恩萬謝，還要拜我一百拜的意思，我不曉得這个（個）解說，當不起，連忙[122]扶他起耒（來），抱住身子，阻當（擋）他，說道：「今日你只管磕頭，不知什広（麼）道理，沒有功労（勞），如何受你的拜，有甚綠（緣）故，傾心剖胆說出耒（來）把我聽，若是應當受你的大裡（禮）呢就罷了，不然你如此乱（亂）磕頭的時節，摸不着頭路，坐在椅子上，像个（個）有芒刺一樣，坐[123]得屁股也不着实（實）。」那時卩（節）他說道：「小弟昨日唐館裡值日，人々（人）稱賛（讚）小弟說，這几（幾）日話講得好，比前頭差得大相縣涉，体（體）面上夛（多）少好看了。這都是先生的大力，若不是先生的大才請教，如何能自做得來，因為銘心鏤骨，感激不過了。」

---

[118] 「體諒」話本小說又作「體亮」、「體量」，即「體會諒察」之意。見白維國編《白話小說語言詞典》（北京：商務印書館，2011），頁1510。

[119] 「□從」兩字，長崎歷史文化博物館藏本「□」作「彳十亞」。縣立長崎圖書館藏渡辺文庫本作「彳十亞 彳十迷」，疑當做「啞迷」。

[120] 「纏」字長崎歷史文化博物館藏本下偏旁「兔」作「丶」。下同。

[121] 「拜」字長崎歷史文化博物館藏本左偏旁「手」作「月」，在字旁改正為「拜」字。下同。

[122] 「忙」字長崎歷史文化博物館藏本右偏旁「亡」作「毛」。

[123] 「坐」字長崎歷史文化博物館藏本左上偏旁「人」字作「口」。

C19 長崎歷史文化博物館藏本《長短拾話唐話》，頁64-65

做一个（個）唐通事，不事（是）[124]輕易做得未（來），一則講話，二則孝（學）問，這兩（兩）樣要緊，但是平常的人是多得狠（很）了，才藝超過人家，出類拔萃的人，是節眼裡頭隔出未（來）的一般，十分難得。雖然如此，這兩（兩）件是通事家的家常茶飯，不足為奇（奇），單々（單）會講兩（兩）句話，會拈筆頭也做不得，那筭（算）盤上歸乘除的筭（算）法，生意上塌貨[125]營運的道理、世情上的冷煖（暖）高低，這等的事情都要明白，更兼有胆[126]（膽）量，纔[127]是做得大通事，若是小氣鼠胆的小丈夫，夢裡也不要想做大通事。

C20 長崎歷史文化博物館藏本《長短拾話唐話》，頁65-66

有一个（個）大頭目，見了唐年行司，问（問）他說道：「我看你們同僚裡頭，也有的人漳州話、福州話、外江話都會請（講），原未（來）才藝，名一藝者少，況（況）且各人各有專門的事情。難道三樣的話，都唐人一般会（會）講不成，其中必（畢）竟也有說不精的。我且問你，你会（會）講那里（裡）的話？会（會）講下南話呢？」那時唐年行司說道：「大人見得極[128]明，晚生從（從）未（來）口舌重鈍，說話不清不白，下南話是打不未（來）。」

頭目又說道：「个（個）厷（麼）[129]福劤（州）話會厷（麼）？」他說：「也不會。」頭目又說：「既然不会（會）兩（兩）樣的話，外江話自然會講。」他答道：「也不會。」頭目聽呆了，一囬（面）[130]說道：「个（個）厷

---

[124] 此「事」字疑為「是」字之音誤字。

[125] 李榮主編《現代漢語方言大辭典》（南京：江蘇教育出版社，2002.12）第五冊（4675頁）指出「搨貨」上海方言意謂囤積貨物。

[126] 「胆」字長崎歷史文化博物館藏本「日」偏旁作「且」。

[127] 「纔」字長崎歷史文化博物館藏本下偏旁「兔」作「ゝ」。下同。

[128] 「極」字長崎歷史文化博物館藏本「亟」的上偏旁作「豕」，不過已在字旁改正為「極」。

[129] 「个厷」也寫作「个未」，就是「那麼」之意。見白維國編《白話小說語言詞典》（北京：商務印書館，2011），415頁。

[130] 此處長崎歷史文化博物館藏本作「囬」，從上下文意疑為「面」字之誤。

（麼）究竟你會講什広（麼）話？」這个（個）人原未（來）乖巧，會說咲（笑）話，他不慌不忙，恭〝（恭）敬〝（敬）回（回）覆說道：「晚生會講的是日本話了。」頭目聽說，咲（笑）个（個）咲（笑）不住，好咲（笑）〝〝（好咲）。

C21 長崎歷史文化博物館藏本《長短拾話唐話》，頁 89-92

他徃（往）常替人較量兵法，使棒子的時卩（節），兩（兩）个（個）文（交）手，鬥不到四、五合，憑你怎広（麼）樣兵法精通的人，也是抵當（擋）不住，賣个（個）破綻走了去。……並不曾開口，替人家討个（個）半文錢（錢），雖有幾个（個）舊相與，也不肯去借銀子，……他的意思寧可窮，〝（窮）的乾淨（淨），不要窮得不乾淨（淨），替人家討什広（麼）衣飯，縱或救得一時的飢餓，究竟不済（濟）事。

D 《譯家必備》

D1 長澤規矩也編《唐話辞書類集》所收《譯家必備》，頁 3

大凡通事到了十五六歲，新補了學通事，頭一遭進館的規矩，到了公堂，看見在舘各舩（船）主、財副，坐在公堂上，分南北而坐，廳上值日老爹，同幾簡學通事（稽古通事）、內通事（小通事），[131]分品級，端端正正，坐在那裡。看見新補通事，施禮過了，方纔[132]值日老爹對唐人們說道：「這位是林老爹的阿郎，此番新補了學通事，今日頭一囬（回）進來，見見眾位。」

D2 長澤規矩也編《唐話辞書類集》所收《譯家必備》，頁 7

「新老爹進來了，晚生陪你走走，這裡就是土地廟了，老爹看那正面的牌

131括弧中的「（稽古通事）」與「（小通事）」字樣，分別置於「學通事」與「內通事」左側，疑為校書者旁寫。

132「纔」字長澤規矩也編《唐話辭書類集》所收《譯家必備》右下偏旁「兔」作「〝」。

扁（匾），『環帶共欽』的四箇（個）大字，好不好？」、「正是好箇（個）字樣，這幾箇（個）對聯都好，請教這箇（個）池塘上為什麼造起臺子，諒來必有用頭。」、「那箇（個）就是戲臺。」、「時常做戲麼（麼）？」、「不是，二月初二，是土地公的聖誕，通舘各番在這箇（個）廟上，供養三牲各樣菓品，結綵掛燈，又做幾折戲文，鬧一兩天，真箇（個）好頑，明年老爹進來看就曉得了。」

D3 長澤規矩也編《唐話辞書類集》所收《譯家必備》，頁7-8

「舘裡有戲子麼（麼）？」、「有的。弟兄裡頭，會做戲的多，又有幾箇（個）師父，不做什麼生意，單靠着做戲吃飯。」、「這箇（個）我不信，年裡頭不過一兩會的戲，工錢也有限，那有這樣大受用。」、「不是這樣說，我們是走洋的人，只靠着菩薩的保佑，平安來徃（往）幾担，有時節（節），在洋中逢着大風暴受苦，許下願心的，做戲酬謝菩薩。所以沒有的時節（節），幾箇（個）月也沒有，有的時節（節），一箇（個）月三十天也有的。這是尊敬菩薩的道理，那一箇（個）敢怠慢。」、「那中間一尊，有白鬍鬚老者相貌的，就是土地公麼（麼）！傍邊兩尊是什麼（麼）菩薩？」、「那箇（個）不筭（算）什麼（麼）菩薩，就是土地公的判官。」

D4 長澤規矩也編《唐話辞書類集》所收《譯家必備》，頁8-9

「這裡一帶幾間，庫都空了，為什麼（麼）沒有人住呢？」、「這幾間庫都是葍[133]（舊）庫，樓上都搨（塌）了，東歪西倒的，壁子也破壞了，盖（蓋）瓦也散掉了。幾天前還有人住在這裡，各各生怕起來都搬去了，所以纔[134]斯[135]晚生們開一張公呈，求街官稟年行交公，重新再要造好，諒來過幾天管修理的進來折（拆）掉了，去那前面幾箇（個）蓬子，開店的、賣雜貨、做糕餅、做裁縫、賣燒酒、賣麵食。這幾間沒有樓的還是耐得住了。」

---

[133]「葍」疑為「舊」字之形訛。
[134]「纔」字長崎歷史文化博物館藏本下偏旁「兔」作「丶」。
[135]「斯」字疑誤。

D5 長澤規矩也編《唐話辞書類集》所收《譯家必備》，頁9

「天后宮前插了紅旗，我們也有時節（節）走過墻外，沒有看見那箇（個）旗。」、「正是時常沒有插旗，今朝十五好日子了，每月初一、十五是插旗。」……「老爹你說，娘々（娘）是那里（裡）人？是我們福建一个（個）林家的女兒，從小顯聖，多有靈感，他一片良心庇護走洋的人，海面上的干係是他肯保佑，所以我們福建人沒有一家不尊奉。福建湄洲地方有大々（大）一个（個）寺廟供養娘々，那个（個）地方是娘々降聖的所在，所以比別處不同，時常大官府也未（來）祭奠的了。那兩傍邊的是千里眼、順風耳，這邊一尊菩薩，頭上戴兩根雞毛，面上画（畫）有一个（個）蟹樣的是田元帥，我們福建人說他從小狠（很）愛做戲，後未（來）拜做神道，所以做戲的時節（節）是要供養他，倘若做一天戲完了，第二天再做一天，這叫（叫）做謝元帥的戲。[136]」

D6 長澤規矩也編《唐話辞書類集》所收《譯家必備》，頁11

到了觀音堂，老爹拜拜：「這地方好乹（乾）淨。」老爹看見觀音堂，連這亭子大門周圍的籬笆的都是新做的：「這箇（個）幾時造起來？諒來也是公費。」、「正是舊[137]（舊）年造起來，買了樹木花卉，種在裡頭，一次幾十兩，紙鈔一次幾百兩都是公派，到今年每一箇舩（船）千把銀子是有的，你看這六扇亮槅好大工夫了，又要這裡做欄杆，再要三官菩薩的錫五事，關老爹的玻璃燈、籤訣牌、籤子筒也是重新添做。」、「這一尊觀音菩薩，也是唐山帶來麼（麼）？」、「正是，這箇（個）酉年二十二番船主沈綸溪許塑的，韋陀（馱）天是姓熊的船主帶來的，他起呈子要造韋陀（馱）天堂，王家不准就歇了。」

---

[136] 本段文字從「老爹你說」至「這叫做謝元帥的戲」，係校書者依據靜嘉堂本《譯家必備》補在長澤規矩也編《唐話辞書類集》頁9的天頭空白處。

[137]「舊」疑為「舊」字之形訛。

D7 長澤規矩也編《唐話辞書類集》所收《譯家必備》，頁28-31

　　〔通事〕：「於今這裡事情都明白了，你們躧銅板、念（唸）告示。告示掛在大桅底下，財副你去念（唸）起來，把大家聽一聽，也要仔細，不要糊塗。你們眾人聽告示，留心聽聽，不要胡亂看東看西、說說笑笑，頭目看見，在這裡沒有規矩，不好意思。」。〔船主〕：「晚生曉得了。」當下財副高聲念（唸）起來，說道：

　　諭唐山併各州府舡（船）主及客目捎等知悉：

一、南蠻醜類，妄以酉種耶蘇（穌），偽立天主教，煽法惑民，倡邪逆正，罪惡（惡）滔天，難以備述。由是本朝歷年嚴加杜禁勸絕，其黨向有竊附商舡（船）而來者，悉經罪誅仍革，阿媽港發舟通商，實為除其根苗。茲爾唐山及各州府商舡（船），輻湊長崎，計已有年，互相貿易之道，市賈之便，各冝（宜）慎守爾分。入國知禁，恪遵法禁，勿致毫犯，倘有藏匿邪黨而來者，不獨誅其原惡（惡），禍延舡（船）眾，合行同罪，間若知情出首者，非啻免罪，另行厚賞。

一、天主教詭謀百出，恐為數教貽害之便，密附妖書器物之類，隱蔽儎（載）至者，原惡（惡）處罪有科，仍又將舡（船）滅壞，沒其貨物，必不纖容。間若稍知而出首者，無論同惡（惡）同黨，合照輕重行賞。

一、各舡（船）人眾中，或者密受蠻惡（惡）賄絡，謀合妖類，誘學唐話，使着唐衣，混載而來，事或有之，爾舡（船）主等，合就彼地預先查詳。設有一二不週，誤載而來，及至洋中知覺，續到長崎之日，冝（宜）當速首，則不論同謀及舡（船）眾等，暨恕其罪，併行重賞。

以上條欵（款），特遵上令，就委通事等傳示嚴諭。若是爾諸港來商，各冝（宜）知慎，毋違毋忽

　　右諭知悉

（通事）：「躧銅板也是要緊，不可亂来（來），一箇（個）一箇（個）除帽脫鞋，正正經經躧過去。原來你們躧銅板的規矩狠（很）不好，你我擠來擠去，各人爭先，竟不像樣子。一邊躧銅板，一邊點人，一齊去；不便點了，一箇

（個）一箇（個）慢慢去。総（總）管你在傍邊叫（叫）大家齊齊整整，不要亂走亂來。我一時忙了，竟忘記了一件事，財副你來開箇（個）水菜單。」

D8 長澤規矩也編《唐話辞書類集》所收《譯家必備》，頁 79

這一條也不是整足，也是截斷（斷）的，千萬老爹替晚生稟稟（稟稟）頭目，給他帶上去。我稟（稟）過頭目，頭目好意准給他帶去。你且慢些，那箇（個）紅紗上面縛一箇（個）牌票去。

D9 長澤規矩也編《唐話辞書類集》所收《譯家必備》，頁 175-176

「我再要拜懇老爹，囙（回）路到竹林院去，要見見伯珣和尚，大家好許多時不見他，要去看他一看。」「看也使得的，你們早去早來（來），若是担（耽）擱了，恐怕頭目不喜歡。」「這箇（個）自然，不必老爹吩咐，不過一歇的工夫了。」

E 《鬧裏鬧》

E1 奧村佳代子編《関西大學圖書館長澤文庫所藏唐話課本五編‧鬧裏鬧》，頁 82-84

曰（因）為到了第二日，街官把這孝婦的事情，告訴王家，原來（來）王家尊重孝子，這ケ（個）名教的大關頭，那里（裡）輕（輕）慢了，十分歡喜。當下不等什広（麼）人的公論，把新民（銀）乙（一）百兩（兩）、十包糖、十包米，送他周濟寡婦。又吩咐說道，難得你又烈性又孝敬，這三樣些少東西，不過賞你這一番勞苦而已，我的管下，有你這樣孝婦，連我也多少光輝了。明日你做生活，萬一缺少了本錢（錢），隨便幾時到衛（衙）門來只管討，我自然救濟你。又吩咐街官，時常留心看顧寡婦，不把他難為。說得這一句，那一街的人都是敬重孀婦。

常言道：「牡丹雖好，全虧綠葉扶持。」但[138]几（凡）人家，得一ケ（個）人幫（幫）襯，醜的也像ケ（個）標致[139]，自然好起来（來）了，何況（況）王家這樣憐恖（憫）他，通嵜（崎）的人都尊重孝婦，名声（聲）大高。他起先丈夫死的時卩（節），手頭艱難，一ケ（個）女人家，縱（縱）或伶俐，會做買賣，那里（裡）比得男子漢的手段（段），只有吃虧，少得撰（賺）錢（錢）了。今日雖然燒了房子，倒被王家賞了這三件東西，做ケ（個）血本，比前更好，可見孝順是感動天地，又感動人家。

E2 奧村佳代子編《関西大學圖書館長澤文庫所藏唐話課本五編‧鬧裏鬧》，頁 84

今日在下，做這一本俗語，曰（因）為要說孝婦這一段話文，先說火燒的事情，做ケ（個）入港，但几（凡）這里（裡）来（來）學話，不但留心學得這一本俗語，還要把這ケ（個）孝婦做ケ（個）樣子，孝順父母。一則話也學會了，二則天地保祐（佑），自然出頭了。這正是：「孝順還生孝順子忤逆終生忤逆子」。

F 《養兒子》

F1 早稻田大學圖書館藏《養兒子》B 本，頁 21-22

原來學唐話，言語狠（很）多，又有平上去入的四声，開口呼、撮口呼、清音、濁音、喉音、齒音、唇音、舌音、半清、半濁，都要分說。若不分明，糊々（糊）塗々（塗）的時候，只當水裡放屁。唐人一句也聽不出，所以做通事的最艱難。

常言說道：「天下無難事，只要有心人。」要學唐話的，最要用心，不但是唐話，要學什庅（麼）事情總要用心。要學彈弦子，也要用心，不肯認真的

---

[138] 「但」字關西大學長澤文庫藏本「日」偏旁作「且」。

[139] 此「致」字右偏旁「攵」字，関西大學圖書館長澤文庫本頁83作「攴」。

時候，便學十年，也學不成。那弦子響是響，沒有清亮。講唐話也是一樣的，字音分不清，憑你怎広（麼）樣高聲講，也聽不出。如鴨聽雷，摸不着頭路，竟是呆木了。若是生成牛笨的，學了一年半載，認真起來的時節，聰明是自然逼出來，那時候，肚裡明白，要講什広（麼）事情，就是講日本話一樣，容易講得來。

F2 早稻田大學圖書館藏《養兒子》B 本，22-24 頁

目今後生人家，都不肯學，一到館中見了唐人，講也講不來，聽又聽不出。東也不成，西也不就，也不怕羞。自巳（己）只說是，好々（好）的通事老爹，穿領長衣，挿（插）把好刀，裝个（個）模樣，虛度光陰。每日吃了酒，吃得大醉，滿口講大話，說道：「我有本事，罵了唐人，連唐人也講不透我的唐話。」極口賣弄自巳，只是有名無實，真正可笑々々（可笑）。

也有一等破落戶，書是竟不讀，見了唐人的呈子，一句也念（唸）不來，也假做念（唸）得下。若是有人問他，胡亂荅（答）得幾句，話也不講，也不去學，自巳（己）看得勾（夠）了，倒去學沒要緊的事情，或者豁拳、唱曲、彈琴、三弦子、彈琵琶、牽胡琴、吹笛兒、吹鎖（嗩）□（吶）[140]、吹喇叭、着圍基（棋）、下象棋、打雙六、騎馬、射箭、使鎗刀、演習武藝，這個（個）還筭（算）得好。也有賭錢（錢）、賭高興，或者花街上去嫖婊，或者做戲（戲），花了臉，穿了女人家的衣服，打扮做戲（戲）子的模樣，一身學得浮浪子弟，沒有一个（個）正經的事情。

G 《小孩兒》

G1 奧村佳代子編《関西大學圖書館長澤文庫所藏唐話課本五編‧小孩兒》，頁 5-8

我和你說，你們大々（大）小々（小）到我這裡來讀書，先不先有了三件

---

[140] 早稻田大學藏B本字體模糊，隱約可以認得是「吶」字。

不是的事情，等我分說一番，把你知道。你們須要牢々（牢）地記在肚裡，不要忘記。

原耒（來）人家幼年間到學堂讀書，不是學ケ（個）不正経（經），要是學好的意思了。難道做爹娘的呌（叫）你特々（特）送耒（來），學ケ（個）不長俊（進）不成。我這裡就是學堂，一ケ（個）禮貌之地了，不是花哄的所在了。你既然曉得我這裡是學堂，因（應）該正経（經）些，不該乱（亂）七八造（糟），只管放肆。

適纔[141]我說的那三件，第一件是容貌不端揩[142]，動手動腳竟沒有讀書人的模樣，舉動躁暴得緊。我看你上楼（樓），踉々（踉）蹡々（蹌蹌）飛一般走上耒（來）。那梯子的板豁剌々（剌）響，若是梯板希薄的時節（節），只怕踏破了，踏得粉碎的哩。一下到楼（樓）上，坐也不坐，戱（戲）顛々（顛）走耒（來）走去，反背着手在那裡野頭野腦，一些規矩也沒有的了。看你坐法，又不是端正，東倒西歪，或者靠着卓（桌）子，或者靠著壁子，不是伸腳，就是探頭，弄手勢，打啈喧，打瞌眠，揿鼻涕，吐饞[143]唾，捉虱子，取耳躲（朵）。多嘴的多嘴，放屁的放屁，弄手弄腳，無所不至，沒有一刻坐得端正。你說，好ケ（個）讀書人的樣子広（麼）。

第二件，不肯[144]用心讀書，懶惰得緊。我辛々（辛）苦々（苦）教導你十耒（來）遍，看見你畧（略）覺記得，又換ケ（個）別人耒（來）讀，呌（叫）你依舊到自己的坐頭上去讀。臨去的時節，再三再四吩付（咐）你讀。你偏生不肯讀，々（讀）了一遍，就歇一囬（回），歇了好一囬（回），纔讀一遍。那歇息之間，油嘴放屁的，打起蠻話耒（來），把沒要緊的話頭，說过（過）耒（來）說过（過）去。我說他，々（他）說我，這ケ（個）罵，那ケ（個）惱，那ケ（個）笑，這ケ（個）哭，推的推，倒的倒，擠的擠，扯的扯，

141「纔」字関西大學圖書館藏長澤文庫本下偏旁「兔」作「丶」。下同。

142「端揩」即正派、規矩的意思，見白維國編，《白話小說語言詞典》（北京：商務印書館，2011），頁293。

143「饞」字関西大學圖書館藏長澤文庫本下偏旁「兔」作「丶」。

144「肯」字下偏旁「月」誤作「日」。

跳的跳，走的走。你吃茶，我吃水，你小解，我大解，还（還）不上半刻時辰，連那小便、出恭十來遭是定有的，只怕还（還）不止的哩。據我看未（來），那里（裡）撒得這許多小便，照你這樣撒得多，一天裏頭十未（來）ケ（個）淨桶，必（畢）竟撒滿了。這都是要偷懶的意思了。所以推ケ（個）說小解，只管走上走下。

G2奧村佳代子編《関西大學圖書館長澤文庫所藏唐話課本五編・小孩兒》，頁 14-15

你若依我的教法，平上去入的四聲，開口呼、撮口呼、唇音、舌音、齒音、喉音、清音、濁音、半清、半濁這等的字音，分得明白，後其間，打起唐話未（來），憑你對什広（麼）人講，也通得的。蘓（蘇）州、寧波、杭州、楊（揚）州、雲南、浙江、湖州這等的外江人，是不消說，連那福建人、漳州人，講也是相通的，佗（他）們都曉得外江話，況（況）且我教導你的是官話了，官話是通天下，中華十三省都通的。若是打起鄉談未（來），這々（這）我也聽不出，怪我不得，我不是生在唐山的，那ケ（個）土語，各處々々（各處）不同，杭州是々々（杭州）的鄉談，蘓（蘇）州々々[145]是々々（蘇州）的土語，這ケ（個）你們不曉的，也過得橋。

H《小學生》

H1奧村佳代子編《関西大學圖書館長澤文庫所藏唐話課本五編・小學生》，頁 56-57

先生放心，晚生嬾惰不得。為何呢。晚生們生在通事家，不學書本，不講唐話，那里（裡）做得職事，衣飯從那里（裡）來，怎能勾（夠）養父母。這等道理都是明白在肚裡，少不得要學了。

你既曉得養父母的道理，正真好得狠（很）。通事家的兒子，講話、讀

---

145 此「々々」疑為衍文。

書、寫字、學做詩文，第一本等，不得不學。你學成了，做了職事，唐話也會講、肚裏也明白，一時運氣轉頭，做了大通事，那時候吃着好，穿着好，豐（豐）衣足食，養着父母。若是不長俊（進）的，話也講不未（來），筆也拿不動。不識字的人，雖然做了通事，動不動被人輕（輕）錢（蔑）了，或者在當官出醜。不但是做不得大通事，一生一世窮苦，不得過活，沒奈何做出不公不法的事情。你們年紀青（輕）得狠（很），志氣高遠，可喜々々（可喜）。

I 《長短話》

I1 奧村佳代子編《関西大學圖書館長澤文庫所藏唐話課本五編‧長短話》，頁 35-36

寶舟是那里（裡）開未（來）。晚生寧波開未（來）。老兄未（來）過幾囬（回）。晚生這遭第三囬（回）。唐山有甚広（麼）新聞，請教々々（請教）。豈敢，沒有甚広（麼）新聞，各處都太平。……尊姓呢。豈敢，姓陳，就是耳東陳。大號呢。豈敢，賎（賤）號永昌。貴府是那里（裡）。豈敢，晚生在蘓（蘇）州。貴庚几（幾）歲。豈敢，賎（賤）庚三十一歲。

老爹學了幾年唐話。小弟今年正月起，不過學了幾ケ（個）月工夫。好々（好），虧你，真正難得。豈敢，真正見笑，眾位請教々々（請教）。那老爹學了幾年唐話。小弟學是學了両（兩）年，也還講不未（來），真正見笑。這ケ（個）是你謙虛的話，虧你這樣講得好了。豈敢，以後相煩眾位長兄請教々々（請教）。你這両（兩）日□[146]了，真正恭喜得狠（很），從今以後一發用心々々（用心）。夛（多）謝，靠福々々（靠福）。小弟年少，要是仰伏眾位，諸事要請教。

---

[146] 此字上作「日」，下作「舛」，不知何字？暫存疑。

J《唐話纂要》

J1 長澤規矩也編《唐話辞書類集》所收《唐話纂要‧孫八救人得福》，頁 235

　　昔在長崎有孫八者，膂力過人，遊俠自得，後有事，故而被官逐放，遂為干隔澇漢，而流落京師旅宿，於五條橋邊，賣烟（煙）為生。每有少許錢鈔，則沽酒邀客，定欲盡醉，未嘗有顧後窺前，而拘於小節也。時值七月十三夜盂蘭盆，家家張燈，處處作戲（戲），若男若女，或老或少，皆得縱觀，共為優遊。京師繁華，誠天下無比。

J2 長澤規矩也編《唐話辞書類集》所收《唐話纂要‧德容行善有報》，頁 265

　　李德容楊（揚）州人也，乃富家嫡子，而為眾所敬。素聞我長崎山水之勝，思一遊焉。我國貞享年中，[147] 忽有其便，而販貨來崎[148]，寓居原市郎兵衛者家也，無日不來徃（往）於稻山、大浦等處以消遣。既至荊棘林，遍見當時名妓數十人，亦皆偽粧假飾，未足齒及。因以海外不有真美（美）人，厥後無復至焉。

K《忠臣藏演義》

K1 早稻田大學圖書館藏本《忠臣藏演義》，頁 1

　　却說不臨乱（亂），則不見負臣之志；不臨財，則不見義士之操。正所為雖有嘉殽，不食不知美味。太平之世，縱（縱）有英雄豪傑，不見得什厷（麼）驚人之功，只似滿空星辰，白日無光，夜来（來）放光一般。這一本所說的，是有一位諸侯，為一件鬭毆上，特丶（特）送了性命，正是一朝之怒，

---

147 貞享年當1684-1687年。
148 「崎」字長澤規矩也編《唐話辞書類集》所收《唐話纂要》，右偏旁「奇」作「㟢」。

竟亡其身。後来（來）該臣四十餘人，替主公報讎之事。

L 《福州話二十四孝》

L1 長崎歷史文化博物館藏本《福州話二十四孝》，頁 4-5

原早漢朝有一个（個）陸姓，名叫（叫）做績，係吳郡人，伊娘□[149]叫（叫）做陸康，也做廬江太守其官。當時有一个（個）袁術，在九江做官，績許時候年紀隻務六歲，未（來）九江見袁術，就曉的禮數（數）。術見陸績六歲孩兒（兒），乖巧可愛，就叫（叫）人捧一盤紅橘，請伊就食。一个（個）嘴裡雖然裡食，心裡就思量，我娘奶也愛食，看見儂目秋刺斜，就偷掏二枚，藏在袖中，帶轉去乞娘奶食。及拜謝囬（回）家，相揖一拜，不覺紅橘二枚隨落地下，術與之戲曰：「陸郎作儂客而偷乎？」績跪荅（答）曰：「因是奶娘癖性愛食，故此偷掏二枚。」術聽見陸績講出這話，不覺駭異，年紀只紬的孝順，真是難得也。詩曰：「孝弟皆天性，人间（間）六歲兒（兒），袖中懷綠橘，遺母覺希奇（奇）。」

---

[149]此字為福州話方言用字，左旁作「亻」、右旁作「罷」。

後記

琉球訪查經驗

有關「17、18世紀『東亞語言互動』」，一直是我相當有興趣探討的課題。趁2004年教授休假一年研究之便，我得以在東京、仙台、那霸、奈良幾個都市停留，多則六個月，最少也有兩三天，從容地在大學訪問幾位學者，或者盡情在圖書館看書收集資料，特別是獲得東北大學花登正宏教授的鼎力協助，讓我滿載而歸。當重新回到中山大學任教之後，自己訂下「近世東亞語言互動」基礎研究十年計畫，希望利用出國參加學術會議、實地調查、拜訪研究前輩等機會，確實掌握有關「琉球寄語、琉球官話、日本寄語、長崎唐話、朝鮮寄語、朝鮮官話」等資料的蒐集與分析，對於往後的深入研究，必然是一項有益的準備工作。

2006年，我利用瀨戶口律子教授（當時任教於大東文化大學）多年前送給我一份抄本《長短拾話唐話》的影印資料，撰寫了一篇〈長崎唐通事唐話學習試論〉，發表於臺灣師大國文系出版的《李爽秋教授八十壽慶祝壽論文集》。那篇一萬多字的稿子寫完之後雖然也印成鉛字，但我心中毫無成就感，歸根結底可能是「紙上得來終覺淺」的不安感。

此後我就專注於琉球冊封使所記錄「琉球寄語」的探索，暫時把長崎唐通事書的研究擱置一旁。後來多次到沖繩首里等地方實地踏查，想要瞭解那霸久米村與明代36姓移民的文化承繼關係，天妃宮（媽祖廟）、孔廟明倫堂，對琉球在住唐人後代久米士族以及王室首里士族的影響，甚至參觀了當年冊封使住進的迎賓館。加上在沖繩市立圖書館鄉土資料室或縣立圖書館，以及琉球大學圖書館訪查相關資料。當書本材料與實地踏查文物相互印證，讓我閱讀琉球相關文獻資料時，比較能具體掌握書中描述的人、事、物內容，久而久之這樣的

讀書與研究方式帶來的樂趣，讓我的人生增加了快樂與成就。

長崎實地踏查

　　2008年9月我去了一趟長崎，這一趟旅行相當有收穫，不但增加我對長崎唐話資料研究的動力，甚至對往後相關論題的探索，內心也充滿著踏實感。

　　那時我還在高雄中山大學任教，只能選擇暑假即將結束前遠行做調查與資料蒐集。這是我第一次拜訪九州，心情有些興奮與期待，託彰化師大許麗芳教授之福，我們一行4人的行程規劃，全都由她偏勞，她曾在長崎大學做過一年外國人研究員，對於當地環境與可利用的資源相當熟悉。在約10天左右的福岡與長崎的拜訪旅程，幾乎都靠她細心安排。包括見到一位龍先生，他是住在福岡經營飯店的老闆，卻是業餘的長崎唐通事與唐船貿易的研究者。我們約定見面，坐定之後告訴我們的第一句話是「通事」與「通詞」兩個職位的區別，隨後不疾不徐解釋說，後者只做翻譯工作如「阿蘭陀通詞」（荷蘭語的通譯），前者在通譯之外還要處理唐船貿易相關的繁雜事務，甚至對唐山、唐人的興情蒐集，也是他們必要的任務。當時我對唐通事的知識與認識相當有限，聽了這番話等於為我開啟一扇通往通事書研究的大門。幾天之後許教授帶我們去長崎大學，拜訪在那裡任教的臺灣裔連清吉教授，他專門研究老、莊，也是日本漢學史研究的知名學者。因為認識連教授，我才能在幾年之後有機會到長崎做實地踏察的研究。

　　由於明代以來，對於東亞周邊國家採行「藩屬」的外交政策，朝鮮、日本、琉球、安南等國先後都納入了宗主與臣屬的雙邊外交關係，各種互相來往的禮儀，加上附搭的貿易經濟，也就形成了史家所說的「朝貢貿易」制度。不論是屬國朝貢，甚至各種外交慶賀、謝恩使節來往，或者冊封琉球國王，都需要一批能夠說中國話的通事居中協調溝通，各國實用性的「官話」就是在這樣的需要下產生。有了此種認知，我設定在唐話研究，有必要先從江戶鎖國體制下中日貿易的歷史開始認識學習，其中日本鎖國的背景、對外貿易制度變遷、移民的華僑社會、唐船與唐通事，甚至於專門收容來航唐人的唐館，或者與唐

人互動頻繁的黃檗宗唐三寺，都是我急需學習的入門功課。

在宏觀的歷史與貿易體制等等學習的同時，我開始對「通事書」做反覆細緻的閱讀與思考，想從書中得到宏觀概念與微觀記載的印證，雖然剛剛起步，有時若發現自己能夠看懂其中的關鍵與奧妙，心中即有無法形容的喜悅。2011年秋末冬初，我帶著內人去了一趟京都與大阪，拜訪木津祐子、松浦章、奧村佳代子、矢放昭文等幾位唐話研究已有成績的學者，那時我剛從中山大學屆齡退休不久，已經沒有教學負擔，可以隨心所欲一邊做學術性的訪查，一邊休閒式的貪看京都的楓紅與鴨川的流水。我在獨學無友時所做的思考，種種對唐話問題的困惑，在拜訪幾位學者之前，已經詳記在筆記本，準備有機會時叩門請教。猶記得在木津祐子教授的研究室，一邊啜飲熱騰騰的綠茶，一邊聽她細心解答我提出的疑惑，這樣氣氛的討論時間過得特別快，在參觀文學部圖書館特藏室的珍貴資料中結束了拜訪。

為了實踐書本資料與地下資料相印證的研究方法，也就是王國維提出的學術「二重證據」研究法，我透過前面提過連清吉教授的協助，於2012年4-9月的半年時間，到長崎大學擔任外國人研究員，這項「研究員」的身分，在大學中沒有任何義務，但可以平價住進研究員專用的國際會館，免除了日本短期租屋的困擾。我充分利用那半年時間，除了多次前往長崎歷史文化博物館圖書室、長崎大學經濟學部圖書館分部，其中與通事書有關的資料儘量地拍照或做筆記。當時幾乎所有的資料蒐集拍照工作，都是靠內人拿著小型性能不錯的數位相機拍下來的，不管在圖書館看書或長崎各處踏查古蹟，都是內人協助拍攝留存資料，那半年她似乎成為我的最佳研究助理。

在長崎住了6個月，經歷了六月的梅雨與八月的溽暑，真正領教這個古老城市待客之道。我每次從國際會館走路到長崎大學研究室的20分鐘路程，有時還須在火車平交道等候列車通行，晴天總是悶熱難耐，雨天一定淋濕了下半身。沿著崎嶇不平山坡地的房舍，是長崎特有建築景觀，每屆梅雨來臨，到處路面積水難行，有如《長短拾話唐話》通事書上所說：「大凡黃梅天的規矩是，下了幾日驚天動地的大雨，河裡流出大水，各處打掉了土牆、籬笆或者灘敗了石坑，淋倒了舊房子，方纔雨住。」不但描寫感覺親切，甚至於像是我身

臨300年前唐人生活的氛圍。梅雨的肆虐才過不久，夏日的熱氣煎熬，匆忙地接續而來，白天把會館房間前後窗戶全部洞開，也無法遮擋陣陣的熱風，到了晚上如果依然洞開門戶，就得小心屋後整排樹林不知名昆蟲的造訪。

我總是選在週六不去研究室的日子，與內人一同去已經參觀過多次的古蹟，做更詳細的踏查及拍照。建於1689年佔地9千多坪的「唐人屋敷」，主要興建目的是要收留來航唐船的唐人，避免他們住在長崎街上引起許多紛爭。每次去明治初年已經燒毀的「唐館」（唐人屋敷的俗稱），總是可以找到一些驚喜，在錯落古蹟上興建的現代房舍旁，可以看到當年建築裸露的紅褐色的地基，拍照記錄的當下相當感嘆。進入昔日唐館「二門」附近座落的「土地堂」，如今安然猶存，而且堂內與後側的「媽祖堂」一樣，仍然供奉著神祇，然而另外一邊的「觀音堂」卻空空如也，只剩下一間空殼房舍而已。把土地堂擺置在當時戒備森嚴的唐館進門的顯著位置，此中有信仰文化的意義，因為一般唐人在拜任何神祇之前，一定先拜土地神，建造唐館的長崎奉行竟然也懂得這個訣竅，真是讓人佩服。土地堂的出現讓我想起通事書《譯家必備》第一節〈初進館〉所描述，那位漳州年輕通事第一次進館，懷疑在土地堂前常常有謝神戲演出的不可思議，讓我恍惚這個場景已經是200多年前的舊事了。

「唐三寺」指的是「興福寺」、「福濟寺」、「崇福寺」，分別屬於江、浙人，漳州、泉州人，以及福州人的寺廟，它們都建築於17世紀，有一個共同特點，雖然都是禪宗黃檗宗派的佛寺，寺內都極其慎重的恭奉天上聖母菩薩，主要在媽祖能保佑海上航行船隻與人員的安全。除了福濟寺已經燬於長崎原爆之外，每次參觀興福寺與崇福寺，都有不同的心得，面對300年前的域外文化古蹟，心中的激盪有一些不同的感受。另外值得一提的是，遠離長崎市區稻佐山上的悟真寺，寺前雜草叢生看起來似乎已經荒廢，但是附近卻有一個著名的「萬國公墓」。鼎鼎大名的大通事陳道隆（1617-1676），他是泉州府出身的第二代唐人，日本名叫潁川藤左衛門，也葬在作為唐人菩提寺的悟真寺。

《長短拾話唐話》這本通事書，與其他《瓊浦佳話》、《唐通事心得》、《譯家必備》、《鬧裏鬧》、《養兒子》、《官話纂》、《小孩兒》等的通事書寫作方式不太一樣，內容呈現有些像散文體的「隨筆」，每一則文字長短不同，都是在敘

述一件事或某個人的行事。例如書中第23則敘述有一個年輕通事有人質疑他：「你原來是漳州人的種，如今講外江話（指南京官話），豈不是背了祖，孝心上有些說不通了。」這位乖巧聰明的年輕通事卻回答說：「我雖然如今學講官話，那祖上的不是撇下來竟不講，這個話也會講，那個話也會講，方纔算得血性好漢，人家說的正是大丈夫了。口裡是說什麼話也使得，心不背祖就是了。」這件敘述證明原來唐通事有使用福州話、漳州話、南京話的職務差異，大約「正德新令」（1715年）貿易制度頒布之後，唐通事逐漸傾向學習通用的南京官話，遂成一種必然的趨勢。這則唐話學習的內容描述，也正好對應唐三寺原來是各自說相同方言同鄉聚會信仰的所在，18是世紀之後，可能有了一些變化也說不定。

在長崎大學的半年實地踏查訪問，讓我對300年前發生在這座城市的種種歷史陳跡，藉著通事書的記載，好像能夠形象地連結起來，這是我對長崎蘊藏的「地下資料」探索最大的收穫。我待在長崎大學的半年期間，也正巧碰到校本部綜合圖書總館關閉修繕工程，有許多想閱讀的寶貴藏書無法寓目，這是比較遺憾的一件事。也曾透過連清吉教授介紹，認識了在長崎大學服務的若木太一教授，他在長崎文獻學方面有相當資歷，可惜那個期間他已退休，沒有機會拜訪請益。連教授曾經私下戲言，長崎大學竟然沒有一個專門研究小組，探討長崎唐通事、唐話的學術課題，以致於外來的研究者來校時，根本沒有一個對口單位可以討論，實在值得檢討。我則感嘆難道是「近廟欺神」的效應所造成嗎？誠如閩南諺語所說的「北港媽祖興外庄」，或許如此，讓本地人對隨時可見的寶山反而視若無睹。

6個月的長崎在地生活，讓我親自體會長崎300年前發生的唐船來航與唐人活動的各種可能情況，對於我探索唐通事書的內容助益相當大，這也是我人生中對實地踏查的知識學習，相當有意義的一頁。以上不憚其煩敘述我的唐話資料收集與探索的經歷，主要是想說明「實地踏查」的重要，對印證通事的書本資料，的確有相當大的作用。另外還有一個重要意義，那就是一路走來靠上述許多貴人的「指點與協助」，才能完成這本論文集，沒有他們熱心的協助與關心，可能我的研究工作不可能那麼順利。在此感謝他們的辛勞與體貼，沒有他

們即時伸出援手，這本論文集中的各篇論文，可能就沒有那麼順利完成了。

衷心感謝

　　在本文結束之前，我要在此特別感謝開啟我學術研究視野，並引領我進入唐話和唐音研究契機的平山久雄教授，30多年來細心教誨與叮嚀，讓我很快找到學問的竅門，更感謝他以「八十八米壽」的高齡，為我撰寫本書的第一篇序文。其次要感謝的人，就是二話不說即刻答應為我寫序的瀨戶口律子教授，幾十年來默默協助我的研究，不論是安排大學研究員的身分及申請住宿，或與相關學者的拜訪介紹，甚至當我需要參考研究資料時，她都會即時寄送給我，讓我的探索動能得以持續不輟，充分發揮了同窗與同門的情誼。此外，也要感謝東京國際大學倉田信靖理事長，由於他同意聘請我去日本任教，讓我4年之間拜每年研究費之賜，購置許多昂貴的參考書籍及研究資料，對於唐話、唐音的研究幫助匪淺。

　　在此我也要感謝京都大學的木津祐子教授與中央研究院的劉序楓教授，兩位在各自領域的學術成就之外，她（他）們在唐話與唐音的專業研究，我相信絕對有資格稱得上是此行的頂尖成就。兩位從不吝惜將她（他）們的研究心得提供給我參考，如果我有大小不同的疑惑時，她（他）們也會即時提供資料或撰寫長篇的答覆解我疑惑。雖然她（他）們兩位都比我年輕，在唐話、唐音的研究成就上卻是我學習的前輩。

　　此外我要感謝行政院科技部前身「行政院國家科學委員會」，長期提供專題研究計畫經費，讓我雖然偏處西子灣畔的研究室，仍然能夠購置、參考唐話、唐音等相關的重要論著；在我需要當面與國外學者切磋最新研究心得，或者出席國際會議發表論文時，都能獲得經費補助，讓我的研究始終持續不輟。「國科會」在我一系列的研究道路上，實實在在發揮了事半功倍的助益效果，是讓我衷心感激的一件事。

　　由於長時間閱讀與撰寫形成的壓力，1994年開始，身心曾經出現低潮，在此特別感謝張新仁校長（剛從國立臺北教育大學職位卸任）與國立中山大學趙

健祥教授賢伉儷適時的引領，讓我進入生命科技群體的學習，二十多年來不但身心恢復健康，在研究崗位上重新衝刺；也在生活中讓我學習如何解決困難，突破藩籬。每天精神飽滿，充分利用時間，克盡研究的本業，在人生妥善安身之外，也讓精神得到很好安頓。

　　本書所以能夠順利出版，在此特別感謝萬卷樓張晏瑞副總經理與執行編輯林以邠小姐，他（她）們編輯專業的高水準表現以及敬業精神，讓我佩服不已。

　　最後，我要深深感謝並感恩內人李明珠女士，我們結褵明年初即將達半個世紀，多年來她負起照顧婆婆、養育子女的責任，全心照顧家庭，任勞任怨，充分發揮臺灣傳統女性堅毅不撓的精神，讓我40多年來無後顧之憂，可以全神貫注為學術探索的興趣衝刺。如果我在學術上有一點點的成績表現，其中一半應當是她的辛勞付出所促成。從中山大學退休之後旅居日本的幾年時間，不論在長崎在地研究或在埼玉縣任教，她都陪伴著我，照顧我的飲食起居，不但是一位平常可以談天解憂的賢內助，還是一位隨時協助我實地踏查以及蒐集資料的好助手。這也是我人生幸福最有意義的一件事。

2020年8月16日寫於高雄陋居

語言文字叢書 1000016

長崎唐話唐音研究論集

作　　者　林慶勳
責任編輯　林以邠
特約校稿　林秋芬

發 行 人　林慶彰
總 經 理　梁錦興
總 編 輯　張晏瑞
編 輯 所　萬卷樓圖書股份有限公司
　　地址　臺北市羅斯福路二段 41 號 6 樓之 3
　　電話　(02)23216565
　　傳真　(02)23218698

發　　行　萬卷樓圖書股份有限公司
　　地址　臺北市羅斯福路二段 41 號 6 樓之 3
　　電話　(02)23216565
　　傳真　(02)23218698
　　電郵　SERVICE@WANJUAN.COM.TW
香港經銷　香港聯合書刊物流有限公司
　　電話　(852)21502100
　　傳真　(852)23560735

ISBN 978-986-478-367-0
2020 年 9 月初版一刷
定價：新臺幣 760 元

如何購買本書：
1. 劃撥購書，請透過以下郵政劃撥帳號：
　　帳號：15624015
　　戶名：萬卷樓圖書股份有限公司
2. 轉帳購書，請透過以下帳戶
　　合作金庫銀行　古亭分行
　　戶名：萬卷樓圖書股份有限公司
　　帳號：0877717092596
3. 網路購書，請透過萬卷樓網站
　　網址　WWW.WANJUAN.COM.TW
大量購書，請直接聯繫我們，將有專人為您
服務。客服：(02)23216565 分機 610

如有缺頁、破損或裝訂錯誤，請寄回更換

國家圖書館出版品預行編目資料

長崎唐話唐音研究論集 / 林慶勳著. -- 初版.
-- 臺北市：萬卷樓, 2020.09
　面；　公分. -- (語言文字叢書；1000016)
ISBN 978-986-478-367-0(平裝)

1.語言學　2.漢語　3.聲韻學

803.07　　　　　　　　　　　　109010714